Lai Wen

Himmlischer Frieden

Lai Wen

Himm-
lischer
Frieden

Roman

Aus dem Englischen
von Judith Schwaab

Ullstein

Besuchen Sie uns im Internet:
www.ullstein.de

Wir verpflichten uns zu Nachhaltigkeit
- Papiere aus nachhaltiger Waldwirtschaft und anderen kontrollierten Quellen
- Druckfarben auf pflanzlicher Basis
- ullstein.de/nachhaltigkeit

MIX
Papier
FSC® C014496

Die Originalausgabe erschien 2024
unter dem Titel *Tiananmen Square*
bei Swift Press, London

ISBN: 978-3-550-20286-5

Bei Fragen zur Produktsicherheit wenden Sie sich bitte
an produktsicherheit@ullstein.de
Gesetzt aus der Scala by *pepyrus*
Druck und Bindearbeiten: GGP Media GmbH, Pößneck

Für alle Kinder der Revolution

Eine Flamme brennt am hellsten, kurz bevor sie erlischt.

ERSTER TEIL

EINS

Meine früheste Erinnerung ist die an meine Großmutter. Ich weiß noch, wie sie roch. Eine Mischung aus Jasmin und dem erdigeren Geruch des Lederöls, das sie benutzte, wenn sie aus Tierhaut Pantoffeln für die Nachbarn auf unserem Flur nähte. Auch ihr Atem war so: ein warmer und süßer Hauch an meinem Gesicht, mit einer winzigen säuerlichen Note. Vor allem jedoch sind mir ihre Hände im Gedächtnis geblieben. Die knotigen Finger, die geschickt mit dem Leder umgingen oder blitzschnell Reis ins kochende Wasser streuten, ohne sich an der Dampfwolke zu verbrennen.

Außerdem erinnere ich mich – damals kann ich nicht älter als zwei oder drei Jahre gewesen sein –, wie mich die dicken dunkelroten und grünlichen Venen faszinierten, die wie Weinreben auf jenen fleckigen, abgearbeiteten Handrücken wuchsen. Manchmal griff meine Großmutter dann nach meiner kleinen Hand – die viel leichter und glatter war – und legte sie in die ihre, zog mich damit in ihren Bann. Doch vor allem spürte ich die Wärme, die ihre ledrige Haut verströmte und auf meine Hand ausstrahlte. Und ich fühlte mich sicher und beschützt.

Die Falten auf ihrer Stirn, die schlaffen Wangen – diese unschönen Einzelheiten stießen mich nie ab, obwohl die Boten des Alters Kinder manchmal erschrecken können. Vielmehr waren das Gesicht meiner Großmutter, ihr Körper, ihr

Wesen wie eine alte Landkarte, vertraut und fremd zugleich, die ich immer wieder mit meinen Augen und Fingern erkunden konnte. Denn ich berührte oft ihr Gesicht, fuhr mit meinen kleinen Fingern über ihre schmalen grauen Augenbrauen, strich sanft über die dicken Haarstoppeln, die aus ihrem Kinn wuchsen und die mich aus irgendeinem Grund immer in gute Laune versetzten. Manchmal zupfte ich daran und brachte meine Großmutter zum Niesen. Das trug noch mehr zu meiner guten Laune bei, und ich kicherte, das fröhliche, endlose Glucksen eines kleinen Mädchens. Meine Großmutter – die hingegen eine feierliche und gefasste Miene zur Schau trug – sah mich an, wie ich mich vor Lachen ausschüttete, und nur das winzige Zucken ihrer Mundwinkel und das Funkeln ihrer graublauen Augen ließen erahnen, dass sie gleich lächeln würde.

Bei meinen Eltern lagen die Dinge anders. Sie waren mir verbunden, so wie eine chinesische Familie in den Siebzigerjahren ihrer Tochter eben verbunden war: eine freundliche Zuneigung, gepaart mit einer gewissen Zurückhaltung (mein Bruder war damals noch nicht auf der Welt). Vor allem jedoch waren sie ... vielleicht sollte ich es distanziert nennen. Mein Vater war ein freundlicher Mann, stets auf Moral bedacht. Doch meine ganze Kindheit hindurch blieb er mir fremd, obwohl ich ihm jeden Tag begegnete: am Morgen, wenn ich zum Frühstück geweckt wurde, und am Abend, wenn er von der Arbeit nach Hause kam.

Manchmal stapfte ich durch den Flur unserer kleinen, hellhörigen Wohnung, in Gedanken verloren, in Gespräche mit einer erfundenen Freundin oder in Streitigkeiten mit eingebildeten Widersachern verstrickt, und wurde urplötzlich in die Wirklichkeit zurückgeholt, weil ich ihm in die Arme gelaufen war. Meinem Vater. Heute weiß ich, dass er eher klein war, hager und doch von kompakter Statur, als Kind aber lebt man in einer Welt von Riesen, und mein Vater war der größte Riese von allen. Vielleicht war er das in meinen Augen deshalb, weil seine Strenge so riesig war; wenn wir uns auf dem Flur trafen, blickte er ernst auf mich herab, als wäre er statt seinem eigenen Fleisch und Blut einem wildfremden Menschen in Miniaturform begegnet.

Mein Vater spähte mich blinzelnd an, als wäre er sich nicht ganz sicher, wer ich war; um mir dann, während das Schweigen größer und größer wurde, murmelnd eine Frage zu stellen: »Hast du ... hast du ... deine Hausaufgaben schon gemacht?« Oder: »Bist du mit deiner Arbeit fertig?« Als Fünfjährige waren meine Hausaufgaben mehr als überschaubar, doch ich nickte trotzdem eifrig, denn ich war mir in jenen Momenten sicher, man würde mich noch am selben Abend des Hauses verweisen, wenn ich mich nicht gefügig zeigte. Natürlich hatten meine Eltern in keiner Weise so etwas angedeutet, doch irgendwie hatte ich es mir in den Kopf gesetzt, dass genau diese Gefahr drohte. Es war eine der vielen Ängste, die ich hatte.

Im Rückblick denke ich, dass mein Vater genauso panische Angst davor hatte, mir zu begegnen, wie umgekehrt. Deshalb sagte er auch das, was ihm als Erstes in den Sinn kam. Er war Wissenschaftler, genauer gesagt Kartograf – er beschäftigte sich mit Landkarten und Geologie. Eine eher nichtssagende Tätigkeit, die allerdings gut zum ebenso präzisen wie harmlosen Wesen meines Vaters passte. Trotzdem hatten Leute wie er während Maos Kulturrevolution unter Verfolgung gelitten. Eine nicht unbeträchtliche Anzahl von Lehrern, Technikern und Intellektuellen hatte damals ihr Leben verloren, weil man sie für entartete, bourgeoise Spießer hielt, und meiner Vermutung nach hatte mein Vater die Angst und Ungewissheit jener Zeit niemals ganz abgelegt. Sie prägte ihn, hielt Einzug in jeden Aspekt seines Lebens. Selbst in die Beziehung zu seiner Tochter.

Ich wuchs in den Nachwehen des Maoismus auf – nach

dem Tod des Großen Steuermanns –, weshalb jene Angst für mich nicht real war, zumindest nicht bis zu den Ereignissen etwa fünfzehn Jahre später. Doch meinem Vater war es nie gelungen, aus dem Schatten der Furcht herauszutreten.

Vielleicht linderte mein Vater seine Angst, indem er es zuließ, dass er an Kontur verlor und sich in die unbestimmte und abstrakte Welt der Tabellen und Diagramme zurückzog, von denen sein Arbeitszimmer voll war. Zu diesem Ort hatte das umtriebige Chaos des Familienlebens keinen Zutritt: die schmutzigen Windeln und das auf dem Teppich verstreute Spielzeug; das Gequengel eines Krabbelkindes; die trotzig zu ihm aufblickenden kleinen Gesichter, erwartungsvoll und empört zugleich, mit Rotz und Tränen verschmiert.

Meine Mutter ging mit ihren Ängsten anders um. Sie war eine zupackende Person, die versuchte, jeden Aspekt und jede Wendung im Leben ihrer Familie zu überwachen. Sie sorgte dafür, dass wir uns alle um Punkt sechs Uhr abends um den Tisch versammelten und dass die Servietten, die wir benutzten, akkurat auf unserem Schoß ausgebreitet waren. Während der Mahlzeit wurden wir davon in Kenntnis gesetzt, was den Nachbarn, die auf unserem Flur lebten, widerfahren war, wir erfuhren von den Leistungen, derer sie sich brüsteten, und den Skandalen, die sich hinter verschlossenen Türen abspielten. Insbesondere von den Skandalen. Meine Mutter war erfasst von einer überbordenden Energie; einer Lebenskraft, die wie ein Tsunami jede Hürde, die sich ihr in den Weg stellte, niederreißen und überwinden konnte. Sie speiste sich aus Klatsch und Tratsch, eine Antriebskraft, die sie einsetzte, um uns alle abzufüttern und dafür zu sorgen, dass unsere Kleidung sauber war und uns niemand auf unserem Lebensweg in die Quere kam. Das wurde mir allerdings erst viel später klar. Damals empfand ich meine Mutter einfach nur als übergriffig und lästig.

Am Ende der Kulturrevolution war mein Vater degradiert worden, doch es war ihm gelungen zu überleben. Kurze Zeit war er inhaftiert gewesen, schaffte es aber, wieder eine Anstellung zu bekommen. Ich vermute, er gehörte einfach zu denen, die Glück hatten. Bis zum heutigen Tage weiß ich nicht, welche Demütigungen – oder Schlimmeres – er hatte erdulden müssen. Das war etwas, das seiner Familie zu offenbaren er niemals auch nur in Erwägung gezogen hatte, vermutlich auch, weil zu dieser Familie damals nur weibliche Wesen gehörten. Meine Mutter war jedoch davon überzeugt, dass die Ursache seiner Leiden – die Ursache unserer aller Leiden – schlicht und ergreifend ein zufälliger Fehler in der ansonsten unfehlbaren Maschinerie der Bürokratie war. In ihren Augen griff die Regierung manchmal allzu hart durch, doch sie war gerecht, und ihre Autorität und Macht waren stets auf das Beste der Menschen ausgerichtet. Als Kind teilte ich die Meinung meiner Mutter, dass die chinesische Regierung die beste von allen sei, in jeder Hinsicht den Mächten des westlichen Imperialismus überlegen, die danach strebten, ihr Ende herbeizuführen. In jeder Radiosendung wurde verkündet, dass wir, das chinesische Volk, die Fahne der Menschlichkeit schwenkten, wenn wir für eine vom Klassenjoch befreite Gesellschaft kämpften. Derlei sogen wir in jungen Jahren auf wie die Muttermilch, so wie die amerikanischen Kinder jeden Morgen in der Schule strammstanden, um ihrer Flagge die Treue zu schwören.

Dennoch frage ich mich im Rückblick, wie sehr die gutgläubige und begeisterte Ergebenheit, die meine Mutter dem Staat entgegenbrachte, zur Schwächung meines von Erschöpfung gezeichneten Vaters beitrug, dem das Leben und der Staat, dem er dienen wollte, schwer zugesetzt hatten. Gewiss blieb die bedingungslose Begeisterung für den Status quo vonseiten meiner Mutter nicht ohne Wirkung. Vielleicht hatte mein Vater sogar gelegentlich mit Verärgerung darauf reagiert. Ein kurzes Aufblitzen von Gefühlen, die zu unterdrücken er sein Lebtag lang gelernt hatte. Doch grob war er nie geworden.

Auf unserem Flur kam es nämlich durchaus vor, dass Männer ihren Frauen gegenüber handgreiflich wurden. Manchmal hörte man die Streitigkeiten mit an; man nahm den Moment des Verstummens wahr, bevor eine Hand auf dem Gesicht einer Frau landete, und den schrillen Schrei, der darauf folgte. Doch selbst die malträtierten Frauen auf unserem Flur bemühten sich darum, Anstand zu wahren, weil sie das Gefühl hatten, über gewisse Dinge redeten respektable Menschen nicht, und stritten den Nachbarn gegenüber alles ab.

Bei diesen Gelegenheiten übte sich das gesamte Stockwerk in einer ebenso sonderbaren wie surrealen Scharade. Alles sei bestens, wiegelte man ab; nur die Ecken der Türen seien, wie Ungeheuer in einem alten chinesischen Schauspiel, urplötzlich aus den Fugen geraten und hätten überraschend einer Frau, die doch nur ihren alltäglichen Pflichten nachging, einen Schlag versetzt. Die Winkel eines Schrankes oder die Kanten eines Bettes – in all diesen Dingen lag gleichermaßen Gefahr. Die Männer hingegen, mit denen diese Frauen zusammenlebten, waren über jeden Zweifel erhaben.

Ein Kind versteht und verarbeitet solche Dinge, ohne sie in einen bewussten Zusammenhang zu stellen. Ich begriff, dass Frauen gelegentlich verprügelt wurden, und ich wusste auch, dass das nicht gut war. Mir war bekannt, dass die Erwachsenen in meiner Umgebung einem solchen Verhalten stirnrunzelnd begegneten, aber nicht darüber sprachen. Und doch geschah es. Ich erinnere mich, selbst als junges Mädchen gedacht zu haben, es hätte die grelle Umtriebigkeit meiner Mutter vielleicht dämpfen und ihre Zwanghaftigkeit, unser Leben bis ins kleinste Detail mit ihrem ausufernden Sinn für Anstand und Ansehen zu regeln, in gewissem Maße außer Kraft setzen können, wenn mein Vater ihr auch nur einmal eine Ohrfeige gegeben hätte. Wenn er, nur ein einziges Mal, ihren nie enden wollenden Fluss des skandallüsternen Klatsches und des Herumkommandierens unterbrochen hätte.

Doch das tat er zum Glück nie. Was er tat, war in gewisser Weise noch schlimmer: Er entzog sich. Er hatte gelernt, sich aus der Welt um ihn herum zu lösen. Von ihm blieb nur die graue Hülle eines Mannes übrig, der mir uralt vorkam, obwohl er damals kaum älter gewesen sein kann als Anfang dreißig. Ein Mann, dem man die Substanz aus dem Leib geprügelt hatte. Bis zum heutigen Tage weiß ich nicht, was ihm während jener Zeit vor Maos Tod widerfahren war. Er war inhaftiert gewesen. Doch hatte man ihm körperlich etwas angetan? Ihn misshandelt? Alles, was ich weiß, ist, dass er als Mensch irgendwie kleingemacht worden war. Selbst nach all diesen Jahren, und obwohl er nicht mehr da ist, habe ich noch immer großes Mitgefühl mit ihm.

Während mein Vater angesichts des überwältigenden Furors meiner Mutter nur ein schwaches Abbild seiner selbst war, war meine Großmutter ein ganz anderes Kaliber. Anders als die Tochter, der sie das Leben geschenkt hatte. Für mich hatte es den Anschein, als wäre sie – im Gegensatz zu meiner Mutter, deren Kompass immer in Richtung Ehrbarkeit ausschlug – von Natur aus eine Rebellin.

Geboren war sie im Jahre 1921. Ihre Geburt fiel mit einer Periode der Modernisierung in China zusammen, nachdem die letzte Kaiserdynastie geendet hatte, doch meine Großmutter war auf dem Lande aufgewachsen, wo die Vergangenheit noch immer ihre sonderbare und geisterhafte Macht ausübte. Ihre Eltern hielten an den Sitten und Gebräuchen fest, die man ihnen eingetrichtert hatte, und so ließen sie die winzigen Zehen ihrer Tochter brechen, nach innen biegen und mit

Bandagen abbinden. Doch meine Großmutter hatte dagegen aufbegehrt, hatte Nacht für Nacht geschrien und sich so lange der Prozedur widersetzt, bis ihre Mutter und ihr Vater irgendwann resignierten und davon abließen. Als meine Großmutter endgültig die Verbände von ihren Füßen löste, taten ihre Eltern so, als bemerkten sie es nicht.

Nun besaß meine Großmutter Füße, die aus der Reihe tanzten. Sie waren größer als die Lotusfüße, die man mit dem Abbinden hatte erreichen wollen, aber kleiner als Füße, die sich normal entwickelt hätten. Deshalb fand sie es schier unmöglich, gut sitzende Schuhe zu bekommen. Das war auch der Grund, warum sie irgendwann begonnen hatte, selbst welche zu nähen. Damals war ihr das nicht bewusst, doch es gab eine ganze Generation von Mädchen, die sich dem Binden ihrer Füße mit genau der gleichen Kühnheit und Entschlossenheit widersetzt hatten, die sie selbst an den Tag gelegt hatte. Eine ganze Generation von Mädchen, die keine Schuhe fanden, die ihnen passten.

Im Laufe der Zeit entwickelte meine Großmutter ein besonderes Geschick im Anfertigen von Schuhen für Frauen mit solchen »Befreiungsfüßen«. Die Fähigkeit meiner Großmutter, mit Nadel und Faden umzugehen und Bekleidung herzustellen – ein Bereich, der als traditionell weiblich angesehen wird –, wurde so zu einem Akt der weiblichen Rebellion. Ihr ganzes Leben war von vielen kleinen Momenten des Aufbegehrens durchzogen, die sich oft in ungehobelter und wenig damenhafter Weise ausdrückten. Brüllendes Gelächter, ein anzügliches Zwinkern oder sogar ein gewaltiges …

»UÄÄRRRP!«

Ich bin gerade dabei, einen Happen gebratenen Reis zwischen Stäbchen in Richtung meines Mundes zu manövrieren, doch der Rülpser meiner Großmutter ist so laut und unüberhörbar, dass ein paar Augenblicke lang alle fünf Menschen am Tisch erstarren. Mein Vater verzieht das Gesicht zu einer Miene, die ich noch nie an ihm gesehen habe, sein Mund steht leicht offen, ein Ausdruck irgendwo zwischen Verwirrung und Bestürzung. Meine Mutter – die sich gerade wortreich über die Tochter von Nachbarn ausgelassen hat, die die Frechheit besitzt, Sandalen ohne Socken zu tragen (was im Regelwerk meiner Mutter als sicheres Zeichen für jugendliche Verfehlung gilt) – ist so perplex angesichts des großmütterlichen Bäuerchens, dass es ihr kurzzeitig die Sprache verschlägt. Ihre Augen blinzeln heftig, während sie versucht, diese ebenso plötzliche wie ungehörige Einmischung bei Tisch mit all ihren Auswirkungen zu verarbeiten.

Mein Bruder Qiao – der damals knapp zwei Jahre alt war – stoppte ebenfalls für einen Moment sein begeistertes Mampfen, und etwas Essen fiel aus seinem Mundwinkel. Auf seinem Gesicht erblühte das Grinsen eines Kindes, das merkt, dass sich etwas in seiner Welt verändert hat –, und auch wenn er nicht recht begriffen hatte, worin diese Veränderung eigentlich bestand, erfüllte sie ihn doch mit Begeisterung. Und dann war da noch zu guter Letzt die Verursacherin selbst, meine Großmutter, deren breiter, stämmiger Leib und ausdrucksstarkes Gesicht sich entspannt hatten, während sich ihr Mund zu einem winzigen Lächeln verzog und sie sich wie eine große Kröte in den Stuhl sinken ließ. Mit Schalk in den Augen betrachtete sie meine Mutter.

Meine Mutter wurde puterrot. Sosehr sie ihre Umgebung unter Kontrolle hatte, wenn es um Zeitpläne, die Bekleidung ihrer Kinder oder die Wortwahl ihrer Familie ging, war sie in ihrem eigenen Mienenspiel schnell überfordert, wenn es eigentlich angebracht gewesen wäre, unvorhergesehene und zutiefst persönliche Gefühlsregungen in Schach zu halten. Sie blinzelte meine Großmutter an, verzweifelt darum bemüht, ihre aufsteigende Empörung in den Griff zu bekommen.

Dann stieß sie ein paar erschrockene Silben hervor: »Das hast du doch absichtlich gemacht, Mutter. Das weiß ich genau!«

Meine Großmutter bedachte sie, offenbar wenig beeindruckt, mit dem undurchdringlichen Blick einer Sphinx, in den sich auch ein Hauch finsterer Belustigung mischte.

»Meine liebe, liebe Tochter! Wenn du erst mal so alt bist wie ich, wirst du merken, dass der Körper etwas von einem Auto hat. Er rostet und gibt manchmal Töne von sich, gegen die man einfach nichts machen kann!« Meine Großmutter zwinkerte kurz und setzte eine Miene gekränkter Würde auf.

»Ach, hör doch auf«, erwiderte meine Mutter. »Was du ›Töne‹ nennst, kommt doch fast immer in genau dem Moment, wenn ich meinen Gedanken Ausdruck verleihe und versuche ...«

»Uäärrrp!«

Wieder erstarrte die gesamte Tischgesellschaft wie kurzzeitig gelähmt. Bis auf meinen Bruder, diesmal der Urheber des Rülpsers, auf dessen Gesicht sich ein boshaftes Grinsen breitmachte. Immer noch sabbernd, freute er sich wie ein Schneekönig, seinen Teil zur Unterhaltung beigetragen zu haben.

Meine Mutter bedachte meinen kleinen Bruder mit einem Blick unverhohlenen Entsetzens, bevor sie sich an meine Großmutter wandte. Die Röte in ihrem Gesicht war blitzartig einem erschrockenen Weiß gewichen, das an geronnene Milch erinnerte.

»Siehst du, was du anrichtest! Du ... stiftest mein Kind an!«

Zum ersten Mal verschwand die Belustigung aus dem Antlitz meiner Großmutter. »Ach, übertreib's mal nicht. Er ist noch nicht mal zwei. Der Affe sieht, der Affe macht.«

»Affe ... *Affe?*«, stieß meine Mutter hervor. »Wie ... wie kannst du es wagen? Für mich ist die moralische Entwicklung meiner Kinder nichts, worüber man sich lustig macht!«

Zu diesem Zeitpunkt hatte sie sich von ihrem Platz erhoben und ragte vor uns auf, gestikulierte in Richtung eines Publikums, das für uns unsichtbar war.

Auf einmal richtete sie ihre ganze Aufmerksamkeit auf meinen Vater. »Und du! *Du*! Warum tust du eigentlich nie etwas, um mich in Schutz zu nehmen!«

Plötzlich wurde mein Vater in den Raum zurückkatapultiert. Worüber auch immer er gerade gegrübelt hatte und welche Gedanken ihn vor den stürmischen Gestaden dieses Familienstreits abgeschirmt hatten – alles war unter dem flammenden und vorwurfsvollen Blick meiner Mutter wie weggeblasen. Der Ärmste versuchte nach Kräften, sich zusammenzureißen und schnell eine entsprechende Antwort zurechtzuzimmern – ich konnte förmlich dabei zusehen, wie sich die Rädchen in seinem Kopf drehten –, doch noch bevor er etwas hervorstoßen konnte, schnappte meine Mutter entnervt nach Luft und stampfte aus der Küche.

Meine Großmutter richtete ihren spöttischen Blick auf meinen verdatterten Vater.

»Mir scheint sie heute ein bisschen angespannt zu sein. Wäre es nicht angebracht, dass du deinen ehelichen Pflichten etwas regelmäßiger nachkommst?«

War mein Vater von der plötzlichen Attacke meiner Mutter schon in größte Beklemmung versetzt worden, war diese nichts im Vergleich zu dem blanken Entsetzen, das sich auf seinem Gesicht abzeichnete, als meine Großmutter ihm diese Empfehlung gab.

Mit aller Würde, die er noch aufbringen konnte, stand er vom Tisch auf und folgte meiner Mutter hinaus.

Mein Bruder hockte in seinem Hochstuhl, und zum ersten Mal wanderte ein Schatten über die Glattheit seines pummeligen Gesichts, seine großen dunklen Augen weiteten sich in einem Moment unergründlichen Kummers, denn er begriff, dass sich erneut etwas verändert hatte, auch wenn ihm nicht klar war, wie oder warum. Er wusste, dass nur wenige Augenblicke zuvor Menschen um ihn herum gewesen waren, die nun nicht mehr da waren – und ihn durchströmte wohl die Art von erschütternder Einsamkeit, die kleine Kinder manchmal so plötzlich und mit großer Wucht heimsucht. Nur einen Moment später kullerten Tränen über sein Gesicht.

Ich ärgerte mich oft über meinen Bruder. Er konnte so laut und anstrengend sein. Wenn er im Raum war, schienen sich auf einmal alle Gespräche nur noch um ihn zu drehen, als wäre er ein kleiner Planet, der allein durch die Schwerkraft seiner Bedürfnisse alle Anwesenden in seine Umlaufbahn lenkte. Doch meine Verärgerung machte mich manchmal blind dafür, wie hilflos er im Grunde war. In jenem Moment empfand ich seine Verletzlichkeit so stark, als wäre es meine eigene, und seine Einsamkeit und Verwirrung fühlten sich an, als wären sie auf mich übertragen worden. Ein paar Augenblicke lang glaubte ich, mich in seinem Kopf zu befinden und blinzelnd auf diejenigen hinausblicken zu können, die zu seiner Welt gehörten, erfüllt von einer Mischung aus Verdutztheit und Furcht. Ich stand auf und schnallte ihn so vorsichtig von seinem Hochstuhl, wie ich konnte. Mittlerweile brüllte er wie am Spieß, vollkommen der Welle an Gefühlen ausgeliefert, die so plötzlich in ihm aufgestiegen waren. Beruhigend versuchte ich auf ihn einzureden, wie ich es meine Mutter oft hatte tun sehen. Ich hob ihn hoch und streifte mit den Lippen seinen weichen Bauch – was ich manchmal tat, um ihn zu kitzeln und zum Kichern zu bringen –, doch seine Verstörung war so groß, dass mein Bemühen erfolglos blieb.

Meine Großmutter winkte mir von ihrem Stuhl aus zu. Wortlos reichte ich Qiao an sie weiter. Er weinte immer noch, doch kaum drückte sie ihn an ihre große Brust, gelang es ihr, ihn mit ihrer schieren Masse, ihrer Ruhe und Wärme ein wenig zu beschwichtigen. Obwohl sein moppeliger Körper immer noch von Schluchzern geschüttelt wurde, begann er sich allmählich zu entspannen. Er schmiegte sich an ihre rundliche Weichheit, während sie ihn sanft zu schaukeln begann – wie ein kleines Schiff, eingelullt vom Wogen der Wellen. Ganz instinktiv und automatisch schob er sich den Daumen in den Mund. Nur wenige Momente später hörte ich ihn leise und sanft schnarchen – die großen Augen fielen ihm zu, lagen wie glatte Murmeln unter den geschlossenen Lidern, nur die kleine Nasenspitze lugte noch hervor. Von einem Moment auf den anderen war er eingeschlummert.

Auf einmal kam ein anderer, nicht ganz so kreuzbraver Gedanke in mir auf. Meine Mutter erlaubte mir nur selten, mit anderen Kindern aus der Nachbarschaft zu spielen, doch meine Großmutter war in dieser Hinsicht nicht ganz so streng.

»Po Po! Darf ich ein bisschen draußen spielen?«

Meine Großmutter blickte nicht auf, nickte aber kurz mit ihrem großen Schildkrötenkopf. Dabei wiegte sie meinen Bruder weiter in ihren Armen. Mich durchfuhr ein freudiges Gefühl des Verbotenen, als ich leise die Wohnungstür öffnete und auf den Flur hinaustrat. Eine Welle von Hitze schlug mir entgegen. Es war Sommer, und Klimaanlagen gab es noch lange nicht. Die Leute öffneten einfach ihre Balkontür und nicht selten auch ihre Wohnungstür, sodass es stets ein Lüftchen gab, das die stickige Hitze in den engen und übervollen Behausungen ein wenig linderte, besonders am frühen Abend, wenn der Herd eingeschaltet wurde und es in den Bratpfannen zu brutzeln begann. Dann machte sich ein seltsames Gemeinschaftsgefühl auf unserem Flur breit: Die offenen Türen und dünnen Wände bedeuteten, dass das Privatleben der anderen immer in greifbarer Nähe war, und obwohl dadurch ein gewisser Kameradschaftsgeist entstand, bot die Situation auch den Nährboden für Klatsch und Neid.

Meine Mutter knauserte mit keinem von beiden. Eine unserer nächsten Nachbarinnen, die ich immer Tantchen Zhao nannte, obwohl sie gar nicht mit uns verwandt war, kam vom Lande und hatte einen deutlichen Akzent, sodass ich manchmal Mühe hatte, sie zu verstehen. Doch sie hatte einen Pekinger Mann geheiratet – noch dazu den Geschäftsführer einer Fabrik –, sodass sie in den Genuss so mancher Annehmlichkeit kam, die meiner eigenen Familie nicht vergönnt war. Zum Beispiel war Tantchen Zhao die Erste auf unserem Stockwerk gewesen, die über einen Gefrierschrank verfügte. Ich kann mich bis heute an den Tag erinnern, als er geliefert wurde. Er war fast doppelt so hoch wie die Männer, die ihn nur mit größter Mühe die Treppe hoch- und den Flur entlanghievten, ein Spektakel, das sich die Hausbewohner nicht entgehen ließen.

Ich erinnere mich an den Gesichtsausdruck meiner Mutter, als sie damals durch die einen Spaltbreit geöffnete Tür hinausspähte; wie ihre Mundwinkel verkniffen nach unten zeigten und dumpfe Wut in ihren Augen stand. Tantchen Zhao war eine der engsten Freundinnen unserer Familie; ich kannte sie schon, solange ich mich erinnern konnte, und wusste, dass meine Mutter sie eigentlich mochte. Bei ihrer jetzigen Reaktion schnürte es mir jedoch den Hals zu. Ein Gefühl des Unbehagens machte sich in mir breit, wie in der Schule, wenn man mich an die Tafel rief und ich ein Schriftzeichen oder Symbol entziffern sollte, dessen Bedeutung mir vollkommen schleierhaft war. Nur einen Moment lang sah ich, wie die Miene meiner Mutter sich säuerlich verzerrte, dann machte sie die Tür wieder zu und widmete sich ihrer Hausarbeit. Doch ihre Reaktion war etwas, das ich nie vergaß.

Nun, während die Düfte von Brathähnchen, Fisch, Erdnusssoße und Seegurke auf mich einstürmen, zusammen mit dem Stärkegeruch zum Trocknen aufgehängter Wäsche und dem muffigen Aroma erhitzter Körper, fällt mein Blick in Tantchen Zhaos Wohnung. Ich sehe Leute am Küchentisch sitzen, der Gefrierschrank ist geöffnet und taucht sie in sein kühles blaues Licht, doch ich bleibe nicht stehen. Stattdessen lege ich noch einen Zahn zu; Kinder sollen auf dem Flur eigentlich nicht rennen, doch auf einmal ist dieses überwältigende Gefühl der Vorfreude in mir, während ich zum Treppenhaus komme, die Stufen hinunterpoltere, die Haustür aufstoße und auf die Straße renne. Draußen ist es für diese Uhrzeit immer noch schwülwarm und stickig; ich spüre die Hitze an meinem unteren Rücken, die Schweißperlen, die sich in meinem Nacken bilden, doch jetzt bin ich draußen und habe das Gefühl, endlich wieder atmen zu können.

ZWEI

Ich suche nach ihnen. Und habe sie auf der Stelle entdeckt. Sie haben sich auf einem verlassenen Grundstück direkt an der Hauptstraße getroffen. Als die Sonne untergeht, fängt sich der Staub, der vom sandigen Boden aufgewirbelt wurde, in den langen Strahlen des Abendlichts, sodass sich Streifen aus glitzerndem Gold in der Luft bilden. Durch diesen mit Gelb gesprenkelten Dunst kann ich weit in die Ferne blicken. Ich sehe Form und Umrisse der Gebäude der Innenstadt, und ganz hinten am Horizont, in Richtung der Verbotenen Stadt, erkenne ich die wuchtigen Monumente, die am Eingang des Tian'anmen stehen, am Platz des Himmlischen Friedens. Auf mich wirkt er so weit weg wie irgendein fernes Märchenland, und sein Bild – durchscheinend und verschwommen – schimmert kurz auf und verschwindet dann hinter einer bauschigen Wolke. Jetzt sind meine Gedanken wieder hier, in meinem Viertel. Ich zwinge mich dazu, mich zu konzentrieren, während ich auf die Gruppe von Kindern zugehe, lasse meinen Schritt bewusst lässig und mein Gesicht ausdruckslos werden.

In gut einstudierter Unbekümmertheit schlendere ich auf sie zu. »He, was treibt ihr so?«

Es liegt auf der Hand, was sie treiben, denn Zhen, ein klein gewachsener Junge mit zarten Gesichtszügen und großen Augen, fährt mit der Zunge an der Kante eines unbeschriebenen Blatts Papier entlang. Die anderen lassen ihn dabei keine Sekunde aus den Augen, denn Zhens flinke Hände fabrizieren die schönsten und am weitesten fliegenden Papierflieger, und alle wollen entdecken, was sein Geheimnis ist. Ich weiß, was sie vorhaben, aber ich stelle trotzdem die Frage, weil sich das einfach so gehört.

Jian lässt das Papierblatt, das Zhen faltet, keinen Moment lang aus den Augen, antwortet mir jedoch trotzdem mit einem gut gelaunten Murmeln, als hätte die Gruppe gerade den einzig wahren Zeitvertreib auf der Welt entdeckt. »Heute bauen wir Papierflugzeuge!«

Ich nicke, will noch etwas sagen, doch dann verstumme ich, weiß nicht, wohin mit meinen Händen. Ich sehe, dass Al Lam mich beobachtet. Als ich ihrem Blick begegne, schaut sie verlegen zur Seite. Auch wenn wir Teil derselben Gruppe sind, reden wir nur selten miteinander. Ich glaube, das hat damit zu tun, dass wir die beiden einzigen Mädchen sind. Wir wissen, dass wir anders sind als die anderen, und vielleicht würde sich dieses Anderssein verstärken, wenn wir mehr Zeit miteinander verbringen würden. Oder so. Jedenfalls sind wir auf der Hut, wenn wir uns begegnen.

Zhen hat sein Papierflugzeug fertig. Mit einer kurzen, schnalzenden Bewegung des Handgelenks schleudert er es in die Luft. Wir sehen ihm hinterher, unsere Gesichter nach oben gerichtet, dem Abendlicht entgegen, bis der Flieger nur noch ein dunkler Umriss ist. Auf einmal gerät er ins Trudeln und fällt in rasantem Sturzflug ein paar Meter von uns entfernt zu Boden. Wie auf Kommando laufen wir auf die Stelle zu.

Jian hebt das zerknickte Flugzeug vorsichtig hoch.

»Ziemlich gut geworden«, sagt er und betastet den Flieger vorsichtig. Seine breiten, klaren Züge leuchten auf, als er den Mund zu einem freundlichen Lächeln verzieht.

Ich glaube nicht, dass unsere Gruppe tatsächlich einen Anführer hatte, doch Jian kam dieser Rolle am nächsten. Er sah gut aus mit seinem dicken schwarzen Haar, das wild abstand; er hatte eine geschmeidige, aber kräftige Stimme, war ein guter Sportler und konnte schneller rennen als alle anderen. Außerdem war er der Größte von uns. Wenn man ein Kind ist, bedeutet es viel, groß zu sein.

»Kommt, wir spielen was anderes!«

Gen schaut uns an und schenkt uns ein seltsames Lächeln. Er ist viel kleiner als Jian, kaum größer als ich. Aber jeder in unserer Gruppe hat eine besondere Eigenheit. Jian ist der Starke. Al Lam ist die Vernünftige. Zhen ist der, der gut Papierflugzeuge bauen kann. Gen ... ist der Schlaue. Mir fällt auf, dass ich wohl die Einzige in der Gruppe bin, die sich nicht durch eine besondere Eigenschaft hervorhebt. Vielleicht ist das der Grund, warum mich die meisten Menschen nicht bemerken. Die Lehrer scheinen mich in der Schule gar nicht zu sehen, und seit Qiao auf der Welt ist, bringen mir meine Mutter und mein Vater nicht mehr die gleiche Aufmerksamkeit entgegen wie früher (außer wenn meine Mutter mir vorwirft, ich hätte mal wieder mein Kleid ruiniert, indem ich im Dreck »herumgerollt« sei – etwas, das sie anscheinend für wenig damenhaft hält). Meine Großmutter sieht mich natürlich. Mit ihrem Blick scheint sie zu jedem noch so kleinen Geheimnis in meinem Körper und meinem Geist vorzudringen, es zu durchschauen. Aber das ist nicht das Gleiche. Jedenfalls weiß ich, wenn ich das Haus verlasse und zum Spielen zu meinen Freunden gehe, nehmen sie mich ohne Murren in ihre Ränge auf, auch wenn an mir nichts Besonderes ist. Es ist, als wären wir alle voneinander getrennte Puzzleteile, die gar nicht anders können, als zusammenzugehören.

Bei Gen ist das noch mal anders. Auch wenn er eher klein ist, hört jeder zu, wenn er etwas sagt. Irgendwie ist er selbstbewusst, nicht laut; er sagt Dinge, die keiner von uns anderen weiß. Das macht ihn schlau. An ihm ist etwas, das ihn erwachsener wirken lässt, vielleicht sogar erwachsener als Jian, obwohl Jian älter und größer ist. Außerdem lässt Gen sich niemals auf die Kabbeleien ein, die wir anderen untereinander haben.

Einmal hat Wang Fan – der dick ist und schlecht riecht – behauptet, ich würde mich am Hintern kratzen. Das hat er nur deshalb gesagt, weil jeder weiß, dass er sich selbst ständig am Hintern kratzt. Und er kicherte und sabberte, als er das sagte, als wäre es das Lustigste auf der ganzen Welt. Ich spürte, wie ich knallrot wurde; das alles war sehr seltsam, denn in der Tat würde es mir nicht im Traum einfallen, mich am Hintern zu kratzen. Und doch hatte er es mit einer solchen Häme gesagt, dass ich spürte, wie meine Wangen glühten und mir Tränen in die Augen traten. Aber nicht etwa, weil das, was er gesagt hatte, mich betroffen machte. Sondern weil ich wütend war. Und trotzdem muss es für alle anderen so ausgesehen haben, als wäre ich deshalb sauer, weil es stimmte, was er behauptet hatte.

Und so kam es, dass mir der Kragen platzte. »Du blöder Arsch! Du bist doch zurückgeblieben!«

Ich schlug Fan, so fest ich konnte, mit der Faust auf den Arm. Sofort hatte er selbst Tränen in den Augen und begann zu schreien. Er machte sich, so schnell ihn seine Stummelbeine trugen, auf den Heimweg.

»Das war aber nicht nett«, sagte Jian und bedachte mich mit einem Blick, aus dem Enttäuschung sprach.

Er hatte es ganz leise gesagt, sein Blick war milde, und doch fühlte es sich so an, als hätte er mir so fest ins Gesicht geschlagen, wie er konnte.

Plötzlich bekam ich Panik. »Er lügt. Wang Fan hat gelogen. Er sagte, ich würde mich am Hintern kratzen, aber das stimmt nicht.«

Ich blickte, nach Unterstützung suchend, in die Runde. Ich schaute zu Gen, weil er als intelligent und nüchtern galt. Ich war mir sicher, dass er auf die Stimme der Vernunft hören würde.

»Ich habe es nicht getan, Gen!«

Er blickte ein paar Momente auf seine Füße hinab und hob dann den Blick. Seine braunen, schimmernden Augen sahen mich an. »Ja, ich weiß, aber darum geht es nicht.«

»Was dann? *Worum geht es dann?*«

Ich schrie ihnen die Frage fast zu, doch sie waren wieder mit dem beschäftigt, was sie vorher gemacht hatten. Niemand sagte mir, ich solle gehen, doch ich wusste, dass man mich entlassen hatte. Am nächsten Tag kam ich zurück. Wang Fan war da, sabberte und lachte, während sie spielten. Ich schloss mich ihnen an, als wäre nichts geschehen. Doch von jenem Moment an begriff ich, was Gen gemeint hatte. In der Schule nannten alle Wang Fan »zurückgeblieben«. Denn beim Mittagessen sabberte er viel von seinem Essen auf sein Shirt, und manchmal fing er zu kichern an, ohne dass irgendjemand verstand, warum. Aber darum ging es. So wie die Gruppe mich akzeptierte, obwohl ich nicht viel zu bieten hatte, so akzeptierte sie auch Wang Fan, einfach weil er da war und gerne spielen wollte. Für uns Kinder war es damals, in jener Zeit, das Allerbeste auf der Welt, mit anderen zu spielen, auch wenn man ein bisschen zurückgeblieben oder anders war, wenn man schielte oder einen komischen Bauch hatte. Darum ging es.

»Kommt, spielen wir was anderes!«, verkündete Gen.

Als er das sagte, hörten alle auf ihn. Gen und ich gingen auf dieselbe Schule, aber in verschiedene Klassen. Dennoch war ich dabei gewesen, als er bei der Schulversammlung die Treppe hochgestiegen war und einen Preis für seine guten Leistungen in Kalligrafie entgegengenommen hatte. Außerdem wussten wir, dass sein Vater ein hohes Tier war; wie wir das erfahren hatten, könnte ich allerdings nicht sagen, denn Gen sprach nur selten über seine Eltern.

»Was sollen wir denn spielen?«, fragte Jian ernst.

»Katz und Maus!«, antwortete Gen wie aus der Pistole geschossen.

Jian nickte. »Okay«, sagte er. »Fangen wir an.«

Er sah mich an.

»Maus!«, rief er.

Ich kicherte, ohne es zu wollen. Alle schauten mich an, aber es freute mich ganz besonders, dass Jian mich auserwählt hatte.

Dann kam die Ernüchterung.

»Wang Fan – Katze!«

Wie auf Kommando rief die Gruppe im Chor:

»Wie spät ist es? Ach, sag doch nur!
Erst neun, so steht es auf der Uhr.
Und ist die Katze schon zu Haus?
Sie sitzt am Tisch und frisst 'ne Maus.«

Ziel des Spieles war, dass die Katze hinter der Maus herrannte, sobald der Chor endete, doch unglücklicherweise hatte Wang Fan das nicht richtig verstanden und stürzte sich auf mich, noch bevor die anderen zu singen aufgehört hatten. Ich spürte, wie mir der Boden entgegenkam, fast wie in Zeitlupe, und dann schien sich alles zu beschleunigen, und ich lag verwirrt auf der staubigen Erde, Geräusche stürmten auf mich ein, und ich hörte das Rauschen von Wang Fans begeistertem Atem direkt an meinem Ohr. Ein Tropfen Spucke landete auf meiner Wange.

Ich schaute in sein großes, pummeliges Gesicht, das über mir kicherte, und auf einmal durchzuckte mich Wut; am liebsten hätte ich ihm die Augen ausgekratzt, ihm eine auf die sabbernden Lippen gegeben. Er war ein Kind, wahrscheinlich der Kindlichste von uns allen, und doch fühlte sich sein Körper auf meinem irgendwie anders an; ich spürte die Hitze, die seine schwabbeligen Hautschichten abgaben. Und ich roch den säuerlichen Geruch, der aus den Falten und Ritzen seines Körpers kam, seinen Achselhöhlen, der Erhebung zwischen seinen schlaffen Schenkeln.

Er kicherte und kicherte, sein ganzer Körper bebte, doch diesmal schrie ich ihn nicht an, ich nannte ihn auch nicht »zurückgeblieben«, und ich spuckte ihn nicht an (was das Schlimmste war, was ein Kind einem anderen antun konnte). Stattdessen schaffte ich es, meinen Ekel hinunterzuschlucken, mich zu konzentrieren und Wang Fan mit einer raschen Drehung von mir abzuschütteln, sodass er herunterfiel und ich mich frei machen konnte.

Ich rappelte mich hoch und schaute die anderen an. Alle lachten. Einen Moment lang war ich erschrocken. Ich hatte Wang Fans Geruch immer noch in der Nase. Glucksend rollte er auf dem Boden hin und her, als hätte er gerade den lustigsten Witz der Welt gehört, als würde ihn jemand kitzeln, den wir anderen nicht sehen konnten. Ich spürte ihre Blicke. Und dann hörte ich mich selbst lachen. Gezwungen. Fremd. Ein Geräusch, das außerhalb von mir stattfand. Alle anderen machten mit dem Spiel weiter. Bis auf Gen. Der stand noch ein paar Augenblicke da und betrachtete mich mit fragender, abschätzender Miene.

Die Sonne war untergegangen. Am Boden sammelten sich die Schatten. Irgendwann trennten wir uns, machten uns, jeder in eine andere Richtung, auf den Heimweg. Plötzlich hatte es zu regnen begonnen. Doch ich blieb noch. Und wieder spürte ich Gens Blick auf mir. Neugierig, durchdringend.

»Möchtest du dir was anschauen?«, fragte er.

»Klar.«

Langsam wurde es finster, und ich wusste, dass ich vor Einbruch der Dunkelheit zu Hause sein musste. Das war die Regel. Manchmal lehnte ich mich dagegen auf, doch eigentlich wollte ich selbst nicht mehr auf der Straße sein, wenn es dunkel wurde. Aber in jenem Moment hielt mich etwas dort und verhinderte, dass ich mich gleich auf den Heimweg machte. Gen sprach leise, zugleich war da eine Unbekümmertheit in seiner Stimme, und seine Augen schimmerten amüsiert, als fände er mich irgendwie lächerlich. Hätte ich mich geweigert, mit ihm zu gehen, wäre es gewesen, als hätte ich mich einer Herausforderung nicht gestellt. Das Eingeständnis, dass ich Angst hatte.

Stattdessen holte ich tief Luft und folgte ihm. Der Regen fiel wie ein weicher grauer Teppich, und von den Straßen stieg Dunst auf, ein dampfiger Nebel, der die Umrisse der Gebäude verschwimmen ließ. Bald hörte man nur noch das leise Klopfen der Tropfen, während die Schatten größer wurden und Dunkelheit sich über uns senkte. Ich spürte, wie der Regen sich auf das Gewebe meiner Schuhe legte, sich hineinstahl, meine Socken durchweichte, wie seine Tropfen an meinen Augenbrauen hingen und von meiner Nasenspitze fielen. Auf einmal fühlte ich mich sehr müde, als hätte die graue Feuchtigkeit mein Gehirn lahmgelegt.

»Wo gehen wir denn hin? Ist es noch weit?«

»Nicht mehr weit«, sagte Gen. Um seine Lippen spielte immer noch ein Lächeln.

Kurz flammte Ärger in mir auf. Meine Beine begannen wehzutun. Gerade wollte ich zu Gen sagen, dass ich Besseres zu tun hätte. Doch dann blieb er stehen.

»Da sind wir«, sagte er.

Ich folgte seinem Blick. Vor uns stand ein großes, vielstöckiges Gebäude. Seine Betonwände lagen bereits im Schatten, doch auf jeder Etage gab es eine Reihe von Bogenfenstern, hinter denen es blassorangerot schimmerte. Schwungvoll erhob sich ganz weit oben das Dach zu einem metallischen Bogen, mit jeder Menge Rohren und Kabeln. Selbst von unten konnten wir das leise Summen hören, das von dem Gebäude ausging – als stünde eine riesige Maschine darin. Dort in der Dunkelheit schien es ein ganz gewöhnliches und zugleich unheimliches Gebäude zu sein, und doch war mir klar, dass keine Gefahr davon ausging. Ich wusste, wo wir waren. Das Gebäude hatte einen großen Schornstein, der nach oben zeigte wie ein gewaltiger Finger. Diesen Schornstein kannte ich, weil ich ihn bei Nacht von meinem Zimmer aus sehen konnte. Doch als ich jetzt daran hochblickte und den scharfen schwarzen Umriss sah, der so weit in das dunkle Gewölbe des Himmels ragte, fühlte ich mich klein und unbedeutend diesem Giganten gegenüber, der seinen geisterhaften Rauch in das schwarze Firmament hochpustete.

Ich schaute zu Gen. Er betrachtete das Gebäude mit sonderbar feierlichem Ernst.

»Weißt du, was … was das da ist?«, fragte er, und seine Stimme war so leise, dass ich die Frage fast nicht verstand.

»Natürlich weiß ich das«, sagte ich. »Das ist das Kinderkrankenhaus von Peking.«

Ich hatte versucht, meine Stimme herablassend klingen zu lassen. Doch sie verhallte in der Finsternis, wie erstickt durch die Nacht.

Langsam drehte Gen sich zu mir. »Das denken alle.«

»Was meinst du?«

Seine Miene wurde ernst. »Mein Vater. Er arbeitet für die Regierung. Deshalb weiß er Dinge, die nicht viele Leute wissen.«

»Zum Beispiel?«, fragte ich kurz angebunden.

»Zum Beispiel, dass Kinder in diesem Gebäude sind. Aber

sie sind nicht dort, um wieder gesund zu werden. Denn … sie werden nie wieder gesund.«

Seine Stimme war fast nur noch ein Flüstern.

»Was soll das bedeuten?«

Gegen meinen Willen hatte mich der leise, entschlossene Ton seiner Stimme in seinen Bann gezogen. Ich spürte, wie sich die Härchen an meinem Nacken aufstellten, wie sich die Hitze des Tages unter den ersten kühlen Berührungen der Nacht in Luft auflöste.

»Es bedeutet, dass dieses Gebäude … kein Krankenhaus ist. Es ist ein Krematorium.«

»Ein Krema… was?«

Er lächelte traurig.

»Du weißt wirklich gar nichts, oder?«

»Ich weiß genug«, sagte ich, bereit, für meine Ehre zu kämpfen.

»Na gut. Hör zu«, sagte er. »Ein Krematorium ist kein Ort, an dem Kinder wieder gesund werden. Es ist ein Ort, an dem die Leichen all der Kinder, die gestorben sind, verbrannt werden.«

Ich schaute ihn ungläubig an. »Du lügst!«, fauchte ich. »Warum sollten die das tun? Warum sollte das überhaupt jemand tun?«

Gen schaute mich ausdruckslos an. Als er wieder sprach, war es tonlos, beiläufig, als wäre er ein Mensch, dem man alle Geheimnisse der Welt aufgebürdet hatte.

»Weil … es das ist, was *sie* tun.«

»Ich glaube dir nicht. Das denkst du dir doch nur aus.«

Er schaute mich an. Aber er stritt es nicht ab. Er sagte einfach nichts. Und schaute mich wieder mit dieser seltsamen Feierlichkeit an. Für ein Kind war es ein sonderbarer Blick; ich erinnere mich, das selbst damals gedacht zu haben. Und die Wahrheit war, dass ich ihm tatsächlich *glaubte*. Ich wollte es nicht, aber ich glaubte ihm. Mein Herz klopfte laut, und Angst pochte wie feiner elektrischer Strom unter der papierdünnen Hülle meiner Haut.

Doch ich hatte trotzdem das Gefühl, dass er mich an der Nase herumführen wollte. Deshalb wehrte ich mich. »Wenn das so ist, dann versuch es mir doch zu beweisen. Aber das kannst du nicht, oder? Weil du einfach nur ein großer Lügner bist!«

Wieder gelang es mir mit meiner Anschuldigung nicht, ihn zu provozieren. Er blieb aufreizend ruhig.

»Ich kann es beweisen«, sagte er leise.

Mit welcher Reaktion ich auch immer gerechnet hatte – das war sie ganz bestimmt nicht. Ich erschrak. Und ich spürte, wie hinter meinem Schrecken Angst lauerte.

»Na los, rede«, stieß ich schwach hervor.

Er richtete seinen Blick nach oben, schaute in die Dunkelheit. »Der Schornstein, der Rauch!«

»Ja, und?«

Er senkte die Stimme wieder und machte sich daran, mir das unheimlichste aller Geheimnisse zu verraten.

»Jedes Mal, wenn sie ein totes Kind verbrennen, öffnet sich der Schornstein und lässt den Rauch heraus. Aber die Sache ist ...«

»Ja?«, fragte ich und schaute ebenfalls nach oben. Eine klamme, feuchte Furcht stieg in mir auf.

»Die Sache ist, dass eine Seele niemals wirklich stirbt. Das weißt du, oder?«

Das wusste ich. Meine Großmutter redete oft über solche Dinge. Ich nickte.

»Wenn du in den Rauch schaust, wie er langsam in die Höhe steigt, kannst du es sehen ...«

»Was sehen?«

»Du siehst den Geist des toten Kindes ... oder manchmal des toten Säuglings ... wie er in die Nacht hochsteigt!«

Durch meine Adern strömte eine Mischung aus Adrenalin und Furcht. Die Dunkelheit schien sich langsam um uns zuzuziehen wie eine Schlinge, beklemmend, erstickend.

»Nein, das kann man nicht. Das stimmt nicht. Ich glaube dir nicht.«

»Na gut. Warum schaust du nicht einfach hin?«

Ich wollte es eigentlich nicht, doch mein Kopf hob sich, wie von einer unsichtbaren Macht angezogen. Während ich zuschaute, wie sich die geisterhaften Dampfschwaden in der weiten Schwärze über unseren Köpfen kräuselten, schienen sich die silbrigen Wirbel tatsächlich miteinander zu verschränken – Rauch gerann um die Schwärze blind gewordener Augen, Dampf umriss die klaffende Form eines Mundes, der im Schrei erstarrt war. Ich blinzelte heftig, während die Anspannung in meinem Körper und mein Herzschlag auf ihren Höhepunkt zurasten. Ich riss mich los. Tränen der Angst und des Schreckens brannten in meinen Augen.

Ich spürte Gens Hand auf meiner Schulter. Ich machte mich von ihm los, begann zu rennen.

Das Klappern meiner Schritte war laut. Ich bog in eine Straße ab, dann in die nächste. Keuchend blieb ich stehen. Mein Haar war strähnig und nass vom Regen, und ich war so schnell gelaufen, dass jeder Atemzug in meinem Brustkorb schmerzte. Für einen Moment rang ich nach Luft. Wieder brannten Tränen in meinen Augen. Doch diesmal waren es Tränen der Demütigung. Ich hatte mich von meiner Fantasie in die Irre führen lassen.

Nachdem meine Mutter mich gefühlt stundenlang ausgeschimpft hatte, schickte man mich früh zu Bett. Ich saß in meinem Zimmer und starrte mit einem grimmigen Lächeln in die Dunkelheit. Gen war es gelungen, mir mit einem Ammenmärchen Angst und Schrecken einzujagen, und ich hatte angebissen wie ein Fisch, der den Haken mitsamt der Angel verschluckt. Ich nahm mir vor, mich dafür zu rächen, irgendetwas würde ich mir einfallen lassen, doch hinter dieser Lust auf Rache steckte ein tieferes und elementareres Gefühl des Unbehagens. Während ich dort in meinem Bett lag, schienen sich die Dinge in meinem Zimmer zu verändern. Sie kamen mir flüchtig vor, wie fremde Schatten vor einer dunklen Fläche – plötzlich nahm der Umriss eines Teddys unheimliche, schärfere Formen an, und die Dunkelheit ergoss sich wie ein Teich aus Finsternis unter dem Schrank hervor.

Ich lag dort im Dunkeln, lauschte dem Rauschen meines Atems und dem weicheren, tieferen Pochen meines Herzens. Die Spuren einer Erinnerung, die Jahre zurücklag, kehrten zu mir zurück, während ich dort lag. Der Tod meines Großvaters. Damals konnte ich nicht viel älter gewesen sein, als Qiao, mein kleiner Bruder, es jetzt war. Alles ist ein wenig wirr; die Bilder kommen eher in Bruchstücken als in einer glatten Abfolge von Ereignissen. Hier ein Anblick, dort ein Eindruck: der Geruch von brennenden Kerzen, die Ahnung vieler Menschen, die in einen Raum gezwängt sind, der vage Gesichtsausdruck eines Fremden, der auf mich herabblickt. Ich weiß, dies alles sind Erinnerungsfetzen an die Beerdigung meines Großvaters. Erst Jahre später erfuhr ich, dass sich meine beiden Eltern eine weltlichere Trauerfeier gewünscht hatten, doch meine Großmutter wollte nichts davon wissen.

Mein Großvater war in einem offenen Sarg im Hauptzimmer aufgebahrt worden, so wie es bei einer traditionellen Bestattung üblich war, um ihn auf den Weg zu seinen Vorfahren zu bringen. Nachbarn kamen vorbei, um ihm die letzte Ehre zu erweisen, während der Abend zur Nacht wurde. Es war laut, es wurde geredet. Wahrscheinlich war es eine eher heitere Veranstaltung – bei traditionell abgehaltenen Trauerfeiern ging es oft auch fröhlich zu –, doch obwohl ich mich nur an wenig erinnere, war nichts daran unbeschwert.

Ich erinnere mich an die Sprechgesänge. Ich erinnere mich, dass ich Angst hatte. Ich erinnere mich, wie ich mich an meine Decke klammerte, meine hübsche kleine Decke, wie ich auf ihren ausgefransten Kanten herumkaute, so verängstigt war ich. Wie ich in jenen Raum mit all den Menschen trat und mich langsam durch einen Wald von Beinen auf jenen einen Punkt zukämpfte – den Punkt in der Mitte des Raumes, wo das Kerzenlicht weich auf Holz schien. Die Stelle, wo mein Großvater lag. Ich ahnte, dass er irgendwo dort war – so viel war mir klar –, deshalb wusste ich auch, wenn ich mich weiterbewegte, würde ich ihn sehen, obwohl ich es gar nicht wollte. Eine tiefe Furcht war in mir aufgestiegen, doch ich musste mich bewegen, musste mit der Unvermeidlichkeit, die Träumen eigen ist, näher und näher dorthin gehen, bis ...

Bis was? Ich erinnere mich, wie meine Furcht immer größer wurde, so lange, bis mir der Atem stockte. Ich erinnere mich, wie ich schließlich nahe genug war, um einen seitlichen Blick auf sein Profil zu werfen, auf die wächserne, bleiche Haut, auf den Umriss einer Nase – mittlerweile weiß ich, dass dies Elemente sind, die ich vielleicht im Nachhinein hinzugefügt habe, um die Lücken in meiner Erinnerung zu füllen. Hatte ich ihn denn wirklich gesehen? Während ich Jahre später dort in meinem Bett lag und mich in den seltsamen Dunst meiner frühesten Jahre zurückzog, stellte ich fest, dass ich keinerlei Erinnerung mehr an das Gesicht meines Großvaters hatte, weder lebendig noch tot. Woran ich mich erinnerte, war eine Zahl: Seinen Abschied von der Welt hatte er mit dreiundsiebzig genommen. Das war ein Alter, das ich mir nicht vorstellen konnte, ein unendlich hohes Alter, das sich wie ein Berg in die nebligen Anhöhen der Wolken reckte.

Doch Gen hatte von Kindern gesprochen. Kinder, die gestorben waren. Kinder, die dann verbrannt worden waren und zu Rauch wurden. Sogar Säuglinge hatte er erwähnt. Kinder, die nicht einmal ein Lebensjahr erreicht hatten. Dieser Gedanke ging mir nicht mehr aus dem Kopf. Ich wälzte ihn hin und her, konnte nicht mehr damit aufhören. Warum waren sie gestorben? Wer oder was hatte ihren Tod verursacht? Mein Herz begann zu rasen, obwohl ich ganz still in meinem Bett lag. Konnte das auch mir passieren? Konnte es sein, dass ich einfach starb, hier und jetzt? Ich schloss fest die Augen, sofort senkte sich die Dunkelheit über mich herab. War es das, was mein Großvater empfunden hatte?

Ich machte die Augen wieder auf. Schaute mich im Zimmer um. Gen war ein Schlitzohr, bestimmt hatte er sich das alles nur ausgedacht, sagte ich mir. Und ich war so blöd, dass ich darauf hereingefallen war. Dennoch konnte nichts die Unruhe in mir vertreiben. Ich hob die Füße aus dem Bett. Der Boden meines Zimmers fühlte sich kalt an. Leise schlich ich zum Fenster und schaute hinaus. In der Ferne konnte ich gerade noch die schmale Rauchfahne sehen, die sich aus dem Schornstein des Krankenhauses erhob, geisterhaft und weiß verschmolz sie mit der Dunkelheit. Ich kehrte in mein Bett zurück, kroch unter die Decke. Irgendwann schlief ich ein.

DREI

Am Morgen war das Gefühl immer noch da. Wie eine Übelkeit, die immer schlimmer wurde. Ich ging zum Frühstück und beobachtete Qiao, der gut gelaunt futterte. Nicht, dass es für ihn etwas zum Lachen gegeben hätte, doch allein die beliebige Tätigkeit des Essens trieb ihm ein Lächeln ins Gesicht; dabei war er von uns allen der unordentlichste Esser (meine Großmutter folgte knapp auf Platz zwei). Er stopfte sich süßen Klebreis in den Mund, der Honig tropfte von seinen Fingern, und dabei lächelte er fröhlich, vielleicht, weil wir anderen ihm ein wenig lächerlich vorkamen oder weil das Essen so süß und warm schmeckte. Meine Mutter gab ihm einen Klaps auf die Hände, wobei sie versuchte, nicht von den Essensresten getroffen zu werden, die unweigerlich von seinen Stäbchen fielen und auf seinem schmuddeligen Hemd landeten, aber das brachte ihn nur noch mehr zum Lachen, als diente die ganze Mahlzeit eigentlich nur seiner Unterhaltung.

»Mama ... Qiao macht happi-happi«, verkündete er vergnügt, während winzige Essensbrocken aus seinem Mund regneten. Dann wandte er sich mir zu und grinste, winkte mir triumphierend mit seinen pummeligen Fingerchen zu.

Ich schaute in sein Gesicht – so munter und jung, dass es glänzte –, und obwohl ich mich normalerweise über meinen Bruder eher ärgerte, weil er mir mit seiner übermütigen Art auf die Nerven ging, empfand ich auf einmal eine verzweifelte und ängstliche Liebe zu ihm. Ich schaute in sein Gesicht, auf den großen, offenen Kindermund, und seine Unschuld kam mir auf einmal ahnungslos und verletzlich vor. Was Gen über die toten Kinder gesagt hatte, war lächerlich – alles ausgedacht, um mich an der Nase herumzuführen –, doch mir fiel wieder ein, dass ich tatsächlich schon von Kindern gehört hatte, die zu Tode gekommen waren. Ein Mädchen in der Klasse unter mir war von einem Auto überfahren worden. Ein Junge in der Klasse über mir war an einer Krankheit gestorben. Ihre Namen kannte ich nicht, und auch die genaue Krankheitsursache und die Umstände des Unfalls waren mir nicht geläufig.

Über die Ereignisse hatte ich damals gehört, möglicherweise aus zweiter Hand oder bei der Schulversammlung, aber Einzelheiten kannte ich nicht. Nun jedoch war das alles realer geworden. Ich schaute meinen Bruder mit seinen glänzenden dunklen Augen und den vollgestopften kauenden Backen an und spürte, wie mir der Atem stockte. Es würde genügen, wenn etwas von diesem Essen ihm im Hals stecken bliebe oder wenn meine Mutter ihm aus dem Hochstuhl herunterhalf und er mit seinem vollgefressenen Bauch stolperte und sich den Kopf an einer Türkante stieß. Oder er könnte ...

Die unendliche Vielfalt von Möglichkeiten, wie mein Bruder sich urplötzlich von der Welt verabschieden könnte, ging mir nicht mehr aus dem Kopf, und auf einmal schien es mir, als hätte er nicht die geringste Chance, den Tag zu überleben. Ich streckte instinktiv die Hand nach ihm aus; ich kniff ihn in die Nase, er blinzelte und lachte, und ich musste mit den Tränen kämpfen. Niemand bemerkte die plötzliche Veränderung in meinem Verhalten (bis zu diesem Tag hätte ich meinen Bruder wahrscheinlich eher gezwickt, um ihn zum Weinen zu bringen). Oder vielleicht sah meine Großmutter mir etwas an, denn ich spürte, wie ihr verwitterter, dunkler Blick auf mir ruhte, neugierig und mit einem Hauch amüsierter Verwunderung.

Doch für mich war die Situation alles andere als lustig. Als mich meine Mutter an jenem Morgen aus der Wohnung bugsierte und ich spürte, wie die Tür hinter mir ins Schloss fiel, war ich überzeugt davon, meinen Bruder nie wiederzusehen. Dass ihm etwas geschehen würde, während ich weg war. Ich sah sein Gesicht vor mir, in dem seine Augen nicht mehr leuchteten – er hatte die Augen geschlossen, die Haut war fahl, und auf seinem Körper lag der seltsame orangerote Schimmer, der aus jenem großen Gebäude kam; und ich stellte mir vor, wie er als Rauch aus jenem spitz zulaufenden Schornstein ausgestoßen wurde, wie sich sein düsteres Totengesicht in einem dunsterfüllten Schrei abzeichnete. Mehr als alles auf der Welt wünschte ich mir, ich könnte meine Mutter bitten, mich nicht in die Schule zu schicken – mich zu Hause zu lassen –, aber die Worte kamen nicht aus meinem Mund. In dem Alter, in dem ich damals war, herrschte eine riesige Kluft zwischen den Gewissheiten meiner Kindheit und der Erwachsenenwelt, die meine Eltern bewohnten. Obwohl ich mir ganz sicher war, dass mein Bruder in großer Gefahr schwebte (ohne zu wissen, welcher Art diese Gefahr sein könnte), war ich trotzdem nicht dazu in der Lage, meinen Tagesablauf zu ändern, noch konnte ich meinen Ängsten Ausdruck verleihen, denn ich wusste, ich würde meiner Mutter oder meinem Vater niemals begreiflich machen können, was ich empfand.

Ich fühlte mich erbärmlich. In der Klasse saß ich in meiner Bank und spürte, wie die Angst in meinem Bauch wütete. Jede Minute wurde zu unergründlichem Schmerz. In der Mittagspause suchte ich den Kontakt zu einem der anderen Mädchen – Fulin –, das immer herzlich und nett zu mir war.

»Hey, Fulin!«

Sie schaute mich freundlich an, doch ich wusste, dass

ich die Sache mit großer Vorsicht und Taktgefühl angehen musste.

»Fulin?«

»Ja?«

»Glaubst du, es ist möglich, dass uns jederzeit etwas ganz Furchtbares zustoßen könnte, dass wir ... sterben, und wenn das geschieht, dann nehmen sie unseren Körper und verbrennen ihn ... und am Ende steigt unsere Seele als Rauch auf?«

Sie schaute mich an und blinzelte, genau wie mein Bruder, als ich ihn in die Nase gekniffen hatte.

»Ich kann jetzt nicht reden. Ich muss ... ich muss mit meinen Hausaufgaben anfangen.«

Der Rest des Nachmittags ging genauso quälend weiter. Bis ich schließlich nach Hause kam, hatte ich meine finsteren Gedanken wieder und wieder in meinem Kopf herumgewälzt und war mir sicher, dass mein Bruder nicht mehr da sein würde. Als ich ins Wohnzimmer trat und ihn sah, wie er auf dem Schoß meiner Großmutter hüpfte, war es bereits das zweite Mal an diesem Tag, dass mir der Atem stockte. Er blickte zu mir hoch und gluckste frech, kehrte dann wieder zu der faszinierenden Topografie des Gesichts meiner Großmutter zurück, erkundete es mit den Händen, so wie ich es früher gemacht hatte. Der Blick meiner Großmutter ruhte auf mir.

Ich ging auf mein Zimmer. Qiao ging es gut, das war das Wichtigste. Erst dann kam mir ein anderer Gedanke. Es war eine Woche her, dass ich mit meinen Freunden draußen herumgerannt war und mein Knie aufgeschürft hatte, als ich über ein Holztor kletterte. Damals hatte ich nicht weiter darüber nachgedacht, auch wenn ich bemerkte, dass der Rand der Wunde ein wenig gelb wurde. Die Haut brannte. Bestimmt war sie entzündet – meine Mutter warnte oft vor Entzündungen. Möglicherweise war ja nicht Qiao in Gefahr, sondern ich selbst.

Und dann fiel mir noch etwas anderes ein. Vielleicht waren wir alle in Gefahr, und jeder von uns konnte jederzeit sterben. Wie konnten die Menschen mit einem solchen Gedanken leben? Meine Lider wurden schwer, doch die Tränen wollten nicht kommen.

Ich verspürte eine große Traurigkeit. Es war ein Gefühl, das mich von meiner Familie, von der Welt abzutrennen schien. Ich sah zu, wie meine Mutter mit meinem kleinen Bruder spielte. Ich sah, wie mein Vater sich, tief in Gedanken versunken, in sein Arbeitszimmer zurückzog. Alle verhielten sich so wie sonst. Waren ihnen nie solche Gedanken gekommen? Würden wir alle an dem Ort enden, den Gen mir gezeigt hatte? Würden wir alle zu dunklem Rauch werden, der aus einem sonderbaren Schornstein aufstieg?

Wie ferngesteuert machte ich mich auf den Weg ins Zimmer meiner Großmutter.

Ihre großen Schildkrötenaugen richteten sich auf mich. »Lässt du jetzt endlich die Katze aus dem Sack?«

»Was für eine Katze?«

»Du sollst das rauslassen, was du schon die ganze Zeit mit dir herumschleppst. Es ist wie bei einem Vulkan, weißt du. Irgendwann müssen alle Vulkane ausbrechen.«

Es war, als wäre eine Schleuse in mir geöffnet worden. Ich spürte, wie mir Tränen in die Augen traten.

»Da ist dieser Junge.«

»Aha. Ich dachte, du wärst ein bisschen jung für so was. Aber wenn er gut aussieht und du ihn wirklich magst, wenn du dieses warme Gefühl im Bauch hast, wenn du ihn siehst, dann ist er ja vielleicht ...«

»Igitt, nein! Ich mag ihn überhaupt nicht. Genauer gesagt hasse ich ihn!«

»Na ja, Liebe beginnt oft mit Hass ...«

Sie schenkte mir ihr Krötenlächeln.

»Po Po – es ist ernst. Er … er hat mir etwas Schreckliches gesagt.«

Ihr Gesichtsausdruck wurde milde.

»Was hat er dir gesagt?«

»Er hat mir gesagt, es gebe ein Gebäude, wo sie verbrannt werden …«

Auf einmal war das Gefühl in mir so stark, dass es mich überwältigte. Ich spürte, wie ein gewaltiges Schluchzen in mir aufstieg.

»Wer wird verbrannt?«, fragte meine Großmutter.

»Sie verbrennen … die Körper von … toten Kindern. Und ihre Seelen steigen als Rauch in die Luft. Aber das stimmt nicht, oder, Po Po?«

»Wo ist denn dieses Gebäude?«

»Das Kinderkrankenhaus von Peking.«

Meine Großmutter kaute an ihrer Unterlippe. Sie konzentrierte sich. Ganz allgemein gesprochen war es diese Nachdenklichkeit, die ich an ihr liebte. Die meisten Erwachsenen nehmen das, was Kinder sagen, nicht ernst. Sie reagieren uninteressiert und antworten nichtssagend. Meine Großmutter schien allerdings wirklich in Erwägung zu ziehen, was ich sagte. Nur wäre es mir bei dieser Gelegenheit lieber gewesen, wenn sie es nicht getan hätte.

Irgendwann sagte sie: »Ich glaube, es könnte stimmen, was dein Freund sagt.«

Ich war erschüttert. Es war eine Sache, wenn eine solche Geschichte in der Welt von Kindern auftauchte. Doch wenn ein Erwachsener – noch dazu ein alter und erfahrener Mensch – dem, was Gen gesagt hatte, Glauben schenkte … Mir lief es eiskalt über den Rücken.

Sie lächelte, ein sanftes, trauriges Lächeln, das ihre Stirn in noch tiefere Falten legte. Im Laufe der Jahre, als ich älter wurde, dachte ich mehr über das Altern nach, so wie wir das alle tun. Mit der Zeit gelangte ich zu der Überzeugung, das Altern sei ähnlich wie eine Krankheit, es schwäche eine Person und mache sie in gewisser Weise kleiner. Über meine Großmutter hatte ich das nie gedacht. Ihre Hände, von dicken Venen überzogen, die aussahen wie Weinreben, die Falten auf ihrer Stirn wie ein Zickzackmuster, die volle Weichheit ihres Bauches, die Steifheit ihrer arthritischen Schultern und diese alten, zeitlosen Augen – nichts von diesen Dingen sprach mir von Hinfälligkeit, sondern nur von Beständigkeit. Von unerbittlicher Kraft, wie ein alter, knorriger Baum, der sich beharrlich der Witterung entgegensetzt und alle überlebt.

Und tatsächlich schien es mir, als hätte meine Großmutter, während mein Vater zur Arbeit ging, während meine Mutter das Haus in Ordnung brachte und einkaufen ging, während ich und später auch mein Bruder jeden Tag in die Schule gingen, in unserer Wohnung Wurzeln geschlagen. Ihre Anwesenheit – ihre Körperlichkeit und der intensive Geruch von Lederöl, der von ihr ausging – war etwas, das ich begierig in mich einsog, denn es schenkte mir Trost. Meine Großmutter konnte boshaft sein, und sie hatte eine spitze Zunge, die mein Vater ebenso zu spüren bekam wie meine Mutter, die dann knallrot anlief und aus dem Zimmer rauschte. Auch wenn meine Großmutter mir manchmal in einem Moment des Grolls einen festen Schlag aufs Handgelenk gab, war ihre Haltung mir und Qiao gegenüber meistens nachsichtige Belustigung. Nun jedoch sah sie ernst aus; nachdenklich strich sie sich über die Härchen, die aus ihrem Kinn wuchsen, und fuhr fort.

»Erinnerst du dich noch an deinen Großvater?«

Auf einmal war ich auf der Hut. Auf gar keinen Fall wollte ich mit einer unbedachten Bemerkung bei meiner Großmutter in Ungnade fallen.

»Ich … ich erinnere mich an den Tag, als sein *shouling*, seine Totenwache, begann. Das war, bevor Qiao auf der Welt war. Und ich weiß noch, dass er … dass er in unserem Wohnzimmer aufgebahrt war«, beendete ich meinen Satz vorsichtig.

Ich konnte nie genau vorhersagen, ob sich die Miene meiner Großmutter verfinstern oder aufhellen würde. Diesmal jedoch zog kein Schatten über ihr Gesicht hinweg. Stattdessen sah ich ein mattes Lächeln. Und ein verschwörerisches Funkeln in ihren Augen.

»Der Mann war ein alter Bock.«

Mir blieb der Mund offen stehen, denn ich hatte noch nie gehört, dass jemand meinen Großvater so beschrieb.

Meine Großmutter grinste nur verschlagen. »Was du begreifen musst, Kleines, ist … wie es *früher* war. Denkst du etwa, dein Großvater und ich hätten uns eines Tages gesehen und uns unsterblich ineinander verliebt? So wie in einem deiner Märchen? Nein, so war das ganz und gar nicht. Meine Eltern und seine Eltern hatten eine Vereinbarung getroffen. Wir wurden einander versprochen, lange bevor wir uns zum ersten Mal sahen. Es hätte durchaus sein können, dass die Sache in Vergessenheit geriet. Ich blieb im Dorf, dein Großvater ging nach Peking. Er machte eine Ausbildung zum Ingenieur bei der Eisenbahn. Vielleicht hatte er ja damals auch ein Mädchen gefunden, ein moderneres Mädchen, das keine kaputten Füße hatte.«

Ich lauschte ihr gebannt. »Und was ist dann passiert?«

»1937 sind die Japaner einmarschiert. Die japanische Armee – das waren harte Männer, und es dauerte nicht lang, bis sie durch die Dörfer gezogen waren. Sie waren brutal, und in den Dörfern bekamen es alle zu spüren. Es wurde beschlossen, dass ein Mädchen wie ich – damals war ich gerade mal sechzehn – nicht mehr viel wert sein würde, nachdem die Soldaten durch das Dorf marschiert waren.«

Ich war erstaunt. »Wieso solltest du nicht mehr viel wert sein nur wegen dieser schrecklichen Soldaten? Mir bist du sehr viel wert, Po Po. Mehr sogar als zweihundert Drachenbarts!« (Drachenbart war eine Süßigkeit, die unter uns Kindern beliebter war als alle anderen, auch wenn wir sie uns nur selten leisten konnten.)

Meine Großmutter schaute mich an, ihre dunklen Augen schimmerten wie ein Fluss in der Nacht.

Sie sprach leiser. »Es waren andere Zeiten damals.«

Ich merkte, dass sie mich abspeisen wollte, denn das war keine richtige Antwort gewesen, und ich wollte unbedingt mehr wissen, doch sie hob die Hand.

»In gewisser Weise war es auch gut, dass die Soldaten kamen. Weil meine Eltern mich nach Peking schickten, zu deinem Großvater. Wenn sie das nicht getan hätten, dann ... dann würdest du nicht existieren!«

Sie streckte die Hand aus und kniff mir in die Nase, wie sie es manchmal machte. Es tat ein bisschen weh, aber ich musste trotzdem kichern.

Doch ich wollte noch mehr über ihre Geschichte wissen. »Dann wusste Großvater also gar nicht, dass du kommst?«

Meine Großmutter schnalzte bedauernd mit der Zunge.

»Nein. Sie haben mich auf ein Maultier gesetzt, mir etwas Schmuck in die Taschen gesteckt und gesagt, wenn ich bei ihm angekommen sei, solle ich ihm das Gold in die Hand drücken und ihm sagen, er müsse das Versprechen seiner Eltern halten. Und mich zur Frau nehmen. Tatsächlich ist er ziemlich bleich geworden, als ich ankam.«

»Hat er den Schmuck genommen?«

Meine Großmutter zog die Stirn in Falten. »Nein, ein paar Banditen hatten uns unterwegs den Weg abgeschnitten. Die Gauner haben ihn uns abgenommen und uns dafür ›freies Geleit‹ gegeben. Irgendwie kam ich trotzdem dort an. Den ganzen Weg nach Peking habe ich geschafft. Und für ein Mädchen aus dem Dorf, in dem Alter, in dieser Zeit – mir kam es wie das andere Ende der Welt vor.«

»Aber dann hattest du ja gar keinen Schmuck mehr.«

»Dein Großvater war ein alter Bock. Aber er war ein ehrenwerter Bock, auf seine sonderbare, griesgrämige Art. Er gab mir von Beginn an zu verstehen, dass er mich nicht mochte. Und ich war auch nicht besonders glücklich darüber, dass man mich ihm wie ein Stück Vieh vom Markt angeboten hatte. Am Ende kam er seinen Verpflichtungen nach. Er hörte mit dem Studium auf. Und wir haben geheiratet.«

»Und lebtet glücklich bis an euer Lebensende?«

Meine Großmutter schnaubte. »Hat irgendetwas an dieser Geschichte dir den Eindruck vermittelt, es könnte so gewesen sein?«

Ich wurde rot. Einerseits fand ich es aufregend, dass eine Erwachsene auf diese Weise mit mir über reale Dinge redete. Andererseits gab mir meine Großmutter wie so oft das Gefühl, ich sei von dem Thema überfordert.

»Nein, es gab kein Glück bis an unser Lebensende. Aber es gab immerhin ein Zusammenleben. Ich war stur und dickköpfig. Dein Großvater war distanziert und unnahbar. Zweifelsohne hatte er sich unter seiner Zukunft etwas anderes vorgestellt. Und ich war kein Teil dieser Zukunft gewesen. Doch das hat er mir gegenüber nie erwähnt. Wir mochten uns nicht besonders. Aber irgendwann haben wir gelernt, miteinander auszukommen. Er saß immer auf diesem Stuhl da drüben. Er schaukelte, vor und zurück. Rauchte seine Pfeife. Sagte fast nie etwas. Als er dann richtig alt war, ließ er mich als Einzige seine Haare schneiden. Ich musste ihn die ganze Zeit ermahnen, stillzuhalten. Aber ... als es zu Ende ging ... hat er mir ganz gut gefallen.«

Ich glaube nicht, dass ich meine Großmutter auch nur ein

einziges Mal mit einem verklärten oder gefühlsseligen Blick gesehen hatte. Dieses »Er hat mir ganz gut gefallen« war die stärkste Gefühlsäußerung, die ich jemals von ihr gehört hatte, und sie galt ausgerechnet dem Mann, von dem sie gerade gesagt hatte, sie habe ihn nicht besonders gemocht. Da war noch etwas anderes. Selbst als Kind spürte ich das.

»Aber«, warf ich schüchtern ein, »was ist denn nun mit dem Kinderkrankenhaus von Peking? Was ist mit den toten Kindern?«

Meine Großmutter wurde aus ihrem Tagtraum gerissen und schien mich endlich wieder wahrzunehmen.

»Ich mochte deinen Großvater wirklich nicht besonders, und er war auch oft nicht sehr freundlich zu mir. Aber wir haben uns aneinander gewöhnt. Und als er dann nicht mehr da war ... wurde alles anders. Manchmal, weißt du, in den Jahren nach seinem Tod ... wenn das Fenster nachts offen stand ... Ich schlief. Obwohl es heiß war und kein Wind ging, bewegte sich sein Schaukelstuhl ein bisschen, nur ein bisschen ...«

Ich schaute zu dem Stuhl. Mein Gesicht muss erschrocken gewesen sein. Ich zuckte zusammen.

Meine Großmutter kicherte. Sie streckte eine ihrer ledrigen Hände aus und legte sie auf meinen Arm. Ich spürte die Wärme ihres Körpers, das Blut, das unter ihrer Haut floss ... Es war, als würde sie etwas von ihrer Seele auf mich übertragen und damit meine bange Erregung zur Ruhe bringen.

»Was ich dir damit sagen will, Kleines, ist, dass ich keine Angst hatte. Manchmal war ich mitten im Traum – ich sah die Gesichter von Menschen, die vor Jahrhunderten gestorben waren, sah Abbilder meiner früheren Ichs, die mich alle schweigend betrachteten, und ich fühlte mich ... verwirrt und ... allein. Und dann wachte ich in diesem Raum hier auf. Und ich spürte, dass dein Großvater bei mir war. Er war mürrisch wie immer und schweigsam, so wie das bei einem schlecht gelaunten alten Bock eben ist. Und ich war … nicht mehr so allein. Ich spürte ihn immer noch.«

Sie legte eine dicke, verwitterte Hand an ihr Herz. Es war nur eine kurze, vorsichtige Geste. Sie erfüllte mich mit einem Gefühl, das zu verstehen ich noch zu jung war. Einen Moment lang waren all die Kinderfragen, die mir durch den Kopf gegangen waren, verstummt.

Sie sah mich an. »Ich weiß nicht, ob das, was dein Freund dir gesagt hat, stimmt. Aber du solltest vor dem Tod keine Angst haben. Du wirst noch lange nicht sterben. Und Qiao wird lange nicht sterben. Deine Mutter und dein Vater auch nicht. Doch wenn diese Zeit irgendwann kommt, bedeutet sie nicht das Ende. Du wirst immer noch hier sein. Vielleicht als Rauch, der langsam in den Himmel steigt. Oder im Schaukeln eines Stuhles, vor und zurück, am Bett eines Menschen, den du einmal gekannt hast.«

Sie sprach so gefasst. Irgendwie gelang es ihr, mich zu beruhigen. So sehr, dass ich gar nicht merkte, wie sie zwar mir und meinem Bruder sowie meinen Eltern ein langes Leben prophezeit hatte, nicht aber sich selbst. Oft begreift man die ganze Bedeutung der Worte, die jemand sagt, erst viele Jahre später, wenn diese Person bereits der Vergangenheit angehört.

VIER

Der Sommer des Jahres 1978 war vielleicht der seltsamste, den ich je erlebt habe. Der Große Steuermann war damals bereits einige Zeit tot. Nur Wochen nach dem Ableben Maos hatte die alte Garde der Kommunisten – die sogenannte Viererbande – abgedankt und ein Machtvakuum hinterlassen. In diese Lücke war der Modernisierer Deng Xiaoping getreten, der es sich aufs Panier geschrieben hatte, den »schlimmsten Exzessen« der Kulturrevolution ein Ende zu bereiten und die Wirtschaft nach den Paradigmen der freien Marktwirtschaft auszurichten. Deng würde auch explizite Annäherungsversuche an die USA machen – eine Tatsache, die viele, die nach der Revolution von 1949 geboren waren, erstaunte. Denn sie alle hatten die Vereinigten Staaten immer nur als den teuflischen Gegenspieler gekannt: den Bauch der Bestie, das Herzland des globalen Kapitalismus, Konsumdenkens und Kommerzes. Ein Ort, an dem die wahre menschliche Seele auf dem allmächtigen Altar des Dollars geopfert wurde.

Wenn die einstigen Gegner zu Verbündeten wurden, mussten die früheren Verbündeten umgekehrt zu Feinden werden. China hatte den Kampf der Nordvietnamesen gegen die Amerikaner unterstützt, doch jetzt, wo Vietnam gegen Kambodscha vorging, bereitete sich das chinesische Militär darauf vor, die Waffen gegen Vietnam zu richten. Truppen wurden an der Grenze zusammengezogen. Alles schien um eine zunehmend instabile und angreifbare Achse zu kreisen; die Gewissheiten von gestern wurden auf den Kopf gestellt, und alles, was einmal sicher und verlässlich gewesen war, schmolz in der schwülen Süße der Luft in diesem seltsamen Sommer dahin.

Außerdem schien es, als hätten die Erwachsenen – diese Bastionen von Sicherheit und Ernsthaftigkeit – die Orientierung verloren und drifteten auf einen unerkennbaren Punkt zu. In aller Munde war der Besuch, der am Ende des Sommers stattfinden sollte. Brzezinski, der Nationale Sicherheitsberater des amerikanischen Präsidenten Jimmy Carter, wollte die größten chinesischen Städte bereisen und hatte mehrere Treffen mit Deng anberaumt; auf den Straßen sprach man leise von Wiederannäherung. In unserer Stadt waren die Soldaten bereits mit der Vorbereitung beschäftigt und säuberten die Straßen, an denen die amerikanische Delegation und ihr Autokonvoi vorbeikommen würden, von Obdachlosen.

Für uns Kinder stellten sich diese Dinge etwas anders dar. Für uns waren sie mehr wie Strömungen, die den Hintergrund unseres Lebens bildeten und uns nur ab und zu tatsächlich berührten. Bei Nacht hörten wir unsere Eltern im dringlichen Flüsterton über die Geschehnisse diskutieren. Nachbarn standen auf dem Flur zusammen und benutzten Worte, die zu verstehen wir noch nicht alt genug waren. Doch für mich und meine Freunde stand jener Sommer für etwas, das über die schwachen Ausläufer der großen Umwälzungen, die in der Welt der Erwachsenen stattfanden, hinausging. Wir spürten es wie eine Art elektrische Spannung in der Luft, wie den Hauch von Lila am Horizont, kurz bevor der Himmel sich verdunkelt und es Nacht wird. Wir wussten, dass sich unser Leben verändern würde.

Denn jener Sommer war mehr als nur eine Jahreszeit; er würde eine Brücke bilden zwischen unserer Kindheit und dem allerersten Aufblühen der Jugend. Manche von uns erlebten bereits die ersten Anzeichen der Pubertät. Wang Fan, der immer der Kindlichste von uns gewesen war, hatte einen zarten Haarflaum auf der Oberlippe entwickelt, den wir alle fasziniert berührten, was ihn dazu brachte, sich zu winden und zu glucksen. Jians gut aussehendes Gesicht hatte kräftigere und kantigere Züge angenommen, und wenn er sprach – immer noch so unbeeindruckt wie früher –, war eine Rauheit in seiner Stimme. Al Lam sollte auf eine Mädchenschule in Hongkong geschickt werden, was ihr peinlich war. Innerhalb weniger Wochen würde ihre Familie dorthin umziehen. Sie war die Ruhigste von uns und sprach zuerst nicht viel darüber. Doch dann, aus heiterem Himmel, spuckte sie plötzlich auf den Boden, verfluchte ihre Eltern und nannte sie *ben dan* – »blöde Eier« –, was nicht so schlimm klingt, doch wenn wir Chinesen die Rede auf Eier bringen, dann meinen wir es immer bitterernst (»blöde Eier«, »schlechte Eier«, »Schildkröteneier«). Wir alle schauten sie erschrocken an. Ich war beeindruckt.

Sie sah uns aufmüpfig an und sprach dann mit gesenkter Stimme weiter. »Sie sind einfach … *chongyang meiwai.*«

In gewisser Weise schockierte uns das noch mehr als die Eier. Al Lam hatte ihre Eltern zutiefst beleidigt, mit einem Ausdruck, der bedeutete, dass sie Speichellecker und Verräter seien, die sich vor den Menschen aus dem Ausland duckten. Es war ein durchaus gängiger Ausdruck, aber niemand sagte es von einem Familienmitglied. In jenen Zeiten waren selbst Kinder vorsichtig, denn man wusste nie, wer gerade zuhörte.

Urplötzlich brach sie in Tränen aus.

Ich glaube, wir verstanden damals, dass sich unter ihrem plötzlichen Wutausbruch eine Mischung aus Frustration und Angst verbarg. Weil sie von ihren Eltern gezwungen wurde, ihr Zuhause zu verlassen, und nichts dagegen tun konnte. Wir umringten sie und gaben sofort unverbrüchliche Gelöbnisse ab – wir schworen, dass wir nach Hongkong fahren würden; dass wir über Nacht reisen, die Schule, wo Al Lam untergebracht war, finden und sie befreien würden. Und wir planten, wie wir das machen würden: Wir würden mit Fallschirmen auf dem Dach landen, oder wir könnten unterirdische Tunnel graben. Was auch immer geschah, Al Lam sollte wissen, dass wir alle wieder zusammen sein würden, ganz gleich wie ...

Ich glaube nicht, dass sie mehr daran glaubte als wir. Unsere Verschwörung war trotzdem ernst gemeint, und das machte Spaß. Und die Tränen auf ihren Wangen trockneten schnell in der Wärme unseres kindlichen Lachens.

Ich glaube, wir waren auch deshalb alle auf Al Lams Seite, weil damals jedem von uns etwas Derartiges passierte. Vielleicht nicht in dem gleichen Ausmaß. Doch wenn der Sommer vorbei war, würden wir auf verschiedene weiterführende Schulen gehen. Keiner von uns wusste, was die Zukunft für ihn bereithielt. Wir wurden getrennt voneinander in einen neuen Lebensabschnitt verfrachtet, was uns allen bewusst war, zur gleichen Zeit aber waren wir immer noch Kinder, und das war etwas, an dem wir festhalten wollten, koste es, was es wolle.

Und so taten wir das Einzige, was wir tun konnten. Das Einzige, was Kinder in unserer Situation tun konnten.

Wir spielten *Teng-Teng die Tomate.*

Teng-Teng die Tomate war das Spiel mit dem größten Risiko, aber auch mit den größten Erfolgschancen.

Während unser eigenes Viertel eher heruntergekommen war, lag es nur einen Steinwurf von der Chaoyang-Park-Straße entfernt. In dieser prosperierenden Straße lebten einige wohlhabende Bürokraten mit ihren Familien. Hier sah man lang gezogene Gärten mit schön getrimmten Bäumen und Häuser mit schmalen, dunklen Fenstern, hinter denen man den plüschigen Charme ihres üppigen Interieurs erkennen konnte.

Was diese Häuser für uns besonders faszinierend machte – abgesehen davon, dass sie uns einen Blick auf die Kinder ermöglichten, die dort mit ihrem unfassbar tollen Spielzeug lebten –, war die Tatsache, dass mehrere davon Sprechanlagen besaßen. Eine ungeheuerliche Neuheit; damals gab es noch keine Computerspiele, zumindest nicht in China. In unserem Viertel hatten die wenigsten überhaupt einen Fernseher.

Deshalb waren Sprechanlagen für uns Kinder ein wahres Wunderwerk; man drückte auf einen Knopf, sprach hinein, und manchmal kam dann eine fremde, seltsam körperlose Stimme, die, begleitet von statischem Rauschen, antwortete. Jenes Wunder wurde außerdem noch gepaart mit der Möglichkeit, einen Streich zu spielen. Kaum hatten wir nämlich herausgefunden, dass wir es tatsächlich schafften, jemanden irgendwo aus dem Haus an die Sprechanlage zu holen, wurde uns auch bewusst, dass wir nicht nur seine Stimme hören, sondern auch selbst sagen konnten, was wir wollten. Bald hatten wir begriffen, dass die Statik unsere Stimmen verzerrte, sodass wir für die Leute drinnen klangen wie Erwachsene. Also legten wir uns einen wissenden Ton zu und bereiteten ernsthafte Fragen vor.

Und so spielt man *Teng-Teng die Tomate.*

»Ich will zuerst, ich will zuerst«, sagte Wang Fan mit speichelglänzenden Lippen, so aufgeregt, dass er wie jemand, der dringend auf die Toilette muss, nur auf einem Bein wippte.

»Du kommst gleich dran, Wang Fan«, beschied ihn Jian milde, die angenehmen Züge zu einem freundlichen Lächeln verzogen. »Aber lass Zhen als Ersten, dann hörst du, wie man es am besten macht.«

Wang Fan strahlte, immer noch ganz hippelig. Zhen war nicht nur mit den Händen der Geschickteste von uns und baute die schönsten Papierflieger, sondern er hatte auch die besondere Gabe, Akzente nachzumachen. Er konnte Mandarin in einem so geschmeidigen Wu-Dialekt sprechen, dass wir immer Tränen lachten. Auf den Lautsprecher der Anlage ging er mit der Lässigkeit eines Preisboxers zu, der weiß, dass er seinen Gegner schon in der ersten Runde niederstrecken wird. Selbst Wang Fan verstummte. Jian hob die Hand und zählte herunter, dann drückte er auf den Klingelknopf. Wir hielten den Atem an.

»Guten Abend«, ertönte eine brüchige Stimme aus dem Lautsprecher.

»*Moah*, guten Abend«, antwortete Zhen. Er zog die Wörter lang und länger, ließ sie dann verklingen. Es wurde still.

»Guten Abend?«, kam es wieder aus dem Lautsprecher, diesmal mit einer gewissen Anspannung. »Kann ich Ihnen helfen?«

»*Moah*, ja. Ich hatte gehofft, Sie wären, *moah*, so freundlich. Wissen Sie, ich suche nach ... Teng-Teng ...« Zhen murmelte die beiden letzten Worte, sodass sie nicht verständlich waren.

»Entschuldigung, wen suchen Sie?«

»Teng-Teng«, flüsterte er, die Lippen an den Lautsprecher gedrückt.

»Haben Sie Deng-Deng gesagt?«

»Nein, ich sagte ... Teng-Teng!«

Jetzt vollkommen verwirrt meldete sich die Stimme am anderen Ende noch einmal, fragend, fast verzweifelt. »Teng-Teng?«

In genau diesem Moment kreischte Zhen mit schriller, kieksender Stimme in den Lautsprecher: »TENG-TENG ... DIE TOMATEEEEEEEEEE!«

Das erstaunte Stammeln auf der anderen Seite wurde von unserem lauten Gelächter übertönt. Ganz gleich, wie oft wir dieses Spiel spielten, wir mussten jedes Mal lachen, bis wir nicht mehr konnten.

Erst dann hörten wir, wie eine Tür aufging, begleitet von einem wütenden Schrei.

Obwohl die Straße lang war und hier einige Häuser mit Sprechanlage standen, waren wir nicht besonders strategisch oder systematisch in unserer Auswahl. Da wir viele verschiedene Stimmen und Akzente ausprobierten, war es durchaus möglich, dass wir dieses spezielle Haus schon einmal aufgesucht und mit dem skurrilen Kreischen des Leitsatzes »TENG-TENG ... DIE TOMATE!« geendet hatten.

Vielleicht erklärte das die lauthalse Empörung, die so schnell unserer Pointe folgte, vielleicht hatten wir ja dem Opfer – wer auch immer es war – in nicht allzu ferner Vergangenheit diesen Streich schon einmal gespielt. Wir sahen einen großen Mann, der, angezogen nur mit einer weiten Unterhose und einem Bademantel, aus der Tür stürzte und brüllte – wobei sein nackter Bauch mit einer solchen Wut wabbelte, dass sein Gehirn offenbar nur schwer mithalten konnte. Seine Empörung war scharf, seine Worte so zornig, dass er nicht dazu in der Lage war, zusammenhängende Sätze zu sprechen.

»Ihr Dreckskerle! Blöde Dreckskerle! Ihr Scheißidioten! Die Scheiße von Schildkröteneiern!«

Wir standen wie verwurzelt da. Keiner von uns hatte es jemals erlebt, dass ein Erwachsener dermaßen die Kontrolle verlor, und da war etwas seltsam Anziehendes an dem schwabbeligen nackten Bauch. Und doch wurde uns schon im nächsten Moment bewusst, dass dieser Inbegriff von Wut direkt auf uns zukam, und wir fingen zu laufen an. Wang Fan kam ein bisschen später in Bewegung als sonst; er starrte den Mann mit faszinierter Neugier an, bevor er uns hinterhersetzte, blieb aber ein gutes Stück hinter uns. Er stürzte und schürfte sich das Knie auf. Das war nicht so schlimm, weil der Mann, der immer noch schimpfte, am Metallzaun seines Gartens stehen geblieben war; er hatte den Zaun gepackt und schrie uns hinterher. Mittlerweile war es dunkel. Jetzt würde er uns nicht weiterverfolgen.

Doch Wang Fan hatte trotzdem angefangen zu schluchzen. Ich glaube nicht, dass er so große Angst vor dem Mann hatte, und ich glaube auch nicht, dass sein Knie so wehtat. Ich denke, am schlimmsten war für ihn die Aussicht, zurückgelassen zu werden.

Jian blieb stehen und ging zurück. Er reichte Wang Fan eine Hand und half ihm auf. Ich bemerkte, dass eine lange Rotzfahne von Wang Fans Nase hing. Aber Jian schien es nicht zu sehen.

»Erbärmlich.«

Gen stand neben mir und betrachtete die beiden mit einem Gesichtsausdruck, der erwachsen, aber auch eisig war. Er hatte leise gesprochen, fast unwillkürlich, und nicht wirklich an mich gerichtet.

Jian redete auf Wang Fan ein. Ich konnte nicht hören, was er sagte, aber ich vernahm den Ton seiner Stimme, sanft und geduldig. Auch wenn ich Wang Fan nie besonders gern gemocht hatte, spürte ich, wie Unmut in mir aufkam.

»Er ist hingefallen. Er ist unbeholfen. Es ist nicht seine Schuld!«, zischte ich Gen zu.

Der wachte aus seiner Gedankenverlorenheit auf und schaute mich an, als würde er mich erst jetzt bemerken.

»Ich meinte nicht Wang Fan«, sagte er. »Ich habe von Jian geredet.«

Er wandte sich ab. Was er gesagt hatte, erstaunte mich, denn bei all den Kabbeleien, die wir in unserer kleinen Gruppe hatten, wirkte Jian immer so, als stünde er darüber. Er sah gut aus, war umgänglich; keiner von uns kam auf die Idee, ihn zu kritisieren. Ich war sprachlos.

Wang Fan schluchzte immer noch leise.

Wir scharten uns instinktiv um ihn. Al Lam schaute sich

die rote Stelle an seinem Knie an, die im Halbdunkel des Abends schimmerte. »Wow, Mann! Diese Wunde ist so cool!«

Wang Fan hörte zu schluchzen auf und blinzelte sie ungläubig an.

»Ja, das stimmt!«, sagte sie und lächelte ihn an. »Du kriegst die allerschönste Narbe!«

Die anderen stimmten mit ein, beglückwünschten Wang Fan zu seiner Verletzung. Auf einmal stahl sich ein Lächeln auf sein pummeliges Gesicht.

»He, warum, denkt ihr, ist der Typ so ausgerastet?«, wollte Zhen wissen.

»Na ja, vielleicht ... vielleicht war er ja auf dem Klo und musste groß, und als er dann die Klingel hörte, stand er auf, war aber noch nicht ... fertig«, sagte Jian nachdenklich.

»Iiiiiiiii«, machten wir wie auf Kommando, entsetzt darüber, dass ausgerechnet Jian – der sich ansonsten so gewählt ausdrückte – zu so drastischen Worten gegriffen hatte. Immerhin schien es ihn selbst zu überraschen, denn er warf die Hände in die Luft.

»Was denn?«, fragte er etwas hilflos.

Unglücklicherweise brach damit eine ganze Flut von Szenarien los. Vielleicht hatte der alte Kerl ja gerade seine zahnlose, achtzigjährige Ehefrau geknutscht, als wir klingelten, mutmaßten wir, oder er hatte sich die Warzen von seinen Käsefüßen gekratzt, oder vielleicht war er auch im Keller gewesen, um Kinder wie uns zu quälen, die es nicht geschafft hatten abzuhauen ... Jedes Szenario war fantastischer als das vorherige und rief größeres Gelächter hervor; auf einmal war der Mann mit seinem schwabbeligen Bauch und der ungezügelten Wut zu einem lächerlichen Ungeheuer aus einem Märchen geworden, das wir gemeinsam zur Strecke gebracht hatten. Wir suhlten uns in der Wärme dieses kollektiven Triumphes.

»Wir sollten ... wir sollten ihn gleich noch mal drankriegen! Gleich diesen Monat und nächsten Monat und übernächsten!«, rief Zhen, der in seiner Begeisterung kaum zu bremsen war.

Wir erklärten uns alle so lautstark bereit, dass wir fast nicht hörten, was Al Lam sagte. Sie sprach leise, aber irgendwann drang es doch an unsere Ohren.

»Ich werde nächsten Monat nicht mehr hier sein.«

Auf einmal waren unsere ganze Begeisterung und Aufregung wie weggeblasen. Plötzlich standen wir verlegen herum, niemand wusste, was er sagen sollte. Al Lam wurde rot, es war ihr sichtlich unangenehm.

Ich ergriff das Wort. »Wir sollten etwas anderes tun. Etwas Besseres. Bevor Al Lam wegmuss!«

Sie schaute mich überrascht an. Ich hielt ihrem Blick stand. Auch alle anderen sahen mich an, und obwohl mir das normalerweise peinlich gewesen wäre, empfand ich es als Bestätigung.

»Bevor Al Lam abreist, kommt doch Brzezinski, oder?«

»Ja, und?«, fragte Jian vorsichtig.

»Begreifst du denn nicht?«, sagte ich drängend. »Haben deine Eltern nicht mit dir darüber gesprochen? Es heißt, alle müssen drinnen bleiben. Niemand darf auf der Straße sein, wenn die Autokolonne vorbeifährt. Das erlaubt die Regierung nicht. Aber wir sollten ... wir sollten ...«

Jetzt richtete sich die Aufmerksamkeit der gesamten Gruppe auf mich. Und ich spürte, wie aufgeregt alle auf einmal waren.

Ich senkte die Stimme zu einem dringlichen Flüstern. »Wir sollten rausgehen. Ein letztes Mal. Ein letztes Mal, bevor Al Lam wegmuss. Uns die Wagenkolonne anschauen ...«

Meine Stimme erstarb.

Doch ihre Blicke richteten sich immer noch auf mich. Sie

sahen ängstlich aus, aber ich spürte auch die Erregung, die sich ausbreitete.

»Ja, lasst uns das machen«, rief Zhen.

Selbst Gen sah mich an, als wäre er beeindruckt. Bei Wang Fan war ich mir nicht sicher, ob er wirklich begriff, was ich da gerade vorgeschlagen hatte. Schließlich wandten sich alle Jian zu. In solchen Dingen war immer er derjenige, der das letzte Wort hatte.

Einen Moment lang blickte er nachdenklich drein, dann lächelte er.

»Ja«, sagte er. »Lasst uns das machen!«

Eine Weile lang sagte niemand etwas. Es war, als wäre ein stillschweigender Pakt zwischen uns geschlossen und eine unsichtbare Linie überschritten worden, und wir – jeder Einzelne von uns – waren überwältigt von dem Versprechen, das wir uns gegenseitig gegeben hatten. Dort in der Finsternis des Sommerabends hatte sich etwas verändert. Es war mehr als nur ein Spiel; etwas hatte uns zu einer ernsthaften und fortdauernden Allianz geschmiedet, an genau dem Punkt, wo unsere Leben auseinanderzudriften begannen. Es war ein feierlicher Moment, es gab kein Gekicher mehr, keine Witze ... keine Worte. Stattdessen machten wir uns auf den Heimweg. Schweigend. Einer nach dem anderen bog ab, und wir nickten uns zu, während wir in die Nacht verschwanden.

Nur Gen und ich standen noch da. Ich war so beschäftigt mit dem, was ich gerade in Bewegung gesetzt hatte, dass mir gar nicht bewusst war, dass einzig wir beide noch übrig waren.

Ich spürte seinen Blick auf mir.

Seine bleichen Gesichtszüge, die sonderbare Reglosigkeit seiner Augen; seine Miene war auf stille Weise überlegen. Wieder wurde mir bewusst, wie anders er war. Die ganze Aufregung und Hektik waren verpufft, und auf einmal fühlte ich mich müde, gereizt und schlecht gelaunt. Ich wollte mit den

Füßen aufstampfen, so wie es mein kleiner Bruder am Abend machte, wenn er sich dagegen wehrte, ins Bett zu gehen. Und in diesem Moment kam mir Gen besonders irritierend vor, besonders hochmütig. Wäre er mein kleiner Bruder gewesen, hätte ich ihn wahrscheinlich fest in die Wangen gezwickt und damit zum Weinen gebracht. Doch gegenüber einem Gleichaltrigen traute ich mich das nicht. Außerdem war da etwas an Gen, das mich irgendwie aus der Fassung brachte. Seine Unnahbarkeit, die Beiläufigkeit seiner Herablassung. Er passte nicht so recht in unsere Gruppe, und dennoch war da diese Unbekümmertheit an ihm, die mich in Unruhe versetzte. Er wirkte immer so ruhig und selbstsicher.

Ich spürte, wie ich mich innerlich wappnete. Wir waren fast bei meiner Straße angelangt. Ich hätte ihn so gern heruntergeputzt, hätte das feiste Grinsen, das immer um seine Lippen spielte, weggewischt. Mir fehlten die Worte dafür.

Dann endlich drehte ich mich zu ihm und schnauzte ihn an: »Warum zum Teufel hast du mir eigentlich diesen ganzen Blödsinn erzählt? Von diesen toten Babys und so. Die zu Rauch werden.«

Gen zuckte sichtlich zusammen. Mein plötzlicher Wutausbruch schien ihn zu überraschen. Kurz machte sich Genugtuung in mir breit.

Er blickte zu Boden, schaute dann wieder zu mir hoch. Er wirkte nachdenklich. »Vermutlich wollte ich einfach nur sehen …«

»Was wolltest du sehen?«

»Ich wollte sehen, ob du es glaubst. Und … na ja, du hast es geglaubt.«

Er schenkte mir ein mattes Lächeln und wandte sich ab, in die Richtung, wo er selbst wohnte. Ich machte den Mund auf, schloss ihn wieder. Gen war nicht so gut aussehend wie Jian. Er war auch nicht so lustig, wie Al Lam es auf ihre ruhige, überlegte Weise sein konnte. Er konnte weder gut Stimmen nachahmen noch Papierflugzeuge bauen wie Zhen. Und er war nicht so gutmütig wie Wang Fan. Tatsächlich gab es nichts, was ich an ihm überhaupt mochte. Deshalb konnte ich mir auch nicht erklären, warum mein Herz vor Empörung so heftig pochte, als ich ihn einfach davongehen sah, und warum dieser Junge es immer schaffte, in meinem Inneren einen solchen Aufruhr zu verursachen.

Ein leichter Regen hatte eingesetzt. Die Kälte des Niederschlags, der aus unsichtbaren Wolken weit oben am nächtlichen Himmel fiel, bildete einen Kontrast zur balsamischen Wärme des Abends, und in das Gefühl der Müdigkeit, das sich meiner bemächtigt hatte, mischten sich die ersten Anzeichen von Fieber. Ich spürte, wie es in meinen Schläfen zu pochen begann. Wir hatten vollkommen die Zeit vergessen.

Als ich nach Hause kam, baute sich sofort meine Mutter vor mir auf. »Wo warst du denn? Es ist schon dunkel! Du hast mir versprochen, dass du nie so lange wegbleibst!«

Ich schaute sie an, in meinem Kopf dröhnte die Surrealität dieses seltsamen Sommerabends. Die Worte kamen aus meinem Mund, doch es war, als würde ich sie von woanders hören.

»Vermutlich wollte ich einfach nur sehen …«

»Was sehen?«, erwiderte meine Mutter mit kaum gezügelter Wut.

»Ich wollte sehen, ob du es glaubst. Und … na ja, du hast es geglaubt.«

Sie starrte mich an. Ihr Mund stand offen, so erstaunt war sie, und ein paar Sekunden lang fehlten ihr die Worte. Dann stürzte sie sich auf mich, schlug mich auf den Kopf, zog mich den Flur entlang, und obwohl sie mich verprügelte, konnte ich das hysterische Kichern nicht unterdrücken, das aus meiner Kehle aufstieg. Ich warf einen kurzen Blick auf meinen

Vater am Abendessenstisch, auf meinen kleinen Bruder, der in seinem Hochstuhl saß – auf die bemerkenswert ähnlichen Augen der beiden, vor Schreck weit aufgerissen –, während meine Mutter mich vorbeizerrte. Sie zog mich in mein Zimmer, schleuderte mich auf mein Bett und stürmte hinaus, knallte die Tür hinter sich zu. Ich spürte, wie erneut hysterisches Lachen in mir aufstieg.

Angezogen lag ich auf meinem Bett. Ich trat mir die Schuhe von den Füßen, schaute zur anderen Seite des Zimmers, wo das Bettchen meines Bruders stand. Wahrscheinlich war er mittlerweile ein bisschen zu alt dafür. Es war das allererste Mal, dass ich vor ihm ins Bett geschickt worden war. Als Kind ist es die größte Schande, die man erleiden kann, früh ins Bett geschickt zu werden. Weil du dich womöglich gar nicht müde fühlst und den Eindruck hast, die ganze Welt amüsiert sich köstlich, während ausgerechnet du dort im Dunkeln deine Zeit verplemperst und von allem abgeschnitten bist.

Und doch empfand ich an jenem Abend nicht den verdrießlichen Zorn eines Kindes, das zu früh zu Bett geschickt wurde. Es war mir sogar recht – vielleicht weil ich einen Anflug von Fieber hatte und immer noch die klamme Feuchtigkeit des Regens in meinem Haar fühlte. Ich lag in meinem Bett, spürte die Wärme der Decken um mich herum, das Gefühl der Sicherheit, zu Hause zu sein. Ich konnte meine Familie hören, die schrille Stimme meiner Mutter, das begeisterte Kieksen meines Bruders und das leise, brummende Lachen meiner Großmutter, durchdrungen von ihrem trockenen Humor. Ich sah das Licht unter dem Türspalt hindurchscheinen.

Und trotz der Verärgerung meiner Mutter empfand ich ein schier grenzenloses und warmes Gefühl von Sicherheit. Vielleicht lag es an dem, was ich zu den anderen, meinen Freunden, gesagt hatte; an dem Plan, den ich für den Abend der Wagenkolonne geschmiedet hatte. Womöglich hatte die Sache jedoch tiefere Ursachen, die zwingend noch im Hintergrund blieben. Das Gefühl, dass sich alles auf eine Art und Weise ändern würde, die ich nicht einmal ansatzweise begreifen konnte.

Wenigstens in jenen Momenten, während ich auf dem Bett lag und mir immer noch die Ohrfeigen meiner Mutter auf der Wange brannten, empfand ich ein Gefühl des Wohlbehagens. Der Glaube, dass meine Großmutter immer da sein würde, mit ihrem großen, ausladenden Körper dort in ihrem Stuhl sitzen und dabei zusehen, wie meine Mutter vor sich hin schimpfte; dass das Gesicht meines Vater, müde und erschöpft, durch ein mattes Lächeln erhellt würde, wenn er mit meinem Bruder in seinem Hochstuhl spielte; und dass mein Bruder – so lächerlich und überreizt er war – irgendwann in unser Zimmer kommen und noch liebevoll meinen Namen murmeln würde, bevor er einschlummerte. Und ich würde in der weichen Dunkelheit liegen und dem Rhythmus seines sanften, milchigen Atems lauschen.

An diesen paar Augenblicken hielt ich mich fest – dem Eindruck, dass meine Familie intakt war, indem sie dort, vor meiner Zimmertür, einfach sie selbst war. Ich hörte das leise Brummen der Geräusche, die sie machten, des Lebens, das sie lebten, und war von einem Moment auf den anderen eingeschlafen.

FÜNF

Als ich am nächsten Morgen aufwachte, strömte das Sonnenlicht durchs Fenster, und die Ereignisse des vergangenen Tages waren weit weg, wie ein Traum. Ich wälzte mich im Bett herum, schlang die Decken um mich, genoss die wohlige Wärme, die noch einen Moment fortbesteht, bevor man ganz wach wird. Ich drehte mich auf den Rücken und streckte mich. Dann schaute ich zum Bettchen meines Bruders hinüber und stellte fest, dass es leer war. In der Wohnung war es ruhig. Vermutlich war es Samstag und spät am Morgen. Ich hatte offenbar verschlafen.

Nachdem ich mir die Zähne geputzt und mich angezogen hatte, tappte ich über den kalten Boden des Flurs. Vielleicht waren meine Mutter und mein Vater ja mit meinem Bruder rausgegangen. Die Stille war ungewöhnlich. Selbst unsere Nachbarn verhielten sich ruhig, und das Einzige, was ich hören konnte, war das Zwitschern eines Vogels irgendwo hoch oben im Sonnenlicht, ein fernes, trauriges Geräusch. Obwohl ich allein war, machte sich ein Gefühl von Zufriedenheit in mir breit. Ein wenig Zeit für mich zu haben, unbeobachtet, fühlte sich seltsam kostbar an, weil mein Leben ansonsten mit dem Gequengel eines kleinen Bruders und dem Lärmen von Eltern und Nachbarn erfüllt war, die ständig meinen Weg kreuzten.

Auf einmal hörte ich etwas rascheln. Ich erstarrte, wie ein Einbrecher, der auf frischer Tat ertappt wird. Das Geräusch kam aus der Küche.

Peking war eine Stadt, die berüchtigt für ihre Fauna war: Bei uns konnte man Riesendachse und Marderhunde antreffen, es gab Streifenhörnchen und sogar Feuerwiesel. Oh Gott, und wenn das ein Feuerwiesel war? Diese Tiere waren für ihre Dreistigkeit bekannt, und obwohl ich noch keins in natura gesehen hatte, wusste ich von Zhen, dass sie unglaublich gefährlich waren, denn er hatte einen entfernten Freund, dem von einem solchen Tier die Augen ausgekratzt worden waren. Ich wollte nicht blind werden. Nicht nur wegen der Schmerzen, sondern weil der Gedanke, nie mehr sehen zu können, zu schrecklich war, um überhaupt darüber nachzudenken. Wie würde ich dann leben? Ich könnte nichts mehr tun, das Spaß machte. Allein die Vorstellung, auf die Toilette zu gehen und nichts sehen zu können ...

Mit laut klopfendem Herzen beschloss ich, wenn ich ein solches Schicksal erleiden sollte, wollte ich kämpfend gehen. Rasch nahm ich eine der wissenschaftlichen Zeitschriften meines Vaters und rollte sie zu einer Waffe zusammen. Dann schlich ich, zu allem bereit, in Richtung Küche. Je näher ich kam, desto mehr schwand meine Entschlossenheit. Trotzdem zwang ich mich weiterzugehen, bis ich einen Blick durch die angelehnte Küchentür werfen konnte und den Urheber des Raschelns entdeckte. Meine Großmutter stand an der Spüle und füllte etwas, das aussah wie Getreide, aus einem Karton in eine Tüte. Offenbar spürte sie meine Anwesenheit, denn sie drehte sich um. Einen Augenblick lang starrten wir uns an; ich schaute zu ihr hoch, sie auf mich herab, ein argwöhnisches Beäugen.

»Was machst du?«, fragte ich irgendwann und ließ meine Stimme so beiläufig klingen wie nur möglich.

Auch sie schlug einen neutralen Ton an: »Ich bereite nur ein paar Zutaten für eine Suppe vor.«

»Und du tust dieses ganze Korn in die Suppe?«

Ihre Augen wurden schmal.

»Ja. Das Korn kommt in die Suppe. Es ist ... ein altes chinesisches Rezept.«

Ich hob eine Augenbraue.

»Ein altes chinesisches Rezept?«

Sie hob eine Augenbraue.

»So wie ich es sage. Ein altes chinesisches Rezept.«

Wenn meine Großmutter etwas Zweifelhaftes rechtfertigen wollte, sagte sie oft: »Das ist eine alte chinesische Medizin« oder »eine alte chinesische Tradition« oder auch »eine alte chinesische Sitte«. Meistens bedeutete das einfach, dass sie unbehelligt mit dem weitermachen wollte, was sie ursprünglich vorgehabt hatte. Ich mag damals noch jung gewesen sein, doch ich war ein ruhiges Kind, das viel beobachtete. Auf diese Weise war mir schon seit geraumer Zeit so manche fragwürdige Angewohnheit der Erwachsenen in meiner Familie aufgefallen.

Meine Großmutter und ich schauten uns noch ein paar Augenblicke an. Bildete ich mir das nur ein, oder verzog sich ihr Mund wieder einmal zu einem kaum wahrnehmbaren Grinsen?

»Na ja, dann gehe ich jetzt besser wieder auf mein Zimmer. Ich habe dieses Wochenende viele Hausaufgaben zu erledigen.«

»Nun, das wäre wohl eine gute Idee!«

Meine Großmutter ließ sich nichts anmerken, aber da war ein gewisses belustigtes Schimmern in ihren Augen.

Ich ging auf mein Zimmer zurück. Ich hatte nicht vor, Hausaufgaben zu machen. Stattdessen ließ ich die Tür laut ins Schloss fallen, nur um sie dann ganz leise wieder zu öffnen.

Ich wartete. Und wartete. Einem Kind kommen fünf Minuten, die es mit Nichtstun verbringt, wie eine Ewigkeit vor. Gerade zog ich in Erwägung aufzugeben, als ich hörte, wie sich etwas bewegte. Ich spähte durch den Türspalt und sah die stämmige Gestalt meiner Großmutter, die sich rasch durch den Flur bewegte. Sie trug die Tüte mit Korn und sah dabei aus wie einer dieser verflixten Zwerge aus dem Märchen, mit ihren weich rollenden Schultern, dem gebeugten Kopf und dem entschlossenen, weit ausholenden Schritt. Doch sie machte keine Geräusche. Als sie an der Wohnungstür angelangt war, öffnete sie sie vorsichtig und leise, ging hinaus und schloss sie wieder hinter sich. Jetzt kam Bewegung in mich. Ich flitzte zur Tür und wartete ein paar Sekunden, bevor ich sie öffnete. Ich streckte den Kopf auf den Hausflur hinaus und sah meine Großmutter die Treppe hinuntergehen.

Ich schlich hinter ihr her. Sie nahm den Hinterausgang und ging über ein Stück Brachland, wo das Gras in der Sommerhitze verbrannt und in den Boden getreten war, wo Eidechsen blitzschnell aus der Helligkeit in den Schatten flitzten, wo Ameisen hektisch durch die strudelförmigen Ritzen krabbelten, die sich zwischen den Mauern des Gebäudes und dem harten, heißen Boden gebildet hatten. Ich sah meiner Großmutter hinterher, wie sie über das offene Gelände ging, das in der Helligkeit des späten Morgens lag, und auf eine Reihe von baufälligen Schuppen und Verschlägen zusteuerte, die verwildert und verfallen wirkten. Dann hatte sie einen der Schuppen erreicht, neigte, nachdem sie sich kurz nach rechts und links umgeschaut hatte, den Kopf und schlüpfte hinein. Ich folgte ihr. Während ich näher kam, tat sich in mir eine ganz neue Furcht auf. Anders als die Panik, die mich bei dem Gedanken ergriffen hatte, das Feuerwiesel könnte mir die Augen auskratzen. Ich hatte das deutliche Gefühl, gleich etwas zu sehen, das ich nicht sehen sollte. Das Verhalten meiner Großmutter hatte meine Aufmerksamkeit auf etwas Seltsames, Erwachsenes gerichtet, das außerhalb meiner Erfahrung lag. Eigentlich sollte ich umdrehen, sagte ich mir, doch in meinem tiefsten Inneren wusste ich, dass es dafür zu spät war.

Zögernd legte ich die letzten Schritte bis zum Eingang des Schuppens zurück, zog den Kopf ein und schlüpfte hinein. Meine Augen mussten sich an die Dunkelheit gewöhnen. Es roch stickig und nach Korn, wie in einer Scheune. Dann erblickte ich meine Großmutter, die sich in einer Ecke über etwas beugte. Jetzt erkannte ich, dass es sich um einen kleinen Pferch handelte, in dem eine Schachtel stand. Ich machte einen Schritt vorwärts und blieb mit dem Fuß am trockenen Boden hängen.

Meine Großmutter fuhr herum und schrie auf.

Ich schrie auch.

Sie blinzelte mich an.

»Mein lieber *Pangu,* ich dachte, du wärst ein Geist. Was in Teufels Namen ist in dich gefahren, dass du Leuten hinterherschleichst? Mir wäre fast das Herz stehen geblieben!«

»Was machst du hier?«, stammelte ich.

»Was ich hier mache, fragt sie! *Was ich hier mache!*«

Meine Großmutter kam mit bedrohlicher Schnelligkeit auf mich zu. Als ein Kind, das daran gewöhnt war, den Schlägen von Erwachsenen auszuweichen, sich mit dem Arm gegen Lineal schwingende Lehrer zu schützen und vor den Ohrfeigen seiner Mutter zu ducken, machte ich mich klein. In diesem Moment hörte ich es. Ein leises, aber deutlich vernehmbares Gackern.

Meine Großmutter blieb stehen. Ich schaute zu der Stelle, wo sie vorher gestanden hatte. Einem Instinkt folgend ging ich darauf zu und spähte ins Dunkel. Jetzt erkannte ich ein kleines Etwas, das über den Boden hüpfte.

»Was ist das?«, fragte ich staunend.

Meine Großmutter schaute mich an, die Lippen verärgert zusammengezogen. Dann murmelte sie etwas, so leise, dass ich es nicht verstehen konnte.

»Was?«, fragte ich.

»Es ist ein Huhn«, murmelte sie.

»Ein Huhn?«

»Ja.«

»Ein Huhn, so wie die, die man auf dem Markt kauft, um Suppe daraus zu kochen?«

»Ja«, sagte sie mürrisch.

»Aber du … du hast es nicht geschlachtet?«

»Nein, natürlich nicht.«

Ich näherte mich und ging in die Knie. Der kleine Vogel blieb stehen, neigte den Kopf und schaute mich kurz an, bevor er weiterging und ein paar von den Körnern pickte, die meine Großmutter verstreut hatte. Das Küken hatte einen seltsam schiefen Gang, lehnte sich zur Seite wie ein Betrunkener. Ab und zu fiel es um, rappelte sich dann wieder hoch und setzte seinen krummen Weg fort. Erst jetzt, als sich meine Augen an das kümmerliche Licht gewöhnt hatten, sah ich, dass eins seiner Beine verletzt und mit zartem Stoff verbunden war.

»Es hat eine Wunde?«

»Ja.«

»Und du hast es gepflegt, Po Po?«

»Ja.«

»Hat es einen Namen?«

»Natürlich nicht, dummes Kind. Es ist nur ein Huhn. Hat man jemals von einem Huhn gehört, das einen Namen hat?«

»Hat man jemals von einem Huhn gehört, das einen Verband trägt?«

Meine Großmutter gab mir eine Kopfnuss.

»Aua, das hat wehgetan!«

»Sollte es auch.«

»Ich finde, es sollte einen Namen haben.«

Ich ging vorsichtig näher. Das Küken blickte auf. Ich musste ihm wie ein Riese vorkommen, dieses große Gesicht, das aus der Finsternis ragte. Deshalb setzte ich mein freundlichstes Lächeln auf, es kam aber nur eine Grimasse heraus. Es ist immer schwierig, zu lächeln, wenn gar nichts lustig ist, und man darf auch nicht so viel darüber nachdenken. Doch das Küken schien es nicht zu stören.

»Ich würde dich Aschenputtel nennen«, flüsterte ich dem kleinen Vogel vertraulich zu. Meine Großmutter seufzte.

»Häng dein Herz nicht zu sehr dran, Kleines. Es ist nur ein Vogel.«

»Aber warum hast du ihn dann gerettet? Warum hast du ihn gepflegt?«

Ich spürte den Blick meiner Großmutter auf mir.

»Dieser Vogel ist klein, selbst für ein Huhn. Und er ist mit dem Bein umgeknickt.«

»Und was bedeutet das?«

»Es bedeutet, dass das Küken zwar schwach ist, aber tapfer gekämpft hat. Um zu überleben. Und das bedeutet, dass es, wenn es eine Henne ist, bereits gelernt haben wird, stark zu sein, stärker als andere. Und es wird die besten Eier legen.«

Darüber dachte ich nach. Die Logik meiner Großmutter war unfehlbar.

»Kann ich es mal halten?«

Meine Großmutter nickte in der Finsternis.

Ich streckte langsam den Arm aus. Das Küken versteifte sich, wich aber nicht aus. Es sah aus wie hypnotisiert, als ich nach ihm griff und es vorsichtig auf die Hand nahm. Es zitterte heftig, als ich es hochhob, und es war so warm und weich und lebendig. Das war der Moment, in dem ich mich in dieses Küken verliebte.

Ich begann es ganz sanft zu streicheln. Meine Großmutter beugte sich besorgt vor.

»Sei vorsichtig, nicht so fest ...«

Ich schaute meine Großmutter an, die den kleinen Vogel betrachtete. Etwas wie Zärtlichkeit lag in ihrem Blick.

• • •

Viele Jahre später, als ich bereits in Kanada lebte, kamen mir die damaligen Ereignisse sonderbar und surreal vor, nicht zuletzt deshalb, weil die Leute dort eine andere Betrachtungsweise von Politik hatten. In Kanada ging man alle vier Jahre wählen, manche Leute hatten starke politische Überzeugungen, andere nicht. Politik war etwas, das man ausblenden konnte – niemals übte es den gleichen Druck aus wie damals auf uns. Als Erwachsene in einem fremden Land fand ich das verstörend; einerseits befreiend und zugleich irgendwie ein Verlust.

Das China meiner Kindheit war ganz anders. Selbst die Menschen, die keine starken politischen Überzeugungen hatten, konnten der Politik nicht entrinnen. In der Woche, bevor Amerikas Sicherheitsberater Brzezinski nach Peking kommen würde – wo er zwei Tage verbringen sollte –, begannen spät in der Nacht seltsame Dinge vorzugehen. Eine Ausgangssperre wurde verhängt. Wir als Bewohner Pekings hatten nach sieben Uhr abends zu Hause zu sein. Vor unserem Wohnblock war eine alte Polizeistation in Betrieb genommen worden; sie musste aus der Zeit der Kuomintang in den 1920er-Jahren stammen. Bislang hatte es sich nur um ein staubiges Relikt aus alter Zeit gehandelt, doch jetzt versah zum ersten Mal ein Polizist seinen Dienst darin – ein bärtiger Mann mit blutunterlaufenen, müden Augen, einem walrossartigen Schnurrbart und einem dicken Bauch. Sein wässriger Blick schien durch die Menschen hindurchzugehen, als blickte er in eine andere Epoche zurück. Ich musste zugeben, dass er für einen Polizisten nicht besonders bedrohlich war.

Einen Tag später hörten wir lautes Bohren und Hämmern. Eine kleine Insel war an der Kreuzung errichtet worden, wo unsere Straße auf eine größere Straße traf. Einige aus der

Nachbarschaft kamen heraus und schauten dabei zu, wie die Arbeiter eine Schicht Beton ausgossen und darauf eine weitere Überwachungsstation errichteten. Dort blieben zwei Soldaten, rund um die Uhr, auch sie nicht besonders bedrohlich, eher lustlos und gelangweilt. Bis sie irgendwann einen großen, von Pferden gezogenen Wagen anhielten und barsch Kommandos riefen. Doch kaum hatten sie den Wagen durchsucht, durften die Pferde wieder weitertrotten.

Dennoch breitete sich eine Atmosphäre der Angst rund um das Ereignis aus. Die Stille, die sich während der Ausgangssperre über die Straßen legte wie eine Decke, wurde von lautem Klopfen durchbrochen: Soldaten gingen von Tür zu Tür. Sie kamen zu unserer Wohnung. Dann standen sie in unserem Zuhause, Männer mit kindlichen, zugleich grausamen Gesichtern. Das Gesicht meines Vaters war aschgrau geworden, meine Mutter plapperte in erzwungener Fröhlichkeit vor sich hin. Meine Großmutter saß in ihrem Stuhl, selbstbewusst und stur, und vernichtete die jungen Männer mit der ganzen Boshaftigkeit ihres Krötengesichts. Man sagte uns, was allen Nachbarn gesagt wurde: Es sei unabdingbar, dass wir in der Wohnung blieben, wenn Brzezinskis Konvoi durch die Straßen rollte. Nicht einmal aus dem Fenster durften wir schauen. Eine solche Geste könne falsch interpretiert werden. Und es bestehe die Möglichkeit, dass auf uns geschossen würde.

Wie ich bereits sagte: In China warst du vielleicht nicht besonders an Politik interessiert. Doch die Politik interessierte sich für dich.

Das alles beobachtete ich genau. Ich sah diese Ereignisse mit einer Mischung aus Angst und Erregung, doch während der Brzezinski-Besuch immer näher rückte, wurde die Angst größer, und die Erregung schwächte sich ab. Ich hatte ein Gefühl wie in einem Traum, wenn man unweigerlich zu einem bestimmten Punkt gezogen wird, zum Beispiel einer Tür am Ende eines dunklen Korridors, und man sich diesem Sog nicht entziehen kann. Zuerst dachte ich, mein Plan würde sich wieder in Luft auflösen, so wie das mit vielen Hirngespinsten ist, die man als Kind hat. Aber die anderen redeten in den Tagen und Wochen, die folgten, immer wieder davon. Die ganze behämmerte Idee bekam immer mehr Eigenleben, womit ich nie gerechnet hatte. Sie wurde zu etwas, das die anderen zusammenschweißte, etwas, das in ihren Gesprächen immer mehr Gestalt annahm, während sie bis ins Detail ausarbeiteten, wie wir es auf die Straße hinaus schaffen würden, wo der amerikanische Konvoi vorbeifuhr. Und vielleicht würden wir ihn ja sogar mit Steinen bewerfen, schließlich waren wir heldenhafte chinesische Patrioten.

Je weiter diese Planungen fortschritten, desto unwohler fühlte ich mich, denn ich war ein vernünftiges Kind, kein mutiges, und selbst Jian – der eigentlich so ruhig und besonnen war – ließ sich von der seltsam ungezügelten Euphorie anstecken, die die anderen im Griff hatte. Einige Tage bevor die Ausgangssperre in Kraft trat, dachte ich immer noch, es gebe Anlass zur Hoffnung. Doch am Abend, bevor die Ausgangssperre in Kraft trat, trafen wir uns ein letztes Mal und schwitzten in der Sommerhitze, während die abendlichen Schatten die Entschlossenheit auf unseren Gesichtern untermalten. Ein Treffpunkt wurde ausgemacht. Wir würden aus unseren Wohnungen schlüpfen und uns von den größeren Straßen fernhalten. Treffpunkt würde der staubige Platz sein, wo wir immer spielten. Von dort aus würden wir in Richtung Zentrum gehen, zur Chang'an-Straße, wo der Konvoi vorbeifahren sollte. Selbst an diesem Punkt dachte ich immer noch, gleich würde einer von uns in Gelächter ausbrechen und dann die anderen auch, und wir würden alle über die Absurdität dieses Planes lachen. Bloß dass das niemand tat. Stattdessen fassten wir uns an den Händen – wir alle, die zwei Mädchen und die Jungs – und legten eine Art Schwur ab.

Und wie jedes Kind weiß, kann man einen Schwur nicht brechen.

Am Ende stellte es sich als überraschend leicht heraus, aus der Wohnung abzuhauen. Mir war schon den ganzen Tag übel gewesen, von dieser seltsamen, aalglatten Angst, die in meinem Bauch rumorte. Als der Abend kam und die Ausgangsperre begonnen hatte, schien alles bei uns zu Hause seltsam normal zu sein. Meine Großmutter saß in ihrem Stuhl und war mit ihrer Näharbeit beschäftigt. Meine Mutter war in der Küche, Dampf aus den Kochtöpfen waberte bis ins Wohnzimmer herein und brachte unsere Gesichter zum Glühen. Mein Bruder gluckste und brabbelte, verloren in seiner eigenen Welt. Ich schlüpfte hinaus, mein Herz klopfte so stark, dass ich Angst hatte, es könnte mich verraten. Ich verließ das Haus durch den Haupteingang, schlich mich mit eingezogenem Kopf weiter. Im abkühlenden, dunkler werdenden Abend konnte ich die Gestalt des Polizisten erkennen, der seinen Dienst in der kleinen Polizeistation versah – die undeutlichen Umrisse seines Körpers und des auf die Brust gesackten Kopfes –, und hörte sein leises Schnarchen.

Ich ging in die andere Richtung. Ich dachte immer noch, dass die anderen vielleicht einen Rückzieher machten, doch als ich näher kam, sah ich fünf Gestalten, im Dunkeln an eine zerklüftete, halb zerfallene Mauer geschmiegt. Dann hatte es also jeder von ihnen geschafft, sich von zu Hause wegzustehlen. Und in diesem Moment spürte ich, wie sich etwas veränderte. Natürlich war die Angst immer noch da, aber jetzt hatte ich einen Kloß im Hals. Und ich spürte die Tränen, die mir in die Augen traten wie eine Mahnung, warm und heiß. Das dort waren meine Freunde. Es waren die einzigen Freunde, die ich hatte. Und auf einmal war eine große Entschlossenheit in mir.

Was auch immer gleich geschehen würde, was auch immer uns bevorstand – es war etwas, das wir gemeinsam durchstehen würden.

Ich trat zu ihnen. Mittlerweile war es Nacht geworden. Wir gaben uns die Hand. In jedem Gesicht lag ein Ausdruck von Feierlichkeit; einen Moment lang waren sie Kinder, so wie ich – doch im selben Moment schienen die Schatten, die auf ihren Gesichtern lagen und ihre Züge verdüsterten, einen Blick auf die Erwachsenen zu ermöglichen, die sie einst werden würden: Jian, ein Anwalt, der einen verarmten Landstreicher verteidigte, den man des Diebstahls bezichtigte; Zhen, der Architekt, der einen atemberaubenden Wolkenkratzer entwarf; Al Lam, die zu den Dirigenten eines weltberühmten Orchesters gehörte. Natürlich konnte ich das alles damals nicht gesehen haben. Mein Wissen, was diese Kinder einst werden würden, hat sich mit der Erinnerung an die Menschen vermischt, die sie einst waren. Trotzdem gab es an jenem Abend, als ich mit meinen Freunden zusammenstand, ein seltsames Zusammentreffen von Vergangenheit und Zukunft. Was vielleicht auch nichts anderes ist als die Gegenwart.

Selbst Wang Fan nahm meine Hand ganz behutsam. In meiner Erinnerung ist das das einzige Mal, dass er nicht gesabbert, gekichert oder geweint hat. Ich glaube nicht, dass er alles verstand, was da vor sich ging; ich schätze, das tat niemand von uns, aber er am allerwenigsten. Ich dachte daran, wie gemein ich zu ihm gewesen war und wie sehr er mich – in der Enge meiner eigenen Gedanken – abgestoßen hatte, und zum zweiten Mal an diesem Abend spürte ich, wie mir Tränen in die Augen stiegen.

Vielleicht quälten sich die anderen mit ähnlichen Gefühlen. Ich erinnere mich, dass wir wenig sprachen. Jedes andere Treffen in all den Jahren war von Lachen, Feixen, Rufen, manchmal auch von Weinen begleitet gewesen – doch an jenem Abend wechselten wir kaum ein Wort. Wir gingen einfach gemeinsam los, liefen über die Hauptstraße, bogen dann in eine kleinere ab. Wir blieben in Bewegung, ließen das Viertel hinter uns, in dem wir *Teng-Teng die Tomate* gespielt hatten. Dann kamen wir an dem großen Park vorbei, in dem wir als kleinere Kinder alle auf der Schaukel gesessen hatten und angeschubst worden waren. Die großen Bäume, die den Spielplatz überschatteten, kamen uns heute unheimlich und bedrohlich vor. Die Temperatur war merklich gesunken. Doch wir gingen immer weiter.

Wir gingen und gingen, bis uns die Beine wehzutun begannen. Wir machten einige Umwege. Immer wieder schnitt ein langer orangeroter Lichtstrahl durch die Nacht, und wir sahen die Umrisse von Soldaten, die sich um eine Wachstation mitten auf der Straße scharten. Dann bogen wir ab, schlüpften in eine abgelegene Gasse und gingen dort weiter.

Nur dass wir eigentlich gar nicht genau wussten, wo dieses »weiter« lag. Gen hatte Zugang zu einem Stadtplan und hatte die Route auswendig gelernt, aber die Umwege, die wir nehmen mussten, hatten bei ihm offenbar für Verwirrung gesorgt, weshalb er ab und zu vor sich hinmurmelte. Niemand von uns wollte etwas sagen. Niemand von uns wollte die Hoffnungslosigkeit äußern, die sich langsam in uns ausbreitete. Die Häuser kamen uns noch größer vor, die Straßen dunkler, als wollten sie niemals enden. Das einzige Licht war das der Sterne. Es gab uns das Gefühl, winzig klein zu sein; noch nie zuvor war ich mir so bewusst gewesen, *wie* klein ich war. Doch wir gingen immer noch weiter. Ich glaube, in jedem von uns herrschte die gleiche Gewissheit: Wir hatten schon lange den Heimweg aus den Augen verloren. Trotzdem wollte keiner von uns der Verzweiflung Raum geben. Bis dann schließlich Wang Fan, der schwer atmete, ihr auf die einfachste Weise Ausdruck verlieh.

»Ich habe Hunger. Und pinkeln muss ich auch!«, stieß er hervor.

Jian legte ihm tröstend eine Hand auf die Schulter.

»Dauert nicht mehr lange, Kumpel«, murmelte er.

Wang Fan zog sich zurück, ließ das schlappe Kinn auf die Brust sinken, rieb sich die Augen und schien halbwegs zufrieden zu sein, denn von allen bewunderte er Jian am meisten und freute sich, wenn der ältere Junge ihm Aufmerksamkeit schenkte.

Was den Rest von uns anging, spürten wir, wie hohl Jians Worte waren. Und trotzdem gingen wir weiter. Meine Beine waren mehr als erschöpft; ein scharfer Schmerz tobte darin. Meine Füße waren taub. Am liebsten hätte ich laut geschrien oder geweint – ein Gefühl, das ich zuletzt gehabt hatte, als ich noch viel jünger war. Zugleich spürte ich, wie sich die Erschöpfung durch meinen ganzen Körper arbeitete und die immer präsente Panik abschwächte, ihr die Spitze nahm. Ich wünschte bei Gott – von dem meine Großmutter manchmal sprach, obwohl Mao das verboten hatte –, niemals auf diesen Ausflug gegangen zu sein. Dass ich zu Hause geblieben wäre.

Einen Moment später traten wir auf eine Straße hinaus, die unter dem dunklen Himmel mit Licht geflutet war. Sie war breit, mehrspurig, durchgängig mit Ampeln versehen, und sie war vollkommen leer.

Ich wusste, dass das die Chang'an-Straße war. Die Gebäude hier waren blass und durchscheinend, als hätte sie jemand aus Mondlicht gebaut, und sie waren so viele Stockwerke hoch, dass wir den Kopf in den Nacken legen mussten, um die obere Kante zu sehen. Sie ragten vor uns auf wie Riesen, und dahinter lag ein schwarzer Himmel, übersät mit Sternen: eine Milliarde silberner Stecknadeln, die aus einer ewigen Dunkelheit funkelten und glitzerten.

Ich spürte, wie etwas in mir in Bewegung kam. Nur wenige Momente vorher hatte ich die ganze Unternehmung bereut, und wenn ich es gekonnt hätte, hätte ich bestimmt mit den Fingern geschnippt und mich zurück in mein Bett verfrachtet. Doch in jenem Augenblick war ich den Tränen nah. Bis jetzt war ich mir nicht sicher gewesen, was wir eigentlich mit diesem sonderbaren und unheimlichen Pilgermarsch durch Schatten und Stille hatten erreichen wollen, nun aber war ich von einer absoluten Zielgerichtetheit erfüllt. Es war uns vorherbestimmt, an diesem Abend hier zu sein. Ich wandte mich den anderen zu und wusste, dass sie das Gleiche empfanden, denn alle trugen das gleiche scheue und von Ehrfurcht erfüllte Lächeln im Gesicht. Wir schauten einander an, erschöpft, verängstigt und doch voller Freude. Niemand sagte etwas.

Eine Weile bewegten wir uns auf der großen Straße weiter, immer nahe an der Wand, von der Dunkelheit eingehüllt. Seltsamerweise war es Wang Fan, der es als Erster bemerkte. Er blieb stehen. Er reckte den Kopf auf eine Seite, und dann begann er sich um die eigene Achse zu drehen, weiter und weiter, eine Art ungelenkes Wirbeln.

Er kicherte die ganze Zeit.

»Wang Fan, wir müssen weiter«, sagte Jian mit sanfter und freundlicher Stimme. Nur sein Gesichtsausdruck zeigte, wie dringlich es ihm war.

»Jian, Jian, hör doch, hör!«, wiederholte Wang Fan, als würde er ein Lied singen. Und dann noch mal: »Jian, Jian, hör doch, hör!«

Wir blieben stehen. Er hatte recht. Ein fernes Brummen, aber jetzt war es deutlich hörbar.

Jian drehte sich zu uns um.

»Das ist es. Ich glaube, jetzt kommen sie. Der Konvoi kommt!«

Das Geräusch wurde lauter. Ich weiß nicht, was wir damals dachten, was wir eigentlich vorhatten. Einen Moment lang war die Großartigkeit des Ereignisses so gewaltig, dass sie uns lähmte.

»Na los, ducken, versteckt euch!«, bellte Jian.

Wir versuchten uns klein zu machen. Das Brummen wurde lauter, bis es in unseren Köpfen widerhallte, doch statt einer Ansammlung von schnittigen schwarzen Limousinen sahen wir eine ganze Flotte von Polizeiautos mit lauten Sirenen und grellem Blaulicht. Sie kamen direkt auf uns zu, Bremsen quietschten, und ihr gleißendes Licht war wie ein Schock für unsere Augen, es blendete uns; trotzdem rappelten wir uns irgendwie hoch und fingen an zu rennen. Wir schafften es in die nächste Seitenstraße, und ich erinnere mich, die Rufe der Männer und ihre lauten Schritte auf dem Asphalt gehört zu haben, als sie uns verfolgten. Ich spürte das Pumpen meiner Lungen in der Brust, die beißende Schärfe meines Atems. Unsere Flucht war ungeordnet und voller Panik, die einen rannten hierhin, die anderen dorthin, und ich lief etwas weiter vorne, Gen vor mir, eine flitzende Gestalt in der Nacht. Kalte Angst trieb mich voran. Da war jemand hinter mir, ich hörte das Atmen, spürte die Nähe an meinem Rücken. Langsam schwanden mir die Kräfte, und als ich an Tempo verlor, war da auf einmal ein Gefühl der Hilflosigkeit, das mir die Beine weich werden ließ.

Ich kam ins Stolpern, ich stürzte, doch im nächsten Moment spürte ich einen Luftzug, und jemand packte mich, riss mich hoch, bis ich stand, und ich spürte ein dumpfes Ploppen, als mir der Arm ausgekugelt wurde. Es war so brutal, wie man mit mir umging, dass ich zwar begriff, dass ich verletzt war, trotzdem kam der Schmerz nicht sofort, vielleicht weil ich so erschrocken und voller Adrenalin war. Irgendwo vor mir hörte ich einen schrillen Schrei und wusste, dass auch Gen erwischt worden war. Mein Verfolger begann, mich in Richtung

Hauptstraße zu zerren, und dann wurde alles schlimmer, als ich es jemals erlebt hatte.

Ich rief nicht, ich schrie, nicht aus Protest, sondern weil ich nichts anderes tun konnte. Ich hatte es nicht für möglich gehalten, dass etwas so wehtun konnte. Ich war daran gewöhnt, dass man grob mit mir umging – sowohl meine Mutter als auch meine Großmutter zerrten und schlugen mich manchmal –, aber das hier war schlimmer. Ich bat den Mann aufzuhören, ich flehte ihn an, aber er zog mich weiter. Ich glaube nicht, dass ich jemals sein Gesicht sah, doch durch den Schmerz hindurch spürte ich die Wärme seines Atems – ein erwachsener, säuerlicher Atem, der nach längst getrunkenem Kaffee und etwas Fleischigem, Faulem roch. Etwas, das verweste. Mir drehte sich der Kopf, und ich übergab mich, die Kotze floss heiß über meine Haut. Er schmiss mich auf den Rücksitz eines Autos.

Vom Rest sind nur noch Fragmente übrig. Ich erinnere mich, wie ich zusammengekauert auf dem Rücksitz lag. Ich weiß nicht mehr, wie ich mir in die Hose machte, erinnere mich jedoch an das Gefühl von warmer Flüssigkeit, die mir die Beine entlanglief. Ich erinnere mich, dass ich durch das Fenster in die Dunkelheit hinausschaute und all die Häuser vorbeiziehen sah, weiß und sonderbar und hoch, so fern wie der Mond. Ich erinnere mich, wie ich mir auf die Unterlippe biss, wie ich spürte, dass dieser schreckliche Schmerz – dieses Brennen in meiner Schulter – niemals enden würde und ich diese Qual keine Sekunde länger aushalten könnte. Die Bewegung des Autos, das Quietschen seiner Reifen, als es über Schlaglöcher und Erhebungen fuhr; mit jeder Unebenheit rutschte ich dort hinten auf dem Rücksitz hin und her, und der Schmerz war wie ein Schrei in mir. Schmerz und Verlorenheit waren so überwältigend, dass ich das Gefühl hatte, ich würde sterben.

Zu meinem Glück wurde ich eine Weile ohnmächtig. Woran ich mich als Nächstes erinnere, ist, dass ich in einem weißen Raum auf einem harten, kantigen Stuhl saß, und ich weiß noch, dass ich instinktiv versuchte, die Füße auf den Boden zu stellen, doch da unten war nichts. Ich erinnere mich an meine Erschöpfung und an den nagenden, beißenden Schmerz in meiner Schulter. Die Müdigkeit war absolut. Da war Dunkelheit, dann war da wieder die stumpfe Helligkeit dieses weißen Raumes, und diesmal war auch Gen da. Sein Blick war leer, dennoch wusste ich, dass er geweint hatte, denn die Haut seines Gesichts glänzte. Es waren zwei Männer im Raum. Einer von ihnen hatte kleine schwarze Augen, und das ist alles, woran ich mich erinnern kann. Vor meinem inneren Auge sind sie nur noch Schatten. Eine Stimme: »Was habt ihr dort gewollt?«

Gen sagte nichts. Ich versuchte den Kopf zu heben, schaffte es aber nicht. Da war immer noch der pochende Schmerz in meiner Schulter, immer noch dieses Gewicht, das mich herunterzog und den Schock über das, was mir gerade geschah, abschwächte. Diese reine, pure Erschöpfung. Stammelnd stieß ich hervor: »Bitte. Wir wollten nur spielen gehen. Wir wollten *Teng-Teng die Tomate* spielen. Es war nur ein Spiel. Das war alles ...«

Eine Stimme von weit weg. Sie wurde lauter. »Es ist nie nur ein Spiel. Nichts ist nur ein Spiel. Wessen Idee war es? Wer hat sich einen solchen konterrevolutionären Plan ausgedacht? Dem Geist des Staates zu trotzen, der sein wohlwollendes Licht auf alle loyalen Bürger scheinen lässt? Wer steckt hinter diesem unverfrorenen Akt antipatriotischer Sabotage?«

Die Stimme hatte sich erhoben, die Worte hallten in meinem Kopf wider. Mir wurde bewusst, dass dieser Erwachsene, dieser Mensch in Uniform, mich anschrie, ich spürte, wie seine heiße Spucke mich am Haar und an der Stirn traf, doch die Worte, die er benutzte, verstand ich nicht, und der Ton seiner Stimme verängstigte mich so sehr, dass ich gar nichts mehr begriff.

»Wer hat das geplant?«, fragte er abrupt.

Da schaffte ich es endlich, den Kopf zu heben. Ich schaute zu Gen, und er erwiderte meinen Blick. Diese Frage hatten wir beide verstanden.

In jenem Moment schien Gens Gesicht ausdruckslos, seine Augen dunkel und leer – und doch begriff ich, dass er mich anschaute, und ich wusste instinktiv, dass er seine Entscheidung getroffen hatte. Einfach so. Ich wusste ohne jeden Zweifel, dass er sagen würde, es sei meine Schuld, und dass ich diejenige sei, die es geplant hatte. Und auch wenn ein Teil von mir aufbegehren wollte, war die Kombination aus Erschöpfung und Angst und Schmerz so groß, dass ich zum ersten Mal in meinem Kinderleben ein ursprüngliches Gefühl der Hoffnungslosigkeit empfand. Es machte nichts, dass Gen mir gleich die Schuld an allem geben würde, dass er verraten würde, dass ich diejenige war, die sich den wahnsinnigen Plan ausgedacht hatte. Nichts bedeutete mehr etwas.

Er schaute mich an, in den Augen immer noch diesen matten, leeren Ausdruck. Und dann wandte er sich an jene Männer. Seine Stimme war tonlos. »Sie hatte überhaupt nichts damit zu tun. Es war meine Idee. Ich habe sie dazu verleitet.«

Ich schaute ihn an. Sein Gesicht war scharf und unscharf zugleich. Jemand zog mich hoch, zerrte mich aus der Tür. Ich glaube, ich schrie, aber Gens Gesicht blieb ausdruckslos – ein lakonisches Starren. Ich glaube, ich schrie, als man mich aus dem Zimmer zog und er zurückblieb und dem entgegensah, was als Nächstes passieren würde. Ich glaube, ich schrie. Aber ich kann es nicht wirklich sagen. Vielleicht war dieser Schrei auch nur in meinem Kopf zu hören.

Dann stürzte die Zeit wieder ein. Jetzt warte ich in dem gleichen Gebäude, aber in einem anderen Raum. Meine Eltern kommen herein. Meine Mutter plaudert angeregt mit zwei anderen Wachsoldaten. An einen habe ich eine schwache Erinnerung. Er war dicklich und etwas weniger bedrohlich. Doch was mir am deutlichsten in Erinnerung geblieben ist, ist der Gesichtsausdruck meines Vaters. Er sagte nichts, während meine Mutter redete und redete. Irgendwann wurde ich entlassen, meine Eltern nahmen mich mit und führten mich aus dem Gebäude. Ich weiß noch, dass ich meine Eltern nach Gen fragte, was mit ihm geschehen würde. Ich weiß nicht mehr, ob sie mir eine Antwort gaben oder nicht. Am deutlichsten war in mir die Gewissheit, dass Gen jenes schreckliche Gebäude nie mehr verlassen würde. Dass ich ihn bei diesen Männern zurückgelassen hatte, diesen hohen Gestalten in diesen seltsamen Uniformen. Und das nächste Mal würde ich Gen sehen, wenn ich aus meinem Schlafzimmerfenster schaute. Ich würde den Rauch sehen, der aus dem Krematorium des Kinderkrankenhauses von Peking aufstieg. Nur dass dieser Rauch jetzt so aussehen würde wie Gens Gesicht.

SECHS

Vielleicht war das Seltsamste an jener Nacht und am darauffolgenden Tag, einzuschlafen und am nächsten Morgen wieder aufzuwachen – erneut hatte mich der Schmerz in meiner Schulter aus dem Schlaf gerissen. Meine größte Angst war nicht, dass jene Männer noch einmal kommen würden, und es trieb mich auch nicht die Frage um, ob Gen am Leben oder tot war; in jenem Augenblick war meine Befürchtung einzig und allein die: Wie wütend würden meine Eltern sein? Ich erinnerte mich an das Gesicht meines Vaters auf der Polizeiwache, kreidebleich; ich hatte das Zittern in einem seiner Handgelenke gespürt. Ich wusste, dieses Zittern sagte etwas aus, was ich als Kind noch nicht zur Gänze verstehen konnte und das doch auf fundamentale Weise real war. Das war das Allerschrecklichste, glaube ich; die Tatsache, dass mein Vater gezwungen gewesen war, einen Aspekt von sich zu offenbaren, den er bislang vor der Welt verborgen hatte und den niemand hatte sehen sollen.

In den Tagen und Wochen, die folgten, war mein Vater noch schweigsamer als sonst, und in diesem Schweigen und dem Starren seiner glasigen Augen lag eine Mischung aus Vorwürfen und Bedauern; Bedauern darüber, so dachte ich, eine Tochter wie mich zu haben. Doch an dem Tag nach der Festnahme war es die Reaktion meiner Mutter, die ich am meisten fürchtete. Dass ich von den Behörden in Gewahrsam genommen worden war, würde sie nicht nur entsetzt, sondern auch ihr Gefühl für ihren eigenen sozialen Status erschüttert haben – die Tatsache, dass ehrbare Leute wie sie keine Kriminellen waren und es demütigend war, auf solche Weise behandelt zu werden. Natürlich rechnete ich damit, dass sie wütend reagieren würde.

Die Wirklichkeit war ganz anders.

Am nächsten Tag kam sie in mein Zimmer. Kaum hatte ich die Augen halbwegs geöffnet, zuckte ich zusammen, vielleicht aus Angst vor einer Ohrfeige, vielleicht auch, weil die Erinnerung an den vorangegangenen Abend mit ganzer Wucht zurückkehrte. Stattdessen war ihre Stimme sanft. Mit ernster Miene forderte sie mich auf, aufzustehen. Ich folgte ihr, als sie mich ins Badezimmer führte.

Dann tat sie etwas, was sie schon jahrelang nicht mehr getan hatte. Sie zog mich aus. Sie hatte bereits ein Bad eingelassen. Ich stieg in die Wanne. Das Wasser war ein wenig zu heiß, als ich meinen Körper langsam hineingleiten ließ. Ich glaube nicht, dass ich mich jemals so zerbrechlich gefühlt hatte, und doch war die Berührung dieses warmen Wassers wie ein Segen. Ich konnte nicht aufhören zu zittern. Meine Mutter fuhr mit dem Schwamm über meinen Körper, ganz sanft und vorsichtig, bis sie zu der Stelle zwischen meiner Schulter und dem Arm kam. Dort war ein tiefer, dunkler Striemen – ein hässlicher Schatten, tief eingegraben in mein weiches Fleisch. Ich hatte noch nie erlebt, dass mein Körper so sehr in Mitleidenschaft gezogen war, niemals hatte ich eine solche Verletzung erlebt. Der pochende Schmerz war immer noch da, trotzdem konnte ich den Blick nicht abwenden. Ich war geradezu hypnotisiert von dem, was mir angetan worden war.

Als meine Mutter, den Schwamm in der Hand, diese Stelle auf meiner Haut berührte, spürte ich, wie ein Schauder sie erfasste. Sie fuhr noch einmal mit dem Schwamm darüber, legte ihn dann sanft beiseite. Kurz schaute sie mich an, und ich sah, dass ihre Augen voller Tränen waren. Schließlich wandte sie sich ab und verließ das Bad.

In den darauffolgenden Tagen kehrte meine Familie wieder in die alten Bahnen zurück. Meine Mutter war reizbar und redselig, sie löcherte mich mit Fragen und verlangte, dass ich meine Pflichten erfüllte; mein Vater nickte mir zu, wenn ich den Raum betrat, und raschelte mit seiner Zeitung, während mein kleiner Bruder ein etwas dümmliches Gesicht aufsetzte und boshaft kicherte.

Doch ich war nicht mehr dieselbe. Es war Sommer, wir hatten also keine Schule. Wenn meine Mutter mich zu einer Besorgung in der Nachbarschaft losschicken wollte, verkrampfte ich mich, und wenn sie darauf bestand, zog ich mich in eine Ecke zurück, senkte den Kopf und schloss die Augen. Woraufhin sie so etwas sagte wie »Dummes, stures Ding«, mich dann aber in Ruhe ließ, während sie mich früher eigenhändig aus der Wohnung gezerrt und gezwungen hätte, den Auftrag zu erfüllen.

Es war meine Großmutter, die irgendwann zu mir kam.

»Ich möchte, dass du etwas für mich tust, Kleines.«

Ich blickte auf. Die Falten zogen sich wie tiefe Furchen durch die Landschaft ihres Gesichts, doch der Ausdruck in ihren Augen und ihr Lächeln schienen unverändert.

»Was denn?«, flüsterte ich. Ich glaube, ich wusste schon, dass sie mich bitten würde, die Wohnung zu verlassen.

»Ich möchte, dass du mit mir nach draußen kommst. Nur ein kleiner Ausflug. Wir sind bestimmt nicht lange unterwegs. Ehe du dichs versiehst, sind wir wieder da.«

»Ich will nicht.«

»Ich weiß, dass du nicht willst. Aber die Sache ist die, Kleines: Ich kann dich vor der Welt nicht beschützen. Vor all den Dingen, die passieren werden, was auch immer es ist. Das kann niemand. Aber solange ich bei dir bin, wird nichts Schlimmes passieren. Weil ich das nicht zulasse. Hast du mich verstanden?«

Ich sah ihr ins Gesicht. Sie sah so alt aus und trotzdem irgendwie stark. Ich hätte mich so gerne in ihre Arme geworfen. Zugleich wollte ich vor ihr weglaufen, vielleicht wünschte ich sogar, sie würde zur Hölle gehen.

Stattdessen spürte ich die Tränen, die mir warm in die Augen stiegen. Ich wandte den Blick ab. Ich spürte ihre Hand auf meiner Schulter, und wie ich mich langsam erhob. Sie zog mich nicht, sie führte mich. Sie brachte mich zur Tür unserer Wohnung, schloss sie auf, öffnete sie. Als ich nach draußen trat, zuckte ich vor dem Lärm der anderen Leute auf dem Flur zusammen, doch ich spürte die Hand meiner Großmutter. Ein paar der Nachbarn riefen mir fröhlich etwas zu. Mein Herz klopfte so stark, dass ich nur eine verschwommene Fläche sah. Meine Kehle war trocken, und ich rang nach Luft. Die Hand meiner Großmutter lag immer noch auf meiner Schulter, sanft, aber bestimmt.

Als ich aus dem Gebäude trat, hinaus ins gleißende Licht, stand die Sonne hoch am Himmel. Meine Augen brannten. Die alte Frau führte mich an die Stelle, zu der ich ihr vor einiger Zeit gefolgt war, über das Brachland und in den zerfallenen Schuppen hinein. Diesmal wusste ich, was mich erwartete, doch ich war trotzdem neugierig, erfüllt von der Faszination, die Tiere auf Kinder ausüben. Ich näherte mich, Zentimeter um Zentimeter. Ich spürte meine Großmutter hinter mir, wie sie mich beobachtete. Dann sah ich, dass sich etwas in dem Pferch bewegte, den sie gezimmert hatte, und als sich meine Augen an die Dunkelheit gewöhnten, erblickte ich das Küken vom letzten Mal, viel größer jetzt, wie es vollkommen mühelos auf und ab ging, nicht länger von dem verletzten Bein behindert. Und auch die Federn waren nicht mehr flauschig, wie bei einem Küken, sondern glatt und braun gesprenkelt. Das Huhn war erwachsen geworden.

Ich schaute meine Großmutter überrascht an. »Es ist so groß geworden!«

»Ja. Ich hab's dir ja gesagt. Das Beinchen hatte es sich verletzt, als es noch ganz jung war. Aber das hat es zum Kämpfer gemacht!«

Ich schaute wieder zu dem Vogel. Seine Knopfaugen schimmerten im Dunkeln. Das Huhn schaute mich durchdringend an; es war kein sehr freundlicher Blick. Tatsächlich sah es so aus, als führte es etwas im Schilde.

»Streck die Hand aus.«

Ich tat, wie mir geheißen. Meine Großmutter streute ein paar Körner in meine offene Handfläche.

»Füttere es!«

»Ich will nicht. Bestimmt wird es mich picken.«

»Füttere es!«

»Ich will es wirklich nicht.«

Ich spürte, wie Panik mich ergriff. Mehr als bei jedem anderen Menschen in meiner Familie hörte ich auf das, was meine Großmutter sagte. Ich weiß nicht genau, warum, es schien mir einfach angebracht. Doch in jenem Moment wollte ich laut schreien. Ich spürte den Blick meiner Großmutter, dort im Halbdunkeln.

Als sie sprach, klang es fast kalt. »Du hast recht, Kleines. Könnte schon sein, dass das Huhn dich pickt. Aber wenn du ganz ruhig und mutig bist, wird es das nicht. Und weißt du, warum?«

»Warum?«

»Weil es zwar nicht sprechen kann wie du und ich, aber es spürt, in welcher Stimmung du bist. Es spürt, was du fühlst. Wenn du dich jetzt also beruhigst und sanft mit ihm umgehst, wird es das auch fühlen.«

Vorsichtig streckte ich die Hand nach dem Huhn aus, das mit dem Kopf wackelte. Nachdem es mich ein paar Augenblicke angeschaut hatte, kam es näher. Meine Hand zitterte. Ich spürte es ganz leicht picken, dann begann es mir vorsichtig aus der Hand zu fressen. Ich spürte seine Brust, die Federn, die sich gegen meine Hand drückten. Und seine Wärme, das Gefühl, wie begierig es nach den Körnern pickte, die ich auf meiner Hand hatte – fast fühlte es sich zutraulich an. Als hätte dieses kleine Wesen beschlossen, sein zerbrechliches und kostbares Leben ganz allein in meine Hände zu geben. Auf einmal liefen mir die Tränen übers Gesicht. Ich wandte mich ab, damit meine Großmutter es nicht sah.

Da war wieder ihre Stimme, weich, verwittert.

»Das Huhn hat sich am Beinchen wehgetan, aber es wurde wieder gesund. Weil es stark ist, weißt du. Es kann wieder schnurgerade laufen. Und das ist auch gut so.«

ZWEITER TEIL

SIEBEN

Der Rest des Sommers ging ins Land. Irgendwann verpuffte seine schwüle Hitze, und das klare, kalte Licht des Herbstes trat an ihre Stelle. Meine Freunde sah ich nicht. Ich blieb hauptsächlich zu Hause; ab und zu nahm mich meine Mutter zum Einkaufen mit und bürdete mir auf dem Heimweg vom Markt die schweren Sachen auf. Für die Leute auf der Straße muss ich weniger wie ein Kind als wie eine Ansammlung von prall gefüllten Einkaufstüten ausgesehen haben. Wenn wir nach Hause kamen, taten mir die Arme weh, doch das war mir egal. Das Gefühl, verborgen hinter den Tüten nicht gesehen worden zu sein, war tröstlich.

Als jener seltsame, schicksalhafte Sommer seinem Ende zuging, lag eine neue Zeit vor mir. Es kam der Tag, an dem ich erstmals die höhere Schule besuchen würde. Ich erinnere mich noch gut: an die kühle, frische Luft des frühen Morgens, an die Steifheit der Schuluniform, die wir gebraucht gekauft hatten, die meine Großmutter umgenäht und meine Mutter frisch gewaschen hatte, sodass sie sich wie neu anfühlte. Ich erinnere mich an die kühle Herbstbrise, die mir aufgrund der dicken Schichten der Uniform nichts anhaben konnte, und an die warme, durchdringende Nervosität, die tief in meinem Bauch rumorte. Wie würden wohl die anderen Kinder sein? Größer als ich? Und ob ich wohl Freundschaften schließen könnte?

Seit dem Abend, als man mich auf die Polizeiwache gebracht hatte, gab es Momente, in denen mein Körper sich schwer anfühlte und ich Mühe hatte zu atmen. Dann begann mein Herz wie verrückt zu rasen, und Benommenheit legte sich um meinen Kopf wie ein allzu festes Band. Die Dinge um mich herum verloren ihren inneren Zusammenhalt, und der Himmel wurde zu einer undefinierten hellen Fläche, während alles darunter sich in streifige Schatten verwandelte. Ich stand dann eine Weile still, bis es wieder vorbei war, schloss die Augen und lauschte dem Pochen meines Herzens.

Als wir ans Schultor kamen, ließ ich den Blick über die Schule schweifen. Es war ein großes, aber schlicht gestaltetes Gebäude mit drei Stockwerken und vielen Fenstern, in geraden Reihen ausgerichtet. Der Beton war glatt und ockerbraun, im Kontrast zu den trüben Fenstern, in denen sich die Wolken spiegelten. Auf dem Dach stand ein großer chinesischer Schriftzug, skelettartige Buchstaben, die das Wort MING bildeten – so hieß die Schule. »Ming« bedeutet »Glanz«, doch davon war nicht viel zu sehen; selbst der ockerfarbene Anstrich des Gebäudes war verblasst. Ich sah einen schmalen Strom von Kindern, die sich über den Pausenhof auf den Haupteingang zubewegten. Mein Herz begann schneller zu schlagen. Da war wieder dieses Gewicht auf meiner Brust. Ich schaute zu meiner Mutter hoch. Ihr Gesicht konnte ich nicht sehen, denn es lag im Schatten, wie abgeblendet durch den gleißend hellen Himmel über ihr. Ich blinzelte.

»Mir geht es nicht gut«, murmelte ich. »Vielleicht kommen wir morgen wieder her.«

Schon als ich diese Worte aussprach, wusste ich, dass ich keine Chance hatte.

Die Stimme meiner Mutter war hart wie Stein. »Du gehst da rein. Du bist jetzt kein kleines Mädchen mehr. Für deine Uniform haben wir jede Menge Geld ausgegeben. Wir bezahlen viel für dich.«

Ich drehte mich weg von ihr, während die Benommenheit in meinem Kopf sprühte und blitzte wie ein Stromstoß. Der Boden schien sich vor mir aufzutun, und ich konnte kaum mein Gleichgewicht halten. Ich machte ein paar Schritte vorwärts, schloss mich den Kindern an, die in das Gebäude strömten. Drinnen roch es nach schwitzenden Körpern und nach Turnschuhen, ich hörte das gedämpfte, aufgeregte Flüstern von Kindern, die, dicht aneinandergepresst, durch einen langen, schmalen Flur geschoben wurden, bis wir schließlich in einer großen Versammlungshalle standen.

Wir saßen, während unsere Namen aufgerufen und wir einem der sechs Lehrer zugeordnet wurden, die mit verschränkten Armen dastanden und warteten. Meine Grundschule war klein gewesen; zwei Straßenzüge von unserer Wohnung entfernt, kaum mehr als ein renoviertes Apartment, mit einem kleinen Hof, auf dem etwa fünfzehn Kinder spielten. Verglichen mit dieser Schule ein Nichts. Wir Schüler schauten uns abschätzend an und ließen den Blick über die vielen Reihen von Kindern schweifen, die erwartungsvoll und unsicher dasaßen. Mit einigen tauschte ich flüchtige, nervöse Blicke, aber am liebsten hätte ich mich unsichtbar gemacht. Angst rumorte in meinem Bauch.

Und dann sah ich Gen. Zuerst konnte ich es kaum glauben. Meine Angst wurde zu Aufregung; es erfüllte mich mit Hoffnung, jemanden zu sehen, den ich kannte. Als hätte sich die Fremdheit der Situation aufgelöst, denn jetzt gab es etwas, an dem ich mich festhalten konnte: ein solider Fels in der wogenden, auf mich einstürzenden Welle unbekannter und ungreifbarer Dinge. Ich lächelte, legte den Kopf schief, hob einen Arm – ich tat alles, um seine Aufmerksamkeit auf mich zu lenken. Und dann endlich, in diesem Meer von Kindern, fiel sein Blick auf mich. Ich hatte gedacht, ich würde ihn nie wiedersehen, und da stand er.

In seiner Uniform sah er anders aus, größer und strenger, erwachsener – obwohl nur wenige Monate vergangen waren, seit wir uns das letzte Mal gesehen hatten. Doch es war nicht nur das. In dem Moment, als ich ihn erblickte, war ich wieder an jenen Ort zurückgekehrt; da war wieder der Schmerz, der durch meine Schulter schoss, und das Geräusch meiner eigenen Schreie hallte in meinem Kopf wider. Der Schrecken, den wir gemeinsam erlebt hatten, wurde abgemildert durch meine Erleichterung, ihn wiederzusehen. Und so lächelte ich ihn noch mehr an. Sein Blick wanderte über mich hinweg. Ich sah, wie er mich erkannte. Und dann schaute er weg.

Vielleicht war es ja sein gutes Recht, mich zu ignorieren. Er hatte die Verantwortung für mein Vergehen übernommen. Ich hatte ihn nicht mehr gesehen, seit ich jenes Gebäude verlassen hatte. Keinen meiner Freunde hatte ich seit jener schrecklichen Nacht gesehen.

Es gibt eine Einsamkeit, die entsteht, wenn man mitten unter Menschen ist, besonders wenn es sich um Fremde handelt. Du hoffst inständig darauf, dass jemand dich erkennt und dir zunickt, dir ein verständiges Lächeln schenkt. Alle anderen kennen sich untereinander, wie es scheint, nur du bist allein, und wenn dir das klar wird, überläuft es dich heiß, und du beginnst zu zittern. Vielleicht ist es so ähnlich, wenn man in der Öffentlichkeit nackt ist – du spürst intensiv deine eigene Verletzlichkeit. Und wenn du dann jemand anderen siehst – selbst wenn es jemand ist, den du nicht besonders magst –, schenkt dir dieses Wiedererkennen ein Gefühl der Sicherheit und Erleichterung, und du verspürst Wärme gegenüber dieser Person. Als ich Gen erblickte, fühlte ich große Wärme, nicht nur, weil ich sah, dass es ihm gut ging und ihm nichts Schlimmes passiert war, sondern weil er eine Verbindung zu meiner Vergangenheit und meinen Freunden knüpfte; sein Erscheinen machte diese sonderbare neue Realität, dieses Gefühl der Isolation, wesentlich leichter zu ertragen. Doch er hatte den Blick abgewandt.

Ich war zutiefst erschrocken. Ich fühlte mich mutterseelenallein. Es wurden Namen aufgerufen. Wir bildeten Reihen. Ich machte das Ganze mit einem Gefühl der Verlorenheit mit. Ich war wütend auf meine Mutter – warum hatte sie darauf bestanden, mich ausgerechnet hierher zu schicken? Auf einmal erschienen mir jene Sommerabende, an denen ich mit meinen Freunden auf der Straße gespielt hatte, wie die süßeste aller Freiheiten, eine Zeit des Wunders, von der ich nun für immer ausgeschlossen war. Ich dachte an Al Lam. Ich wusste, sie hatte unter der Tatsache gelitten, dass ihre Eltern sie von hier wegbringen wollten, doch in jenem Moment beneidete ich sie. Sie war entkommen.

Ich folgte den anderen in ein Klassenzimmer und ließ mir ein Pult zuweisen. Die Lehrerin kam mir unendlich alt vor, obwohl sie nicht viel älter als vierzig sein konnte. Ihr ordentliches, dunkles Haar war von grauen Strähnen durchzogen, ihr Gesicht weich und ein wenig plump, und sie hatte dunkle, feuchte Augen. Ihr Name war Chu Hua, was, wie sie erklärte, der Name einer Blume sei, nämlich der Chrysantheme: einer farbenfrohen, leuchtenden Blume, die jedoch, und das sei wichtig, nur unter den richtigen Bedingungen wuchs und gedieh. Das sei ihre Mission für uns, erklärte sie. Sie würde uns beibringen, wie wir unter den richtigen Umständen wachsen und gedeihen konnten.

Chu Hua lächelte viel, weshalb ich sie mochte, und ihre Idee vom Wachsen und Gedeihen gefiel mir auch, denn ich hatte immer schon größer sein wollen, als ich es war; Körpergröße war eine wichtige Einheit in unserem Leben. Je größer du warst, desto mehr hörten die anderen Kinder auf dich. Deshalb übte der Gedanke zu wachsen eine große Faszination auf mich aus. Ich beschloss, gut aufzupassen und zu hören, was sie zu sagen hatte. Was Gen anging, wusste ich weder, in welche Klasse er gekommen war, noch bedeutete es mir etwas. Wenn man mich fragte, konnte er genauso gut zum Teufel gehen.

Chu Hua erklärte, es würde verschiedene Zeiten geben – Zeit zum Zuhören und Zeit für Fragen. Wenn es Zeit für Fragen sei, sollten wir sie als Fräulein ansprechen oder, wenn uns das lieber war, als »Madam«. Ein kleiner Junge ganz hinten in der Klasse, der mich ein bisschen an Wang Fan erinnerte, fragte leise und verdrossen: »Können wir Sie denn auch ›Pflanzenversteherin‹ nennen?«

Zum allerersten Mal verdunkelten sich die weichen, teigigen Züge der »Madam«.

Sie kniff die Lippen zusammen. »Nein, das wäre keine gute Idee.«

Dann hellte sich ihre Miene wieder auf. »Ein Volk ist ein Volk. Doch es ist auch ein Vermächtnis.«

Ich war immer schon fasziniert von Wörtern gewesen. Oft versuchte ich, mich so lange wie möglich mit ihnen zu beschäftigen, besonders mit denen, die ich nicht kannte. Ich bewegte sie in meinem Mund, kostete sie wie eine Süßigkeit. Vermächtnis war so ein Wort, das ich nicht kannte. Ich murmelte es leise vor mich hin.

»Ja?«

Plötzlich merkte ich, dass die Lehrerin mich anschaute.

»Möchtest du etwas sagen?«

Ich spürte, wie ich rot wurde, und die Blicke der anderen Schüler brannten auf mir. Sie klang nicht wirklich verärgert. Und ich wünschte mir so sehr, ihr zu antworten, ihr zu erklären, dass auch ich gerne wachsen und gedeihen wollte, dass ich gar nicht vorhatte, gegen sie aufzubegehren. Doch die Worte blieben mir im Halse stecken, als ich merkte, wie puterrot ich geworden war.

Chu Hua wandte sich ab, und wieder leuchtete ihr Gesicht.

»Unser Vermächtnis gilt Menschen genau wie euch!«

Sie zeigte auf uns und strahlte.

»Menschen mit einem ganz normalen Leben, so wie ihr. Sie sind es, die unser Land edel und frei machen. Bescheidene, aber loyale Menschen, die Art von guten Menschen, die ihr auch irgendwann sein werdet. Und wisst ihr, wer einer der Besten war?«

Das wussten wir nicht.

»Ein demütiger, loyaler Mann namens Lei Feng.«

Wir blinzelten.

»Dann lasst mich euch noch eine weitere Frage stellen.«

Ihre Gesichtszüge waren lebhaft, voller Begeisterung.

»Wie viele von euch benutzen eine Zahnbürste?«

Wir schauten fragend in die Runde. Ein paar der Mutigeren weiter vorne hoben die Hand. Schließlich taten es auch wir anderen.

»Nun, Lei Feng war ein großer Soldat, der auch einmal so alt war wie ihr. Und wie ihr benutzte auch er eine Zahnbürste. Und wisst ihr was? Er benutzte diese Zahnbürste, bis sie keine Borsten mehr hatte, bearbeitete sein Zahnfleisch jedoch jahrzehntelang damit, weil er es sich nicht gönnte, einen Gutschein von der Volksrepublik anzunehmen, um sich eine neue zu kaufen. Er wollte dem kommunistischen Ideal nicht auf der Tasche liegen!«

Das beeindruckte mich. Dann musste dieser Lei Feng wirklich sehr tapfer gewesen sein, denn ich wusste, wie es sich anfühlte, wenn die Zahnbürste irgendwann den Geist aufgab: Ohne Borsten wurde es schnell schmerzhaft. Und obwohl mir die Vorstellung, nur den Holzkopf zu benutzen und mit ihm die Zähne zu schrubben, irgendwie komisch vorkam, zeigte es auch große Entschlossenheit. Und laut Chu Hua war das nicht die einzige entschlossene oder tapfere Sache, die Lei Feng getan hatte. Offenbar hatte er sich bei der Feldarbeit geweigert, Spaten zu benutzen oder Handschuhe zu tragen, sondern seine nackten Hände benutzt, sodass seine Kameraden auf die Hilfsmittel zurückgreifen konnten, die er selbst ablehnte. Und das machte er sogar im Winter, wenn es draußen eisig war.

Unglücklicherweise war Lei Feng bei einem Unfall zu Tode gekommen.

Der kleine Junge von eben meldete sich erneut aus dem hinteren Teil der Klasse zu Wort: »Was denn für ein Unfall?«

Chu Hua bedachte ihn mit einem etwas hochmütigen Blick. Ohne ihm eine Antwort zu geben, wandte sie sich ab und strahlte den Rest der Klasse an.

Ich fragte mich, ob der Unfall vielleicht etwas mit Frostbeulen zu tun hatte.

»Und jetzt«, verkündete Chu Hua, »singen wir alle ein Lied zu Ehren von Lei Feng.«

Es war ein Lied mit vielen Strophen. Sehr vielen. Die erste lautete:

Lernt von Lei Fengs gutem Beispiel,
Der Revolution ergeben, treu der Partei.
Ganz China sieht mit Bewunderung,
was er ihm Gutes tut. Hoffen wir, mit Vertrauen und Herz!

Jeder von uns musste eine Strophe auswendig lernen und sie dann vortragen. Ich arbeitete mit einem ernsten Mädchen mit Silberblick zusammen, das an dem Pult neben mir saß. Als wir dran waren, trug sie ihre Zeilen perfekt vor, doch ich verhaspelte mich und verstummte irgendwann.

Wieder schaute mich Chu Hua an. »Wenn du nicht sprechen sollst, murmelst du. Wenn du sprechen sollst, murmelst du auch. Kannst du eigentlich noch was anderes als murmeln?«

Gelächter brandete in der Klasse auf. Ich fühlte mich zum

zweiten Mal gedemütigt. Ich ließ den Kopf sinken. Dann kam Rechnen dran, was in Ordnung war, tatsächlich war es sogar eine Erleichterung. Ich war schneller mit der Aufgabe fertig als die anderen, weil ich immer gut im Rechnen gewesen war. In der Zwischenzeit gingen mir die Verse, die ich verhunzt hatte, nicht aus dem Kopf. Wieder und wieder ging ich sie insgeheim durch. Ganz am Ende der Stunde bat uns Chu Hua – oder »Madam« –, noch einmal unsere Strophe über den bäuerlichen Helden Lei Feng vorzutragen, womit ich bereits gerechnet hatte.

Als ich schließlich dran war, konnte ich meinen Vers perfekt aufsagen. Weil mir die Zeilen so automatisch in den Sinn kamen, machte ich mir keine Gedanken mehr darüber. Und das fühlte sich gut an. Ich stand nicht mehr im Mittelpunkt, war nicht mehr wie nackt inmitten meiner Klassenkameraden. Indem ich ein paar Worte in meiner Erinnerung abspeicherte und sie ohne Fehl und Tadel abspulte, wurde ich fast unsichtbar. Niemand schaute mich an. Niemand wollte etwas von mir. Niemand sah etwas.

• • •

Jene ersten Jahre auf der höheren Schule gingen auf diese Weise ins Land. Chu Hua war auf Form bedacht; sie verlangte von uns, dass wir Gedichte oder mathematische Formeln auswendig lernten, und wenn ein Schüler ins Stocken kam oder ganz scheiterte, machte sie sich mit ihrer spitzen Zunge und einem säuerlichen Ton vor der Klasse über ihn lustig. Auf der anderen Seite schien ihr viel daran zu liegen, dass wir etwas lernten, und ab und zu brachte sie Süßigkeiten für einen Schüler mit, der eine besondere Leistung vollbracht hatte. Sie war eine Bürokratin – dem Staat bedingungslos ergeben, ob es nun unter Mao oder unter den gegenwärtigen Machthabern war –, aber man hatte das Gefühl, dass die Regeln, die sie vermittelte, uns den richtigen Weg in die Zukunft zeigen würden, und das schien ihr wichtig zu sein. Obwohl ich das eigentlich nicht beweisen konnte und ich nichts über ihr Leben außerhalb des kleinen Schmelztiegels unserer Klasse wusste, wirkte sie auf mich einsam. Vielleicht spürte ich es, weil ich selbst einsam war. Im Laufe der Zeit trat die Erinnerung an die Freunde meiner Kindheit – Jian, Zhen, Wang Fan, Al Lam – allmählich in den Hintergrund, sie verschwamm im Nebel der Vergangenheit, und ich vermisste die Gruppe nicht mehr so heftig. Langsam machte ich es mir in meiner Isolation gemütlich; sie war wie eine alte, zerschlissene Decke, die ich über mich legen konnte, ein Schutzschild zwischen meinem Inneren und der Welt draußen. Vor der Klasse sagte ich meine Verse wie automatisch auf, und wenn sich die Aufmerksamkeit der Lehrerin dem nächsten Schüler zuwandte, glitt ich langsam wieder in die sanfte Welt meiner eigenen Vorstellungskraft hinüber.

Natürlich war Gen immer noch da. Er war nicht in meiner Klasse, aber ab und zu begegnete ich ihm auf dem Flur, mal zusammen mit anderen Jungs, meistens jedoch allein – auf dem Pausenhof hinter der Schule, unter einem blühenden alten Baum, mit einem Buch in der Hand. Vielleicht war er ja auch einsam, doch das schien ihn nie zu stören. Selbst aus der Ferne war die gleiche Distanziertheit zu spüren, an die ich mich erinnerte. Seit jenem ersten Tag an der neuen Schule hatten wir uns verhalten, als würden wir uns nicht kennen. Er war zu jemandem geworden, der nur am Rande meines Bewusstseins existierte. Manchmal sah ich ihn aus der Ferne, und Erinnerung blühte schwach in mir auf, bitter und süß zugleich. Die Zeit, die ich in jenem Sommer mit meinen Freunden verbracht hatte, vermischte sich mit anderen Bildern, anderen Wahrnehmungen. Der säuerlich riechende

Schweiß eines Mannes. Der beißende Gestank, der von gebleichten Böden aufstieg. Wie sich ein Schreibtisch aus Stahl anfühlte. Flüchtige Gesichter, hart und wütend. Ich konnte mit Gen nicht über das reden, was in jener Nacht passiert war. Und doch stand es zwischen uns, eine Finsternis, die niemals ganz von den Schulkindern vertrieben werden konnte, die sich im Hof versammelten, schwatzten und ausgelassen in der Nachmittagssonne kreischten. Es würde mehrere Jahre dauern, bis er und ich wieder miteinander reden würden, und dieses Gespräch würde nicht in der Schule stattfinden.

Stattdessen fand es auf dem Tian'anmen statt, dem Platz des Himmlischen Friedens.

Als Chu Hua den Schulausflug ankündigte, stand ein strahlendes Lächeln auf ihrem Gesicht und in ihren Augen ein so unglaubliches Glück, dass sie feucht von Tränen waren. In all den Jahren, in denen sie unsere Lehrerin gewesen war, hatte ich sie nie so erlebt. Mit stockender Stimme erklärte sie uns, es sei ihre Klasse, *unsere* Klasse, die für diesen Ausflug auserwählt worden sei. Einer meiner Klassenkameraden, Qiang Bolin, rückte prompt mit der Frage heraus, die uns allen durch den Kopf gegangen war: »Wohin gehen wir denn?« Wenn ein Schüler unaufgefordert eine Frage stellte, bedachte ihn Chu Hua normalerweise mit einem vernichtenden Blick. Dann sah sie ihn so lange an, bis er sich in gemurmelten Entschuldigungen erging. Diesmal jedoch nicht. Chu Hua konnte ihre Aufregung kaum im Zaun halten, als sie begeistert antwortete: »Wir gehen zum Platz des Himmlischen Friedens. Man lässt uns in das Mausoleum hinein. Ihr alle werdet ihn sehen ... *ihn*. Ihr werdet das Privileg haben ... den großen Vorsitzenden zu sehen.«

Uns stockte der Atem. Zusammen mit Konfuzius und dem Ersten Kaiser war Mao Tse-tung zu einem der Wahrzeichen der chinesischen Geschichte und der überragenden Größe des Landes geworden, auch wenn Mao selbst erst wenige Jahre tot war, während sich der Ruf der beiden anderen seit Tausenden von Jahren gefestigt hatte. Und obwohl Mitglieder vieler Familien immer noch die Wunden der Kulturrevolution trugen. Natürlich wussten wir Kinder von alldem nichts – oder wenn, dann erahnten wir es nur am Rande unseres Bewusstseins, wie eine finstere erste Erinnerung, die man nicht mehr richtig zu fassen bekommt. So kam es, dass wir jubelten und applaudierten, als wir diese Nachricht bekamen, und statt uns für unsere Ausgelassenheit zu tadeln, lächelte Chu Hua noch mehr, und Tränen des Stolzes glitzerten in ihren Augen.

Als ich nach Hause kam, war ich voller Tatendrang. Es war mir gelungen, in der Schule gute Leistungen zu zeigen, nicht nur weil ich mich unauffällig verhielt, sondern weil ich zu jenen frühen Tagen, an denen ich an Straßenecken mit meinen Freunden gespielt hatte, eine gewisse Distanz geschaffen hatte. Damals hatte ich mich mit der Schriftkunst des Mandarin und der Silbenfolge gequält; mittlerweile waren sie mir wesentlich vertrauter. Außerdem hatte ich festgestellt, dass ich mich gerne in den Büchern verlor, die man uns zur Verfügung stellte. In jedem von ihnen eröffnete sich eine neue Welt, die die eigentliche Wirklichkeit verschwinden ließ.

Ich war genauso aufgeregt wie die anderen. Wie sie kannte ich Mao als eine Gestalt, die Riesen zur Strecke bringen konnte – so oft hatte ich sein Bild auf einer niemals enden wollenden Reihe von Wänden, Plakaten und Flaggen gesehen. Er war derjenige, der in einem einzigen Langen Marsch durch ganz China marschiert war, der all unsere Feinde vernichtet hatte. In den Köpfen von uns Kindern war er eine Mischung aus einem Helden und einem Gott: eine Märchenfigur, die unser Zuhause vor Ungeheuern verteidigte. Und jetzt war ich dazu ausersehen worden, Mao Tse-tung höchstpersönlich zu sehen. Ich würde nur wenige Meter von ihm entfernt stehen, würde sein Gesicht erblicken.

Als ich an jenem Freitag nach Hause kam, bebte ich innerlich vor Erregung. Kaum war ich zur Tür hereingekommen, lief ich meiner Mutter über den Weg. Als sie spürte, dass ich über etwas glücklich war, entgleisten ihr sofort die Gesichtszüge. Doch ich konnte mich einfach nicht zurückhalten. Begeistert erzählte ich ihr, dass ich dazu auserwählt worden sei, einen Ausflug zum Großen Vorsitzenden zu machen.

Meine Mutter zuckte zusammen, als hätte sie sich verbrannt. Zugleich sah ich einen echten Moment der Unsicherheit, des Kampfes, der sich auf ihrem Gesicht abspielte. Die Ehre, die meinen Klassenkameraden und mir zuteilwerden würde, war wirklich eine Auszeichnung. Nicht nur das Mausoleum zu besuchen, sondern in das Allerheiligste vorgelassen zu werden. Und dem Vorsitzenden so nahe zu kommen, dass ich ihn berühren könnte. Selbst ich als heranwachsende Jugendliche wusste, was meine Mutter in diesem Moment empfand. Sie war hin- und hergerissen, denn einerseits widerstrebte es ihr, mich zu loben, doch sie wusste auch, dass ihr eine solche Ehre zum Vorteil gereichen könnte.

Sie stand ein paar Augenblicke da; damals war sie immer noch ein wenig größer als ich, deshalb konnte sie auf mich herabschauen. Zwiegespalten, wie sie war, sagte sie irgendwann barsch: »Sorg du erst mal dafür, dass du deiner Familie keine Schande bereitest. Nicht vor ... nicht vor dem Vorsitzenden.«

Unwillkürlich musste ich kichern. Das hatte ich sowieso nicht vor. Es war die Art und Weise, wie meine Mutter das gesagt hatte: scharf und pathetisch, nur um dann zu zögern und in weicherem Ton hinzuzufügen: »Nicht vor ... nicht vor dem Vorsitzenden.« Auch wenn ich voller Ehrfurcht für Mao Tse-tung war – er war tot, und ganz gleich, was mir an schändlichem Verhalten einfiel, er würde es wohl kaum wahrnehmen. Dennoch hatte ich auf einmal das Bild des Leichnams des Großen Steuermanns vor mir, wie er sich mit Faustschlägen hinter der Absperrung herauskämpfte – wie ein Zombie aus den verbotenen amerikanischen Filmen – und aus dem Mausoleum stürmte, wie er die Stadt durchkämmte, um meine Mutter zu finden und ihr genau mitzuteilen, wie schändlich denn nun das Verhalten ihrer Tochter gewesen war.

Leider entging meiner Mutter offenbar, welche humoristische Vision mir da gerade durch den Kopf gegangen war, denn sie versetzte mir eine harte Kopfnuss.

Bis zu dem Wochenende vor unserem Klassenausflug zum Platz des Himmlischen Friedens hatten immer mehr Nachbarn herausgefunden, welche Ehre mir zuteilwerden würde. Tantchen Zhao schlüpfte am Sonntagabend in unsere Wohnung und überraschte uns am Tisch. Sie entschuldigte sich vielmals, schaute mich aber staunend an, als würde sie mich zum allerersten Mal sehen. Sie und meine Mutter küssten sich auf die Wangen, so wie sie es immer taten, und Tantchen Zhao entschuldigte sich leise murmelnd noch mal für die Störung, ließ mich dabei jedoch keinen Moment aus den Augen. Nach einem langen Schweigen, das allmählich unangenehm wurde, schoss sie auf mich zu und platzierte eine einzelne Rose auf meinem Schoß, eine Blume, die sorgfältig in Zellophan eingepackt war.

»Ich weiß, es heißt, du kommst gar nicht so nah heran. Aber wenn du die Gelegenheit hast, meine Nichte, dann leg diese Blume so nahe ... so nahe wie möglich an *ihn* heran!«

Zum ersten Mal war ich weniger stolz als peinlich berührt. Trotzdem versprach ich meinem Tantchen, ich würde tun, was sie mir sagte.

Sie nickte und schlurfte aus dem Zimmer.

Wir aßen weiter. Die Augen meiner Mutter wurden schmal, und sie bedachte mich mit einem finsteren Blick.

»Besinn du dich lieber auf deine besten Manieren! Du musst zeigen, dass du Maos würdig bist!«

Meine Großmutter legte ihre Stäbchen ab. Sie schaute meine Mutter an.

»Du hast aber hoffentlich nicht vergessen, was Ende der Fünfziger geschehen ist, oder, Tochter?«

Meine Mutter warf ihr einen scharfen, argwöhnischen Blick zu.

Meine Großmutter kaute weiter auf ihrer Kartoffel, wälzte sie endlos im Mund umher, als wäre es Wäsche in einem Trockner.

»Ich beschäftige mich nicht gern mit der Vergangenheit«, bemerkte meine Mutter misstrauisch.

»Aber die Hungersnot, Tochter. Ich bin mir sicher, dass du dich daran erinnerst. An die Leichen in den Straßen. An die musst du dich doch erinnern, oder?«

Auf dem angespannten Gesicht meiner Mutter zeigte sich eine Regung, die ich nicht recht entziffern konnte.

»Was hat das denn damit zu tun? Er war der Anführer unseres Landes. Er geleitete uns in die Neuzeit. Er hat uns so viel gegeben. Du ... du kannst eben kein Omelett machen ... ohne Eier aufzuschlagen!«

»Und der Kannibalismus. Auf dem Land. Weißt du noch, wann das damals angefangen hat, Tochter?«

Im Krötengesicht meiner Großmutter stand ein Grauen, das die Ruhe in ihrer Stimme Lügen strafte.

Meine Mutter war aschfahl geworden. Sie beugte sich zu meiner Großmutter, streckte einen langen, knochigen Arm über dem Tisch aus und zeigte mit dem Finger auf sie.

»Du ... du hörst jetzt sofort auf, über solch ... solch vulgäre Dinge zu reden, wenn meine Kinder dabei sind.«

In diesem Moment hob mein kleiner Bruder Qiao, der mittlerweile fast sechs war, sein lächelndes Gesicht, das mit Bratenfett verschmiert war. Er schaute meine Mutter an.

»Was ist das ... Hannibalismus?«

Meine Großmutter verwuschelte voller Zuneigung meinem Bruder das lockige Haar, doch ihr Blick ruhte immer noch auf meiner Mutter.

»Du hast recht, Tochter, ich sollte nicht so ... so *vulgär* sein!«

Die Angespanntheit im Gesicht meiner Mutter schien zu schwinden. Sie wandte sich wieder ihrem Essen zu.

»Aber eins kann ich dir sagen«, fuhr meine Großmutter in dem gleichen seelenruhigen Ton fort. »Damals ließen sie die Leichen dort auf dem nackten Boden verwesen, und das war vulgär genug. Die haben vielleicht gestunken. Ich kann mich gut an den Geruch erinnern. Aber ich möchte bezweifeln, dass das auch nur halbwegs so schlimm war wie der Gestank, den dieser Drecksack in seinem sauberen und bequemen Mausoleum abgibt.«

Meine Großmutter schaute mich an, und auf einmal waren der Sarkasmus und die Schärfe in ihrer Miene wie weggeblasen. An ihre Stelle trat eine Traurigkeit, aus der ich nicht recht schlau wurde.

»Glückwunsch zu deinem großen Tag, Enkelin. Ich bin stolz auf dich. Aber wenn du zu nah an *ihn* herankommst, vergiss nicht, dir die Nase zuzuhalten!«

Jetzt schrie meine Mutter meinen Vater an, der dem ganzen Austausch schweigend beigewohnt hatte. »Hast du dazu eigentlich gar nichts zu sagen?«

Dann schaute sie den Rest der Tischgesellschaft von Pein erfüllt an. Als hätten wir sie verraten, trotz all dem, was sie für uns getan hatte. Und in diesem Moment hatte ich das Gefühl, wir hätten sie tatsächlich irgendwie im Stich gelassen. Sie griff nach dem Teller, der ihr am nächsten war, und warf ihn mit voller Wucht auf den Boden. Das Klirren hallte durch das ganze Zimmer, und selbst meine Großmutter zuckte erschrocken zusammen.

Nicht zum ersten Mal verließ meine Mutter den Tisch unter Tränen.

ACHT

Es war ein klarer Morgen: blauer Himmel, endlos und strahlend im frühen Licht. Wir standen in Gruppen in der frischen Winterluft und warteten darauf, einen alten Bus zu besteigen. In unseren Herzen war eine überschäumende Vorfreude, wie sie nur junge Menschen empfinden können. In unseren dicken Mänteln schubsten und drängelten wir, unterdrücktes Kichern ging in Wellen durch unsere Schar.

Alle auf einmal stolperten wir in das altersschwache Fahrzeug, und ehe ich michs versah, stand ich an ein Fenster gepresst. Mit lautem Zischen setzte sich der Bus in Bewegung und fuhr von der Schule ab. Zwei weitere Busse standen noch auf dem Parkplatz; wir saßen in dem ersten, der losfuhr, und mich erfüllte freudige Erregung, auf einmal hatte ich das Gefühl, genau das bedeute es, frei zu sein.

Als Kind kommen einem die Ausflüge, die einen über die Grenzen der Nachbarschaft hinausführen, hin zu unbekannten Horizonten, ewig vor. Man hat das Gefühl, Hunderte von Meilen zurückgelegt zu haben. Erst wenn man die gleiche Reise als Erwachsener noch einmal unternimmt, begreift man, dass es gar nicht so weit war.

Während ich die Nase an das kalte Fenster drückte, schien das aufgeregte Geplapper der anderen Kinder zu verschwimmen und in die Ferne zu rücken. Weil es ein kalter Wintermorgen war, trug ich einen Pullover und einen schweren

Mantel. Irgendwann jedoch drangen die Hitze in dem klapprigen alten Bus und die Körperwärme der anderen Passagiere zu mir durch. In der vergangenen Nacht hatte ich lange gebraucht, um einzuschlafen. Meine Aufregung, die Vorfreude auf den kommenden Tag hatten mich wach gehalten. Am Morgen war ich viel zu früh aufgewacht – der Bus sollte nur kurz vor unserem eigentlichen Schulbeginn losfahren. Auf einmal war ich müde. Das rhythmische Ruckeln des Fahrzeugs lullte mich ein. Mein Kopf wurde schwer.

Als ich die Augen wieder öffnete, hatte sich die Umgebung verändert. Jetzt war der Bus schneller unterwegs, auf einer größeren, breiteren Straße. Wir fuhren an vielstöckigen Wohngebäuden vorbei. Es war viel Verkehr auf der mehrspurigen Straße. Bei Tageslicht sah sie anders aus, ja, doch ich erkannte sie sofort von jener Nacht vor vielen Jahren. Wir fuhren durch die Chang'an-Straße. Es dauerte nicht lange, dann kam das Tor zum Platz des Himmlischen Friedens in Sicht, das sich vor einem schier endlosen, pastellblauen Himmel erhob. Wir pressten unsere Gesichter ans Fenster, und Chu Hua musste uns ermahnen, still zu sein. Mit quietschenden Bremsen kam der Bus plötzlich zum Stehen, und wir wurden nach vorne geschleudert. Alle schrien auf, gefolgt von Lachen, dann kam die Stimme von Chu Hua, die uns noch einmal zur Ruhe gemahnte.

Als wir ausstiegen, sahen wir Soldaten in mattgrünen Uniformen, mit Gewehren über den Schultern. Schweigend gingen wir in Richtung Platz des Himmlischen Friedens. Nur Chu Hua redete. Sie wies auf die verschiedenen historischen Stätten hin, in der frischen kalten Luft war ihre Stimme heiser vor Stolz. Schließlich zeigte sie uns den Zhongnanhai, einen Gebäudekomplex, in dem die meisten wichtigen Parteifunktionäre lebten. Sie sprach von ihnen mit der Ehrerbietung eines frommen Menschen, der ein Kloster betritt. Schließlich kamen wir an das Tor zum Mausoleum, wo sich eine lange Schlange gebildet hatte. Arbeiter und Bauern, die für diese Ehre von ihren Kommunen ausgewählt worden waren, verharrten geduldig neben Scharen von Soldaten.

Wir warteten etwa eine Stunde, aber die Zeit kam uns wie eine Ewigkeit vor. Als wir unruhig wurden und zu flüstern begannen, erlaubte uns Chu Hua, eines der belegten Brote zu essen, die wir für den Ausflug eingepackt hatten. Ihr Plan ging auf. Die wachsende Ungeduld schwand dahin, während wir kauten, dann rückte die Schlange plötzlich vorwärts. Rasch steckten wir die halb verzehrten Brote in unsere Taschen und gingen weiter.

Es war ein bisschen wie eine Fahrt mit der Achterbahn. Mittlerweile hatten wir so lange warten müssen, dass meine Lust geschwunden war, doch als wir endlich durch die großen Tore des Gebäudes gingen, durchströmte mich eine Mischung aus Vorfreude und Aufregung, die an Angst grenzte. Das hier würde eine der wichtigsten Erfahrungen meines Lebens werden. Meine Gedanken rasten. Wie sollte ich reagieren, wenn mein Blick auf den großen Mann fiel? Was würde ich empfinden? Ich beschloss, dass es etwas unglaublich Machtvolles sein sollte. Und dass seine vornehme Aura sich wie durch Zauberhand auf mich übertragen würde.

Als wir den äußersten Bereich betraten, wurde es dunkel, und einen Moment lang wurden wir alle zu Schatten. Ich spürte, wie mein Herz pochte. Dann betraten wir einen großen Saal, der hell erleuchtet war, und ich musste die Hand heben, um meine zusammengekniffenen Augen zu schützen. Die lange Menschenschlange wand sich um einen abgezäunten Bereich; wir gingen auf einem orangeroten Teppich entlang, der sich um den gesamten Raum zog. Die Wände waren ockergelb. Vor der gegenüberliegenden Wand stand eine riesige Marmorstatue des Großen Steuermanns, der auf einem

Stuhl saß und auf die Gestalten hinabblickte, die wie Ameisen durch das Gemach marschierten. Sein Gesicht war riesig, formlos und weiß.

Mein Blick fiel auf einen gläsernen Sarg in der Mitte des Saals. Dicke Samtkordeln und ein gewisser Abstand trennten uns von ihm; die Leute standen so dicht an, dass es schwierig war, an ihnen vorbeizuschauen. Schubsend und drängelnd bewegte sich die lange Schlange langsam durch den Raum. Auf einmal hatte ich Angst, ihn gar nicht zu sehen, ihn zu verpassen. Dann gelang es mir, mich an jemandem vorbeizudrängen, und ich hatte endlich klare Sicht.

Doch ich spürte nichts.

Alles, was ich sah, war ein eher korpulenter alter Mann in einem grauen Anzug, der auf dem Rücken lag. Sein Gesicht sah so aus, als wäre es mit dem gleichen Orangeton beschichtet wie der Rest des Raums. Im ersten Augenblick war ich mir sicher, dass ich nur auf eine Art Puppe schaute; diese Gestalt konnte nicht echt sein, sondern nur eine Wachsfigur, die als Ersatz für den verstorbenen Anführer diente. Denn trotz der prunkvollen Atmosphäre in dem großen orangeroten Saal und seines glänzenden orangeroten Gesichts sah er bloß wie ein kleiner, unscheinbarer älterer Mann aus. Er sah ... *gewöhnlich* aus.

Mir blieb nur ein kleines Zeitfenster, um über diese Eindrücke nachzudenken, dann rückte die Schlange weiter, und der Vorsitzende war nicht mehr zu sehen. Wir gingen durch den Ausgang und betraten einen weiteren Raum. Er war dunkler und nur schwach beleuchtet, und an den Wänden hing eine Reihe Schwarz-Weiß-Fotos. Jedes der Bilder zeigte Männer, die vor dem Hintergrund von Bergen oder von Sumpfland unterwegs waren. Es waren ausgeblichene Bilder aus der Zeit zwischen 1934 und 1935, vom Langen Marsch, den die Rote Armee unternommen hatte, doch ich nahm mir nicht die Zeit, sie anzuschauen. Ich stand mit einer Gruppe anderer Schüler aus meiner Klasse zusammen; alle beschrieben aufgeregt die Begeisterung, die sie erfasst hatte, als sie in *seiner* Anwesenheit waren. Ich versuchte, etwas zu ihrer Begeisterung beizusteuern. Ich machte eine beiläufige Bemerkung – dass es etwas ganz anderes sei, Mao in der Realität zu sehen statt nur auf Plakaten –, aber meine Beobachtung ging in der vielstimmigen Beweihräucherung unter, niemand hörte mir zu. Ich fühlte mich seltsam allein. Mich hatte diese Erfahrung nicht so berührt wie die anderen. In mir fehlte etwas, ich war nicht dazu in der Lage, das zu empfinden, was ich sollte.

Ich entfernte mich ein wenig von der Gruppe. Vor einem der Schwarz-Weiß-Fotos blieb ich stehen: eine Gruppe von verschwommenen, erschöpften Menschen marschierte über einen Bergpass, die Gewehre umgeschnallt. Alle sahen alt und müde aus, und ihr Leben schien so weit von meinem eigenen entfernt zu sein, während ich dort in der makellosen Dunkelheit dieses modernen Gebäudes stand. Ich blickte zu meinen Klassenkameraden zurück. Im Halbdunkel konnte ich ihre Gesichter nicht genau erkennen, doch ich sah Chu Huas Gestalt, größer als die anderen, die mit den Armen gestikulierte, spürte ihre Begeisterung, ihre tiefe Überzeugung. Dann wandte ich mich wieder dem ausgeblichenen Foto zu. Einen Moment lang hatte ich das Gefühl, mich in einer Art Zwischenwelt zu befinden – losgelöst von Zeit und Raum –, und das Gefühl von Einsamkeit in mir war so deutlich, dass mir Tränen in die Augen stiegen.

Dann spürte ich, dass jemand neben mir stand. Ich blickte auf. Es war Gen, und seine dunklen Augen schimmerten sanft und ausdruckslos, während er das Foto betrachtete. Er war deutlich gewachsen, sein Kinn war härter geworden, und sein Gesicht hatte schärfere, erwachsenere Züge angenommen. Er sah gut aus, aber auf eine kalte, gewollt wirkende Weise. Er fuhr sich mit der Hand an seinen Hals, rückte wie automatisch seine perfekt sitzende Krawatte zurecht. Er schaute mich an, warf dann einen abfälligen Blick auf unsere Schulkameraden, die ein Stück entfernt standen.

»Was für ein Blödsinn, das alles«, sagte er leise. »All dieses Getue nur wegen eines zurückgebliebenen Bauern, der sich geweigert hat, einen Schritt in Richtung moderne Welt zu machen.«

Obwohl es kaum mehr als ein Flüstern gewesen war, war ich zutiefst erschrocken. Abgesehen von meiner Großmutter hatte ich noch nie jemanden schlecht über Mao reden hören, und selbst sie hätte in der Öffentlichkeit nicht so gesprochen. Mehr noch, Gen war nicht unter die Gürtellinie gegangen, so wie meine Großmutter es manchmal tat. Stattdessen waren seine Worte kontrolliert und abfällig gewesen, und er klang zutiefst ... intellektuell. Ich erinnere mich, dass ich, ohne es zu wollen, beeindruckt war. Ohne ein weiteres Wort ging er davon.

Als ich nach Hause kam, war der ganze Flur in Aufruhr. Nachbarn schlurften in unsere Wohnung, um mich ehrfurchtsvoll nach meinen Erlebnissen zu befragen. Wie war es gewesen, ihn anzuschauen? Stimmte es, dass er einen mit seinem Blick verfolgte? Hatte sich sein Gesicht tatsächlich im Laufe der Jahre immer mehr verjüngt? Man hing mir buchstäblich an den Lippen, wenn ich antwortete, wartete begierig auf das kleinste Wort. Selbst meine Mutter schien mir diesen kurzen Moment im Scheinwerferlicht nicht krummzunehmen. Ich versuchte, es mit meinen Antworten allen recht zu machen.

Doch je mehr ich redete, je mehr ich versuchte, die Lüge am Leben zu erhalten, desto armseliger fühlte ich mich. Jedes Wort, das meinen Mund verließ, kam mir schwerer, langsamer vor – als würden die Laute versteinern, zu fremden Objekten, brüchig und tot, die nichts mehr mit mir zu tun hatten. Es war, als würde ich Steine gebären. Während aus Minuten Stunden wurden, wurde ich immer träger, immer erschöpfter, bis diese Schwere ganz und gar meine Knochen durchdrungen hatte und es mir größte Mühe bereitete, auch nur den Kopf zu heben und den nächsten Satz zu äußern. Das glückliche Lächeln meiner Mutter wurde verkrampft, und irgendwann zwickte sie mich fest in den Bauch. »Frau Liu hat dir gerade eine Frage gestellt, Liebes! Pass mal ein bisschen besser auf!«

Zum Glück traten die Nachbarn irgendwann den Rückzug in ihre Wohnungen an. Meine Mutter spähte misstrauisch nach mir, als wäre ich ihr – in meiner unergründlichen Hinterlist und Boshaftigkeit – mal wieder in den Rücken gefallen. Doch ich war zu müde, um sie zu beschwichtigen, um zu versuchen, es ihr zu erklären. Mir fehlten sowieso die Worte dazu. Gerade wollte ich mich auf den Weg ins Bett machen, als ich spürte, wie mich jemand sanft an der Schulter berührte. Kurz erschrak ich, denn mein erster Gedanke war, dass noch ein Nachbar gekommen war, den es nach Details meines Besuchs im Mausoleum gelüstete. Als ich mich umdrehte, stand mein Vater vor mir, seine Maulwurfsaugen blickten weich in der Dunkelheit. Damals war er immer noch ein Stück größer als ich, und doch wirkte er irgendwie geschrumpft. Er stand ein wenig gebeugt und ließ die Schultern hängen. Kurz blinzelte er – ich zählte fünf Mal –, dann hob er die Hand, um sich die Augen zu reiben, was unbeholfen wirkte, als wollte er sich entschuldigen. Wenn meine Mutter die Sonne war, ganz Hitze und Feuer, immer zu Tadel bereit, dann war mein Vater der Mond, ein schwermütiger Trabant, der nur ab und zu hinter einer nächtlichen Wolkenbank hervorschaute. Er beugte sich zu mir, eine kleine Gestalt, die mich aus schmalen Augen betrachtete, und schon jetzt deutete sich der alte Mann in ihm an, der zu werden das Schicksal für ihn gar nicht vorgesehen hatte.

»Hol deinen Mantel, Tochter. Ich möchte einen Spaziergang mit dir machen«, sagte er leise.

»Wohin gehen wir denn?«

»Hol deinen Mantel.«

Wir traten in die Nacht hinaus. Die Luft war eisig, und unser Atem stand in gespenstischen Wolken vor dem dunklen Himmel. Wir gingen schweigend vor uns hin. Ich fand es schon unter normalen Umständen schwierig, mit meinem Vater zu reden, doch bei den wenigen Malen, wenn ich allein mit ihm war, war es besonders qualvoll. Wir gingen ein paar Straßen entlang. Irgendwann überquerten wir eine Straße und betraten einen Friedhof. Ich dachte, wir würden dort vielleicht ein Grab besuchen. Stattdessen gingen wir immer weiter und kamen auf der anderen Seite wieder heraus. Schließlich landeten wir in einer ruhigeren Straße. Da stand eine menschenleere Bushaltestelle in melancholischem Licht. Dahinter eine große, zerklüftete Wand. Als wir näher kamen, erkannte ich ein paar Gestalten, die sich vor der Mauer versammelt hatten. Wir gingen noch näher heran. Es mussten mindestens zwei Dutzend Menschen sein. Sie standen an verschiedenen Stellen der Mauer und beugten sich vor, wie um etwas zu betrachten. Ich hatte noch nie etwas so Seltsames gesehen. Ich schaute meinen Vater fragend an.

»Was machen die da? Was machen *wir* hier?«

»Das nennt man eine Erinnerungsmauer. Und das ist es, was sie machen ... sie erinnern sich.«

»Woran erinnern sie sich?«

»Du hast doch in der Schule schon von der Kulturrevolution gehört, oder?«

Ich nickte.

»Es gibt ein paar Dinge, die eure Lehrer euch nicht gesagt haben, aber ich glaube, du bist jetzt alt genug, um es zu erfahren. Während jener Zeit ließ man viele Menschen verschwinden.«

»Verschwinden?«

»Ja. Man nahm sie mit. Oft bei Nacht. Arbeiter. Lehrer. Ingenieure. Intellektuelle. Manche kamen ins Gefängnis. Andere wurden ...«

Er verstummte.

»Warum?«, stieß ich hervor.

Kurz ballte er die Faust, ließ wieder los. Es war eine ebenso berührende wie hilflose Geste.

»Ich ... ich weiß es nicht. Ich glaube, manchmal wird für die Männer, die hohe Posten in der Regierung haben, die Macht zum Selbstzweck. Und sie wollen diesen Einfluss behalten, koste es, was es wolle. Deshalb versuchen sie, andere unter Kontrolle zu halten. Macht über ihr Leben auszuüben. Manchmal sogar über ihre Gedanken.«

Ich runzelte die Stirn. Ich spürte, dass das, was mein Vater mir zu erklären versuchte, schrecklich wichtig war. Doch es war schwer fassbar.

»Und die Leute hier? Diese Mauer?«

»Die Leute hängen Briefe an diese Wand. Berichte. Sie erzählen, was ihnen während der Kulturrevolution widerfahren ist. Manche Zeugnisse wurden sogar in den Lagern geschrieben. Gefangene verfassten heimlich Notizen für die Familien, von denen sie getrennt worden waren. Andere Briefe handeln von den Männern und Frauen, die niemals nach Hause zurückgekehrt sind. Davon, wie sie in ihrem früheren Leben waren, von den Dingen, die sie gerne gemacht haben. Manchmal sind es auch Gedichte, die für jene Menschen geschrieben wurden. Damit sie ... damit sie nicht in Vergessenheit geraten.«

Er war ein zurückhaltender Mann, nun aber war seine Stimme so leise, wie ich sie niemals gehört hatte. Er legte mir eine Hand auf die Schulter und schob mich in Richtung Mauer.

»Schau es dir an.«

Ich trat näher. Unten an der Mauer waren Kerzen aufgestellt worden, und ihr weiches Licht erhellte die Zettel, die vorsichtig an den Stein geheftet worden waren. Manche Männer und Frauen standen ein Stück entfernt von der Mauer und richteten verstohlen den Blick auf bestimmte Abschnitte der Wand. Erst später begriff ich, dass die Leute deshalb auf Distanz gingen, damit niemand, der sie beobachtete, sagen konnte, welchen Teil der Mauer sie genau betrachtet hatten. Aus Angst, Spitzel der Regierung könnten sehen, was sie da taten.

Ich selbst hatte natürlich nicht diese Gedanken und Befürchtungen. Damals hatte ich meine Liebe zum Lesen entdeckt; Worte und Wörter waren das Medium, in dem ich mich am freisten bewegte, in dem ich mich leicht fühlte wie die Luft und frei wie die Berge. Und so tauchte ich in diese mal traurigen, mal heiteren Schilderungen von Menschen ein, die nicht mehr da waren; Menschen, die von der Wand mit stummen Stimmen zu mir sprachen.

Es waren Schilderungen des Leids, aber auch der großen Liebe, Geschichten, die mit der Maserung des Steins verwuchsen; und die Namen derjenigen, die nicht mehr auf Erden weilten, wurden ewig, so wie die Sterne. Einige Zeit war ich einfach nur da, stand in der Dunkelheit und las, bis sich auf einmal die Hand meines Vaters auf meine Schulter legte und mich ins Hier und Jetzt zurückholte. Dort im flackernden Licht der Kerzen führte mich mein Vater wortlos zu einer einzelnen Inschrift. Ich schaute genauer hin und las, was dort geschrieben stand.

Ich bin kein Schriftsteller, meine Worte unbeholfen,
eher einsam als schön.
In der Dunkelheit geht alles verloren.
Doch es ist wieder da, wenn ich das Gesicht meiner Tochter sehe.

Ein paar Augenblicke dachte ich über die Worte nach. Und dann begriff ich. *Ich verstand.* Ich war kaum mehr als ein Baby gewesen, als er weg war. Doch er hatte über mich geschrieben. Ich spürte, wie etwas in mir in Bewegung kam, und es nahm mir fast den Atem. Ich wandte mich meinem Vater zu. Er atmete ganz leise, konnte mich aber nicht ansehen. Ich wandte mich ab, denn ich wollte nicht, dass er die Tränen in meinen Augen sah. Ganz sanft – und nur einen kurzen Moment lang – drückte er meine Hand. In meiner Erinnerung ist es das einzige Mal, dass er das tat. Wir drehten uns um und gingen in die Nacht zurück.

NEUN

Ich kehrte mehrmals zur Erinnerungsmauer zurück. Allerdings nicht mit meinem Vater. Was er mir mitteilen wollte, war an jenem Abend gesagt worden, und wir sprachen nie wieder darüber. Aber ich ging allein zu der Mauer. Ich sagte niemandem etwas davon. Manchmal ging ich direkt nach der Schule hin. Dann las ich die Gedichte, einschließlich jenem, das mein Vater für mich hinterlassen hatte. Ich las die Namen der Menschen, die verschwunden waren. Die Namen jener Leute leise vorzulesen, gab mir das Gefühl – wo auch immer diese Menschen waren –, sie wären vielleicht nicht mehr so einsam. Und das gab auch mir das Gefühl, nicht mehr so einsam zu sein.

Ich kam auch eines grauen Nachmittags dorthin. Von der Mauer war nichts mehr da außer ein paar Trümmern. Sie hatten die Wand in den frühen Morgenstunden eingerissen. Ich sah ein oder zwei Leute auf der anderen Straßenseite vorbeigehen, war mir aber ziemlich sicher, dass ich die Einzige war, die gekommen war, um sich die Mauer anzuschauen. Nun war ich die einzige Trauernde bei ihrer Totenwache. Doch es war nicht Trauer allein, was ich empfand. Eher ein sanftes Gefühl der Betäubung. Der Hoffnungslosigkeit. Die Erinnerungsmauer war wie ein behutsam gezimmertes Bauwerk gewesen, aus den Gefühlen und Farben der Vergangenheit gefügt, zusammengehalten von Liebe und Verlust. In gewisser Weise war sie ... heilig gewesen, denn sie war viel mehr als nur Ziegelsteine und Mörtel; für eine kurze und kostbare Zeit hatte sie den Geistern der Vergangenheit ein Zuhause geschenkt.

Aber was bedeutete das schon, wenn Bagger und Bulldozer kommen konnten, um es mit brutaler Gewalt einzureißen? Was bedeutete es, wenn da etwas Stärkeres, Böseres, Härteres war, das einfach daherkam und es dem Erdboden gleichmachte? Mir schien es plötzlich, als wäre das der unausweichliche Lauf der Zeiten: Die Fantasie würde immer von der Propaganda übertüncht werden, und Dichter oder Friedensstifter würden immer von denen zertrampelt werden, die die Macht auf ihrer Seite hatten.

Dennoch. Ich hatte das, was mein Vater über mich geschrieben hatte, auswendig gelernt; jene Worte lebten jetzt in mir. Vielleicht galt das ja auch für andere Menschen.

Ich kniete nieder, nahm ein kleines Stückchen weißen Stein und steckte es in meine Tasche. Über mir verdunkelte sich das Grau des Himmels, und es begann zu regnen. Als ich die kalten Wassertropfen spürte, die sich auf mein Haar legten und meine Haut benetzten, durchzuckte mich Wehmut. Ich blieb noch ein paar Augenblicke stehen, so reglos, wie ich konnte, eine kleine menschliche Statue inmitten des Trümmerhaufens, dann wurde der Regen zu einem Wolkenbruch, und ich lief los, um nach einem Unterschlupf zu suchen. Der Himmel über mir war ein gewaltiger Wirbel aus dunstigem Grau, ein riesiger Strudel, begrenzt von schwarzen Wolken, aus denen der Regen fiel.

Aus dem Inneren der grauen Masse zuckte ein Blitz, dann donnerte es so laut, dass die Erde bebte. Ich zog meine Jacke über den Kopf und rannte eine Seitenstraße entlang, versuchte mich vergebens vor den Wassermassen zu schützen, doch mittlerweile war die Straße selbst zu einem reißenden

Fluss geworden. Meine Füße versanken in den Rinnsalen, die in die Betongullys gluckerten; das Wasser war überall, es rann mir den Rücken hinab, stand in den Schuhen. Ich versuchte in der trüben Finsternis vor mir etwas zu erkennen, aber meine Sicht war verschwommen.

Mit einem heftigen Blinzeln gelang es mir, den Umriss einer Tür auszumachen – ein Laden. Ich taumelte darauf zu, stieß die Tür auf und hörte vor dem Hintergrund des prasselnden Regens das leise Bimmeln einer Glocke. Wieder ein Donnerschlag, der mir durch und durch ging. Keuchend warf ich die Tür hinter mir zu.

Mit einem klitschnassen Ärmel wischte ich mir übers Gesicht. Ich stand in einer halbdunklen Buchhandlung. Überall waren Bücher. Bücher auf alten Regalen. Bücherstapel auf dem Boden. Ganze Säulen von Büchern, die sich bis an die Decke zogen, sich wie dicke, verwachsene Pflanzen emporrankten. Eine klapprige alte Treppe führte in den Hauptraum hinab, wo jemand an einem Schreibtisch saß, eine Gestalt, von Kerzenlicht erhellt. Am liebsten wäre ich hinter einem Regal in Deckung gegangen und hätte gewartet, bis draußen das Schlimmste vorüber war, bis meine Kleidung und meine Haut in der warmen Luft, die nach Staub, altem Leder und Papier roch, getrocknet wären. Doch der Besitzer hatte mich bereits gesehen. Man hatte mir beigebracht, Erwachsenen gegenüber höflich, ehrerbietig, ja unterwürfig zu sein, und so bewegte ich mich auf ihn zu, immer noch gegen die Regentropfen in meinen Augen anblinzelnd.

»Hallo, mein Herr«, sagte ich.

Er blickte zu mir auf. Sein altes, verhutzeltes Gesicht war von einem tiefen Goldbraun und von vielen Falten durchzogen, und zwei trübe blaue Augen blickten mir leicht amüsiert entgegen.

»Bisschen feucht da draußen«, sagte er lächelnd.

Im selben Moment donnerte es laut, und auch der Buchladen schien zu beben.

»Ja, Herr, ein bisschen«, sagte ich so selbstbewusst wie möglich, denn selbst ich merkte, wenn man sich über mich lustig machte.

Sein Lächeln wurde breiter, dann zog sich seine Stirn zu vielen kleinen Falten zusammen, und er winkte mir mit einem dürren Arm zu.

»Na, worauf warten wir noch?«, stieß er hervor. »Komm her. Setz dich. Ich mache uns einen Tee.«

Ich nahm an dem betagten Mahagonischreibtisch Platz. Der alte Mann schlurfte aus dem Zimmer. Als er zurückkam, hatte er zwei kleine Tassen mit grünem Tee in der Hand. Das Porzellan war von Rissen durchzogen und abgewetzt, und die Ränder etwas schmutzig. Aber ich wollte nicht unhöflich erscheinen und nahm einen Schluck. Vielleicht schmeckte der Tee besonders süß und erfrischend, weil meine Haut feucht und klamm war. Tatsächlich war es womöglich der beste, den ich je getrunken hatte.

Draußen donnerte es wieder, diesmal klang es weiter weg. Der alte Mann verzog amüsiert das Gesicht.

»Hast du etwa Angst vor Donner und Blitz?«, wollte er wissen.

»Nein, Herr«, erwiderte ich steif und hatte erneut das Gefühl, er nehme mich auf den Arm.

»Ich frage nur, weil das bei manchen Kindern so ist.«

»Ich bin fast vierzehn, Herr.«

Der alte Mann lächelte wieder, aber diesmal mischte sich ein Hauch Wehmut darunter.

»Verzeih mir. Ich bin sehr alt, wie du siehst. Für mich sehen die meisten Menschen wie Kinder aus.«

Auf einmal tat er mir ein bisschen leid. So kam es, dass ich mich zu einem Geständnis hinreißen ließ. »Ich hätte nicht geglaubt, dass ich mich vor Donner und Blitz fürchte. Aber gerade eben ... da draußen ... hatte ich schon etwas Angst.«

Er nickte ernst, als würde er genau verstehen, was ich meinte.

»Weißt du, was interessant ist? Hier in China bringt man schon den kleinen Kindern bei, dass sie sich vor Donner und Blitz fürchten sollen. Aber es gibt auch Orte auf der Welt, wo das nicht der Fall ist. Wusstest du das?«

»Nein, das wusste ich nicht.«

»Ja«, sagte er, und sein Ton wurde deutlich lebhafter. »Weißt du, wo Dänemark liegt?«

»Das liegt in Skandinavien, Herr.«

»Ja, ja, das ist richtig. Vor langer Zeit lebte dort einmal ein Volk, das man die Wikinger nannte. Sie glaubten, Donner sei das Geräusch eines ihrer Götter, Thor, der am Himmel gegen böse Riesen kämpfe. Thor warf seinen unbesiegbaren Hammer, und das Geräusch, wenn er einen bösen Riesen traf, war das Geräusch des Donners. So kam es, dass die kleinen Wikinger, wenn sie bei Nacht Donner hörten, wussten, dass sie keine Angst zu haben brauchten. Es war einfach nur Thor, der sie vor den bösen Riesen von jenseits dieser Welt beschützte. So haben sie es ihren Kindern erzählt. Ist das nicht schön? Ist das nicht wundervoll?«

Der alte Mann freute sich sichtlich über das, was er da berichtet hatte; er schaute mich erwartungsvoll an.

Ich nickte und lächelte. Es war eine schöne Geschichte.

Seine Begeisterung schien sogar noch zu wachsen.

»Ich habe genau das richtige Buch für dich! Genau das richtige!«

Er erhob sich unter großem Ächzen von seinem Stuhl und schlurfte davon. Ich hörte ein Rascheln und Kramen, dann ein lauteres Klappern. Unweigerlich musste ich lächeln. Er kehrte zurück, außer Atem und etwas derangiert. Er ließ das Buch mitten auf den Schreibtisch fallen, kippte dabei fast seinen Tee um.

»Hier«, sagte er zufrieden. »*Nordische Sagen*. Es ist die Ausgabe von 1953, ein schön gestalteter Band von Larsson mit Illustrationen von Steig.«

Es war wirklich ein schönes Buch. In das dicke Lederpergament des Einbands war, etwas verblichen, eine fantastische Landkarte geritzt, geschmückt mit Schlössern aus Wolken. Er schob mir den Band hin.

»Danke, aber ich kann nicht, Herr.«

Zum ersten Mal lag ein Hauch Besorgnis in seinen Augen, fast Angst.

»Du meinst, du liest nicht gerne?«

»Doch, doch. Ich lese schrecklich gern. Ich liebe Geschichten und Gedichte und auch Bücher über alte Zeiten.«

»Wo liegt dann das Problem?«

»Ich ... äh ... ich habe kein Geld.«

Er verzog die Miene und rieb sich nachdenklich sein stoppeliges Kinn.

»Nun ... nun, was hältst du davon: Du nimmst das Buch mit nach Hause und liest es. Und wenn du fertig bist, bringst du es mir wieder zurück. Was meinst du?«

Seine Augen schimmerten hoffnungsvoll. Einen Augenblick lang war es, als wäre er das Kind und ich erwachsen.

Ich nickte. Er klatschte freudig in die Hände, auch das eine kindliche Geste, die sein Alter Lügen strafte, und ich konnte nicht anders, als ihn schüchtern anzulächeln.

Ich verließ den Laden, meine kostbare Errungenschaft unter die Jacke geschoben. Der Sturm hatte sich verausgabt und nur noch ein leichtes Tröpfeln zurückgelassen, über den Straßen hing eine durchsichtige Dunstwolke. Hinter dieser Gazeschicht ragten die Gebäude wie dunkle Schatten auf, und die paar Leute, die in den feuchten Schwaden unterwegs waren, sahen aus wie Schatten, wie Schablonen vor dem dunkler werdenden Himmel. Die Luft war kühl, aber frisch, und nach der Wärme des Buchladens und dem heißen Tee begann es in meinen Fingerspitzen zu prickeln.

Ich drückte das Buch an mich. Ich war schrecklich aufgeregt und konnte es nicht erwarten, nach Hause zu kommen und darin zu lesen. Schon jetzt wusste ich, dass ich meiner Mutter und meinem Vater nichts davon erzählen würde. Nicht einmal meiner Großmutter würde ich mich anvertrauen. Irgendwie hatte ich das Gefühl, dass der alte Mann und ich eine Art Pakt geschlossen hatten. Und es war schön, einmal etwas für mich zu haben, außerhalb der Familie. Es war schön, ein Geheimnis zu haben. Ich dachte an sein altes, verwittertes Gesicht mit den freundlichen und jungenhaften Augen zurück und war von Staunen erfüllt. Ich glaubte zu verstehen, warum er mir das Buch geliehen hatte. Weil er wusste, dass ich dann wiederkommen und es ihm zurückgeben würde. Vielleicht waren seine Tage und Abende dort in dem kleinen Laden, weit hinten in dieser abgelegenen Gasse, ja einsam. In dieser Hinsicht waren wir gar nicht so verschieden. In der Schule war ich von anderen umgeben, das stimmte, aber richtige Freunde hatte ich keine. Was bedeutete, dass auch ich einsam war.

Ich kam zu unserem Haus, stieg die Treppe hoch und betrat den Flur. Ich war immer noch in Gedanken verloren, sinnierte über Götter und den Donner, als ich einen erstickten Schrei hörte. Ich drehte mich um. Eine der Wohnungstüren stand weit offen. Ich glaube, da wusste ich schon, dass etwas nicht stimmte. Ich wusste, was auch immer hinter dieser Schwelle vor sich ging, war etwas, das ich nicht sehen wollte. Sehen sollte. Doch ich spürte eine gewaltige Anziehungskraft, einen Sog, dem ich mich nicht entziehen konnte, wie im Traum. Ich streckte meinen Arm aus und stieß die Tür ganz auf. Dann trat ich ein.

Im Halbdunkel sah ich zwei Menschen, unsere Nachbarn, die Cuis. Dongmei und ihren Ehemann Yunxu. Ein jüngeres, kinderloses Paar, das meistens für sich blieb. Dongmei kauerte auf dem Boden, den Rücken an die Wand gepresst, hilflos und verängstigt. Sie blutete aus dem Mund. Yunxu stand über sie gebeugt. Eine Einkaufstüte war zerrissen, der Inhalt auf dem Boden verstreut. Mein Magen krampfte sich zusammen. Dongmei zitterte heftig – ich hatte noch nie eine Erwachsene gesehen, die so voller Angst war. Als hätte er meine Anwesenheit gespürt, drehte Yunxu den Kopf. Wenn ich ihn auf dem Flur traf, senkte ich immer leicht den Kopf und sagte: »Guten Tag, Herr!«, so wie ich es bei allen Erwachsenen in unserem Block tat. Er hatte meinen Gruß stets erwidert, nicht unfreundlich, aber wie abwesend, als schaute er durch mich hindurch. Das war nichts Ungewöhnliches; Erwachsene nehmen Kinder nur selten wahr. Diesmal sah er mich. Da war etwas Sonderbares und Verzweifeltes und Hässliches in seiner Miene, und seine Mundwinkel waren zu einer brutalen Fratze heruntergezogen. Er blinzelte zweimal und stürzte sich dann in meine Richtung. Ich sah die Schatten unter seinen Augen. Sein Blick war trüb und blutunterlaufen. Auch er zitterte. Aber nicht vor Angst. Vor Wut. Er beugte sich unangenehm nah über mich. Sein Atem stank nach Alkohol. Er grinste, es war eine bedrohliche Grimasse.

»Du lauschst wohl gerne bei anderen Leuten, du dreckige kleine Schlampe!«

Es war kaum mehr als ein Flüstern, doch niederträchtig, hasserfüllt. Er holte mit der Hand aus. Ich rechnete damit, dass er mich schlagen würde, da war ich mir ganz sicher, trotzdem blieb ich wie angenagelt stehen, wie gelähmt vor Angst. Dann kam er mit seinem Mund ganz nah an mein Gesicht und rülpste. Der Rülpser stank, und ich musste würgen.

Er lachte.

Ich wandte mich ab, Tränen schossen mir heiß in die Augen. Ich betrat unsere Wohnung. Mit gesenktem Kopf ging ich an meiner Mutter in der Küche vorbei, schlüpfte ohne ein Wort in mein Zimmer. Ich holte das Buch heraus und legte es vorsichtig auf meinen Schreibtisch. Der faulige Gestank von Yunxus Atem hing mir immer noch in der Nase. Ich spürte, wie in meiner Kehle ein Schluchzen aufstieg. Ich legte mich auf mein Bett und schaute an die Decke hoch. In der Ecke des Zimmers hing ein Mobile; es war aus Silberpapier gebastelt, eine Ansammlung von Sternen und Monden, die sich langsam drehten. Das Mobile war ein Überrest aus den Zeiten, als mein Bruder noch ein Baby war und mit mir das Zimmer teilte. Damals hatte das Mobile über seinem Bettchen gehangen. Jetzt drehte es sich im Halbdunkel, das Silber der Sterne und Monde schimmerte im spärlichen Licht. Auf einmal sehnte ich mich schrecklich danach, wieder ein kleines Kind zu sein, nach Wärme und Geborgenheit; nach dem vagen Gefühl, dass die Welt um dich herum eine Welt der Zaubersterne und Märchenmonde ist und nichts daran dir etwas Böses will oder dich verletzen kann.

Meine Mutter rief. Ich hörte, wie meine Familie am Tisch Platz nahm. Meine Mutter rief noch einmal. Ich stand auf und ging hinüber. Meine Mutter hatte eine süßsaure Suppe zubereitet. Sie war so heiß, dass sich der Dampf aus der Terrine auf unsere Gesichter legte. Mir tränten die Augen. Mein Bruder Qiao, mittlerweile fast acht, war am Abendessenstisch oft so unbändig, dass meine Mutter ihn streng zur Ordnung rufen musste, oder mein Vater warf ihm einen seiner »sehr ernsten« Blicke zu. Selbst das genügte nicht immer, denn die gut gelaunte Derbheit meines Bruders, zusammen mit seinem zahnlückigen Grinsen, rief selbst in den strengsten Mahnern am Tisch unweigerlich ein Lächeln hervor. Doch an jenem Tag war er still. Ich spürte seinen Blick auf mir, wie er mich mit sanfter Gelassenheit betrachtete, und dann stellte er mir so leise eine Frage, dass es fast nur ein Flüstern war.

»Warum bist du traurig, Schwester?«

Ich schaute ihn an, und sein Bild verschwamm hinter dem Dampf, der aus der Suppe aufstieg, Tränen traten mir in die Augen. Ich versuchte, sie hinunterzuschlucken, konnte jedoch nichts dagegen tun und begann leise zu schluchzen. Meine Familie schaute mich erstaunt an.

»Was um alles in der Welt ist passiert?«, wollte meine Mutter wissen.

Es gelang mir, mich zusammenzureißen. »Es ist nichts«, murmelte ich.

Meine Großmutter sah mich an. Eigentlich war sie niemand, der Trost spendete, als sie nun aber das Wort ergriff, war eine Weichheit in ihrer Stimme, die mich fast wieder in Tränen ausbrechen ließ.

»Da ist ganz sicher etwas.«

Jetzt schauten mich alle an. Ich wollte eigentlich den Vorfall nicht erwähnen, aber irgendetwas musste ich sagen.

»Herr Cui von Nummer acht. Er ... er ...«

Das Gesicht meiner Großmutter verhärtete sich, ihre Augen glänzten wie Steine.

»Er hat was?«

»Er hat mich beschimpft ... mit einem schlimmen Wort.«

»Was war das für ein Wort?«

»Ich will ... ich will es nicht sagen.«

Ich hatte wieder zu weinen begonnen. Doch das Gesicht meiner Großmutter blieb hart. »Es ist mir egal, was du willst. Ich frage dich noch einmal. Was hat er gesagt?«

Ich schaute sie an. Einen Augenblick lang sah sie aus wie jemand anders, und ihre Kälte machte mir Angst. Ich schaute meine Mutter an, meinen Vater. Dann murmelte ich leise das Wort »Schlampe«.

Meine Mutter schnappte nach Luft. Sie warf die Hände in die Höhe und sprang auf.

»Ich habe immer schon gesagt ... das habe ich immer schon gewusst. Diese Leute, das ist Abschaum. Sie zieht nur Müll an und hat jede zweite Woche einen blauen Fleck im Gesicht. Die streiten, und dann treiben sie es wieder, wie die Tiere. Das ist die Art von Leuten, mit denen wir heutzutage zusammenleben müssen!«

Meine Mutter ließ sich auf ihren Stuhl zurücksinken, schüttelte den Kopf. Eine Weile sagte niemand etwas. Irgendwie fühlte ich mich ertappt; es war etwas Privates und Demütigendes ans Tageslicht gekommen, und ich fühlte mich schwach und bloßgestellt. Ich wollte nur noch so schnell wie möglich fertig essen und auf mein Zimmer fliehen, wo ich allein sein konnte. Meine Großmutter blickte wieder auf ihre Suppe. Mir wurde bewusst, dass sie mich nicht einmal anschauen konnte. Ich war mir sicher, dass ich sie in Verlegenheit gebracht hatte, und mehr als alles andere brach mir das das Herz. Ich beobachtete sie aus dem Augenwinkel. Sie nahm ein paar Löffel Suppe zu sich. Dann legte sie ihren Löffel hin, stand vom Tisch auf und ging durch die Wohnungstür hinaus. Mein Bruder sah mich verwirrt an. Meine Mutter warf meinem Vater einen argwöhnischen Blick zu. Ein paar Momente lang sagte niemand etwas.

Dann folgte ein lautes Krachen, gefolgt von Schreien. Meine Mutter und mein Vater stürzten auf den Flur hinaus. Ich folgte ihnen.

Die anderen Nachbarn traten aus ihren Wohnungen, wollten wissen, woher der Aufruhr kam. Ich folgte meinen Eltern bis zur Wohnung der Cuis. Die Tür war aufgebrochen worden. Meine Großmutter hatte einfach einen Schuh ausgezogen, ihn benutzt, um die Tür einzuschlagen, und war hineingestürmt. Als ich in die Wohnung schaute, lag Herr Cui auf dem Rücken, und meine Großmutter stand über ihm; diese stämmige, kräftige alte Frau hob den Schuh und schlug mit der harten Sohle wieder und wieder auf den Kopf des zusammengekauerten Mannes ein. Ihr Gesicht war weiß vor Wut. Herr Cui versuchte sich irgendwie zu schützen, doch jeder einzelne Schlag landete mit einem lauten Knallen auf ihm, wie ein Peitschenhieb. In einem anderen Zusammenhang hätte das komisch aussehen können, aber das hier war rohe Gewalt; ich sah das Blut, das ihm übers Gesicht lief, während meine Großmutter weiter auf ihn einschlug. Meine Mutter kreischte. Mein Vater schrie. Frau Cui lag zusammengerollt auf dem Boden und weinte hysterisch. Jetzt kamen die anderen Nachbarn hinzu, es gab ein Gemenge, dann wurde meine Großmutter weggeführt. Als sie an mir vorbeikam, war ihre Stirn gerunzelt. Sie schaute mich nicht an. Ihr Gesicht war ausdruckslos, ihre Augen trüb.

Keiner von uns kehrte an jenem Abend an den Esstisch zurück. Mein Bruder war völlig außer sich, und meine Mutter war bei ihm, um ihn zu trösten. Mein Vater hatte sich in sein Arbeitszimmer zurückgezogen, wie er das oft tat. Meine Großmutter war ohne ein Wort auf ihr Zimmer gegangen und hatte die Tür hinter sich geschlossen. Ich wusste, dass es besser war, sie nicht zu stören.

Auch wenn ich Herrn Cui danach noch ein paarmal begegnete, sprach er nie wieder mit mir. Wenn wir auf dem Flur aneinander vorbeigingen, senkte er den Kopf und wandte den Blick ab. Nach einer Weile hatte ich ihn vergessen. Einige Jahre später zogen die Cuis weg. Ich könnte nicht mehr sagen, wann genau oder wohin. In jener Nacht jedoch lag ich erneut in der Dunkelheit auf meinem Bett und schaute zur Decke empor. Der Lärm der Nachbarn hatte sich gelegt. Über dem Flur senkte sich Stille herab, ein leises nächtliches Gemurmel. Während mich Müdigkeit überkam, dachte ich an meine

Großmutter. Irgendwo weit weg donnerte es. Ich dachte an Thor, dort oben in den Wolken, wie er seinen Hammer schwang und böse Riesen tötete. Und ich fühlte mich sicher.

ZEHN

Ich war immer ein gehorsames Kind. Ich denke, das lag in meiner Natur. Es stimmte, dass ich, in jener einen Nacht vor einigen Jahren, als meine Freunde und ich während einer Ausgangssperre auf die Straße gegangen waren, vorgeschlagen hatte, die Regeln zu brechen. Dafür hatte ich meinen Preis gezahlt. Ich wusste, auch Gen hatte ihn gezahlt. Seitdem hatte ich jeglichen Appetit auf das Brechen von Regeln verloren. Ich hatte gelernt, wie man für sich bleibt. Meine Einsamkeit war nichts, das ich hasste oder das mir unangenehm war – paradoxerweise fühlte sie sich tröstlich an, wie eine warme Decke, in die ich mich hüllen konnte; etwas, das mich vor der Welt da draußen beschützte. Etwas, das mich vor anderen Menschen beschützte – und vor ihrer Gewaltsamkeit.

Und doch. Es war das Buch, das ich mir von dem alten Mann geliehen hatte. Jenes Buch – Larssons *Nordische Sagen* – war es, das mich in Versuchung führte, zum zweiten Mal in meinem Leben die Regeln zu brechen. Ich hatte gelernt, dieses Buch zu lieben. Ich liebte, wie es aussah – die herrlichen, leicht verblassten Bilder von Wolken und Bergen, die seinen Einband zierten –, und ich liebte auch, wie es sich anfühlte, wenn ich mit den Fingern über den brüchigen Lederrücken fuhr. Über die althergebrachte Buchkunst hinaus war es auch das, was in dem Buch stand. In der Schule und zu Hause las ich alles, was ich in die Finger bekam. Ich las einige der wissenschaftlichen Journale, die mein Vater sammelte; es gab dies und das darin, was interessant war, selbst wenn ich das meiste nicht begriff. Auch einige der Romane meiner Mutter hatte ich gelesen – Geschichten von Bettlern, die während der Tang-Dynastie des achten Jahrhunderts zu Prinzen wurden. In der Schule lasen wir die Schilderungen von Bauern und Arbeitern, deren Opfer dazu beigetragen hatten, die Großartigkeit des chinesischen Staates zu schützen. All das verschlang ich, wie ein verhungernder Mensch die Blätter von einem Busch isst und noch den kleinsten Partikel an Nährstoffen aus diesem vertrockneten und verwelkten Stück Leben zieht. Doch geliebt hatte ich das, was ich las, nicht. Nicht auf die Weise, wie ich jene Sagen liebte.

Es waren nicht nur die dargestellten Konflikte und die Figuren, von einer reichen Fantasie ins Leben gerufen. Es gab auch Momente, die mich zum Lächeln brachten. Bei der Vorstellung, wie Thor, der größte aller Kriegsgötter, sich als Frau verkleiden musste, um vorzugeben, einen der groteskesten und schrecklichsten Riesen zu heiraten – dies alles, um den magischen Hammer zurückzuholen, den man ihm gestohlen hatte –, brach ich in lautes Gelächter aus. Und als dann das Ende der Götterwelt gekommen war, als der Vater der Götter, Odin, von dem großen Wolf Fenrir getötet wurde, als es Thor, dem Schlächter von Riesen, gelang, die riesige Schlange zu töten, die die Welt umspannte, nur um dann vom giftigen letzten Atemzug der Schlange dahingerafft zu werden, weinte ich. Ich weinte nicht nur über den Tod jener unsterblichen Figuren, die mich auf eine so sonderbare und wunderbare Reise mitgenommen hatten, sondern auch, weil das Buch zu Ende war und ich mich, auf diese unauslöschlich kindliche Weise, fragte, ob mir jemals wieder etwas so Wunderbares begegnen würde.

Natürlich tat ich das, was alle jungen Leute tun. Ich fing wieder von vorne an. Ich schlug das Buch vorne auf und las es noch einmal. Wieder und wieder. Und das war auch der Grund, warum ich die Regeln brechen und es behalten wollte. Es wäre leicht gewesen. Zugleich wollte ich das Vertrauen des alten Mannes nicht enttäuschen. An dem Abend, bevor ich das Buch zurückgab, drückte ich es unter meiner Bettdecke an mich, die Kühle des Leders mischte sich mit der Wärme der Decke und meines Körpers. Am nächsten Tag nahm ich es in meiner Schultasche mit und machte mich nach dem Unterricht auf den Weg zum Laden des alten Mannes.

Es war ein mäßig warmer Abend; die eisige Kälte des Winters wich allmählich den ersten Frühlingsboten. In der Abenddämmerung ging ich die gleiche enge Straße entlang und schob mich durch die schmale Tür, hörte entfernt das Glöckchen in der Stille läuten. Der alte Mann war da. Ich nahm vor ihm am Schreibtisch Platz, der sich im warmen goldenen Abendlicht abzeichnete.

Blinzelnd blickte er zu mir hoch. Er lächelte zahnlos. Im weichen Licht sahen seine Augen aquamarinblau aus, doch sie wirkten seltsam ausdruckslos, und sosehr er sich offenbar über einen Besucher freute, hatte ich den Eindruck, dass er keine Ahnung hatte, wer ich war.

Ich zog das Buch aus der Tasche. Meine Finger zuckten, als ich es über den Schreibtisch schob. Selbst in diesem Moment fühlte es sich so an, als würde mir das Buch irgendwie gehören, als würde ich etwas von mir aufgeben. Und zugleich fühlte ich mich unglaublich edelmütig. Ich hätte das Buch behalten können – aber ich hatte beschlossen, mich korrekt zu verhalten. Mir wurde bewusst, wie wichtig Moral und Anstand für mich waren. Ich war ein guter Mensch. Und das fühlte sich gut an.

Der alte Mann tätschelte das Buch mit der Hand. »Sehr gut, vielen Dank! Und bis bald mal wieder!«

Er lächelte mich abwesend an. Während mir klar wurde,

dass er mich einfach hinauskomplimentiert hatte, wurde mir flau im Magen. Kurz durchströmte mich Ärger – hatte er nicht begriffen, wie korrekt ich mich gerade verhalten hatte? Dass ich die Regeln befolgt hatte, indem ich ihm das Buch zurückgab, ein Buch, das ich liebte, obwohl ich ebenso gut einfach nicht hätte wiederkommen können?

Ich glaube, selbst damals war mir klar, wie trügerisch diese Logik war. Das hielt mich nicht davon ab, aufgebracht zu sein. Ich murmelte etwas, eine der Belanglosigkeiten, die man von sich gibt, bevor man geht. Dann bemerkte ich seine Finger. Sie trommelten rhythmisch auf ein anderes Buch. Es hatte ein einzelnes Auge auf dem Einband. Ein menschliches Auge. Ich erinnere mich daran, weil es weit aufgerissen und blutunterlaufen war. Kaum hatte ich es erblickt, schien mir, es schaute mich direkt an. Einen solchen Bucheinband hatte ich noch nie gesehen.

Ich hielt inne. »Herr, was ist das für ein Buch?«

»Welches Buch?«

Ich wies auf das Buch, auf das er getrommelt hatte.

»Das hier.«

»Das hier?«

»Ja.«

Auf einmal wurden diese seltsamen und verträumten Augen ganz klar. Es war, als würde er mich zum ersten Mal sehen.

»Das ist 1984.«

»1984? Das ist ja erst in ein paar Jahren.«

»Eben. Dabei wurde das Buch schon vor dreißig Jahren geschrieben.«

»Aber das ergibt doch keinen Sinn!«

Der alte Mann runzelte die Stirn. Er nahm das Buch, das ich ihm zurückgebracht hatte. Er strich über den Einband. Fast sprach er wie zu sich selbst.

»Larssons *Nordische Sagen*. Ach, was habe ich die geliebt! So farbenfroh, und sehr dramatisch, findest du nicht?«

Der Frust in mir kochte fast über. »Aber, Herr, was ist denn nun mit diesem *1984*?«

Er zog die Stirn in Falten, sein ganzes Gesicht wurde runzlig.

»Das, meine junge Freundin, ist kein Buch für dich.«

»Und warum nicht?«

Die Worte waren mir einfach so herausgerutscht, bevor ich die Chance hatte, meinen Ton zu mäßigen.

Doch er war nicht beleidigt. Seine Augen funkelten amüsiert, dann trat ein ernsterer und verdrießlicher Ausdruck in sein Gesicht.

»Weil dieses Buch die Menschen in eine Welt mitnimmt, in der sie eigentlich nicht sein wollen. Es öffnet ihnen die Augen für Dinge, die sie nicht sehen wollen. Nein, das Buch ist ganz bestimmt nichts für jemanden wie dich, weil …«

In diesem Moment hustete er leise, ein trockenes Husten, dann noch ein wenig mehr. Er legte die Hand an seine Kehle.

»Verzeih mir, ich bin alt, ich muss …«

Er hustete noch einmal. Riss sich zusammen.

»Verzeih mir, ich muss mir ein Glas Wasser holen.«

Er stützte sich mit den Händen am Schreibtisch auf, hievte seinen verhutzelten Körper hoch. Dann schlurfte er in Richtung Hinterzimmer.

Ich sah ihm hinterher.

Kaum hatte er mir den Rücken zugekehrt, griff ich nach dem Buch. Nach *1984*. Ich packte es, steckte es in meine Jacke und verließ den Laden, so schnell und leise, wie ich konnte.

Jahre später lasse ich diese Szene noch einmal Revue passieren. Der alte Buchhändler, der mir so tatterig und verwirrt erschienen war. Ich sehe, wie er davongeht, mir den Rücken zudreht. Ich stelle mir vor, wie er das leise Rascheln hört, das ich mache, als ich das Buch an mich nehme. Und ich stelle mir vor, dass er lächelt.

Dreieinhalb Jahre nach diesem Moment würde ich zum ersten Mal einen erigierten Penis sehen.

Ich würde ihn berühren. Dort im Bett liegend, unter der Decke würde meine Hand von jemand anderem geführt werden – hin zu einem anderen Körper, zur intimsten und privatesten Stelle dieses Körpers. Und ich würde genau dasselbe empfinden, diesen unerlaubten Funken, den ich spürte, als ich das Buch unter meine Jacke steckte und den Buchladen verließ. Aufregung erfüllte mich und ein Gefühl des Widerwillens – nicht was das Buch oder den Penis anging, sondern gegenüber mir selbst und dem, was ich da gerade tat. Das Gefühl, etwas zu tun, das ich eindeutig selbst in Bewegung gesetzt hatte und das mich doch mit Verwunderung über mich erfüllte.

Das war die Art von Schuld, die ich in mir wirken ließ, als ich zum ersten Mal Orwells dystopischen Roman aufschlug, eingeschlossen in meinem Zimmer, von dem kümmerlichen Licht beschienen, das mir zur Verfügung stand. Die Götter und Ungeheuer der nordischen Sagenwelt waren unwiderstehlich gewesen, hatten aber auch eine gewisse Art von Unschuld ausgestrahlt. Die Weisheit Odins, des ruhigen, einäugigen Gottes, hatte vielleicht einen Widerhall im Schweigen meines Vaters. Thors Hammerschläge, die auf die Welt herabregneten, vermischten sich mit der unverbrüchlichen Macht meiner Großmutter, die, wie ich wusste, alles tun würde, um mich zu beschützen. Selbst mein Bruder – mit seinem sorglosen, kindlichen Geplapper – hatte eine Entsprechung in der verspielten, launischen und manchmal lächerlichen Figur von Loki, dem Gott des Unheils.

Doch *1984* war eine ganz andere Geschichte. Sie weckte sofort meine Aufmerksamkeit, und ich verspürte eine Faszination, die fast makaber war. Nie zuvor hatte ich etwas wie Science-Fiction gelesen, schon gar nicht ein Buch wie das hier, mit seiner düsteren und zynischen Macht. Zunächst las ich langsam – die graue Welt, in der Winston Smith lebte, war kein angenehmes Pflaster –, aber je mehr ich las, desto größer wurde der Sog des Buches, und so ließ ich mich von Winston Smiths sonderbarer und einsamer Existenz vollkommen in Beschlag nehmen. Ich las das Buch nachts in meinem Zimmer, unter der Bettdecke verborgen, und benutzte eine kleine Taschenlampe. Ich las mit einer Begierde, wie sie nur Kindern eigen ist; so hungrig, dass ich es kaum erwarten konnte, das Buch zu Ende zu lesen, obwohl ich gleichzeitig genau das fürchtete, denn dann würde ich wieder in meine eigene Wirklichkeit zurückkatapultiert. Vor *1984* hatten die meisten Bücher, die ich gelesen hatte, gut geendet. In der Schule wurden die Bauern und Arbeiter, die in den Geschichten, die wir lasen, so manche Härte erleben mussten, am Ende immer für ihre heldenhaften Opfer belohnt. Selbst die nordischen Heldensagen hatten positiv geendet, denn es entstand eine neue Welt.

Doch das Ende von *1984*, das den tapferen Winston Smith mit der leisen Stimme zu einem willenlosen Untertanen des Regimes macht, war so schockierend, dass es mir den Schlaf raubte. Dieses desolate Ende, diese Hoffnungslosigkeit hinterließen einen bitteren Beigeschmack; ich wälzte es in meinen Gedanken hin und her. Das Buch selbst wurde zum Vorwurf. Schuldgefühle marterten mich, weil ich es gestohlen hatte. Und auch seine Seiten verströmten ein Gefühl verlorener Unschuld: die Idee, dass, selbst wenn man hart arbeitet und sich gesetzestreu verhält wie Winston Smith, das noch lange nicht heißt, dass man ein glückliches Ende erlebt. Das Entsetzen darüber, was mit dem Helden des Buches geschieht, wie man ihm Elektroschocks zufügt und ihn einer Gehirnwäsche unterzieht, das waren Bilder, die mir nicht mehr aus dem Kopf gingen. Ich dachte unablässig an Winston und wünschte, das wäre ihm nicht widerfahren. Ich versteckte das Buch unter meiner Matratze, in der Hoffnung, wenn ich es nicht mehr sah, würde es mir gelingen, es zu vergessen, doch ich hatte das Gefühl, das Auge auf dem Einband brannte sich mit seinem vorwurfsvollen Blick in mich.

Irgendwann war es zu viel. Ich wusste, was ich zu tun hatte. Ich schob das Buch unter meine Jacke und kehrte zum Buchladen zurück. Ich ging ganz früh am Morgen, vor der Schule. Es war kalt und hell. Ich war mir nicht einmal sicher, ob der Laden schon offen sein würde. Als ich die Tür aufstieß, hieß mich die gleiche heimelige Wärme willkommen, der gleiche verstaubte, tröstliche Geruch von Leder und Papier. Der alte Mann hob grüßend die Hand, als ich hereinkam, seine Augen glänzten erwartungsvoll, und ich wusste, er freute sich, mich zu sehen. Einige Wochen zuvor war ich vierzehn geworden, und trotz meiner jüngst erlangten Reife brach ich auf der Stelle in Tränen aus.

Er winkte mich zu sich und schaute mich schweigend an, während ich schluchzte.

»Warum bist du heute so traurig?«, fragte er, als gäbe es ausgerechnet an diesem Tag überhaupt keinen Grund, traurig zu sein.

Ich traute mir immer noch nicht zu, zu sprechen. Stattdessen schob ich ihm das Buch über den Schreibtisch zu. Schließlich stieß ich reumütig hervor: »Ich habe es gestohlen. Ich bin ... eine Diebin.«

»Na ja«, sagte er sanft, »aber du hast es auch zurückgebracht. Das kann nur bedeuten, dass du auch ... eine Nichtdiebin bist.«

Ich musste daran denken, wie Orwell mit den Worten gespielt hatte. Und lächelte, trotz meiner Tränen.

»Außerdem«, fügte er hinzu, »sind Bücher dazu da, gestohlen zu werden.«

»Wie meinen Sie das?«, wollte ich wissen. Für einen Buchhändler schien mir das eine sonderbare Aussage zu sein.

Der alte Mann sah mich an.

»Meiner Meinung nach stiehlt jeder von uns, wenn er ein Buch liest, ein kleines Stück dieses Buches. Wir nehmen uns etwas davon, und was wir nehmen, wird zu einem Teil von uns. Die einzige Frage ist deshalb – was hast *du* dir davon genommen?«

Er richtete seinen Blick auf mich – sanft, neugierig und, so schien es mir damals, sehr weise. Ich hätte gerne etwas Scharfsinniges gesagt, etwas, um ihn von meiner Intelligenz zu überzeugen. Doch jene nachsichtigen Augen holten eine ganz andere Wahrheit aus mir heraus.

»Ich fand es sehr fesselnd, Herr. Ich habe es in zwei Nächten durchgelesen. Aber ...«

»Aber?«

»Das Ende ... habe ich gehasst.«

Ich warf die Hände in einer Geste der Hilflosigkeit in die Luft. Und dann fing ich an zu plappern. »Mir kam es einfach so hoffnungslos vor, und was mit Winston geschehen ist, war unfair. Ich konnte nicht mehr aufhören, darüber nachzudenken. Meinen Sie ... Meinen Sie, es gibt tatsächlich solche Orte auf der Welt? Orte wie Oceania?«

Der alte Mann sah mich an, und Mitleid trat in seine Augen. Einen Augenblick sagte er nichts, dann hauchte er ein einzelnes Wort: »Vielleicht.«

»Vielleicht.«

Vielleicht wollte der alte Buchhändler mein jugendliches Leben mit dem Staunen erfüllen, das Bücher in uns wecken können. Oder er wollte, dass ich eine Verbindung herstellte zwischen der Gesellschaft, in der ich lebte, und der, die Orwell zu Papier gebracht hatte. Es war sonderbar, dass mein jüngeres Ich es nicht schaffte, diese Verbindung herzustellen, obwohl ich doch mit eigenen Augen gesehen hatte, wie der chinesische Staat seinen bekanntesten und autoritärsten Anführer im Tode zum Gott gemacht hatte; außerdem hatte ich schon in jungen Jahren die bittere Erfahrung gemacht, wie die staatlichen Behörden mit möglichen Dissidenten umgingen.

Tatsächlich hatte ich damals nur sehr wenig von meiner eigenen Realität auf den Seiten von *1984* entdeckt. Trotz all dem, was geschehen war, fühlte sich mein Leben zum größten Teil frei und nicht eingeschränkt an. Ich hatte meine Familie. Ich hatte meine Großmutter. Ich kannte die Gegend, in der ich aufgewachsen war, wie meine Westentasche. Ich kannte meine Nachbarn und hatte das Gefühl, dass die meisten von ihnen mich mochten. Außerdem hatte ich Bücher. Ich fühlte mich vom Staat nicht unterdrückt. Und was die Erinnerungsmauer anging, schien es mir damals, dass die autoritärsten Elemente der Gesellschaft einer Vergangenheit angehörten, die zu kennen ich zu jung war.

Doch als ich dem alten Mann das Buch zuschob und er den Arm ausstreckte, um es wieder in Besitz zu nehmen, vermisste ich es bereits so sehr, dass es mich schmerzte. Und es war in diesem Moment, dass ich etwas begriff. Warum die Irrungen und Wirrungen jenes ruhigen, unscheinbaren Mannes mich so sehr bewegt hatten. Und warum das Ende – Winstons Verwandlung in einen hilflosen Mitläufer – für mich so unerträglich gewesen war.

Er hatte mich an meinen Vater erinnert.

ELF

In der Zeit danach besuchte ich den Buchladen des alten Mannes noch oft. Er war der einzige Mensch in meiner Umgebung, der sich offenbar aufrichtig freute, mich zu sehen. Meine Mutter hatte ständig etwas an mir auszusetzen, mein Vater war wie immer distanziert, mein Bruder bestenfalls drollig und schlimmstenfalls eine Nervensäge, und meine Großmutter ein Ehrfurcht gebietender Fels in der Brandung, so stark und verwittert wie eh und je. Ich hatte das Gefühl, jeder dieser Menschen liebte mich auf seine Weise. Doch keiner von ihnen schien sich besonders für mich zu interessieren. Wenigstens nicht in der Art und Weise, wie es der alte Mann tat. Seine Augen leuchteten, wenn ich, um Worte ringend, nach der Antwort auf eine Frage suchte, die er mir gestellt hatte, oder mich stammelnd an der Einschätzung eines Buches versuchte, das er mir freundlicherweise geliehen hatte.

Es war das erste Mal, dass ich das Gefühl hatte, jemand höre mir wirklich zu, und er schien dafür niemals eine Gegenleistung zu erwarten. Nur ein einziges Mal bat er mich um etwas. Das war an dem Tag, als wir über einen Roman mit dem Titel *Der Fremde* von Albert Camus geredet hatten. Der alte Mann fragte mich, was ich von dem Buch halte. Ich blieb vage und verlegen, aber immerhin hatte ich so viel Zeit teetrinkend bei ihm verbracht, dass ich mich schließlich dazu durchrang, meiner ehrlichen Meinung Ausdruck zu verleihen.

»Ich fand, es war ... seltsam. Ich glaube nicht, dass ich das Buch wirklich verstanden habe. In *1984* wurde Winston ... nun, er wurde unterdrückt, deshalb empfand er es auch als schwierig, seinen Gefühlen Ausdruck zu verleihen, sie zu zeigen. Er musste sie verbergen. Denn sonst wäre er bestraft worden. Doch der Typ in dieser Geschichte hier ... Seine Mutter ist gestorben. Aber er sagt eigentlich nie etwas, um sie zu ehren. Als würde er rein gar nichts für sie empfinden. Dabei hat ihn niemand unter Druck gesetzt. Niemand hat ihm gesagt, dass er so sein soll. Er ... ist einfach so.«

Der alte Mann strich sich übers Kinn. Sein knittriges Gesicht verzog sich zu einem nachdenklichen Lächeln. »Vielleicht ist das ja die mächtigste Art von Unterdrückung. Wenn du gar nichts mehr sagen kannst und nichts mehr empfindest. Nicht weil es da eine Macht oder Regeln gibt, die von außen auf dich einwirken. Sondern weil es etwas in deinem Inneren gibt, das dich davon abhält. Etwas, das dich zum Gefängnis und zum Gefangenen zugleich macht.«

Darüber dachte ich nach. Ich verstand nicht ganz, was der alte Mann meinte. Aber offen infrage stellen wollte ich es auch nicht. Das wäre unhöflich gewesen.

»Ich glaube nicht ... ich glaube nicht, dass ich jemals einem solchen Menschen begegnet bin, Herr.«

Seine Augen blickten in die Ferne, wurden sanft. Ganz kurz blitzte Traurigkeit in ihnen auf.

»Du musst mich nicht Herr nennen, weißt du.«

»Wie ... wie soll ich Sie denn sonst nennen?«

»Nun ... äh ... wenn das für dich in Ordnung ist, meine ich, könntest du mich vielleicht ... Zweiter Onkel nennen! Wenn du möchtest.«

Zweiter Onkel war eine ehrenhafte Anrede für jemanden, der zwar kein Blutsverwandter ist, dem man sich aber trotzdem sehr verbunden fühlt. Nicht zum ersten Mal konnte ich einen kurzen Blick auf die Einsamkeit des alten Mannes werfen.

»Das ... das wäre sehr nett.«

»Möchtest du denn das Buch noch ein bisschen länger haben?«

»Das wäre in der Tat sehr nett ... Zweiter Onkel!«

Er lächelte sein argloses, kindliches Lächeln, als hätte ich ihm das allerschönste Geschenk der Welt überreicht, und schlurfte nach draußen, damit wir unseren neu geschmiedeten Pakt mit einer Kanne heißem Tee begießen konnten. In den Monaten danach würde mir Zweiter Onkel weitere Bücher der Existenzialisten leihen: *Die Pest* von Camus und *Der Ekel* von Sartre. Ersteres verschlang ich, konnte aber mit Letzterem, auch nach einer Diskussion mit Zweiter Onkel, nur wenig anfangen. Er lieh mir auch *Moby Dick* von Melville, Hemingways *Der alte Mann und das Meer* und *Die Schatzinsel* von Robert Louis Stevenson. Mir fiel auf, dass er eine Vorliebe fürs Wasser hatte, auch wenn er der Allerletzte war, den ich mir am Steuer eines Schiffes hätte vorstellen können – er mit seinen schwachen, blinzelnden Augen und einem Körper, der wahrscheinlich leichter und schwächer war als mein eigener.

Die Schatzinsel bereitete mir großes Vergnügen, obschon mein literarischer Geschmack unter der Anleitung von Zweiter Onkel gereift war und ich die Handlung, ohne es eigentlich zu wollen, aber mit gewisser Genugtuung, für ein wenig lächerlich und unrealistisch hielt. *Moby Dick* wiederum war tatsächlich eher eine Lektüre für Erwachsene. Es fiel mir nicht leicht, den Roman zu Ende zu lesen. Die Szenen mit dem weißen Wal waren wirklich aufregend, doch die endlosen Erörterungen über Wale, Tran, Blubber und Fangmethoden waren eine Herausforderung für meine Konzentration und stellten sich als probates Hilfsmittel gegen Schlaflosigkeit heraus.

Was mich wirklich packte, war Hemingways *Der alte Mann*

und das Meer. Es war nur ein kurzes Buch, doch ich muss es viele Male gelesen haben, denn es war so schön geschrieben, dass alles andere dagegen verblasste. Kurze Zeit wurde ich selbst zu diesem alten Mann, irgendwo da draußen auf dem Meer, ein winziger Punkt auf der endlosen Fläche des dunklen Ozeans, nur geleitet vom blassen Licht der Sterne. Es war vielleicht der eindringlichste Roman, den ich je gelesen hatte – nicht nur, weil er es mir ermöglichte, das Salz im Seewasser zu riechen und das rhythmische Schaukeln der dunklen Wellen zu spüren, sondern weil er mich in den Kopf des alten Mannes versetzte und mir erlaubte, durch seine der Welt müden und doch staunenden Augen zu schauen. Es war dieses eine Buch, über das die meisten Leseratten früher oder später stolpern. Das Buch, durch das du die Grenzen deiner eigenen Individualität überschreiten und auf eine Reise gehen kannst, die dir in deinem Alltagsleben verwehrt bleibt.

Es war dieses Buch, das ich nach dem Essen las, im weichen Abendlicht, als meine Großmutter in mein Zimmer kam. Sie drückte meine Tür auf – vom Klopfen hielt sie nichts –, und ich versteckte das Buch schnell in einer Falte meiner Decke. Es war eine automatische Bewegung, fast ungewollt. Eigentlich hatte ich nie einen Hehl daraus gemacht, dass ich las, trotzdem war es mir vor meiner Familie peinlich. Ich weiß nicht genau, warum.

Meine Großmutter hatte es bemerkt. »Du liest in letzter Zeit aber viel, Kleines.«

Ich schaute sie an. Sie nannte mich immer »Kleines«, auch wenn ich mittlerweile ein Stückchen größer war als sie. Ich schaute sie an, diese kräftige alte Frau mit der ledrigen Haut, die immer ein Fixstern in meinem Leben gewesen war, deren Präsenz die ganze Festigkeit und Beständigkeit von Felsgestein hatte. Wenn sie über meine Bücher sprach, wurde ihre Stimme leiser, und in ihre Augen trat ein weicher Ausdruck, als wäre sie sich nicht ganz sicher. Für mich war es wie ein kurzer Blick auf das Mädchen, das sie vor all den Jahren einmal gewesen war.

»Warum liest du eigentlich so viel?«, fragte sie fast scheu.

Eine Unzahl von Gefühlen wallte in mir auf. Bücher waren so wichtig für mich geworden, und das wollte ich meiner Großmutter vermitteln, denn ich wünschte mir, dass sie mich verstand. Doch am Ende versiegte meine Begeisterung, und es kamen nur ein paar spärliche Worte aus meinem Mund. »Weil ... es mir gefällt ... schätze ich.«

Meine Großmutter verzog nachdenklich das Gesicht.

»Als ich noch ein Mädchen war, haben ein paar Priester versucht, uns Lesen und Schreiben beizubringen. Aber es hat mich nie interessiert. Ich verstand den Sinn dahinter nicht. Warum sollte man etwas schreiben, wenn man es einfach sagen konnte? Meine Hände wurden zum Kochen gebraucht, zum Putzen, um Gemüse zu pflücken und anzupflanzen. Doch die Welt ist jetzt eine andere Welt. Menschen wie mir gehört sie nicht mehr. Sie gehört dir, Kleines. Deshalb finde ich es auch gut, dass du liest. Du solltest noch mehr lesen. Weil das bedeutet, dass du schlau bist und eine Arbeit bekommen wirst, für die sie dir jede Menge Geld bezahlen. Du wirst reich werden und musst dir keine Sorgen mehr machen.«

Ich merkte, wie ich errötete. Ich streckte die Hand nach dem Hemingway aus, strich über das Bild des Einbands, auf dem Wasser langsam in den weißen Himmel überging.

Ich schaute meine Großmutter an. »Warum gehen wir eigentlich nie ans Meer, Po Po?«

Wieder schaute sie mich nachdenklich an.

»Was willst du denn dort? Das Meer ist doch Tausende und Abertausende Meilen von Peking entfernt.«

Auch mit meinen fünfzehn Jahren war mir bekannt, dass Peking nicht so weit von der Küste entfernt war, aber ich wusste, dass meine Großmutter zu Übertreibungen neigte, wenn es um Entfernungen ging.

»Außerdem«, fügte sie hinzu, und ihre Augen wurden schmal, »sollte man nie den Leuten vertrauen, die am Meer leben. Das sind keine seriösen Menschen. Wenn du denen Geld leihst, siehst du es nie wieder.«

Sie beugte sich verschwörerisch zu mir und teilte dann ein ebenso dunkles wie schockierendes Geheimnis mit mir.

»Und hast du das gewusst ... manche von ihnen haben Kiemen! Wie die Fische!«

Ich wusste nicht, was ich darauf sagen sollte. Meine Großmutter nickte mir kurz zu – für sie war das Thema Meer jetzt ausreichend abgehandelt. Sie stand auf. Bevor sie hinausging, kam sie noch einmal auf mich zu, im Gesicht die gleiche Unsicherheit. Sie streckte die Hand aus und strich mir sanft das Haar aus der Stirn.

»Du brauchst einen Haarschnitt«, murmelte sie. »Du siehst aus wie ein Clown.«

Sie strich mir noch einmal kurz übers Gesicht und ging hinaus.

Am nächsten Tag bat mich meine Lehrerin, Chu Hua, nach dem Unterricht noch kurz dazubleiben. Während des Nachmittags schlug meine Vorstellungskraft Purzelbäume; ich war mehr und mehr davon überzeugt, dass ich in ernsthaften Schwierigkeiten steckte. Der Mund wurde mir trocken, ich spürte, wie heftig mein Herz schlug, und die Benommenheit, die einer Panikattacke vorausgeht. Ich schaffte es, mich einigermaßen unter Kontrolle zu halten, doch als Chu Hua mir bedeutete, ich solle mich zu ihr an den Schreibtisch setzen, merkte ich, dass ich zitterte. Mir war klar, dass diese Ängste irrational waren, denn ich war eine Schülerin mit gutem Benehmen, die hart arbeitete und versuchte, nicht aufzufallen. Trotzdem war da tief in mir das Gefühl, etwas Verbotenes getan zu haben, eine Grenze überschritten zu haben oder gescheitert zu sein, und dass es nur eine Frage der Zeit sei, bis man mir auf die Spur kommen würde. Der Schwindel stieg in Wellen in mir auf, denn ich war mir sicher, dass mir eine Strafe drohte.

Chu Hua schaute mich an, ernst und streng.

»Ich habe dich gebeten, noch hierzubleiben, weil ich dir mitteilen wollte, dass du für ein neues Programm ausgewählt wurdest, das *Franklin-Konfuzius-Programm für junge Lerner.*«

Ich blinzelte sie verständnislos an.

»Hast du damit ein Problem, Liebes?«, erwiderte Chu Hua, leicht irritiert. »Wie man mir sagte, ist das eine Ehre. Es bedeutet, dass du jeden Samstagnachmittag mit einem Lehrer aus dem Programm verbringen wirst. Du brauchst die Unterschrift eines Elternteils.«

»Darf ich fragen, wozu das gut ist?«

Chu Hua ging ungeduldig über meine Frage hinweg. »Die Regierung ... die neue Regierung hat beschlossen, das Erziehungssystem liberaler aufzuziehen.«

Es war deutlich zu merken, dass meine Lehrerin dieses »liberalere« Vorgehen für unter unserer Würde hielt.

»Und ... warum ich, Madam?«, fragte ich leise.

»Weil deine Aufsätze in letzter Zeit vielversprechend waren. Ich selbst fand sie manchmal ein bisschen ausufernd, ein wenig blumig. Trotzdem hat man dort das Gefühl, dass du vielleicht ... das Zeug für die Uni hast.«

Am darauffolgenden Samstag machte ich mich am frühen Nachmittag auf den Weg zum Schulgebäude. Es war Frühling. Der Himmel war groß und blau. Die letzten Ausläufer des Winters waren von der wärmeren Sonne dahingeschmolzen worden, und eine Brise kam auf, zupfte verspielt an den neuen Blättern in den Bäumen und brachte ihre roten und grünen Akzente zum Tanzen. Ich ging ohne Eile, genoss die Frische des Nachmittags und das Gefühl, dass ich etwas Besonderes erreicht hatte. Ich dachte über das nach, was meine Lehrerin gesagt hatte – dass ich möglicherweise das »Zeug« für die Uni hätte –, und ich hätte vor Freude singen können, denn in diesem Moment schien sich meine Zukunft so weit und hell zu öffnen wie das bauschige Blau des großen Himmels über mir.

Als ich zum Schulgebäude kam, war es seltsam, den Hof menschenleer zu sehen. Die Eingangstüren waren weit geöffnet. Ich trat ein, ging den Hauptflur entlang, auf dem sonst viele Schüler herumwuselten, der jetzt jedoch so leer war, dass meine Schritte laut widerhallten. An die Stelle meiner Vorfreude trat Nervosität. Ich wusste, dass auch einige andere Schüler für den Kurs ausgewählt worden waren, und für mich war der Gedanke, neue Leute zu treffen, immer mit Angst verbunden. Wäre ich nicht doch besser zu Hause aufgehoben, in meinem Zimmer unter der Decke, um eines meiner Lieblingsbücher zu lesen?

Ich erreichte Zimmer Nummer 101, klopfte und trat ein. Drinnen saßen fünf weitere Schüler, dazu der Lehrer. Meine Unsicherheit wuchs ins Unermessliche, als ich sah, dass auch Gen dabei war, der mich von seinem Pult aus ruhig und ein wenig spöttisch anschaute, ein ernstes Lächeln um seine Lippen. Einen Augenblick lang hatte ich die Orientierung verloren; ich stand da, schaute ihn blinzelnd an, bevor der Mann vor uns leise hüstelte und mich fragend anschaute.

»Können wir Ihnen helfen, junges Fräulein?«

Aus meiner Träumerei gerissen, stammelte ich: »Nein, ich meine, ja. Ich meine, ich bin …«

Ich brachte es gerade noch zustande, meinen Namen und die Klasse zu nennen. Für einen Lehrer sah der Mann jung aus; die meisten Lehrkräfte an unserer Schule waren alte

Jungfern wie Chu Hua. Dieser Lehrer jedoch konnte nicht viel älter sein als wir. Er hatte kurzes dunkles Haar und einen bleistiftschmalen Schnurrbart, und wenn er einen anschaute, lächelten seine Augen.

»Komm herein«, forderte er mich herzlich auf. »Nimm Platz.«

Er hieß Liu Ping, und eines der radikalen Dinge an ihm war, dass er uns bat, ihn einfach Ping zu nennen. Bislang hatten wir unsere Lehrer immer »Herr« oder »Madam« genannt. Manchmal kam er mit aufgeknöpften Hemdsärmeln in den Unterricht geschlendert und setzte sich mit lang ausgestreckten Beinen auf seinen Stuhl. Oder er rollte die Ärmel auf und ging nach draußen, um in der Frühlingssonne eine zu rauchen. Während des Unterrichts fühlten wir uns unglaublich erwachsen. Es war ein sonderbarer Zwischenraum, den wir betreten hatten; die Unterrichtsstunden an jenen Samstagnachmittagen fühlten sich mehr wie Diskussionsrunden an.

An jenem ersten Tag schaute uns Liu Ping an und sagte, wir würden ein Spiel spielen. Wir sollten Zweiergruppen bilden und dann einen »Helden« benennen. Es könne jemand sein, den wir kannten, oder jemand Berühmtes, dem wir nie begegnet waren. Er konnte noch am Leben sein oder tot. Wir sollten den Namen auf ein Blatt Papier schreiben und dann eine Darstellung verfassen, in der wir erklärten, warum dieser Mensch wichtig sei.

Für diese Übungen wurde ich einem Mädchen zugeordnet, das Li Lei hieß. Sie schüttelte mir ausgiebig die Hand, als wir uns kennenlernten, und nannte mehrfach ihren Namen. Er tropfte buchstäblich von ihren Lippen – »Li Lei, Li Lei, Li Lei« –, als wäre es ein Mantra. Sie sah aus wie aus dem Ei gepellt: Die schwarz-weiße Schuluniform saß perfekt gebügelt an ihrem wohlgeformten Körper, das Haar war brav gekämmt und frisiert. Nur der leicht fieberhafte Ausdruck in ihren dunklen Augen ließ erahnen, wie sehr sie unter Strom stand.

»Ich denke, wir sollten uns für Mao entscheiden. Mao wollen sie immer hören. Andererseits ist genau das vielleicht die Falle. Das ist es, womit sie rechnen. Deshalb könnten wir auch jemanden nehmen, der weniger bekannt ist. Zum Beispiel die Kaiserin der Tang-Dynastie Wu Zetian, denn damit würden wir Originalität beweisen, und an den Unis will man immer ein bisschen Originalität. Aber vielleicht ist das zu radikal. Oder wir nehmen Konfuzius. Aber der ist möglicherweise zu bequem, zu gefällig. Nein, definitiv nicht Konfuzius. Nehmen wir doch Mao. Nein, nicht Mao. Zu politisch. Nein, wir nehmen ... Laotse. Der passt immer. Er war radikal und traditionell zugleich, hat vor Jahrhunderten gelebt, aber die Leute reden immer noch über ihn, er ist berühmt, aber nicht abgegriffen. Ja, wir sollten Laotse nehmen. Den nehmen wir. Oder was meinst du?«

Li Lei begann in schmetterlingshafter Geschwindigkeit zu blinzeln. Sie schaute mich mit ängstlicher Erwartung an.

Während sie ihre wortreiche Litanei ablieferte, war ich noch lange nicht so weit. Ihre Worte erreichten mich kaum, kratzten nur an der Oberfläche. Ich hatte sie wie von weit weg gehört, denn die Frage hatte mich in große Bedrängnis gebracht. Wer war denn nun mein Held? Wahrscheinlich hätte es tatsächlich jemand wie Konfuzius sein sollen, doch als erste Person war mir meine Großmutter eingefallen. Was lächerlich war. Eine Großmutter konnte keine Heldin sein. Erst recht nicht eine wie sie, die den ganzen Tag Schuhe nähte und hemmungslos in der Nase bohrte, wenn sie meinte, niemand würde sie dabei sehen.

Und so schaute ich Li Lei an und nickte. »Ich finde, Laotse wäre prima!«

Sie nickte erfreut, und ihre Augen blitzten auf, während ihr ganzer Körper vor Erleichterung aufzuseufzen schien.

»Ja, genau!«

Sie beugte sich zu mir, strahlend vor Begeisterung, und flüsterte mir zu: »Wir haben die beste Wahl getroffen. Lass es uns aufschreiben. Das Spiel gewinnen wir bestimmt!«

Liu Ping blickte zu uns empor. Er legte die Füße auf den Tisch.

»So, die Zeit ist um, Herrschaften! Dann hören wir mal, was ihr habt!«

Die ersten beiden Jungs hielten ihr Blatt hoch. Sie hatten sich für den Vorsitzenden entschieden. Vielleicht war es unvermeidbar gewesen, dass eine der Gruppen das tun würde. Auch die Gründe, die sie anführten, waren alles andere als ungewöhnlich: Der Große Steuermann war ein Visionär, hatte sich aus dem Nichts hochgearbeitet, das Schicksal Chinas voller Liebe auf seinen Schultern getragen und so weiter. Wenn Li Lei recht hatte und das hier eine Art Wettbewerb war, dann war ich mir ganz sicher, dass wir sie schlagen würden.

Als wir dran waren, stand Li Lei auf und verbeugte sich schüchtern vor dem Lehrer und den anderen Schülern. Sie hatte sich Stichpunkte aufgeschrieben, die sie nun herunterspulte. Laotse sei wichtig, weil er der Begründer des Daoismus sei; der Daoismus sei wichtig, weil er uns zum Kontakt mit der Natur zurückbringe, den wir vernachlässigt hatten; die Natur sei wichtig, weil wir letztlich alle Wesen der Natur seien ... Ihre Argumente waren genauso akkurat und ordentlich wie ihr eigenes Äußeres, und ich war beeindruckt. Über Daoismus hatte ich noch nicht viel nachgedacht, doch Li Lei sagte kein Wort zu viel und hatte unsere Argumente schlüssig und logisch vorgebracht. Ich hatte das Gefühl, vielleicht würden wir ja tatsächlich gewinnen.

Dann kam Gens Gruppe dran, auch zwei Jungs. Gen stieß einen kleinen, müden Seufzer aus. Widerwillig und ohne jegliche Höflichkeitsbezeugung erhob er sich. Er hielt ihr Blatt

Papier in die Runde. Es waren nur sechs Kreuze darauf gemalt. Kein Name.

Liu Ping lächelte milde.

»Ich ... ich verstehe nicht. Würdet ihr das bitte erklären?«

»Nun«, sagte Gen ruhig, »statt einen einzelnen Namen zu nennen, haben wir unseren Helden anonym gemacht. Er soll für all diejenigen stehen, die gekämpft oder Opfer gebracht haben, aber nie Anerkennung dafür bekamen. In anderen Worten: Es ist das chinesische Volk, für das unser unbekannter Held steht.«

Der junge Lehrer schaute Gen nachdenklich an, dann lächelte er. »Was für eine ausgezeichnete Idee! Was für ein faszinierendes Konzept!«

Gen nickte kurz und kehrte zu seinem Platz zurück.

Ich schaute ihn an und wusste nicht so ganz, was ich empfand. Da war etwas Hochmütiges an seinem Auftreten, an dieser Aalglätte. Und doch konnte ich nicht anders, als mich zu der beiläufigen Gleichgültigkeit, die er verströmte, hingezogen zu fühlen, zu dieser Art, so zu tun, als wäre es ihm nicht im Geringsten wichtig, was die Leute über ihn dachten. Ich selbst machte mir sehr viele Gedanken darüber, was die anderen von mir hielten. Besonders Lehrer. Auch Li Lei, die neben mir saß und ein Gesicht machte, als hätte ihr gerade jemand einen Eimer eiskaltes Wasser über den Kopf gekippt, wollte unbedingt einen guten Eindruck machen, das lag auf der Hand.

Gen hingegen besaß eine Aura der Distanziertheit, die so erwachsen schien. Er wandte seinen Blick mir zu. Kurz schaffte ich es, ihm zu begegnen, dann wandte ich den Blick ab, errötete zu meinem eigenen Ärger und bemerkte, dass ein kleines höhnisches Lächeln um seine Lippen spielte. Ich schaute ihn finster an. Etwas in mir kam zum Stillstand, und ich beschloss, ihn nicht mehr anzusehen oder mit ihm zu reden, ganz gleich, wie lange wir den gleichen Kurs besuchten.

Am Ende des Unterrichts gab uns Liu Ping eine Hausaufgabe. Diesmal sollten wir über einen anderen Menschen schreiben, den wir jedoch unter negativen und kritischen Vorzeichen sahen. Jemanden, der eher schädlichen als positiven Einfluss hatte. Wir sollten über diese Person recherchieren und dann in der nächsten Woche ein Referat darüber halten. Kaum war der Unterricht beendet, schob ich mein Buch in die Tasche, nickte Li Lei zu (die ob des verlorenen Wettbewerbs immer noch am Boden zerstört schien) und machte mich auf den Heimweg.

Als ich mich vom Schulgebäude entfernte, merkte ich, dass mir jemand folgte. Eine Hand legte sich auf meine Schulter. Ich drehte mich um. Es war Gen. Auf einmal wurde mir flau.

Ich ließ meine Stimme so formell und kalt klingen, wie ich konnte. »Ja? Was kann ich für dich tun?«

Er zuckte leicht zusammen. Es war das erste Mal, dass ich einen Riss in seiner Haltung sah, auch wenn er nur hauchdünn war.

Er murmelte: »Ich dachte ... ich dachte, vielleicht würdest du zu mir nach Hause kommen und wir könnten uns zusammen vorbereiten. Für nächste Woche.«

Es ist eine seltsame Erfahrung, wenn man auf einmal Macht über jemanden hat. Es war für mich ein neues Gefühl. In seinem Gesicht war etwas Verletzliches und Jungenhaftes, was mich meine vorige Kälte sogleich bereuen ließ.

»Das könnten wir machen, ja«, sagte ich leise.

Er nickte, offenkundig erleichtert, und mir war klar, dass es ihn Überwindung gekostet hatte, mich anzusprechen. Wir hatten eine gemeinsame Vergangenheit, und doch waren wir zu jenem Zeitpunkt kaum mehr als Fremde füreinander. Mir war es immer schon schwergefallen, mit neuen Leuten zu reden, aber ich war nie auf die Idee gekommen, dass es anderen genauso gehen könnte. Er reichte mir einen Zettel mit einer Adresse.

»Am Dienstagabend?«

Ich nickte wieder.

ZWÖLF

Als ich an jenem Samstagabend nach Hause kam, dämmerte es bereits. Doch statt unser Wohnhaus zu betreten, blieb ich noch eine Weile draußen. Ich schaute zum Himmel; die allerletzten Streifen und Risse von Saphirblau ganz hinten am Horizont wurden von der Dunkelheit geschluckt, und darüber funkelten die ersten Sterne wie glitzerndes Silber. Der Abend verglühte, so wunderschön in seiner Größe und Weite.

Ich dachte über Gen nach. Einige der anderen Mädchen in meiner Klasse redeten ständig über Jungs – besonders über solche wie Qiang Bolin, der gut in Sport war. Ich fand auch, dass Qiang Bolin gut aussah mit seinem kantigen Kinn und dem durchtrainierten Körper und dass er, wie die anderen Mädchen sagten, ein »heißer Typ« war. Doch die Art, wie sie über diese Jungs im Tischtennis- oder Fußballteam redeten – wie sie von ihren Leistungen auf dem Sportplatz schwärmten und ihr Aussehen miteinander verglichen –, kam mir irgendwie hinfällig, kalt und weit entfernt vor. Denn ich hätte nicht gewusst, wie ich ein solches Gespräch führen sollte. Und dennoch – so hohl und leer und unter meiner Würde ich sie manchmal empfand, waren es auch Gespräche, an denen ich gern teilgenommen hätte.

Gen war so weit entfernt von Qiang Bolin, wie man nur sein konnte. Er war groß und schlaksig, fast unbeholfen. Sein Gang war leicht gebückt. Trotz seines pingeligen Äußeren schien er sich in seinem Körper nicht wohlzufühlen. Und doch war da etwas an ihm. Eine Losgelöstheit, eine innere Unabhängigkeit, die einem das Gefühl gab, er finde insgeheim alles amüsant, als wäre das Leben selbst lustig, und es wäre ihm egal, wenn andere nicht verstanden, wieso. War das sexy? Ich wusste es nicht genau, aber wenn ich darüber nachdachte, wie es sein würde, ihn am Dienstagabend zu Hause zu besuchen, war ein seltsames Kribbeln in meinem Bauch. Alles war ein bisschen ungewohnt, und es war aufregend.

Was würde ich anziehen? Was würde ich sagen? Meine Verwirrung wurde immer größer, und es ärgerte mich selbst, dass ich mir so viele Gedanken machte. Vielleicht luden Jungs Mädchen ständig ein, um zusammen Hausaufgaben zu machen. Vielleicht hatte es überhaupt nichts zu bedeuten. Und wenn es doch etwas zu sagen hatte – mochte ich ihn denn eigentlich? Ich meine, mochte ich ihn *wirklich*? Ich fühlte mich blöd und genauso leichtfertig wie einige der anderen Mädchen mit ihren endlosen Diskussionen über die Fußballmannschaft der Jungs. Trotzdem konnte ich mir das alberne Grinsen nicht verkneifen. Und dieses Kribbeln im Bauch. Am liebsten hätte ich laut gelacht. Und das lag nicht am Unterricht oder an Gens Einladung. Es war das plötzliche Bewusstsein, dass sich das Leben ändern konnte, dass sich das Schicksal eines Menschen wenden mochte wie eine Wetterfahne, so wie meine Großmutter zu sagen pflegte. Die Zukunft raste auf mich zu, und für einen Augenblick kam mir diese Aussicht wundervoll und betörend vor.

Ich ging durch die Dunkelheit bis zu unserem Wohnhaus. Dann sah ich ein Licht flackern. Ich sah den kleinen Schuppen meiner Großmutter, die Tür stand offen. Ich schlenderte hinüber, weil ich noch keine Lust hatte, nach Hause zu gehen. Als ich an die Tür kam, schlug mir der Geruch von Korn und Vogelkacke entgegen, ein warmer, scharfer Geruch, bei dem man sich normalerweise die Nase zugehalten hätte, den ich aber vertraut und beruhigend fand, denn ich kannte ihn schon so lange. Ich sah die Gestalt meiner Großmutter drinnen, die Futter verstreute, und hörte das aufgeregte Gackern der kleinen Vögel, die sich um die Körner balgten: flauschige Hühnchen mit großen, halb geschlossenen Augen, immer noch benommen vom Schlaf und der Wärme, geweckt, um gefüttert zu werden.

Ich sah der stämmigen, buckligen Frau zu, die sich über die Vögel beugte – sah ihre verwitterte, runzlige Haut rund um die ausdrucksvollen, lächelnden Augen –, und mir wurde bewusst, dass sie für mich immer schon alt gewesen war, und die Hühnchen, kaum mehr als Küken, waren noch so jung. Und mir kam der Gedanke, dass es irgendwann eine Zeit geben würde, in der hier keine Hühner mehr gefüttert würden, in der meine Großmutter nicht mehr da sein würde und ich sie nicht mehr dabei beobachten könnte. Während der Gedanke an die Zukunft eben noch wie eine Brise gewesen war, die nur ab und zu durch mich hindurchwehte und mir das Gefühl überbordender Möglichkeiten schenkte, wurde das, was irgendwann vielleicht geschehen würde, nun zu einem Schatten, der genau dort, in diesem kleinen, notdürftig gezimmerten Schuppen, auf mich wartete, dort, wo die Dunkelheit der Nacht auf den Lichtkegel der Laterne meiner Großmutter traf.

Ich hüstelte.

Meine Großmutter wandte mir ihr kluges Schildkrötengesicht zu, und ein Lächeln trat in ihre dunklen Augen.

»Hallo, Kleines!«, sagte sie.

Ich gab meiner Stimme einen möglichst beiläufigen Klang.

»Welches Kleine meinst du denn? Davon sind ein paar hier!«

Eine Sekunde lang verstand sie nicht, was ich meinte, dann dämmerte es ihr.

»Na ja, mit Vögeln zu reden bringt nicht viel. Es sind einfach nur Vögel.«

Das stimmte wohl, aber ich wusste, dass sie trotzdem manchmal mit den Hühnchen redete.

Sie richtete sich auf, ließ ein zufriedenes Schnaufen hören und stützte die Hand auf die breite Hüfte.

»Wenn du dich nützlich machen willst, kannst du das Heu da drüben harken. Schau, ob irgendwo Mäuse sind.«

Ich nahm die alte Heugabel. Aber mich beschäftigte etwas anderes.

»Also«, sagte ich ganz beiläufig, »ein Junge hat mich für Dienstag zu sich nach Hause eingeladen. Wir machen Hausaufgaben zusammen.«

Ich sah, wie sich die Haltung meiner Großmutter veränderte, wie sie kurz steif wurde. Ich fragte mich, ob es so gut gewesen war, es ihr zu verraten. Aber ich musste es jemandem sagen.

Meine Großmutter verstreute noch ein paar Körner, drehte sich dann zu mir um und sah mich an. Mit listiger Miene musterte sie mich.

»Und dieser Junge, der stammt aus einer guten Familie, ja?«

»Oh ja, seine Familie ist ... sehr gut, glaube ich.«

»Und du magst ihn, oder?«

»Ich glaube schon. Ich mag ihn, ja.«

Sie nickte und kam auf mich zu.

»Wir sollten mit deinem Vater darüber reden. So wird das gemacht.«

Mein Herz klopfte mir bis zum Hals. »Nein, bitte nicht, Po Po.«

Die Vorstellung, mit meinem Vater ein solches Gespräch zu führen, war undenkbar.

»Dann wirst du mit deiner Mutter reden müssen.«

Mir stand der Mund offen, so entsetzt war ich. Das war ja noch schlimmer.

»Bitte. Wir machen nur Hausaufgaben.«

Meine Großmutter schaute mich streng an. »Werden seine Eltern da sein?«

»Ja, wir treffen uns am frühen Abend. Sie werden die ganze Zeit da sein.«

Meine Großmutter runzelte die Stirn. Kaute auf ihrer Lippe herum. Und als ihre Entscheidung getroffen war, spuckte sie auf den Boden. »Na gut«, murmelte sie.

Das Herz wurde mir leicht. Irgendwie hatte ich es geschafft davonzukommen. Ich war den demütigenden Fragen meiner Mutter entgangen, die mit Sicherheit bohrend und verurteilend gewesen wären.

Meine Großmutter musterte mich genau. »Und wenn dieser kleine Scheißer versucht, dir ein Kind zu machen, dann sagst du ihm, du hättest deine Blutung. Und sollte er dann immer noch darauf bestehen, dann kratzt du ihm die Augen aus, hast du verstanden?«

Ich blinzelte sie erstaunt an.

»Igittigitt, Po Po, igitt! Das ist ekelhaft. So ist er nicht.«

»Die sind alle so«, urteilte meine Großmutter finster.

Doch was auch immer ich für Bedenken Gen gegenüber hatte, wie auch immer ich die Feindseligkeit bewertete, die manchmal zwischen uns geherrscht hatte, hatte ich nie das Gefühl, er könnte mir gefährlich werden. Ich wusste, bei ihm war ich in Sicherheit.

Meine Großmutter hat meiner Mutter und meinem Vater niemals von jenem ersten Treffen mit Gen erzählt. Sie hielt Wort. Als wir uns an jenem Abend zum Essen an den Tisch setzten, spürte ich, wie sie ihre alten Schildkrötenaugen auf mich richtete und mir forschend ins Gesicht schaute, nachdenklich und besorgt.

• • •

Zeit ist eine seltsame Sache. Die drei Tage zwischen dem Samstag und meinem Besuch bei Gen zu Hause am Dienstagabend schienen sich ewig hinzuziehen. Und doch, als ich vor seiner Tür stand, meine zitternde Hand dabei war zu klopfen, war mir, als wäre diese Zeitspanne wie im Fluge vergangen. Noch vor wenigen Jahren waren Gen und ich Kinder gewesen. Damals hatte er mich oft geärgert, und in einer schicksalhaften Nacht hatte er mich auch gerettet. Er hatte die Schuld an dem, was geschehen war, auf sich genommen, als jene Männer in Uniform uns Kinder an einen Ort brachten, von dem eigentlich nur die Erwachsenen wissen sollten.

Dachte er manchmal an jene Nacht zurück? Wurde ihm auch eng in der Brust, so wie mir? Erinnerte er sich überhaupt noch daran, wie wir als Kinder gewesen waren? Oder war unsere Kindheit nur eine milchig verschwommene, längst vergangene Welt für ihn? Damals war er schlicht ein Ärgernis für mich gewesen, jemand, der immer dazu in der Lage war, mich zu manipulieren, jemand, den ich mit einer Mischung aus Bitterkeit und Geringschätzung betrachtete. Und jetzt stand ich hier vor seiner Tür – und die Gefühle, die ich hatte, waren so viel komplizierter, so viel widersprüchlicher. Wen sah ich heute, wenn ich ihn betrachtete? Und wen sah er, wenn er mich betrachtete? Sah er das dickköpfige, trotzige Mädchen mit den verschmierten Wangen? Das schüchterne und fleißige Wesen, zu dem ich mich gemausert hatte? Oder etwas ganz anderes?

Während ich dort stand und mir diese Gedanken durch den Kopf gingen, wurde mir auf einmal bewusst, dass ich Gens Haus niemals gesehen hatte. All meine anderen Freunde – Jian, Zhen, Wang Fan und Al Lam – hatten in bescheidenen Verhältnissen gelebt, genau wie meine eigene Familie. Doch Gens Zuhause war keine Wohnung. Es war ein

Haus. Und was für eins! Als ich es gefunden hatte, war es bereits dunkel gewesen; unter gewissen Schwierigkeiten hatte ich das Tor aufgedrückt, das vermutlich mehr wog als ich selbst. Ich war dem Weg bis zur Villa hoch gefolgt, deren Wände von eingelassenen orangeroten Lichtern beleuchtet wurden, die in der Dunkelheit flackerten.

Nun stand ich vor dem Gebäude. Es war ein einstöckiges Anwesen, der eigentliche Wohnbereich sah aus wie ein großer Kopf mit breiten Schultern, die Seitenflügel streckten sich wie Arme aus. Als ich an die Tür klopfte, spürte ich, wie dick und teuer sie war: eine perfekt beschichtete schwarze Oberfläche aus schwerem Eichenholz, stabil und unüberwindlich. Meine Knöchel machten kaum ein Geräusch.

Gerade wollte ich es noch einmal probieren, als die Tür aufging. Fast rechnete ich mit einem Butler im Anzug, einem höflichen, würdevollen, übertrieben steifen Menschen, wie dem Typen, der in den *Batman*-Comics für Bruce Wayne arbeitete. Stattdessen stand ich vor einer Frau mit fein schimmerndem Gesicht und dunklen, blinzelnden Augen. Ich wusste auf der Stelle, dass das Gens Mutter war. Sie sah jung aus. Ihre Züge waren weicher als die von Gen, doch die Augen waren die gleichen, ebenso die dünnen Lippen. Einen Augenblick warf mich dieser erste Eindruck aus der Bahn, denn die beiden waren so verschieden, und dennoch war die Ähnlichkeit geradezu unheimlich; es ist seltsam, die Züge von jemandem, den man kennt, im Gesicht eines Menschen wiederzufinden, dem man noch nie begegnet ist.

Das war es dann schon mit der Ähnlichkeit. Während Gen immer ein finsteres und ernstes Gesicht zog und stets so aussah, als würde er sehr genau überlegen, welche Miene er aufsetzen wollte, war das Gesicht dieser Frau munter, fast ein wenig überspannt; ihre Augen funkelten und glänzten in kaum unterdrückter Lebhaftigkeit.

»Freut mich so, dass du gekommen bist. Du musst Gens Freundin sein. Willkommen bei uns zu Hause. Bitte komm doch herein. Kann ich dir die Jacke abnehmen?«

Sie eilte und wuselte um mich herum wie eine warme, nicht enden wollende Brise, und ehe ich michs versah, hatte sie mir die Oberbekleidung abgenommen und geleitete mich durch einen schattigen Flur in ein sanft beleuchtetes Esszimmer. Es roch köstlich nach Entenpfannkuchen und Teigtaschen mit Schweinefleisch (wenn meine Nase mich nicht täuschte, und das tat sie bei mir ewig hungrigem Teenager nur selten). In genau dem Moment, als Gens Mutter mir einen Platz anbot, betrat Gen den Raum. Es war ein weiterer Schock, ihn ohne seine Schuluniform zu sehen. Er trug ein blaues Hemd mit weit geschnittenen Ärmeln und eine dunkle Hose, und sein dickes schwarzes Haar war auf eine Seite gekämmt. Er sah fast entspannt aus. Und ich erinnere mich, dass ich dachte, das stehe ihm gut zu Gesicht.

Er schritt auf mich zu, küsste mich auf beide Wangen. Es war eine beiläufige und zugleich elegante Geste, sehr europäisch, und ich ließ vor Schreck fast die Tasche fallen, die ich dabeihatte. Dann hatte ich meine Fassung wiedererlangt und holte die Kekse heraus, die meine Großmutter gebacken hatte. Ich reichte sie Gens Mutter. Sie riss das Papier auf und blickte mit einer Mischung aus Schreck und Freude darauf hinab. Blinzelnd schaute sie mich an.

»Wundervoll«, sagte sie. Und dann mit schwächerer Stimme: »Wirklich wundervoll.«

Kurz schien sie die Orientierung verloren zu haben, und Gen nahm ihr sanft die Kekse aus der Hand, fast so, wie man es bei einem verwirrten Kleinkind täte.

»Lass mich die nehmen, Mutter«, murmelte er.

Er schaute mich an. »Danke!«

Wir setzten uns und begannen zu essen. Gens Mutter redete schnell. Sie war ganz und gar auf mich fokussiert, und es war ein sonderbares Gefühl, dass eine Erwachsene mich mit Aufmerksamkeit geradezu überschüttete. Und doch war da etwas an ihrem Verhalten und der Art zu sprechen, das eigentlich gar nicht erwachsen war. Sie redete mit mir über Gen, ihren Sohn, und ihr Gesicht strahlte vor Stolz, als sie über seine schulischen Leistungen sprach. Ich sah, wie er die Lippen gequält nach unten zog, als sie ihn so über den grünen Klee lobte. Leise murmelte er: »Wirklich, Mutter, das braucht sie doch gar nicht zu wissen«, oder: »Wirklich, Mutter, den Wettbewerb habe ich gar nicht gewonnen, ich wurde nur Dritter ...« – aber nichts davon konnte ihre Begeisterung dämpfen.

Gens Stimme war leise; er sprach so sanft mit seiner Mutter, wie ich es mir niemals hätte vorstellen können, denn so wie ich ihn erlebt hatte, war an ihm, selbst als Kind, immer eine gewisse Schärfe gewesen. Es machte ihn sichtlich verlegen, wie seine Mutter ihn mit staunenden Rehaugen betrachtete, doch sein Ton wurde niemals hart. Ab und zu begegneten sich unsere Blicke, dann wandte er die Augen wieder ab.

»Hättest du denn gern etwas Reiswein?«, fragte seine Mutter.

»Mutter, ich glaube nicht, dass das angebracht ist ...«, fing Gen an.

Ich fiel ihm sanft ins Wort. »Gerne. Vielen Dank!«

Die beiden Frauen am Tisch, sie und ich, tauschten ein verschwörerisches Lächeln, während sie einschenkte.

Meine Mutter ging Alkohol aus Prinzip aus dem Weg; mein Vater nahm gelegentlich ein Glas zum Essen, trank allerdings niemals über den Durst, vielleicht fürchtete er, die Kontrolle zu verlieren.

Meine Großmutter hingegen unterwarf sich solchen Einschränkungen aus Prinzip nicht; genauer gesagt hatte sie mit einer anderen rebellischen Großmutter auf unserem Flur einen unfrommen Pakt geschlossen und kochte seit einigen Jahren mit ihr *baijiu*, einen ziemlich üblen Schnaps. Dieses Gebräu wäre zu scharf für meine zarten Geschmacksknospen gewesen, doch seit ich sieben Jahre alt war, hatte meine Großmutter es sich zur Gewohnheit gemacht, mir unter dem Tisch ein kleines Probiergläschen Reiswein durchzureichen.

Folglich hatte ich nichts dagegen einzuwenden.

Wir stießen an, Gens Mutter und ich, was Gen ein trockenes Grinsen entlockte.

Dann veränderte sich alles. Gens Vater betrat den Raum.

Er ähnelte seinem Sohn nicht sehr. Gen war knochig, groß, schlaksig, sein Vater war kurz und kompakt. Ihre Bewegungen aber waren gleich: selbstbewusst, präzise.

Sein Vater kam auf mich zu, ich machte Anstalten aufzustehen, doch er bedeutete mir mit einem Winken, sitzen zu bleiben. Er verbeugte sich, ich erwiderte die Verbeugung.

»Freut mich sehr, dich kennenzulernen!«

Seine Stimme klang abgehackt, rau; in seiner steifen Strenge wirkte er fast wie ein Japaner.

Gens Mutter hatte sich verändert. In Anwesenheit ihres Sohnes war sie schier überwältigend in ihrer Positivität gewesen. Nun, wo ihr Mann am Tisch saß, wirkte sie verhalten und zögerlich. Es lag auf der Hand, dass sie auch vor ihm großen Respekt hatte, aber dieser Respekt hatte eher etwas von Furcht als von Bewunderung. Sie bemutterte ihn, fragte ihn, ob er dies oder jenes wünsche, und zum ersten Mal sah ich einen Ausdruck echter Irritation auf Gens Gesicht. Sein Vater war höflich, lehnte ihre Angebote jedoch in knappem Ton ab; resigniert nahm seine Mutter wieder Platz.

Eine Weile lang aßen wir schweigend. Ich wollte Konversation betreiben, etwas sagen, brachte dennoch keinen Ton heraus, nicht nur aus Schüchternheit, sondern weil das Essen so verdammt lecker war. Gens Mutter war gut zwanzig Jahre jünger als ihr Mann und kam mir, damals schon, naiv und vielleicht ein wenig kindlich vor. Kaum saßen sie alle an einem Tisch zusammen, senkte sich formelle Steifheit, so dick wie Nebel, über die Runde. Für mich war das bizarr, denn bei uns in der Familie waren die Mahlzeiten von Geplauder, Schelte und zotigen Witzen (meiner Großmutter) geprägt, außerdem von allen möglichen Essensgeräuschen, zu denen auch Rülpsen, Schmatzen und lautes Kauen gehörten.

Irgendwann ergriff sein Vater das Wort. »Ehrenwertes Fräulein, darf ich fragen, welchen Beruf deine Eltern ausüben?«

Ich war entsetzt über die Frage. Noch nie in meinem ganzen Leben hatte mich jemand »ehrenwertes Fräulein« genannt.

»Nun … äh … Mein Vater … er war … ich meine, er *ist* Geograf und Meteorologe. Aber ich glaube, mittlerweile arbeitet er nur noch halbtags. Und meine Mutter, sie … na ja, ihre Aufgabe ist einfach nur, sich um uns zu kümmern.«

Ich kicherte verlegen.

Der Ernst seiner Miene war ungebrochen. Er warf mir einen prüfenden Blick zu. »Das ist gut. Dein Vater ist Naturwissenschaftler. Wir brauchen heute Naturwissenschaftler mehr denn je. Die Welt verändert sich. In gewisser Weise bin ich auch Wissenschaftler. Aber ich versuche mich nicht an Wettervorhersagen. Vielmehr sage ich die Wirtschaft voraus. Und in dieser Hinsicht ist unser Land im Hintertreffen. Die Wirtschaft Singapurs ist auf einem rasanten Weg nach oben. Es heißt, die von Taiwan mache es ihr bald nach. Ich habe bereits dort investiert. Und ich denke und hoffe, unsere eigene Ökonomie könnte folgen, wenn unsere derzeitige Verwaltung ein wenig mehr Mumm hätte.«

Ohne auf eine Antwort von mir zu warten, beugte er den Kopf, nachdem er diese Verkündigung gemacht hatte.

An meiner Stelle ergriff Gen das Wort. Er sprach mit leiser Stimme, doch mit einer Autorität, die seinem Alter weit voraus war. »Vielleicht gibt es ja mehr im Leben als nur Münzen und *Yuan*-Scheine, Vater.«

Schweigen machte sich im Raum breit, so dicht, dass man Angst hatte, darin zu ertrinken. Gens Mutter sah ihn mit entsetzten Augen an.

Gen wiederum machte sich mit der Gleichgültigkeit, die ihm anscheinend angeboren war, an seinen Entenpfannkuchen zu schaffen. In diesem Moment bewunderte ich ihn sehr.

Sein Vater sprach auf die gleiche abgehackte Weise mit ihm. »Vielleicht ist das so. Aber diese Münzen und *Yuan*-Scheine bilden die Grundlage für *dein* Leben. Zum Beispiel für das Essen, das du gerade zu dir nimmst.«

Es war das erste Mal, dass ich sah, wie die Lippen von Gens Vater schmal wurden und ein Ausdruck in seine Augen trat, der stärker war als Leidenschaftslosigkeit, etwas, das der Wut nahekam.

Gen blickte zu seinem Vater hoch. Sein Blick wurde leer, ein vager grauer Schleier.

»Ja, Vater. Natürlich, Vater.«

Er wandte sich wieder seinem Essen zu. Wir alle taten es, bis auf seine Mutter. Sie sah aus, als hätte man sie geohrfeigt. Und ich fragte mich, wie oft bei ihnen ein Gespräch einen ähnlichen Verlauf nahm.

Kurz darauf waren wir mit dem Essen fertig. Gens Vater stand vom Tisch auf, entschuldigte sich mit leiser Stimme, verbeugte sich noch einmal vor mir und ging hinaus. Ich hätte nicht sagen können, dass ich ihn besonders mochte, doch ich spürte, dass er ein wichtiger Mann war, und die Tatsache, dass er sich die Mühe gemacht hatte, sich mit einer Verbeugung von mir zu verabschieden, als wäre ich wichtig, freute mich.

Gens Mutter fragte mich immer wieder, wie ich das Essen fände – an die zehn Mal stellte sie mir diese Frage, immer mit der gleichen aufgeladenen Freundlichkeit, die an Hysterie grenzte. Trotzdem mochte ich sie sehr.

Ich folgte Gen in ein anderes Zimmer.

»Hier werden uns meine Eltern nicht stören. Meine Mutter mag diesen Raum nicht, und mein Vater verlässt nach sieben Uhr abends nicht mehr sein Arbeitszimmer. Wir können uns auf das Projekt konzentrieren.«

Ich lächelte verlegen. Jetzt, wo wir allein waren, fiel mir das Reden schwerer. Während es im Esszimmer hell gewesen war, der Tisch glatt und modern, lag dieser Raum hier im Halbdunkel, die Möbel waren altmodisch und teuer, sahen aber staubig aus. Alles wirkte schummrig. Am anderen Ende des Raums brannte ein Kamin. Gen ging hinüber, um das Feuer zu schüren, und winkte mich zu einem der alten Stühle.

Ich legte meine Schultasche neben den Stuhl auf den Boden und nahm Platz. Das Sitzmöbel knarzte laut, als ich mich setzte, ein etwas lächerliches Geräusch im Vergleich zum zeitlosen Knistern der Flammen. Gen und ich schauten uns an, mussten unwillkürlich lächeln, und die Anspannung war gebrochen. Wenn er so spontan lächelte, leuchtete sein Gesicht auf. Er sah einfach ... angenehm aus.

»Wen hast du dir ausgesucht?«

»Ausgesucht?«

»Wen du in deinem Referat anprangern willst.«

»Oh, ich weiß nicht. Vielleicht Chiang Kai-shek. Mit Chiang Kai-shek kann man eigentlich nichts falsch machen. Alle sagen, dass an ihm was faul war!«

»Hm.« Gen schürzte die Lippen, dachte über meine Wahl nach. »Das ist wohl wahr.«

Es war nicht so, dass er meine Wahl missbilligte, aber ich spürte, dass er mit etwas hinter dem Berg hielt.

»Wen willst *du* denn nehmen?«

»Ich weiß nicht. Mir fällt schon noch jemand ein. Es gibt genügend schlechte Menschen zur Auswahl.«

Ich nickte weise.

Es trat wieder Schweigen ein. Wir schauten uns an.

»Na ja, wenn du eine dieser Enzyklopädien benutzen willst, mach nur. Sie sind ... umfassend.«

Die Bücher hatte ich noch gar nicht bemerkt. Tatsächlich stand da eine ganze Reihe von großformatigen Lexika, mit schwarzem Leder bezogen und mit Goldschnitt. Sie sahen herrlich aus. Ich fuhr mit dem Finger über einen der Rücken, Staub blieb daran hängen. Ich dachte an den alten Mann und seinen Buchladen, und wie gern er eine solche Reihe in die Finger gekriegt hätte.

Ich schaute zu Gen zurück. »Darf ich?«

»Klar.«

Ich schaute Chiang Kai-shek nach. Er kam in Band sechsunddreißig von vierzig Bänden vor. Ich zog das Buch heraus und kehrte zu meinem Stuhl zurück. Eine Weile waren wir still, Gen machte sich ein paar Notizen, und ich fuhr mit dem Finger über die Seiten. Weich schimmerten die Schriftzeichen im Licht des Feuers.

Ich war voller Bewunderung und seufzte laut. »Toll!«

Gen blickte zu mir empor.

»Es ist so interessant. Chiang Kai-shek und der Vorsitzende. Sie waren die erbittertsten Feinde. Aber ihre Leben ähnelten sich sehr. Chiang Kai-shek kam 1949 in Taiwan an die Macht, im selben Jahr wie Mao hier. Und beide regierten fast drei Jahrzehnte lang. Und sie starben nur ein Jahr getrennt voneinander. Ich habe gehört, das ist bei Zwillingen manchmal auch so. Wenn einer von ihnen stirbt, folgt ihm der andere bald darauf.«

Ich ließ mich von meiner Begeisterung leiten; schließlich

hatte ich nur selten die Gelegenheit, mit jemandem außer dem alten Buchhändler über den Inhalt von Büchern zu reden. Dabei hatte ich manchmal, wenn der alte Mann den Kopf aufstützte und mich anschaute, den deutlichen Eindruck, er sei eingeschlafen.

Gen hingegen blickte mich aufmerksam an, ein Lächeln spielte um seine Lippen.

»Ich finde, daraus solltest du keine kosmologischen Schlüsse ziehen. Chiang kam in Taiwan an die Macht, weil er im selben Jahr vor Mao und den Kommunisten geflohen war. Und was den Todeszeitpunkt angeht – nun, beide waren alte Männer. Alte Männer sterben. Das ist der Lauf der Dinge.«

Er blickte zu mir hoch, seine Augen glitzerten amüsiert. Auf einmal kam ich mir sehr klein vor.

»Äh … ja. Und wen nimmst du?«, murmelte ich trotzig.

Gen schaute mich an, sein Gesicht war ernst geworden, jeder Sarkasmus wie weggewischt.

Dann sagte er, leise und aufrichtig: »Ich sag dir, wen ich wählen würde, wenn ich den Mut dazu hätte, ihn anzuklagen.«

»Wen denn?«

Einen Augenblick schaute er mich noch an. Dann flüsterte er: »Meinen Vater.«

Darüber dachte ich nach. »Aber warum? Dein Vater scheint mir ganz … ganz in Ordnung zu sein.«

»Glaubst du«, murmelte Gen.

»Ja, schon. Zu mir war er höflich am Tisch, er ist mir wie einem Ehrengast begegnet. Dagegen behandeln mich meine Leute – meine Mutter, Großmutter, Vater, Bruder – beim Essen eher wie … wie einen *ehrlosen Gast*!«

Ich lachte etwas gekünstelt. Ich bemühte mich um Leichtigkeit – die plötzliche Wendung des Gesprächs hatte mich kalt erwischt –, fand aber mein Wortspiel selbst etwas lahm.

Doch Gen schien es gar nicht gehört zu haben.

»Weißt du, diese Enzyklopädien hat er vor ein paar Jahren gekauft«, sagte er bitter. »Sie waren sehr teuer, wie du dir vorstellen kannst.«

Ich schaute ihn an. »Das scheint mir aber nichts Verwerfliches zu sein.«

»Du verstehst nicht. Weil du *ihn* nicht verstehst. Er hat dieses ganze Geld bezahlt, benutzt sie aber selbst gar nicht. Er hat sie noch kein einziges Mal aufgeschlagen. Er hat sie gekauft, weil er findet, ein gebildeter, wichtiger Mann muss so etwas besitzen. Verstehst du, was ich meine?«

Ich wartete darauf, dass er weiterredete.

Er biss sich auf die Lippe. »Das ist ... für ihn ... das Allerwichtigste. Der äußere Schein ist das, worauf es ankommt. Es ist nicht wichtig, ob er die Bücher selbst liest, solange die Menschen, die in dieses Haus hier kommen, glauben, dass er es tut. Das ist der äußere Schein, den er erzeugen will. Und darunter ist noch eine andere Wirklichkeit. Ob es nun um Enzyklopädien geht oder um ...«

Er wandte sich ab. Gleich würde er fortfahren. Würde sich öffnen.

»Oder um was?«, flüsterte ich.

Gen wandte sich mir zu. Er hatte offenbar beschlossen, sich nicht mehr zu verstellen. »Oder darum, sich als guten Familienvater auszugeben, während er eine Freundin in der Stadt hat, bei der er bleibt, wenn er angeblich geschäftlich unterwegs ist.«

Ich war schockiert. Ich brachte kein Wort heraus. Zugleich aber – und dafür schämte ich mich zutiefst – war ich auch freudig erregt. Denn das hier war die persönlichste Enthüllung, die ich mir jemals hätte vorstellen können. Und Gen hatte mich auserwählt, um sie mit mir zu teilen.

Ich beschloss, einen ernsten, verantwortungsvollen Ton anzuschlagen. »Aber kannst du denn da ganz sicher sein? Ich meine, weißt du das ganz genau?«

Er sah mich an. Nicht verärgert, sondern eher betrübt.

»Ich bin nicht blöd. Und ein Kind bin ich auch nicht mehr. Ich weiß, woran man das merkt.«

In jenem Moment kam er mir unglaublich weltgewandt vor. Der Gedanke, meine Mutter oder mein Vater könnten eine Affäre haben, war mir nie gekommen. Bis zu jenem Moment wäre mir das wie etwas erschienen, das die gesamten Naturgesetze außer Kraft setzte.

»Und deine Mutter?«, fragte ich leise.

»Sie weiß es. Wahrscheinlich hältst du sie für ein bisschen oberflächlich, weil sie immer so viel lächelt. Und ehrlich gesagt ist sie auch nicht besonders schlau. Aber sie ist ein guter Mensch. Und weil sie glauben will, dass andere Leute auch so sind, hat sie beschlossen, es nicht wahrhaben zu wollen. Nicht zu sehen, was ... *er* ... ist. Sie tut so, als würde es nicht geschehen. Sie ist es, der mein Mitleid gilt. Weil sie das nicht verdient hat.«

Er wandte sich ab.

Ich spürte, wie etwas in mir in Bewegung kam. Ich streckte die Hand aus und legte sie auf seine.

»Ich finde, du hast es auch nicht verdient.«

Fast überrascht wandte er sich mir zu. Tränen schimmerten in der Dunkelheit seiner Augen. Vielleicht war es ihm nie in den Sinn gekommen, dass auch er betroffen war.

Er sah mich an. Wie ferngesteuert beugte er sich vor und küsste mich weich auf die Lippen. Dann blinzelte er, als wachte er aus einem Traum auf.

»Oh Gott, ich ... tut mir leid. Ich wollte nicht ...«

Er wich vor mir zurück, doch ich hielt ihn fest. In mir war eine Zärtlichkeit, wie ich sie manchmal meinem Bruder gegenüber empfand, wenn er einen seiner Wutanfälle hatte und ich böse auf ihn war, dann tat es ihm plötzlich leid, und mir ging prompt das Herz auf. Jetzt hatte dieses Gefühl eine erwachsenere Intensität. Ich legte zärtlich die Hand an seinen Kopf und zog ihn an mich. Wieder berührten sich unsere Lippen. Es war, trotz der Verlegenheit, mit der wir uns immer begegnet waren, und trotz allen Argwohns, der zwischen uns bestanden hatte, der wunderbarste zweite Kuss, auf den ich jemals hatte hoffen können.

DREIZEHN

Wir waren im Park bei uns in der Nachbarschaft. Meine Großmutter, ich und mein kleiner Bruder, der natürlich kein Baby mehr war. Der Park war groß. Man erreichte ihn auf einem Steinpfad, der parallel zu einem langen Wasserweg verlief. Neben dem Pfad lag ein Grasstreifen, an seiner Seite standen mehrere Trauerweiden, die breiten, dunklen Stämme von fedrigem Grün umgeben, das weit über das Wasser hing. Es war Frühjahr geworden, doch es lag immer noch ein winterlicher Hauch in der Luft, und die Wangen meiner Großmutter waren rosig angelaufen.

Sie zog ihren Mantel enger um sich, als sie voranschritt. Ihr behäbiger Schritt auf kurzen Beinen – gleichmäßig und unaufhaltsam – schien allen Jahreszeiten zu trotzen. Weiter vorne mein kleiner Bruder, der hüpfte, sprang und rannte, seine Bewegungen launenhaft. Beim Laufen schnatterte er vor sich hin, im Gespräch mit eingebildeten Freunden und Feinden, versunken in seiner eigenen Welt. Irgendwann hörte ich ihn rufen:

»Wie spät ist es? Ach, sag doch nur!
Erst neun, so steht es auf der Uhr.
Und ist die Katze schon zu Haus?
Sie sitzt am Tisch und frisst 'ne Maus.«

Die Worte flossen in mein Bewusstsein wie ein sanftes Echo, der Singsang meines Bruders war leise und weit weg, und ich erinnerte mich, dass ich diese Verse auch einmal bei einem Spiel gesungen hatte. Ich schaute über das Wasser des Flusses hinweg. Er war tiefgrün, nur in der Mitte, wo das Licht auf ihn schien, schimmerte er weiß. Wir kamen zu einer alten Brücke, die aus traditionellen Bambusbögen bestand. Mein Bruder rannte über die Brücke auf die andere Seite, wo der Grünstreifen breiter und zu einer grasigen Anhöhe wurde. An ihrem Ende lag ein Spielplatz mit Schaukeln und Rutschbahnen sowie all den anderen Dingen, die das Herz eines Kindes höherschlagen lassen.

Plötzlich blieb meine Großmutter stehen.

»Warte mal«, sagte sie und winkte mir zu. Sie schnaufte.

»Alles in Ordnung mit dir, Po Po?«

Sie winkte ab. »Natürlich ist alles in Ordnung mit mir. Bloß dass die Luft so kalt und feucht ist. Das tut meinen Lungen nicht gut.«

Ich schaute sie an. Ich war schon an guten Tagen ein eher nervöser Teenager, und der Gedanke, meine Großmutter könnte krank oder hinfällig werden, ging mir durch und durch.

Sie sah, was ich für ein Gesicht machte. Sie kniff die Augen in der boshaften, schlauen Weise zusammen, die mir so vertraut war, und ein Lächeln huschte über ihr Gesicht.

»Schreib mich bloß noch nicht ab, Kleines. Vielleicht schnaufe ich ein bisschen mehr als früher. Aber vergiss nicht, auch die größte Fabrik gibt jede Menge Rauch ab.«

Sie atmete aus. Ihr Atem stand wie eine Dampfwolke in der kalten Luft. »Während das, was eine kleine, unbedeutende Werkstatt von sich gibt, kaum der Rede wert ist. Folglich nur wenig Rauch. Und so eine Werkstatt kann beim kleinsten Erdbeben vor die Hunde gehen.«

Sie schaute mich an. »Was ich sage, Kleines, ist, dass ich wie die richtig große Fabrik bin, während du und dein verträumter Bruder da drüben nur kleine, armselige Werkstätten seid …«

»Ja, das habe ich verstanden, Po Po. Ich weiß, worauf du mit deiner Analogie hinauswillst«, sagte ich etwas hochnäsig.

Das Lächeln meiner Großmutter wurde noch boshafter. »Analogie? Wie schick du dich in letzter Zeit ausdrückst! So schick wie dieser Junge, den du besucht hast?«

Ich spürte, wie ich knallrot wurde. Doch meine Großmutter nutzte es nicht aus, dass es mir peinlich war. Stattdessen hatte sie Mitleid mit mir.

»Du bist ein vernünftiges Mädchen. Und solange du vernünftig bist, brauchst du dich auch nicht zu schämen. Ich finde, du solltest das Leben genießen. Deine dummen Eltern haben irgendwann vergessen, wie man das macht. Und das Leben … es ist schneller vorbei als eins von Kaiser Huizongs besten Feuerwerken. Das ist es wirklich. Und das merkst du erst, wenn dein Ende langsam naht.«

Ich schaute sie an. Ihr Gesicht war von der Kälte gerötet, die Augen nach vorne gerichtet. Ich wollte gern etwas sagen, denn ich wusste, dass sie mir gerade etwas anvertraut hatte, und ich wusste auch, dass dieser Moment etwas zu bedeuten hatte. Wäre ich ein wenig älter gewesen, dann wäre ich vielleicht schlagfertig und erfahren genug gewesen, um einfach sanft zu lachen und ihr zu sagen, dass sie uns bestimmt alle überleben würde. Etwas Ähnliches hatte meine Mutter schon gelegentlich gesagt. Doch ich möchte bezweifeln, dass meine Großmutter mir das abgekauft hätte.

Dann wurde unser Zwiegespräch abrupt beendet. Mein kleiner Bruder kam auf uns zugeprescht, den Kopf gesenkt wie ein junger Bulle, und rammte, albern lachend, die Leibesmitte meiner Großmutter.

Meine Großmutter schnappte nach Luft und schaute auf das nach Aufmerksamkeit heischende Gesicht meines Bruders hinab.

»Und was führst du denn schon wieder im Schilde, du dreckiger kleiner Mistkerl!«, sagte sie und verwuschelte ihm in aufrichtiger Zuneigung das Haar.

»Po Po«, sagte ich empört. »So kannst du doch nicht mit ihm reden! Dieses Wort darfst du nicht verwenden!«

»Nein, nein, natürlich nicht«, sagte meine Großmutter streng und schloss ihre Lippen mit einem imaginären Reißverschluss.

Jetzt musste mein Bruder noch mehr lachen, in der aufgeregten Überdrehtheit von Kindern, die Erwachsene dabei ertappen, wie sie ihre eigenen Regeln brechen.

»Du hast ›Mistkerl‹ gesagt, du hast ›Mistkerl‹ gesagt«, kreischte er begeistert.

Meine Großmutter kitzelte ihn unter dem Kinn.

»Vielleicht habe ich das, vielleicht auch nicht. Das wirst du nie genau wissen. Und jetzt geh spielen.«

Sie gab ihm einen Klaps aufs Hinterteil, und er rannte kichernd zurück zu den Schaukeln und der Rutschbahn.

Sie sah ihm hinterher. Da war so viel Liebe, so viel Zuneigung in ihren Augen.

Wir folgten ihm zum Spielplatz. Es waren noch andere Kinder da. So gesellig mein Bruder mit uns umging, war er in letzter Zeit seltsam scheu geworden, wenn er mit Kindern seines Alters zusammen war. Ich selbst war in dem Alter auch schrecklich schüchtern gewesen und hoffte, dass er nicht so wurde wie ich.

Dort ließ ich die beiden zurück. Meine Großmutter stand wie ein Fels in der Brandung am Rande des Spielplatzes und schaute meinem Bruder amüsiert zu. Als ich von den Parktoiletten zurückkam, hatte sich die Sonne hinter einer Wolke versteckt. Ich ging zu meiner Großmutter hinüber, die mittlerweile auf einer Bank Platz genommen hatte und aufs Gras schaute. Ich blickte suchend auf den Spielplatz.

Doch mein Bruder war nicht da.

Zuerst ergab die Szenerie keinen Sinn für mich. Ich war mir sicher, dass ich nicht richtig geschaut hatte. Dass ich ihn übersehen hatte. Und doch drang die Angst mit winzigen Nadelstichen in mich ein.

Ich schaute genauer, versuchte, die aufkeimende Furcht zu bekämpfen.

Er war nicht da.

Meine Großmutter schaute auf ihre Füße. Ihre Augen waren glasig, und ein halbes Lächeln stand auf ihrem Gesicht, ein Mundwinkel war heruntergezogen; irgendwie war ihre ganze Miene schief und leer. Ich lief zu ihr.

»Po Po!«

Sie schien mich nicht zu hören.

Ich legte ihr die Hand auf die Schulter und drückte sie.

Sie blinzelte und schaute zu mir hoch.

»Wo ist er?«, fragte ich und versuchte, mir meine Panik nicht anmerken zu lassen.

Wieder blinzelte sie. »Wer?«

»Qiao, mein kleiner Bruder. Wo ist er?«

»Ich ... ich ...«

Einen Moment lang wirkte sie angegriffen, eine alte Frau, die, in ihren Erinnerungen verloren, den Weg zurück in die Gegenwart suchte. Dann kniff sie die Augen zusammen, spähte mich streng an, und ihre Wachheit war zurück, ihre Stimme wurde scharf.

»Sei nicht blöd. Ich bin mir sicher, deinem Bruder geht es gut. Vielleicht solltest du endlich damit aufhören, so ein ängstliches kleines Mädchen zu sein!«

Ich wich vor ihr zurück, als hätte sie mich ins Gesicht geschlagen. Meine Großmutter war immer für eine bissige Bemerkung gut, und ich war selbst oft genug das Ziel ihrer Boshaftigkeit geworden. Jetzt aber zitterte sie so sehr vor Wut, dass es mich erschreckte. Ich schaute sie ungläubig an, erschüttert von der Bemerkung über das ängstliche kleine Mädchen, doch es war keine Zeit, um ihre Worte zu verarbeiten – mein Bruder war verschwunden. Blinzelnd suchte ich den ganzen Spielplatz ab und lief dann in meiner Verzweiflung zum Fluss hinunter, unserem Weg von vorhin folgend.

Ich keuchte, die kalte Luft strömte mir durch die Lungen, die kaum an das Laufen gewöhnt waren. Und doch lief ich weiter und weiter, so schnell ich nur konnte. Jetzt tauchte der Fluss vor mir auf – das trübe Grün der Wasseroberfläche, still und unberührt –, und ich sah das Gesicht meines Bruders unter Wasser, die Augen offen und leblos, wie er aus der smaragdgrünen Stille hervorschaute.

Ich blinzelte die Vision weg und befahl mir, bloß nicht in Panik zu verfallen, doch mein Herz klopfte heftig. In diesem Moment hörte ich seine Stimme. Sie sang leise vor sich hin.

»Wie spät ist es? Ach, sag doch nur!
Erst neun, so steht es auf der Uhr.
Und ist die Katze schon zu Haus?
Sie sitzt am Tisch und frisst 'ne Maus.«

Er kauerte unter einem der Weidenbäume, vollkommen in sein Spiel vertieft. Tränen flossen heiß über mein Gesicht, als ich ihn an mich drückte, meinen Mund an seinen Hals presste, und er trat um sich, protestierte, machte »Igitt!«, so wie es kleine Jungs eben tun.

Mein Bruder war selbst zu allerlei ekelhaftem Zeug in der Lage. Ihn faszinierten alle möglichen grotesken Kreaturen: die Mistkäfer, die in den Parks über den Boden krabbelten, die

Ringelwürmer, die er aus der Erde vor unserem Wohnhaus buddelte, die Hornissen, die mitten in der Sommerhitze wie trunken gegen unsere Fenster flogen. Viele dieser Geschöpfe fing er und hob sie auf, fasziniert davon, wie sie flatterten, zuckten und schließlich verendeten, und dann brachte er uns in den unpassendsten Situationen ihre Kadaver. Doch ausgerechnet die Zuneigung seiner älteren Schwester ließ ihn sich vor Ekel schütteln.

Mir war das egal. Ich schnupperte an seinem Hals, und ich lachte. Ich war so glücklich, dass es ihm gut ging.

Wir machten uns auf den Weg zum Spielplatz und zu unserer Großmutter.

Sie tätschelte seinen Kopf und grinste.

»Du kleiner Dreckskerl«, sagte sie.

Er lachte laut.

Sie grinste und nahm seine Hand. Mich würdigte sie keines Blickes.

Wir traten den Heimweg an.

VIERZEHN

Es war mehrere Wochen her, seit Gen und ich uns das letzte Mal gesehen hatten. Wie geplant hatten wir im Kurs am Samstag bei unserem Lehrer Liu Ping unsere Referate gehalten. Ursprünglich wollte ich tatsächlich über Mao und Chiang Kai-shek sprechen, weil sie zwar Feinde gewesen, jedoch durch die Geschichte geradezu symbiotisch miteinander verbunden waren; um ein etwas abgegriffenes Begriffspaar aus der chinesischen Kultur anzuführen, sie waren wie Yin und Yang. Dann fiel mir wieder ein, was Gen gesagt hatte, nämlich wie dürftig die Verbindung, die ich zwischen ihnen herstellen wollte, eigentlich war, und ich erinnerte mich an den amüsierten und ironischen Blick, mit dem er mich bedacht hatte. Ich war mir sicher, dass er recht hatte. Mein Verstand neigte dazu, wirklichkeitsfernen und literarischen Nebensträngen zu folgen, die nur wenig mit den tatsächlichen historischen Ereignissen zu tun hatten. Seit ich an Liu Pings Unterricht teilnahm, bemühte ich mich, mehr historische Bücher zu lesen, und ich wusste, dass meine Theorie auf tönernen Füßen stand.

So kam es, dass ich meine Präsentation nur über Chiang Kai-shek hielt. Und ich milderte sie ab. Ich gab einen kurzen, aber präzisen Abriss der wichtigsten politischen Ereignisse in seinem Leben. Es machte mich stolz, vor meinen Klassenkameraden so frei zu sprechen, und ich bekam eine gute Note, tatsächlich die drittbeste der Klasse. Doch Gens Referat war eine ganz andere Kragenweite. So wie er an jenem Abend bei sich zu Hause gesagt hatte, traute er sich nicht, seinen eigenen Vater zum Thema des Referats zu machen. Die Wahl, die Gen traf, war auf andere Weise mutig. Wir alle hatten die Aufgabe bekommen, über jemanden zu sprechen, über den man geteilter Meinung sein konnte, jemanden, der Kritik geerntet hatte. Und genau das tat Gen. Denn er sprach über einen Journalisten und Gelehrten namens Chu Anping, der sich gegen die Regierung aufgelehnt hatte und in allen staatlichen Quellen bis zum heutigen Tage mit Verachtung gestraft wurde.

Obwohl Gen sein Referat über diesen Mann ernst und nüchtern hielt, wurde schon bald klar, dass er keinen Gegner oder verhassten Menschen beschrieb. Chu Anping war während der Mao-Zeit Dissident gewesen. Zwar betonte Gen erwartungsgemäß, dass es sinnlos gewesen sei, gegen die »Größe« Maos aufzubegehren, doch eine solche »Kritik« an Chu Anping diente dennoch nur dazu, die Tapferkeit und Einzigartigkeit seiner Auflehnung aufzuzeigen. So kam es, dass es paradoxerweise das Mao-Regime war, das auf einmal dumpf, gedankenlos und grausam erschien. Wir, die anderen Schüler, waren von Gens Referat begeistert, weil es unkonventionell, radikal und raffiniert aufgebaut war. Mich erfüllte es mit Stolz, nicht nur weil Gen der Junge war, den ich geküsst hatte, sondern weil es mich auch an meinen Vater erinnerte und an die Erinnerungsmauer, zu der er mich vor einiger Zeit geführt hatte. Mir schien, dass Gen mit seinen Worten und seinem ruhigen, aber entschlossenen Selbstbewusstsein etwas wiederaufleben ließ, das in Vergessenheit geraten oder unterdrückt worden war. Trotz des polemischen Charakters seiner Ausführungen bekam Gen den ersten Platz. Ich vermute, unser junger Lehrer sympathisierte mit der Art von sanftem Rebellentum, das Gen an den Tag legte.

Als ich Gen nach dem Unterricht traf, platzte ich fast vor Begeisterung. »Dein Referat war so gut. Ich gratuliere. Den ersten Platz hast du wirklich verdient.«

Er warf mir einen fast traurigen Blick zu. »Danke. Das ist … lieb von dir. Aber die Wahrheit ist, dass ich nur die Größe eines anderen Menschen dargestellt habe. Wenn du selbst noch nie in der Welt etwas geleistet hast, ist es nicht schwierig, sich im Lichte eines anderen Menschen zu sonnen.«

Er sprach leise, fast schüchtern, doch seine Worte berührten mich mit ihrer Erkenntnis und Reife.

Ich blickte zu ihm empor. »Ja, das mag richtig sein. Aber du bist derjenige, der dieses Licht sieht. Es erkennen kann. Ich finde, das ist auch wichtig.«

Er sah mich an. Ihm schien noch etwas einzufallen.

»Weißt du, was ich bei meinem Referat ausgelassen habe?«

»Nein.«

»Ich habe nicht gesagt, was am Ende passiert ist. Seinem Ende. Weißt du, Chu Anping hat sich umgebracht. Er wollte sich lieber das Leben nehmen, als den moralischen Normen zu folgen, die die Gesellschaft ihm aufzwang. Und das ist es, was Menschen tun sollten, die ein Gewissen haben. Das glaube ich von ganzem Herzen. Man muss tapfer genug sein, dem eigenen Leben den Rücken zuzukehren, wenn die Umstände es verlangen. Ich bin mir nur nicht sicher, ob ich selbst den Mut aufbringen würde.«

Er wandte sich ab.

In einer kurzen Bewegung, so kühn, dass sie mich selbst überraschte, legte ich die Finger auf seine Hand.

Er blickte auf unsere sich berührenden Hände hinab, schaute mich an und fragte: »Kannst du am Mittwochabend rauskommen? Und mit mir einen Film anschauen?«

Und so kam es, dass ich ein paar Tage später vor den roten Samttüren des Auditoriums des nördlichen Distrikts auf Gen wartete.

Während des letzten Kaiserreichs hatte sich an diesem Ort ein angesehenes Theater befunden, das hauptsächlich von führenden Mandarinen, also den hohen Beamten, und der kaiserlichen Elite besucht wurde. In den darauffolgenden Jahrzehnten hatten es die Kuomintang umfunktioniert und den Saal benutzt, um Werbung für die nationalistische Bewegung zu machen, bevor es in die Hände Maos und der Kommunisten gefallen war, welche das Theater als hoffnungslos dekadent und bürgerlich verurteilten. Kinoleinwände wurden eingebaut und Propagandafilme gezeigt, in denen kerngesunde Arbeiter und Bauern gut gelaunt in Fabriken und auf sonnenbeschienenen Feldern schufteten. Auch unter Deng unterlag vieles, was als regierungsfeindlich oder antikommunistisch eingestuft wurde, immer noch der Zensur, doch weil der Premierminister beschlossen hatte, China für den internationalen Handel zu öffnen und eine Ökonomie aufzubauen, die sich eher an marktwirtschaftlichen Prinzipien orientierte, standen gewisse westliche Produkte mittlerweile auch den Chinesen zur Verfügung, darunter einige Filme.

Mit seinen stattlichen Balkonen, den verblichenen Ledersitzen und seiner in die Jahre gekommenen Grandezza sprach das Auditorium des nördlichen Distrikts besonders die Boheme an: junge Menschen mit einem gewissen Wohlstand, die sich selbst für das wahre und alternative Gesicht der chinesischen Jugend hielten. Das Kino zeigte deshalb meist Filme aus Europa, die man zur Avantgarde zählte. Sie waren nicht zwingend politisch im Ton, auch wenn es gelegentlich ein subversiverer Film schaffte, der Zensur zu entgehen. Der Film, den ich mir zusammen mit Gen anschauen wollte, war

Fellinis *Achteinhalb*. Ich wusste fast nichts darüber – nur, dass es ein italienischer Film war und Gen sich seit Langem auf ihn freute. Schon damals sprach er fast beiläufig über die Traditionen des Kinos und über einzelne Regisseure, als wäre er mit diesem Wissen auf die Welt gekommen. Kino war ihm vertraut, doch für mich war es das allererste Mal, und ich war schrecklich aufgeregt.

Es war ein warmer Frühlingsabend, und es hatte gerade zu regnen begonnen, ein Sprühregen, der sich wie ein feiner Film auf mein Haar legte, während ich vor dem alten Auditorium stand und wartete. Menschenmassen strömten in der Nacht an mir vorbei. Fliegende Händler verkauften an wackeligen Ständen Essen auf die Hand, Taxis schoben sich hupend, Stoßstange an Stoßstange, vorbei, und einige Straßenmusiker spielten Mandopop-Songs, der Sound ihrer Gitarren von den scheppernden Klängen von Schlagzeug und Geigen aus einem Lautsprecher begleitet. Die Musik war kitschig und ernsthaft zugleich, eine Mischung aus fröhlich und melancholisch, lächerlich und wundervoll. In der Dunkelheit über mir konnte ich durch die Benzin- und Hitzewolken das schwache Schimmern der Sterne sehen. Die Stille jener Sterne fand ihren Nachhall im Schmachten der Sänger, die von ihren Sehnsüchten sangen, und mit einem Mal hatte ich das Gefühl, ich würde gleich anfangen zu weinen. Nicht wegen der Musik selbst, sondern weil ich dort inmitten des Gewusels aus Menschen und Farben stand und mir schien, an diesem Abend sei alles möglich. Und ich wünschte mir, dieses Gefühl würde anhalten bis in alle Ewigkeit.

Jemand berührte mich an der Schulter. Gen war präzise in seinen Bewegungen, aber auch behutsam, und ich wusste, dass er mich nicht hatte erschrecken wollen. Ich schaute zu ihm hoch, Regentropfen lagen auf seinem dicken schwarzen Haar. Sein Gesicht sah stark und jung aus, die Haut schimmerte vor der Dunkelheit olivgrün. In seinen Augen lag wie immer ein Hauch von Ironie, doch in diesem Moment wirkte er auch ein wenig verlegen.

Ich fand ihn sehr gut aussehend, und ich konnte nicht verstehen, wieso ich so lange gebraucht hatte, um das zu erkennen.

Er beugte sich vor, wir küssten uns freundschaftlich auf beide Wangen, lösten uns aber nicht voneinander. Ich spürte, wie laut mein Herz pochte. Dann fanden unsere Lippen zusammen, und wir küssten uns, zunächst sanft, dann ein wenig leidenschaftlicher, und mit der Wärme und Zärtlichkeit seines Mundes kam noch ein Gefühl in mir auf. Das ist es, was es bedeutet, erwachsen zu sein, dachte ich. Da stehe ich, mit einem jungen Mann zusammen, und wir küssen uns auf der Straße.

Meine Mutter hätte mich umgebracht. Aber sie schien mir so weit weg zu sein.

Gen legte den Arm um mich, und wir betraten das Kino. Er besorgte die Eintrittskarten, und als er sie an der Tür von einem Mann abreißen ließ, wechselte er ein paar Worte mit ihm. Offenbar kannten sie sich, zwei Männer von Welt beim Plausch.

Wir versanken in den Sitzen, und ich spürte, wie mein Haar langsam trocknete. Der Vorhang ging auf, die Leinwand war zu sehen, ein blendendes Weiß, auf dem sich Bilder formten, und alle im Publikum klatschten. Es war … magisch.

Dann kamen ein paar Ansagen der kommunistischen Partei Chinas, die nicht mehr so magisch waren. Während die Propagandanachrichten über die Leinwand liefen, küssten Gen und ich uns erneut. Diesmal legte er die Hand auf mein Bein und fuhr mit den Fingern ein Stückchen unter meinen Rock. Wäre er noch weiter gegangen, hätte er mich wahrscheinlich in Verlegenheit gestürzt, doch die Berührung seiner Finger, die zärtlich meine Haut streichelten, dieses verbotene, intime Gefühl, weckte Begierde in mir – betörend und so neu. Und ich küsste ihn noch leidenschaftlicher.

Dann wurde es kurz wieder dunkel auf der Leinwand, und der Hauptfilm begann. Ich war bereit, mich verzaubern zu lassen, denn alles an diesem Abend war so wundervoll und neu, und zunächst war das der Film auch. Die sonderbare Schönheit dessen, was ich da sah, war packend und fremd zugleich, doch sie war auch überwältigend. Ein bizarres Bild folgte auf das andere, und es fiel mir schwer, der Handlung zu folgen. Ich versuchte, mich zu konzentrieren, spürte aber, wie meine Aufmerksamkeit nachließ. Ich schaute zu Gen. Sein Gesicht war zur Leinwand gerichtet, Hell und Dunkel wanderten darüber hinweg. Wieder fiel mir auf, wie gut er aussah; da war etwas Vornehmes an seinem Gesicht, eine Intelligenz, und ich legte sanft die Hand an seinen Hinterkopf, senkte die Lippen auf seine.

Er lächelte, ohne den Blick von der Leinwand zu wenden. Es war ein unterkühltes Lächeln, und einen kurzen Moment lang fühlte ich mich an seinen Vater erinnert: an seine Strenge, seine Kälte. Er wandte das Gesicht von mir ab.

Vielleicht ist das im Leben ja so: Auf die besten Momente folgen die schlimmsten. Natürlich war nichts Bedeutsames geschehen; er wollte sich einfach den Film anschauen, und das wusste ich. Ich wusste, dass ich ihn dabei unterbrochen hatte und der Fehler bei mir lag, trotzdem war es wie ein Schlag ins Gesicht. Ich fühlte mich gedemütigt, als hätte er mir etwas genommen. Am liebsten hätte ich fluchtartig das Kino verlassen, und schon das zweite Mal an diesem Abend traten mir die Tränen in die Augen. Ich wusste, dass ich irrational reagierte, und so widerstand ich dem Drang. Ich ließ mich noch tiefer in den Sitz sinken und konzentrierte mich auf die Abfolge der Bilder, versuchte so viel wie möglich aus dem mitzunehmen, was ich da sah.

Der Film war anders als die Romane, die ich mir bei dem alten Mann im Buchladen geliehen hatte, die ich verschlungen hatte, dort unter meiner Bettdecke, tief in der Nacht. Die Bücher waren immer einem durchgehenden Handlungsstrang gefolgt – ein Fischer, dem schon lange keine Beute mehr ins Netz gegangen ist und der den Fisch seines Lebens fängt, dabei jedoch zu weit weg von der Küste ist. Der Film, den wir nun anschauten, war anders als alles, was ich je gelesen hatte. Hauptfigur war ein Regisseur, der verzweifelt darum kämpft, die Arbeit an seinem neuen Film zu beenden. Schließlich zieht er sich in ein Luxushotel zurück, um neues Selbstvertrauen zu schöpfen. So viel hatte ich begriffen. Doch danach trifft er auf seine Frau und auf seine Geliebte, auch ein Priester kommt vor. Er wird zu einer Art Gebieter, der einem Harem aus exotischen Frauen vorsteht, die schließlich auf ihn losgehen. Dann verändert sich die Szenerie, und er wird wieder zum Regisseur, der eine Pressekonferenz gibt und sich dabei selbst in den Kopf schießt. Erst am Ende stellt sich heraus, dass dieser Selbstmord nie wirklich geschehen ist.

Das alles ergab für mich keinen Sinn. Es verwirrte mich, hinterließ einen unangenehmen Nachgeschmack, so wie die seltsamen, nicht zusammenhängenden Bilder eines Traums, die in dem Moment an Kraft verlieren, wenn man aufwacht. Als die Lichter im Kino wieder angingen und wir an den Sitzreihen entlang nach draußen liefen, hörte ich, wie ein Paar hinter uns sagte: »Hast du jemals so etwas gesehen?«

»Nein, es war überaus bemerkenswert. Ich hatte das Gefühl, sie haben die Schichten der Oberfläche entfernt und die Essenz menschlichen Lebens offengelegt. Es fühlt sich an, als hätte der Film wirklich mein Denken geöffnet.«

Im Halbdunkel konnte ich ihre Gesichter erkennen: eine Frau, vielleicht Ende zwanzig, der Mann noch älter. Beide waren wie aus dem Ei gepellt, die Brillengläser des Mannes spiegelten in dem schummrigen Licht, und ich sah Form und Umriss seines akkurat getrimmten Barts. Mir kam es so vor, als wären sie Journalisten oder Lehrer oder irgendwelche Intellektuellen. Ganz offenbar hatten sie etwas begriffen, das ich nicht verstanden hatte, und ich versuchte, mich zu konzentrieren, ließ den Film noch einmal Revue passieren, um doch noch eine tiefere Bedeutung darin zu erkennen.

Als wir auf die Straße hinaustraten, standen die Straßenmusikanten immer noch da, spielten auf ihren Klampfen und sangen von ihren Sehnsüchten und Freuden. Plötzlich wurde der warme Dunst der Klänge von einem Zischen durchbrochen: »Der letzte Dreck!«

Ich drehte mich um. Hinter uns ging das Pärchen aus dem Kino. Das Gesicht der Frau war verkniffen, die Augenbrauen finster zusammengezogen, die Nase wie ein langer, großer Haken – ihr ganzes Gesicht war verzerrt, so groß war ihre Ablehnung. Sie schaute die Musiker an und stieß diese Worte hervor, nicht laut genug, dass sie sie hören konnten, ich aber hatte sie gehört, und sie waren wie ein kleiner Tropfen Gift auf einer Portion Zuckerwatte.

Gen führte uns in eine kleine Gasse, wo die Musik und das Geplauder der Menschen immer leiser wurden. Wir betraten ein Haus, stiegen die Treppe hoch und standen in einer verrauchten Bar. Hier war es ruhiger. In einer Ecke saß ein alter Mann und spielte Klavier, leise klimperte er eine Jazzmelodie, verschroben und verträumt. Die Leute an den Tischen waren älter als wir, alle in den Zwanzigern – Wohlbetuchte mit der gewandten Lässigkeit, die der Reichtum mit sich bringt. Ich schaute zu Gen, sog seine breiten, klaren Züge in mich auf, seine kleinen dunklen Augen, das ordentlich gekämmte, dicke Haar und die braune Glätte seiner Haut. Auf einmal kam er mir viel älter vor als ich. Wir waren beide nicht einmal siebzehn, und doch schnippte Gen wie selbstverständlich mit den Fingern und rief einen Kellner zu uns. Er bestellte uns zwei Whisky mit Eis; genau so müsse man, erklärte er, diesen Schnaps trinken. Die Drinks standen prompt auf unserem Tisch. Während der Whisky brennend durch meine Kehle rann, schien meine Ungläubigkeit gegenüber der Welt, in die Gen mich geführt hatte, noch größer und funkelnder zu werden; das leise Lachen der Zecher in dieser nächtlichen Bar, die ringelblumengelben Kerzen, die in der warmen Finsternis flackerten, das Ploppen von Sektkorken, die Jazzmusik – das alles war wundervoll und so unfassbar erwachsen.

Gen schaute mich an und lächelte. Ich bemerkte, dass er an seinem Whiskey nur nippte, während ich fast die Hälfte von meinem bereits getrunken hatte. Ich fühlte mich beschwipst und wenig damenhaft. Mir war nicht bewusst gewesen, dass dieses Getränk so viel stärker war als Wein.

»Und?«

»Äh ... was meinst du?«

Jetzt lächelte er wirklich, breit und offen. Ich glaube, das hatte ich noch nicht oft an ihm gesehen.

»Na, der Film, du Dussel.« Das flüsterte er.

Ich dachte darüber nach. »Na ja ... er war ... er wird ... mir auf jeden Fall in Erinnerung bleiben.«

»Ja, nicht wahr?«

»Aber auch ziemlich seltsam, findest du nicht?«

»Wie meinst du das?«

Das Lächeln war immer noch da, hatte aber ein wenig von seinem Glanz verloren.

Doch der Whisky löste mir die Zunge. »Ach, ich weiß nicht. Ich denke, es war manchmal schwierig, ihm zu folgen. Zuerst steckt der Typ in einem dunklen Tunnel in einem Stau, dann ist er in den Wolken, dann an einem Strand, und nachdem er das ... das mit dem Gewehr gemacht hat, und all die verschiedenen Frauen ... ich schätze ... ich weiß nicht ...«

Das Lächeln wurde etwas schmaler. »Für jemanden, der ›nicht weiß‹, hast du aber eine ausgeprägte Meinung!«

Er hatte leise gesprochen. Da war keine Aggression in seiner Stimme. Trotzdem spürte ich, genau wie in dem Moment, als er im Kino das Gesicht von mir abgewandt hatte, wie Enttäuschung sich in mir breitmachte.

»Ich meine, ich glaube«, stotterte ich, »ich glaube ... der Film hatte verschiedene Ebenen, und ich glaube, dass ich nicht alles davon verstanden habe.«

Meine Stimme erstarb.

Vielleicht spürte Gen meine Verletzlichkeit, denn er wurde freundlicher.

Er streckte den Arm über den Tisch aus und berührte meine Hand mit den Fingern. Mich durchfuhr ein Gefühl der Erleichterung, denn der Abend war so perfekt gewesen, und ich hatte ihn nicht verderben wollen. Sein Gesicht wurde weich.

»Vermutlich darf ich nicht vergessen«, sagte er leise, »dass wir zwar als Kinder zusammen gespielt haben, dass du und ich jedoch an sehr verschiedenen Orten aufgewachsen sind und ganz andere Perspektiven haben. Vielleicht könntest du versuchen, dir den Film irgendwann noch einmal anzuschauen. Ich glaube, es könnte sich lohnen, wenn du dich näher mit Fellini beschäftigst. Ich bin ein Fan von ihm. Wenn du deine Vorurteile beiseitelässt und ihm eine Chance gibst ... Ich habe den Eindruck, er könnte deinen Verstand wirklich bereichern und öffnen!«

Ich legte meine Hand auf die seine.

»Ich schaue mir den Film auf jeden Fall noch mal an. Ich glaube, ich sollte ihm wirklich eine zweite Chance geben.«

Er lächelte schüchtern. »Tut mir leid. Ich sollte nicht so ... nicht so überheblich sein. Es ist nur, dass ... diese Filme mir etwas bedeuten. Und jetzt ... jetzt will ich eben, dass sie dir auch etwas bedeuten.«

Er wandte den Blick ab und schaute ins Dunkel. In diesem Moment schien er all seine Selbstsicherheit, seine erwachsene Art abzustreifen, und ich sah einen verletzlichen Jungen vor mir, genau wie kürzlich, als er mir anvertraut hatte, dass sein Vater fremdging. Ich wollte ihn trösten, wollte ihm versichern, dass die Welt zwar so manche scharfe Kante habe, die ihn verletzen konnte, dass ich ihm jedoch niemals wehtun würde: dass er mir vertrauen konnte, dass ich ihn verstand und ihn unterstützen würde.

Ich drückte seine Hand.

Er blickte zu mir hoch, immer noch sichtlich verlegen, doch mit neuer Intensität. Er beugte sich vor und küsste mich auf die Lippen. Eine Weile saßen wir dort in der Jazzbar und knutschten, und es fühlte sich an wie der wundervollste Abend, den ich je erlebt hatte.

FÜNFZEHN

Es war bereits nach Ladenschluss, und vor den schmutzigen Fenstern des Buchladens wurde es langsam dunkel, drinnen aber flackerten Kerzen und beleuchteten die Regale, die bis oben voller staubiger alter Bücher waren. In dem weichen Licht schaute mich der alte Mann an, seine Augen über den halbrunden Gläsern seiner Brille lächelten. Doch reden tat nur ich allein.

»Und dann gerät der Typ in dem Film in diesen Stau, dann ist er in der Wüste, und danach hat er sich erschossen, bloß um dann doch noch am Leben zu sein ...«

Ich verstummte, ein wenig peinlich berührt. »Es ist nur ... nichts davon kam mir besonders real vor.«

Der alte Mann lächelte erst recht.

Ich schaute mich im Laden um, bevor ich noch einen Schluck Tee nahm. Mir wurde bewusst, wie sehr ich diesen alten Buchladen liebte. Und da war etwas Entspanntes und Sanftes an der Art des alten Buchhändlers, das mir in Erinnerung rief, dass er einer der wenigen Menschen war, mit denen ich wirklich über Bücher oder Filme reden konnte, die Dinge, die mir mittlerweile so viel bedeuteten. Dennoch wurde mir erst jetzt, während er mich anschaute, bewusst, wie wenig er eigentlich über sich selbst sprach.

»Gehst du denn ... auch manchmal ins Kino, Zweiter Onkel?«, fragte ich flüsternd.

Seine Augen weiteten sich ein winziges bisschen, doch ihrem Schimmern tat das keinen Abbruch. Trotz seines hohen Alters funkelten sie mit jugendlicher Neugier. Sein Körper geriet ins Zittern, so begeistert nickte er, und ein schelmisches Grinsen trat auf sein Gesicht. Er hüstelte ein wenig und ergriff dann das Wort, als hätte er schon Jahre darauf gewartet, dass ihm endlich jemand diese Frage stellte.

»Ja. Tatsächlich war ich sogar einer der ersten Menschen, die in China bewegte Bilder sahen. Das war in den Zwanzigerjahren, und es war damals überaus ungewöhnlich. Und ich war zu der Zeit natürlich noch sehr jung.«

Er brach ab. Ein paar Augenblicke saß er nur da, mit speichelfeuchten Lippen und einem verträumten, wie entrückten Gesichtsausdruck. Ich merkte, dass er den Faden verloren hatte, und wollte ihm unbedingt helfen, ihn wiederzufinden.

»Und? Und?«, drängte ich ihn.

Er blinzelte mich an. »Ach ja. Ich hasste es. Wir alle hassten es. Danach wollten wir nie mehr hingehen.«

Das verwirrte mich. »Aber ... was war denn so schlimm daran?«

»Nun«, sagte er und verzog nachdenklich den Mund. »Damals hatte ja noch keiner von uns jemals einen Film gesehen. Fotos natürlich schon, aber nie bewegte Bilder. Deshalb wussten wir auch nicht, was wir erwarten sollten. Und als die Lichter ausgingen und der Film losging, war das Erste, was wir sahen, diese riesige Dampflokomotive, die auf uns zufuhr. Sie wurde größer und größer. Wir alle schrien und sprangen auf.«

Was er schilderte, erfüllte mich mit einer gewissen Erleichterung. Womöglich hatte ich bei dem Film, den Gen und ich gesehen hatten, einiges an verborgener Bedeutung übersehen, aber so naiv hatte ich nicht reagiert.

»Dann bist du also nie wieder ins Kino gegangen?«

»Oh doch, schon. Als ich älter war, ging ich immer wieder

ins Lichtspielhaus. Besonders in Filme, die auf Büchern basierten, die ich mochte. Aber weißt du, was mir da bewusst wurde?«

»Was denn?«

»Wenn du ein Buch liest, verändert es dich, aber umgekehrt veränderst du es auch!«

»Das verstehe ich nicht.«

Er hüstelte wieder, seine Stimme war rau. Er hatte es offenbar eilig, das zu sagen, was er zu sagen hatte.

»Bei Hemingway. *Der alte Mann und das Meer.* Wie hieß der alte Mann?«

Ich schaute ihn an. »Santiago!«, sagte ich ohne Zögern.

Er lehnte sich zurück, erfreut und zufrieden. »Sehr gut. Und wie sieht Santiago aus?«

»Wie er aussieht?«

»Ja.«

»Nun, er ist eben … einfach ein alter Mann.«

»Ja, aber was für eine Art alter Mann?«

Darüber dachte ich nach. Ich hatte den Roman mehrmals gelesen. Ich hatte Santiago dabei zugesehen, wie er auf der großen Fläche des dunklen Ozeans unter dem Sternenhimmel unterwegs war. Und ich sah ihn immer noch vor mir.

»Nun, er hat weißes Haar, und seine Haut ist dunkel, weil er so viele Jahre an der heißen Sonne war. Deshalb ist sie auch wettergegerbt, wie Leder. Und er hat einen langen weißen Bart, der ihm bis auf die Brust reicht.«

»Nun, du hast recht, was die Haut angeht. Hemingway sagt uns, dass der alte Mann Falten hat und die Sonne seine Haut gegerbt hat. Aber«, die Augen des alten Mannes begannen zu funkeln, »Hemingway sagt nichts über einen Bart. Weder weiß noch sonst wie!«

»Okay, dann habe ich das falsch in Erinnerung.«

Zum allerersten Mal wurde der alte Mann ernst, fast finster. Er musste Luft holen und hustete in seinen Ärmel.

»Nein, nein, das hast du nicht falsch in Erinnerung. Du hast ganz recht. Dieser alte Mann hatte einen Bart. Ich habe ihn auch gesehen. Oft. Es ist nur so, dass dies ein Teil der Geschichte ist, der uns vom Autor nicht mitgeteilt wird. Hemingway sagt uns nicht alle Einzelheiten über den Mann ... damit wir uns den Rest ausdenken können!«

Der alte Mann schaute mich eindringlich an.

»Weißt du, ein Buch ist wie ein Dialog. Ein Gespräch zwischen Autor und Leser. Diese Filme hingegen ... die haben sich für mich immer eher wie ... wie ein Monolog angefühlt.«

Er blickte sich um, seine Augen leuchteten. Er machte eine kleine Geste mit der Hand, als wollte er all die Regale um uns herum, die so schwer mit Wissen beladen waren, darin einschließen, und als er dann wieder sprach, klang er fast scheu. »Bücher sind besser, finde ich.«

Bis ich mich wieder auf den Heimweg machte, war es spät geworden. Obwohl der alte Mann sich so langsam bewegte und redete, schien die Zeit mit ihm immer schnell zu vergehen. Als ich den Laden verließ, war es stockdunkel. Meine Familie saß bereits am Tisch, als ich nach Hause kam. Die Regel lautete, dass wir alle zum Abendessen zu Hause waren, und ich hatte sie gebrochen.

Doch als ich mich an meinen Platz setzte, lächelte meine Mutter und schob mir einen Teller hin.

Ich setzte mich, wandte mich dem Essen zu, hantierte mit den Stäbchen. Ein paar Sekunden wagte ich zu hoffen, dass niemand auf meine Verspätung zurückkommen würde.

Dann ertönte die Stimme meiner Mutter, fast beiläufig.

»Und warum bist du heute Abend so spät hier, Tochter?«

Ich schaute zu ihr auf. Was ein Fehler war. Allein der Blickkontakt brachte mich zum Erröten. Auch wenn ich wusste, dass ich nichts Schlimmes gemacht hatte, hatte meine Mutter immer diese Wirkung auf mich. Ich wandte den Blick ab, fluchte innerlich über mich selbst.

»Ich … ich war nach der Schule noch im Buchladen.«

Schweigen senkte sich über uns herab. Wir aßen weiter. Wieder war da die schwache, flüchtige Hoffnung, dass die Angelegenheit hiermit erledigt war.

»Es ist nur so«, sagte meine Mutter in ihrem neutralsten Ton, »dass du in letzter Zeit abends immer öfter weg bist. Und ich bin mir sicher, das liegt nicht nur an den Besuchen im Buchladen.«

Mein Herz schlug schneller.

Plötzlich knallte meine Mutter ihre Tasse so laut auf den Tisch, dass alle zusammenzuckten. Sie fixierte mich mit einem kalten, triumphierenden Blick. »Glaubst du wirklich, ich weiß nicht von deinem Freund?«

Mir fehlten die Worte. Der Übergang von freundlicher Neugier zu wutentbrannter Anklage war so nahtlos gewesen, so gekonnt, dass ich ins Stottern geriet.

»Wer … wer hat dir davon erzählt? Wie hast du das herausgefunden?«

Ich warf meiner Großmutter einen vorwurfsvollen Blick zu, doch deren Schildkrötenaugen waren auf den Tisch gerichtet.

Meine Mutter lächelte. »Du hast es uns selbst verraten. Gerade eben hast du es bestätigt.«

Wieder schaute ich zu meiner Großmutter, doch sie schüttelte nur den Kopf, als bedauerte sie die Dummheit ihrer Enkelin.

Ich beschloss, mich der glühenden Selbstgefälligkeit zu stellen, die meine Mutter ausstrahlte, und versuchte, meine Stimme kräftig klingen zu lassen. »Er heißt Gen. Ich kenne ihn schon, seit ich klein war. Wir besuchen in der Schule den gleichen Kurs. Und er ist ein sehr guter Mensch!«

Meine Mutter warf die Hände in die Luft. Ihre Wut über den Verrat hatte sich in das beklagenswerte Bedauern eines Menschen verwandelt, der weiß, dass er von der Weltfremdheit und Dummheit derer, die ihn umgeben, immer nur enttäuscht werden wird.

»Er ist ein guter Mensch, *sagt sie*! Ein sehr guter Mensch! Denn natürlich versteht sie viel davon, was sehr gute Menschen sind!«

Das war ein weiterer, typischer Schachzug meiner Mutter, den sie zu beliebigen Themen anwenden konnte. Hätte ich zum Beispiel eine Karotte zu einer sehr guten Karotte erklärt, konnte sie im gleichen Brustton des erstaunten Sarkasmus sagen: »Es ist eine sehr gute Karotte, *sagt sie*! Weil sie natürlich sehr viel davon versteht, was eine gute Karotte ist!«

An diesem Punkt beschloss mein Bruder, sich einzumischen. »Meine Schwester knutscht mit Ju-hungs, meine Schwester knutscht mit Ju-hungs!«

Ich sah, wie meine Großmutter ein Grinsen hinter ihrer Serviette versteckte, und warf ihr einen bösen Blick zu.

Nun jedoch war meine Mutter von Enttäuschung zu Selbstmitleid gewechselt. »So etwas wie Aufrichtigkeit kann ich von meiner Familie, von meinen Kindern, offenbar nicht erwarten.«

Dann richtete sie ihren stählernen Blick auf mich. »Aber du wirst das nicht hinter meinem Rücken tun. Du wirst diesen Jungen zum Abendessen einladen. Gleich für diesen Donnerstagabend bittest du ihn zu uns an den Tisch. Damit wir uns selbst ein Bild davon machen können, wer dich zu solchem Aufbegehren angestiftet hat!«

Etwas in mir geriet in diesem Moment in Bewegung, eine Angst, die zu tief war, um sie zu benennen.

»Nein! Ich meine, ich weiß gar nicht, ob er kann, er hat viel zu tun, er ist ...«

Die stählerne Härte war immer noch in ihrem Blick. »Du wirst ihn zum Essen einladen!«

• • •

Zu diesem Anlass bereitete meine Großmutter ihren Froscheintopf zu, und so nahm das Unglück seinen Lauf.

Diesen Froscheintopf machte meine Großmutter schon so lange, wie ich mich erinnern konnte. Es war ein Bauerngericht aus Hunan, jahrhundertealt – zumindest behauptete sie das –, und es bestand aus weißem, schmal geschnittenem Krötenfleisch, das in einer schwarzen Bohnensoße mit grünem Pfeffer schwamm. Auf dieses Essen hatte mein Großvater geschworen. Meine Großmutter bereitete es zu besonderen Gelegenheiten zu, und so kam es mir, die ich damit aufgewachsen war, ganz normal vor.

Eine größere Sorge, was Gens Besuch anging, war die Wohnung. Ich weiß, dass es kleinkariert und unfair von mir war, aber nachdem ich die Vornehmheit von Gens Zuhause gesehen hatte, war mir unsere Wohnung mit ihren bescheidenen Ausmaßen peinlich. Und dann war da noch die Frage meiner Familie. Dass ich mich ihrer schämte, trifft es nicht ganz. Doch wenn du in der Pubertät bist und anderen Jugendlichen begegnest, geht es in erster Linie darum, sie (und vielleicht auch dich selbst) davon zu überzeugen, dass du bereits ganz erwachsen bist. Dass du Erfahrung hast, selbstbewusst und unabhängig in der Welt unterwegs bist. Es zuzulassen, dass Gen mich inmitten meiner Familie sah, und besonders neben meiner schrillen, übergriffigen Mutter, schien mir der schnellste Weg zu sein, mich auf das Kind zu reduzieren, das ich – tief in meinem Herzen wusste ich es – immer noch war. Eine Schwester. Eine Tochter. Ein Kind.

Und doch fand ein anderer Teil von mir es aufregend. Da

war etwas an Gen, das intellektuell und zugleich erwachsen war. Die Art und Weise, wie er mit älteren Leuten sprach, mit Lehrern, mit seinem eigenen Vater. Obwohl ich mich vor seinem Besuch fürchtete, verspürte ich zugleich eine Art Vorfreude. Gen meiner Familie vorzustellen, ihn als »meinen« Freund zu präsentieren, konnte vielleicht dazu führen, dass meine Familie mich in einem anderen Licht betrachtete. Mich als etwas anderes sah als nur eine Tochter, Schwester oder als Kind. Sondern als Person, die für sich selbst stand.

Ich hatte Angst davor, Gen gegenüber das Thema anzusprechen. Ich hatte keine Ahnung, ob er überhaupt Lust hatte, mich zu Hause zu besuchen, doch am Ende war es gar nicht nötig, zu taktisch platzierten Anspielungen und umständlichen Vorreden zu greifen, denn er schien sich über die Einladung zu freuen. Er war auf der Stelle bereit zu kommen. Nicht zum ersten Mal in unserer Beziehung war er für eine Überraschung gut. Alles lief perfekt.

Trotzdem war ich in den Stunden vor seinem Besuch in einem Zustand erhöhter Anspannung. Nervös lief ich durch die Zimmer unserer Wohnung und versuchte, jedes Mitglied unserer Familie auf das Treffen einzustimmen: Ich flehte meine Großmutter an, beim Abendessen nicht zu furzen (worauf sie mit wissendem Grinsen und einem eher obskuren konfuzianischen Bonmot antwortete: »Heißer Wind von der Erde findet immer seinen Weg in den Himmel!«); und ich beschwor meine Mutter, Gen ja nicht nach der »Abstammung« seiner Familie zu befragen oder sich nach dem beruflichen und gesellschaftlichen Status seiner Eltern zu erkundigen. Endgültig machte sich Panik in mir breit, als mein Bruder wieder und wieder »Meine Schwester knutscht mit Ju-hungs, meine Schwester knutscht mit Ju-hungs!« kreischte, und ich verpasste ihm eine Kopfnuss. Ganz bestimmt wollte ich nicht, dass er diesen Ruf anstimmte, wenn Gen dabei war.

Offenbar war die Kopfnuss etwas härter ausgefallen als geplant, denn er brach in Tränen aus und suchte in den Armen meiner Mutter Zuflucht. Meine Mutter war der am wenigsten zu körperlicher Zuwendung neigende Mensch, den ich kannte, doch wenn es darum ging, sich mit einem anderen Familienmitglied gegen mich zu verschwören, ergriff sie die Gelegenheit sogleich beim Schopf, weshalb sie meinen kleinen Bruder schwungvoll in ihre Arme riss, ihm die tränenüberströmten Wangen liebkoste und in der überaus nervtötenden Art und Weise, wie Erwachsene oft auf Kinder einreden, lamentierte: »Schsch, du kleiner Mann. Mach dir keine Gedanken um deine egoistische Schwester. Sie meint es nicht so, wenn sie gemein ist. Es ist nur so, dass sie manchmal vergisst, dass wir ihre Familie sind und dass wir sie lieben!«

Mitten in dieser allgemeinen Aufregung hörten wir es an der Tür klopfen. Dann ging es jetzt also los.

In diesem allerletzten Moment, während ich zur Tür lief, versuchte ich mich zu fassen, meine Haare zu richten, meinen abgehetzten Atem unter Kontrolle zu bringen. Ich öffnete die Tür und machte auf lässig.

»Hallo, Gen! Willkommen bei uns zu Hause!«

Er lächelte mich an, küsste mich auf die europäische Weise auf beide Wangen und schaute mich neugierig, aber gut gelaunt aus schmalen Augen an.

»Du klingst heute ganz anders!«

»Ach was«, sagte ich kess. »Na ja, vielleicht. Wer weiß!«

Ich versuchte mich an einem breiten Lächeln, brachte jedoch nur ein steifes Grinsen zustande.

»Bitte, komm rein!«

Verwundert trat Gen ein. Ich führte ihn in die Küche, wo gerade das Abendessen aufgetragen wurde. Er schüttelte meinem Vater fest die Hand. Dann nickte er der Reihe nach jedem meiner Familienmitglieder zu, bedachte nur meinen

Bruder mit einem argwöhnischen Blick. Qiao erwiderte ihn blinzelnd und betrachtete Gen mit großen, feindseligen Augen. Gen sagte streng: »Oh, du hast da was in deinem Ohr. Lass es mich rausholen!« Noch bevor mein Bruder sein Erstaunen kundtun konnte, streckte Gen die Hand aus, strich Qiao übers Gesicht und hatte plötzlich eine Silbermünze in der Hand, die er meinem verblüfften Bruder überreichte. Qiao kicherte. Meine Mutter konnte nicht anders, als zu lächeln. Gen schaute sie an, und sein eigenes Lächeln war wie weggeblasen. Mit großem Ernst sagte er: »Sie haben ein wundervolles Zuhause. Ich danke Ihnen herzlich für die freundliche Einladung.«

Meine Mutter war baff. Sie war es nicht gewöhnt, dass man ihr mit solch wortgewandter Ehrerbietung begegnete.

»Nun, ach nein, ich meine ... das Vergnügen ist ganz unsererseits. Bitte nehmen Sie sich doch vom Krabbenbrot. Es ist hoffentlich gut durchgebraten. Wir nehmen dafür Entenschmalz anstelle dieses Gemüsezeugs ... ich meine Pflanzenöl, das natürlich von minderer Qualität ist und das ...«

Die Stimme meiner Mutter erstarb. Man merkte ihr an, wie durcheinander, aber auch erfreut sie war. Gen war einfach gekleidet – er trug eine dunkle Hose und ein kariertes Hemd –, doch er sah gepflegt aus, fast edel, und das war etwas, auf das meine Mutter sofort ansprach. Die Miene meines Vaters war weicher geworden, während mein Bruder unseren Gast mit einem Gesichtsausdruck betrachtete, der Bewunderung sehr nahekam. Mich durchfuhren Stolz und eine große Zuneigung Gen gegenüber, der sich derart bemühte, meiner Familie die Anspannung zu nehmen. Aus dem Augenwinkel sah ich, dass die Miene meiner Großmutter so ausdruckslos war, dass sie fast leer wirkte.

»Köstlich!«, sagte Gen, nachdem er in das Krabbenbrot gebissen hatte, ruderte dann aber zurück, als wäre es ihm peinlich, dass er sich zu solcher Begeisterung hatte hinreißen lassen. Doch meine Mutter strahlte. Sie stand vom Tisch auf, ging in die Küche, man hörte einen Korken ploppen, dann kam sie mit einer Flasche zurück und goss etwas in die Gläser.

»Das nennt man Sake! Die Flasche habe ich für eine besondere Gelegenheit aufgehoben. Aus Japan importiert, wissen Sie.«

Sie gab mir ein Glas von dem Reiswein und schüttete auch meinem Bruder einen winzigen Tropfen in die Tasse, damit er sich nicht ausgeschlossen fühlte, denn er neigte sonst zu Wutausbrüchen. Innerhalb weniger Minuten hatte Gen es geschafft, die Aufmerksamkeit und Zuneigung des ganzen Raums auf sich zu ziehen; dabei hatte er nur leise gesprochen und nicht einmal viel gesagt. Ich war schrecklich stolz auf ihn.

Meine Mutter nahm einen großen Schluck Sake. Ihre Wangen waren leicht gerötet, ihre Stimmung beschwingt.

»Nun, Gen, dann erzählen Sie mal. Sie scheinen ein sehr netter junger Mann zu sein. Ich bin mir sicher, Sie stammen aus einer guten Familie. Was macht Ihr Vater? Und was ist mit Ihrer Mutter?«

Gen schluckte anmutig den Rest seines Krabbenbrots.

Ich sah meine Mutter finster an. »Gens Eltern sind sehr ...«, hob ich an.

Doch Gens Stimme schnitt mir das Wort ab.

»Nun, mein Vater ist ...«, Gen blickte bescheiden zu Boden, »... also, mein Vater ist für die Regierung tätig, wo er sich, wie ich vermute, mit unbedeutenden Regierungstätigkeiten abgibt.«

»Ach wirklich?«, hauchte meine Mutter ehrfürchtig.

»Ja. Die härteste Arbeit verrichtet allerdings meine Mutter. Wissen Sie, sie muss sich um meinen Vater und mich kümmern. Und unseren Haushalt führen. Und ich glaube, es gibt für sie nichts Wichtigeres als das. Mein Vater kommt aus einer wohlhabenden Familie. Meine Mutter hingegen stammt aus ärmlichen Verhältnissen, aus der Arbeiterklasse. Sie hat geschuftet, um so weit zu kommen. Und das ist etwas, was ich immer bewundert habe.«

Meine Großmutter lehnte sich vor und beugte sich zu Gen, ein anzügliches Grinsen auf dem Gesicht. Immer weiter lehnte sie ihren stämmigen Körper nach vorne, brachte die Teller auf dem Tisch zum Klappern, und einen kurzen Moment hatte ich einen ebenso unwirklichen wie furchterregenden Gedanken: Gleich küsst meine Großmutter meinen Freund.

Vielleicht ging Gen etwas Ähnliches durch den Kopf, denn er schien zurückzuweichen und war ganz blass geworden, doch nun war es zu spät: Meine Großmutter stand über ihn gebeugt und presste die Hände auf seine, nahm ihn in den Schraubstock. Er blickte zu ihr hoch, hilflos wie ein Fisch an der Angel, und in seinen aufgerissenen Augen stand der nackte Horror.

Sie begann, mit ihren ledrigen Händen seine Handoberflächen zu massieren, blinzelte ihn lüstern an.

»Aha. Deine Mutter musste also schuften, um so weit zu kommen. Und du bewunderst sie so sehr! Aber die Haut an deinen Händen ist so weich wie ein Kinderpopo! Da frage ich mich, wieso?«

Gen schaute sie an, und seine ganze Haltung, seine Selbstgewissheit war wie weggeblasen.

Er stammelte: »Nun, ich ... ich meine, ich habe nie ... ich meine, weil sie ...«

Im selben Moment fielen meine Mutter und ich gleichzeitig über meine Großmutter her.

»Po Po!«, kreischte ich. »Was um alles in der Welt machst du da?«

Meine Großmutter wirkte entsprechend geknickt und nahm widerwillig die Hände von Gen.

»Ich wollte einfach nur seine Hände anfassen, das ist alles. Und sie sind … sie sind wirklich weich.«

Wieder blinzelte sie Gen anzüglich zu.

Er schaute sie an, seine Unterlippe geriet ins Zittern. Worauf mein kleiner Bruder beschloss, sich einzuschalten: »Meine Schwester knutscht mit Ju-hungs! Meine Schwester knutscht mit Ju-hungs!«

Gens Blick wurde leer. Meine Mutter sprang auf und wuselte geschäftig um ihn herum.

»Verzeihen Sie, Großmutter ist an Besucher nicht gewöhnt. Genauer gesagt benimmt sie sich auch gegenüber den Mitgliedern ihres eigenen Haushalts manchmal seltsam. So ist sie einfach.«

Sie warf ihrer Mutter einen drohenden Blick zu.

Ich war einen kurzen Moment sprachlos.

»Wie auch immer«, sagte meine Mutter leicht nervös, »sollen wir nun den Hauptgang essen?«

Der Eintopf wurde reihum serviert, auch dem sichtlich erschütterten Gen. In diesem Moment wurde mir klar, dass ich gerade den schlimmsten Albtraum aller Zeiten erlebte.

Die Unterhaltung ebbte ab, während alle aßen. Ich sah, wie Gen, bis ins Mark getroffen, mannhaft versuchte, der Speise Herr zu werden. Ich sah, wie er rot anlief, während er sich der Schärfe des grünen Pfeffers tapfer entgegenstemmte. Noch ein paar Minuten kämpfte er weiter.

Alle waren still.

Vielleicht war es der Druck dieses Schweigens oder der beißende Geschmack des grünen Pfeffers, der Gen dazu veranlasste, sich schließlich mit bebender und hilfloser Stimme zu erkundigen: »Das ist … ziemlich lecker. Aber … äh … darf ich fragen, was genau die Zutaten dieses Gerichts sind?«

Wir alle starrten einander an, bis auf meine Großmutter, deren Augen boshaft glänzten.

Sie verzog die Lippen zu einem grausigen Grinsen, und man sah deutlich die Streifen Krötenfleisch, die kreuz und quer über ihren Zähnen und am Zahnfleisch klebten.

»Hat dir deine Mutti das noch nie gekocht? Das ist ein gutes altes Rezept aus der Arbeiterklasse. Und drin sind das Fleisch und die Innereien der fettesten Frösche, die ich auf dem Markt herumhüpfen sah!«

Gens Überraschung, von einer verhutzelten Frau an den Händen gepackt zu werden, war schon deutlich zu sehen gewesen, doch nun ließ die Enthüllung der wahren Ingredienzen des Eintopfs einen Ausdruck ungläubigen Schreckens in seine Augen treten. Instinktiv fuhr er sich mit der Hand an die Kehle. Und dann fing er an zu würgen.

Das Schildkrötengrinsen meiner Großmutter wurde noch breiter.

Jetzt sprang Gen so abrupt auf, dass sein Stuhl umkippte, und lief aus der Küche. Wir hörten, wie eine Tür ins Schloss fiel, dann noch eine, bis er endlich die Toilette gefunden hatte. Schweigend saßen wir da und hörten ihn würgen und würgen. Kurz darauf ging die Wohnungstür auf und schloss sich wieder.

Ich schaute meine Großmutter an. Ich zitterte vor Wut. Dann endlich fand ich meine Stimme. »Warum hast du das gemacht?«, flüsterte ich. »Warum tust du mir das an?«

Zum allerersten Mal zeigte sich im Gesicht meiner Großmutter so etwas wie Schmerz.

Ich stand auf und lief aus der Küche, in die Nacht hinein.

SECHZEHN

Ich machte mich auf den Weg zu der Bushaltestelle, nicht weit von der Stelle entfernt, an der ich vor ein paar Jahren zusammen mit meinem Vater die Erinnerungsmauer besucht hatte. Die Mauer war schon lange zerstört, und ich war mit den Gedanken nicht bei meinem Vater, sondern bei Gen. Das Geschehene quälte mich, als wären seine Verlegenheit und Scham in jenen Momenten meine eigenen gewesen. Mit geballten Fäusten wartete ich auf den Bus, dann kam er endlich. Die Fahrt kam mir ewig vor, so wie das immer ist, wenn man sich sehnsüchtig an sein Ziel wünscht. An den großen dunklen Fenstern lief der Regen herunter, die Scheinwerfer der anderen Fahrzeuge waren zu einem verschwommenen Orange und Rot verwaschen, ganz ähnlich wie bei einem Gemälde die Farben ineinanderlaufen und sich vermischen. Dort draußen in der Dunkelheit wirkten die Lichter seltsam und gespenstisch, wie losgelöst von ihrer Quelle. Ich schaute eine Weile raus, während der Regen auf das Dach des Busses prasselte.

So wütend war ich noch nie auf meine Großmutter gewesen. Sie war eine Naturgewalt, war oft zu Streit aufgelegt, und sie hatte die schärfste Zunge, die man sich vorstellen konnte. Doch ich hatte immer das Gefühl gehabt, dass sie mich unter ihre Fittiche genommen hatte, weil ich so ganz anders war als sie, in vielerlei Hinsicht schüchtern und still und unsicher.

Sie wusste, wie verletzlich ich war, und oft spürte ich in ihrem Blick eine Weichheit, die sie sonst niemandem zukommen ließ, außer vielleicht meinem kleinen Bruder. Nun aber hatte sie innerhalb weniger Minuten meine jugendliche Welt in Stücke gerissen. Und mir wurde bewusst, dass ich zwar auf viele Mädchen an meiner Schule, deren Gedanken nur um Jungs kreisten, mit stiller Verachtung blickte, mir jedoch selbst inbrünstig wünschte, einen Freund zu haben.

Und auch wenn Gen früher nicht unbedingt meine allererste Wahl gewesen wäre, wurde mir nun, da ich ihn aufs Neue kennengelernt hatte – seinen Intellekt, seine Unnahbarkeit und die gelegentlichen Momente der Verletzlichkeit, in denen er wieder wie ein kleiner Junge wirkte –, klar, dass ich ihn von ganzem Herzen wollte. Es war ein schwärmerisches, sentimentales, lächerliches Gefühl – aber es war mir wichtig. Ich war am Boden zerstört, dass meine Großmutter dazu in der Lage war, ihn, der solche Bedeutung für mich hatte, bewusst zu kränken und zu demütigen.

Mit einem leisen Quietschen öffneten sich die Bustüren. Ich hatte keine Kopfbedeckung dabei, spürte den Regen dennoch kaum, so heftig klopfte mein Herz. Gen erwartete mich nicht, und auf einmal hatte ich vor Beklemmung einen Kloß im Hals. Doch ich musste etwas tun. Ich klopfte an der Tür. Seine Mutter machte auf, und als sie mich erblickte, entspannte sich ihre Miene zu einem Ausdruck fragenden Mitgefühls. Sie bat mich herein, murmelte die ganze Zeit etwas. Ich war verzweifelt auf der Suche nach einer Erklärung, verschluckte mich, als ein Schluchzen in mir aufstieg. Schließlich stieß ich hervor: »Ist er da?«

»Ja, er ist hier. Er ist in seinem Zimmer. Er war schnell wieder da. Und er war nass, so wie du. Aber mach dir keine Gedanken. Er hat sich abgetrocknet. Ich bin mir sicher, er freut sich, dich zu sehen.«

Sie führte mich einen anderen Flur entlang, weg von den großen Zimmern, der Küche und dem Wohnzimmer, in denen ich bereits gewesen war. Ich folgte ihr einen schmalen und schummrigen Gang entlang, der alte Teppich war weich und flauschig unter meinen Füßen, bis wir schließlich vor einer Tür standen. Mit einem Lächeln bedeutete sie mir, hineinzugehen, und glitt dann in die Finsternis zurück. Ich klopfte vorsichtig, machte dann die Tür auf.

In dem Zimmer roch es nach einem Jungen. Ich wüsste nicht, wie ich es sonst beschreiben könnte. Es war ein muffiger Geruch, der ans Unangenehme grenzte, und ich bemerkte ein paar alte Socken und T-Shirts auf dem Boden. Dennoch durchfuhr mich Erregung: Das hier war Gens Zimmer, und dass ich es nun betreten konnte, fühlte sich sehr intim an. Mein Herz klopfte. Ich hatte keine Ahnung, wie er reagieren würde.

Er saß auf seinem Bett und las in einem Buch. Den Titel konnte ich nicht erkennen. Als ich hereinkam, blickte er zu mir auf, und sein Gesicht nahm einen Ausdruck gelinder Überraschung an.

»Oh, hallo«, sagte er mit einem matten Lächeln.

In seiner Stimme lag ein Hauch Wehmut, als wäre ich jemand, den er seit sehr langer Zeit nicht mehr gesehen hatte. Ironie und Unnahbarkeit waren wie weggeblasen, und was blieb, war das unauslöschliche Bild eines etwas ratlosen Kindes, unsicher, was es sagen sollte, doch beinahe erfreut über die Aufmerksamkeit, die ihm zuteilwurde.

Ich nahm neben ihm auf dem Bett Platz. »Es ... es tut mir so leid. Was passiert ist, meine ich. Meine Großmutter ...« Meine Stimme war rau; ich beendete den Satz nicht.

Er schaute mich nicht an. Er starrte auf seine Füße.

»Ach, übertreib nicht«, murmelte er, immer noch dieses matte Lächeln auf den Lippen. »So schlimm war es gar nicht. Es ging schon. Mir war nur nicht so gut.«

In diesem Moment kam er mir verletzlich vor, und ich war die Starke. In meiner Kehle bildete sich ein Kloß.

Ich hätte ihm so gern gesagt, dass ich wusste, es ging um mehr; dass man ihn gedemütigt habe, und wie unfair das sei, nachdem seine eigene Familie mir mit solcher Höflichkeit und Aufmerksamkeit begegnet war. Und ich wollte ihm sagen, dass ich überhaupt nicht so war wie meine Großmutter, dass ihre schroffe und vulgäre Art rein gar nichts mit mir zu tun habe. Aber wie sollte ich all das zum Ausdruck bringen, wenn in mir drinnen ein solcher Tumult herrschte?

Stattdessen folgte ich meinem Instinkt. Ich streckte die Hand aus und drehte seinen Kopf, so sanft ich konnte, zu mir. Und dann presste ich meine Lippen auf seine. Ich küsste ihn voller Leidenschaft, denn ich sehnte mich danach, ihm zu zeigen, dass ich ihn brauchte und ihn respektierte – dass er bei mir in Sicherheit war, dass er geliebt wurde und dass ich es nie wieder zulassen würde, dass jemand ihn verletzte oder demütigte. Wir küssten uns, und dann war da nur noch er, den ich fühlte, und das warme Prickeln, das aus meinem Bauch aufstieg.

Er spürte es auch. Ich hörte ihn stöhnen, ein leises Seufzen an meinem Mund, und dann bewegten wir uns langsam zurück zum Bett. Wir küssten uns, feucht, leidenschaftlich. Hätte man mir noch vor wenigen Monaten erzählt, wie dieses Küssen war, hätte ich gesagt, es sei eklig, doch die Intimität dieser Zärtlichkeit – die pure Körperlichkeit unserer Verbindung – fühlte sich so an, als würden wir in einer warmen Welle schwimmen. All meine Hemmungen schmolzen dahin angesichts der Hitze und Schönheit dieses Menschen, der mich in seinen Armen hielt. Seine Finger strichen über meine Arme, meinen Bauch; sie fanden ihren Weg zu meinen Brüsten, zögerten aber, und ich spürte seine Angst, seine Unsicherheit; da war sie wieder, diese Kindlichkeit, und ich wollte ihm so gerne sagen, dass alles in Ordnung sein würde.

Plötzlich fuhren seine Hände ruckartig nach unten. Er zog seine Hose herunter, zusammen mit der Unterhose, und ich sah seinen Penis, glatt und hellbraun, fremd und doch irgendwie perfekt, in die Höhe gereckt, und auch wenn ich noch nie einen in natura gesehen hatte, durchfuhr mich das genüssliche Gefühl des Verbotenen. Denn ich wusste, dass ich es war – meine Worte, meine Berührungen, mein Körper –, die ihm solche Lust verschaffte. Er berührte meine Hand; ganz sanft führte er sie in Richtung seines Penis. Da war nichts Aggressives an seinen Bewegungen, nur hilflose Sehnsucht.

»Bitte«, flüsterte er. »Bitte.«

Ich berührte ihn, nahm ihn in die Hand. Es fühlte sich ganz natürlich an. Ich begann, ihn zu reiben, auf und ab, denn ich spürte instinktiv, dass es das war, was er von mir wollte, und er schaute mich dabei mit solchem Verlangen an, dass alles, was meine Großmutter getan hatte, ungeschehen gemacht wurde, und dann waren da nur noch er und ich. In jenem Moment war er wie ein Kind und wunderschön, und obgleich ich bei jedem anderen sexuellen Kontakt zurückhaltend gewesen wäre, war ich es jetzt, die die Kontrolle übernommen hatte. Ich bewegte meine Hand geschmeidig hin und her, sein Atmen wurde leichter, schneller, und während ich die Wärme dieser langen, glatten Erektion in meiner Hand spürte, stieg auch in mir Lust auf, die sich wie eine heiße Welle über meinen Bauch und zwischen meinen Beinen ausbreitete.

Es war das wunderbarste, seltsamste, köstlichste Gefühl. Natürlich hatte ich mir manchmal vorgestellt, wie es wohl sein würde, doch mit dieser alles andere auslöschenden Innigkeit hatte ich niemals gerechnet. Da war ein Sehnen in mir, mit dem ich nicht umgehen konnte; eine Freude, die in diesem Moment auch schmerzlich war, denn es gab keine Erlösung dafür. Plötzlich spürte ich, wie ein Beben durch Gen ging; ich spürte etwas Warmes, Feuchtes, das sich in meine Hand ergoss, und hörte, wie er gierig nach Luft schnappte. Sofort griff er nach dem Bettlaken, wischte meine Finger und sein Glied damit ab.

Ich kicherte.

Das hatte ich nicht gewollt. So erregt ich auch sein mochte, war da etwas so Absurdes an unseren Gefühlen, unseren Körpern, an der ganzen Szene, dass ich mein Lachen nicht zurückhalten konnte.

Er wandte sich ab.

Ich merkte, dass ich einen Fehler begangen hatte, und ich versuchte, es mit einem Kuss wiedergutzumachen, doch als er lächelte, war es ein leeres, ausdrucksloses Lächeln, als wäre alles Leben aus ihm gewichen. Er zog seine Hose hoch.

Ich hatte das Gefühl, etwas Schlimmes getan zu haben. Dennoch konnte ich nicht mit ihm über das reden, was da gerade geschehen war, über die Intimität, denn das war etwas, für das ich nicht einmal die richtigen Worte hatte. Stattdessen murmelte ich: »Alles in Ordnung mit dir?«

Er hatte sich auf dem Bett von mir weggedreht. Als er sprach, klang seine Stimme distanziert und kalt. Da war wieder diese Unnahbarkeit, dieser Missmut, den ich an ihm kannte, nur war er noch deutlicher als je zuvor.

»Ja, alles gut mit mir. Ich freue mich, dass du vorbeigekommen bist. Und ich danke dir für deinen Besuch. Aber morgen haben wir Schule. Deshalb sollten wir jetzt vielleicht …«

Er ließ den Satz offen.

Und es fühlte sich an, als hätte er mir mit der Faust ins Gesicht geschlagen.

Panik kam in mir auf. Meine Stimme war klein und verängstigt, fast flehentlich, und ich hasste mich dafür. »Ist das … hängt es damit zusammen, was mit meiner Großmutter passiert ist?«

Er drehte den Kopf und schaute mich zum ersten Mal wieder an. Er bemühte sich zu lächeln. »Es tut mir leid. Ich wollte nicht unhöflich sein. Es ist nur, dass ich ein bisschen müde bin. Es ist ein langer Tag gewesen.«

Mir fehlten die Worte. Ich konnte nur wiederholen, was ich gerade gesagt hatte: »Es hat was mit meiner Großmutter zu tun, stimmt's?«

Das Lächeln, das nun auf seinem Gesicht stand, war wieder selbstbewusst, entschlossen, als wollte er mich beruhigen.

»Nein, damit hat es nichts zu tun. Es war nicht gerade das perfekte Abendessen, da gebe ich dir recht. Aber ich weiß auch, dass deine Familie und meine Familie einen sehr unterschiedlichen Hintergrund haben. Da sind gewisse Reibungspunkte wohl normal, meinst du nicht?«

Ich nickte wie betäubt. Nun fiel mir nichts mehr ein, was ich noch sagen könnte. Doch seine Worte über den »sehr unterschiedlichen Hintergrund« unserer Familien – wenngleich freundlich geäußert – verletzten mich. Ich konnte nicht abstreiten, dass sich meine Großmutter Gen gegenüber abstoßend verhalten hatte. Was er nun gesagt hatte, tat mir trotzdem weh.

Ein paar Minuten später saß ich im Bus, der durch die Dunkelheit raste, und die Gedanken wirbelten in mir umher, wie vom Wind gepeitscht.

Irgendwann trat ich in die Finsternis und den Sprühregen hinaus, der mein Haar benetzte und kalte, klamme Tropfen auf meiner Haut hinterließ. Ein Gefühl tiefer Traurigkeit hatte sich in mir breitgemacht. Am liebsten hätte ich geweint, doch da war auch eine Taubheit in mir, eine Benommenheit und kalte Hoffnungslosigkeit, die meine innere Welt vor der äußeren abschottete. Ich wollte weinen, ich verspürte das Bedürfnis danach, aber die Tränen wollten nicht kommen. Stattdessen stapfte ich weiter und spürte das Regenwasser auf meinem Gesicht, ohne es wirklich wahrzunehmen, es war nur ein Gefühl, abstrakt und fern, als hätte es nichts mit mir zu tun.

Ich kam nach Hause. Ich hörte meinen Bruder, der laut und gedankenlos spielte, wie gefangen in seiner eigenen Welt. Meine Mutter machte in der Küche den Abwasch, heißes Wasser kam dampfend und spritzend aus dem Hahn, und obwohl das alles vertraute Geräusche waren, waren sie mir seltsam fremd, als kämen sie aus großer Ferne.

Ich klopfte an der Tür meiner Großmutter, öffnete sie. Sie saß auf dem alten Stuhl, der gegen Ende seines Lebens der Lieblingsplatz meines Großvaters gewesen war, auf dem er gesessen hatte, wenn sie ihm das Haar schnitt. Sie schaukelte leicht vor und zurück. Offenbar war sie bei der Arbeit, das weiche Licht einer Kerze warf einen milden Schein auf ihre verwitterten, kurzen Finger, die sich dennoch flink und geschickt mit Nadel und Faden am Leder zu schaffen machten. Dabei summte sie vor sich hin, leise und krächzend und gedankenverloren, und auf einmal hatte ich einen Kloß im Hals, weil sie mir in diesem Moment so verletzlich vorkam, so ganz anders als die heftige und wütende Person, die sich buchstäblich auf Gen gestürzt hatte, um ihn zu demütigen. Und damit hatte sie auch mich zutiefst gekränkt, und so betäubt und fassungslos ich auch war, wusste ich eines ganz sicher: Es war ihre Schuld, dass Gen böse auf mich war.

Ich trat auf sie zu. Sie spürte die Bewegung und hob mir ihr altes Schildkrötengesicht entgegen; ein ledriges Lächeln trat auf ihre Lippen, als wäre nichts geschehen. Ich spürte, dass ich zu zittern begonnen hatte, mein Zorn war so heftig und so scharf, dass er meinen Kopf frei machte. Ich trat noch einen weiteren Schritt auf sie zu. Und überlegte mir ganz genau, was ich sagen würde.

»Du warst böse und unangenehm beim Abendessen. Und ich verstehe nicht, warum.«

Sie blickte abrupt zu mir auf, als wäre sie geschlagen worden. Verblüfft sah sie mich an. So hatte ich noch nie mit ihr gesprochen. Mir stockte fast die Stimme, doch die Worte kamen mir trotzdem über die Lippen. »Du warst gemein zu Gen. Er war unser Gast. *Mein* Gast. Und du hast ihn schlecht behandelt. Ich verstehe nicht, wie du das tun konntest ... wie du *mir* das antun konntest.«

Ich verstummte und merkte, dass ich gleich zu weinen anfangen würde. Ihr Blick wurde schmal, Wut funkelte in ihren dunklen Augen.

»Ach ja. Der.«

Sie wandte sich wieder ihrem Leder zu; dabei hatten ihre Finger nie wirklich stillgestanden.

»Der?«, flüsterte ich verbittert. »Ist das alles, was du zu sagen hast?«

Ihr Gesicht fuhr blitzschnell nach oben. »Dieser Junge ist nur ein Wurm, Ungeziefer, und du bist ihm haushoch überlegen.«

Ihre Stimme wurde zu einem boshaften Flüstern, grausam und messerscharf.

»Aber du wolltest dich ja immer schon nach oben dienen und deine Familie hinter dir lassen, stimmt's, Pin Yin? Dafür ist dir kein Weg zu dreckig.«

Sie schenkte mir ein anzügliches Lächeln, doch diesmal war von Humor nichts darin zu spüren, nur tiefste Verachtung. Tränen strömten mir übers Gesicht, als ich hinausging. Was sie gesagt hatte, war so ungeheuerlich, so hässlich, dass ich es kaum fassen konnte. Die Erinnerung daran, wie ich mit Gen auf dem Bett gelegen hatte, wie meine Hand ihn rieb, der verächtliche Blick in seinen Augen, dann der Anblick des Froschfleischs zwischen den Zähnen meiner Großmutter, ihr dunkelrotes Zahnfleisch ... All diese Bilder wirbelten in meinem Kopf umher, als ich aus dem Zimmer taumelte und meine Tränen wegblinzelte.

Erst als ich in meinem eigenen Zimmer war, die Tür hinter mir zumachte und mich aufs Bett fallen ließ, mir die Decke über den Kopf zog, merkte ich es. Während ich dort lag, mein Atem ruhiger und mein Herzschlag langsamer wurden, wurde es mir bewusst. In ihrem plötzlichen Gefühlsausbruch hatte mich meine Großmutter Pin Yin genannt. Das war der Name meiner Mutter. Nicht meiner.

SIEBZEHN

Wir alle vergessen Dinge. Aber manchmal ist das Vergessen auch eine Wahl, die man trifft. Manchmal beschließen wir, etwas nicht zu bemerken. Uns nicht zu erinnern. Nach dem Streit mit meiner Großmutter war ich erschrocken und wütend. Mit der Gereiztheit, wie sie nur Heranwachsende zustande bringen, schwor ich mir, dass sie für mich gestorben war. Dass ich nie wieder mit ihr reden würde. Dennoch verstellte mein Zorn den Blick auf etwas anderes. Auf eine tiefere, weniger greifbare Erkenntnis. Mir war bewusst, dass sie mich mit dem Namen meiner Mutter angesprochen hatte. Dass sie in jenen Momenten mit jemand anderem zu sprechen und bittere Zerwürfnisse aus früheren Zeiten aufzuwärmen schien. Ich wusste noch, wie sie vor einigen Wochen im Park vergessen hatte, wo sich mein Bruder befand. Und mir fielen einige weitere Aussetzer von ihr ein.

Manchmal spüren wir, wie der dunkle Schatten dessen, was auf uns zukommt, langsam näherrückt, und doch lassen uns der Trubel und das Licht der Gegenwart – unsere Routinen, unser Gefühl alltäglicher Normalität – zu der Überzeugung gelangen, dass das Dunkel uns längst nicht erreicht hat. Bei jenen kleinen Fehlern – dass man Namen verwechselt oder etwas vergisst, was erst vor wenigen Stunden passiert ist – sagen wir uns, das sei gar nichts und dass solche Dinge eben mal vorkommen. Und dass diese Dinge aufs Ganze gesehen nichts zu bedeuten hätten.

Und wir ignorieren jene tiefere, elementarere Stimme. Die Stimme, die uns sagt, sie seien doch wichtig.

Sie seien das Wichtigste überhaupt.

Es war noch früh, und die Morgensonne strömte in langen, üppigen Lichtstrahlen in mein Zimmer. Ich lag, immer noch benommen vom warmen Dunst des Schlafs, in meine Laken verwickelt und las in einer der jüngsten Empfehlungen des alten Buchhändlers, *Herz der Finsternis* von Joseph Conrad. Ich war gefesselt. Plötzlich wurde das gewichtslose Fließen meiner Konzentration durch Stimmen gestört, die von draußen kamen; durch die Tür hindurch hörte ich die grelle, schrille Stimme meiner Mutter und dann das tiefere, warme Alt meiner Großmutter. Ich schlüpfte in meinen Morgenmantel, spürte die Kälte des Bodens unter meinen Füßen und tapste auf den Flur hinaus, um nachzusehen, was da vorging.

Sie standen vor dem Badezimmer. Meine Mutter, dürr wie eine Gerte, stand über meine Großmutter gebeugt und zitterte vor Wut, in der Hand hatte sie eine Zahnbürste. Meine Großmutter betrachtete sie mit geschürzten Lippen.

»Ist dir denn eigentlich nicht klar, wie unhygienisch das ist? Ich möchte nicht, dass du meine Zahnbürste benutzt. Ich will nicht deine Bazillen bekommen. Meine ist die rote. Deine ist die blaue. Und ich muss meine jetzt mit Bleichmittel behandeln, nur weil du sie benutzt hast!«

Meine Großmutter warf meiner Mutter einen grimmigen, ungerührten Blick zu. »Weißt du, ich erinnere mich noch gut daran, wie du damals mit drei Jahren warst. Ich habe dich mehr als einmal dabei erwischt, wie du draußen im Garten Erde gegessen hast. Damals habe ich begriffen, dass du nicht gerade die Hellste warst. Aber es hat dir nie geschadet. Das waren wirklich noch einfachere Zeiten damals!«

»Igitt«, quiekte meine Mutter angeekelt. »Igittigitt! Warum erzählst du mir so was? Was ist los mit dir?«

Meine Großmutter zuckte mit den breiten Schultern. »Es ist doch nur eine Zahnbürste.«

Auf einmal verzog sich das Gesicht meiner Mutter zu einer Fratze der Wut. »Manchmal machst du mein Leben zu einem trostlosen Ort, alte Frau. Ist das denn wirklich so schwierig? Sich den Unterschied zwischen Rot und Blau zu merken? Ist das denn wirklich zu viel verlangt?«

Dieses Mal sagte meine Großmutter nichts mehr. Meine Mutter rauschte davon, ein Wirbelwind aus Verletztheit und Selbstgerechtigkeit, und meine Großmutter stand einfach nur da, still und reglos. Ich beobachtete sie aus dem Halbschatten des Flurs heraus. Sie sah einsam aus.

Ich kehrte in mein Zimmer zurück.

Es war Samstag, und um ein Uhr stand wieder mein Unterricht bei Liu Ping an.

Ich ging die Pingjiang-Straße entlang – einen breiten Verkehrsweg, bepflanzt mit einer Reihe von Eschen, deren dünne, wohlgeformte Blätter raschelten, wenn eine warme Sommerbrise darüberstrich. Dass das Eschen waren, wusste ich, weil meine Großmutter oft mit mir diese Straße entlanggegangen war, als ich noch klein war, und sie wusste so viel über die verschiedenen Bäume und benannte sie, wenn wir daran vorbeikamen. Als kleines Mädchen hatten mich Bäume ganz besonders fasziniert. Bei Tage schaute ich sie mir gerne an, doch nachts fürchtete ich mich vor ihnen, weil ich der festen Überzeugung war, dass die langen, gekrümmten Äste Arme waren, die mich hochheben und in ihre Dunkelheit entführen würden. Das war eine typische Szenerie aus chinesischen Märchen, in denen es jede Menge kleine Mädchen gab, die in Wäldern oder Mooren oder alten Schlössern verschwanden. Auf Nimmerwiedersehen.

Als meine Großmutter mir all das über die Bäume beibrachte, legte ich meine Furcht vor ihnen langsam ab. Die

Eschen waren ihr besonders wichtig; sie sagte, man könne die Blätter zerstoßen und daraus Medizin machen. Als kleine Bürgerin der modernen Welt erfüllten mich die Kräuterheilmittel, die meine Großmutter zubereitete, mit Skepsis. Doch zugleich war sie auch der allererste Mensch, der mir beibrachte, dass die äußere Welt nichts war, vor dem man Angst haben musste – man musste sie verstehen, und darin lag echte Kraft.

Es gab viele Dinge, vor denen ich keine Angst mehr hatte, weil sie sie mir genommen hatte. Auf einmal wurde mir eines klar. Als meine Mutter sie angeschrien hatte: »Ist das denn wirklich so schwierig? Sich den Unterschied zwischen Rot und Blau zu merken?«, war meine Großmutter ganz still und verhalten geworden, und auf ihrem Gesicht hatte ein Ausdruck gelegen, den ich nicht erkannte. Einen, den ich noch nie zuvor an ihr gesehen hatte. Und in dem Moment begriff ich.

Sie hatte Angst gehabt.

Als ich zum Schulgebäude kam, warteten die anderen vor der Tür des Klassenzimmers. Liu Ping war noch nicht mit den Schlüsseln erschienen. Gen war da. Wir nickten einander zu. Wenn wir uns im Unterricht trafen, gingen wir höflich, aber distanziert miteinander um. An jenem Tag aber traf mich die kurz angebundene Förmlichkeit besonders tief. Mehr als alles andere wollte ich Zeit mit ihm verbringen, wollte, dass er mich beruhigte, mir sagte, dass alles in Ordnung sei. Stattdessen hatte ich das Gefühl, mich in einer Art Zwischenwelt zu befinden, die schwankend und irgendwie heikel war.

Unter den anderen hingegen war die Stimmung lebhaft. Heute war der Tag, an dem wir unsere Aufsätze zurückbekommen würden, an denen wir schon seit Monaten gearbeitet hatten, und es lag eine erwartungsvolle Vorfreude in der Luft. Li Lei wirkte besonders nervös, plappernd ging sie von einem

Schüler zum nächsten, ihre dunklen Augen blitzten. Nun kam sie auf mich zu. Sie war ein schmales Wesen, doch als sie sich näherte, spürte ich die heiße Weichheit ihres Atems auf meinem Gesicht. Mir schien, sie befand sich in einem Zustand hektischer Hysterie, die sich einstellt, wenn man kaum geschlafen hat.

»Ich weiß, dass ich es ganz schlecht gemacht habe. Diesmal habe ich es wirklich vermasselt. Bestimmt gibt mir Liu Ping eine glatte Fünf. Da können wir uns sicher sein. Das wusste ich schon, als ich meine Arbeit abgegeben habe. Wenn ich eine bessere Note bekäme als eine Fünf, wäre das ein Wunder. Aber ich weiß, dass ich es diesmal in den Sand gesetzt habe.«

Sie verzog die Lippen zu einem bekümmerten Lächeln, und dann ging sie zum nächsten Schüler weiter, um auch ihm ihre Einschätzung zu verkünden. Ich schaute ihr unwillkürlich hinterher. Dann warf ich Gen einen Blick zu. Er sprach mit einem anderen Jungen namens Bingwen, und in dem Moment war in mir eine große Sehnsucht, an seiner Seite zu sein, diejenige zu sein, mit der er redete. Hätte sich der Himmel geöffnet und Bingwen wäre vom Blitz getroffen worden, hätte ich Erleichterung empfunden. Meine Sehnsucht war so groß, dass ich mich armselig und unbedeutend fühlte, und ich richtete meinen Blick wieder auf Li Lei. Auf einmal wurde mir klar, wie sehr ich sie beneidete.

Für sie bestand die ganze Welt aus den Büchern, die sie las, und den Aufsätzen, die sie schrieb, und die Parameter jener Welt waren glasklar und ohne jeglichen Zweifel in den Noten von 1 bis 5 abgebildet, die man bekommen konnte. Noch vor wenigen Monaten waren wir gar nicht so weit voneinander entfernt gewesen. Auch ich hatte große Genugtuung aus meiner Schulkarriere gezogen, aus den guten Noten, die ich bekam, und auch meine Welt hatte ihre Bestimmung hauptsächlich von den Büchern erhalten, die ich las. Ich schaute zu Gen, und da war sie wieder, diese Welle erbärmlicher Sehnsucht, und erst in diesem Moment wurde mir bewusst, dass ich bei all dem, was in der Zwischenzeit passiert war, überhaupt nicht an meinen Aufsatz oder die Note, die ich dafür bekommen würde, gedacht hatte; es war mir vollkommen gleichgültig, ob ich gut oder eher schlecht abgeschnitten hatte.

Nun kam Liu Ping mit forschem Schritt auf uns zu, ein Schlüsselbund klapperte in seinen Händen. Er hatte ein Lächeln auf dem Gesicht und ein Bündel Papiere unter dem Arm. Auf diese Papiere blickte Li Lei mit einem Ausdruck im Gesicht, den ich nur als Hunger beschreiben kann. Liu Ping öffnete die Tür, und wir folgten ihm ins Klassenzimmer.

Er stand vor uns und lächelte strahlend.

»Nun, dann will ich euch nicht länger auf die Folter spannen. Das wäre wirklich grausam.« Er zwinkerte.

Wir lachten nervös.

Er teilte die Aufsätze aus.

Ich saß neben Li Lei. Ich warf einen Blick auf ihren Aufsatz. Er war über und über mit roten Korrekturen versehen, und ganz am Ende stand tatsächlich, ebenfalls mit rotem Stift geschrieben, eine Fünf.

Sie schaute ein paar Momente auf den Aufsatz hinab. Und dann brach sie in Tränen aus. Liu Ping wirkte beschämt. Er lief sofort zu ihr herüber. Sie schluchzte laut, heulte buchstäblich Rotz und Wasser, ihre Schultern bebten, ihr Körper zitterte; es war, als wäre eine Schranke eingerissen worden, und die Gefühle schwappten über sie hinweg wie eine Sturzflut. Irgendwann gelang es Liu Ping, sie so weit zu beruhigen, dass sie gemeinsam das Klassenzimmer verlassen konnten. Ein paar Minuten standen sie draußen vor der Tür und redeten. Was er sagte, konnte ich nicht hören, aber ich wusste, dass er rücksichtsvoll mit ihr umging. Ab und zu nickte sie.

Als sie zurückkehrten, hatte sie den Kopf gesenkt. Sie sah aus wie am Boden zerstört. Alle starrten sie an. Sie hielt den Blick auf ihr Pult gerichtet. Dann ergriff Liu Ping wieder das Wort, und wir Schüler wandten den Blick von ihr ab.

Li Lei schaute mich an. Ihre Augen waren immer noch feucht.

»Er hat gesagt, ich solle nach Hause gehen«, sagte sie leise. »Der Lehrer meinte, ich könne heimgehen, wenn ich wolle, aber ich fand es besser, wieder zurückzukehren. Einfach weil ...«

Ihre Stimme erstarb. »Einfach weil ...« Doch ich verstand sie trotzdem. Sie hatte beschlossen, sich ihrer Demütigung zu stellen. Sie hatte sich gezwungen, in den Unterricht zurückzukehren und es noch einmal zu versuchen.

Li Lei ist so viel tapferer als ich, dachte ich.

Liu Ping sah uns an. Besonders schaute er Li Lei an.

»Ihr alle seid in dieser Klasse, weil jeder von euch ein begabter Schüler ist, und China kann auf jeden Einzelnen von euch stolz sein.«

Li Lei schenkte ihm ein scheues, wässriges Lächeln, und in ihren Augen erstrahlte wieder so etwas wie ein Licht.

»Zum Teil geht es in diesem Kurs darum, euch auf die nächste Stufe vorzubereiten. An eurer Schule hofft man, dass ihr an die Universität gehen und irgendwann Großes für euer Land leisten werdet. Deshalb ist die letzte Aufgabe, die ihr in diesem Unterricht bekommt, die allerwichtigste. Ihr sollt einen Aufsatz mit fünftausend Wörtern schreiben. Der Aufsatz soll bis zum 28. Januar nächsten Jahres fertig sein. Sollte er gut werden, dann wird dieser Aufsatz den Bewerbungsunterlagen für die Uni beigelegt, ganz gleichgültig, für welches Fach ihr euch entscheidet. Mit anderen Worten, er wird euch gute Dienste leisten und euch die Türen zu einigen der besten Institute in Peking öffnen. Überflüssig zu sagen, dass ihr diesen Auftrag mit dem allergrößten Ernst und Engagement angehen solltet.«

Es war, als hielten alle im Raum die Luft an. Die Blicke aller Schüler waren auf den Lehrer gerichtet. Ich schaute zu Gen. Selbst ihn schienen Liu Pings Worte schwer beeindruckt zu haben. Für ein paar Augenblicke war die lässige Unbekümmertheit, die sonst sein Markenzeichen war, verschwunden.

Liu Ping lockerte seine Schultern und lächelte.

»Schaut nicht so verängstigt drein. So schlimm ist das gar nicht. Thema des Aufsatzes ist wie folgt. Ihr sollt darüber schreiben, was es bedeutet, ein menschliches Wesen zu sein. Ich weiß, dass das ein bisschen dick aufgetragen klingt. Aber das muss es gar nicht sein. Ihr könnt über die Dinge schreiben, die euch ausmachen. Eure Hobbys, eure Interessen. Oder ihr schreibt über jemand anderen. Jemanden, den ihr kennt. Jemanden, der euch inspiriert. Oder ihr könnt das Ganze allgemeiner halten. Was gehört essenziell zu einem Leben dazu, das gut und produktiv gelebt wird? Ich glaube, hier liegt der entscheidende Punkt – ganz gleich, worum es geht, ihr solltet eure Überzeugung in den Aufsatz einfließen lassen. Eure Leidenschaft. Das ist alles. Der Unterricht ist beendet.«

Gen war als Erster draußen. Ich ließ ihn nicht aus den Augen. Da war wieder diese schmerzliche, köstliche Unruhe, die mich durchlief, wann immer ich in diesen Tagen den Blick auf ihn richtete. Mit klopfendem Herzen lief ich hinter ihm her. Ich folgte ihm, eine Straße entlang und dann die nächste, versuchte mir selbst Mut zu machen, ihn anzusprechen, ohne mir dabei anmerken zu lassen, wie verzweifelt und bedürftig ich war. Dann endlich schloss ich zu ihm auf, mein Herz pochte heftig. Ich wollte meinen Worten einen beiläufigen Klang geben.

»Hey!«

Er schaute mich an. »Hey«, sagte er.

Ich spürte, wie meine Stimmung sich hob.

»Hey«, sagte ich wieder, etwas dümmlich.

Er lächelte mich noch einmal an und wandte dann den Blick ab.

Ich beobachtete ihn unauffällig. Sein dichtes dunkles Haar, die leichte Krümmung seiner Nase, vor allem aber den abwesenden Ausdruck in seinen Augen, als wäre er gar nicht richtig da. Als wäre er ganz woanders. Ich schaute ihn an und dachte daran zurück, wie ich ... wie ich sein *Ding* gestreichelt hatte und wie es sich angefühlt hatte, als er sich warm über meine Hand ergoss. In diesem Moment war es so gewesen, als wären er und ich die einzigen Menschen auf der ganzen Welt. Warum also fühlte ich mich auf einmal so fern von ihm? Warum schien es mir, als wären wir kaum mehr als Fremde füreinander?

Gen wandte sich mir zu, sein Blick zögerlich, jedoch wieder fokussiert. »Hey, erinnerst du dich noch, wie es war, als wir Kinder waren? Vor all diesen Jahren?«

Über unsere Kindheit hatten wir eigentlich nie wieder geredet.

»Natürlich.«

»Und erinnerst du dich noch, wie wir auf diesem verlassenen Grundstück gespielt haben? Du und ich und Jian und Wang Fan und Al Lam und Zhen?«

»Ja, klar!«

Gen schien sich zu entspannen.

»Wenn es Abend wurde und die Sonne unterging, liefen wir alle nach Hause, jeder in eine andere Richtung. Nur manchmal habe ich, wenn wir uns getrennt hatten, noch ein bisschen gewartet und bin auf das Grundstück zurückgekehrt, als keiner mehr da war. Nachdem ihr alle weg wart.«

»Warum?«

Gen zog die Stirn in Falten. »Ich weiß nicht so recht. Ich

glaube, damals begann ich zunehmend die Kälte wahrzunehmen, die bei mir zu Hause herrschte. Und dass meine Eltern anders waren als andere. Weil mein Vater viel älter ist als meine Mutter. Weil sie eigentlich nie miteinander redeten. Ich hatte begonnen, die Rückkehr nach Hause zu fürchten. Und ich stellte mir vor, dass ihr alle eine Familie hattet, die sich sehr nahestand, die eine Menge Zeit miteinander verbrachte, die lachte und spielte und die Gesellschaft der anderen genoss. Deine Familie ist so. Das habe ich bemerkt, als ich bei euch war.«

Ich wusste nicht, was ich sagen sollte. Ich glaube, von allem, was Gen jemals zu mir gesagt hatte, kam das hier einem Kompliment am nächsten.

»Aber in meiner Familie war das nie so. Ich habe es wirklich genossen, Zeit mit unserer Gruppe zu verbringen. Doch wenn ihr dann weg wart ... blieb ich manchmal noch ein bisschen, hing herum, bevor ich heimging.«

Er schaute mich wieder an und lächelte schwach.

»Erinnerst du dich noch, dass es auf dem Grundstück diesen alten, knorrigen Baum gab? Von dem kam Wang Fan einmal nicht mehr herunter. Und meine Güte, hat er gebrüllt! Und wie wir alle gelacht haben, als Jian versuchte, ihn runterzulocken!«

Ich nickte und grinste. Daran hatte ich schon lange nicht mehr gedacht, aber jetzt war die Erinnerung wieder da, intensiv und lebendig. Ich lachte.

»Ja. Ja, natürlich!«

»Nun«, sagte er, und seine Augen leuchteten angesichts der Absurdität seiner Erinnerung, »wenn ihr dann alle weg wart, schlich ich mich manchmal zurück und stieg auf den Baum!«

Ich schaute ihn an und kicherte. Auch er lächelte.

»Aber warum?«

»Ich bin mir nicht ganz sicher. Vielleicht einfach, weil … weil es schön war. Das Gelände lag ja am oberen Ende einer abschüssigen Straße, und wenn du auf diesen Baum geklettert bist, konntest du über die ganze Stadt schauen. Und wenn dann die Sonne unterging, sah das wunderbar aus. All das Rot und Orange am Himmel. Ganz in der Ferne konnte ich die Umrisse der Verbotenen Stadt erkennen. Ich sah bis zum Platz des Himmlischen Friedens.«

Wieder wirkte er weit weg. Weit weg von mir.

»Wieso bist du jetzt darauf gekommen?«, fragte ich.

Er wandte sich wieder mir zu. Wieder ein Lächeln. Ich hätte alles Gold der Welt gegeben für dieses Lächeln.

»Damals hatte ich die Verbotene Stadt noch nie besucht, ich war nie über den Platz des Himmlischen Friedens gegangen. Aber Tatsache ist, dass ich ihn, von dem krummen Baum aus, so weit in der Ferne, in der hereinbrechenden Nacht, immer sehen konnte. Er war schön, aber es hat mir auch Angst gemacht.«

»Angst?«

»Ja. Ihn dort in der Ferne zu sehen. Die Umrisse des Kaiserpalasts, jenen großen Platz. Dort im Baum sitzend fühlte ich mich sicher. Und doch war da, in weiter Ferne, diese ganze Welt, die ich erkennen konnte, aber nicht wirklich kannte. Ich wusste, dass ich eines Tages dorthin gehen würde. Während ich in jene Richtung schaute und den Platz im Sonnenuntergang sah – da hatte ich das Gefühl, ich schaue in meine eigene Zukunft.«

Gen errötete, seine Wangen wurden dunkler, die Augen blickten hin und her und wandten sich schließlich ab. Ich konnte sehen, dass es ihn verlegen machte. Als ich ihm antwortete, sprach ich schnell, aber mit großer Ehrlichkeit.

»Ich verstehe genau, was du meinst. Ich meine, wirklich. Aber …«

Er schaute mich nervös an. »Aber?«

»Aber ich verstehe nicht, warum du mir das jetzt sagst.«

Seine Schultern entspannten sich wieder. »Habe ich das denn nicht klargemacht?«

Ich schüttelte kurz den Kopf.

Er lächelte, doch diesmal war es ein dünnes und verhaltenes Lächeln.

»Es war nur heute, als der Lehrer … als Liu Ping seine Rede über den letzten Aufsatz gehalten hat, dass wir das ernst nehmen sollten und all das, wegen der Uni … Normalerweise schere ich mich nicht um solche Sachen. Aber heute hatte ich genau dieses Gefühl – so wie damals, als ich noch ein Kind war und dort auf diesem Baum hockte. Und in die Ferne schaute, auf den Platz des Himmlischen Friedens. Als wäre das alles Wirklichkeit. Wir schauen tatsächlich in unsere Zukunft. Und von jetzt an wird nichts mehr so sein wie vorher!«

Ich legte verstohlen die Hand in seine, verschränkte unsere Finger. Er drückte meine Hand.

»Möchtest du, dass ich mit dir mitkomme? Und wir noch ein bisschen reden?«

Sein Griff um meine Hand entspannte sich.

»Das würde mir gefallen. Aber ich glaube, ich möchte mir gleich ein paar Notizen zu dem Projekt machen. Und ich glaube nicht, dass meine Mutter heute Abend mit einem Gast rechnet. Ich hoffe, du verstehst das.«

»Natürlich, natürlich.«

Ich schenkte ihm ein törichtes, dusseliges Lächeln. Da stand ich, brav und artig, und strahlte, während in mir drinnen etwas zerbrach.

Gen lächelte mir noch einmal zu. Ich sah ihm hinterher, wie er wegging.

Ich stand noch ein paar Augenblicke da. Vielleicht war das mit dem Projekt nur eine Ausrede gewesen, und er wollte einfach nicht mehr mit mir reden. Oder er ging tatsächlich nach

Hause, um mit der Arbeit an dem Aufsatz zu beginnen. Doch ich hatte für diese Aufgabe überhaupt keinen Kopf. Ich konnte an nichts anderes denken als an ihn. Es tröstete mich ein wenig, dass er meine Hand genommen hatte, dass er sich mir geöffnet und mir von seinen tiefsten Gefühlen berichtet hatte. Dass er eine Erinnerung aus unserer Kindheit mit mir geteilt hatte.

Dennoch fühlte ich mich wie jemand, dem etwas genommen worden war. So stand ich da und schaute ihm hinterher, bis ich seine Gestalt nicht mehr erkennen konnte. Es war Spätherbst, jedoch immer noch warm. Ich schwitzte, fühlte die Wärme in meinen Kleidern, nicht nur wegen des milden Wetters, sondern auch, weil das Gespräch mit Gen mich so viel Kraft gekostet hatte. Ich sehnte mich so sehr danach, von ihm gemocht zu werden.

Erst später wurde mir bewusst, dass ich meinen eigenen Aufsatz überhaupt nicht angeschaut hatte. Den Aufsatz, den Liu Ping mir zurückgegeben hatte. Ich holte ihn aus meiner Tasche. Er hatte mir eine Zwei gegeben, was vermutlich ziemlich gut war. Ich dachte über das nach, was er danach gesagt hatte – dass es im nächsten Aufsatz darum gehen sollte, was uns zu Menschen machte. Ich hatte nicht die leiseste Ahnung, wie ich mich dem Thema nähern sollte. Aber nach Hause gehen wollte ich auch nicht.

So kam es, dass ich mich auf den Weg zum Buchladen machte. Als ich dort ankam, drückte ich die Tür auf, die in der Stille quietschte, und hörte das leise Klingeln des Glöckchens, bevor mich der muffige Geruch von Pergament einhüllte. Der alte Mann blickte von seinem Platz mitten im Laden zu mir hoch, seine blassen Augen schimmerten im spätnachmittäglichen Licht, der gleiche Ausdruck gedankenverlorener Freude, den er stets aufsetzte, wenn er mich erblickte. Für mich war es wie immer eine große Erleichterung, den Laden zu betreten, einen Ort, den niemand außer mir kannte – einen Ort, an dem jemand war, der sich immer freute, mich zu sehen.

Sofort stand er auf und schlurfte davon, ich hörte, wie er den Wasserkessel aufsetzte, sah kurz darauf den Dampf, der aus dem Hinterzimmer aufstieg. Nur wenige Momente später saßen wir zusammen an dem kleinen Schreibtisch, und ich atmete tief das süße Aroma des grünen Tees ein, den er in unsere Tassen gegossen hatte. Ich spürte, wie sich eine schläfrige Ruhe meiner bemächtigte, ein Gefühl der Wärme und Sicherheit, und am liebsten hätte ich mich dort zusammengerollt und wäre eingeschlafen. Ich blinzelte und spürte seinen Blick auf mich gerichtet, das Blau seiner Augen schimmerte schwach, und ich musste an das Meer denken. Dann fiel mir der Aufsatz ein, den ich schreiben sollte. Ich sah den alten Mann an.

»Zweiter Onkel, was bedeutet es, ein Mensch zu sein?«

Ich glaube, dass ich fast damit rechnete, er würde lachen, denn selbst damals schon wusste ich, dass meine Frage naiv war. Wie sollte man eine solche Frage mit ein oder zwei Sätzen beantworten? Doch der alte Mann sah mich ernst an, als wären meine Worte wichtig. Er stand ein zweites Mal auf, diesmal mit zögerlichen, fast gebrechlichen Bewegungen, und in dem weichen Licht sah ich, wie gebeugt sein Rücken war. Er ging tief gebückt, als schleppte er eine unendliche Last an Jahren auf seinem Buckel. Er war sogar noch älter als meine Großmutter, da war ich mir sicher; ich glaube, er war der älteste Mensch, den ich jemals kennengelernt hatte.

Er ging zu einem der Regale hinüber und zog ein dickes gebundenes Buch heraus. Dabei ächzte er, so wie es alte Menschen manchmal tun. Seine Lippen waren feucht vom Speichel, und ich sah, wie papierdünn seine Haut war, unter der sich deutlich die Knochen abzeichneten. Mit abgehackten Bewegungen gelang es ihm, das Buch auf einer bestimmten

Seite aufzuschlagen; dann strich er vorsichtig das Papier glatt und nahm wieder auf seinem Stuhl Platz. Immer noch schwer atmend zeigte er auf ein Bild und schaffte es schließlich hervorzustoßen: »Das hier ... das ist es, was es bedeutet.«

Ich beugte mich neugierig hinüber. Dort im Kerzenlicht war das Foto einer Höhlenwand zu sehen. Auf dem rostbraunen Felsgestein war eine Reihe von Handabdrücken zu erkennen. Sie waren heller als der sie umgebende Stein und bildeten Kreise, die fast wie Blumenkränze wirkten.

Ich schaute den alten Mann an. »Das verstehe ich nicht.«

Er zeigte auf das Foto. »Diese Bilder hier wurden von den ersten Menschen angefertigt. Sie sind ... mehrere Tausend Jahre alt. Unsere Vorfahren nahmen Zuflucht in Höhlen ... Höhlen wie dieser, und dort machten sie diese Art von Bildern.«

»Sie sind ... *hübsch*«, sagte ich ein wenig perplex.

Der alte Mann winkte ab. Er war immer noch kurzatmig. »Wie war das wohl für diese ersten Menschen? Es gab überall Gefahren. Wilde Tiere warteten draußen in der Dunkelheit, während sie sich um das Feuer versammelten. Und all die Krankheiten, die sie ereilten, ohne dass die Menschen verstanden, was ihnen da passierte. Das Leben war ... so kurz. Es muss so schnell vorbei gewesen sein.«

Der alte Mann schnippte mit den Fingern. Er lächelte immer noch, doch jetzt war es ein betrübtes Lächeln.

Ich dachte an all diese Menschen, vor all diesen Jahren. Ich hörte das Knistern des Feuers. Sah die Augen in der Dunkelheit dahinter.

Er schob mir das Buch zu. »Deshalb haben sie diese Bilder gemacht. An die Wände der Höhlen. Um zu sagen: Ja, jetzt bin ich längst nicht mehr da, aber ich habe einmal gelebt. Genau wie du.«

Ich schaute mir die Bilder noch einmal an. Die Handabdrücke, die die Jahrtausende überdauert hatten. Dieses schwache Echo eines Rufes. »Ja, jetzt bin ich längst nicht mehr da, aber ich habe einmal gelebt. Genau wie du.« Ich hatte das Gefühl, ich könnte diesen Ruf hören, wie er in der großen Höhle widerhallte. Ein Flüstern dessen, was einmal gewesen war. Auf einmal erschienen mir diese Handabdrücke – so zerbrechlich und schwach, wie sie waren – als etwas so Zartes, so Schönes, dass sie mich traurig machten, doch da war auch Freude in mir. Ich dachte über Gen nach; dass er mir beschrieben hatte, wie er damals als Kind zum Horizont hinausgeblickt hatte und in der Ferne den Platz des Himmlischen Friedens sah; unsere Kindheit und Jugendzeit begannen vor dem Schatten dessen, was geschehen würde, zu verschwimmen; Vergangenheit und Zukunft schienen sich auf eine Weise miteinander zu verbinden, die ich noch nicht ganz erfassen konnte.

Ich schaute den alten Mann an. »Dann bedeutet Menschsein also, dass man sich an uns erinnert, wenn wir schon lange nicht mehr da sind?«

Er sah mich an und zuckte mit den Achseln.

»Vielleicht. Und auch, dass wir uns an andere erinnern.«

Er schaute mich noch einen Moment lang an, sein Blick verschränkte sich mit meinem. Da war Hilflosigkeit. Und eine Hoffnung.

Ja, jetzt bin ich längst nicht mehr da, aber ich habe einmal gelebt. Genau wie du.

Und mir wurde bewusst, dass dieser Appell nicht nur in jenen Händen lag, die einst die Höhlenwand berührt hatten.

Ich hätte ihm gerne gesagt, dass ich mich immer an ihn erinnern würde. Stattdessen wandte ich mich ab und nippte an meinem Tee. Denn es gibt Zeiten, in denen sich die Worte nicht einstellen. Vielleicht gehört auch das dazu, ein Mensch zu sein.

ACHTZEHN

Als ich den Buchladen verließ, wurde es Nacht. Das Blau des Nachmittags hatte sich vertieft, und ein großer Schatten zog über den Himmel. Dahinter konnte ich den geisterhaften Umriss des Mondes erkennen, und ich betrachtete ihn ein paar Augenblicke lang, bevor er wieder von der Dunkelheit verschluckt wurde. In diesem Moment ließ ich zum ersten Mal den Gedanken zu, ungeschönt in seiner schrecklichen Schlichtheit: Mit meiner Großmutter war etwas ganz und gar nicht in Ordnung. Mit ihrer Gesundheit ging es bergab.

Und vielleicht würde sie sterben.

Ich machte mich langsam auf den Weg zurück in die Wohnung, draußen wurde es langsam kalt. Als ich nach Hause kam, war es fast vollständig dunkel geworden. Den Mond konnte ich nicht mehr sehen, doch eine Handvoll Sterne funkelten am kohlschwarzen Firmament. Vor ihrem fernen Schimmern setzten sich die Geräusche menschlichen Lebens aus dem Gebäude ab: Plaudern, Gelächter, die Schritte von Menschen, die sich zum Abendessen zusammensetzten; das warme, kehlige Schreien eines Babys. Ich stieg die Treppe hoch, durchquerte den Flur und betrat die Wohnung.

Aus der Küche kam eine Welle der Hitze. Meine Familie war um den Tisch versammelt und wie gewöhnlich in ein lebhaftes Gespräch vertieft; nur mein Vater sagte nichts. Ich setzte mich. Meine Mutter bedachte mich mit einem kurz angebundenen »Du kommst spät«, mein Bruder kicherte, und meine Großmutter zeigte ihr warmherziges, verwittertes Krötenlächeln, bevor sie mit dem Essen weitermachten. Ein paar Augenblicke ließ ich die Szenerie auf mich einwirken. Für mich war sie so vertraut, und fast schaffte ich es, mir einzureden, alles sei in Ordnung. Ich beobachtete meine Familie, doch zugleich spürte ich die Bürde dessen, was mir zuvor bewusst geworden war, eine Dunkelheit, die in mir immer mehr Raum gewann. Ich betrachtete sie, fühlte mich aber abgetrennt von ihnen, als wären sie die Mitspieler in einem Drama und ich nur die Zuschauerin.

Nach dem Essen zog sich meine Großmutter ins Wohnzimmer zurück, um sich ihrer Näharbeit zuzuwenden, während mein Bruder zu ihren Füßen auf dem Teppich saß und ein Brettspiel spielte. Ich ging in die Küche. Durch eine Dampfwolke hindurch sah ich den Umriss meiner Mutter, die den Abwasch machte. Ich half ihr. Wir arbeiteten schweigend; sie reichte mir einen Teller nach dem anderen, damit ich ihn abtrocknete, auch das eine Routine, die gut eingespielt und vertraut war, sich aber wieder so anfühlte, als blickte ich wie eine Fremde von außen herein. Als ich das Wort ergriff, klang meine Stimme hohl und gar nicht wie ich selbst.

»Ich möchte mit dir über Großmutter reden.«

»Was gibt es da zu reden?«, sagte meine Mutter kurz angebunden.

Meine Entschlossenheit geriet ins Wanken. »Ich glaube, es könnte sein, dass sie ... irgendwie krank ist.«

»Krank? Was meinst du damit?«

»Krank ... irgendwie krank in ihrem Kopf.«

»Irgendwie krank in ihrem Kopf?«

»Ja, und ich denke, du hast das auch gemerkt.«

»Ich weiß nicht, wovon du redest. Das liegt bloß an all diesen Büchern, die du liest. Du denkst viel zu viel nach.«

»Sie vergisst Wörter. Manchmal kann sie einen Satz nicht zu Ende sprechen.«

Ich hatte die Stimme erhoben. Ich fühlte mich hilflos, gar verängstigt. Diesen Gedanken Ausdruck zu verleihen, macht sie nur noch realer.

»Da war noch mehr. Kürzlich hat sie Qiao im Park verloren. Sie hat ihn einfach weglaufen lassen!«

Meine Mutter hörte mit dem Spülen auf. Doch sie schaute mich nicht an, sondern starrte auf die Wand.

Mit leiser, leerer Stimme sagte sie: »Du weißt gar nichts. Sie wird einfach alt. Das ist alles.«

Ich glaube, in diesem Moment wurde mir klar, dass sie genauso Angst hatte wie ich.

• • •

Während die Nächte in diesem Herbst länger wurden, verbrachte ich mehr und mehr Zeit auf meinem Zimmer. An dem kleinen Tisch vor dem Fenster arbeitete ich beim schummrigen Licht einer einzigen Kerze an meinem Aufsatz. Draußen sah ich die seidigen Streifen dünner, dunkler Wolken am bleichen Mond vorüberziehen. Darunter die Umrisse der Stadt, in tiefer Finsternis liegend, über die nur ab und zu der Schein eines Lichts huschte – wie ein großes Schiff, das seinen Weg durch die Dunkelheit suchte.

Bei Nacht zu arbeiten, ist etwas Besonderes. Das Gefühl, dass alle anderen schlafen, dass das Gebäude selbst unter der Last all der schlummernden und leise schnarchenden Menschen ächzt. Dass nur du allein in eine Art Halbwelt hinabgestiegen bist, in der menschliches Leben den Schatten, den Sternen und den seltsamen Geräuschen von Tieren gewichen ist: dem Rascheln der Mäuse, dem Sirren von Insekten, dem Heulen eines einsamen Fuchses. In dieser Nachtzeit wird das

Schreiben ein anderes. So wie in der Dunkelheit eine einzelne Kerze zu einem einsamen Leuchtturm wird, dessen schmale, silbrige Flamme voller Traurigkeit und Melancholie zu dir zu sprechen scheint, dir bedeutet, näher zu kommen, so schien es mir, als bekämen meine Worte einen silbrigen Rand, berührt von der Melancholie, die aus der Stille entsteht, wenn deine einzigen Gefährten der Klang deines eigenen Atems und das Pochen deines Herzens sind.

Es war in einer solchen Nacht, dass ich an meinem Schreibtisch saß – meine Gedanken streiften durch die Dunkelheit, und die Zeit neigte sich den frühen Morgenstunden zu –, als ich ein lautes Rascheln und dann ein Klirren hörte. Ich richtete mich ruckartig auf. Das Geräusch war nicht von außen gekommen. Und für Mäuse war es zu laut gewesen.

Jemand machte sich in der Wohnung zu schaffen.

Ich schlich mich auf den Flur hinaus. Die Tür zum Zimmer meiner Eltern öffnete sich einen Spalt, und in der Dunkelheit sah ich das erschrockene Gesicht meiner Mutter, die herausspähte. Sie hielt eine einzelne Kerze in der Hand.

Es klirrte wieder.

Das Geräusch war aus der Küche gekommen. Wir schauten uns an. Unsicher bewegten wir uns den Flur entlang, der Schein der Kerze warf ein geisterhaftes Licht auf die Wände vor uns. Die Nacht hatte die Räume, in denen wir wohnten, in ein fremdes Terrain verwandelt, und selbst die vertrauten Umrisse von Haushaltsgegenständen nahmen unheimliche Gestalt an, neigten sich über uns, als wir näher schlichen.

Meine Mutter legte die Hand an die Küchentür und drückte sie vorsichtig auf. Wir gingen hinein.

In der Dunkelheit gab das Kerzenlicht den Blick auf eine einzelne Gestalt in schimmerndem Weiß frei. Das Gespenst schien sich um die eigene Achse zu drehen und wandte uns sein verwittertes Gesicht zu, bevor es sich auf uns zubewegte, die Augen schwarze Löcher, der Mund verkniffen. Meine Mutter stieß einen lauten Schrei aus und taumelte rückwärts, doch ich blieb stocksteif stehen. Ich blinzelte, dann klärte sich das Bild. Es war meine Großmutter in ihrem alten, schneeweißen Spitzennachthemd, die Augen aufgerissen. Frühstücksflocken waren auf dem ganzen Boden verstreut, ein Teller war zu Bruch gegangen.

Meine Mutter schaute sie an. »Was um alles in der Welt machst du da, alte Frau?«

Mein Herz klopfte nicht mehr so stark, jetzt war da eine neue Angst in mir – tiefer, trauriger. Da war etwas Tranceartiges am Verhalten meiner Großmutter, als hätten wir sie beim Schlafwandeln ertappt. Sie schaute meine Mutter an und sagte mit unglaublich leiser Stimme: »Ich habe nach Keksen gesucht.«

Meine Mutter sah sie erstaunt an. »Mitten in der Nacht?«

Meine Großmutter flüsterte: »Bitte schick mich nicht weg, Chou Chou!«

Meine Mutter erbleichte.

Meine Großmutter schaute mich an, und jetzt machte sich das strahlendste Lächeln auf ihrem Gesicht breit; plötzlich sah sie so glücklich aus.

»Kleines!«, flüsterte sie.

Ich schaute sie an, sah, wie dünn das Gewebe ihres Nachthemds war, durch das man ihr welkes Fleisch sehen konnte, die Augen, weit aufgerissen wie die eines Kindes, und dann fiel mein Blick auf die Blutspuren, die auf dem Boden schimmerten, denn sie hatte sich ihre krummen, ledrigen Füße an den Porzellanscherben aufgeschnitten. Ich blinzelte meine Tränen weg, ging vorsichtig auf sie zu und machte meine Stimme so klein und freundlich, wie ich nur konnte.

»Es ist in Ordnung, Po Po. Ich bin hier. Alles in Ordnung.«

Sie ließ es zu, dass ich sie behutsam in ihr Zimmer führte.

Als ich ihre Hand hielt, fiel mir auf, wie eisig kalt sie war. Und ein Gedanke kam mir in den Sinn.

So fühlte sich vermutlich der Körper eines Toten an.

Ich holte Desinfektionsmittel, Pinzette und Watte. Ich weiß noch, wie sie da auf dem Bett lag und mich mit ihren großen Augen anschaute, in denen sich im Halbdunkel die letzten einsamen Lichtpartikel zu spiegeln schienen. Sie verzog keine Miene, als ich ihr die Porzellansplitter aus den Füßen zog. Ich glaube nicht, dass sie es überhaupt merkte. Ich erinnere mich daran, das Gefühl gehabt zu haben, ich sei die Erwachsene und sie das Kind. Und dann, einfach so, hörte ich ein leises Brummen. Sie schlief. Ich holte noch die letzten Splitter aus ihren Füßen, so behutsam, wie ich konnte, doch meine Großmutter hatte einen guten Schlaf und war nur schwer wach zu kriegen, wenn sie erst einmal eingeschlafen war. Ich denke, das war bei vielen Menschen ihrer Generation so.

Ich tapste in die Küche zurück. Meine Mutter hatte aufgeräumt, war aber noch nicht in ihr Zimmer zurückgekehrt. Stattdessen stand sie einfach nur da, ihre Silhouette zeichnete sich scharf vor dem Schatten ab. Ihre Miene war reglos und kalt. Es kam Bewegung in sie, als ich in den Raum zurückkehrte, das einzige Zeichen dafür, dass sie meine Rückkehr bemerkt hatte.

Als ich sprach, klang meine Stimme zittrig, unsicher. »Warum hat sie dich Chou Chou genannt?«

Es blieb still. Zuerst dachte ich, meine Mutter würde mir keine Antwort geben. Irgendwann kam sie doch. »Chou Chou hat sie ihre eigene Mutter genannt. Meine Großmutter.«

Ich wollte noch etwas sagen. Wollte bestätigen, dass wir etwas tun mussten. Am Ende sagte ich nichts.

Meine Mutter sprach mit der gleichen tonlosen Stimme. »Der Arzt. Morgen rufe ich den Arzt.«

Nichts wurde mehr gesagt. Ich kehrte in mein Zimmer zurück. Ich konnte nicht schlafen und setzte mich irgendwann wieder an meinen Schreibtisch. Grübelte über das nach, was ich geschrieben hatte. Ich hatte es immerhin auf dreitausend Wörter gebracht, aber das alles kam mir auf einmal wertlos und banal vor. Ich dachte über das nach, was der alte Mann im Buchladen gesagt hatte: Menschsein bedeutet, zu wollen, dass man sich an dich erinnert. Doch es geht auch darum, sich selbst zu erinnern. Ich dachte an meine Großmutter. Was passiert, wenn man seine Erinnerungen verliert? Sie durcheinanderbringt? Wenn man vergisst?

Und genau an dieser Stelle hatte ich meine ersten Sätze gefunden.

Menschsein hat mit Erinnerungen zu tun. Wir alle sind die Summe unserer Erinnerungen. Dennoch vergisst jeder von uns. Und jeden kann die Erinnerung täuschen. Doch wenn wir den Weg zu unseren Erinnerungen aus den Augen verlieren, dann sind wir am menschlichsten überhaupt. Denn dann sind wir auch am verletzlichsten ...

• • •

Ein paar Tage später war ich mit Gen und meinem kleinen Bruder in einem bewaldeten Gebiet in Richtung Stadtgrenze unterwegs. Qiao ging vorneweg. Auf der Anhöhe, die wir erklommen, wurde der Wald spärlicher, und wir sahen eine Lichtung aus schäbigem braunem Gras und eine einzelne Hütte, die auf typisch chinesische Weise mit Rot und Grün und einem geschwungenen Ziegeldach geschmückt war. Es war ein friedvoller Ort, an dem die letzten herbstlichen Blätter dunstig braun und grün in einer leichten Brise flatterten.

»Hey, Qiao!«, rief Gen.

Mein Bruder, der einige Schritte vor uns war, drehte sich um und runzelte die Stirn. Er kam zu uns zurück.

»Hey, Kumpel«, sagte Gen mit einem Lächeln. »Geh nicht zu nah an die Hütte ran.«

»Warum nicht?«, fragte mein Bruder vertrauensselig.

Gen zog die Stirn in Falten. »Nun, eigentlich wollte ich mich dazu nicht äußern. Doch dieser Ort hier war einmal eine Gebetsstätte für einen bösen Kult, lange bevor die Lehren Buddhas in unser Land kamen. Es heißt, die Anhänger dieses Kults hätten die Fähigkeit gehabt, Kränze aus der Dunkelheit und Schatten aus den Bäumen zu flechten. Angeblich waren sie sogar dazu in der Lage, die Toten zu neuem Leben zu erwecken.«

Qiao schaute Gen mit der Entrüstung eines Menschen an, der schon viel von der Welt gesehen hat und mit dessen Geduld es nicht weit her ist. »Gen, ich bin zehn Jahre alt. Ich weiß, dass es in der Hütte dort keine Geister gibt. Ich weiß, dass du dir das nur ausgedacht hast, um mir Angst zu machen.«

Gen hob die Hände und gab sich mit einem Lächeln geschlagen. »Nun, ich wollte dich nur warnen, das ist alles. Aber wenn du mir wirklich nicht glaubst, warum schaust du nicht selbst bei der Hütte nach? Um es zu überprüfen?«

Zum ersten Mal sah ich den Hauch eines Zweifels über das Gesicht meines Bruders huschen. Dann wurde seine Stimme wieder selbstsicher. »Na gut, ich mach's!«

Ich konnte nicht anders als zu lächeln. Ich liebte es, wenn Gen so war, entspannt und spielerisch, besonders Qiao gegenüber. Wir folgten meinem Bruder den Hügel hoch. Schauten dabei zu, wie seine kleine Gestalt kurz vor der alten Hütte zögerte und er seinen ganzen Mut zusammennehmen musste, bevor er hineinlief. Ein paar Momente später kam er wieder heraus, ein breites Grinsen auf dem Gesicht.

»Da war nichts, da war überhaupt nichts drin!«, sagte er lachend.

Doch Gens Gesicht war immer noch bierernst. »Natürlich

war da nichts. Du glaubtest nicht etwa, dass die Gespenster dich so kriegen, oder?«

Mein Bruder blinzelte. »Was meinst du?«

»Na ja, so funktioniert das nicht.«

»Und wie funktioniert es dann?«, fragte mein Bruder skeptisch, aber ich merkte, wie fasziniert er war.

»Nun, je näher du der Hütte kommst, umso mehr Geister versammeln sich um dich. Aber sie sind unsichtbar. Bis dann plötzlich einer von ihnen sich in jemanden verwandelt, den du kennst. Und dann ist dieser Mensch besessen, und dieser Mensch beginnt ...«

Auf einmal ging Gen in die Hocke, griff sich mit beiden Händen ins Gesicht, verbarg sich vor uns. Dann richtete er sich langsam wieder auf, und seine Stimme wurde tonlos und unheimlich.

»Und dann ... bekommt dieser Mensch ... Hunger auf Menschenfleisch und ...«

Gen nahm die Hände vom Gesicht, und seine Augen blickten wild, als er sich mit einem zombieartigen Brüllen auf meinen Bruder stürzte.

Qiao stieß einen erschrockenen Schrei aus und wich vor ihm zurück. Er schaute Gen mit einem empörten Grinsen an. »Ich wusste, dass du das tun würdest, ich wusste es!«, rief er.

Immer noch voller Energie und Aufregung lief Qiao wieder zu der alten Hütte zurück. Ich nahm Gens Hand und drückte sie.

»Du machst das toll mit ihm. Sonst ist er so schüchtern, aber du lockst ihn wirklich aus der Reserve!«

Gen lächelte.

»Und ich glaube, das braucht er jetzt auch.«

Gen schaute mich fragend an.

»In letzter Zeit geht es Großmutter schlechter. Ich glaube, Qiao hat das auch schon bemerkt. Gesagt hat er nichts. Aber ich bin mir ziemlich sicher, dass er es spürt. Es ist wirklich deutlich geworden. Manchmal vergisst sie, welchen Tag wir haben, manchmal weiß sie nicht einmal die Tageszeit.«

Ich hatte die Reaktionen meines Bruders bemerkt und machte mir aufrichtig Sorgen um ihn. Doch kaum hatte ich begonnen zu sprechen, wurde mir auch bewusst, wie sehr ich mit jemandem über das sprechen wollte, was mit meiner Großmutter vorging. Mit meiner Mutter oder meinem Vater konnte ich es nicht.

Über Gens Gesicht zog kurz ein Schatten.

Seine Erinnerung an meine Großmutter war nicht frei von Befangenheit. Ich versuchte, einen etwas unbeschwerteren Ton anzuschlagen. »Ich meine, es ist wirklich seltsam. Manchmal denkt sie, wir würden frühstücken, wenn wir uns abends zum Essen an den Tisch setzen. Und manchmal vergisst sie, welche Zahnbürste ihr gehört, nimmt die von meiner Mutter, und dann streiten sie sich!«

Ich betrachtete ihn verstohlen von der Seite. Seine Miene war wieder gleichmütig geworden, eine Art milde Nachdenklichkeit.

»Ach, ja, Familie. Mit ihr leben kann man nicht, und ohne sie auch nicht. Aber ich liebe diesen Platz hier. So friedlich.«

Mir war klar, dass das Gespräch über meine Großmutter damit beendet war. Erst jetzt drehte er den Kopf zu mir, ein Lächeln spielte um seine Lippen, und seine Miene war auf einmal verschwörerisch.

»Ich hoffe, du hast nichts dagegen, wenn ich dir auch etwas anvertraue.«

»Nein, natürlich nicht. Nur zu!«

»Ich frage mich, ob du vielleicht nächstes Mal deinen Bruder nicht mitbringen könntest.«

Da war es wieder, dieses lauernde, bebende Gefühl in meinem Bauch. Mir stockte der Atem.

Er berührte mich an der Wange, und ich wandte mich ihm zu, schloss die Augen, versuchte die Tränen zu stoppen, die mir in die Augen stiegen.

Auf einmal schien er zu glühen. Er sprach leise weiter.

»Bitte denk nicht, dass ich nicht gerne Zeit mit deinem Bruder verbringe. Er ist so lustig, etwas ganz Besonderes. Aber vielleicht ... vielleicht ...« Er schaute weg. »Ich habe einfach nur diese Hoffnung. Da wir nicht so viel Zeit miteinander haben. Und da wir es ... ziemlich ernst miteinander meinen ...« Seine Stimme erstarb. Er richtete die Augen kurz auf mich, zog sich dann wieder zurück. »... Nun, da wir es ziemlich ernst miteinander meinen, hatte ich gehofft, wir könnten auch mal nur zu zweit zusammen sein, nur du und ich.«

Ich ergriff seine Hand, drückte sie. Ich war dankbar dafür, dass er Zeit mit mir verbringen wollte. Doch zugleich hatten seine Kommentare über meinen Bruder mich überrascht. Und ich wurde das Gefühl einfach nicht los, dass etwas nicht stimmte. Trotzdem verzog ich das Gesicht zu einem Lächeln und sagte, so munter, wie es eben ging: »Natürlich. Ich musste ihn heute mitnehmen, weil alle unterwegs waren und sich niemand um ihn kümmern konnte. Ich verspreche dir, in Zukunft sind wir wieder allein.«

In der alten Hütte stieß mein Bruder einen begeisterten Schrei aus. Irgendwie war es ihm gelungen, ins Dach hochzuklettern, und von dieser Stellung winkte er uns wie ein kleiner Eroberer zu, erfreut über seine Leistung.

Ich winkte zurück.

NEUNZEHN

Selbst meine Mutter, die daran gewöhnt war, mit meiner Großmutter aneinanderzugeraten, ließ sich nicht in die Karten schauen, als es um den Besuch des Arztes ging. Sie sagte meiner Großmutter, der Doktor komme, um sie routinemäßig zu untersuchen, worauf meine Großmutter pikiert reagierte. Sie sei topfit, sagte sie; sie brauche keine medizinische Betreuung, habe noch keinen einzigen Tag ihres Lebens in einem Krankenhaus verbracht. Es war ein Punkt erreicht, an dem der Zustand meiner Großmutter sich von Tag zu Tag änderte: An manchen Tagen war sie die gedrungene, halsstarrige alte Frau, die wir immer gekannt hatten, so robust und stark wie ein Ackergaul; an anderen Tagen jedoch schien sie nur noch ein ferner Abklatsch des Menschen zu sein, der sie einmal gewesen war; vergesslich, kleinlaut, irgendwie verloren.

Doch an dem Tag, an dem der Arzt kam, war meine Großmutter in Bestform. Das beunruhigte meine Mutter, die befürchtete, der Arzt könnte in den Genuss ihrer deftigen Ausdrucksweise kommen, und sie sorgte sich, dass »der junge Mann aus einer guten Familie käme« und wir diese Blamage »niemals« vergessen würden. Ich für meinen Teil hatte eher die Befürchtung, wenn meine Großmutter allzu sehr so war wie früher, würde der Doktor vielleicht gar nicht erkennen, welche Veränderung mit ihr vorging.

Mein Vater und mein Bruder hatten bewusst das Haus verlassen. Mit einer Kombination aus Diskretion und Feigheit hatte mein Vater erkannt, dass es bei dem Besuch um den komplexen und unwirtlichen Bereich von »Frauenprobleme« ging, weshalb er beschlossen hatte, lieber durch Abwesenheit zu glänzen. Mein Bruder kam mit ihm, weil ihm ein Milkshake versprochen worden war.

Als wir die Tür öffneten, stand ein junger Mann von makellosem Aussehen mit leuchtenden, freundlichen Augen vor uns. Er stellte sich unter dem Namen Yang Xiaosheng vor, den wir bereits kannten, denn auch sein Vater hatte Yang geheißen und war vor seiner Pensionierung unser Hausarzt gewesen. Doch mein Eindruck war, dass der jüngere Mann eine andere Haltung hatte als sein Vater. Der ältere Yang war ein großer, stattlicher Mann mit dem rauen Lachen eines Rauchers und vergilbten Zähnen gewesen, dessen dicke traditionelle Kleidung säuerlich nach Schweiß roch. Yang Jr. hingegen roch höchstens nach einem Hauch des beruhigenden Aromas von Desinfektionsmittel. Er trug eine modische, dünne graue Hose, ein weißes Hemd und eine robuste dunkle Jacke. Und er hatte eine ausladende Tasche aus schwarzem Leder dabei, in der sich seine gesamte Ausrüstung befand.

Wir begleiteten ihn in das Zimmer meiner Großmutter. Yang begann damit, dass er ihr den Puls maß. Sie beklagte sich die ganze Prozedur über, bis er schließlich sagte: »Perfekt. Siebzig pro Minute. Könnte nicht besser sein.«

Meine Großmutter brummelte noch mehr – »Ich weiß, ich hab Ihnen ja gesagt, dass ich so stark bin wie ein Pferd!« –, aber es war ihr deutlich anzumerken, dass sie sich freute.

Dann stellte der Doktor ihr ein paar Fragen: Welcher Wochentag es sei, und welches Jahr. Manchmal zögerte sie, bekam sich aber jedes Mal wieder in den Griff und gab die richtige Antwort. Als der junge Mann sie fragte, wer der Anführer des Landes sei, schaute sie ihn kurz ratlos an und erwiderte dann barsch: »Wieso ist das wichtig? Die sind doch einer schlimmer als der andere. Das lernst du, wenn du erst mal in meinem Alter bist. Unglücklicherweise bist du ja gerade erst den Windeln entwachsen!«

Meine Mutter wies meine Großmutter zurecht und entschuldigte sich wortreich bei dem Doktor, doch der wischte ihre Sorge mit einem Lächeln beiseite.

»Das ist schon in Ordnung«, sagte er, schaute meine Großmutter an und zwinkerte. »Von einer so stattlichen Frau in die Schranken verwiesen zu werden, wird mit Sicherheit zu den Höhepunkten meiner Woche gehören!«

Meine Großmutter bedachte ihn wieder mit einem finsteren Blick, aber auch diesmal war deutlich zu erkennen, dass sie nicht unerfreut war.

Er maß ihre Temperatur und berührte sie an den Zehen- und Fingerspitzen, wollte wissen, ob sie diese Berührung spürte. Diesmal war sie gefügiger.

»Das wär's dann.«

Er schaute meine Großmutter an und grinste. »Sehr geehrte Frau, ich freue mich festzustellen, dass Sie körperlich sehr robust sind.«

Er drehte sich um und verstaute seine Ausrüstung wieder in der Ledertasche. Da veränderte sich die Miene meiner Großmutter. Es war ein ebenso feiner wie deutlich sichtbarer Wandel. Ihre Reizbarkeit verschwand. Auch ihr zuvor klar zur Schau gestelltes Selbstbewusstsein war nicht mehr da und wich einem leeren Ausdruck sanfter Verwirrung. Wieder begegnete ihr Blick dem des jungen Doktors, als er sich über sie beugte und sie zu ihm emporblinzelte. Mir wurde bewusst, dass sie keine Ahnung mehr hatte, wer er war. Ich sah, wie ihre Augen über seinen Körper nach unten wanderten, tiefer und tiefer. Dann blieb ihr Blick hängen, voller Faszination und Verwunderung. Sie streckte eine Hand aus und griff behutsam nach seinem Gemächt.

Der junge Arzt schrie erschrocken auf.

Der Schrei meiner Mutter war noch lauter, dann brach sie auf dem Bett zusammen.

Sofort zog meine Großmutter ihre Hand weg. Im selben Moment wandte sie sich mir zu und sah auf einmal aus wie ein Kind, blinzelnd und verdutzt, als wüsste sie, dass sie etwas Falsches gemacht hatte, könne sich aber nicht genau erklären, wie das gekommen war. Tränen traten ihr in die Augen. Und mein Herz brach ein kleines bisschen mehr.

Ich ging zu ihr hinüber und kniete mich vor sie, berührte sie an den Händen und ergriff sie dann. Ich spürte, wie sie zitterte. So erschüttert hatte ich sie noch nie erlebt. Ich murmelte leise auf sie ein. Der junge Yang hatte sich, wofür man ihm auf ewig dankbar sein musste, schnell erholt und beeilte sich, ein paar höfliche Worte des Trosts beizusteuern. Meine Mutter, die sich ihrerseits von ihrem Schwächeanfall erholt hatte, war aschfahl. Irgendwann war auch meine Großmutter wieder ruhig geworden, und wir schlichen uns aus ihrem Zimmer.

Wir brachten den jungen Arzt hinaus auf den Flur.

Wieder erging sich meine Mutter in Entschuldigungen, aber er winkte nur ab. »Ist schon in Ordnung«, sagte er.

Er schaute uns an, sah unsere nervösen, erwartungsvollen Mienen. Bestimmt hatte er schon in viele solcher Gesichter geschaut.

»Ich fürchte, es gibt keine guten Nachrichten. Sie leidet unter etwas, das man Demenz nennt. Es führt dazu, dass Patienten immer vergesslicher werden, dass sie ihren Sinn für Zeit und Ort verlieren. Und es kommt auch zu einem gewissen Mangel an ... äh ... an Hemmungen. Dagegen kann man nichts tun, und es ist auch nicht die Schuld der Patientin. Es ist einfach ein Teil ihres Leidens.«

»Was sollen wir jetzt machen?«, wollte meine Mutter wissen.

»Darum geht es ja. Um ganz offen zu sprechen, wissen

wir immer noch zu wenig über diese Krankheit. Es gibt bislang keine Heilung dafür. Und der Zustand Ihrer Mutter ist … er ist deutlich fortgeschritten.«

»Dann wird sie …« Meine Mutter sprach nicht weiter.

»Ja, Patienten mit diesem Krankheitsbild haben normalerweise eine Lebenserwartung von etwa fünf Jahren, aber wie ich sagte … der Zustand Ihrer Mutter ist deutlich fortgeschritten. Wir reden vielleicht von einem Jahr, möglicherweise auch weniger. Es tut mir leid, dass ich Ihnen nichts Besseres mitteilen kann. Aber ein paar Dinge möchte ich noch hinzufügen. Große körperliche Schmerzen wird sie nicht haben, es ist eine … eine eher *sanfte* Krankheit. Für eines sollten Sie sorgen: dass ihre Extremitäten warm gehalten werden. Wer an Demenz leidet, hat oft nur eine träge Blutzirkulation, deshalb können Hände und Füße, wie Sie bestimmt schon bemerkt haben, sehr kalt werden. Dicke Socken, zusätzliche Decken, Wärmflaschen, all diese Dinge tun gut. Aber auch die Pflege selbst ist wichtig. In gewisser Weise kann es hilfreich sein, Demenz als eine Art zweite Kindheit zu begreifen. Wer daran leidet, erlebt oft die gleichen Herausforderungen, die gleichen Ängste wie kleine Kinder. Es wäre also gut, wenn Sie dafür sorgen, dass sie sich in Sicherheit und umsorgt fühlt.«

Meine Mutter und ich nickten. Der Doktor knöpfte seine Jacke zu. Er schaute uns noch einmal an.

»Ich hoffe, Sie geben mir die Erlaubnis, in den nächsten Monaten vorbeizukommen und nach der Patientin zu schauen.«

»Natürlich, Doktor«, sagte meine Mutter und nickte.

Der junge Mann schenkte ihr ein etwas verzagtes Lächeln und ging. Meine Mutter und ich standen schweigend da und sahen ihm hinterher.

•••

Wir alle sind dabei zu sterben. An jedem einzelnen Tag unseres Lebens. Allerdings ist es so, dass manche von uns dies wesentlich schneller tun.

Ich hatte schon eine Weile um meine Großmutter gefürchtet. Doch nach dem Besuch des Doktors war diese Furcht real geworden. Seither lag eine Schwere in der Luft; etwas, das man nicht sehen und über das man nicht reden konnte, das aber dennoch da war. Meine Mutter und ich spürten die Schwere unseres Wissens. Trotzdem konnten wir uns einander nicht anvertrauen. So war sie nicht, unsere Beziehung.

Und so passten wir uns auf unsere eigene Art an die Gegebenheiten an. Ich merkte, dass meine Mutter ein wenig mehr für meine Großmutter tat. Dass sie ihr Bett frisch bezog, wenn sie nicht im Zimmer war. Dass sie ihr das bessere, weichere Stück Schweinefleisch gab, das sie bislang meinem Bruder oder meinem Vater vorbehalten hatte. Und doch tat sie das alles mit einer gewissen Barschheit und Kühle. Oft war sie kurz angebunden, wenn sie mit meiner Großmutter sprach, oder sie seufzte vor Ungeduld, als wäre meine Großmutter einfach eine weitere Hürde im Haushalt, die meine Mutter mit forschem Anpacken überwinden konnte. Hinter diesem Ton brüsker Verärgerung war etwas Gestaltloses, das mit Angst zu tun hatte, die sie jedoch nicht zugeben wollte. Die Strategie meiner Mutter war es, es sich von der Seele zu bürsten, so wie man den Boden eines besonders staubigen Zimmers wischt.

Ich für meinen Teil begann es zu genießen, wenn ich das Haus verlassen konnte. Besonders an den Wochenenden. Der Winter war bereits fortgeschritten, und als ich an jenem Samstag in die knorrige Kälte hinaustrat, meinte ich, endlich wieder atmen zu können. In meiner Tasche steckte der Aufsatz, den ich heute abgeben wollte, der Aufsatz darüber, was es hieß, ein Mensch zu sein. Und in meinem tiefsten Inneren empfand ich das, was ich immer empfand, bevor ich Gen traf:

Nervosität gepaart mit Sehnsucht. Das Bedürfnis, das Richtige zu sagen. Und die Angst, das Falsche zu tun.

Es lag eine angespannte Stimmung in der Luft, eine Art unterdrückter Aufregung. Doch ausgerechnet Li Lei wirkte seltsam unbeteiligt. Sie holte ihren Aufsatz aus der Tasche und strich das Papier mit den Fingern glatt. Sie war nicht wie sonst so nervös, dass sie schier aus den Fugen geriet. Stattdessen wirkte sie fast heiter.

»Worüber hast du geschrieben, Li Lei? Wie hast du die Frage beantwortet?«

Sie schaute mich mit einem winzigen Lächeln an, vertraulich und mysteriös. »Ich habe geschrieben, dass ich noch nicht lange ein menschliches Wesen bin, sodass ich gar nicht viel davon verstehe ...«

Ich erwiderte ihr Lächeln. Sie hatte manchmal eine seltsame Art, Dinge zu formulieren.

»Aber obwohl ich erst siebzehn bin, habe ich gelernt, dass ein wichtiger Bestandteil des Menschseins der ist, dass man glücklich ist. Und dass du nicht unbedingt die Beste sein musst. Hauptsache, du führst ein ... ein Leben in Freundlichkeit.«

Diesen letzten Satz sagte sie schüchtern, fast entschuldigend. Ich denke, wenn ich heute jemanden so etwas würde sagen hören, würde ich es für banal halten, eine Binsenweisheit, wie man sie oft in Selbsthilfebüchern findet. Damals aber bewegte mich das, was Li Lei gesagt hatte, ihr einfaches, bescheidenes Bedürfnis, jenes »Leben in Freundlichkeit« zu führen. Ich hatte das Gefühl, dass es ein Zeichen von großer Weisheit war.

Nach dem Unterricht traf ich Gen draußen. Wir hatten uns schon oft vor der Schule getroffen, und meistens gingen wir danach zu ihm nach Hause. Auch wenn es mich manchmal ein wenig enttäuschte, verstand ich, warum er nie mehr mit zu mir kam. Wenn wir in seinem Zimmer waren, knutschten wir oft heftig herum, und ich befriedigte ihn wieder mit der Hand. Doch wir verbrachten auch viel Zeit damit, zu reden und an unseren jeweiligen Projekten zu arbeiten. Er hatte meinen Aufsatz über das Gedächtnis gelesen, und ich umgekehrt auch seinen, der den Titel trug: »Weltkultur und Individuum: Was es bedeutet, ein Mensch zu sein«.

Ich war mit meinem eigenen Aufsatz zufrieden, weil ich das Gefühl hatte, darin nicht nur eine Antwort auf die Frage geliefert zu haben, was es bedeutet, ein Mensch zu sein, sondern auch Erkenntnisse darüber hineingeschmuggelt hatte, was es bedeutete, *ich zu sein*. Obwohl ich nicht direkt Bezug auf sie genommen hatte, hatten meine Großmutter und ihre Erkrankung viel zu dem beigetragen, was ich geschrieben hatte. Auf seine eigene, etwas schräge Art war der Aufsatz zu der einzigen Möglichkeit geworden, meine Gefühle zu diesem Thema auszudrücken.

Doch Gens Aufsatz war so viel besser. Er war klüger; Gen wusste so viel mehr als ich. Er wartete mit jeder Menge Zitaten auf, von Buddha bis Chen Duxiu, dem ehemaligen Generalsekretär der Kommunistischen Partei Chinas. Während mein Aufsatz persönlich, zaghaft und zögernd war, waren Gens Sätze geschmeidig und selbstbewusst und schienen die Geschichte der ganzen Welt einzubeziehen. Ich fragte mich, woher er all das wusste. Ich hatte nichts dagegen, dass seine Arbeit so viel anspruchsvoller war als meine. Stattdessen machte es mich stolz, denn Gen war mit mir zusammen. Gen war mein Freund.

Nach dem Unterricht schaute er mich an, warf die Hände in die Luft und lächelte abgespannt.

»He, wir haben es endlich geschafft!«, sagte er. »Wir haben sie endlich abgegeben!«

»Jawohl, das haben wir!«

Er grinste. »Schätze, was uns nicht umbringt, macht uns noch stärker, richtig?«

»Was meinst du damit?«, fragte ich verwirrt.

»Ach, das ist nur so ein Satz«, sagte er fröhlich. »Er kommt von dem Philosophen Nietzsche aus dem neunzehnten Jahrhundert, ein düsterer Deutscher, und glaub mir, der hatte in seinem Land so manche Konkurrenz.«

»Ach, wirklich?«, meinte ich fasziniert.

»Ja«, sagte Gen, der sich sichtlich für das Thema erwärmte. »Er war ein wirklich moderner Denker, ein Zyniker und Witzbold, und zugleich der beste Schriftsteller, der mir je untergekommen ist. Ich liebe seine Texte. Er spricht auf eine Weise zu mir, wie es keiner unserer hausgemachten chinesischen Intellektuellen je getan hat. Zum Beispiel hat er gesagt, der christliche Gott sei ein ›grimmiger alter Graubart‹. Und dass alle Götter sich zu Tode gelacht hätten, als er verkündete: ›Du sollst keinen anderen Gott neben mir haben‹. Wie gut ist das bitte? Der Typ hatte es echt drauf.«

Ich nickte.

Das Zitat hatte ich nicht zur Gänze verstanden, aber ich liebte es, wenn Gen so redete. Dann leuchtete es in seinen Augen, und ich hatte das Gefühl, er eröffne mir neue Welten.

Er stampfte nervös mit den Füßen auf, schaute zu Boden, offenbar war es ihm peinlich, dass er sich so hatte hinreißen lassen. Wir gingen eine Weile schweigend weiter. Ich wollte ihn etwas Intelligentes zu dem finsteren Deutschen fragen, über diesen Nietzsche, aber mir kam nichts in den Sinn. Mir fiel auf, dass Gen mich zwar viele neue Erfahrungen machen ließ, ich selbst jedoch nur wenig dazu beisteuerte. Auf einmal mischte sich Angst in diesen ansonsten so schönen Moment. Ich begann mir das Hirn zu zermartern. Ich musste ihm unbedingt auch etwas zeigen, irgendetwas, das sein Interesse wecken könnte.

Plötzlich hatte ich eine Idee.

Ich schaute ihn an. »Kommst du mit mir wohin?«

»Klar. Wohin gehen wir?«

Ich wollte es spannend machen. »Das ist ein Geheimnis.«

Er schaute mich fragend an, folgte mir aber mit einem Lächeln.

Ich brachte ihn zu dem alten Buchladen. Auf dem Weg erzählte ich ihm von dieser erstaunlichen Bekanntschaft, von den Büchern, die mir der alte Mann geliehen hatte, und wie interessant er selbst war. Dass wir uns angefreundet hätten. Dann standen wir vor der Tür, traten ein. Die Glocke bimmelte.

Da war der alte Mann, wie immer, und wie immer blickte er auf und lächelte. Als sein Blick auf Gen fiel, lächelte er noch mehr. Sie verbeugten sich voreinander.

»Das ist mein ... mein Freund Gen«, sagte ich und spürte, wie ich rot wurde.

Gen schaute sich mit kundigem Blick im Laden um.

»Das ist ja eine wahre Fundgrube!«

Der alte Mann grinste erfreut.

Gen wanderte zu einem der Regale. Er fuhr mit den Fingern über eine Buchreihe.

»Ja, sehr gut«, sagte er nachdenklich. »Es ist gut, dass Sie die Vier Klassischen Romane haben. Und auch wenn *Die Reise nach Westen* noch überall zu haben ist, hört man von *Die Räuber vom Liang-Schan-Moor* kaum mehr.«

Der Buchhändler nickte eifrig.

Mich durchströmte ein tiefes Glücksgefühl. Abgesehen von meiner Familie waren das hier die beiden Menschen, die mir am wichtigsten waren.

Gen schaute den alten Mann listig an. »Einer meiner Lieblingsdichter aus der Song-Periode ist Su Shi. Haben Sie was von ihm?«

»Das habe ich in der Tat, junger Mann«, sagte der Buchhändler, immer noch lächelnd. Schnaufend vor Anstrengung rappelte er sich hoch.

»Dort habe ich mehrere seiner Werke.« Er wies auf ein Regal.

Doch Gen ging nicht zu dem Regal hinüber. Stattdessen stellte er eine weitere Frage. »Was ist mit Qu Yuan, dem Dichter aus der Zeit der Streitenden Reiche? Ich nehme an, Sie haben ihn vorrätig.«

Der alte Mann nickte sanft und wies auf ein anderes Regal.

Ich sah etwas in Gens Augen. Sie wurden schmal. Kaum wahrnehmbar.

»Und was ist mit Wang Wei? Haben Sie etwas von dem Dichter Wang Wei?«

Der alte Mann wirkte verwirrt. Mit gerunzelter Stirn versuchte er sich zu konzentrieren.

»Ich glaube nicht ... ich bin mir nicht sicher, ob ich den habe ...«

»Ist schon in Ordnung«, sagte Gen mit einem Lächeln. »Man kann nicht alles vorrätig haben.«

Ich verspürte einen gewissen Unmut in mir. Mir schien, dass Gens Fragen an den alten Mann nicht wirklich wohlwollend waren. Dann tat Gen etwas anderes.

Er zog das Buch von Su Shi aus dem Regal. Er bezahlte es, verbeugte sich vor dem Buchhändler und machte ihm nochmals ein Kompliment für seinen Laden. Dann wandte er sich mir zu und flüsterte mir vier Gedichtzeilen ins Ohr:

Womit kann man unser Leben auf der Erde vergleichen?
Mit einer Schar Gänse,
die auf dem Schnee landen.
Und manchmal eine Spur hinterlassen, um zu zeigen, dass sie da waren.

Es war ein kurzes Gedicht, und doch war es einer der schönsten Texte, die ich je gehört hatte. Als Gen endete, sah ich, dass er Tränen in den Augen hatte. Er blinzelte sie weg, hüstelte leise.

»Das wollte ich mit dir teilen. Weil … ich wusste, du würdest es verstehen.«

Er drückte mir das Buch in die Hand.

Er wandte sich ab. Ich war tief bewegt, presste das Buch an mich und griff nach seiner Hand. Wir verließen den Laden. Beachtete ich Zweiter Onkel überhaupt? Winkte ich ihm zum Abschied wenigstens noch einmal zu? Ich kann mich wirklich nicht mehr erinnern. Ich erinnere mich nur noch an Gen. Dass er etwas zu mir sagte und allein seine Anwesenheit alles andere in meiner Welt überdeckte. Dieses pochende Gefühl tief in meinem Bauch. Diese bange Freude.

Ich war mir sicher, dass ich mich verliebt hatte.

Als ich an jenem Abend nach Hause zurückkehrte, hörte ich schon an der Tür den Aufruhr. Meine Mutter kam aus dem Zimmer meiner Großmutter gestürmt und stoppte vor mir, als hätte sie damit gerechnet, mich dort vorzufinden. Sie grüßte mich nicht, nicht einmal mit einem »Hallo!«.

»Ich kann mit dieser alten Frau nicht mehr umgehen. Ich lasse mir ihre Verrücktheit, ihren Wahnsinn nicht mehr gefallen!«

Meine Mutter schaute mich wütend an, entsetzt über das, was auch immer meine Großmutter ihr angetan hatte. Sie drehte sich auf dem Absatz um und knallte die Tür ihres Zimmers so laut zu, dass die dünnen Wände unserer Wohnung bebten.

Ich machte mich auf den Weg in das Zimmer meiner Großmutter.

Als ich es betrat, blickte meine Großmutter ruckartig auf. Für mich hatte sie immer schon alt ausgesehen, doch in jenem Moment wirkten ihre Augen wie die Höhlen in einem

Totenschädel, und in ihrem ausgezehrten Gesicht stand eine Mischung aus Wut und Angst.

»Was willst du?«, fuhr sie mich an.

Auf einmal wurde ich von einem surrealen Gefühl der Ruhe ergriffen. Ich ging langsam auf sie zu.

»Ich will mit dir reden, Po Po. Ich möchte, dass du mir sagst, was nicht in Ordnung ist.«

Während ich näher kam, entspannte sich das Gesicht meiner Großmutter, erst jetzt schien sie mich zu erkennen. Sie sagte meinen Namen nicht, doch ihre Stimme klang sanfter.

»Es ist nur ... offenbar kann ich nicht mehr ...«

Sie hielt eine Hand hoch, in der ein Lederstreifen hing. Und dann wurde mir klar, was los war.

Den größten Teil ihres Lebens hatte sie Leder zu Pantoffeln und Schuhen verarbeitet. Zuerst für ihre eigenen geschundenen Füße, ein Akt der Rebellion. Und dann für andere, für jene letzte Generation von Frauen, denen man die Füße zerschlagen und gebunden hatte, damit sie dem männlichen Blick besser gefielen.

Und als viele jener Großmütter längst verstorben waren, hatte meine Großmutter für ihre Kinder und Kindeskinder Pantoffeln und Schuhe angefertigt.

Die Arbeit, die meine Großmutter mit ihren Händen machte, war nicht nur jenes Verflechten von Leder gewesen – sie hatte sich selbst in das Gewebe unserer Gemeinschaft hineingewoben. Es hatte sie zu einer fixen Größe im Leben unserer Nachbarschaft gemacht, hatte ihr eine Rolle gegeben, die sie spielte, während die Jahre ins Land gingen und eine Generation auf die nächste folgte. Nun jedoch hatten ihre die Zeit überdauernden Finger sie zum allerersten Mal im Stich gelassen. Das Bedürfnis zu arbeiten war immer noch da, und ihr Gefühl der Würde war stark, aber die geheimnisvollen elektrischen Impulse, die das Gehirn mit den Händen verbanden, waren dabei zu erlöschen. Meine Großmutter wurde von ihrer eigenen Hilflosigkeit verschlungen.

Ich setzte mich neben sie. Ihre Fingerspitzen waren von den Nadeln zerstochen. Früher war sie immer so stolz darauf gewesen, dass sie wochenlang arbeiten konnte, ohne sich zu piksen. Damit war es nun vorbei. Jetzt hatte sich alles verändert. Ich ergriff eine ihrer Hände. Sie zuckte ganz leicht zusammen, ließ mich aber gewähren. Ich nahm den Lederstreifen in die andere Hand.

Die Geschicklichkeit meiner Großmutter, was das Nähen anbelangte, hatte ich nicht geerbt, doch – weil ich ein Mädchen war – hatte sie mir im Laufe der Jahre ein wenig beigebracht. Vielleicht hatte sie ja das Gefühl gehabt, wenn ich in jedem anderen Bereich meines Lebens scheiterte, könnte ich wenigstens auf das Nähen zurückgreifen, so wie sie es getan hatte. Ich nahm ihre Hand in die meine und begann zusammen mit ihr zu nähen. Die Nadel durchstach das Leder, langsam formte sich eine Naht. Ich spürte, wie der ganze Körper meiner Großmutter ruhiger wurde, Schritt für Schritt, unausweichlich. Ihre Mundwinkel erschlafften. Ihre dunklen Schildkrötenaugen leuchteten vor Faszination und sonderbarer Freude.

Es können nur ein paar Minuten gewesen sein, die wir gemeinsam nähten. Und auf keinen Fall hatten wir große Fortschritte in der Verarbeitung des Leders gemacht. Doch irgendwann war meine Großmutter wieder ein kleines bisschen mehr sie selbst. Sie schaute mich an.

Leise sagte sie: »Danke, Kleines. Aber ich bin jetzt sehr müde. Ich denke, ich sollte ins Bett gehen.«

Ich stand auf, ohne ein Wort zu sagen. Ich berührte ihre Stirn mit den Lippen. Es war eine automatische Geste, und sie lächelte, bevor sie das Gesicht abwandte. Ich verließ das Zimmer, machte leise die Tür hinter mir zu.

Ich ging ins Wohnzimmer hinüber. Dort war es dunkel, nur ein einzelner Lichtstrahl wanderte flackernd durch den Raum. Meine Mutter war auf ihr Zimmer gegangen, und mein Vater saß in dem vollgestopften Raum, den er Arbeitszimmer nannte und wohin er sich jeden Abend zurückzog. Das kleine silbrige Licht kam von einer Taschenlampe, die mein Bruder beim Spielen im Dunkeln schwenkte. Einer Taschenlampe, die mein Vater vor einiger Zeit für ihn gekauft hatte.

Ich schlich mich näher, und er fuhr mit der Taschenlampe herum, leuchtete mir damit ins Gesicht.

»Ich hab dich, ich hab dich«, sagte er, doch seine Stimme klang irgendwie abstrakt, als wäre er mit dem Herzen irgendwo, aber nicht bei diesem Spiel.

Ich glaube, Qiao sah in mir oft nur seine langweilige ältere Schwester. Jemanden, der ihn ab und zu in die Schranken verwies, ein notwendiges Übel, das ihm manchmal den Spaß verdarb. Ich denke, wäre ich ein älterer Bruder gewesen, wäre unsere Beziehung eine andere gewesen; vielleicht hätte er mich mit einer gewissen Neugier und Spannung betrachtet oder gar in Betracht gezogen, mich nachzuahmen. Dass ich die langweilige ältere Schwester war, hatte allerdings auch seine Vorteile. Wenn er in Panik geriet oder traurig war, war es gewiss leichter für ihn, mit mir zu reden, als zu einem älteren Bruder. Und nun hatte ich das deutliche Gefühl, dass er traurig war.

»Alles in Ordnung mit dir?«

»Ja«, sagte er, wich aber meinem Blick aus und schwenkte noch wilder den Strahl der Taschenlampe.

Ich stand da und betrachtete ihn eine Weile, sah, wie das bleiche Licht hierhin und dorthin wanderte.

Irgendwann ergriff er wieder das Wort. Seine Stimme klang mürrisch und verschlossen. »Mutter und Po Po haben gestritten.«

»Ja, ich weiß. Sie streiten immer.«

»Aber ...« Jetzt sprach aus seiner Stimme die ganze Bangigkeit eines Kindes. »Aber ... diesmal war es anders.«

»Wie das?«

»Es war einfach anders.«

Wieder Schweigen. Dann: »Weil Po Po anders ist.«

»Ja?«

»Ja.«

Ich wusste nicht, was ich sagen sollte. Doch als langweilige ältere Schwester wusste ich, dass es meine Verantwortung war, etwas zu sagen.

»Hör zu, Qiao. Wegen Po Po. Ich denke, du solltest wissen, dass ...«

»Weißt du was?«, stieß Qiao aufgeregt hervor. »Weißt du was?«

»Nein, was denn?«, fragte ich etwas perplex.

»Ich habe einen Freund, und der heißt Chuanli, und der hat zu Hause einen Fernseher, und kürzlich hat Papa gesagt, ich könnte nach der Schule zu ihm rübergehen, und das habe ich gemacht, und dann haben wir ferngesehen und *Black Cat Detective* gesehen. Darin geht es um eine schwarze Katze auf einem Motorrad, die eine Pistole hat, und mit der ballert sie auf die bösen Jungs, und du siehst, wie sie ballert, weil du das Blut siehst, das überallhin spritzt!«

Selbst im Halbdunkel konnte ich sein schurkisches Grinsen sehen.

»Und weißt du noch was?«

»Was denn?«

Seine Stimme wurde leiser und nahm das geheimnisvolle raunende Flüstern an, das nur ein kleiner Junge zustande bringt.

»Dieser Zeichentrickfilm ist erst für Kinder ab dreizehn, aber wir haben ihn uns trotzdem angeschaut. Kannst du dir das vorstellen?«

Ich sagte ihm, das könne ich.

Und dann verzog sich die Miene meines kleinen Bruders und wurde besorgt. »Aber du verpetzt mich nicht, oder?«

»Ich verpetz dich nicht.«

Er nickte zufrieden.

Dann schaute er zu mir hoch und lächelte. »Ich wünschte, wir hätten auch einen Fernseher. Dann könnte ich mir Zeichentrickfilme anschauen, wann immer ich Lust habe.«

Seine Augen leuchteten. Unendliche Möglichkeiten schienen sich in diesem fesselnden Szenario für ihn aufzutun.

ZWANZIG

Am 29. Januar begann 1987 das neue Jahr. Es war das Jahr des Hasen. Während der große Tag immer näher rückte, wurde meine Mutter zum Arbeitstier. Sie putzte unsere Wohnung einmal, zweimal, dann noch einmal. Sie wienerte und polierte, bis die Möbel glänzten und ihre Finger rot und wund waren. In den Jahren zuvor hatten sie und meine Großmutter den Großputz gemeinsam gemacht. Als Frau der dritten Generation war auch ich in die Aktion miteinbezogen worden. Für meine Großmutter war es ein Ritual von einiger Bedeutung, da sie der festen Überzeugung war, dass eine gründliche Reinigung kurz vor dem Jahreswechsel eine effektive Möglichkeit sei, die Wohnung von all dem Pech zu befreien, das sich im vergangenen Jahr darin angehäuft hatte. Doch mittlerweile war sich meine Großmutter kaum mehr bewusst, dass Neujahrstag war, ganz zu schweigen von seinem symbolischen Wert.

Meine Mutter hingegen maß dem abergläubischen Aspekt des Säuberungsrituals keine große Bedeutung bei. Ich glaube, sie tat es, weil sie und meine Großmutter es immer getan hatten; so viele Jahre schon schrubbten sie sich in störrischem Schweigen durch die Wohnung und gelangten auf diese Weise zu einer etwas windschiefen Solidarität. Nun, da meine Großmutter nicht mehr in der Lage war, daran teilzunehmen, legte sich meine Mutter noch mehr ins Zeug, als wäre sie entschlossen, die Arbeit von zwei Menschen zu erledigen statt nur von einem.

Am späten Nachmittag herrschte auf unserem Hausflur ein großes Kommen und Gehen. Nachbarn kamen vorbei, um einander vor dem großen Festessen einen Besuch abzustatten, und die Kinder bekamen rot eingepackte Geschenke, manchmal Geld, öfter jedoch hausgemachte Leckereien – Gebäck oder Süßigkeiten, die mit klebrigen, gierigen Fingern aufgerissen und vernascht wurden. Mein Bruder und die anderen Kinder vom Flur flitzten von einer Wohnung zur nächsten; vom vielen Zucker berauscht und in Feierlaune summten und brummten sie herum wie Fliegen an einem heißen Sommertag, die fett und träge in den schwülen Luftströmen umherschaukeln.

Ich beobachtete sie mit amüsierter Nachsicht; ich erinnerte mich noch gut daran, wie ich selbst mit von der Partie gewesen war. Aber natürlich war jetzt alles anders. Meine Großmutter stand nicht mehr im Morgengrauen auf wie früher. Sie machte sich nicht mehr auf den Weg zum Friedhof, um mit ihrem toten Ehemann Zwiesprache zu halten und auf den Grabsteinen ihrer Vorfahren kleine Geschenke zu hinterlassen, wenn die ersten Lichtstrahlen über den Horizont drangen. Sie verbrachte die meiste Zeit auf ihrem Zimmer, und als einige der Nachbarn darauf bestanden, ihr einen frohen Jahreswechsel zu wünschen, blieb ihr Gesichtsausdruck wie abwesend, nur ein paar karge Worte kamen ihr über die Lippen.

Später saßen wir wie immer gemeinsam beim Festtagsmahl. Meine Mutter und ich hatten Teigtaschen, Huhn und Schweinefleisch zubereitet und es sogar geschafft, *fat choy* aufzutreiben, eine Delikatesse, auch als »haariges Gemüse« bekannt, die besonders mein Bruder gerne aß, allerdings weniger wegen ihres köstlichen Geschmacks als wegen ihres grotesken Aussehens. Mein Vater, der normalerweise so kontrolliert und voller Hemmungen war, hatte ein wenig mehr als sonst vom Tischwein getrunken.

»Ich möchte nur sagen ... dass ich finde ...«, begann mein Vater etwas unbeholfen, »ich finde, an diesem Tag geht es traditionell darum, an unsere Vorfahren zu erinnern, doch er dient auch ... dazu, die Lebenden zu feiern. Ähm. Und ich würde gerne jeden feiern, der hier an diesem Tisch sitzt ... meine ... äh ... meine Familie.«

Wir alle hoben die Gläser. Mein Vater sah glücklich und peinlich berührt zugleich aus. Mein Bruder nippte an seinem Saft. Ich trank noch etwas Wein. Vielleicht waren es die Wärme des Alkohols und die Hitze des brutzelnden Essens, aber einen Moment lang empfand ich eine tiefe Zufriedenheit, als wäre ich wieder ein kleines Kind, und meine ganze Welt würde durch die vier Wände unseres Wohnhauses beschützt und durch das Lachen der Nachbarn, das durch den Flur hallte.

Draußen zündete jemand ein Feuerwerk.

Langsam machte sich auf dem Gesicht meiner Großmutter ein Ausdruck der Verwirrung breit. »Was?«, murmelte sie überrascht und ängstlich. »Was ist das? Was geschieht mit uns?«

Ich nahm ihre zerknitterte Hand in meine. »Ist schon in Ordnung, Po Po. Das ist nur Feuerwerk!«

»Warum?«

»Erinnerst du dich nicht an die Geschichte?«

»Was für eine Geschichte?«

»Es ist Neujahr. Und es heißt, das erste neue Jahr habe in einem kleinen Dorf begonnen ...«

Mit der gleichen ruckartigen Erkenntnis, der gleichen atemlosen Wucht wurde mir klar, wie sehr meine Großmutter mittlerweile wieder zum Kind geworden war. Sie sah mich ungläubig an und flüsterte dann: »Früher hab ich auch mal in einem kleinen Dorf gelebt.«

»Ja, ja, das hast du. Doch dieses kleine Dorf wurde von einem Ungeheuer bedroht. Das Ungeheuer hieß Nian und wohnte in einem Berg. Und manchmal kam es in das Dorf. Die Leute im Dorf merkten zum Glück, dass es sich vor bunten Farben und lauten Stimmen fürchtete. Deshalb sind die Geschenke, die Qiao und die anderen Kinder bekommen haben, auch in schönes rotes Papier eingewickelt, und darum gibt es ein Feuerwerk. Das beschützt uns vor Nian.«

Ich versuchte, die Geschichte mit der gleichen Heiterkeit zu erzählen, wie sie sie mir vor so vielen Jahren geschildert hatte, spürte aber, wie meine Stimme ins Stocken geriet. Ihr Gesichtsausdruck veränderte sich: Plötzlich leuchtete da ein glühendes Selbstbewusstsein – einen winzigen Augenblick kam wieder meine Großmutter zum Vorschein, wie sie früher einmal gewesen war.

»Pfff. Eine alberne Kindergeschichte. Ich habe als Kind auch in so einem Dorf gelebt. Und eins kann ich dir sagen, Kleines: Rotes Geschenkpapier und ein bisschen Lärm können Kinder nicht vor Ungeheuern beschützen!«

Die Art und Weise, wie sie das gesagt hatte, die Kälte in ihrer Stimme, die Bitterkeit, war bemerkenswert. Der ganze Tisch verfiel in eine Art benommenes Schweigen. Doch schon im nächsten Moment war die Frau von früher wieder verschwunden. Ihr Gesicht entspannte sich, und nun war die gleiche, etwas leere Heiterkeit wieder da. Sie blinzelte verwundert zu dem reich gedeckten Tisch. Ich merkte, dass mein Bruder neben mir unruhig wurde. Meine Eltern wussten, was gerade passiert war, ihm aber fehlte noch das Verständnis dafür; er begriff das Geschehene nur aus zweiter Hand, durch die Gefühlswellen, die wir Erwachsenen aussandten.

Wir Erwachsenen! War ich denn jetzt tatsächlich eine Erwachsene? War das die allerletzte unvorhergesehene Konsequenz aus dem fortschreitenden geistigen Niedergang meiner

Großmutter? Dass er meine Kindheit endgültig und für immer beendete?

Wir fuhren mit dem Essen fort. Spürten die Hitze der glitschigen Teigtaschen auf der Zunge. Vergaßen für einen Moment die Wirklichkeit, denn die Wirklichkeit dessen, was unserer Familie gerade widerfuhr, was meiner Großmutter widerfuhr, war so schlimm, dass es kaum zu ertragen war. Und doch hielt ebendiese Wirklichkeit, jenseits der Feierlichkeiten und des Gelächters und all der anderen Geräusche, die von unseren Nachbarn über den Flur zu hören waren, jedes einzelne Mitglied unserer Familie in ihrem kalten und nicht nachlassenden Griff.

Wieder war ein Feuerwerkskörper zu hören, der knallte und dann durch die Nacht zischte. Erneut zuckte meine Großmutter zusammen, war in ihrem Stuhl plötzlich hellwach. Wieder schaute sie mich an.

»Was ist da los? Was sind das für Geräusche? Was geht da vor?«

Mein Bruder fegte sein Saftglas vom Tisch, und es zerbrach auf dem Boden. Er schob seinen Stuhl zurück, stand auf und zeigte mit dem Finger auf meine Großmutter. Sein immer noch kindlicher Körper war ein wenig pummelig, aber seine Haltung auf absurde Weise vorwurfsvoll. Er zitterte.

»Warum machst du das? Warum stellst du immer wieder die gleiche Frage? Warum bringst du alle hier am Tisch dazu, sich schlecht zu fühlen? Ich hasse dich. Ich hasse dich so sehr!«

Meine Großmutter schaute meinen kleinen Bruder blinzelnd an, sie sah ratlos und gekränkt aus. Mein Vater stand auf, und auch er zitterte. Seine Stimme war leise, doch sein Ton war so verärgert, wie ich es nur selten an ihm gehört hatte.

»Du – du wirst nie wieder so mit deiner Großmutter reden! Wie kannst du es wagen!«

Damit gab er meinem Bruder, der sowieso schon kurz davor war, die Nerven zu verlieren, den Rest. Unter heftigem Schluchzen rannte Qiao aus dem Zimmer.

Ich wandte mich instinktiv meiner Großmutter zu. Ihr Gesicht war wie erstarrt, eine einzelne Träne lief ihr über die Wange.

»Frohes neues Jahr!«, murmelte meine Mutter vor sich hin.

Vielleicht hätte ich meinem Bruder hinterherlaufen sollen, um ihn zu beruhigen. Oder ich hätte bleiben sollen, um meine Großmutter zu trösten. Doch die Last dessen, was geschehen war, wurde mir zu schwer, und so zog ich mich auf mein Zimmer zurück. Unscheinbar und still und schüchtern zu sein, hat auch seine Vorteile. Mich unauffällig aus der Affäre zu ziehen, darin war ich immer schon gut gewesen. Ich hatte es mein ganzes Leben lang geübt.

Später an jenem Abend – als das Feuerwerk bis auf ein paar vereinzelte Knaller in der Ferne beendet und der Lärm auf dem Flur abgeebbt war – schlüpfte ich aus dem Haus und traf mich mit Gen in demselben Wäldchen, in das wir vor ein paar Monaten meinen Bruder mitgenommen hatten. Zu dieser abendlichen Stunde war es dort ganz anders als damals. Während bei Tage die Bäume knorrig und bunt ausgesehen hatten, von der Sonne angehaucht, kamen sie mir jetzt, bei hereinbrechender Dunkelheit, gespenstisch vor, fremd und unheimlich, wie leblose Stecken, die in die Dämmerung ragten. Während wir den Hügel erklommen, konnten wir unter uns die Lichter der Stadt sehen, die im verhangenen Lila und Blau des Abends blinkten.

Eine Weile standen wir schweigend da und schauten über Peking hinweg, und es fühlte sich an, als wären wir im Umkreis von Meilen die einzigen Menschen. Alles, was geschehen war – die ganze Sorge, die sich in mir aufgestaut hatte –, war wie ein Keil in meinem Körper, so real und physisch wie eine Zyste oder ein Krebsgeschwür.

»Heute hat meine Großmutter nicht einmal mehr gewusst, dass Neujahrstag ist. Sie kann wirklich nichts mehr im Kopf behalten.«

Ich hatte leise gesprochen, fast beiläufig, als wäre das eine Beobachtung, die mir gerade erst durch den Kopf gegangen war. Gen schaute mich nicht an.

»Ich denke, es ist unvermeidlich«, sagte ich stoisch, obwohl mein Herz vor Panik klopfte. »Vermutlich passiert das einfach, wenn du sehr alt wirst. Man kann nichts dagegen machen.«

Gen nickte leicht, blieb jedoch stumm.

»Es ist Qiao, um den ich mir Sorgen mache«, sprach ich weiter und versuchte einen ernsten, bekümmerten Ton anzuschlagen. »Er ist noch zu jung, um zu verstehen, was passiert ...« Ich verstummte.

Gen schaute mich an. Er hüstelte. »Wie du sagst, ist es ein Teil des Älterwerdens, ein Teil des Lebens. Ich bin mir sicher, irgendwann wird er damit umgehen können. Übrigens – am Samstag haben wir zum letzten Mal Unterricht. Es wird komisch sein, nicht mehr dorthin zu gehen, meinst du nicht?«

»Schon«, sagte ich tonlos, doch etwas in mir brach auf. Ich brachte ein kühles Lächeln zustande. »He, erinnerst du dich noch, wie wir dieses Spiel gespielt haben, als wir Kinder waren – Katz und Maus –, und Wang Fan wollte immer die Katze sein, befolgte aber nie die Regeln und stürzte sich früher auf einen, als er sollte, und dann herrschte jedes Mal Chaos, weil alle auf dem Boden herumrollten. Damals war das Leben so viel einfacher, findest du nicht?«

»Ich weiß nicht«, sagte Gen unverbindlich. »Es ist so lange her.«

Ich wandte mein Gesicht ab und schaute in die graue Dämmerung, damit er die Tränen in meinen Augen nicht sah.

Als ich nach Hause kam, tat ich das, was ich immer schon getan hatte, wenn ich traurig war oder sich Hoffnungslosigkeit in mir breitmachte. Ich schlug ein Buch auf. Ich könnte nicht sagen, dass ich mich daran erinnere, was ich an jenem Abend las. Ich weiß nur, *dass* ich las. Ich schlug die Seiten um und nahm das entgegen, was Literatur bieten kann. Die Möglichkeit, der Wirklichkeit zu entfliehen, auch wenn es nur kurz anhält. Abstand vom eigenen Leben zu bekommen und an der Erfahrung anderer teilzuhaben, als unsichtbare Präsenz irgendwo am Rande der Seite. Lesen war immer schon mein Zufluchtsort gewesen.

Das hielt nicht an. Es wurde spät. Es muss schon fast Mitternacht gewesen sein, als ich dieses Geräusch hörte. Ein menschliches und doch fremdes Geräusch. Es war kindlich, klang aber zugleich nach einem alten Menschen. Ich wusste sofort, dass dieses Stöhnen aus dem Zimmer meiner Großmutter kam. Dass es von ihr kam. Trotzdem las ich weiter. Zu dieser späten Stunde, sagte ich mir, wie konnte man da schon wissen, um welches Geräusch es sich handelte?

Sie stöhnte wieder. Ich spürte, wie meine Finger sich verkrampften, nicht weil meine Lektüre unterbrochen worden war, sondern weil es keinen Aufschub gab. Ich konnte dieses ängstliche Ächzen und seine Urheberin nicht mehr ignorieren. Meine Großmutter rief nach uns, so wie ein Kind es getan hätte.

Ich war wütend. Wenn ich daran zurückdenke, war es eine egoistische und lieblose Reaktion, für die ich mich bis zum heutigen Tag schäme. Doch bis dahin hatte die unerbittliche Anwesenheit meiner Großmutter mein Leben im Griff gehabt. Störrisch, abergläubisch und entschlossen, war sie das furchtloseste menschliche Wesen, das ich jemals gekannt hatte. Und jetzt hatte ich das Gefühl, betrogen worden zu sein. Ganz gewiss hatte sie nicht *das Recht,* zu dieser anderen Person zu werden, dieser verängstigten kleinen Frau, die nicht mehr wusste, wie wir hießen. Sie hatte nicht *das Recht,* mitten in der Nacht nach uns zu rufen wie ein kleines Kind.

Hinter meinem Unmut verbarg sich Angst. Sosehr ich mir wünschte, als erwachsen zu gelten, war da immer noch dieser Ort in mir, an dem ich immer ein kleines Mädchen sein würde, ihr »Kleines« – ein warmer, wundervoller, sicherer Ort, an dem meine Großmutter noch sie selbst war und an dem sich nichts ändern würde.

Ich schlich in ihr Zimmer, erfüllt von einer Mischung aus Unmut und Furcht. In der Dunkelheit konnte ich sie kaum erkennen. Ich trat seitlich an ihr Bett und zündete eine Kerze an. Ihr Gesicht war zerfurcht, und sie sah schrecklich alt aus. Für mich war sie immer schon alt gewesen, nun wirkte sie hinfällig und auch klapprig. Ihre Augen wirkten gehetzt. Sie schaute mich an, und ich merkte, dass sie sich nicht sicher war, wer ich war.

»Wo ist Hu Ren? Wo ist mein Ehemann?«

»Po Po. Großvater ist vor einiger Zeit gestorben.«

»Er ist tot?«

»Ja.«

Ich wusste nicht, wie sie reagieren würde, doch sie nahm die Nachricht ernst und feierlich entgegen, nickte einmal, als hätte sie schon die ganze Zeit diesen Verdacht gehabt.

Und dann schaute sie mich mit ihrem uralten Gesicht an und mit jenen Augen – riesigen, dunklen Tümpeln. Ihre Lippen gerieten kurz ins Zittern. Dann schließlich fragte sie, leise wie ein Kind: »Bin ich auch tot?«

Auf einmal war all der Groll, den ich ihr gegenüber empfunden hatte, die Frustration, die mich schon so lange erfüllte, dahingeschmolzen, und in mir war nur noch tiefes Mitleid.

Ich streckte die Hand nach ihr aus. Ich strich ihr über das dicke, strähnige Haar. Und ich versuchte, ein Schluchzen zu unterdrücken.

»Nein, du bist nicht tot. Du bist meine Großmutter. Und ich liebe dich sehr!«

Sie schaute mich mit einer Mischung aus Neugier und Verwunderung an. Ihre Lippen bebten. Und dann streckte sie ganz langsam die Hand aus und berührte mein Gesicht.

»Kleines«, hauchte sie.

Jetzt schluchzte ich, kämpfte aber dagegen an.

»Genau, das ist richtig! Ich bin hier. Es geht dir gut. Es geht dir gut. Du bist bei mir«, sagte ich.

Ihr Schildkrötengesicht verzog sich zu einem ausdruckslosen Lächeln.

Sie ließ sich auf ihr Bett zurücksinken. Angst hatte sie keine mehr. Wenigstens das hatte ich für sie getan. Vielleicht ist es das Einzige, was ich in meiner Erinnerung für sie getan habe. Irgendwann später fielen mir diese Worte wieder ein »Es geht dir gut. Es geht dir gut. Du bist bei mir« –, und mir wurde bewusst, dass sie mir genau das oft zugeflüstert hatte, als ich noch ein kleines Kind war und mich von einem Albtraum erholte.

Ich saß an ihrem Bett und betrachtete sie.

Sie hatte die Augen geschlossen, doch als ich sie berührte, ergriff sie meine Hand und hielt sie fest; eine Berührung, so sanft, so flüchtig, und dann, einen Moment später, ließ sie los, und ich hörte sie leise, pfeifend schnarchen. Ich war so verblüfft von dem, was gerade geschehen war, dass ich erschrak, als vor der Tür ein Geräusch zu hören war.

Dort stand meine Mutter im Nachthemd. Sie schaute mich an, wie ich die Hand meiner Großmutter hielt, und hatte etwas im Blick, das Hass sehr nahekam.

Ich sah zu ihr hoch.

Meine Mutter erwiderte meinen Blick, drehte sich dann um und ging davon.

EINUNDZWANZIG

Es gibt diese Filme im Zeitraffer, bei denen die Leute blitzschnell auf der Leinwand auftauchen und wieder verschwinden, zuerst in die eine und dann in die andere Richtung unterwegs sind. Bis man merkt, dass da eine einzige Person im Mittelpunkt des Bildes ist, die reglos bleibt – ein einzelner Fixpunkt, um den herum alles andere passiert.

Ein bisschen fühlte ich mich so. Meine Klassenkameraden waren voller Tatendrang und Vorfreude, weil wir in diesem Sommer endgültig von der Schule abgehen würden. Manche sprachen über die Unis, an denen sie sich beworben hatten, andere hatten lukrative Jobs in staatlichen Behörden in Aussicht; wieder andere träumten davon, ins Ausland zu gehen. Obwohl auch ich einige Bewerbungen an Unis geschrieben hatte und die üblichen Fragen nach meinen Plänen beantwortete, fühlte ich mich von meinen Klassenkameraden getrennt, als läge ein gewaltiger Abstand zwischen uns; und auch ihre Worte schienen mir von weither zu kommen, als befände ich mich unter Wasser. Alles andere bewegte sich vorwärts, die Zeit lief weiter, wie sie es immer getan hatte, doch ich blieb, wo ich war, wie eingeschlossen in ein Gefühl der Taubheit, während ich zusah, wie meine Großmutter immer mehr dahinschwand. In jenen letzten Tagen dachte ich fast immer an sie.

Auf einmal klatschten alle Beifall!

Ich blickte von meiner Schulbank auf. Es war unser allerletzter Unterricht am Samstag mit Liu Ping. Alle schauten mich an. Selbst Li Lei strahlte. Unser Lehrer hatte gerade verkündet, dass mein Aufsatz nicht nur an unserer Schule, sondern in ganz Peking hervorragend abgeschnitten hatte: Ich hatte eine der zehn besten Bewertungen dafür bekommen. Ein paar Sekunden lang war diese Information für mich nur schwer zu verarbeiten. Liu Ping gab mir meinen Aufsatz zurück, zusammen mit einem Gutschein über 600 Yuan. So viel Geld hatte ich noch nie in meinem ganzen Leben in den Händen gehalten, und es kam mir nichts daran real vor. Nichts war real. Auch Gens Aufsatz hatte sehr gut abgeschnitten; er gewann in unserer Klasse den zweiten Platz. Und Li Lei wurde Dritte. Sie bekamen jeweils einen Gutschein über 100 Yuan.

Liu Ping sagte uns, er sei glücklich, und dass er überzeugt davon sei, dass wir China stolz machen würden. Er schien es ehrlich zu meinen, und er hatte zur Feier des Tages sogar Kekse und einen Krug Limonade dabei, beides hausgemacht von seiner Frau. Mich überraschte es, zu hören, dass er verheiratet war, da er nur selten über sein Privatleben gesprochen hatte, doch an jenem letzten Tag schien alles ein wenig lässiger und entspannter zu laufen. Gearbeitet wurde nicht mehr. Liu Ping machte das Fenster weit auf, und von draußen kamen Frühlingsluft und der Duft von frisch gemähtem Gras herein.

Während die anderen glücklich vor sich hin plauderten, strich ich mit den Händen über die glatte Oberfläche der Gutscheinkarte und verspürte einen Funken Hoffnung in mir. Es ging nicht nur um das Geld. Abgesehen von Büchern gab ich nicht viel Geld für Dinge aus. Doch der Gedanke, dass ich etwas geschrieben hatte, das einen solchen Preis verdiente, war schon etwas Besonderes. Dass meine zu Papier gebrachten Gedanken dies tatsächlich wert waren, schien mir ebenso wundersam, wie es unerwartet gekommen war. Zum ersten

Mal in meinem Leben begann der Gedanke, Schriftstellerin zu werden, am Horizont meiner Zukunft seinen noch schwachen Schimmer zu entfalten.

Die Stimmung der anderen war gut, und eine Weile hatte ich das Gefühl, eine Tür sei aufgestoßen worden und lasse ein wenig Licht herein. Ich bemerkte, wie Gen sich auf seinem Stuhl zurücklehnte und, so feierlich und nachdenklich wie immer, in die Frühlingssonne hinausschaute, und mir ging der Gedanke durch den Kopf, wie sehr ich mir wünschte, dass auch er ein Teil meiner Zukunft sein würde. Nun, da ich diesen Preis gewonnen hatte, war ich mir sicher, er würde stolz auf mich sein. Ich konnte es kaum erwarten, mit ihm zu reden.

Am Ende der Unterrichtszeit wünschte ich Li Lei alles Gute, und sie nahm mich zum Abschied vorsichtig in die Arme. Ihr Körper war dünn, schmal. Ein warmes Gefühl stieg in mir auf. Es überraschte mich. Überschwänglich versprachen wir uns, in Kontakt zu bleiben.

Was wir natürlich nicht taten.

Nach dem Unterricht machten Gen und ich uns zusammen auf den Heimweg. Ich hatte meinen Gutschein in die Innentasche meiner Jacke gesteckt. Gen war selbst für seine Verhältnisse ruhig. Wie immer, wenn er sich in Schweigen hüllte, versuchte ich die Stille auszugleichen, indem ich munter vor mich hin plapperte. Gen und ich hatten uns beide an der Universität Peking beworben. Doch obwohl es unser Plan war, die gleiche Uni zu besuchen, war ich mir insgeheim sicher, dass sie ihn nehmen würden, während ich für mich selbst nicht diese Gewissheit hatte. Die Universität Peking hatte einen riesigen Campus im Zentrum der Stadt, und die renommiertesten Wissenschaftler wurden eingeladen, Vorlesungen zu halten. Die Uni befand sich im Stadtbezirk Haidian – wo Gen und ich etwa vor einem Jahr den italienischen Film gesehen hatten. Sie war ein Zentrum liberaler Kultur, umgeben von Bars, Cafés und Theatern, ein Ort, an den Künstler, Poeten und Bands aus den entlegensten Ecken Chinas kamen, um ihr Können zu zeigen.

Ich schaute Gen an. »Ich glaube, nachdem wir beide beim Aufsatzwettbewerb gut abgeschnitten haben, besteht für uns eine gute Chance, an der Universität von Peking angenommen zu werden. Kannst du dir das vorstellen?«

Er blickte mich an und lächelte kurz. Doch er schwieg.

»Was wirst du mit deinem Preis machen?«, fragte ich.

Diesmal schaute er mir direkt ins Gesicht. Er holte seinen eigenen Gutschein aus der Tasche. Er betrachtete ihn nachdenklich.

»So fängt das immer an«, sagte er mit leiser Stimme. »Die geben dir so einen Gutschein, halten ihn dir wie eine Karotte unter die Nase, und schon ist es passiert. So verlierst du deine kritische Stimme, deine Fähigkeit zu denken. Und wirst schließlich zu einem dieser kleinen grauen Bürokraten, so wie sie es sind.«

Betont langsam zerriss er seinen Gutschein und ließ die Fetzen auf die Straße fallen.

Vielleicht sah er, wie erschüttert ich war, denn er setzte auf der Stelle ein freundlicheres Gesicht auf.

»Oh nein, ich meine nicht dich. Ich sprach über meine Situation, nicht über deine. Dein Aufsatz war großartig. Ich bin mir sicher, den Preis hast du dir verdient. Und ich möchte, dass du ihn genießt. Ich weiß, dass dir solche Bestätigungen wichtig sind.«

Er beugte sich vor und streifte mit den Lippen meine Stirn.

Die Berührung fühlte sich kalt an.

Nachdem er gegangen war, dachte ich über das nach, was er gesagt hatte. War ich wirklich eine Egoistin, die sich nach solch kleinen Bestätigungen sehnte? Vermutlich hatte er recht. Das Licht und die Farbe der Freude, die ich bei meiner Belobigung empfunden hatte, waren auf der Stelle dahin. Doch es ging nicht nur um Gen. Ich dachte dabei an alles, was meine Familie gerade durchmachte. Wie konnte ich mich denn für mich selbst so freuen, mir sogar noch etwas darauf einbilden, während meine Großmutter im Sterben lag?

Ich dachte an meinen kleinen Bruder. Als ich an diesem Morgen das Haus verlassen hatte, um in den Unterricht zu gehen, hatte Qiao mich am Arm genommen. Er wollte mir ein Bild zeigen, das er gezeichnet hatte und das den *Black Cat Detective* zeigte, die Hauptfigur des Zeichentrickfilms, den er bei seinem Freund zu Hause gesehen hatte. Dieser Tage kam es nur selten vor, dass er etwas Derartiges mit mir teilen wollte.

Hinter seinem beharrlichen Wunsch, dass ich mir die Zeichnung anschaute, steckte noch etwas anderes. Er wollte nicht, dass ich ging. Und ich wusste, warum. Er wollte nicht in einem Zuhause zurückbleiben, das unter der Last unausgesprochener Trauer dahinsiechte. Was die Demenz meiner Großmutter mich lehrte, was sie uns alle lehrte, war, dass es möglich ist, um die Lebenden genauso zu trauern wie um die Toten. Eine Person zu vermissen, auch wenn sie immer noch am Leben ist. Ihren Verlust zu spüren, obwohl sie noch da ist. Das empfand auch mein Bruder so, glaube ich. Ich erinnere mich an seinen Blick – an diese großen Augen, immer noch die Augen eines Kindes, aber mit jenem ersten Anflug einer erwachseneren Verdrießlichkeit, des Vorwurfs. Ich erinnere mich, wie er mich anschaute, ohne zu lächeln, als ich das Haus verließ, während er zurückblieb. Doch ich verdrängte dieses Bild von ihm und fuhr mit meinem Alltag fort.

Ich hielt den Gutschein in der Hand. Auf einmal kam er mir sinnlos vor. Wertlos. Ein Teil von mir wollte tun, was Gen getan hatte, den Gutschein zerreißen und die Schnipsel vom

Wind verwehen lassen. Zugleich war mit diesem Gutschein mehr Geld verbunden, als ich jemals in den Fingern gehabt hatte.

Ich schob ihn zurück in meine Tasche.

Ich nahm den Bus zur Chang'an-Straße. Es war später Nachmittag. Ich war in Richtung Westen unterwegs, in eine Gegend, wo viele kleinere Elektrogeschäfte angesiedelt waren – Läden, die man in den Seitengassen entdecken konnte, die vom Hauptverkehrsweg abzweigten. Ich hatte eine Idee, wonach ich suchte. Nachdem ich mich in mehreren Geschäften umgeschaut hatte, holte ich tief Luft und traf meine Entscheidung. Ich kaufte einen Fernseher von Jinlipu, der für mehrere Jahre die teuerste Anschaffung sein würde, die ich machte. Mein Wagnis erschreckte und begeisterte mich zugleich. Doch womit ich nicht gerechnet hatte, war das schiere Gewicht des Geräts. Ich taumelte aus dem Laden, den noch verpackten Fernseher vor mich haltend, und trat, watschelnd wie eine Frau in den letzten Wochen ihrer Schwangerschaft, den Heimweg an.

Ab und zu musste ich mich bücken und den Fernseher auf dem Boden abstellen, um wieder zu Kräften zu kommen und meine schmerzenden Arme zu entlasten. Als ich es wieder auf die Hauptverkehrsstraße geschafft hatte, stellte ich das Gerät erneut ab und holte Luft. Ich blickte zum dunkelnden Himmel empor. In der Ferne konnte ich das Tor des Himmlischen Friedens erkennen, das Tempelgebäude, das man durchqueren muss, wenn man auf den Tian'anmen-Platz möchte. Das große Gebäude war in ein feierliches orangerotes Licht getaucht, das es friedlich, fast heilig wirken ließ, mitten in der Flut aus blinkenden und blitzenden Autos, die es umströmte. Einen Augenblick lang verspürte ich großes Wohlbefinden. Dann lud ich mir meine Last wieder auf und schleppte sie in Richtung Bushaltestelle.

Einige Zeit später hievte ich den Fernseher die Treppe hoch zu unserer Wohnung, mir tat der ganze Körper weh. Ich stellte das Paket vor meinen Bruder, der es misstrauisch beäugte.

»Mach auf!«, sagte ich.

»Warum?«

»Mach einfach auf!«

In einem anderen Moment hätte er vielleicht rebelliert, doch an jenem Tag widmete er sich dem Karton mit matter Zufriedenheit. Während er die Kartonschichten entfernte, begann sich der Ausdruck auf seinem Gesicht zu wandeln: von milder Neugier zu Überraschung und dann zu Erstaunen und Freude.

»Ist das ... ist der echt?«, stammelte er.

»Natürlich ist der echt! Jetzt kannst du dir so viele Zeichentrickfilme anschauen, wie du willst!«

Die Aufregung war zu viel für ihn – er fing an, herumzuhampeln und vor Freude zu schreien. Es tat einfach gut, ihn wieder als Kind zu sehen.

Von dem Lärm wurden meine Mutter und mein Vater herbeigelockt.

Ich erklärte ihnen, was passiert war, erzählte ihnen von dem Preis, den ich bekommen hatte, und merkte, dass ich dabei rot wurde. Ich blickte zu Boden.

»Gut gemacht«, sagte mein Vater leise und in herzlichem Ton.

»Wie meinst du denn, dass wir Qiao jemals wieder dazu bringen, seine Hausaufgaben zu machen?«, fragte meine Mutter in einem Ton bitterer Enttäuschung.

Und doch konnte sie den Blick kaum von dem Fernsehgerät lassen, und es funkelte in ihren Augen. Diesen Blick kannte ich. Wir waren die Allerersten auf dem Hausflur, die nun einen Fernseher besaßen, und meine Mutter wusste, dass uns das zu Objekten des Neides machte und unser Ansehen erhöhte. Und das war etwas, wonach sie sich genauso verzehrte wie mein Bruder nach seinen Zeichentrickfilmen. Mein Vater schaltete den Fernseher ein. Zuerst war nur ein weißes Rauschen zu hören. Dann drehte er an einem Regler, und jetzt war etwas zu sehen. Ein großer Mann erschien auf dem Bildschirm, und er wendete Pfannkuchen in einer Pfanne. Wir alle schauten ihm wie hypnotisiert zu. Das Bild verschwamm zwischenzeitlich, und als er zu sprechen begann, war seine Stimme schrill wie die einer Frau. Die Stimme passte gar nicht zu dem Körper, aus dem sie kam.

»Nehmen Sie niemals Semmelbrösel für Ihre Pfannkuchen, denn die verwendet man nur zum Panieren!«

Seine Ermahnung wurde durch die Lautsprecher des Fernsehens verstärkt, sodass ein schrilles Kreischen herauskam.

Wir zuckten zusammen.

Und dann brachen wir alle in Gelächter aus.

• • •

Den neuen Fernseher bekam meine Großmutter nicht mehr zu sehen.

Zu diesem Zeitpunkt war sie bereits zu schwach, um ihr Zimmer zu verlassen. Meine Mutter und ich wechselten uns beim Austausch der Bettpfanne ab. Früher war meine Großmutter wie ein Bulldozer gewesen, hatte alle mit der schieren Kraft ihrer Persönlichkeit plattgemacht, mit ihrer Unverblümtheit, ihren beißenden Kommentaren, ihrem schwarzen Humor und jenen eher seltenen Anflügen von Mitgefühl, das sie Straßenkindern und streunenden Hunden zuteilwerden ließ. Jetzt jedoch begann sie heftig zu zittern, wenn auch nur der Schatten eines Besuchers in ihrer Tür stand, oder sie weinte leise vor sich hin, wenn sie sich nicht mehr daran erinnern konnte, wo sie sich befand.

Ihr volles krauses Haar war ihr ausgefallen, und dieses robuste alte Schildkrötengesicht war nur noch ein Schatten seiner selbst, mit eingefallenen Wangen. Ihre Lebenskraft war so aufgebraucht, dass es sie unendliche Anstrengung kostete, den Kopf zu heben – unter dessen verwelkter Haut man den Schädel sehen konnte. Es wurde schwieriger und schwieriger, sie dazu zu bringen, etwas zu essen. In jenem schrecklichen letzten Stadium verweigern die Muskeln des Halses den Schluckmechanismus – der Körper verliert die Fähigkeit zu verdauen, während die letzten schwachen Neuronen des Gehirns buchstäblich den Geist aufgeben.

Und doch. Und doch. Etwas tief in ihr reagierte immer noch auf meine Stimme. Auf meine und keine andere. Dessen war ich mir sicher. Wenn sie ihre Zitteranfälle hatte, war es meine Stimme, die sie beruhigen konnte; und wenn sie leise und voller Angst zu schluchzen begann, konnte allein der Ton, den ich anschlug, manchmal ihre Tränen zum Versiegen bringen. Dabei war es gar nicht so, dass sie noch wusste, wer ich war. Doch wenn ich sie ansprach, war da etwas in ihrem Blick. Ihre glanzlosen, müden Augen öffneten sich ein wenig mehr. Wenn ich dann näher kam, schien sie den Blick auf mich zu richten – ausdruckslos, ja, aber auch sanft und warm, riesige Augen in einem verwelkten Totenschädel. Und einen winzigen Moment lang schienen jene Augen zu funkeln.

In jener allerletzten Nacht, nachdem wir den Arzt gerufen hatten, schaute sie mich auf diese Weise an, und da war eine plötzliche Dringlichkeit in ihrem Blick; die Muskeln ihres Halses bewegten sich, ihre Lippen bebten, und mir schien, sie versuchte, ihrem nutzlos gewordenen Mund einen allerletzten Satz zu entringen, jenem schlaffen, schlappen Hals. Sie schaute mir in die Augen, ihren uralten Kopf vom Kissen gestützt, und in genau diesem Moment schien der kindliche Schrecken, der sie in ihren letzten Lebensmonaten erfasst hatte, den Rückzug anzutreten; sie schaute mich an, als hätte sie gerade etwas Wundervolles erlebt und wollte dieses Gefühl unbedingt mit mir teilen. Sie rang mit sich, stotterte, versuchte verzweifelt, das auszudrücken, was ihr durch den Kopf gegangen war.

Ich beugte mich vor. Tränen strömten mir übers Gesicht, doch ich beugte mich zu ihr.

Mein ganzes Leben lang hatte sie mich »Kleines« genannt, und dass diese Bezeichnung von ihren Lippen kam, war für mich so alltäglich und gewöhnlich geworden wie das Blau des Himmels oder das glatte Gefühl von Buchseiten unter meinen Fingern. In jenem Moment aber wurde diese Bezeichnung plötzlich zum kostbarsten und rarsten aller Dinge, und alles auf der Welt schien davon abzuhängen, dass sie mich ein allerletztes Mal als ihr »Kleines« bezeichnete.

Dann blickten ihre Augen ins Leere, wurden glasig. Sie sprach nie wieder. Etwas Endgültiges hatte sich ihrer bemächtigt – wie ein Nebel, eine große Schläfrigkeit, und es war friedlich. Dafür werde ich bis ans Ende meiner Tage dankbar sein. Wir versammelten uns um sie herum. Meine Mutter, ich und der Doktor. Und wir waren auf alles gefasst.

Meine Großmutter nahm unsere Anwesenheit nicht mehr wahr. Ihr letzter Rest von Bewusstsein schien immer mehr zu schwinden. Irgendwie fand sie die Kraft, ganz sanft, fast bewusst, ihre Hand zu heben. Dieselbe Hand, deren harte, schwielige Fingerspitzen im Lauf der Generationen von so vielen Nadeln gestochen worden waren. Dieselbe Hand, die unzählige Pantoffeln und Schuhe genäht hatte, um den Frauen ihre Würde zurückzugeben, deren Füße in einem hässlichen und sinnlosen Ritual zerstört worden waren.

Langsam schälte sie ihre Hand aus dem Bettzeug und hob sie an. Sie schaute sie mit einem Ausdruck der Verwunderung an, fast, als sähe sie etwas Wundersames, das nichts mit ihr zu tun hatte, sondern ein eigenes, unabhängiges Leben führte. Es war, als wäre im ganzen Universum nichts anderes mehr von ihr übrig als diese geheimnisvolle Gliedmaße, diese Hand. Sie streckte die Finger aus, drehte die Hand um, dann ließ sie sie, Zentimeter für Zentimeter, sinken, bis sie wieder auf der Decke lag.

Und dann war sie fort.

Unser Arzt, Yang Xiaosheng, streckte die Hand nach dem Gesicht meiner Großmutter aus und berührte sanft ihre Augenlider, schloss sie. Das blieb mir für immer in Erinnerung, denn ich befand mich in einem Schockzustand, und alles war in jenem Moment wie eingefroren, bis auf diese zärtliche und weise Bewegung. Und mir kam der Gedanke, dass Dr. Yang so jung war, nicht viel älter als ich, und meine Großmutter so uralt, und jetzt war sie nicht mehr da, und ich würde nie wieder mit ihr zusammen sein. Und diese Bewegung des jungen Doktors, die Art und Weise, wie er ihre Augen geschlossen hatte, ließ mir die Kehle eng werden, denn irgendwie passte sie.

Ich wandte mich instinktiv meiner Mutter zu. Da war ein Ausdruck auf ihrem Gesicht, den ich noch nie zuvor gesehen hatte, ein Moment blanker Verwirrung, gepaart mit Schmerz. Sie kniff die Augen zusammen, wie jemand, der um Atem ringt.

Ich bewegte mich auf sie zu. Sie schaute mich an. In ihrer Miene war keine Grausamkeit, kein Zorn; eher war es so, als würde sie mich gar nicht sehen, sondern einfach durch mich hindurchschauen.

Ohne ein Wort drehte sie sich um und verließ den Raum.

Ich bewegte meine Hand auf die Hand meiner Großmutter zu, doch ich traute mich nicht, sie zu berühren – diese zerfurchte, faltige Hand –, und ich traute mich auch nicht, ihr ins Gesicht zu blicken. Ich erinnere mich, dass es im Zimmer auf einmal eiskalt war. Ich erinnere mich, dass ich nicht weinte, und doch schien alles, was dort zu sehen war, von einem dunklen Tränenschleier bedeckt zu sein.

Yang Xiaosheng berührte mich sanft an der Schulter. Ich blickte zu ihm hoch.

»Mein Vater hat immer gesagt, deine Großmutter sei nicht jedermanns Sache. Aber dass sie trotzdem ein ›Teufelsweib‹ sei. Eine Naturgewalt. Es tut mir sehr leid, dass ihr sie verloren habt.«

ZWEIUNDZWANZIG

Das Begräbnis fand im Frühsommer statt. Der Himmel war lichtblau, eine Brise liebkoste die Bäume, und die Nachmittagssonne war nur einen Hauch kühl. Ich erinnere mich, dass ich an jenem Tag ein blaues Kleid trug. Meine Großmutter wurde neben meinem Großvater zur ewigen Ruhe gebettet. Auf dem Friedhof verbrannten wir verschiedene Gegenstände – Blumen, Brot und Geld –, die aus Höllengeld gefaltet worden waren. Der Tradition nach waren es alles Dinge, die man im Jenseits gut gebrauchen konnte. Allerdings glaube ich, dass meine Großmutter da ihre Zweifel gehabt hätte. Obwohl sie die abergläubischste Person war, die ich jemals kennengelernt hatte, lebten in ihren Augen die Geister der Verstorbenen inmitten der Lebenden – in dieser Welt also. Was sollte denn der Himmel für einen Sinn haben, wenn man seine Anverwandten nicht ein wenig necken konnte? Der Gedanke, im Hier und Jetzt einen kleinen Schabernack mit ihrer Familie zu treiben und uns daran zu erinnern, dass sie immer noch da war, hätte sie gereizt. Und er hätte ein letztes Lächeln auf ihr altes Schildkrötengesicht gezaubert.

Natürlich war meine Großmutter schon eine ganze Weile nicht mehr sie selbst gewesen. Die Demenz hatte ihr eine Schicht ihrer Persönlichkeit nach der anderen geraubt, hatte sie ins Leere gesogen, bis fast nichts von ihr übrig gewesen war. Vielleicht war das auch der Grund, warum ich am Tag des Begräbnisses nicht um sie weinte. Geweint hatte ich vorher. Und ich hatte bereits eine Weile um sie getrauert. Was ich stattdessen empfand, war Taubheit.

Viele Jahre später war ich mit zwei Freundinnen unterwegs. Eine von ihnen hatte erst kürzlich ihre geliebte Mutter verloren. Die andere hatte die Hand auf das Knie unserer untröstlichen Freundin gelegt und etwas gesagt, das ich nie mehr vergessen werde. Sie sagte ihr, sie solle das Begräbnis »genießen«. Denn es würde der eine Tag in ihrem Leben sein, an dem sie nach Herzenslust in Geschichten über ihre verstorbene Mutter schwelgen und endlos über sie reden könnte. Dass es wichtig sei, sich das zunutze zu machen, denn sie würde für den Rest ihres Lebens das Bedürfnis verspüren, über ihre Mutter zu sprechen. Solange ihr eben dieses Leben gewährt sei.

So hatte ich das Begräbnis meiner Großmutter nicht erlebt. Denn etwas von mir war an jenem Tag gar nicht da. Ich hielt mich einfach nur im Hintergrund auf, und die Betäubung nahm jeden Winkel von mir ein. Und doch war die Anzahl der Menschen, die zu der Trauerfeier nach der Bestattung kamen, unglaublich. Hunderte strömten durch unseren Flur, Generationen von Frauen, die lachten und Tränen vergossen, die über meine Großmutter sprachen: ihren scharfzüngigen Humor, ihr zänkisches Gemüt, ihre Furchtlosigkeit, aber auch die Maserung an Freundlichkeit, die durch sie hindurchlief wie Silbererz durch harten schwarzen Stein. Ich selbst vergoss keine Tränen; ich konnte nicht weinen, und so beobachtete ich stattdessen so lange, bis es mir schien, als wäre ich selbst nur noch ein schwacher Anklang an der Peripherie meines Lebens.

Ich sah sie mir an, diese breiten, runden Frauen, wie sie kicherten und trauerten, wie sie lachten und weinten, und ich sah den Kindern zu, die ungeduldig zwischen ihren Beinen herumwuselten, brüllten und heiße Tränen der Müdigkeit und Langeweile weinten. Ich sah, wie mein Bruder sich in seine eigene Fantasiewelt zurückzog, während Männer ihm durchs Haar wuschelten und Frauen ihm sanft in die Wange kniffen. Ich hielt mich in der Küche auf und schaute meiner Mutter zu, die Gastgeberin spielte, Hände schüttelte und lachte und kleine Essenspakete verteilte. Sie war in ihrem Element, dachte ich. Die Aufmerksamkeit der Gemeinschaft war auf sie gerichtet, und eine plötzliche Welle von Hass stieg in mir auf.

Meine Mutter hatte es bemerkt. Sie betrat die Küche und schloss die Tür, um die Hitze auszusperren, die von den vielen Menschen ausging, und das Geplauder, das von drüben zu uns drang. Sie fing meinen Blick auf, verdrießlich und mit gerunzelter Stirn, bevor ich die Gelegenheit hatte, ihn abzuwenden. Ihr Lächeln – gerade noch wie festgefroren auf ihrem Gesicht – erstarb. Sie kam auf mich zu, die Hand auf eine Hüfte gestützt. Ihr Blick war direkt auf mich gerichtet, und er war hart.

»Was missfällt dir?«

Ich rieb mir über den Mund, murmelte etwas in den Ärmel meines hübschen blauen Kleides.

Ihr Blick ließ nicht von mir ab, noch verlor er seine Klarheit, doch ihre Lippen wurden schmal.

»Du vermisst deine Großmutter!«, fauchte sie. »Ihr wart ja immer ein Herz und eine Seele. Du glaubst also wirklich, du hättest sie gekannt, richtig? Aber hat sie dir auch mal erzählt, dass sie mich eine ganze Nacht in Kälte und Regen draußen im Garten zubringen ließ, nur weil ich ein Hühnergericht vermasselt hatte? Damals war ich nicht älter als elf. Oder hat sie dir erzählt, wie sie mal ein Küchenmesser nach mir geworfen hat, weil ich ihr widersprochen hatte? Hat sie dir das erzählt, deine makellose, wundervolle Großmutter?«

Die Stimme meiner Mutter wurde brüchig. Tränen traten ihr in die Augen. Sie blinzelte sie weg.

»Ach, was soll das alles eigentlich? Wozu soll das noch gut sein?«

Sie richtete sich auf. Setzte wieder jenes Lächeln auf. Und dann rauschte sie aus dem Zimmer, um sich um die Gäste zu kümmern.

In meiner Brust wurde es eng. Als könnte ich nicht mehr atmen. Kleine Blitze zuckten durch mein Gesichtsfeld, als würde ich jeden Moment das Bewusstsein verlieren. Etwas, das ich schon lange nicht mehr empfunden hatte.

Ich taumelte aus der Wohnung, durch den Flur, durch die dichte Menschenmenge draußen. Ich hörte, wie Leute meinen Namen riefen, einige legten mir freundlich die Hand auf die Schulter, doch ich musste weiter. Ich verließ das Gebäude und rannte und rannte.

Als ich Gens Haus erreicht hatte, war es kälter geworden. Oder vielleicht ist das auch nur in meiner Erinnerung so. Ich erinnere mich daran, dass das blaue Kleid dennoch an mir klebte. Ich klopfte an seine Tür. Sein Vater war nicht da, die Mutter beim Einkaufen, glaube ich. Gen warf einen Blick auf mich und nahm mich in die Arme.

»Du zitterst ja«, sagte er.

Er machte mir heißen Tee. Wir legten uns auf sein Bett, und er hielt mich in den Armen.

»Trink noch ein bisschen, du bist immer noch kalt!«

Eine Weile blieben wir so liegen. Ich war so erleichtert, von zu Hause weg zu sein. Er berührte mein Haar. Doch als er endlich etwas sagte, war seine Stimme sonderbar und voller Schmerz, kaum mehr als ein Flüstern.

»Es tut mir leid, dass ich nicht gekommen bin … heute. Ich wollte eigentlich. Aber ich dachte, es ist … es ist mehr eine Familienangelegenheit.«

»Ist schon in Ordnung«, murmelte ich. Meine Stimme klang leise und fremd. Wieder machte sich diese Taubheit in mir breit. »Alles ist gut.«

Er drückte mich an sich, hielt mich fest, und einen Moment lang glaubte ich, die Benommenheit, die sich in mir ausgebreitet hatte, würde abklingen. Dann spürte ich seine Hand, die vorsichtig und sanft nach meiner griff und sie nach unten, in seinen Lendenbereich, lenkte. Es kam mir so automatisch vor, dass ich überhaupt nicht darüber nachdachte. Ich begann einfach, meine Finger auf und ab zu bewegen, packte ihn fester. Und ich hörte, wie er dieses leise, kehlige Stöhnen ausstieß. Spürte die warme Flüssigkeit, die sich auf meine Hand ergoss.

Irgendwann stand ich auf. »Ich muss jetzt gehen.«

»Das brauchst du nicht. Du musst nicht. Wenn du willst, kannst du noch länger bleiben.«

»Ich sollte jetzt los.«

Als ich das Haus verließ, kam seine Mutter gerade den Gartenweg entlang, in der Hand mehrere Einkaufstüten. Obwohl sie viel jünger war als Gens Vater und sehr hübsch dazu, hatte sie mir immer irgendwie leidgetan, weil sie unablässig diese schrille, künstliche Fröhlichkeit ausstrahlte, die fast an Hysterie grenzte. Als sie jetzt den Kopf hob und lächelte, erkannte ich in ihren weichen, dunklen Augen einen Blick aufrichtiger Sorge. Sie streckte die Hand aus, als wir uns begrüßten, berührte jedoch meine Wange nicht ganz. In diesem Moment erkannte ich, dass sie es war, die Mitleid mit mir hatte.

Ich ging durch die Straßen. Ließ mir Zeit. Mein Körper war immer noch wie betäubt. Mein Geist war trübe, wie eine dicke, sämige Suppe, aber immer wieder kam ein Gedanke in mir hoch, wie eine Seifenblase. Der Gedanke an ein Buch, das ich vor Jahren gelesen hatte: Hemingways *Der alte Mann und das Meer*. Ich erinnerte mich gut an den Triumph des alten Mannes, als er jenen großen Fisch am Haken hat, doch mein Denken richtete sich noch mehr auf das, was danach geschieht. Dass der alte Fischer hilflos dabei zuschauen muss, wie Haie sein Boot umkreisen und sich an seinem Fang gütlich tun. Wie der große Marlin, den er gefangen hat, bis aufs Skelett von den Haien gefressen wird, und wie auch die Hoffnung des Fischers dahinschwindet, bis nichts mehr davon übrig ist.

Alles, was ihm übrig bleibt, ist, an Land zurückzukehren. Das Gefühl der Erschöpfung. Die Kälte. Die Betäubung.

Ich kehrte spät in die Wohnung zurück. Alle anderen waren zu Bett gegangen. Ich bewegte mich im Halbdunkel durch das Wohnzimmer; es war mit leeren Papiertellern und Essensresten übersät. Ich ging in die Küche, schaltete das Licht an, und die Leuchtstoffröhre mit ihrem bläulich weißen Licht erwachte mit einem Summen zum Leben. Schmutzige Teller türmten sich in der Spüle. Ich dachte an meine Großmutter. Alles in mir fühlte sich taub an.

Etwas fiel mir ins Auge. Die schimmernde Klinge eines Brotmessers. Wieder dachte ich an meine Großmutter, ich dachte darüber nach, was meine Mutter über sie gesagt hatte, und ich dachte an Gen und sein leises, kehliges Stöhnen, und wie sich sein Erguss auf meiner Haut angefühlt hatte. Über all diese Dinge dachte ich nach, und sie schienen in der Betäubung miteinander zu verschwimmen. Das einzig Reale war die blitzende, scharfe Klarheit der Klinge.

Ich packte das Messer. Die Bewegung kam ganz natürlich. Und mit ihr ein Gefühl der Unvermeidlichkeit.

Ich drückte den kalten Stahl an das weiche Fleisch meines nach oben gedrehten Arms. Plötzlich stürmte alles, was geschehen war, mit einer abrupten, scharfen Gewalt auf mich ein, und ich umfasste die Klinge des Messers und rammte ihre Spitze in mich hinein – nicht so fest, wie ich es gekonnt hätte, aber fest genug, um die Haut zu durchstoßen und Blut fließen zu lassen. Der Schmerz war in gewisser Weise befreiend, denn zum allerersten Mal war der Schutzpanzer, den ich um mich errichtet hatte – diese Taubheit –, durchbrochen worden, und das Gefühl, als das Blut aus meinem Körper tropfte, brachte mich dazu, tief und heftig Luft zu holen. Mein Herz klopfte.

Die Wut und all der Abscheu und der Ekel, die ich mir selbst gegenüber empfand, sickerten mit der Wärme des Bluts Tropfen für Tropfen aus mir heraus. Das Blut wurde von dem dünnen, feinen Stoff meines hübschen blauen Kleides aufgesogen. Und obwohl ich meine Arme in der Zeit, die kam, noch oft ritzte, würde ich jenes Kleid nie wieder tragen.

•••

Seit meine Großmutter verstorben war, war mein Bruder ruhiger und weniger ungestüm geworden. Damit war zu rechnen gewesen, denke ich. Manchmal beobachtete ich ihn beim Spielen. Und er tat mir leid, denn obwohl er kurz vor der Pubertät war, erschien er mir unauslöschlich immer noch wie ein Kind. Seine Zeichentrickfilme schaute er sich mit verzückter Aufmerksamkeit an. Um diese Entrückung beneidete ich ihn manchmal.

Nach dem Begräbnis erwähnte meine Mutter meine Großmutter nicht mehr. Stattdessen zog sie ihr Bett ab und verschenkte ihre Kleidung. Doch der Stuhl meiner Großmutter blieb. Vor langer Zeit hatte er meinem Großvater gehört. Als er gestorben war, hatte meine Großmutter ihn übernommen. Nun stand er leer in dem Zimmer, das ebenso wie er verstaubte. Ich sah seinen Umriss durch die halb offen stehende Tür, wenn ich nachts in die Küche ging, um mir ein Glas Wasser zu holen. Manchmal trat ich auch am frühen Morgen in das Zimmer, wenn Staubflusen in den schrägen Sonnenstrahlen tanzten, und erinnerte mich an sie, wie sie dort immer gesessen und genäht hatte. Ich erinnerte mich an ihren Geruch und an ihre raue Stimme, an die von dicken Venen überzogenen Hände, an ihre flinken Finger. Ich erinnerte mich an die Kompromisslosigkeit, die ihr Körper ausgestrahlt hatte – die Stärke ihres breiten Rückens, aber auch die Weichheit ihres Bauchs. Und ich erinnerte mich an die dunkle Tiefe ihrer Augen, die immer ein wenig amüsiert und ein wenig trotzig dreingeblickt hatten.

Es war in jenen Momenten, dass die Trauer mich überwältigte, heiß und spürbar auf meiner Haut, in meinen Augen. Dann schaute ich den Stuhl in jenem Zimmer an, und das Möbelstück selbst schien mir zu trauern, als hätte sich während der Nacht eine große Einsamkeit darübergelegt – und die alten, abgewetzten Armlehnen und der Umriss der Stuhlbeine verschwammen hinter meinen Tränen. In jenem Sommer war ich achtzehn geworden, doch ich hatte mich nie mehr wie ein Kind gefühlt als jetzt.

Zum Glück war ich beschäftigt. Ich hatte zu arbeiten begonnen. Sowohl Gen als auch ich waren an der Universität von Peking angenommen worden. Seine Familie war reich, meine hingegen deutlich weniger wohlhabend, und die Regierung hatte die finanzielle Unterstützung von Studenten, die unter Mao noch existierte, abgeschafft. Glücklicherweise, als Ergebnis meiner herausragenden Note beim Aufsatzwettbewerb, hatte ich ein Stipendium bekommen, doch damit waren weder die Kosten für Bücher noch für Miete abzudecken. Während Gen auf dem Campus in einem Studentenwohnheim wohnen würde, blieb ich bei meiner Familie, und in jenem Sommer, bevor das Studium begann, arbeitete ich in Frau Yangs Laden an der Ecke und verkaufte Tabak und Lotterielose.

Es war gut, aus dem Haus zu kommen. Die Beziehung zu meiner Mutter hatte sich in feindseliges Schweigen aufgelöst. Mein Vater war der Einsiedler, der er immer gewesen war. Mein kleiner Bruder ging ganz in den bunten Farben seiner Zeichentrickwelt auf. Und obwohl ich nicht so abergläubisch war wie meine Großmutter, war ihre seelische Anwesenheit in jedem Zoll der Wohnung spürbar. Manchmal glaubte ich, das leise Klacken zu hören, wenn sie am Morgen ihr Gebiss einsetzte, oder ihre deftigen Flüche, wenn sie mit knirschenden, arthritischen Knien bei nächtlicher Kälte vom Toilettensitz aufstand.

Doch diese Gedanken behielt ich für mich. Wenn andere Leute dabei waren, verstummte ich mehr und mehr. In jenem Sommer sah ich Gen oft. Außer den alten Männern, die in den Laden kamen, um ihre Lottoscheine zu kaufen – mit ihrem wunderlichen Geplapper, ihrem Pastillenatem, ihren verräucherten Klamotten –, war Gen mein einziger Kontakt zu der Welt draußen. Manchmal gingen wir ins Kino, auch wenn ich mich nicht mehr an die Filme erinnere, die wir sahen. Manchmal verbrachten wir Zeit auf seinem Zimmer, wurden intim miteinander – immer die gleiche Prozedur, das heißt, ich holte ihm einen runter. Er war auf seine Weise um mich besorgt. Manchmal dozierte er über den neuesten existenzialistischen Schriftsteller, an dem er einen Narren gefressen hatte, oder er berichtete über das herzlose Verhalten seines Vaters, doch wenn er merkte, dass meine Aufmerksamkeit nachließ, verstummte er.

Er störte sich nicht daran. Ich entschuldigte mich wortreich, erklärte ihm, es liege nicht an ihm. Aber ich wusste gar nicht genau, woran es lag. Deshalb entschuldigte ich mich noch mehr. Er lächelte amüsiert. Kleinlaut bat ich ihn fortzufahren. Auch wenn ich geistesabwesend war. Auch wenn ich mir nicht ganz sicher war, worüber er überhaupt geredet hatte. Denn ich hatte das Gefühl, dass Gen mein einziger verbliebener Sicherheitsanker war, der mich mit der Welt verband. Und dass ich ohne ihn einfach wegtreiben würde.

Wir lagen auf seinem Bett. Gen war aufgeregt – er würde Politik studieren und ich Literatur, doch möglicherweise gab es Schnittstellen in unseren Lehrplänen. Er hatte für uns bereits Kurse ausgesucht, die außerhalb des Kernstudiengangs lagen, und rechtfertigte seine Wahl. Ich entspannte mich ein wenig, wenn er so war, denn er wusste mehr über diese Dinge als ich. Mehr noch, wenn er mir sagte, welches Buch ich lesen oder welchen Kurs ich belegen sollte, hatte ich das Gefühl, dass ich ihm etwas bedeutete und er seine Ratschläge als Investition in unsere gemeinsame Zukunft betrachtete.

»He, weißt du, was wir machen könnten?«, fragte ich ihn leise.

»Was denn?«

»Wir könnten den Buchhändler in meiner Nachbarschaft besuchen. Erinnerst du dich, ich habe dich mal zu ihm mitgenommen? Es ist dort immer so ruhig und friedlich. Und da ich ihn so gut kenne, könnte ich wetten, dass wir einige der Bücher für die Uni bei ihm ein bisschen billiger kriegen könnten!«

Gen sagte zuerst nichts. Er blieb vage. »Ja, das wäre eine Möglichkeit.«

Sein Ton hatte sich geändert. Und danach sagte er nichts mehr. Durch das Zusammenleben mit meiner Mutter und Großmutter war ich an Leute gewöhnt, die ihre Emotionen in Sturzbächen herausließen. Doch Gen verstummte oft einfach so, und dieses Schweigen lastete schwer auf mir, bis es unerträglich wurde.

Schließlich fragte ich ihn kleinlaut: »Hältst du das für keine gute Idee? Willst du nicht hin?«

Er wandte mir sein Gesicht zu. Schaute mir sanft in die Augen.

»Ich möchte nicht darüber reden, besonders jetzt nicht«, sagte er leise, und auf einmal sah er aus wie ein Mann, dem eine große Traurigkeit aufgebürdet worden war.

»Worüber reden?«, fragte ich und spürte, wie Panik in mir aufstieg und mit eisigen Fingern nach mir griff.

»Du weißt doch, dass ich dich für sehr intelligent halte, oder? Vernünftig und freundlich. Aber ich denke, eben wegen dieser fundamentalen Freundlichkeit siehst du manchmal die Welt nicht so, wie sie ist. Eher so, wie du sie dir wünschst.«

»Was meinst du?«, flüsterte ich.

»Ein Mann in dem Alter. Stellt einem jungen Mädchen kostenlos Bücher zur Verfügung. Fast schenkt er sie ihr. Und er trinkt Tee mit ihr. Ich will nicht zynisch klingen, aber ...«

Seine Stimme erstarb unter dem Gewicht des Schweigens, das entstand.

Ich brach in Gelächter aus.

Das hatte ich nicht gewollt. Ich fand das, was er gesagt hatte, nicht einmal lustig. Vielmehr war es so absurd, dass eine Art Hysterie in mir aufgestiegen war.

»Das kannst du nicht ernst meinen ... Das ist lächerlich. Ich gehe seit Jahren dorthin, und er hat mich nicht ein einziges Mal so angeschaut ...«

Er wandte sich ab. Als er weitersprach, klang es abgehackt. »Tut mir leid, dass du meine Sorge für so amüsant hältst!«

»Nein, das habe ich nicht gemeint. Wirklich nicht. Ich wollte nur, ich meine ...«

Wieder tönten meine Worte in die Stille hinein, die er mit seinem Ernst heraufbeschworen hatte.

Keiner von uns sagte etwas.

»Ich meine, ich weiß deine Sorge zu schätzen. Und ... na

ja, wenn du das nicht willst, brauche ich auch nicht dorthin zu gehen. Wenn es das ist, was du willst.«

Er warf mir einen brennenden Blick zu. »Es geht nicht darum, was ich will. Sondern darum, was das Beste für dich ist. Ich ...«

Er schaute zu Boden.

In diesem Moment kam er mir verletzlich vor. Ich legte die Hand an sein dickes, struppiges Haar. Auch wenn bei mir zu Hause alles zusammengebrochen war, auch wenn ich kaum atmen konnte, weil die Trauer mir die Luft nahm – wenigstens hatte ich diese Momente hier mit ihm. Wo wir beide auf gewisse Weise nackt und verletzlich waren, aber wir waren zusammen.

»Okay. Ich kann es ihm sagen. Ich geh noch einmal hin und ... sag ihm, dass ich nicht mehr zu ihm komme.«

»In Ordnung.«

Was ich Gen versprochen hatte, nämlich dass ich dem Buchhändler sagen würde, dass ich ihn nicht mehr besuchen käme, hatte ich auch so gemeint. Und dennoch war es ein rein abstraktes Gelöbnis. Ich hatte nicht gesagt, an welchem Tag genau ich es machen würde, und ein Teil von mir hoffte, es so lange hinauszuschieben wie möglich. Doch Gen blieb auf ruhige Weise hartnäckig, erinnerte mich immer wieder daran, munterte mich auf und bot irgendwann sogar an, mich zu begleiten. Ich wusste, dass er es nicht vergessen würde. Außerdem war ich es leid. Ich wollte es einfach hinter mich bringen.

Das war der Grund, warum ich eines Abends im August tatsächlich vor dem Buchladen stand. Ich war so viele Jahre dorthin gegangen; es war ein Heiligtum des Trostes und des Lernens, ein Ort, der wie kein anderer die magische Anziehungskraft verkörperte, die Bücher auf mich ausübten. Gen ließ mich nicht aus den Augen, er richtete seinen sanften Blick auf mich und rief mir damit ins Gedächtnis, warum wir hergekommen waren. In der folgenden Woche würde ich mit der Uni anfangen, und mein Leben würde sich verändern. Deshalb war es vielleicht nötig und unausweichlich, dass ich mit der Vergangenheit brach. Wenigstens sagte ich mir das.

Gen wartete draußen. Ich trat ein letztes Mal durch die Tür. Bei all dem, was in den vergangenen Monaten geschehen war, war ich schon eine Weile nicht mehr hier gewesen. Als ich den Laden betrat, hüllten mich sofort die Wärme und der etwas muffige Geruch von Büchern ein. Der alte Mann saß wie immer am Schreibtisch. Dieser Mann hatte mir immer nur die größte Freundlichkeit geschenkt, und trotzdem musste ich das jetzt tun, das wusste ich.

Er blickte zu mir hoch, seine Augen hatten die Farbe des Meeres an einem warmen Nachmittag, weich und blau, unendlich. Ich merkte, wie mein Herz kurz aus dem Takt geriet. Ich spürte, wie etwas in mir zerbrach, vielleicht, weil ich wusste, dass ich ihn nie wiedersehen würde. Vielleicht ging es auch um meine Großmutter, um das Gefühl, alles hinter mir gelassen zu haben. Durch die Tür dieses armseligen Buchladens würde ich nie wieder treten.

Er blickte zu mir hoch. Plötzlich strömten mir Tränen über die Wangen.

Er erhob sich, dieser dünne, gichtgeplagte Körper, und in jenem Moment kam mir dieser Mann, der mir immer schon alt erschienen war, noch älter vor, doch er streckte die Arme aus und drückte mich an sich, versuchte, mich zu stützen, und ich sah die Sorge, die in seinen zögerlichen, schmerzlichen Bewegungen lag. Meine Tränen flossen und flossen. Am Tag des Begräbnisses meiner Großmutter hatte ich nicht geweint, und jetzt hatte es den Anschein, als könnte ich nicht mehr damit aufhören.

»Tasse Tee?«, murmelte er mit einem sanften, traurigen Lächeln.

Ich schüttelte den Kopf. Brachte kein Wort heraus.

Ein paar Augenblicke lang schaute er mich an. Er litt mit mir und wusste in seiner Verwirrung offenbar nicht, was er sagen sollte; wie er dieses junge Mädchen trösten sollte, das anscheinend so plötzlich von seinem Kummer übermannt worden war.

Lange zögerte er, dann stieß er hervor: »Möchtest du dir gerne ein Buch mitnehmen? Du kannst dir eins aussuchen. Nicht geliehen. Du kannst es behalten. Umsonst. Kostenlos.«

Trotz meines jungen Alters wusste ich, dass das seine Art der Fürsorge war. Er konnte mich ebenso wenig bitten, ihm zu erklären, warum ich so traurig war, wie ich ihn nach der Familie fragen konnte, die er vielleicht einmal gehabt hatte, oder danach, wie es kam, dass er allein war. Das fiel mir jetzt erst auf – er hatte mir nie etwas über seine Familie erzählt, über die Menschen, die er gekannt hatte. Ich fragte mich, wer sie wohl gewesen waren. Wie viele Menschen verliert man eigentlich im Laufe seines Lebens? Wie lange dauert es, bis man sich selbst verliert? Ich dachte an meine Großmutter. Ich dachte an ihren leeren Stuhl.

Und dann kamen sie endlich, die Worte, ein verzweifeltes, stockendes Flüstern. »Hast du vielleicht ein Buch … in dem steht, was man tun soll, wenn jemand nicht mehr da ist? Jemand, den man gekannt hat … so lange man sich erinnern kann. Ein Buch, das dabei hilft, dass es aufhört … so furchtbar wehzutun. Kannst du mir so eins geben?«

Er hob die Augen zu mir, und einen Moment lang sah ich Verzweiflung in seinem Blick. Doch als er antwortete, war seine Stimme so klar und weich wie immer.

»Ich fürchte, so etwas haben wir nicht auf Lager. Wenigstens … derzeit nicht.«

Bei diesen letzten Worten – diesem »Wenigstens … derzeit nicht« – musste ich unwillkürlich lächeln.

Ich spürte, wie die Tränen auf meinen Wangen trockneten.

Ich sehnte mich danach, die Hand nach ihm auszustrecken, ihm über sein dünnes weißes Haar zu streichen, über das, was noch davon übrig war, sein Gesicht zu streicheln, ihn wissen zu lassen, wie unglaublich dankbar ich ihm für die Freundlichkeit war, die er mir in all diesen Jahren entgegengebracht hatte. Für die Liebe zu den Büchern, die er in mir geweckt hatte und die meinen bisherigen Lebensweg so geprägt hatte.

Einen Moment lang wirbelten all diese Gefühle in mir herum, kämpften darum, zum Ausdruck gebracht zu werden, und mir fiel auf, dass ich ihn in all der Zeit niemals gefragt hatte, wie er hieß. Doch Gen wartete draußen auf mich, und ich wusste, es war Zeit zu gehen; dass ich gehen musste und nie mehr zurückkehren würde. Wieder brannten Tränen in meinen Augen.

Und so tat ich das Einzige, was mir noch geblieben war, und hauchte ihm zu:

Danke!

Hörte er, was ich ihm sagen wollte, ohne es auszusprechen? War es denn überhaupt wichtig, ob er es wusste?

Wenn ich heute daran zurückdenke, kann es durchaus sein, dass er die gleiche Freundlichkeit auch vielen anderen Straßenkindern und Streunern entgegengebracht hatte. Ich war mir sicher, das entsprach seiner Natur. Er hatte eine immens wichtige Rolle in meinem Leben gespielt, was mich vermuten ließ, dass ich umgekehrt in seinem Leben auch eine gespielt hatte. Aber stimmte das?

Ich weiß es nicht. Ich hoffe einfach nur, dass er zumindest ahnte, wie viel er mir bedeutet hatte.

Ich ging hinaus und schaute nicht zurück. Die Türglocke bimmelte leise, als ich den Laden zum allerletzten Mal verließ.

Gen wartete draußen auf mich. Er küsste mich auf den Mund, eine züchtige, aber liebevolle Geste.

»Ich weiß, dass das nicht leicht für dich war. Aber ich bin sehr stolz auf dich.«

Ich spürte, wie es in mir etwas heller wurde. Als er sich bei mir einhängte, war sein Schritt fast beschwingt, und ich spürte seine positive Energie und wusste, dass wir gemeinsam in Richtung Zukunft gingen. Er hatte recht gehabt, es war wichtig, einen Schritt vorwärts zu machen. Er war stolz auf mich. Und in jedem Fall hatten wir uns.

Und so gelang es mir, den alten Buchhändler ins Hinterstübchen meines Denkens zu verbannen. Weil es nötig war. Weil ich weitermusste.

Als ich später an jenem Abend nach Hause kam, war es still in der Wohnung. Mucksmäuschenstill. Ich konnte in der Küche allein sein. Ich konnte mein Lieblingsmesser mit der langen, sauberen Klinge aus der Schublade holen. Und ich konnte damit an der Innenseite meines Armes entlangfahren. Und als das Bild des alten Mannes mir wieder in den Sinn kam, zusammen mit meiner Scham, konnte ich mit der Spitze des Messers in meine Haut stechen. Wieder und wieder. Irgendwann wurde mir schwindelig. Ich wickelte meinen Arm in Küchenpapier, schaute mit einem gewissen Genuss zu, wie sich das Papier rot verfärbte, und mein Herz schlug langsamer.

Ich ging ins Bett. Das sanfte Pulsieren war das Letzte, an das ich mich erinnerte, als ich in einen friedlichen Schlaf hinüberglitt.

DRITTER TEIL

DREIUNDZWANZIG

Der erste Tag an der Uni ist immer großer Stress. Kaum bist du auf dem Campus, läufst du von Institut zu Institut und trägst dich in all die Kurse und Seminare ein, an denen du teilnehmen möchtest. Zusätzlich gibt es eine überwältigende Anzahl von Clubs und Vereinen, die um neue Studenten buhlen: die Studentengewerkschaft, die Organisation der jungen Kommunisten, das Kollektiv der Buddhisten, die Theatergruppe, das Zeitungskollektiv der PKU, das wöchentlich »von Studenten für Studenten« berichtet, und viele andere Gemeinschaften.

Überall spürst du die pure Energie und Erwartungshaltung der anderen Studenten, die in die Gebäude hineinströmen. Hunderte von jungen Leuten, genau wie du, aber zugleich überhaupt nicht wie du, weil sie alle so anders und wundervoll angezogen sind. Die Wohlhabenden unter den Studenten tragen Anzug oder züchtige Röcke, dazu schimmernde Rolex-Uhren, andere Lederklamotten und Stachelfrisuren. Ich sah sogar ein Mädchen mit dunklem Lippenstift und einem Spinnweben-Tattoo rund um ihr linkes Auge.

Es war ein seltsamer Anblick, der mir etwas unangenehm war, und doch war es auch aufregend – nicht nur sie war anders, viele waren hier anders. Die Universität, das empfand ich schon sehr früh, war ein Ort, an dem all diese Unterschiede zusammenkommen durften, wo man den jungen

Menschen die Möglichkeit gab, zu atmen und zu gedeihen; eine Art Miniaturstadt, in der zahlreiche Leute einfach nur herausfinden wollten, wie sie sie selbst sein konnten. Weg vom Radarblick der älteren Generation – von Eltern und Großeltern, Onkeln und Tanten.

Zugleich ist alles ein wenig anders, wenn man nicht auf dem Campus lebt. Aus der Perspektive dessen, der von außen hereinschaute, war die Universität eine zauberhafte Zitadelle, doch vom allerersten Moment an auch ein Ort, dessen Wände sehr hoch aufgerichtet waren. Das war etwas, das ich schon bald begreifen sollte.

In der ersten Welle der Begeisterung machte ich mich auf den Weg ins Büro der Studentenzeitung. Es lag am Ende einer schmalen metallenen Wendeltreppe in einem der heruntergekommensten Gebäude auf dem Campus. Ich klopfte zögernd an die Tür und trat in einen engen Raum, in dem es nach erhitzten Körpern und Zigarettenrauch roch. Die weiße Wandfarbe blätterte ab. Auf der einen Seite hing das Bild von Che Guevara, dessen zerzauste, gut aussehende Züge auf einen Punkt schauten, den der Betrachter nicht sehen konnte; auf der anderen Seite ein Foto von Albert Camus, an ein Motorrad gelehnt, eine Zigarette baumelte von seinen Lippen.

Ich war lange genug mit Gen zusammen, um diese beiden Personen zu erkennen, und wusste, dass beide ein früher Tod ereilt hatte. Damals fiel mir vermutlich gar nicht richtig auf, dass es keine Bilder von Chinesen gab. Die halbseidene und verwegene Umgebung, zusammen mit dem Qualm und dem alten Fußballkicker, der breitbeinig in einer Ecke stand, weckten in mir das Gefühl, auf dem coolsten Planeten des Universums gelandet zu sein.

Der Mensch, der mich begrüßte, hätte jedoch nicht weiter von Che Guevara oder Albert Camus entfernt sein können. Es handelte sich um einen schlaksigen, bleistiftdürren jungen

Mann mit Topfschnitt, dessen dicke, schwarz umrandete Brille das geradezu mörderische Schielen seiner Augen noch hervorhob – ein Effekt, der etwas abgeschwächt wurde, als er zu sprechen begann, denn er sprach so schrill, dass die Brillengläser zu beschlagen schienen.

»Hallo«, sagte er. »Wie geht's, wie steht's?«

»Hallo. Ich wollte vorbeischauen, um mich vorzustellen und zu sehen, ob ihr hier ...«

Meine Stimme verstummte. Ich fragte mich, ob der Ausdruck »vorbeischauen« jemals abgegriffener geklungen hatte als gerade eben. Der große junge Mann war aufgestanden, als ich den Raum betrat, doch jetzt sah ich mehrere Mädchen in meinem Alter, die vor Schreibmaschinen saßen und mich mit großem Interesse betrachteten.

Ich erhob erneut die Stimme. »Es ist nur ... ich hatte die Hoffnung, hier ein bisschen schreiben zu können. Das habe ich bereits gemacht.«

Der Typ mit der Fliegenbrille schaute mich an, und seine Brillengläser dampften vor Faszination.

»Du hast schon geschrieben? Darf ich fragen, mit was für Texten du Erfahrung hast?«

»Also ... nichts Konkretes. Ich schreibe einfach ... ich schreibe Sachen, die mich interessieren.«

»Du schreibst Sachen, die dich interessieren?«

Er lächelte mich etwas dümmlich an; es war kein freundliches Lächeln.

Eines der Mädchen hob ihren Ärmel vor den Mund, damit man ihr Kichern nicht sah.

»Ja, ich meine ...«

Jetzt setzte der Brillentyp eine todernste Miene auf.

»Dieses Büro sieht vielleicht nicht danach aus, aber wir nehmen unseren Job hier sehr ernst. Hast du denn noch mehr geschrieben als diese ›Sachen, die dich interessieren‹?«

Ich spürte, wie ich rot wurde.

»Also, ich habe bei einem nationalen Wettbewerb ganz gut abgeschnitten, und das war auch die Basis meines Stipendiums hier an der Universität von Peking ...«

Jetzt war die verächtliche Miene der Stubenfliege an Häme nicht mehr zu überbieten. Seine Brille war komplett zugedampft.

»Ich fürchte, das ist nicht das, was wir suchen. Wir suchen nach Leuten, die echte Erfahrung mit dem Schreiben haben, nicht solche, die bei irgendeinem Elitewettbewerb eine gute Note erhalten haben und glauben, dass sie besser sind als alle anderen. Authentizität ist unser Schlagwort. Das ist es, wonach wir streben!«

Ich hätte ihm gerne etwas geantwortet, ich wollte unbedingt eine Lanze für mich brechen. Doch die Worte blieben mir im Halse stecken. Stattdessen nickte ich nur, ging hinaus und zog die Tür hinter mir zu.

Nachdem das laute Klopfen meines Herzens sich etwas gelegt hatte, wurde ich ruhiger. Erst viel später wurde mir bewusst, dass der junge Mann mit der Fliegenbrille im Chinesischen einen der gewähltesten Akzente an den Tag gelegt hatte, die ich je gehört hatte. Meine Sprache hingegen hatte mich als jemanden aus den Arbeitervierteln Pekings identifiziert, als jemanden, der kein Geld hatte; und so gern ich es auch im Nachhinein geschönt hätte, ich war nervös gewesen und hatte schrecklich gestottert. Er hingegen hatte seine Worte in beißendem Sarkasmus gesagt.

Es ist erstaunlich, wie ein einziger verächtlicher Blick oder eine in den Raum geworfene Bemerkung einen Menschen vernichten können. So blöd und lächerlich er selbst auch ausgesehen hatte, hatte er bei mir genau das bewirkt, ganz beiläufig, ohne auch nur eine Sekunde darüber nachzudenken.

Danach hatte ich keine große Lust mehr, mich in irgendwelchen Freizeitclubs anzumelden. Eigentlich wollte ich mich auf die Suche nach Gens Wohnheimzimmer machen, überlegte es mir dann aber anders und verließ den Campus – eine kleine, traurig dahinschlurfende Gestalt inmitten der wuselnden Menge. Ich spürte, wie mich Selbstmitleid überkam, dabei wusste ich, ich hätte es nicht zulassen dürfen, dass die Worte des jungen Mannes mir so sehr zu schaffen machten. Er hatte sich gewiss kurz an seiner zur Schau getragenen Überlegenheit erfreut, und nun war es so, als hätte ich nie existiert. Folglich sollte umgekehrt auch ich ihm nicht erlauben, für mich zu existieren. Wie konnte es sein, dass ich mir die Worte eines vollkommen Fremden so zu Herzen nahm? Ich dachte an meine Großmutter. Seit sie nicht mehr da war, hatte ich jeden Tag an sie gedacht. Sie hätte es genossen, jemanden wie diesen Typen herunterzuputzen. Doch ich war nicht sie. Und sie war nicht mehr auf der Welt.

Ich ließ die Menge der Studenten hinter mir, überquerte eine breite Straße und betrat den Haidian-Park, wo der Lärm des Campus kaum noch zu hören war. Durch den Park verlief ein langer, flacher, asphaltierter Weg. Auf beiden Seiten standen akkurat geschnittene Bäume, deren volles grünes Laub hier und da kupferfarben durchbrochen war, Zeichen des dahinschwindenden Sommers. Ich sah ein älteres Pärchen, das Händchen hielt. Das Gehen fiel ihnen schwer, sie stapften auf etwas unsicheren Beinen vor sich hin, doch während andere über diese Einschränkung frustriert gewesen wären, schienen sie sich nur zu amüsieren – sie kicherten etwas verzagt über die Schwierigkeiten, die ihre eingerosteten und schmerzenden Glieder ihnen bereiteten. Ich stellte mir vor, wie sie auf genau diesem Weg vor vielen Jahren als Jugendliche gegangen waren, noch leicht und geschmeidig zu Fuß, wie der junge Mann die Frau, bis über beide Ohren verliebt, herumgewirbelt hatte. Ich beobachtete sie, wie sie zu einer Bank humpelten, sich setzten, Händchen haltend und offenbar immer noch schwer verliebt.

Die Sonne war nur noch ein geschmolzenes Glühen am Horizont, und ich spürte einen Hauch Kühle, während der Nachmittag langsam in den Abend überging. Als ich noch einmal zurückschaute, war das ältere Paar nicht mehr da. Ich wusste nicht, wie lange ich dagestanden hatte, aber ich war ruhiger geworden. Ruhig genug, um mich von den Bäumen und den raschelnden Blättern abzuwenden und den Rückweg anzutreten, hin zu den Geräuschen des Verkehrs und den elektrischen Lichtern der Zivilisation, zum Aufblitzen von Lila und Blau in der hereinbrechenden Dämmerung. Als ich wieder auf der Hauptstraße war, nahm ich den Bus, der vollbepackt mit abendlichen Pendlern war.

Durch die Lücken zwischen den Fahrgästen fiel mein Blick nach draußen, auf die verschwommenen Umrisse der Gebäude, und ich erhaschte einen Blick auf das Tor des Himmlischen Friedens, einen der Eingänge zum Platz. Kurz sah ich seine gewaltige Fläche, erhellt von Reihen goldener Laternen, die vor dem Hintergrund des blau und schwarz schimmernden Abendhimmels einen weichen Schein abgaben. Nur ein Augenblick, dann war er nicht mehr zu erkennen, weil der Bus entlang der Chang'an-Straße an Geschwindigkeit aufnahm. Nach der langen Busfahrt kam ich viel zu spät zum Abendessen, doch meine Mutter hatte mir in der Küche einen Teller Essen aufgehoben. Ich war am Verhungern, weshalb ich mir nicht einmal die Mühe machte, alles aufzuwärmen, sondern mir gierig die kalten Hühnerbällchen und das Krabbenbrot in den Mund stopfte. Ich blickte auf. Meine Mutter lehnte in der Küchentür und beobachtete mich.

»Und, heute war also dein erster Tag.« Es war nicht wirklich eine Frage.

»Ja.«

Sie verzog das Gesicht, rümpfte die Nase, und in diesem Moment wurde mir zum allerersten Mal bewusst, dass sie auf eine Weise hübsch war, wie ich es nie sein würde.

»Da waren bestimmt viele reiche junge Leute, kann ich mir vorstellen«, sagte sie, als wäre ihr gerade ein unangenehmer Geruch in die Nase gestiegen.

Das war eine ganz neue Sicht, die ich noch nie von ihr gehört hatte. Reichtum war eigentlich etwas, das meine Mutter immer angestrebt hatte.

»Denke schon.«

»Was sie wohl von dir halten?«

Sie betrachtete mich nachdenklich, als könnte sie einen Blick in mein Inneres werfen und die demütigenden Ereignisse des Tages erkennen. Doch das, so dachte ich finster, konnte wohl kaum sein; meine Mutter lebte ganz und gar in ihrer eigenen Welt und war sicher nicht so einfühlsam.

Ich antwortete ihr so fröhlich und zuversichtlich, wie ich nur konnte. »Oh, da waren jede Menge interessanter Leute. Freundlich und neugierig, und es war ein Vergnügen, sie kennenzulernen.«

»Freundlich und neugierig, aha«, murmelte meine Mutter.

Ein paar Augenblicke lang standen wir noch da und betrachteten einander. Sie bedachte mich mit einem farblosen Lächeln, ihre Augen blickten listig. Ich spürte, wie ich zum zweiten Mal an diesem Tag rot wurde. Zuerst dachte ich, sie würde noch etwas sagen, dann drehte sie sich auf dem Absatz um und verließ die Küche.

Meine Hand zitterte leicht, und dieses bedrückende Gefühl des Selbstmitleids war wieder da. Wäre ein einziges Wort der Aufmunterung wirklich zu viel verlangt gewesen?

Solange ich mich erinnern konnte, war meine Mutter unberechenbar gewesen, manchmal geradezu unergründlich. Ich nahm mir noch ein Stück Krabbenbrot. Es war selbst im kalten Zustand köstlich. Wenigstens hatte sie es extra für mich aufgehoben.

Später, als ich in meinem Zimmer war, schaute ich aus dem Fenster auf den Vorhof hinunter. Ich konnte die kleine Gestalt meiner Mutter sehen, die rauchend unter dem Sternenhimmel stand. Sie hatte die Hand in die Hüfte gestützt, den Ellbogen in einer unbewussten Geste der Missbilligung ausgefahren. Missbilligung wofür? Vielleicht für die Welt selbst. Die brennende Spitze ihrer Zigarette leuchtete in der trüben Finsternis.

• • •

Im Lauf der Woche kehrte ich an die Uni zurück. Als Literaturstudentin hatte ich nicht so viele Lehrveranstaltungen wie diejenigen, die Naturwissenschaften oder Wirtschaft studierten. Sie hatten in der Regel mehrere Seminare am Tag, ich nur ein paar pro Woche, hier und da eine Vorlesung, und das passte mir sehr gut. Die Seminare waren recht interessant, das Allerbeste waren jedoch die Vorlesungen. Im Dunkel einer Aula konnte man sich einfach auf einen der hinteren Ränge setzen, ohne beachtet zu werden. Mal machte ich mir Notizen, mal ließ ich meine Gedanken schweifen.

Am Ende meiner ersten Woche, am Freitagnachmittag, hatte ich eine Vorlesung. Ich erinnere mich noch gut daran, weil sie dem russischen Schriftsteller Dostojewski gewidmet war. Der Titel lautete: »Dostojewski und die Entfremdung der modernen Großstadt«. Als Vorbereitung hatte ich das wichtigste Werk des Autors, *Schuld und Sühne*, gelesen. Meine beiden einzigen literarischen Einflüsse waren der alte Buchhändler und Gen gewesen, und sonderbarerweise hatten sich beide auf Romane des zwanzigsten Jahrhunderts konzentriert, in Gens Fall die Existenzialisten, während der alte Mann mir

Schriftsteller wie Hemingway und Orwell empfohlen hatte. Außerdem hatte er mir die chinesischen Klassiker gegeben. Die europäische Literatur des neunzehnten Jahrhunderts war für mich Neuland. Ich hatte damit gerechnet, dass russische Literatur vielschichtig und schwierig zu lesen wäre, doch da ich immer Angst hatte, unvorbereitet zu sein, hatte ich mir die Mühe gemacht, *Schuld und Sühne* bereits vor der ersten Vorlesung zu lesen. Zuerst erschien mir der Roman ein wenig verstaubt und altmodisch. Aber dann rissen mich der Erzählfluss und die Wortgewalt vollkommen in ihren Bann.

Ich dachte über die Hauptfigur Rodion Romanowitsch Raskolnikow nach. Er war ganz anders als ich. Er war ein wenig älter, männlich, präsent und unzähmbar, während ich schüchtern und nervös war. Er lebte in einer Stadt, die kalt und gleichgültig war, während ich mein ganzes Leben in einem einzigen Gebäude zugebracht hatte, umgeben von Familie und Nachbarn. Im Mittelpunkt von alldem hatte meine Großmutter gestanden, und selbst jetzt, wo sie nicht mehr da war, standen die Familien, die auf unserem Flur lebten, in regem Austausch untereinander.

Vielleicht ist genau dies das Wunder, das die Literatur vollbringt. Trotz der riesigen Unterschiede in unseren jeweiligen Leben stellte ich fest, dass ich mich Raskolnikow im Verlauf der Geschichte immer mehr verbunden fühlte. Ich glaube, es lag daran, dass wir beide Außenseiter waren. An der Universität, wo die anderen Studenten sich in den Wohnheimen trafen und miteinander plauderten, war ich mir meiner Einsamkeit deutlich bewusst. Vom Campusleben zog ich mich zurück, wenn ich jeden Abend den Bus nach Hause nahm und Zuflucht in meinem Zimmer suchte.

Es war noch mehr als das. Zu Hause gehörte ich auch nicht dazu. Das Leben auf dem Flur, mit unserer Familie und den Freunden, der etwas derbe, mühelose Umgang der Leute, in deren Mitte ich aufgewachsen war – nichts davon fiel mir leicht. Es schien, als gehörte ich einer anderen Spezies an, wie ein Kuckuck im fremden Nest; als wäre da etwas in meiner Natur – verklemmt und introvertiert –, das mich von den Menschen um mich herum abgrenzte. Als wäre es mein Schicksal, anders zu sein und die anderen hinter einer unsichtbaren Barriere zu beobachten.

Als ich jedoch von dem Verbrechen las, das Raskolnikow begeht, empfand ich nacktes Entsetzen. Eine so drastische und bildhafte Beschreibung von Gewalt war mir noch nie begegnet. Ganz gewiss war seine Welt aus genau diesem Grund vollkommen anders als meine. Ich hatte Gewalt noch nie in dieser Form kennengelernt. Oder? Nachdem ich das Buch beiseitegelegt hatte, dämmerte es mir: Ich hörte wieder das Knacken meiner Schulter, als sie mir ausgekugelt wurde, und in mir hallten meine gellenden Kinderschreie wider, als der Polizist mich vor all diesen Jahren über den Straßenboden gezerrt hatte.

Doch das waren Erinnerungen, mit denen ich mich nicht länger aufhalten wollte. Und trotz meiner Distanz zu anderen Menschen hatte ich zum Glück noch Gen. Meine Gedanken zu Dostojewski waren kaum mehr in Schach zu halten, und ich sehnte mich danach, meine Entdeckung – diese reine Kraft des Schreibens – mit Gen zu teilen, als wäre ich der allererste Mensch der Schöpfung, der ihr begegnet war. Bis ich den Vorlesungssaal verließ, war es bereits dunkel, und ich machte mich auf den Weg zu Gens Campus, der sich vornehmerweise Park Village nannte. Hier wohnten die wohlhabenderen Studenten; Mädchen waren in den Schlafräumen der Jungs nicht erlaubt und umgekehrt, deshalb hatten wir uns draußen verabredet.

Ich freute mich sehr darauf, ihn zu sehen. Trotz der kühlen Herbstluft durchfuhr mich die Vorfreude wie ein warmer Strom. In der Dunkelheit schmiegte ich mich in meinen Mantel. Und dann sah ich ihn vor einem der Wohnheimgebäude, das Gesicht gerötet und gut gelaunt im warmen orangeroten Schein des Lichts. Er war mit zwei anderen Jungs zusammen. Ich sage Jungs, aber eigentlich waren die beiden bereits Erwachsene, groß und muskulös, und da war eine kaum verhohlene Anspannung und Aufregung in der Art und Weise, wie sie sich gegenseitig auf die Schulter klopften und lachten. Ich erstarrte. Ich schaute zu, wie die beiden anderen Jungs Gen mit dem Faustgruß verabschiedeten, so wie die Leute in den USA. Gen erwiderte den Gruß ganz selbstverständlich, obwohl ich ihn das noch nie hatte tun sehen. Einen Teil von mir machte das traurig – er hatte sich offenbar so leicht an unsere seltsame neue Welt gewöhnt. Doch in mir war auch ein gewisses Unbehagen. Die Beiläufigkeit der Geste sah so gar nicht nach ihm aus und schien nicht zu dem Gen zu passen, den ich kannte.

Natürlich hatte ich da zu viel reingelesen. Warum musste ich mich eigentlich in alles reinsteigern? Die beiden waren davongeschlendert, ich ergriff meine Chance beim Schopf und ging auf ihn zu. Und dann sah ich, nur eine Sekunde lang, einen Funken Enttäuschung in seinen Augen. Er korrigierte seinen Ausdruck schnell und streckte die Hand aus, berührte mich am Arm, eine unbeholfene und doch liebevolle Bewegung. Aber das Lachen, das nur wenige Momente vorher sein Gesicht erleuchtet hatte, war wie weggeknipst.

Ich verliere ihn, ging es mir durch den Kopf.

Auf einmal war so etwas wie Panik in mir. Das Gefühl, unweigerlich in eine Richtung zu steuern, die sich meiner Kontrolle entzog. Ich versuchte, einen leichten Ton anzuschlagen, und sagte lächelnd: »Geht es dir gut? Die sahen ja cool aus, die Typen.«

Meine Stimme klang überzogen und schrill. Er blinzelte. »Es ist ... eine Erfahrung«, antwortete er, und ich spürte einen

Hauch Verlegenheit in seiner Stimme. »Tatsache ist«, fügte er ruhig und bedacht hinzu, »ich habe mich wirklich darauf gefreut, dich zu sehen, aber gerade eben habe ich nicht mit dir gerechnet.«

Da war es wieder, dieses beunruhigende Gefühl: In mir ging so viel vor – eine sich windende, herumwirbelnde Panik –, nach außen hin aber war ich wie erstarrt, unfähig, mich auszudrücken.

Ich lehnte mich an ihn. Ich hatte noch nie auf kokett gemacht; jetzt beschloss ich, es zu versuchen. Ich strich seitlich über sein Bein, nicht weit von seinem Schritt entfernt. Meine Stimme klang zuckersüß und klebrig und lächerlich, doch ich versuchte mich trotzdem an einem lasziven Ton.

»Ich dachte einfach nur ... wir sind schon eine Weile nicht mehr allein miteinander gewesen. Und jetzt sind wir endlich hier. Nur wir zwei, an der Uni. Da könnten wir doch ein bisschen Zeit miteinander verbringen.«

Er versuchte seine Stimme unverbindlich klingen zu lassen. »Ja ... äh ... wenn du sehen willst, wie ich wohne ... aber ich warne dich, es ist nichts Besonderes.«

»Aber eigentlich darf ich doch als Mädchen gar nicht mit rein.«

»Der Empfang ist nicht besetzt. Außerdem macht das jeder hier.«

Wer war denn dieser »jeder«, von dem er redete? Und was meinte er mit »machen«?

Ich folgte ihm durch einen düsteren Eingangsbereich in einen Flur. Er öffnete seine Tür, schaltete das Licht ein. In dem Raum roch es nach Seife. Seit ich Gen kannte, hatte er auf Reinlichkeit sehr viel Wert gelegt. Sein Bett war allerdings ungemacht. Ich legte meine Tasche mit den Resten meines Mittagessens ab. Ich hoffte, dass man es nicht roch, aber sicher war ich nicht. Wir standen uns etwas unbeholfen gegenüber.

»Möchtest du was trinken?«

»Gern.«

Er holte eine Flasche Whisky aus dem Schrank. Es war eine sanft geschwungene schwarze Flasche in einem Netz aus Goldfäden. Sie sah schön und teuer aus, fast einschüchternd protzig. Gen betrachtete sie ungerührt. »Ein Geschenk!«, verkündete er.

»Von wem?«

Er zeigte ein dünnes Lächeln, doch in seinen Augen war keine Wärme.

»Von meinem Vater. Er ist ein Mann, für den der äußere Schein alles ist. Er mag nicht viel Zeit zu Hause verbracht haben, mit seiner Familie – seinem Sohn –, aber nachdem ich es hierher geschafft habe, kam in ihm das Bedürfnis auf, dies mit einer großen väterlichen Geste zu würdigen. Um zu zeigen, dass wir beide diese ganz besondere Verbindung zueinander haben. Anlässlich des Eintritts seines Sohnes ins Erwachsenenalter. ›He, Junge, du bist jetzt ein Mann! Trink einen Whisky auf mich!‹ So was in der Art.«

Seine Miene war verbittert. Dann entspannte sie sich wieder. Er goss uns beiden ein kleines Gläschen ein. Ich trank. Der Schnaps brannte, aber er wärmte auch.

»Es ist immerhin ein guter Whisky«, sagte er, auf den Lippen das ironische Lächeln, das ich so liebte.

Er stellte Musik an; er besaß ein hochwertiges Radio. Vielleicht war der Whisky daran schuld, dass mir ein wenig schwindelig war. Unbeholfen und ungeschickt legte er mir den Arm um die Taille. Es wurde ein europäischer Popsong gespielt. Er versuchte, sich danach zu bewegen, ich versuchte es auch. Wir waren beide schreckliche Tänzer. Getanzt hatten wir noch nie miteinander; tatsächlich hatte ich zuletzt als kleines Mädchen getanzt und dann nie wieder. Wir hatten beide zwei linke Füße und brachen in Gelächter aus.

Es war schön.

Wir legten uns aufs Bett. Ich war noch Jungfrau, doch ich wusste, was es mit Sex auf sich hatte, und obwohl mir viele Dinge Angst machten, gehörte Sex nicht dazu. Zumindest nicht mit Gen. Ich hatte mich schon gefragt, ob heute der Tag war, an dem ich meine Jungfräulichkeit verlieren würde. Schließlich galt das als besonderer Punkt im Leben eines Menschen, besonders eines Mädchens. Hätte er damals weitergemacht, hätte ich es zugelassen. Für mich wäre es in Ordnung gewesen, tatsächlich wünschte ich es mir sehr. Stattdessen nahm er meine Hand und zog sie an sich, und ich machte es ihm, so wie er es gernhatte.

Als wir damit fertig waren, lagen wir noch eine Weile da. Wie es schien, hatten der Whisky und die Intimität das Schweigen nur verschoben; jetzt kam es mit noch größerer Macht zurück und drohte uns zu verschlingen. Ich verspürte ein brennendes Gefühl der Panik, das Gefühl, unbedingt etwas sagen zu müssen – etwas, das witzig oder kokett oder schlau oder interessant war –, nur um wieder sein Interesse zu wecken. Dabei versuchte ich, einen lässigen, weltgewandten Ton anzuschlagen.

»Also, in einer meiner Vorlesungen ging es um Dostojewski. Ich hatte natürlich schon von ihm gehört, aber ich dachte immer, das sei einer dieser altmodischen, betulichen Schriftsteller, deren Werke voller Mädchen in Spitzenkleidern und Männern, die in Kutschen fahren, sind. Aber wenn du erst einmal angefangen hast zu lesen, wirkt er sogar richtig modern ...«

Ich hatte den roten Faden gefunden, an dem ich meine Rede aufziehen wollte, und spürte, wie mein Mangel an Selbstbewusstsein dahinschwand.

»Und dann ist da was an seinen Figuren, an der Art und Weise, wie er sie zusammenbringt, so geschmeidig und doch gewalttätig zugleich; all diese seltsamen und wundervollen Leben, die aufeinanderprallen ... Die Art und Weise, wie er Menschen beschreibt ... es ist fast schmerzhaft!«

Ich war zufrieden damit, wie diese Gedanken in mir gegärt hatten und nun ihren Ausdruck fanden. Ich hatte das Gefühl, das gesagt zu haben, was ich sagen musste.

Doch als Gen das Wort ergriff, klang er tonlos und abstrakt, als hätte er zwar gehört, was ich gesagt hatte, fände es aber belanglos.

»Schmerzhaft«, murmelte er. »Klingt mehr nach einem Arzt als nach einem Schriftsteller.«

»Nun ... ich meine ... das ist nicht ganz ... ich glaube nicht ...«

Er griff nach meiner Hand.

»Du, hör mal, es tut mir wirklich leid, aber ... diese Typen, die du vorhin gesehen hast ... Ich bin mit ihnen verabredet. Es gibt eine kleine Bar auf dem Campus, die East Slope heißt, und die Jungs treffen sich dort und trinken ein paar Bier.«

Ich kuschelte mich an ihn. Ich berührte seinen Hals mit den Lippen. Auch wenn ich erst vor wenigen Momenten seinen Penis in der Hand gehabt hatte, war das eine Art Intimität, die wir normalerweise nicht miteinander teilten. Ich spürte, wie angespannt er auf einmal war. Er zog sich nicht zurück, aber ich merkte, dass er wegwollte. Wenn er erst einmal seine Befriedigung hatte, war er fast immer gedämpft und ruhig, in sich verschlossen und zurückgezogen.

Die Panik war wieder da. Ich suchte nach einem anderen Thema, das interessanter war, aber mir fiel nichts mehr ein, und als ich sprach, klang meine Stimme fast verzweifelt und weinerlich. »Kannst du denn nicht noch ein bisschen bleiben? Wir haben uns die ganze Woche nicht gesehen.«

In dem Moment, als mir diese Worte über die Lippen kamen, hasste ich mich dafür.

Er schaute mich mit sanfter Miene an. »Du, hör mal, wir werden noch viel Zeit miteinander verbringen. Nächste Woche, wenn sich die ganze Aufregung ein bisschen gelegt hat.«

Er lächelte, er hatte es in einem verständnisvollen Ton gesagt, doch seine Worte klangen auch endgültig. Ich war entlassen. Ich stand auf, rückte meine Kleidung zurecht, nahm meine Tasche, wandte mich noch einmal zu ihm und gab ihm ein schnelles Küsschen auf die Wange.

»Ich freu mich drauf«, sagte ich, bemüht, so heiter wie möglich zu klingen, während er mich hinausführte.

Er machte leise die Tür hinter mir zu.

Ein paar Augenblicke stand ich auf dem Flur und versuchte mich zu beruhigen. Und dann drehte ich mich um und ging hinaus, ohne ein Geräusch zu machen, mucksmäuschenstill. Ja – eigentlich war ich immer schon ein solches Mäuschen gewesen. Mein ganzes Leben lang. Es war kein Wunder, dass er es kaum erwarten konnte, seine Freunde zu treffen.

VIERUNDZWANZIG

Ich trat aus dem Wohnheim, die Tasche über der Schulter. Als ich das Gebäude betreten hatte, hatte ich darauf geachtet, dass mich niemand sah. Jetzt war es mir egal. Eine Weile lief ich vor mich hin, während sich ein beklommenes Gefühl in meiner Brust breitmachte. Ich kam an einem lachenden Grüppchen Mädchen vorbei. Meine Beklemmung wuchs. Und mit ihr kam die Wut. Auf einmal war ich furchtbar sauer. Ich blinzelte gegen die Tränen an, die mir in die Augen gestiegen waren, brennend heiß, wie Säure. Ich bog vom Weg ab und schlüpfte in ein großes Gebäude. Die Tür knarzte, als ich eintrat. Drinnen war es finster. Eine kleine Treppe führte hoch in einen größeren Raum. Es roch muffig. In der Ecke stand ein altes Klavier.

Mittlerweile rang ich nach Luft, doch die Wut in mir brannte immer noch lichterloh. Und sie galt weder Gen noch meiner Mutter. Ich war wütend auf mich selbst.

Wieder und wieder ging es mir durch den Kopf, wie ein ewiges Kreisen. »Du bist eine Maus. Nichts anderes. Eine armselige, erbärmliche kleine Maus!«

Ich ließ meine Tasche auf den Boden fallen, kramte darin herum, bis ich auf den kalten Stahl des Messers stieß. Ich holte es heraus, krempelte meinen Ärmel hoch. Der Stahl schimmerte matt. Die Klinge war nicht scharf, die Spitze des Messers jedoch spitz genug. Ich drückte sie fest an mein

Handgelenk und stach mehrfach leicht zu, sodass sich das vernarbte Gewebe von früheren Stichen löste, und während der Schmerz sich durch mich bohrte wie Glasscherben, begann der Druck auf meiner Brust leichter zu werden. Mein Arm brannte, aber ich konnte wieder atmen, und das heiße Tropfen meines Blutes fühlte sich beruhigend an. Meine Augen flackerten, und mir war schwindelig, doch mein Wutanfall hatte sich gelegt.

»Sei gegrüßt, Schatziputzi!«

Ich erschrak. Ich fuhr herum, das Messer immer noch in der Hand. Ich muss ziemlich wahnsinnig ausgesehen haben, die Haare standen mir zu Berge, das Blut tropfte immer noch von der Klinge.

Ich hatte sie nicht kommen hören. Vor mir stand ein Mädchen, etwa in meinem Alter. Während ich selbst schmal und zierlich war, hatte sie breite Schultern und sehr kleine Brüste. Irgendwie schienen ihre Körperteile nicht zusammenzupassen. Doch ihr Gesicht erinnerte auf faszinierende Weise an das einer Katze, scharfe Züge und mittendrin glitzernde grüne Augen, deren Blick sonderbar wirkte. Eine Mischung aus Neugier und Grausamkeit.

Mir stand bestimmt der Mund offen. Ich machte einen Schritt nach vorne, wollte etwas sagen, hatte aber vergessen, dass ich immer noch das Messer in der Hand hielt.

Sie hob die Hände. »He, he, ich hab nichts gegen Leute, die mit dem Messer herumfuchteln. Ich weiß eine direkte Art zu schätzen. Bloß erstochen werden möchte ich nicht so gerne.«

Sie lächelte. Ihr Lächeln war eigenwillig, aber reizvoll.

»Ich … das … ich wollte nicht …«

Ich verstummte. Schob das Messer wieder in die Tasche. Rasch deckte ich mein Handgelenk mit dem Ärmel ab. Die Schnitte brannten. Ich spürte wieder die Wut in mir. Vielleicht war sie nie ganz weg gewesen.

Ich schaute ihr direkt in die Augen. »Was geht dich das eigentlich an?«

Sie hob wieder die Hände, eine Geste, die eigentlich flehentlich sein soll, doch ihre Augen blitzten amüsiert.

»He, ich kapier's ja, Schatziputzi. Du wolltest einfach ein bisschen Dampf ablassen. Das ist eben deine Art und Weise. Warum, glaubst du, bin ich hier?«

»Warum?«

»Aus dem gleichen Grund. Ein bisschen Dampf ablassen. Bist du neu hier? Für mich beginnt das zweite Jahr in diesem Drecksloch! Und manchmal, wenn ich die Bars satt habe, die Jungs, die ihre blöden Witze reißen, und die Mädels, die blöd darüber lachen, dann komme ich hierher. Wie ich sagte. Um ein bisschen Dampf abzulassen.«

Ich muss verblüfft ausgesehen haben. Sie nickte mir zu und ging an mir vorbei. Sie setzte sich ans Klavier, klappte den Deckel auf. Und dann fing sie zu spielen an, einfach so.

Die Töne waren weich und melodisch, und selbst auf dem ramponierten alten Klavier kamen sie als kunstvolle Kaskade heraus. Sie spielte klassische Musik. Später würde ich erfahren, dass es sich um eine Passage aus Chopins *Ballade Nr. 1* handelte, aber das wusste ich damals noch nicht. Ich wusste nur, dass die Musik, die sie erschuf, das schummrige Halbdunkel des Raums mit ihrer Schönheit durchflutete. So endlos, so himmlisch. Mein allererster Eindruck von ihr war nicht der allerbeste gewesen. Da war ein Sarkasmus, eine Säuerlichkeit an ihr, die mich abstieß, aber jetzt konnte ich nur noch ihren Fingern zuschauen, wie sie über die staubigen Tasten huschten.

Sie hielt inne. Wie die Töne des Klaviers verklangen, war eine Gewalttat an sich: Schönheit, der so plötzlich ein Ende bereitet wurde. Sie begegnete nicht meinem Blick, sondern schaute auf ihre zum Stillstand gekommenen Finger hinab.

»Tut mir leid, wenn du etwas Moderneres erwartet hattest.«

»Nein, das ist schon … okay. Das war … sehr schön!«

Sie hob nicht den Blick.

»Klassik ist alles, was ich dieser Tage spiele«, murmelte sie. »Als ich noch jünger war, war ich viel abenteuerlustiger. Da habe ich meine eigenen Songs geschrieben, meine eigene Musik gespielt – den Soundtrack meines Lebens.«

Ich beugte mich fasziniert vor. »Was ist denn passiert?«

»Mein Vater war Dirigent an der Philharmonie. Er hatte … hohe Erwartungen an mich. Er wollte, dass ich mich auf Beethoven und Bach konzentriere. Bloß war ich damals kaum mehr als ein Kind und oft mit den Gedanken woanders. Er verlangte von mir, dass ich kein eigenes Zeug mehr spielte, aber manchmal vergaß ich es einfach.«

Auf einmal war ihre Stimme zögernd, wie gedämpft.

»Und dann?«

»Oh, es war wirklich nicht seine Schuld. Wenn du so weit oben bist und einer Kunst so tief ergeben, dann kann das alles andere auffressen.«

Ihre Stimme erstarb. Sie schaute mich immer noch nicht an. Ich spürte, wie sich mir die Nackenhärchen aufstellten. Denn ich wusste, dass ihr etwas Schreckliches widerfahren war. Einerseits wollte ich es gar nicht wissen, aber die Worte kamen trotzdem aus meinem Mund: »Was ist passiert?«

Sie schluckte. »Eines Tages, als ich eigentlich an Rachmaninow arbeiten sollte, habe ich mein eigenes Zeug geklimpert … und da ist er einfach ausgerastet. Ich meine, es war wirklich nicht seine Schuld. Schätze, er war einfach so drauf.«

»Ausgerastet?«

»Ja. Er hat einen Hammer genommen und damit auf meine rechte Hand gehauen.«

Ihre Stimme war erstickt.

»Am Ende war es vielleicht besser so. Von da an habe ich mich an die Großen gehalten. Und heutzutage kann ich zwar meine Finger nicht mehr so gut bewegen, aber es ist schön hierherzukommen. Kein Druck, einfach nur spielen um des Spielens willen.« Sie unterdrückte ein Schluchzen.

»Wie schrecklich! Es ... es tut mir so leid. Ich hatte ja keine Ahnung. Du spielst so gut. Ich glaube, das war so ziemlich die schönste Musik, die ich je gehört habe ...«

Zögernd wandte sie mir den Blick entgegen. Ihre grünen Augen schimmerten, und ihre fein gemeißelten Gesichtszüge schienen außer Kontrolle zu geraten. Gleich hat sie einen Nervenzusammenbruch, dachte ich noch. Meine Gedanken rasten. Sollte ich Hilfe rufen? Einen Krankenwagen holen?

Auf einmal glätteten sich ihre verzerrten Züge zu einem breiten Grinsen, boshaft und amüsiert. Sie schaute mich an, als könnte sie kaum glauben, dass ich real war.

»Ich hab dich doch nur verarscht, Schatziputzi! Hast du das nicht gemerkt? Mein verehrter Erzeuger hätte ebenso wenig das philharmonische Orchester Chinas dirigieren können, wie er eine Gehirn-OP durchführen oder ins All hätte fliegen können!«

Auf einmal spürte ich meine Erschöpfung wie eine unendliche Last.

»Warum erzählst du so was Schreckliches? Ich hatte heute einen echt schlimmen Tag!«

Zum ersten Mal geriet ihre Miene ins Wanken. »Okay, Schatziputzi. Eins zu null für dich. Ich wollte dich nicht aufregen. Ich ... sag halt bloß manchmal Sachen.«

Ich senkte den Blick und drückte mich an ihr vorbei. »Na ja, war wirklich nett, dich kennenzulernen«, murmelte ich verdrießlich.

Ich hörte, wie Bewegung in sie kam.

»Sei doch nicht so. Hier, nimm das.«

Ich drehte mich um. Sie drückte mir eine Visitenkarte in die Hand. Reflexartig nahm ich sie entgegen und spähte darauf. Es war eines dieser Kärtchen, die chinesische Geschäftsleute mit sich herumschleppen und auf denen ihre Position innerhalb der Firma steht. Nur dass hier draufstand: »Madam Macaws Murrende Marodeure«.

Ich schaute sie an. »Madam Macaw?«

»Stets zu Diensten«, sagte sie und verbeugte sich.

»Wir treffen uns jeden Mittwoch, normalerweise hier, um ein bisschen marodierendes Unheil anzurichten! Aber wir gehen auch manchmal woandershin. Du solltest kommen. Man weiß nie. Vielleicht klappt es bei dir ja auch.«

• • •

An jenem Mittwoch sah ich sie nicht. Und auch nicht am Mittwoch danach. Ich vergrub ihre Visitenkarte tief in meiner Tasche, bis die Erinnerung an dieses Mädchen zu etwas Surrealem wurde, einem Ereignis, das mir im Traum widerfahren war. Es war bei Weitem die aufregendste Begegnung, die ich bisher an der Uni gehabt hatte, aber ich war immer noch fokussiert auf Gen und die schreckliche Angst, ihn zu verlieren. Ich hatte immer gewusst, dass er schlauer war als ich, dass er belesener war und seiner selbst sicherer, doch an der Schule hatte ich das Gefühl gehabt, zumindest mit ihm mithalten zu können. Nun, wo wir uns mitten unter anmaßenden und selbstbewussten jungen Menschen befanden, war mir klar geworden, dass er mir den Rang ablaufen würde. Dass er eine Gruppe von Freunden finden würde, die interessanter und weltgewandter waren als ich – und ich wütete gegen diese Möglichkeit wie ein Kind, das mit dem Fuß aufstampft. Mehr und mehr legte ich mir Dinge zurecht, um ihn zu beeindrucken, etwas Schlaues zu sagen oder ihm auf andere Art eine

Freude zu bereiten. Doch seit jenem ersten Mal hatte er mich nicht wieder auf sein Zimmer eingeladen.

Ich schaute nach seinem Studienplan; Seminare und Vorlesungen hingen am Schwarzen Brett aus. Ich war oft auf dem Campus unterwegs, sorgte dafür, ihm auf dem Weg ins Seminar zu begegnen. Manchmal aßen wir zusammen zu Mittag. Trotz all meiner Bemühungen spürte ich, wie er sich Tag für Tag, Stunde um Stunde weiter von mir zurückzog. Dennoch konnte ich die Intensität meiner Gefühle nicht eindämmen. Wir hatten unsere Kindheit miteinander verbracht. Wir teilten intellektuelle Interessen. Ich hatte ihn so oft *dort unten* berührt. Es war meine Berufung, ihn zu lieben. Ich hatte mich dafür eingesetzt. Also musste er mich auch lieben.

Stattdessen wurde es eher noch schlimmer. Wann immer ich ihn sah, begann mein Herz zu rasen; kein freudiges Klopfen mehr, sondern ein ängstliches. Wenn wir uns auf dem Campus begegneten, versuchte ich, meiner Stimme etwas Kesses, Spielerisches zu geben, aber meine Äußerungen riefen bei ihm bestenfalls ein dumpfes Beipflichten hervor. Er schien durch mich hindurchzuschauen, seine Augen waren glasig und wie abwesend. In seiner Stimme war immer noch der Mangel an Emotion, mit dem ich vertraut war, doch jetzt war da auch eine schleichende Kälte. Ich spürte, wie mein Mund trocken wurde, das Herz zappelte in meiner Brust, und die Worte blieben mir im Halse stecken. Je verzweifelter ich versuchte, mit ihm zu reden, umso mehr vertrocknete das, was ich sagen wollte. Ich wurde zur Gefangenen dieser Panik, die sich wie unsichtbare Finger um meinen Hals legte und langsam zudrückte.

Ich dachte die ganze Zeit an Gen, und ich träumte auch von ihm. Manchmal waren wir wieder Kinder; ich war mit Jian, Wang Fan und den anderen zusammen, die einfach so waren wie immer. Und wenn ich dann Gen sah, war auch er so wie früher: ein verhaltener, nachdenklicher Junge mit nur einem Hauch Kälte, ein Junge, dessen seltsame Manierismen ihn älter wirken ließen. Ein Junge, der nie richtig reingepasst hatte, was ihn aber nicht zu stören schien. Aber wenn ich ihn in meinem Traum genauer anschaute, dann waren seine Züge verschattet. Ich wusste, er war es, sein Verhalten und seine Stimme waren vertraut, doch je länger ich sein Gesicht anschaute, desto mehr ängstigte mich die Dunkelheit, die darauf lag.

Dann, eines Abends, nahmen die Dinge an Fahrt auf. Er verbrachte mehr und mehr Zeit mit seinen beiden Freunden, die, wie ich erfahren hatte, Aiguo und Sile hießen. Ich hatte mich den ganzen Tag auf dem Campus herumgetrieben, hatte gehofft, ihm über den Weg zu laufen, und es zugleich gefürchtet. Bei mir war das Geld knapp, und während die anderen Studenten eine Menge Zeit in Bars und Cafés zubrachten, ging ich bei Sonnenschein auf dem Campus spazieren, genoss das frische Gras unter meinen Füßen und die Wärme auf meinem Gesicht. Inzwischen hatte es angefangen zu nieseln, und der Tag neigte sich bereits seinem Ende zu und hüllte sich in ein trübes Grau.

Ich machte mich auf den Weg in die East Slope Bar. Drinnen empfing mich eine Mischung aus Zigarettenrauch und den wummernden Bässen einer Band, die verschwitzt im grellen Scheinwerferlicht wild herumzappelte. Ich entdeckte ihn auf der Stelle, weiter hinten in der Menschenmenge, mit den beiden anderen. Eine Zigarette im Mundwinkel. Ich hatte Gen noch nie rauchen sehen. Während ich auf ihn zuging, verspürte ich die Nervosität eines Menschen, der sich einem Fremden nähert. Dann stand ich vor ihm, er nickte mir zu und lächelte, aber das Lächeln drang nicht bis zu seinen Augen vor.

Auch seine beiden Freunde nickten höflich. Eine Weile

standen wir nur da und schauten der Band zu. Ich sah, wie Gen im Takt der Musik nickte und dabei rauchte. Mir kam er wie ein anderer Mensch vor, jemand, an den ich mich erst noch gewöhnen musste. Ich hatte mich immer schon angepasst. An Gen. An meine Mutter. Meine Lehrer. Die einzige Person, bei der ich das Gefühl gehabt hatte, ich könnte bei ihr so sein, wie ich war, war nicht mehr am Leben.

Ich schaute Gen an und setzte mein kühlstes, beiläufigstes Lächeln auf. Irgendwann begann ich auch, mich zur Musik zu bewegen. Doch diese Musik kam mir grob und viel zu laut vor. Als ich endlich etwas sagte, klang es dünn und schwach, auch eine Spur schrill, weil ich mich über den harten metallischen Sound hinweg verständlich machen musste, der durch den Raum wummerte und in meinen Ohren dröhnte.

»He, ziemlich krass hier. Geile Szene.«

Krass? Geil? Hatte ich vor jenem Abend jemals diese Wörter benutzt?

Er bewegte den Kopf um den Bruchteil eines Zentimeters, sagte nichts.

Ich versuchte es noch einmal. Sein Lächeln wurde dünn. Er zeigte auf seine Ohren. Er wollte mir mitteilen, dass er mich nicht hören konnte, aber ich wusste, dass er mich hörte. Ich wusste es, und er wusste, dass ich es wusste. Ich sah es an seinem Gesichtsausdruck, an dem Hauch von Berechnung, der in seiner Miene lag. Ich stand da und starrte ihn an. Einer der anderen Jungs räusperte sich. Ich drehte mich wütend zu ihm. Ich hatte damit gerechnet, dass Aiguo und Sile lächeln würden, dass alle drei in Gelächter ausbrechen würden – über dieses hysterische weibliche Wesen, das man nicht ernst nehmen konnte; ein gemeinsamer Gegner, der ihre männliche Bindung stärken konnte.

Doch als ich zu den beiden anderen Jungs schaute, sah ich nur eines in ihren Augen: Mitleid.

Ich sah Gen ein letztes Mal an, suchte in seinem Gesicht nach einem Anzeichen dafür, dass er begriff, was ich durchmachte. Ich wollte schreien. Ich wollte nie wieder etwas sagen. Ich lief aus der Bar und in die Nacht hinein. Eine Weile ging ich, hörte, wie die Musik zum Geräuschteppich wurde und dann ganz verstummte. Meine Beine waren müde, doch ich stapfte immer weiter, drehte endlose Runden im strömenden Regen. In den Campus-Gebäuden sah ich Grüppchen von Leuten, die plauderten und lachten – eine ganze Welt, die sich hinter den Türen der Wohnheime abspielte und von der ich ausgeschlossen war.

Ich dachte an meine Großmutter. In meiner Familie war sie diejenige gewesen, die mich am meisten darin unterstützt hatte, an die Uni zu gehen, die es immer wieder angesprochen hatte, auch wenn sie selbst nicht viel von Büchern, Büchereien oder vom Büffeln hielt. Sie hatte es als Möglichkeit für mich gesehen, mich zu entfalten, und sie war der Überzeugung gewesen, es sei mein Schicksal, große Dinge zu erreichen und dereinst an Orte zu reisen, die sie und meine Eltern niemals gesehen hatten. Sie hatte an mich geglaubt. Ich fragte mich, was sie wohl in diesem Moment über mich denken würde, wo ich im Dunkeln über den Campus ging, mit tropfnassem Haar, eine griesgrämige Mischung aus Nässe und Selbstmitleid. Jedenfalls hätte sie nicht mit Spott gespart, dessen war ich mir sicher.

Ich steckte die Hände in die Taschen, um sie zu wärmen. Dabei stießen meine Finger auf eine abgegriffene Visitenkarte: »Madam Macaws Murrende Marodeure«.

Seit jener skurrilen Begegnung hatte ich sie ins Hinterstübchen meines Denkens verbannt. Jetzt trat sie wieder daraus hervor, mit ihren Katzenaugen und diesem Lächeln, in dem ein Hauch Grausamkeit steckte. Ich hatte mich einsam gefühlt und mich selbst bedauert, während der Regen auf mein Haar perlte und von meiner Nase tropfte. Doch ich machte mir bewusst, dass ich nicht vollständig vom Leben auf dem Campus ausgeschlossen war. Sie hatte mich zu dem eingeladen, was sie machte, was auch immer es war. Sie hatte mich gebeten, am Mittwochabend zu ihr zu kommen. Und jetzt war Mittwochabend. Vielleicht hatte sie es nicht ernst gemeint, das war schwer zu durchschauen. Aber sie hatte mich eingeladen, sie und ihre »Marodeure« aufzusuchen. Und so seltsam oder unangenehm das vielleicht auch sein mochte – schlimmer als das, was ich gerade durchgemacht hatte, war es sicher nicht.

Ich begab mich wieder zu dem Gebäude und trat durch die schweren Türen.

Damals war der große Raum schummrig und voller Schatten gewesen; jetzt war er leuchtend hell. Insgesamt neun oder zehn Leute befanden sich darin; im Zentrum der Aufmerksamkeit standen zwei junge Männer. Einer von ihnen schwang etwas, das aussah wie eine Keule, der andere versuchte ihn mit wildem Blick in Schach zu halten.

»Wag es nicht!«, rief der Kleinere von ihnen mit schriller Stimme.

Von weiter hinten erklang Madam Macaws begeisterter Schrei: »Gib's dem Scheißkerl, na los! Das ist Shakespeare, verdammt noch mal!«

Ich war mir nicht sicher, was da oben vorging. Auf den ersten Blick schien es, als hätte der Kleinere von beiden – ein sorgfältig frisierter, eher weichlich wirkender Zeitgenosse – aus irgendeinem bizarren Grund den Namen Shakespeare erhalten und Madam Macaw wollte, dass er da vorne auf der Bühne eine Tracht Prügel bekam. Erst da sah ich die Requisiten, sah die Mitspieler, die im Hintergrund auf ihren Auftritt warteten, und mir wurde bewusst, dass ich Zuschauerin eines Schauspiels war. Das, was da vor sich ging, war sehr intensiv.

Madam Macaw schrie wieder: »Chiron will Bassianus töten. Weil er Lavinia an die Wäsche will. Und willst du etwa nicht Lavinia an die Wäsche, Chiron?«

Der Größere der beiden – ein Dickerchen mit seltsam friedfertigem Gebaren – schaute Madam Macaw an wie ein Schaf.

»Doch«, murmelte er.

Der Kleinere und Wendigere von beiden wollte etwas sagen, auf etwas hinweisen, da schwang der andere die Keule und schlug ihm damit auf den Kopf.

Natürlich war die Keule aus Gummi, doch der größere Schauspieler hatte fest zugeschlagen; sicher war es nicht seine Absicht gewesen, aber allein durch seine Größe und Kraft war die Wucht des Schlages beträchtlich.

Der kleinere Mann schrie erst den größeren Mitspieler an, dann drehte er sich um und brüllte Madam Macaw an, schrill und aufgebracht: »Aua! Das hat wehgetan!«

»Das ist Theater, Schatz«, sagte Madam Macaw gedehnt. »Dabei geht es darum, seinen inneren Schmerz zu zeigen. Das *muss* wehtun!«

Der kleinere Mann bedachte sie mit einem zweifelnden Blick, schaute, ob sie über ihn lachte. Aber Madam Macaws Gesichtsausdruck war unergründlich. Am Ende wandte er sich wieder von ihr ab.

Der Größere der beiden streckte den Arm nach ihm aus, die beiden umarmten sich. Zunächst war es eine etwas unbeholfene Bewegung, die dann jedoch zärtlich wurde; der kleinere Student schien sich in den Armen des Größeren sichtlich zu entspannen.

Und dann küsste der Kleinere den Größeren auf die Lippen.

So etwas hatte ich noch nie gesehen.

Es war kein Kuss, wie ich ihn meinem Bruder gegeben

hätte. Der Kuss war schnell wieder vorbei, vielleicht nach einer Sekunde, und doch hatte er die Intensität eines Kusses, wie ich ihn früher Gen gegeben hätte.

Es war ein romantischer Kuss.

Mir stand der Mund offen.

In diesem Moment drehte sich Madam Macaw um und erblickte mich.

»Schatziputzi!«, rief sie erfreut. »Ich wusste nicht, ob du kommen würdest. Aber ich bin froh, dass du hier bist!«

Mir wurde bewusst, dass es das allererste Mal war, dass sich an diesem Ort offenbar jemand freute, mich zu sehen.

»Komm hieher, komm hieher, du holde, fremde Maid!«

»Wie bitte?« Ich blinzelte.

»Ich spreche Shakespearisch. Beweg deinen Arsch hierher!«

Ihre Augen lächelten, als sie das sagte. Ich ging zu ihr.

»Also, das ist Lan, und das ist Min.«

Sie wies auf die beiden Schauspieler.

Lan trat verlegen von einem Fuß auf den anderen. Er war groß und schwitzte heftig, vielleicht wegen der Scheinwerfer und des dicken Pullovers, den er trug. Er nickte mir kurz zu, dann wandte er die weichen, verlegenen Augen wieder ab.

Min wiederum hatte lebendige Augen wie flitzende schwarze Pfeile. Er beugte sich vor und küsste mich auf beide Wangen.

»Wie schön, dich kennenzulernen, Liebes. Und es tut mir aufrichtig leid, dass du in diesen satanischen Zirkel aufgenommen wurdest. Natürlich gibt es jetzt kein Entrinnen mehr!«

Er schaute Madam Macaw trotzig an.

»Ach, was bist du doch für ein ungehobelter Flegel!«, sagte sie. »Dann machen wir Schluss für heute! Wir sehen uns in der Bar Wujiaoxing.«

»Du und ich, wir werden uns heute betrinken«, sagte sie und nahm mich am Arm.

Und wenn du erst einmal in den Dunstkreis dieser seltsamen, magnetischen Anziehungskraft gerätst, gibt es kein Entrinnen mehr.

FÜNFUNDZWANZIG

Die Bar Wujiaoxing befand sich außerhalb des Campus. Es hatte wieder angefangen zu regnen, doch sie lag nicht allzu weit entfernt. Als wir ankamen, saßen dort lauter einsame alte Männer herum, die uns mit hungrigen Augen betrachteten. Ich blickte befangen auf den Boden.

Plötzlich spürte ich, wie mich eine Hand in den Hintern kniff.

Ich schrie auf.

Ich drehte mich zu Madam Macaw um, die grinste.

»Du musst immer auf der Hut sein. Oder dem Hut. Sei mein Hut!«

»Dein Hut?«

»Genau. Mein Hut. Hüte sind das Allerbeste. So wie du. Freundlich, gutherzig, aber immer ein bisschen empfindlich, wenn sie in den Hintern gekniffen werden.«

Ich dachte an die beiden jungen Schauspieler. Daran, wie Lan Min geküsst hatte, wenn auch nur kurz. Ich erschauderte. Ob Madam Macaw vorhatte, mich so zu küssen? War sie irgendwie homosexuell? Oder war sie normal? Wer zum Teufel war sie überhaupt?

Dann kam mir der Gedanke, dass wahrscheinlich niemand mich so küssen wollte. Ich hatte mit Gen eine Art Beziehung geführt, doch abgesehen von ihm hatte noch nie ein Junge romantisches Interesse an mir gezeigt. Deshalb kam es mir auch unwahrscheinlich vor, dass jemand so Schillerndes wie sie auf diese Weise an mir interessiert sein könnte. Ich spürte, wie ich auf der Stelle ruhiger wurde.

»Was nimmst du?«

Ich wusste es nicht.

Madam Macaws Grinsen wurde noch breiter.

»Barkeeper«, rief sie. »Eine Runde Spezialdrink!«

Der Barmann schenkte ihr ein etwas kleinlautes Lächeln. »Kommt sofort!«

»Davon wachsen dir Haare auf der Brust!«, sagte sie und zwinkerte.

Bei den Drinks handelte es sich um Schokoladenmilkshake mit Chili und einem Schnaps, den ich zwar nicht identifizieren konnte, der aber köstlich schmeckte.

Ich begann mich zu entspannen.

»Und, was ist deine Geschichte?«, wollte sie wissen.

Ich nahm noch einen Schluck. »Ich habe keine, glaube ich.«

Sie hob ihr Glas, stieß mit mir an. »Keiner hat eine. Und dann trinken sie und haben alle eine.«

»Hast du denn eine?«

Ein Ausdruck von Traurigkeit huschte über ihr Gesicht.

»Ja, schätze schon, aber das tut hier nichts zur Sache.«

Sie sagte es leise und mit großem Ernst. Es kam mir gar nicht in den Sinn nachzuhaken.

»Aber erzähl du mir, Schatziputzi, was soll das nun mit dem Gemetzel?«

Ich blinzelte sie an. »Mit was?«

Sie krempelte ihren Ärmel hoch und begann, mit dem Finger auf ihr Handgelenk einzustechen. Dabei summte sie die Titelmelodie von *Psycho*.

Ich hatte ganz vergessen, dass sie mich beim Ritzen erwischt hatte.

Ich wollte etwas sagen, aber auf einmal zitterten meine Lippen, Tränen traten mir in die Augen. Ich war wütend und hilflos zugleich. Warum ich nicht einfach aus der Bar gerannt bin? Ich erinnere mich nicht. Doch ich erinnere mich, dass es genau das war, was diese Person einem antun konnte. In einer Minute führte man ein ganz normales, beiläufiges Gespräch, und im nächsten Augenblick kehrte sie dein Inneres nach außen.

»Ich weiß nicht, was du denkst, dass du gesehen hast ...«, murmelte ich.

Sie schaute mich ein oder zwei Sekunden an. Dann fuhr ihr Arm vor, und sie packte mich an der Hand. Ihr Griff war fest und warm.

»He«, sagte sie. »Ich verurteile dich nicht. Dein Grad an Verrücktheit ist nichts im Vergleich mit einigen Dingen, die ich getan habe. Ich bin ein Profi und du ein Amateur, wenn es um Anfälle von Wahnsinn geht. Aber du hast mich trotzdem neugierig gemacht.«

»Neugierig?«, murmelte ich zögernd.

»Neugierig auf dich«, sagte sie mit einem Lächeln, das beinahe freundlich war.

Mein Kopf fühlte sich auf einmal schwer an. Tatsächlich hatte ich nie darüber nachgedacht, warum ich das eigentlich machte. Manchmal bemerkte ich, dass sich über die karamellfarbene Haut meines linken Arms ein schwaches Gitterwerk von weißem Narbengewebe gelegt hatte. Ich wusste, dass das, was ich tat, nicht normal war. Doch ich folgte damit einem Instinkt, so wie man beim Tauchen die Wasseroberfläche durchstößt und Luft holt.

Ich schaute sie an, wandte den Blick wieder ab. Nahm noch einen Schluck Cocktail.

Und dann begann ich zu sprechen. »Das Gefühl kenne ich, seit ich ein Kind bin. Diesen Selbsthass. Als wäre ich ein

Nichts. Als lastete ein großes Gewicht auf mir, das mir den Atem raubte, mich erstickte. Mein Herz rast. Und ich kann kaum noch atmen. Und dann ist es eines Tages passiert. Ich nahm ein Messer. Und machte … das. Danach konnte ich wieder atmen. Einfach so.«

Sie schaute mich mit ihren beunruhigenden grünen Augen an. »Und was war es nun?«

»Was war was?«

»Das mit dir passiert ist, Schatziputzi. Warum hast du damals das allererste Mal zum Messer gegriffen?«

Ich schaute ihr in die Augen, der Alkohol tat seine Wirkung, und die Gestalten um uns herum traten in den Hintergrund; die alten Männer in dieser dunklen, düsteren Bar, die Weichheit der Schatten. Gerade wollte ich etwas sagen, wurde aber unterbrochen: »*Voilà*! Da sind wir! Haltet uns Plätze frei, wir holen uns was zu trinken!«

Die beiden Jungs waren angekommen. Min hatte von der Keule eine kleine Rötung an der Stirn, die er mit einem gewissen verletzten Stolz zur Schau trug. Der so viel größere Lan lächelte schüchtern, sein bulliger Körper wirkte ungelenk in diesem gedämpften, intimen Raum, und da war eine Verletzlichkeit an ihm, wie die eines Kindes, das sich verirrt hat. Brav folgte er Min an die Bar, und der Kontrast zwischen den beiden war beinahe komisch. Die Erinnerung an den Kuss von vorhin hatte sich in mein Gedächtnis eingeprägt und erfüllte mich mit einem Widerwillen, der nicht weichen wollte. Dann dachte ich einen Schritt weiter. Was, wenn sie mehr taten, als sich nur zu küssen? Was, wenn sie das taten, was Gen und ich getan hatten?

Ich spürte, wie Macaw mich amüsiert anschaute. »Du stellst dir gerade vor, wie sie Sex haben, stimmt's?«

»Nein, natürlich nicht«, platzte es empört aus mir heraus. »Ich würde nie …«

Sie sagte nichts, lächelte aber dieses lüsterne Lächeln einer Katze vor einer Schale Milch.

Ich schaute sie noch einen Augenblick an und spürte, wie ich rot wurde.

Ich versuchte, nicht missbilligend zu klingen, als ich sagte: »Warum machen sie das? Warum machen sie das ... miteinander?«

»Das ist Randale«, murmelte sie leise.

»Randale?«

»So nennt die Polizei das. Sie nennen es Randalieren. Sie sagen, dieses Randalieren ist gegen das Gesetz. Sie sind zu angeekelt, um das richtige Wort zu verwenden: Homosexualität. Als er sechzehn war, kam Lan ins Gefängnis, weil man ihn mit einem anderen Jungen seines Alters erwischt hatte. Sie hatten nicht mehr gemacht, als sich zu küssen und ein bisschen zu kuscheln. Trotzdem waren die Repressalien ... grausam. Man sperrte ihn für ein paar Tage in eine Zelle. Mit Männern, nicht mit anderen Jungs. Glücklicherweise hatte sein Vater ein wenig Einfluss. Lan war nicht lange dort. Aber ich schätze, lange genug. Er spricht nicht darüber. Er spricht sowieso nicht viel. Vermutlich sind manche Dinge einfach zu schrecklich, um darüber zu sprechen.«

Ein Bild flackerte in meinem Kopf auf, die Erinnerung an etwas, das lange zurücklag. Die hell erleuchteten Räume einer Polizeiwache. Die Schatten von Männern. Schmerz, der mir durch Schulter und Arm schoss. Und eine Angst, so groß, dass sie mich zu einem zitternden kleinen Tier gemacht hatte.

»Warum gehen sie dann das Risiko ein?«, fragte ich leise.

Sie schaute mich an. Ihre Augen blitzten grausam.

Dann ergriff sie das Wort, leise, fast ein Flüstern. »Ich denke, seine wahre Natur zu verbergen, ist das schrecklichste Gefühl von allen. Ein Gefühl voller Hass. Als würde sich ein riesiges Gewicht auf dich legen, dir den Atem rauben, dich ersticken ...«

Auf einmal hatte ich einen Kloß im Hals. »Das ist nicht fair«, sagte ich kläglich.

»Nein, ist es nicht«, murmelte sie.

Doch ich wusste, dass ihre letzten Worte nicht mich gemeint hatten.

Wieder wurden wir unterbrochen. Die beiden jungen Männer nahmen ihre Plätze ein. Lan schaute immer wieder nervös zu mir her. Er lächelte schüchtern, sagte aber nichts. Min wiederum plapperte fröhlich und ohne Unterlass.

»Und, hast du denn schon mal auf der Bühne gestanden? Nein, sag nichts, du bist mehr der Typ für Regie – ruhig und nachdenklich, das sehe ich sofort. Aber vielleicht täusche ich mich. Ich habe die Neigung, schnell mein Urteil über Leute zu fällen. Du wirkst so normal! Das meine ich nicht negativ, aber wir Schauspieler sind alle ein bisschen verpeilt, und, und ... du scheinst mir wirklich überhaupt nicht verpeilt zu sein.«

Min quatschte und quatschte. Ich konnte nicht anders, als zu lächeln.

Er streckte mir vorsichtig die Hand hin. »Es ist schön, dich kennenzulernen!«

Seine Hand war warm und ein bisschen verschwitzt, aber seine Augen glänzten, als fände er es wirklich toll, mich kennenzulernen. Vielleicht lag es an dem Drink, aber ich begann mich zu entspannen. Was diese beiden Typen miteinander trieben, kam mir nicht mehr so wichtig vor. Denn sie schauten mich beide so an, als wäre ich jemand, der etwas zu bieten hätte.

Und das war der Moment, als Madam Macaw einen fahren ließ.

Es war ein lautes, unüberhörbares Ploppen, das unser Gespräch übertönte.

Ich war erschüttert. Frauen machten so etwas nicht. Sie waren dazu angehalten, es zu tun, wenn keiner in der Nähe war, und wenn es doch in der Öffentlichkeit passierte, wenigstens vorzugeben, es sei nicht ihr Körper gewesen, der diesen Furz fabriziert hatte. Man hatte mir eingetrichtert, überhaupt gar kein Körper zu sein – bestenfalls eine metaphysische Präsenz wie meine Mutter, ein parfümiertes, wohlfrisiertes Wesen, das durchs Leben ging, ohne jemals Gerüche abzugeben. So sollte eine Frau sein. Ich schaute zu Madam Macaw und schämte mich in Grund und Boden für sie.

Ihr schien es überhaupt nicht peinlich zu sein. Stattdessen warf sie ihre Arme nach hinten und ließ ein langes, genüssliches »Ahhhhh!« hören. Sie schaute uns an und zwinkerte.

»Besser draußen als drinnen, Jungs und Mädels!«

Ein zweites Mal war ich schockiert. Doch diesmal war ich nicht peinlich berührt oder abgestoßen. Die Situation war so absurd, dass ein Kichern in mir aufstieg.

Es war schwierig, wieder mit dem Lachen aufzuhören.

Min schaute Macaw an. »Du bist mir ja eine!«

»Hört, hört! Wer im Glashaus sitzt …«, konterte Macaw grinsend.

Dann wurde ihre Miene ernst. »Das war eindeutig eine Warnung. Gefahr im Verzug. Ein klares Zeichen, dass was im Anmarsch ist. Dann gehe ich mal besser für kleine Mädchen!«

Ich schaute ihr verdutzt hinterher. In den Wochen und Monaten, die folgten, würde sich dieses Muster wiederholen. Macaw würde etwas Skandalöses sagen oder tun, und mir bliebe nichts übrig, als ihr hinterherzuschauen, nach außen verblüfft, aber insgeheim begeistert.

Ich schaute die Jungs an. »Wer zum Henker ist sie eigentlich?«, fragte ich staunend.

Min lächelte, als wüsste er genau, warum ich so verblüfft war.

Es war Lan, der mir antwortete. Seine große Gestalt wirkte riesig und angriffslustig, seine Stimme hingegen war sanft und leise.

»Nun«, sagte er ruhig, »sie ist ein wirklich netter Mensch. Bei ihr hast du das Gefühl, dass du immer du selbst sein kannst.«

Ich schaute ihn überrascht an. »Nichts für ungut«, erwiderte ich. »Aber vorhin hat sie euch dazu gebracht, Szenen irgendeines Stücks aus dem fünfzehnten Jahrhundert von einem westlichen Dramatiker aufzuführen. Was hat das damit zu tun, man selbst zu sein?«

An diesem Punkt mischte Min sich ein. »Genauer gesagt sechzehntes Jahrhundert. Aber darum geht es nicht. Lass mich dir eine Frage stellen. Was hältst du von Batman?«

Wieder war ich verblüfft.

Ich suchte verzweifelt nach einer adäquaten Antwort, suchte nach dem doppelten Boden seiner Frage. Aber Min schien einfach nur neugierig und interessiert. Es war nicht wie bei Gen, der immer auseinandernahm, was ich sagte, wenn ich seiner Meinung nach eine falsche Ansicht über irgendeinen Dichter oder Schriftsteller hatte.

»Batman? Ich finde ihn ... ziemlich cool!«

Doch es schien nicht richtig zu wirken.

»Aber in Wirklichkeit ist er ja Bruce Wayne, oder? Das ist sein Geheimnis«, fügte ich in der Hoffnung hinzu, damit einen Punkt zu machen.

Ich rechnete damit, dass sie sarkastisch reagieren würden. Ich wusste fast nichts über Batman und hatte keine Ahnung, warum er so wichtig sein könnte.

Mins Blick war freundlich.

»Er ist doch Bruce Wayne, oder nicht?«, hakte ich nach.

»Nun, ich denke«, sagte Min beschwingt, »dass die eigentliche Natur von Bruce Wayne ist, einer Fledermaus zu ähneln. Umgekehrt ist die Person Bruce Wayne der eigentliche Schwindel. Erst als er zu Batman wird, wird er das, was er wirklich ist. Ich glaube, nur indem sie eine Maske aufsetzen, können manche Leute ihrem wahren Ich gerecht werden.«

Darüber dachte ich nach. Der Gedanke faszinierte mich.

»Aber warum braucht man überhaupt eine Maske?«

Min und Lan tauschten einen Blick. Meine Frage muss in ihren Ohren unerträglich naiv geklungen haben. Heute verstehe ich das.

Min schaute mich an. »Auf dem Campus wird es heutzutage immer schwieriger, man selbst zu sein«, sagte er ernst.

»Warum ist das so?«

»Weil sich die Dinge verändern. Wusstest du, dass die Behörden gerade eine ›Licht aus‹-Politik angeordnet haben?«

»Nein. Was heißt das?«

»Seit Anfang des Monats hat die Universität Peking beschlossen, dass du nach zehn Uhr abends kein Licht mehr anhaben darfst. Und das bedeutet, dass die Leute sich nach dieser Uhrzeit nicht mehr treffen und nicht mehr miteinander reden können. Natürlich behauptet die Universitätsverwaltung, dabei gehe es nur darum, Strom zu sparen. Aber es ist mehr als das. Es geht darum, unsere Bewegungen unter Kontrolle zu halten. Und jetzt ist im Triangle ...«

»Triangle? Was für ein Dreieck?«, fragte ich.

Min nickte. »Das Triangle ist ein Garten in der Mitte des Campus. Ein hübscher Ort, würde ich sagen.«

»Sehr hübsch«, murmelte Lan zustimmend.

»Unter den Bäumen hängen Schwarze Bretter. Dort kannst du etwas über das Leben auf dem Campus erfahren, du kannst rausfinden, was läuft.«

Ich nickte.

»Aber in letzter Zeit passiert da noch mehr. Seit die Verwaltung beschlossen hat, uns zu kontrollieren, sind überall

Plakate mit der Aufschrift ›Kein Licht aus!‹ aufgetaucht. Niemand weiß, wer sie gemalt hat oder wer sie verteilt, aber im Triangle wuchern sie nur so. Sie setzen sich für unsere Rechte ein, für unsere Freiheit. Dafür, dass erwachsene Männer und Frauen selbst entscheiden sollen, wann sie abends ausgehen und wann sie schlafen wollen. Dass Studenten keine Kinder sind, die man ins Bett bringen muss.«

Ich wusste nichts von alldem. Aber ich spürte, wie Ärger in mir aufkam. Ich dachte daran, wie meine Mutter mich kontrolliert hatte. Wie sie es immer noch tat. Und wie lange ich mich machtlos gefühlt hatte. Die Uni war für mich ein Ort gewesen, an dem ich einer solchen Überwachung entkommen konnte.

»Und was wird jetzt passieren?«, flüsterte ich.

»Nun«, sagte Min und beugte sich vertraulich zu mir, »im Moment hängt alles noch in der Luft. Doch es geschieht etwas. Schritte werden unternommen.«

Er schaute sich um und drückte mir dann ein etwas verschwitztes Stück Papier in die Hand. Ich legte es auf meinen Schoß. Sah mich vorsichtig unter den alten Männern an der Bar um, von denen uns jedoch keiner Aufmerksamkeit schenkte.

Da stand: »Unsere Wohnheime sind unser kollektives Zuhause. Als verantwortungsvolle Erwachsene können wir miteinander reden, Lösungen finden und vereint zusammenleben. Die Universität ist weder unsere Mutti noch unser Vati noch unser Diktator. Autonomie ist die Grundlage jeder Demokratie.«

Das Blatt schien in meinen Händen zu brennen. Ich schaute die beiden jungen Männer an, ihre Gesichter nervös, aber erwartungsvoll, und mir wurde bewusst, dass sie mir ein großes Geheimnis anvertraut hatten. Und ich fühlte, wie Erregung in mir aufkam. Ich dachte an meinen Freund, den alten Mann im Buchladen, und erinnerte mich an Orwell.

»Oh, verdammt noch mal!« Madam Macaw kam zurück und knallte ein volles Tablett mit Drinks auf den Tisch.

»Jetzt bin ich mal fünf Minuten weg, und ihr redet schon mit ihr über dieses unwichtige Zeug!«

Min blickte zu ihr hoch, und ich sah zum ersten Mal, wie sich die Bewunderung in seinen Augen etwas abschwächte.

»Glaubst du denn nicht, dass dieses *Zeug* eine wichtige Rolle spielt?«

Sie schaute ihn an, ohne sich auch nur eine Sekunde beirren zu lassen. »Doch. Nein. Vielleicht. Wer weiß das schon? Aber glaubst du wirklich, einer dieser Wichser vom Studentenbund wird die Situation lösen? Glaubst du wirklich, die schaffen es, dass unser Leben hier besser wird? Dann sag ich dir jetzt mal was. Die werden ihre Flugblätter drucken und ihre Verlautbarungen herausgeben, und dann werden genau die Leute, die Flugblätter drucken und Verlautbarungen herausgeben, irgendwann selbst im Verwaltungsrat der Uni sitzen und von den Leuten verlangen, dass sie aufhören, Flugblätter zu drucken und Verlautbarungen herauszugeben. Und so geht der Kreislauf des Lebens immer weiter!«

Sie beendete ihren Satz mit einer weiten Armbewegung.

Min sah so aus, als wollte er ihr einen Strom Argumente entgegenhalten, brachte aber nur einen eher halbherzigen Spruch zustande: »Du bist wirklich eine Zynikerin!«

Macaws Augen blitzten erfreut. Als wäre es das schönste Kompliment, das sie jemals erhalten hatte.

Sie hob ihr Glas. »Darauf trinken wir einen!«

Wir alle kippten unsere Drinks hinunter.

Min schaute mich lächelnd an. Sein gutmütiger Blick sprach Bände darüber, dass Madam Macaw das Sagen in der Gruppe hatte, so war das eben. Ich erwiderte sein Lächeln. Vielleicht war es wieder der Alkohol, doch ich verspürte einen Hauch von Kameradschaft mit ihm.

Ich sah zu Min und Lan. Min blickte mich immer noch mit unbeholfener Komplizenschaft an, und Lan beobachtete uns, auf dem Gesicht einen Ausdruck von sanfter Faszination. Und obwohl mir bewusst war, dass man diese beiden Jungs in gewisser Weise für »unnatürlich« halten konnte, war ich dankbar für die Freundlichkeit, mit der sie mir begegneten.

Und ich fand, sie passten sehr gut zusammen.

SECHSUNDZWANZIG

Am Ende des Abends waren mir die Drinks zu Kopf gestiegen, mir war heiß und schwindelig. Als ich mich auf unsicheren Beinen auf den Weg zum Ausgang machte, packte mich jemand am Arm. Es war Madam Macaw. Sie schaute mich aufmerksam an, ihr verrauchter Atem streifte mein Gesicht, ihre Katzenaugen glitzerten amüsiert.

»Komm dahin«, sagte sie und drückte mir einen Zettel in die Hand. Sie hatte eine Adresse draufgekritzelt.

»Vier Uhr! Heute in einer Woche, nur du und ich! Vergiss es nicht!«

Kurz wirkte sie unsicher, sah einen Moment lang aus wie ein Kind. »Du wirst doch kommen, oder?«

Ich nickte.

Als ich nach Hause kam, war mein Bruder noch wach. Er lag zusammengerollt auf dem Wohnzimmerboden und schaute Zeichentrickfilme. Manchmal wunderte ich mich darüber, wie sehr er sich in seinem Körper zu Hause fühlte. Er hatte immer noch die weichgliedrige Geschmeidigkeit eines Kindes, wie er so dalag, den Kopf angelehnt, die Beine irgendwie verknotet und verdreht. Die Bewegungen auf dem Fernseher spiegelten sich in seinen Augen. Wenn ich mich, als ich noch jünger war, so auf den Boden gelümmelt hätte, hätte mir meine Mutter eine Kopfnuss gegeben und gesagt, wie ich da liege, sei »undamenhaft«.

Ich nahm auf dem Stuhl hinter ihm Platz – immer noch ein wenig benommen vom Alkohol – und starrte eine Weile auf seinen Hinterkopf. Ich wusste, die Zeit würde kommen, wenn mein Bruder kein Kind mehr sein würde, doch als Mann konnte ich ihn mir nicht vorstellen; wie seine Glieder sich streckten und verhärteten, wie sein Kinn ausgeprägter wurde, wie sein Körper an Masse gewann und ihm Haare im Gesicht und auf den Armen wuchsen. Für mich würde er in gewisser Weise immer der ruhige kleine Junge bleiben, der auf dem Boden herumlag und sich im Dunkeln Zeichentrickfilme ansah.

»Was schaust du denn?«, fragte ich vorsichtig.

Er zuckte mit den Achseln, ohne den Blick vom Bildschirm zu nehmen. »Weiß nicht. Irgendwas. Vorhin haben sie *Rescue Man* gezeigt, und *Rescue Man* ist toll, aber jetzt kommen bloß langweilige Nachrichten.«

Wir saßen eine Weile schweigend da, dann fügte mein Bruder hinzu: »Ich hatte gehofft, dass noch ein Zeichentrickfilm kommt ... aber so spät abends zeigen sie meistens nichts mehr.«

»Wo ist Mutter?«

»Keine Ahnung.«

Wieder Schweigen.

Ich wollte mit ihm reden, doch in diesem Moment lebten wir in zwei vollkommen verschiedenen Welten.

»Magst du Batman?«, fragte ich schließlich. »Mir gefällt Batman sehr.«

»Batman? *Batman?«*, fragte er ungläubig, und ein Hauch Verachtung schlich sich in seine Stimme. »Batman ist lahm. Vielleicht ist er ja sogar *der* Lahmste.«

»Warum denkst du das? Ich finde ihn ziemlich cool.«

Er fuhr zu mir herum, und in seinen großen Augen lastete sichtlich die Verantwortung, seiner unterbelichteten älteren Schwester die elementarsten Dinge zu erklären.

»Batman ist nur ein Mensch. Superman kann fliegen. Astro Boy schießt mit Licht aus seinen Augen. Aber Batman hat überhaupt keine Superkräfte. Er hat nur ... Zubehör.«

Dieses letzte Wort – »Zubehör« – sagte er angewidert.

Ich konnte nicht anders, als zu lächeln. »Ich finde immer noch, dass Batman ziemlich cool ist.«

»Aber warum denn?«

»Nun, weil ...«

»Warum?«, fragte mein Bruder ungeduldig.

»Nun«, sagte ich und lächelte vor mich hin. »Er lebt sein Leben als Bruce Wayne, und jeder denkt, er ist einfach nur so ein langweiliger reicher Typ. Doch nachts wird er zu Batman. Er hat diese aufregende, verborgene Identität, von der niemand weiß ... Ich kann mir vorstellen, dass es toll sein muss, ein solches Geheimnis zu haben!«

Mein Bruder schaute mich drollig an, als wäre es für ihn unmöglich, das ganze Ausmaß meiner Lächerlichkeit zu erfassen.

»*Das* ergibt für mich überhaupt keinen Sinn.«

Er wandte sich wieder dem Fernsehen zu. Das Bild war ein bisschen verwackelt, aber ich erkannte den Mann, der sprach. Sein Name war Hu Yaobang, und er war Mitglied des Politbüros, des Führungskreises der kommunistischen Partei Chinas. Doch er war anders als die anderen Politiker. Er hatte ein Antikorruptionsprogramm unterstützt, das sich gegen einige der großen Tiere der Partei richtete. Er plädierte für einen weniger zentralisierten Parteiapparat, und es ging sogar das Gerücht, er sei für ein westlicheres, demokratisches Regierungsmodell.

Vielleicht war er aus diesem Grund vor einigen Jahren gezwungen gewesen, als Generalsekretär der Partei zurückzutreten. Dennoch war Yaobang beliebt, weshalb man davon ausging, dass der innere Zirkel der Partei an ihm festhalten wollte. An jenem Abend redete er über die Bildungsreform. Von der Rede selbst habe ich nichts mehr in Erinnerung, nur dass er mir, wie die meisten chinesischen Politiker, uralt vorkam. Ich erinnere mich daran, dass er viel lächelte – und das unterschied ihn von allen anderen, die stets grimmig und sauertöpfisch dreinblickten.

Ich ging auf mein Zimmer. An jenem Abend war es in unserem Gebäude besonders still. Ein verwaschener Mond stand am Himmel und schickte sein silbriges Licht in die Nacht. Ich schaute in Richtung Westen, zum Platz des Himmlischen Friedens und zur Verbotenen Stadt. Ich dachte an Gen, so wie ich damals oft an ihn dachte, immer mit einer Mischung aus Sehnsucht und Scham. Ich erinnerte mich an das Mitleid in den Gesichtern seiner beiden Freunde, als sie mich angeschaut hatten. Bestimmt war Gen irgendwo da draußen in der Nacht, vielleicht noch in einer der Bars auf dem Campus, vielleicht aber auch im Wohnheim, traf sich mit Leuten und machte neue Erfahrungen. Ich fühlte mich elend und einsam. Doch es gab etwas, mit dem ich mich trösten konnte. Ganz egal, wie vielen neuen Leuten er begegnete und wie aufregend und cool sie waren – in einer Sache konnten sie es niemals mit mir aufnehmen.

Denn ich war ein Teil der frühesten Erinnerungen Gens, und er war ein Teil der meinen; wir kannten uns noch als Kinder mit schmutzigen Gesichtern, die gemeinsam die Straßen und Parks unsicher machten und sich ihre eigene imaginäre Welt aufbauten. Diese Welt war eines Sommerabends durch die Polizei zertrümmert worden, doch dieses Polizeigebäude hatten Gen und ich gemeinsam betreten. Und seither waren wir einander verbunden gewesen. Es schien mir eine Art kosmische Kraft am Werk gewesen zu sein, die von den frühesten Momenten an unsere Leben miteinander verwoben hatte; und all die neuen Erfahrungen, die er machte, all die Leute, die er kennenlernte, würden niemals das für ihn sein können, was ich war, denn Gen und ich waren durch das Schicksal verbunden.

Ich spürte, dass es etwas Elementares war, das uns verknüpfte; unsere Geschichte war so machtvoll und tief wie die Geschichten, die die großen Weisen und Dramatiker beschrieben hatten. Ich dachte daran zurück, was er damals, an jenem schrecklichen Abend vor all diesen Jahren, für mich getan hatte, als er die Schuld auf sich nahm, und ich verspürte ein Gefühl der Liebe und des Mitgefühls mit dem Kind, das er damals gewesen war, und dem Mann, der er jetzt war. Niemand sonst konnte das für ihn sein, was ich war, und niemand konnte für mich das sein, was er war. Meine Liebe und Gewissheit waren so gewaltig, dass ich zu Papier und Stift griff und zu schreiben begann. Ich schrieb über unsere Kindheit und sagte ihm, wie sehr ich mich zu ihm hingezogen gefühlt hatte, auch wenn wir uns stritten wie Hund und Katz. Ich schrieb, dass ich schon damals den Menschen in ihm hatte sehen können, der er war; und dass ich gewusst hatte, dass er anders und besonders und mutig und klug war; und dass ich wüsste, er würde in die Welt hinausmarschieren und große, unglaubliche Dinge vollbringen. Und dass es mein glühendster Wunsch sei, an seiner Seite zu sein.

Diese Worte der Ergebenheit und der Liebe sprudelten nur so aus mir heraus, und ich weinte vor Glück, als ich sie zu Papier brachte. In selben Moment empfand ich großes Mitleid mit all den Männern und Frauen, die niemals die Art von Liebe erfahren würden, die ich erlebte. Ich dachte an meine eigene Mutter, so distanziert von meinem Vater, und hatte Mitgefühl mit ihr, denn ich sah, dass die Ursache für ihre boshafte und kleinliche Art war, dass sie unglücklich war; in ihrem ganzen Leben hatte sie niemals die Art von elementarer Verbundenheit erfahren, die zwischen Gen und mir herrschte.

Ohne ihn noch einmal zu lesen, steckte ich den Brief in einen Umschlag und schrieb seine Adresse darauf. Ich trat aus unserem Gebäude und ging an den Briefkasten. Es war immer noch Herbst, aber die Luft bei Nacht war kälter geworden. Auf meinem Weg spürte ich, wie etwas mein Gesicht streifte, doch es war kein Regen. Dort im Licht der trüben Straßenlaternen hatte ein feiner Schnee zu fallen begonnen, so fein wie Staub. Es schneite fast nie in Peking, und ich blinzelte verwundert in den Himmel. Auf den Straßen war es still. Einen Moment lang hielt ich den Atem an, während der Schnee in einem orangeroten Schimmer rieselte und tanzte, der sich von einer viel größeren Dunkelheit abhob. Ich dachte, wie schön die Welt war und zugleich einsam und fremd. Ich warf den Brief in den Briefkasten und machte mich wieder auf den Heimweg.

•••

Die folgenden Tage verbrachte ich in fiebriger Vorfreude. Ich besuchte Gen nicht im Wohnheim und nahm ganz normal an meinen Vorlesungen und Seminaren teil. Doch ich konnte mich kaum konzentrieren, und auch wenn der Winter auf dem Vormarsch war, fühlte ich mich so benommen und atemlos wie an einem feuchtheißen Sommertag. Meine Professoren redeten über Literatur und Gesellschaft, über Tschechow und Cao Xueqin, doch ich war mit dem Kopf woanders. Ich dachte an Gen, daran, wie weich sein Gesicht wurde, wenn er lächelte, an seinen kritischen Geist, seine Freundlichkeit. Ich dachte mir Szenarien aus, wie wir etwas zusammen tranken oder uns zu einem Abendessen bei Kerzenschein trafen; und bei jeder dieser Fantasien kam ich besser weg, als ich es war: intellektueller, kenntnisreicher und, vor allem, vollkommen im Einklang mit mir selbst. Ich stellte mir vor, wie seine

Augen aufleuchteten – diese sanfte Schüchternheit, die Unbeholfenheit, die auch zu ihm gehörte, diese verletzliche Ader, die er hatte und die nur für mich allein sichtbar war. Ich stellte mir vor, wie offen und erfreut er lächeln würde, bezaubert von meinem beiläufigen Intellekt; und wie ich ihn dadurch, dass ich mich selbst neu erfand, überraschen würde.

Manchmal blieb mir fast die Luft weg, und ich hielt mitten auf dem Campus an, um durchzuatmen. Hatte ich ihm wirklich diesen Brief geschickt? Ich versuchte, mich genau daran zu erinnern, was ich geschrieben hatte. War es vielleicht zu romantisch gewesen, oder zu direkt? Dann stand ich im Sonnenlicht und spürte, wie ein hysterisches Lächeln auf mein Gesicht trat – eine Mischung aus entsetzter Verlegenheit und reiner Freude, denn es war etwas Erhebendes daran gewesen, all diese Gefühle in Worte zu fassen, sie in einem Brief zu Papier zu bringen und diesen dann in die Welt hinauszuschicken. Es gab jetzt keinen Weg mehr zurück, und darin lag etwas Befreiendes. Würde er sich unwohl bei dem fühlen, was ich geschrieben hatte? Oder würde der Brief ihm etwas über die wahre Beschaffenheit unserer Beziehung offenbaren, die er durch den neuen und aufregenden Lebensstil an der Uni aus den Augen verloren hatte?

Ich war genau mit diesen Überlegungen beschäftigt, als ich ihn aus einer der Cafeterias auf dem Campus treten sah. Wenn man als junger Mensch verliebt ist, dann saugt man diesen geliebten Menschen auf wie ein Getränk; das Bild von ihm – jeder Manierismus, jede Körperhaltung – wird zu einer Art mentaler Blindenschrift, einer Abfolge von Zeichen, die der Verstand fast physisch lesen kann. Und so wusste ich, dass es Gen war, bevor ich sein Gesicht sah.

In diesem Moment drehte er sich um und sah mich. Sein Lächeln war verlegen, aber seine Augen blickten freundlich. Er zögerte, und so ging ich auf ihn zu. Die Sonne stand hoch am Himmel hinter ihm, weshalb sein Gesicht im Halbschatten lag. Ich wollte ihn so gerne in die Arme nehmen, doch als ich bei ihm ankam, zögerte ich, und er tat es auch. Wir standen im Nachmittagslicht und schauten uns blinzelnd an.

»Ich wollte mit dir reden«, begann er. »Es gibt Dinge, die ich dir sagen wollte.«

Mein Herz setzte einen Schlag aus. »Der Brief. Er war ... zu viel.«

Er legte seine Hand auf meine, um mich zu unterbrechen. Er sprach leise, aber voller Inbrunst, und was er sagte, brachte mein Herz zum Tanzen.

»Nein, er war sehr schön, und ich wusste ihn sehr zu schätzen. Ich habe ihn mehrere Male gelesen. Ich möchte, dass du weißt, dass auch mir unsere Beziehung kostbar ist. Weil ich weiß, dass du, ganz gleich, was auf dieser Welt geschieht und wo auch immer ich hingehe, mich immer erden wirst. Weil du meine Vergangenheit verstehst. Und weil du weißt, wer ich wirklich bin.«

Er nahm mich zärtlich in die Arme. Ich küsste ihn auf den Hals. Mein ganzer Körper bebte vor Freude. Ich spürte, wie mir Tränen in die Augen stiegen. Das hier war mehr, als ich mir jemals erhofft hatte. Eine Sekunde lang hätte ich mich am liebsten in den Arm gezwickt, für den Fall, dass es nur ein Traum war, doch wenn es das war, dann wollte ich nie wieder daraus aufwachen.

Er machte einen Schritt zurück und schaute mich an.

»Kann ich dir etwas zeigen? Kann ich dir erzählen, was ich die letzte Zeit gemacht habe?«

Ich nickte.

»Hier entlang.«

Er führte mich durch mehrere Gebäude und dann einen Weg entlang, der mit Bäumen gesäumt war.

»Wohin gehen wir?«

»Zum ... Triangle!«, sagte er und machte eine ausladende Bewegung mit der Hand.

Ich erinnerte mich, dass Min mir von diesem Platz auf dem Campus erzählt hatte. Dem Ort, an dem die Studenten Plakate aufgehängt hatten.

»Das ist doch dort, wo gegen die ›Licht aus‹-Verordnung protestiert wird, oder?«

Gen blieb abrupt stehen und schaute mich an. Ich sah, wie Enttäuschung über sein Gesicht huschte. Dann fasste er sich wieder. »Dann hast du davon gehört?«

»Ein bisschen, ja.«

»Nun, da sind wir.«

Wir traten auf eine kleine Fläche. Ich hatte mir etwas Raueres, Städtischeres vorgestellt – Wände mit Graffiti oder Rap-Musik aus den USA, die im Hintergrund spielte. Etwas mit einem deutlich politischeren Touch. Stattdessen sah alles eher harmlos und hübsch aus. In der Mitte des Triangle befand sich eine kreisrunde Fläche, die von einem niedrigen grünen Gitter eingezäunt war. Mittendrin standen zwei zarte und schön gewachsene Kiefernbäume, die ihren scharfen, süßen Geruch abgaben. Auf der einen Seite war eine große Plakatwand errichtet. Davor hatten sich einige Studenten versammelt und lasen die daran hängenden Zettel.

Sobald sie Gen erblickten, hoben mehrere von ihnen die Hand zum Gruß, und sie machten ein wenig Platz, damit wir zu der Anschlagtafel gehen konnten. Von hier aus ergriff Gen das Wort und sprach zu den Studenten.

»Wir alle wissen von der Verordnung der Verwaltung, die verlangt, dass wir die Lichter ausmachen. Lichter aus – ein interessantes Konzept, oder? Wenn die Lichter ausgehen, dann kann niemand etwas sehen, niemand etwas denken – man geht in der Dunkelheit unter und kann deshalb nicht handeln!«

Ein zustimmendes Raunen ging durch die Menge. Gen

sprach leise, aber mit der gleichen beiläufigen Selbstsicherheit, die er schon als Kind besessen hatte. Nur dass sie jetzt von vielen anderen bemerkt wurde.

»Was, wenn es hier nicht nur um die Universität Peking geht? Wenn diese Anordnung für etwas steht, das noch viel mehr Unheil anrichten wird: Wenn das Licht ausgeht und auch unsere politische Begeisterung gedimmt wird und wir als Volk aufhören, auf verantwortungsvolle und aufgeklärte Weise für den Fortschritt einzutreten. Doch wir sind die neue Generation. Und wir sind Patrioten. Und deshalb ist es auch unsere Aufgabe ... das Licht wieder anzumachen!«

Die Menge der jungen Leute brach in Jubel aus, und auch ich klatschte und schrie mit. Mir war immer schon klar gewesen, dass Gen für Großes vorgesehen war, und jetzt fanden das auch andere heraus. Dieser Gedanke war so stark, dass ich ihn am liebsten an mich gedrückt hätte, denn er hatte zuerst mir gehört, vor allen anderen. Gleichzeitig war ich von großem Stolz erfüllt, so sehr freute es mich, dass endlich auch andere in ihm etwas sahen, von dem ich immer schon gewusst hatte.

Er schaute zu mir herüber und schenkte mir ein verlegenes Lächeln.

»Und deshalb werde ich mich auch als euer Vertreter für das Führungskomitee der Studenten aufstellen lassen!«

Wieder Jubel. Doch in mir kam Zweifel auf. Manches von dem, was Gen gesagt hatte, klang radikal. Ich schaute auf die Plakate am Brett, und in diese Gesichter – erhoben, jung und unverfälscht, von Hoffnung erfüllt. Ich dachte an meinen Vater, vor all diesen Jahren, und wie er mich zu einer anderen Wand gebracht hatte, einem anderen Ort, an dem die Menschen ihren Gedanken Ausdruck verliehen hatten. Ich erinnerte mich noch an seinen traurigen und gehetzten Gesichtsausdruck; es war wenig Hoffnung darin gewesen, nur ein niedergeschmetterter, besiegter Ausdruck von Liebe. Es war eine meiner kostbarsten Erinnerungen, aber auch eine der traurigsten. Mein Vater redete mittlerweile kaum mehr mit mir, aber er sprach sowieso nur wenig mit anderen Menschen. So oft wirkte er gedankenverloren. Allein die Vorstellung, dass auch Gen so niedergeschlagen und besiegt wäre, nur noch der Schatten seiner selbst, war furchtbar. Schon in jungen Jahren hatte ich begriffen, dass der chinesische Staat, trotz seines zur Schau getragenen Wohlwollens gegenüber dem Volk, in dessen Diensten er angeblich stand, zum brutalen Schergen werden konnte.

Inmitten dieser Menschenmenge war kein Platz für solche Gedanken. Die Begeisterung der Studenten war alles. Ich bemerkte, wie Gen von Aiguo und Sile flankiert wurde – die drei waren unzertrennlich, seit Gen auf dem Campus lebte –, und jetzt versammelte sich eine ganze Gruppe von Studenten um ihn und entriss ihn mir in überschäumender Begeisterung. Ich folgte ihnen zu einer der Campusbars. Ich bestellte mir etwas zu trinken. Gen war von Studenten umringt, zu denen, wie ich bemerkte, auch ein paar gut aussehende Mädchen gehörten. Ich wusste, er war nicht der Typ, der sich leicht den Kopf verdrehen ließ, es war einfach nicht seine Art, aber ich fühlte mich trotzdem auf einmal klein und unbedeutend. Ich versuchte, seinem Blick zu begegnen, doch ich war unsichtbar für ihn. Nach einigen Drinks war neben mein Gefühl der Unzulänglichkeit eine Entschlossenheit getreten, und so drängte ich mich durch die Menge, um zu ihm zu gehen.

Zum ersten Mal an diesem Abend schien ihm etwas unangenehm zu sein, als er sah, wie ich mich näherte. Bislang hatte er flüssig und mit leuchtendem Gesicht gesprochen, aber als ich nun zu ihm trat, wirkte er unbeholfen und verlegen, als hätte er den Faden verloren.

»Kann ich mit dir sprechen, Gen?«, fragte ich leise.

»Natürlich.«

Wir verließen die Bar und traten in die kühlere Luft hinaus.

»Alles in Ordnung mit dir?«, fragte er. Da war ein angespannter Zug um seine Lippen, ein Hauch von Verärgerung in seiner Miene.

»Ich fand dich wundervoll«, sagte ich. »Und ich bin so froh, dass du hier glücklich bist, dass du deinen ... deinen Platz hier gefunden hast ...«

Meine Stimme erstarb. Was ich gesagt hatte, war nicht sehr stimmig gewesen.

Er schaute mich etwas betroffen an.

Ich streckte die Hand aus, strich ihm über die Wange.

Und in diesem Moment zuckte er zusammen.

Dieser Ausdruck des Schmerzes auf seinem Gesicht, diese peinliche Berührtheit, brannte sich sofort in mich ein.

»Schau mal. Ich habe dir ja gesagt, wie viel du mir immer bedeuten wirst«, sagte er. »Aber ich habe dich hierhergebracht, um dir von einer anderen Leidenschaft zu erzählen. Etwas, das ich in mir selbst gefunden habe. Die Notwendigkeit, die dringliche Notwendigkeit, sich politisch zu engagieren.«

Seine Worte waren so eloquent wie immer, doch jetzt hatte ich das Gefühl, er spreche nicht zu mir, sondern zu einer Menschenmenge.

»Du bist so klug, so schlau. Und das hier wird ...«

Er schenkte mir ein verlegenes Schuljungenlächeln, und trotz meiner Beklemmung merkte ich, wie auch ich lächelte.

»Das alles wird sich für dein reines Herz so lächerlich anhören, aber was die Politik mir jetzt bedeutet ... sie ist zu einer Berufung geworden! Irgendwann habe ich gemerkt, dass meine ganze Geschichte mich darauf vorbereitet hat. Es war immer mein Schicksal, das zu tun. Ich wusste es nur einfach nicht. Nur dass ich mir jetzt ... nicht mehr sicher bin, ob ich dir das geben kann, was du brauchst.«

Panik breitete sich in mir aus.

Er sah mich wehmütig an. »Ich bin mir nicht sicher, ob wir noch als klassisches Paar zusammen sein können. Sosehr ich mir wünschen würde, dass wir diese Art Leben führen ... Doch ich habe diese Berufung, und da denke ich ...«

Sein Gesicht verfinsterte sich.

»Ich vermute, so wie ich mich jetzt engagiere, könnte es unter Umständen eng für mich werden. Wenn ich die Studenten vertrete, gehe ich auch für mich persönlich ein Risiko ein.«

Der Gedanke daran, dass er in Gefahr war, trieb mir Tränen in die Augen.

Er berührte mich an der Wange. »Bitte, bitte weine nicht. Das Allerletzte, was ich möchte, ist, die Ursache dafür zu sein, dass du unglücklich bist. Weil du mich besser kennst als jeder andere Mensch. Daran kann sich nichts ändern. Du weißt, dass ich mit einem Schwein von Vater aufgewachsen bin. Du weißt, dass er meine Mutter angelogen hat. Dass er sie betrogen hat. Und das ist auch der Grund ...«

Seine Stimme bebte, seine Gefühle schienen ihn zu überwältigen. Ich spürte die Macht seiner absoluten Ehrlichkeit.

»Und das ist auch der Grund, warum ich immer absolut ehrlich zu dir sein will!«

Meine Stimme klang kläglich, als ich ihm antwortete. »Aber warum kann ich kein Teil dessen sein, was du machst? Warum lässt du es nicht zu, dass ich dich unterstütze? Ich möchte nicht, dass du das allein machst, auch wenn wir kein Paar mehr sein können!«

Ein paar Momente lang blickte er mich ernst an. »Ich glaube, du bist die beste Schriftstellerin, die mir jemals begegnet ist, wusstest du das?«

Ich schaute ihn an, kicherte, trotz meiner Tränen. »Meinst du das wirklich? Willst du mich veräppeln?«

Doch sein Gesicht war ernst, und er blickte mich voller Inbrunst an.

»Ich wusste es, als du diesen Wettbewerb damals am Gymnasium gewonnen hast. Ich wusste, dein Aufsatz war besser als meiner!«

»Wirklich?«

»Wirklich.«

Er schaute mich ernst an.

»Warum darf ich dann nicht ein Teil davon sein? Warum lässt du mich dir nicht helfen?«, fragte ich.

Er neigte den Kopf. »Wenn du dir absolut sicher bist. Aber wenn irgendwas passiert, dann musst du im Hintergrund bleiben, unsichtbar. Ich würde nicht wollen, dass du ein Risiko eingehst.«

»Was genau soll ich denn tun?«, fragte ich feierlich.

»Als begabte Schriftstellerin könntest du vielleicht ... vielleicht könntest du einige meiner Reden zu Papier bringen. Ich spreche immer wieder an anderen Orten. Erfolgreich oder nicht, wenigstens kann ich damit ehrlich Zeugnis ablegen. Für die Nachwelt.«

Ich nickte. »Natürlich, Gen, was auch immer du brauchst.«

Er lächelte mir zu, berührte mich an der Wange.

»Ich muss jetzt wieder rein«, sagte er. »Aber ich bin mir sicher, wir sehen uns bald.«

Ich sah ihm hinterher, wie er in die Bar zurückkehrte, sofort umringt von all den Leuten, die darauf warteten, mit ihm zu sprechen. Ich hatte meine Zeit allein mit ihm gehabt. Ich wusste, er hatte meinen Brief gelesen, dass er mich wertschätzte und dass ich ihn bald wiedersehen würde; dass er wollte, dass ich ihm bei seinen Plänen half, dass er mich brauchte. Noch vor einer Woche hätte das meine ganze Welt zum Schwingen gebracht.

Warum fühlte ich mich dann so elend und verlassen?

SIEBENUNDZWANZIG

Am späten Nachmittag war ich mit Madam Macaw verabredet. Ich wartete auf sie in einer ruhigen Wohngegend des Shunyi-Viertels. Die Sonne ging gerade unter. Die breiten Straßen waren in ein honiggelbes Licht getaucht, während die abendlichen Schatten unter den Bäumen hervorkrochen und das leise Brummen eines Rasenmähers die stille Luft durchdrang. Es war keine arme Gegend so wie meine, aber hier wohnten auch keine wohlhabenden Leute wie Gens Eltern. Es war ein idyllisches, angenehmes Viertel; eine Gegend, in der man sich vorstellen konnte, wie Kinder an einem heißen Sommertag eine Wasserschlacht veranstalteten und ihre Großeltern bei schwindendem Licht im Garten Unkraut jäteten. Madam Macaw hatte mich hier treffen wollen, doch als ich die Straße endlich gefunden hatte, merkte ich, dass sie gar keine Hausnummer dazugeschrieben hatte.

Und so wartete ich. Es war ein warmer Abend, und ich hatte sonst nichts zu tun. Ich war froh, für eine Weile weg von der Uni zu sein und weg von zu Hause. Ich spürte die letzten Sonnenstrahlen auf meiner Haut und atmete durch; an der Gegend war etwas Beruhigendes. Es sah so aus, als hätte sich hier in den vergangenen zehn Jahren nicht viel geändert: die gleichen weißen, praktischen Häuser mit den gleichen Türen und Fenstern, jeder Vorgarten ordentlich getrimmt. Da war nichts von dem Geschrei zu hören, das oft an den Wänden meines Wohnblocks widerhallte, und bestimmt wurde man hier auch nicht Zeuge des Ächzens und Stöhnens der Nachbarn, wenn sie sich liebten, oder roch, was es bei ihnen zu essen gab, weil die Essensdünste sich unter dem Türspalt hereinschlichen.

Es war eine weitläufige, saubere Nachbarschaft, die einzelnen Leben so fein säuberlich voneinander getrennt wie der Rasen vor den Häusern. Ich ließ mich zu Tagträumen hinreißen; vielleicht würden ja auch Gen und ich eines Tages in einem solchen Haus wohnen, vielleicht würden unsere Kinder über unseren Rasen hüpfen und mit dem Gartenschlauch eine Wasserschlacht veranstalten. Ich holte tief Luft – da war nun wirklich meine Fantasie mit mir durchgegangen, denn ich hatte noch nie daran gedacht, wie es wäre, mit jemandem ein Kind zu haben. Klar, dieser Lebensweg wurde uns schon als kleinen Mädchen eingetrichtert – doch meine Vorstellungen davon hatten immer die unwirkliche Verschwommenheit von Kindheitsträumen. Nun jedoch nagte etwas an mir ... so etwas wie Angst; eine Angst vor dem gewaltigen Ausmaß der Vorstellung, die ich gerade gehabt hatte. Ich war eine Frau, die eines Tages einem Kind das Leben schenken würde, die neues Leben auf die Welt brachte; ich war eine Frau, die vielleicht selbst einmal einen Sohn haben würde. Oder eine Tochter!

Gepaart mit der Angst durchfuhr mich insgeheim Erregung. Ich dachte, dass Gen einen guten Vater abgeben würde; er war großartig darin, alles Wirklichkeit werden zu lassen, was er sich in den Kopf setzte, und ich wusste, er würde das sehr gut machen. Doch was war mit mir? Konnte ich überhaupt eine Mutter sein? Der Gedanke war verwirrend und aufregend zugleich. Ich schaute mir noch einmal die beschauliche Umgebung an, und mir ging der Gedanke durch den Kopf, wie schön es wäre, hier Kinder großzuziehen.

An einem Ort ohne Angst, ohne Bedrohung, ohne Verbrechen.

Jemand legte mir die Hand über den Mund, unterdrückte meinen Aufschrei, bevor er zu hören war. Ich wurde mit beachtlicher Kraft nach hinten gezogen, und in meinem Hirn war auf einmal nur noch ein statisches Summen, das weiße Rauschen der Angst, die sofort in mir aufstieg. Dann hörte ich sie flüstern: »Wehr dich nicht, Schatziputzi! Ich musste sichergehen, dass du es bist!«

Madam Macaw lockerte ihren Griff. Keuchend taumelte ich ein paar Schritte von ihr weg.

»Mensch, was hast du denn gedacht, wer ich bin?«, stieß ich hervor.

Madam Macaw hielt sich wissend einen Zeigefinger vor ihre Lippen. »Das weiß man nie.«

»Du hast es sehr wohl gewusst. Es war alles ausgemacht. Wer außer mir würde schon hierherkommen?«

Sie sah zum ersten Mal verlegen aus. »Nun ja, wenn du es so sagst, dann wusste ich es wahrscheinlich tatsächlich«, sagte sie kleinlaut. Ihre dünnen Lippen verzogen sich zu einem listigen Lächeln. »Aber du hättest dein Gesicht sehen sollen!«

Ich bedachte sie mit einem finsteren Blick. Schließlich fragte ich: »Und, wohnst du hier in der Nähe?«

»Hier? In dieser Scheißgegend? Großer Gott, nein.«

Wir standen da und blinzelten uns an. »Warum sind wir dann hier?«, wollte ich in einem Anflug von Verzweiflung wissen. Mein Herz raste immer noch.

Ihre Augenbraue hob sich. »Wir sind hier, um eine streng geheime Militäroperation durchzuführen!«

»Ach wirklich?«

»Ja«, sagte sie. »Ja, wirklich.«

»Und gegen wen richtet sich diese Militäroperation?«

»Meinen Ex!«

»Deinen Ex?«

»Ja, gegen diesen Dreckskerl.«

Darüber dachte ich nach. Langsam machte ich mir ein wenig Sorgen. Ich bemerkte, dass sie eine Tasche dabeihatte, die mit ihrem grünen und braunen Muster ziemlich militärisch aussah.

»Was genau hast du vor?«

»Solltest du nicht besser fragen: ›Was genau haben *wir* vor‹?«

»Ja. Was genau haben *wir* vor?«

»Du meinst, ob wir ihn krankenhausreif schlagen, ihn verstümmeln oder ihn umbringen?«

»Ja«, sagte ich nervös. »Das ist etwas, das ich ganz gern wissen würde!«

»Nein.« Macaw schüttelte den Kopf. »Wir machen was viel Schlimmeres als das!«, sagte sie finster.

»Schlimmer?«

»Ja.« Sie beugte sich verschwörerisch zu mir. »Wir werden ihn mit Ballons bombardieren!«

Ich muss verwirrt ausgesehen haben, denn sie drängte mich weiter: »Na los ... beweg dich ... und wenn ich sage, duck dich, dann gehst du in Deckung!«

Wir schlichen hinter einigen geparkten Autos die Straße entlang.

Ein unangenehmer Verwesungsgeruch stieg auf einmal in der abkühlenden Abendluft auf.

Ich schnüffelte. »Igitt! Riechst du das?«

»Ja«, sagte Macaw. »Es kommt aus meiner Tasche.«

»Was? Was um alles in der Welt ist das?«

»Ach, du weißt schon. Einfach der übliche Kram. Innereien, Eingeweide, alles, was Ziege und Kuh zu bieten haben.«

Ich wollte noch mehr sagen, doch meine Stimme erstarb, weil ich jetzt gar nichts mehr begriff.

»Na, geh, geh!« Ihre Hände drückten gegen meinen Rücken, und sie schob mich zu einem nahe gelegenen Busch.

»Duck dich«, flüsterte sie. »Wir sind jetzt nah an seiner Wohnung. Er wird jede Minute zurück sein.«

Ich verkniff mir meine Einwände. Und tatsächlich fuhr ein paar Minuten später ein Auto die Auffahrt des Hauses hoch, das wir observierten.

Ein Mann stieg aus. Er trug Bürokleidung. Hässlich war er nicht gerade, aber etwa so alt wie mein Vater. Er hatte den Hängebauch eines Mannes von mittlerem Alter und einen zurückweichenden Haaransatz, dazu dicke Augenbrauen, Falten im Gesicht und Tränensäcke unter den Augen. Er war so weit von der Realität meines eigenen Lebens entfernt wie nur möglich: alt, nichtssagend und vollkommen asexuell.

Als er aus dem Auto stieg, ging die Haustür auf. Der Himmel über uns hatte sich verdunkelt, das Licht aus der offenen Tür ergoss sich in die Finsternis, und jetzt waren die Gesichter einer Familie zu erkennen. Eine Frau mittleren Alters, genauso stämmig und nichtssagend wie der Vater, und zwei Kinder mit pummeligen Gesichtern, die zu ihren Füßen auf und ab hüpften. Er ging ins Haus und machte die Tür hinter sich zu.

Ich blickte Madam Macaw erstaunt an. »Das ist dein Ex?«

»Ja, wieso?«, murmelte sie mürrisch. Und dann: »Immer konzentriert bleiben, bei dieser Operation braucht man ein haarscharfes Timing!«

Sie griff ins Blattwerk des Busches und holte eine Art Plastikbeutel heraus. Sie riss eine Ecke auf und kippte den Inhalt ihrer Tasche hinein. Mir wurde fast schlecht, als ich die glibberige Masse von Eingeweiden sah. Macaw raffte die Folie zusammen, ließ nur eine schmale Öffnung übrig, und wandte sich mir dann beinahe empört zu.

»So, dann fang mal mit dem Blasen an!«

»Was? Was zum Henker soll ich machen?«

»Blasen, so als wäre es der Schwanz von Hou Dejian!«

Hou Dejian war ein bekannter Popsänger, doch mit seinem akkurat gekämmten Haar, den weichen Gesichtszügen und der Brille war ich mir nicht sicher, ob er mein Typ war. Trotzdem war etwas Aufregendes an dem, was sie gesagt hatte; ich hatte noch nie eine junge Frau so reden hören.

Der Gestank war furchtbar.

Ich hielt mir die Nase zu und fing an zu pusten. Ich legte mich voll ins Zeug, ohne genau zu wissen, warum. Mein Gesicht musste rot angelaufen sein, denn irgendwann übernahm sie. Und jetzt begann sich die Folie zu weiten. Der Ballon wurde immer größer, bis er etwa die Größe eines kleinen Menschen hatte. Dann pustete sie fester, und die Folie dehnte sich noch weiter aus.

Schließlich band Madam Macaw den Ballon oben zu. Und dann zog sie das riesige, aufgeblasene Teil hinter sich her, versuchte watschelnd das Gleichgewicht zu halten, während sie die Straße überquerte. Als sie bei dem Auto des Mannes angelangt war, band sie den Ballon aufs Dach. Er war fast so groß wie das Auto selbst und schwabbelte auf dem Dach hin und her.

Keuchend kam sie zu mir zurück. Schaute mich intensiv an. »Okay. Dann geh jetzt hin und mach es.«

»Was soll ich machen?«

»Kennst du dieses Spiel, was Kinder immer spielen? *Teng-Teng die Tomate?*«

»Ja.«

»Das ist alles, was du machen musst. Klopf einfach an die Tür dort und lauf davon.«

»Warum ich?«

»Wenn ich es mache, besteht die Gefahr, dass er mich weglaufen sieht. Aber bei dir ist es egal, selbst wenn er dich sieht. Weil er dich nicht kennt.«

»Ich weiß nicht«, murmelte ich.

Sie schaute mich an. »Zwei Dinge: Ich weiß, dass ich dich bitte, etwas für mich zu tun, dabei kennst du mich noch gar nicht so gut. Aber ... er ist ein richtiges Arschloch.«

»Und das zweite?«

»Das zweite ist, dass du denkst, du bist nicht besonders mutig. Aber ich weiß, dass du das bist.« Sie sah so ernst aus in diesem Moment.

Mit klopfendem Herzen schlich ich auf das Haus zu. Das letzte Mal, dass ich so etwas getan hatte, war als Kind gewesen, doch alles hatte sich geändert, seit ich damals festgenommen worden war, und jetzt wurde mir vor Nervosität beinahe schlecht, wenn ich daran dachte, die Regeln zu brechen. Aber ich hatte mich verpflichtet – hatte mich *ihr* verpflichtet –, deshalb trat ich vor und ging hinter dem Wagen in die Knie. Ich schaute zu dem Ballon hoch, den wir aufgeblasen hatten. In großen Buchstaben stand darauf: »Professor Yu Zhanwei fickt gern mit seinen Studentinnen!«

Ich stutzte. Mir wurde erst jetzt klar, dass er ein Lehrer an der Uni war, und auf einmal kroch mir die Angst eisig in den Nacken. Mein Stipendium war eine heikle Sache; besonders bei Stipendien von Arbeiterkindern erwarteten sie Benehmen. Doch jetzt war alles bereits in Bewegung gesetzt. Und so lief ich zur Tür, klopfte laut und lief dann, so schnell ich konnte, davon. Zuerst rannte ich ein Stück schnurstracks die Straße hinunter, kehrte dann in Panik um und warf mich hinter den Busch, wo Madam Macaw kauerte.

»Er ist ein Dozent? Er ist ein verdammter Dozent?«, rief ich.

»Sei still«, sagte Macaw. »Schau, da bewegt sich was.«

Ich folgte ihrem Blick.

Der Mann war aus dem Haus gekommen. Es dämmerte bereits, doch die Aufschrift auf dem Ballon war offenbar noch zu sehen, denn er starrte nach oben, und sein Mund öffnete sich zu einer Grimasse blanken Entsetzens. Jetzt kam hinter ihm der Rest der Sippe in Sicht: die sanft dreinblickende Frau, die watschelnden Kinder. Auch sie schauten zu dem Ballon hoch, der über dem Wagen schwebte. Ein paar Momente lang hatte er ein überhebliches Grinsen auf dem Gesicht, und ich konnte erkennen, dass er versuchte, ihnen zu erklären, dass das alles nur ein Streich sei, eine Sache, die eben mal vorkam. Doch ihre Mienen hatten sich verändert, denn auch sie hatten gelesen, was auf dem Ballon stand, woraufhin sich ein Ausdruck der Verzweiflung auf seinem Gesicht ausbreitete. Er holte seinen Autoschlüssel aus der Tasche und begann wie ein Wahnsinniger auf und ab zu springen, schlug nach dem Ballon, als könnte er, wenn er ihn zum Platzen brachte, auch die darauf stehenden Worte aus dem Bewusstsein seiner Familie tilgen.

Ich hörte, wie Madam Macaw ihn leise anfeuerte: »Na los, noch ein bisschen, gib's ihm! Du kannst es schaffen!«

Sein Bauch schwabbelte, sein ganzes Gesicht war knallrot geworden, doch dann schaffte er es und stieß einen zufriedenen Seufzer aus.

Er berührte den Ballon.

Er platzte.

Und die Tiereingeweide darin ergossen sich über ihn.

Er blinzelte. Dieser kleine, rundliche Professor mittleren Alters war über und über mit Innereien und Blut bedeckt, während seine Familie ihn mit ungläubigem Staunen anschaute. Das alles auf einmal war zu viel.

Er stürzte auf die Straße.

»Du dreckige Schlampe! Du VERFLUCHTE Hure!«

Er wedelte mit den Händen.

Er rannte hierhin und dorthin, sein nicht mehr junger Körper und der schlaffe Bauch wabbelten, so wütend war er.

Einmal kam er so nah, dass er uns fast hätte berühren können.

Wieder legte Madam Macaw ihre Hand auf meinen Mund. Wir kauerten uns noch tiefer unter den Busch. Jetzt blicke ich ohne Angst oder Nervosität auf jenen Moment zurück, denn der Mann stellte nicht wirklich eine Gefahr dar, doch damals zitterte ich vor Angst. Und auch wenn sie es war, die mich in diese Situation gebracht hatte, beruhigte es mich tatsächlich, als Madam Macaw mir ins Ohr flüsterte: »Ist schon in Ordnung. Du bist bei mir!«

Irgendwann ging er wieder rein, die Tür schloss sich hinter ihm, und im Wohnzimmer wurde das Licht angeschaltet. Dort hinter dem Busch versteckt hörten wir erhobene Stimmen, die nach einer Weile wieder verstummten. Vorsichtig krochen Madam Macaw und ich aus unserem Versteck, traten mit raschen Schritten den Rückweg an und nahmen schließlich in einer Bar Zuflucht. Während wir in die verrauchte Dunkelheit traten, spürte ich, wie heftig mein Herz immer noch klopfte. Als ich Madam Macaw kennengelernt hatte, hatten mich ihre Wucht und ihr einzigartiges Charisma auf der Stelle in Beschlag genommen. Ich hatte ihr gefallen wollen, wollte sie beeindrucken. Doch jetzt war ich so erschöpft und am Ende meiner Kräfte, dass ich Unmut, ja, sogar Wut auf sie empfand. Mir wurde bewusst, wie wenig gefehlt hatte, dass wir erwischt worden wären. Und in China landet man, wenn man einer Institution verwiesen wird, auf einer schwarzen Liste. Wenn du Geld hast und deine Eltern gute Beziehungen haben, kannst du woanders noch einmal anfangen. Doch keins dieser beiden Dinge traf auf mich zu. Meine Zeit an der Uni – alles, worauf ich hingearbeitet hatte – hätte genau dort, vor dem Haus des Professors, enden können. Und das nur, weil ich bei dem wahnwitzigen Plan mitgemacht hatte, den eine junge Frau, die ich kaum kannte, ausgeheckt hatte.

Madam Macaw brachte uns Drinks. Sie schob mir einen davon über den Tisch. Ich konnte ihn nicht anschauen. Ich war wütend, doch wie immer konnte ich meinen Emotionen keinen Ausdruck verleihen. Ich war sprachlos.

»Ach, jetzt komm schon, Schatziputzi! Zieh nicht so eine Schnute. Du musst zugeben, dass das ziemlich aufregend war.«

Ich schaute sie an. »Du weißt, dass das nicht mein Name ist. Mein Name ist nicht Schatziputzi. Und ich ... ich mag es nicht, wenn du mich so nennst.«

Sie sah überrascht aus. Für mich war die Erkenntnis, dass ich sie aus dem Konzept bringen konnte, eine kleine Genugtuung.

»He, entspann dich!«, sagte sie. »Nimm die Dinge nicht so ernst! Wir haben nur ein bisschen marodiert. Ab und zu braucht die Welt so was.«

Mir gingen so viele Dinge durch den Kopf. Macaws Gleichgültigkeit, meine Isolation von Gen, von allen anderen. Und vor allem die Trauer um meine Großmutter, die einzige Person, die anscheinend wirklich gehört hatte, was ich zu sagen hatte.

»He, das war doch nur ein Witz!«

Ich schaute die junge Frau auf der anderen Seite des Tisches an. Ich spürte Tränen der Wut und des Kummers in meinen Augen brennen. Mit rauer Stimme stieß ich hervor: »Das sagen die Leute immer. Sie sagen, man soll sich selbst nicht so ernst nehmen. Sie fragen, warum man mit einem Witz nicht umgehen kann. Sie geben dir das Gefühl, eine Spielverderberin zu sein, selbst wenn sie etwas machen, das wehtun kann. Der Mann da war ein Professor. Wenn der mich gesehen hätte, wäre ich vielleicht von der Uni geflogen. Und die Uni ... hier ... jetzt ... Für mich ist das die einzige Chance.«

Meine Stimme erstarb. Auch wenn ich Seminare hatte ausfallen lassen, weil ich mir wegen Gen Sorgen machte – in jenem Moment wurde mir bewusst, wie wichtig es war, dass ich an der Uni durchhielt. Meine Mutter war skeptisch gewesen, doch meine Großmutter hatte immer gewollt, dass ich studierte. Ihr war bewusst gewesen, dass die Uni mein Reisepass war, der es mir ermöglichen würde, wegzukommen. Sie hatte sich immer ein anderes Leben für mich gewünscht.

Madam Macaw schaute mich etwas nachgiebiger an. »Deine einzige Chance?«

»Ja«, sagte ich flüsternd.

Sie dachte ein paar Augenblicke nach und nickte dann einmal kurz.

Sie wandte den Blick ab. »Ich glaube, ich verstehe, was du meinst«, sagte sie leise.

Es könnte sein, dass sie in all der Zeit, die ich sie kannte, einem »Es tut mir leid« niemals näher kam. Aber sie entschuldigte sich nicht. Stattdessen schob sie mir noch einmal den Drink zu. Diesmal nahm ich ihn. Ich war dankbar, etwas mit meinen Händen tun zu können. Die Gefühle, die plötzlich in mir hochgekocht waren, waren mir jetzt peinlich.

Wir nippten an unseren Gläsern und schauten einander argwöhnisch an. Doch die Spannung war nicht mehr da. Und mit ihr war auch mein Ärger verschwunden. Plötzlich fühlte sich das alles an, als wäre es zu viel. Und sie, mir gegenüber, sah reumütig, fast traurig aus.

»Wieso er?«, murmelte ich.

Vielleicht hatte sie selbst ihren Gedanken nachgehangen, denn nun blickte sie mich überrascht an.

»Er hat es verdient. Er ist ein Scheißkerl.«

Ich dachte an den Mann mittleren Alters, den ich gesehen hatte, an seinen kahlen Kopf, seinen Wabbelbauch, an die Hängebacken – selbst im Zwielicht hatte er schlaff und müde und gewöhnlich ausgesehen. Madam Macaw konnte ich mir mit so jemandem nicht vorstellen.

Ich schaute sie an. »Nein ... ich meine ... wie kommt es, dass du überhaupt mit ihm zusammen warst? Er ist so viel älter, und er sieht ... ich meine, er sieht ...«

Sie zuckte zusammen und biss sich sanft auf die Unterlippe, unbewusst. »Als ich damals an die Universität von Peking kam, habe ich das Gleiche belegt wie du, Literatur. Später bin ich dann zu Theaterwissenschaft übergewechselt, aber zuerst machte ich das. Er war einer meiner Dozenten. Er unterrichtete mich in Lyrik ...«

Kurz schwieg sie. Nahm noch einen Schluck von ihrem Drink.

»Er zeigte Interesse an meiner Arbeit. Sagte, ich hätte Potenzial. Und ... mir kam er nett vor!«

Sie nahm einen weiteren Schluck von ihrem Drink und atmete hörbar aus. Dann wurde ihr Gesichtsausdruck schärfer, wurde wieder grausam und sardonisch.

»Eigentlich war er mir völlig egal. Ich hatte damals andere Sachen laufen. Aber irgendwie machte es Spaß, ihn ein bisschen zappeln zu lassen. Und ab und zu mag ich es, mich auf Kosten eines anderen zu amüsieren. Ich erinnere ihn einfach gern daran, wer der Boss ist. Dieses schwabbelige Stück Scheiße!«

Sie kicherte, ein kaltes, freudloses Geräusch. Dann wurde etwas an ihrer Miene weich. Sie warf mir einen koketten Blick zu, doch ihre glitzernden grünen Augen machten mich nervös, denn sie schienen mich, wie immer, zu durchbohren und tief in meine Seele zu schauen.

»Findest du es wirklich so schlimm, wenn ich dich Schatziputzi nenne?«

»Ich weiß nicht. So schlimm ist es auch wieder nicht. Als ich ein kleines Mädchen war, hat ein Junge mal behauptet, ich würde mich am Hintern kratzen, und mich Stinkarsch genannt – da ist dieser Spitzname immerhin eine deutliche Verbesserung!«

Sie kicherte, und diesmal musste ich auch lachen.

Sie schaute mich an, das Lächeln wärmte immer noch ihr Gesicht. »Ich habe dich nie nach deinem wirklichen Namen gefragt. Wie heißt du eigentlich?«

Es fühlte sich seltsam und intim an, als ich ihn aussprach. Doch ich empfand auch große Erleichterung, als würden sich all die Gefühle, die sich in mir aufgebaut hatten, wieder lösen.

»Mein Name ist ... Lai! Und deiner?«

»Ich heiße Anna. Freut mich, dich kennenzulernen, Lai!«

Lächelnd sah sie mich an. Und in jenem Moment war es, als würde sie mich wirklich sehen. Der erste Mensch, dort an jenem Ort, der mich jemals gesehen hatte.

ACHTUNDZWANZIG

Sonst ist mir von jenem Abend nicht mehr viel in Erinnerung. Nicht, dass wir so viel getrunken hätten. Irgendwann kamen wir an den Punkt, an dem wir über den Professor mittleren Alters, über seinen schwabbeligen Bauch und die Flüche, die er in die Nacht hinausgeschrien hatte, kichern mussten. Doch mehr noch, ich hatte an jenem Abend zum ersten Mal das Gefühl, an der Uni eine Freundin gefunden zu haben.

Die Heimfahrt war nervig, der Bus eierte zuerst durch das Zentrum und dann in Richtung Vorstadt, und als ich endlich nach Hause kam, war es spät und in unserer Wohnung alles still. Ohne meine Großmutter war nicht nur mehr Platz dort; es war, als wären die Schatten länger geworden und die Stille des späten Abends allumfassend. Der Tod meiner Großmutter hatte diese widerhallende Leere geschaffen, die keiner von uns zu füllen vermochte. Als ich leise durch den Flur ging, stand die Tür zum Zimmer meines Bruders einen Spaltbreit offen. Ich sah den Umriss seines Körpers unter den Decken, seine geschlossenen Augen, die im Schlaf noch größer wirkten, und seinen Gesichtsausdruck, aus dem in jenem Moment reiner Frieden sprach. Er schnarchte nicht, dazu war er noch zu jung, aber die Luft, die leise durch seine Nase strömte, machte ein winziges, pfeifendes Geräusch. Es bewegte mich, ihn so zu sehen, vollkommen und unberührt, und doch war die Welt, die auf ihn wartete, zynisch und korrupt, gnadenlos und ohne Ende. In mir stieg das Bedürfnis auf, die Flut zurückzuhalten, ihn vor dem zu beschützen, was kam, damit er für immer so schlafen könnte – wie ein Kind, friedlich und ohne Sorgen. Trotz der Stärke dieses Gefühls war mir bewusst, wie absurd es war. Vielleicht auch sinnlos.

Ich machte seine Tür leise zu. Schlich den Flur entlang.

In der Küche brannte ein kleines Licht. Ich sah ihre Silhouette am offenen Fenster stehen, die Spitze ihrer Zigarette glühte im Dunkeln. Meine Mutter lehnte an der Spüle, neben sich ein Glas Wein. Sie wandte sich etwas zur Seite, und auch wenn ich ihren Gesichtsausdruck nicht sehen konnte, wusste ich, dass sie mich wahrgenommen hatte.

»Du kommst immer später nach Hause, scheint mir«, sagte sie. Ihre Stimme klang leise und verbittert. »Das muss ja ein aufregendes Leben sein, das du dort führst.«

Meine Mutter sagte nie das Wort »Universität«. Als wäre es ihr zuwider, es auch nur auszusprechen. Als wäre dieser Abschnitt in meinem Leben etwas, dem sie nur mit Verachtung begegnen konnte. Aber ich wusste auch, dass sie vor den Nachbarn mit meinem Studium angegeben hatte.

Ich trat in die Küche. »Wo ist Papa?«

»In seinem Arbeitszimmer, wo sonst?«

Sie stieß den Rauch aus, der in einer weichen Wolke nach oben stieg. In der Küche war es immer noch warm vom Kochen, doch durch das offene Fenster stahl sich Kälte herein. Draußen konnte ich die verblichenen Farben der Wäsche erkennen, die Nachbarn aufgehängt hatten; rot, grün und blau, von der Nacht gedämpft, sodass alles im Halbdunkel verschwamm. Meine Mutter klopfte die Asche von ihrer Zigarette, feine Partikel flatterten aus dem Fenster in die zunehmende Dunkelheit. Schnell streifte mich ihr Blick, beiläufig, gleichgültig, mit einem Hauch Missbilligung. Ich trat von einem Fuß auf den anderen, versuchte irgendwie, mich ihr zu entziehen, und doch – als ich sie so sah, mit der Zigarette in der Hand, das Weinglas neben sich, strahlte sie eine gewisse mysteriöse Eleganz aus.

Natürlich war sie immer noch meine Mutter. Irgendwann aber musste sie so alt gewesen sein wie ich, und vielleicht waren ihre Gedanken gar nicht so anders gewesen als meine. Ihre Hoffnungen. Ich schaute sie an. Mir war sie immer alt vorgekommen; jetzt wurde mir bewusst, dass sie als junge Frau vermutlich eine Augenweide gewesen war. Ich selbst, das wusste ich, sah eher gewöhnlich aus; an einem guten Tag, wenn ich Glück hatte, hätte mich mancher bestenfalls als hübsch bezeichnet. Sie hingegen ... ich sah es mit solcher Klarheit. Selbst die Müdigkeit und die Enttäuschung hatten ihre Schönheit nicht ausgelöscht, sondern sie in gewisser Weise noch betont, sie härter, bitterer gemacht.

Sie betrachtete mich mit freudlosen Augen. »Was schaust du denn so?«

Ich geriet ins Stottern. Machte Anstalten, mich zurückzuziehen.

»Sei nicht so ein Miesepeter. Trink was mit mir.«

Ich schaute auf ihr Glas. Die Flasche stand daneben.

»Du meinst von dem Wein?«

Sie lächelte. Kurz wirkte ihre Miene fast freundlich.

»Ja, den meine ich. Es ist ja nicht so, dass du nichts trinkst, wenn du dort bist! Ich weiß, dass du das gewöhnt bist.«

Es klang durchaus vorwurfsvoll, doch sie hatte es nicht so händeringend gesagt wie sonst. Einfach nur eine schlaue Feststellung. Mir kam sie auf einmal anders vor, irgendwie realer.

Ich nickte.

Sie holte ein Glas aus dem Schrank und goss ein wenig Wein ein. Sie reichte es mir und lächelte dabei, ein wässriges Lächeln, in das sich auch Bedauern mischte.

»Weißt du, was heute für ein Tag ist?«

»Nein.«

»Dein Vater und ich haben heute Jahrestag. Zwanzig Jahre sind wir zusammen.«

»Glückwunsch, Mutter!«

»Danke, Tochter.«

Ihre Stimme war tonlos, aber sie hob das Glas. Nahm einen Schluck. Formvollendet, wie sie das immer tat. Erst jetzt wurde mir klar, dass sie vermutlich ziemlich betrunken war. Sie trank selten Alkohol.

»Tatsächlich war es ziemlich schwierig zu bewerkstelligen. Deine Großmutter, die du so sehr verehrt hast, war absolut dagegen. Sie hielt deinen Vater für einen Bücherwurm, der zu nichts gut ist. Wenn sie ihren Willen durchgesetzt hätte, wären dein Bruder und du überhaupt nicht auf der Welt.« Meine Mutter zeigte ein sonderbares Lächeln.

Ich zuckte zusammen. »Warum hast du dich ihr dann widersetzt? Warum hast du Vater geheiratet?«

Sie schien sich zu entspannen, zog ein letztes Mal an ihrer Zigarette und drückte sie dann im Abfluss aus. Sie nahm einen großzügigen Schluck Wein.

»Ach, das ist gut. Lecker.«

Ich wartete. Langsam kehrte sie in die Realität zurück, aber sie schaute mich nicht an. Offenbar ordnete sie ihre Gedanken. Als sie wieder sprach, klang sie präzise und konzentriert und kein bisschen betrunken.

»Dein Vater schien Teil einer Welt zu sein, die mich faszinierte. Er hatte Ideen. Große Ideen. Ich bin nie auf die Uni gegangen, doch es gab eine Zeit, in der ich nicht viel anders war als du. Vielleicht glaubst du das nicht. Aber es stimmt.«

Sie schaute mich an, und in ihren Augen war eine seltsame Intensität, die ich niemals darin gesehen hatte.

Ihr Blick wandelte sich. Ihre Stimme wurde weich.

»Er sah nicht gerade toll aus. Er war noch nicht mal besonders charmant. Aber da war … da war etwas Freundliches an ihm. Was mir gefiel. Denn das bedeutete etwas. Vor allem, wenn man bedenkt, wie grausam Männer manchmal sein können.«

Ein Schatten huschte über ihr Gesicht. Dann leuchtete es wieder auf. »Deshalb habe ich um ihn gekämpft. Damals war das vermutlich alles, was ich tun konnte.«

Sie starrte über den Rand ihres Glases hinweg, offenbar in Gedanken an eine Vergangenheit versunken, von der ich nur eine vage Vorstellung hatte.

Sie lächelte. Sie sah arglos aus, schön.

»Weißt du, jedes Jahr an unserem Jahrestag hat er mir ein Sträußchen Kirschblüten geschenkt und ein kurzes Gedicht dazugelegt. Das Gedicht war immer schlecht, unbeholfen – selbst ich merkte das. Aber es war aufrichtig.«

Jetzt stahl sich auch auf mein Gesicht ein Lächeln.

»Weißt du, was ich dieses Jahr bekommen habe?«

»Nein, was denn?«

»Nichts.«

Sie wandte sich ab, nahm noch einen Schluck Wein.

»Ich weiß, es ist nicht alles seine Schuld. Gott weiß, was ihm damals widerfahren ist. Während der Kulturrevolution. Wenn er nur ein bisschen … sich ein bisschen besser angepasst hätte …«

Ihre Worte erstarben, ihr Gesicht wirkte wehmütig.

Ich schaute sie an. Auf einmal tat sie mir leid. Ich konzentrierte mich, bemühte mich, das, was ich sagen wollte, richtig zu formulieren.

Als ich dann sprach, klang meine Stimme weich und leise, doch es sprach auch Überzeugung daraus, glaube ich. »Ich finde, das, was Vater und du erreicht habt, bedeutet sehr viel. Ich glaube nicht, dass es bei der Liebe nur um Romantik und um Gedichte geht. Es geht darum, dass man sich gegenseitig stützt, auch in schrecklichen Zeiten. Ich hoffe, dass Gen und ich einmal das erleben können, was du und Vater geteilt habt.«

Ein paar Sekunden schaute sie mich an, fast nachdenklich. Und als sie dann sprach, hörte ich zwar die Worte, nahm aber zunächst nicht wahr, was sie bedeuteten. »Du dummes, dummes kleines Mädchen«, sagte sie leise. »Was weißt du denn schon?«

In dem Moment hörte ich ein leises, pfeifendes Geräusch. Und ich merkte, dass es aus meiner eigenen Kehle kam. Ich blinzelte meine Mutter an. Ihr Bild war verschwommen. Ich wandte mich ab und verließ den Raum.

Und dann blieb ich stehen. Wischte mir über die Augen. Holte ein paarmal tief Luft.

Und ich ging in die Küche zurück.

Sie schenkte sich gerade den Rest Wein ein. Sie drehte sich wieder mir zu. In ihrer Miene stand immer noch scharfe Verachtung, doch sie wirkte auch müde.

»Wenn du jetzt einen Aufstand machen willst, dann ist nicht die richtige Zeit dafür. Dein Bruder hat das heute schon getan, und ich bin erschöpft.«

Ich ging auf sie zu. Meine Hände zitterten. Ich schaute ihr in die Augen, was ich fast nie tat. Weder bei ihr noch bei anderen Menschen. Sie wandte den Blick ab, sah mich dann wieder an.

»Du musst doch ... es muss doch eine Zeit gegeben haben, in der du es tatest. Das muss so gewesen sein.«

»Was soll ich getan haben?«, sagte sie und seufzte leise, in erschöpfter Verzweiflung.

Ich schaute auf meine Füße, als ich es dann endlich sagte. »Es muss eine Zeit gegeben haben, in der du ... mich geliebt hast. Vielleicht als ich noch sehr klein war ...«

Die Miene meiner Mutter versteinerte sich, verärgert starrte sie mich an. Sie blinzelte, als wäre sie verwirrt. Dann schaute sie mich wieder an, und ihre Augen füllten sich mit Tränen. Sie wandte sich ab, ging an mir vorbei hinaus. Ich drehte den Wasserhahn auf, spülte das Becken aus. Irgendwo draußen hörte ich ein Paar reden, zwei Leute, die stritten oder sich auch nur unterhielten, ihre undeutlichen Stimmen kamen durch die Dunkelheit nach oben geweht. Ich schloss das Fenster. Schaltete das Licht aus, verließ die Küche und ging zu Bett.

• • •

Es war Anfang Dezember, als ich Gen das nächste Mal reden hörte. Es war kälter geworden, aber das machte die Zusammenkunft am Triangle sogar noch gemütlicher; Studenten drängten sich zusammen, teilten Thermoskannen mit Whisky und Glühwein, und die Atmosphäre war, wie immer, gesellig. Und doch wurde die Stimmung spürbar ernster. Die »Licht aus«-Politik – im Kampf gegen sie hatte Gen sich bereits einen Namen gemacht – sollte am Zehnten jenes Monats in Kraft treten. Jetzt wurden die Studenten wirklich auf die Probe gestellt. In ein paar Tagen würden wir wissen, ob all unsere Ansprachen und Proteste die verhasste Initiative verhindern konnten. Für den Moment herrschte immer noch eine Mischung aus Optimismus und Vorfreude, und als Gen auf unser notdürftig gezimmertes Podium hinaustrat, leuchteten seine glatten, strengen Gesichtszüge rötlich in der Dunkelheit. Er bekam Applaus. Schüchtern nickte er ein paarmal und hob dann die Hand in einer kurzen, eleganten Geste. Sofort verstummte das Schwatzen der Zuschauer. Er wirkte so viel selbstbewusster als früher.

»Unsere Universität ist nicht nur ein Ort für Bildung. Nach dem Unterricht besuchen manche noch ein Kino, oder sie gehen am Abend im Park spazieren. Einige von euch –

wenn ich das sagen darf – suchen vielleicht sogar eine der ortsansässigen Bars auf, um sich weniger gesundheitsförderlichen Vergnügungen hinzugeben!«

Seine Miene war wissend und freundlich zugleich, ein ironisches Lächeln spielte um seine Lippen, und sogleich brandete Gelächter in der kleinen Zuschauermenge auf. Ich musste selbst lachen. Bislang waren Gens Reden immer machtvoll und auf mühelose Weise logisch gewesen, jetzt benutzte er Humor, um eine Unbekümmertheit heraufzubeschwören, die vorher nicht da gewesen war.

Bis seine Worte wieder schärfer und ernst wurden. »Und doch, wo auch immer wir hingehen – ins Kino, in den Park, die Bar –, kehren wir alle an diesen Platz hier zurück. Die Universität. Wir kehren in unsere Wohnheime zurück, und sei es auch nur, um unseren Kopf zur Ruhe zu betten. Und das ist genau der Punkt. Die Uni ist nicht nur ein Platz für Bildung. Für uns ist sie auch ein Zuhause. Die Universität, das sind nicht unsere Eltern oder irgendwelche Politiker, und erst recht ist sie kein Diktator. Sie ist unser gemeinschaftliches Zuhause. Ein Ort, an dem wir alle zusammenleben. Und jeder Mensch sollte in seinem Zuhause Autonomie besitzen. Das ist das einfachste und ehrlichste aller Menschenrechte. Und das ist es, was wir fordern, nicht mehr, nicht weniger!«

Die Studenten brachen in Applaus aus. Ich schrieb Gens Rede mit, so gut ich konnte. Zum Glück war er kein wortreicher Redner – und am Ende seines Vortrags verließ er die Bühne auf die gleiche Weise, wie er durch den Park geschlendert wäre, fast geistesabwesend, als würde er den Beifall gar nicht hören. Wieder durchfuhr mich eine Welle der Sehnsucht. Gen war alles, was ich nicht war und so gern gewesen wäre. Er ging mit einer Nonchalance durch die Welt, als gehörte er ihr vollständig und wie selbstverständlich an. Gen konnte das Urteil oder gar die Missbilligung der anderen ausblenden. Er war noch etwas gewachsen, seit wir an der Uni waren – seine Körperhaltung war schlaksiger und unbeholfener geworden –, trotzdem strahlte er ein Charisma aus, das beinahe gewichtslos war. Ich fragte mich, ob er selbst sich dessen überhaupt bewusst war.

Die nächste Rednerin hatte bei Weitem keine solche Anziehungskraft. Sie war ein kleines Mäuschen, kleiner noch als ich. Sie trug eine riesige Brille mit schwarzem Rahmen, die sie aussehen ließ wie eine Eintagsfliege. Ihre kieksige Stimme geriet immer wieder ins Stocken und Stottern, und sie musste die ganze Kraft ihres winzigen Körpers aufbieten, um diese Rede zu halten. Doch so unbeholfen sie auch wirkte, betrachteten die anderen Studenten sie freundlich, denn an jenem Tag herrschte ein großes Gefühl der Solidarität.

»Ich würde … ich meine, ich hoffe … ich möchte euch gerne ein paar Zeilen aus einem meiner Lieblingsgedichte vortragen. Es ist von einem großartigen Dichter, den viele von euch bestimmt kennen: Sándor Petőfi. Die Zeilen lauten:

Freiheit und Liebe sind all mein Streben!
Für meine Liebe könnt ich das Leben,
doch für die Freiheit die Liebe selbst geben.«

Blinzelnd schaute sie in die Zuschauermenge, und selbst in der abendlichen Dämmerung konnte ich sehen, dass Tränen in ihren Augen glänzten. Ich war peinlich berührt, fand sie lächerlich. Gewiss hatten die Behörden willkürlich und autoritär gehandelt, indem sie den Studenten Bedingungen auferlegten, ihre Aktivitäten beschränkten und sie alle um zehn Uhr ins Bett schickten. Natürlich war das empörend und patriarchalisch. Doch war ein Appell, das Leben und die Liebe zu opfern, die passende Reaktion darauf? Das war ganz gewiss absurd.

Die junge Frau rückte ihre schwere Brille auf ihrem Gesicht zurecht, das darunter fast erdrückt wurde. Dann sprach sie weiter, schrill und stotternd.

»Ich … ich habe die Kommentare des letzten Redners sehr zu schätzen gewusst …«

Sie nickte in Gens Richtung. Er stand ein paar Meter von mir entfernt und zeigte ein mildes, wohlwollendes Lächeln.

»Und doch finde ich … ich meine, ich würde den Vorschlag machen … Er hätte noch mehr sagen können. Er hat das Wort ›Autonomie‹ benutzt. Und natürlich … stimme ich ihm von ganzem Herzen zu. Doch ›Autonomie‹ an sich ist eine reine Abstraktion. Ja, wir hätten sie alle gern, aber dazu müssen wir konkreter werden.«

Ihre Stimme war noch schriller geworden, aber auch selbstbewusster.

»Autonomie erreichen wir nur, wenn wir ein politisches und gesellschaftliches System haben, das sie ermöglicht! In der Praxis bedeutet Autonomie Demokratie! Eine aktive, funktionierende, politische Demokratie! Das ist es, was uns fehlt. Das ist es, wofür wir kämpfen müssen, als grundlegende, konkrete Forderung!«

Einige der Studenten sahen so aus, als wäre es ihnen ein wenig unangenehm. Doch die schmale Frau legte jetzt erst richtig los, wurde lebhafter. Sie stieg eher unbeholfen vom Podium und riss eines der Plakate von der Wand.

»Schaut euch das an«, sagte sie und zeigte wütend mit dem Finger darauf. »Das hier ist ein Poster, das die Univerwaltung aufgehängt hat, hier in unserem Triangle. Da steht: ›Viele Köche verderben den Brei! In einem Land, das so dicht bevölkert ist wie China, brauchen wir eine starke patriotische Regierung, und wir brauchen euch, das Volk, um den Frieden zu bewahren!‹«

Unter den Studenten erhob sich Gemurmel.

»Begreift ihr denn nicht, was da steht?« Jetzt wurde die Stimme der jungen Frau ungehalten. »Das ist doch nichts anderes als Werbung für eine Diktatur. Kommunistische Parteien überall auf der Welt sagen so etwas, als hätte man sie darauf programmiert. Individualismus muss zerstört werden, um einen gedankenlosen Konsens herzustellen, und alles andere – alles, was der Linie der Regierung widerspricht – ist gegen die Nation gerichtet!«

Jetzt kam auch in die anderen Studenten Bewegung, es wurde gemurmelt. Viele sahen aus, als wäre ihnen unangenehm, was gerade geschah. Ich teilte ihre Sorge, denn was die junge Frau gesagt hatte, war radikal, beinahe extremistisch. Doch sie war so bei der Sache, dass sie die Stimmung in der Menge nicht wahrnahm.

»Der letzte Redner sprach von ›Autonomie‹. Doch er liefert keine Vorschläge, wie man sie erreichen könnte. Das können wir nur schaffen, wenn wir ein System einrichten, das uns Autonomie gibt, hier an der Uni, aber auch im ganzen Land. Wir müssen für eine Demokratie kämpfen, in der jede Stimme zählt!«

Einige der Studenten hörten aufmerksam zu, andere sprachen untereinander, und ein paar wandten sich ab, taten so, als wäre sie gar nicht sichtbar.

Die Rednerin geriet in Panik. Jetzt fing sie wieder an zu stottern, diesmal vor Verzweiflung.

»Ich bin nur ... ich ... wollte unbedingt ... hört mal, alles, wofür ich plädiere ... bitte ... ich brauche nicht mehr lang ... nur dass ...«

Das Unbehagen einiger Studenten verwandelte sich in etwas anderes. Je mehr die Frau ihre Stimme erhob, desto schriller und verzweifelter wurde sie. In der Menge wurde Gelächter laut. Dann Buhrufe. Sie schaute noch ein paar Momente auf uns herab, mit einer Miene, als hätte man sie geschlagen. Ich hatte Mitgefühl mit ihr, denn in jenem Augenblick war sie vollkommen allein, obwohl sie von Menschen umgeben war. Doch mit ihrer verzweifelten und extremen Polemik hatte sie sich selbst in diese Lage gebracht. Sie wandte sich ab und lief davon.

Ich schaute zur Seite, suchte nach Gen.

Er hatte die Lippen zu einem sonderbaren Lächeln verzogen. Ich glaube nicht, dass ihm bewusst war, dass ihn jemand beobachtete. Und so wunderschön ich seine Züge fand – in diesem Moment war auch etwas Groteskes daran.

Jemand drückte auf den Knopf eines Radios, und Musik ertönte. Die mausgraue junge Frau war auf der Stelle vergessen, als einige zu tanzen begannen. Die Anspannung hatte sich in Luft aufgelöst. Jetzt dachte niemand mehr an Politik. Jetzt konnte man mit dem Trinken anfangen.

Wir machten uns auf den Weg in die East Slope Bar. Wieder war Gen von Bewunderern umgeben. Mir drehte sich der Kopf. Ich schloss die Hand um den Zettel mit der Rede, der in meiner Tasche steckte. Ich fand, dass ich das, was er gesagt hatte, fast perfekt wiedergegeben hatte, und obwohl er gerade von Leuten umgeben war, die ihn anhimmelten, spürte ich, wie es mir nicht mehr so viel ausmachte, denn immerhin war ich diejenige, der er zutraute, seine Worte aufzuzeichnen. Und ich war mir sicher, dass seine Reden unbedingt für die Nachwelt festgehalten werden mussten.

Ich war in Gedanken verloren, als ich spürte, wie mich jemand an den Haaren berührte.

Es war Gen. »Willst du hier weg?«, fragte er. Seine Augen blickten müde, doch er lächelte. »Ist ein langer Tag gewesen.«

Ich glaube, es gab keinen Cocktail, keine Droge, keine Erfahrung, die mich glücklicher gemacht hätten, als ihn dort vor mir stehen zu sehen, wie er mich zärtlich berührte und mich aufforderte, ihn zu begleiten. Die Freude war so groß, dass ich nur stumm nicken konnte.

Ich folgte ihm ins Wohnheim zurück, wo wir uns wieder

auf sein Zimmer schlichen. Er schenkte uns zwei Whisky ein. Draußen hatte es begonnen zu regnen.

Ich holte meine Abschrift der Rede aus der Tasche.

»Ich glaube, ich habe alles aufgeschrieben«, sagte ich leise. »Es war wirklich ... ich meine, was du gesagt hast ... es war wirklich ganz ...«

Ich geriet ins Stocken, kicherte beschämt. Er lächelte auch. Ich fühlte mich Gen so nah wie seit Monaten nicht mehr.

»Tut mir leid«, sagte ich. »Ich rede wie eine Idiotin. Aber ich möchte, dass du weißt, dass das, was du heute gesagt hast, wirklich etwas bedeutet hat. Nicht nur mir ... sondern auch den Leuten da draußen!«

Ich legte meine Abschrift vorsichtig auf seinen Schreibtisch.

Er lächelte verlegen, wirkte aber entspannt und zufrieden. Ich spürte ihn sehr deutlich, auch ohne ihn zu berühren, und das vermittelte mir einen Genuss, der über reine Erotik hinausging. Es gab mir das Gefühl, selbst mehr wert zu sein.

Er schaute mich an, wandte dann den Blick ab.

»Du bist, wie immer, so freundlich, zu freundlich. Ich ... ich fand das, was ich gesagt habe, gar nicht so großartig. Ich glaube, ich habe einfach nur gesagt, was alle anderen dachten ...« Er verstummte.

»Vielleicht ist genau das ja deine Stärke«, erwiderte ich strahlend.

»Nicht, dass ich wüsste.«

Er gab ein plötzliches, jungenhaftes Kichern von sich. »Aber wenigstens war ich nicht so schlimm wie diese ... diese blöde Tussi, die nach mir kam!«

Die rüde Art, mit der er das gesagt hatte, wollte so gar nicht zu dem Ton der Rede passen, die er auf dem Podium gehalten hatten, und auch nicht zu der Zärtlichkeit, mit der er mich danach zu sich eingeladen hatte. Offenbar konnte ich meinen Schreck darüber nicht verbergen, denn es war eines der seltenen Male, dass er einen Rückzieher machte.

»Nein, tut mir leid. Es war gemein, was ich da gesagt habe. Aber du musst verstehen, dass ...«

Er sah mich an, als hinge alles auf der Welt an meinem Urteil. Und er sprach mit großer Überzeugung. »Du musst das verstehen. Dass jemand ... so jemand ... mit diesen aufrührerischen Ansichten ... Vielleicht meinen sie es ja gut. Aber wenn sie über radikale Demokratie reden, nun – du musst mal sehen, was dabei rauskommt! Das ist der Schlüssel dazu, unser politisches System zu untergraben, den Westen durch die Hintertür reinzulassen, und am Ende werden wir von den USA dominiert und kontrolliert. Ich frage mich bei solchen Leuten immer – wenn sie China so hassen, warum gehen sie dann nicht und leben in Amerika?«

»Nein, nein, da stimme ich dir zu. Ich weiß nicht, was sie gedacht hat. Sie war so seltsam, fandest du nicht?«

Er nickte und grinste. »Sie war ... *vollkommen durchgeknallt.*«

Wir schauten uns an und lächelten.

»Sind wir da nicht vielleicht etwas unfreundlich?«, fragte Gen, immer noch grinsend.

»Find ich nicht«, sagte ich mit einem Kichern.

Im selben Moment ging die Tür zu seinem Zimmer auf. Ein hübsches Mädchen stand da und lachte lebhaft, als sie Gen sah. »He, ich hab mich nur gefragt, ob du ...«

Ihr Gesicht sackte in sich zusammen, als sie mich erblickte. Der Ton, den sie bei ihm angeschlagen hatte, so weich und spielerisch, wurde auf einmal höflich und vorsichtig.

»Äh ... ich komm später noch mal vorbei. Es ist ... es ist nicht wichtig.«

Ich erinnere mich an ihre Augen. Es waren schöne, ausdrucksstarke Augen, so wie meine es nie sein konnten.

Gens Gesicht war nach oben gerichtet und ein paar Augenblicke lang wie erstarrt.

Ich wusste, dass sie zusammen waren. Ich wusste es in genau dieser Sekunde, als ich ihr Gesicht sah und dann seins – ich wusste es mit absoluter Gewissheit. Und doch wollte ich es nicht wahrhaben.

»Eine Freundin von dir?«, fragte ich und bemühte mich, beiläufig zu klingen.

Er sagte nichts. Weder bestätigte er die Verbindung, noch stritt er sie ab.

Meine Augen füllten sich mit Tränen. Ich konnte es nicht verhindern.

Er schaute mich an. »He, schau mal ...«

Ich wollte nicht, dass er diesen Satz beendete. In mir war pure Verzweiflung. Was sie anging, sie war mir egal. Das Einzige, was zählte, waren er und ich. Zur Abwechslung würde ich jetzt die Kühne sein. Ich rückte näher, legte die Hand an seinen Schritt, ich sagte ihm, es sei okay, für mich sei »es« in Ordnung und dass ich ihn verstünde. Oder so ähnlich. Den genauen Wortlaut weiß ich nicht mehr. Ich weiß nur noch, dass in diesem Moment etwas in mir starb. Und ich spürte die Verzweiflung dieses Verlustes.

Er schob meine Hand weg. Ohne mich anzusehen, zischte er: »Du weißt, dass du mir viel bedeutest. Aber das hier kannst du nicht mehr machen.«

Meine Wangen waren tränenüberströmt. Ich konnte es nicht verhindern. Doch ich schaffte es, nicht zu schluchzen.

Seine Stimme wurde sanfter. »Jeder von uns muss sein eigenes Leben führen. Es ist nicht normal für Leute unseres Alters, so ... so innig zu sein!«

Ich stand auf. Ich konnte ihn nicht ansehen. Ich schlurfte aus dem Zimmer. Er versuchte nicht, mich aufzuhalten.

Schon merkwürdig: Wenn das Allerschlimmste eingetreten ist, ist da immer auch eine gewisse Erleichterung. So niederschmetternd es sein mag, kann es auch eine gewisse Klarheit hervorrufen. Ich wusste jetzt, dass Gen mit einer anderen zusammen war. Ich fragte mich, ob er mit ihr geschlafen hatte oder ob er sie nur das hatte tun lassen, was ich immer getan hatte.

Ich hatte den Verdacht, dass sie wirklich Sex miteinander gehabt hatten. Das war etwas, das ich mir nicht so recht vorstellen konnte, und doch sah ich es ständig vor mir. Das Mädchen, das ich an seiner Tür gesehen hatte, war so viel schöner als ich, und ganz offenbar waren sie einander vertraut.

NEUNUNDZWANZIG

In der Woche darauf traf ich Madam Macaw wieder. Zu diesem Zeitpunkt war ich taub vor Schmerz. Früher hatte ich mir Gens Verhalten immer rational erklären können – dass er sein Leben nach dem eigenen Trommelschlag lebte, dass aber, trotz seiner Abgebrühtheit und Zurückhaltung, ein Teil von ihm mich immer beschützen wollte; dass er sich durchaus der tiefen Verbindung bewusst war, die uns seit unserer Kindheit einte. Oder, um es einfacher zu formulieren, dass ich trotz allem für ihn jemand Besonderes war. Doch er hatte nicht einmal versucht, zu leugnen, welcher Art seine Beziehung zu diesem unglaublich selbstbewussten und hübschen Mädchen war. Er hatte sich nicht einmal die Mühe gemacht, mich zu beschwichtigen. Er bewegte sich von mir weg, ein für alle Mal.

Damals hatte ich einige eher lächerliche Vorahnungen, auf die ich heute nicht gerne zurückblicke, die mir, meinem damaligen Ich, jedoch real und absolut erschienen. Ich stellte mir Gen vor, wie er große Reden hielt und mehr und mehr Menschen mit seinen Worten in seinen Bann zog. Ich sah den Erfolg vor mir, den er haben würde, sah, wie er eine Reihe von liberaleren Reformen in Bewegung setzte, wie er die Macht der Studenten und anderer dazu nutzte, die Lage zu verändern. Ich sah seinen Aufstieg zum Politstar vor mir, mit der hübschen Tussi an seiner Seite. Dann würde ich nicht mehr sein als eine unbedeutende Fußnote, die verschwommene Erinnerung an einen bescheideneren Anfang, den man hinter sich lassen muss, um den Weg in die Zukunft anzutreten. Um das Schicksal, das ihm zustand, zu ergreifen und zu gestalten.

Ich gab meine Bemühungen auf, Gen zufällig auf dem Campus zu treffen. Ich suchte ihn nicht länger in seinem Wohnheim auf. Ich schrieb ihm keine Briefe mehr. Ich hielt mich fern. Doch es war ein jämmerliches Elend. Ich merkte, dass ich mehr trank als früher. Nach den Vorlesungen und Seminaren, während die Sonne am grauen Pekinger Himmel verklang, ging ich oft in eine Bar jenseits des Campus, um ein paar Bier oder einen Baijiu-Schnaps zu trinken, weil ich den Gedanken, nach Hause zurückzukehren, nicht ertragen konnte.

Es war an einem dieser Abende, dass ich mit Madam Macaw verabredet war. Eigentlich war ich in keiner guten Verfassung und hatte keine Lust auf Gesellschaft. Doch auf ihre sonderbare, schonungslose Art war Anna nett zu mir gewesen, hatte Interesse an mir gezeigt, als es sonst niemand tat. Und so machte ich mich auf den Weg zum Treffpunkt, den wir vereinbart hatten. Sie hatte mir eine Adresse auf dem Campus gegeben: Hu-Shih-Gebäude, Block vier.

Es war Freitagabend, weshalb sich nicht mehr viele Studenten auf dem Campus befanden, und während ich durch die Gebäude schritt, hallten meine Schritte auf dem Boden wider. Das Hu-Shih-Gebäude fand ich, aber seltsamerweise gab es keinen Block vier. Tatsächlich waren auf dem Lageplan, den ich mir anschaute, nur drei Gebäude verzeichnet. Zuerst dachte ich, Madam Macaw habe sich geirrt. Als ich bei Block drei ankam, sah ich an dessen Ende eine Glastür. Ich drückte sie auf und trat auf einen mit Gras bewachsenen Hof.

Es war dunkel und schattig. Und dann hörte ich eine leise, männliche Stimme.

»Hey, Baby, du hast wirklich einen geilen Arsch!«

Ich spürte, wie mir jemand an den Hintern griff, und zuckte erschrocken zurück. Im selben Moment gingen Lichter an. Ich fuhr herum, um der Person entgegenzutreten, die mich belästigt hatte; so schüchtern ich auch war, empfand ich einen tiefen Zorn. Mein Herz klopfte, ich war wütend und erschrocken.

Vor mir stand ein junger Mann. Trotz meines Ärgers bemerkte ich, dass er auf eine sonderbare Weise gut aussah. Sein Haar war raspelkurz geschnitten, zurückgegelt und gescheitelt. Er trug einen dünnen, eleganten Schnurrbart. Seine Gesichtszüge waren kantig, und er grinste mich frech an.

Jetzt flammte erst recht die Wut in mir auf. Ich ging auf ihn zu, hob die Hand, kurz davor, ihn zu schlagen, was für mich scheues, zurückhaltendes Persönchen eigentlich undenkbar war. Trotz der weißglühenden Wut in mir erkannte ich etwas an ihm, das mich innehalten ließ. Diese hypnotisierenden smaragdgrünen Augen, schelmisch und mit einem Hauch Grausamkeit. Und dieser lächerliche Schnurrbart – jetzt sah ich, dass er nicht echt war, ja, dass seine aufgezwirbelten Spitzen mit einem dicken Filzstift optisch verlängert worden waren.

Dann setzten sich alle Puzzleteile zusammen, und ich begriff, dass Madam Macaw vor mir stand. Jetzt war es offensichtlich, doch die Miene, die sie aufgesetzt hatte, die Art, sich zu bewegen, selbst der kehlige Klang ihrer Stimme – das alles hatte unverfälschte Männlichkeit ausgestrahlt. Ein paar Momente lang hatte ich wirklich geglaubt, sie sei ein Mann.

Ich stand da und starrte sie entgeistert an. Die einzigen Worte, die sich meinem Mund entrangen, waren: »Es gibt kein Hu-Shih-Gebäude, Block vier, oder?«

Zum ersten Mal sah ich Madam Macaw zerknirscht. »Nein, nein, eigentlich nicht. Aber erinnerst du dich an das, was in der Bibel steht: ›Denn wo zwei oder drei versammelt sind in meinem Namen, da bin ich mitten unter ihnen, und dort ist die Kirche‹?«

Ich schaute sie an. »Was zur Hölle?«

In diesem Moment strömten mehrere andere Leute durch eine weitere Tür auf die Rasenfläche.

Lan kam zu mir herübergeschlendert, sein großer, wuchtiger Körper bebte vor Freude, und er schloss mich in seine Arme. Er fühlte sich warm an, und er roch nicht wie andere Männer, sondern süß, wie warme Milch, als wäre er ein Baby. Obwohl ich Umarmungen im Allgemeinen nicht mochte, merkte ich, dass ich lächeln musste. Über Lans Schulter hinweg sah ich Min, der scherzhaft vor mir salutierte, wie ein freundlicher Soldat.

Bei ihnen waren vier weitere Leute, zwei Jungs und zwei Mädchen.

Die Jungs hießen Jin Feng und Li Xin. Sie sahen wie Brüder aus, beide klein und stämmig, mit dicken Augenbrauen. Doch während Jin Feng frech und übermütig losplauderte, klang Li Xin eher nachdenklich. Seine Partnerin, die Ai Xiu hieß, schien ihn unter ihre Fittiche genommen zu haben und spornte ihn an, schubste ihn nach vorn, kniff ihm spielerisch in die Nase, sodass er errötete. Ihre Freundin Pan Mai war eine sehr große und dicke junge Frau, und es war schwierig, sich nicht von ihrer wuchtigen Erscheinung in den Bann ziehen zu lassen, von diesen wogenden Schichten Fleisch, die immer wieder ins Beben gerieten, ein weiches, fast hypnotisches Fließen.

Mein Starren schien sie nicht zu verärgern. Aus heutiger Sicht vermute ich, dass sie daran gewöhnt war. Sie war schüchtern und liebenswert, aber sie war auch eine begabte Komikerin; sie konnte unfassbar gut berühmte chinesische Schauspieler und Sänger nachahmen. Bald nahm ich ihre wuchtige Gestalt nicht mehr wahr; ich dachte nicht mehr darüber nach, weil sie eine herrliche Gesellschaft war – einfach witzig, doch auf eine ruhige Weise, die nichts von Madam Macaws Schärfe besaß. Wenn Pan Mai lachte, musste man unwillkürlich mitlachen.

Ich schaute wieder Macaw an. »Warum greifst du mir an den Hintern? Und warum um alles in der Welt bist du so angezogen?«

Sie wirkte noch verlegener und wandte den Blick ab. Dann richtete sie ihre glitzernden grünen Augen wieder auf mich und fixierte mich mit ihrer magnetischen, überbordenden Intensität.

»Weil ... weil du einen hübschen Hintern hast. Allerdings hast du offenbar keine Ahnung von Shakespeare. Damals mussten alle Mädchenrollen von Jungs gespielt werden. Frauen durften nicht auf die Bühne. Das ist nicht mehr so. Deshalb hat das Mädchen, das vor dir steht, heute beschlossen, ein Junge zu sein.«

»Ach Gott, hör auf, so dramatisch zu sein«, sagte Min mit einem sarkastischen Lächeln. »Immer wartest du mit solch hochgestochenen Erklärungen auf. Warum gibst du nicht einfach zu, dass du dich gern als Mann verkleidest?«

»Scheiß drauf. Ich hasse es, wenn du recht hast«, sagte Madam Macaw.

»Dann gibt es heute also wieder Shakespeare?«, fragte ich.

Statt einer Antwort warf Macaw mir nur einen Blick zu und rief dann den anderen zu: »Schauspieler, nehmt eure Positionen ein!«

Genau hier und jetzt führten sie eine Szene aus Shakespeares *Sturm* auf. Ich war immer noch ein wenig gekränkt, schockiert von Macaws Angriff, wurde nun aber in den Kontakt mit meinen neuen Bekannten hineingeschleudert, die sonderbar und wundervoll zugleich waren. Ich merkte, dass diese jungen Leute auf ihre eigene Weise anders waren als ich, dass sie sich genauso durchs Leben kämpften. Und doch wurden ihre Seltsamkeit und Unangepasstheit unter der Regie von Macaw – durch ihr eigenartiges und ironisch gebrochenes Charisma – zu etwas ganz anderem, etwas, das sie zusammenbrachte. Etwas, das *uns alle* zusammenbrachte.

Ich schaute dabei zu, wie sie die Rollen einnahmen, die sie ihnen zugewiesen hatte. Von all den Schriftstellern, die ich bis dahin gelesen hatte, gehörte Shakespeare nicht zu meinen Favoriten. Dort aber, im weichen Licht des Abends, schoben diese Individuen ihre Zweifel und Ängste beiseite, fanden nahtlos zusammen. Die Emotionen der Charaktere, zu denen sie geworden waren, leuchteten auf ihren Gesichtern, und ihre Augen glänzten, so intensiv erlebten sie die Freuden und Schrecken jener weit zurückliegenden Epoche. Macaw trat zurück, sie dirigierte ihre Schauspieler genauso, wie ein Dirigent ein ganzes Orchester in einem Opernhaus geleitet hätte. Nur dass wir draußen waren, auf einem weichen, feuchten Stück Wiese zwischen den Gebäuden; trotz dieser eher bescheidenen Umstände glaube ich nicht, dass mich eine Vorstellung jemals so berührt hat wie diese.

Danach lud mich Madame Macaw in eine Bar ein. Sie hatte sich wieder umgezogen: ihr Haar verwuschelt, das weiße Hemd und die schwarze Hose abgelegt, normalen Lippenstift und Make-up aufgelegt – um es kurz zu machen, sie war wieder die schöne und elegante Frau geworden, als die ich sie kannte. Die Männlichkeit ihrer Verkleidung war verschwunden. Und sie war glücklich. Auch Jin Feng, Pan Mei und Ai Xiu freuten sich, atmeten durch, lachten ausgelassen, nachdem die Anstrengung ihres Auftritts vorüber war. Es hatte zu nieseln begonnen, und in der Dunkelheit ringsum grollte leise der Donner. Lan und Min standen auf einer Seite, Min gestikulierte, aus seinem feinen, schmalen Gesicht sprach Freude, und Lan lachte ausgelassen wie ein Kleinkind. Alle Schauspieler hatten die Gesichter genüsslich nach oben gereckt und nutzten das Regenwasser, um sich die Schminke vom Gesicht zu waschen, sie reinigten sich selbst von den Menschen, die sie verkörpert hatten, und wurden wieder zu denen, die sie waren.

Obwohl meine Haare klitschnass waren, verspürte ich ein Wohlgefühl und auch Dankbarkeit Macaw gegenüber, weil sie mich an diesen Ort eingeladen hatte. Oder, genauer gesagt, weil sie mich mit diesen Menschen zusammengebracht hatte.

Ich schaute mit Sorge zu ihr hoch. »Kommen denn die anderen nicht mit?«

Sie schaute zu den anderen und lachte anzüglich. Sie formte Daumen und Zeigefinger der einen Hand zu einem Kreis und stieß dann mit dem Zeigefinger der anderen Hand hinein.

»Ich glaube, die haben was Besseres zu tun!«

Diesmal war es eine andere Bar. Sie lag in einem Hotel und war anders als alles, was ich je gesehen hatte. Das Hotel lag an der östlichen Seite der Chang'an-Straße; später entdeckte ich, dass es verschiedene Anbauten hatte. Wir waren in Block D – ein nüchterner Name für einen Ort von solch hemmungslosem Luxus: ein riesiges Gebäude, das sich in den Nachthimmel erhob und sogar die Türme und Türmchen der Verbotenen Stadt überragte. Natürlich hatte ich es auf meinen Busfahrten zur Uni bereits gesehen, doch bewusst angeschaut hatte ich es noch nie. Seine gewaltige Größe gab mir das Gefühl, winzig klein zu sein, voller Ehrfurcht betrachtete ich seinen glatten Elfenbeinschimmer. Wir betraten das Gebäude durch glatte schwarze Türen, die von Portiers schwungvoll für uns geöffnet wurden, und Macaw führte mich über die Marmorböden zu einer lauschigen Lounge und Bar. Die Bar war mit leise summenden Neonlampen beleuchtet, der Teppich samtig weich. Als ich die Preise für die Cocktails sah, stockte mir der Atem.

Ich schaute Macaw zögernd an. »Anna, ich glaube wirklich nicht, dass ich mir das leisten kann.«

»Mach dir keine Gedanken, Schatziputzi! Ich kenne hier ein paar Leute. Der Abend geht auf mich.«

Sie glitt an die Bar zurück, schlank und katzengleich, und ich sah, wie die Männer im Halbdunkel hinter ihr herschauten. Für mich war es eine erstaunliche Erfahrung, wie sie noch vor wenigen Minuten mit gesenkter Stimme und herrischem Auftreten so leicht als Mann durchgegangen war, ganz zu Hause in ihrer Welt, die Art von Mann, der mit einem anzüglichen Grinsen auf den Lippen und vollkommen schamlos eine Frau begrapschte.

Nun jedoch sah ich einen ganz anderen Menschen. In ihr glomm eine einzigartige und unbeschreibliche Schönheit, und es war, als würde jeder in der Bar sie wahrnehmen. Die meisten Gäste hier waren Europäer oder Amerikaner, auch wenn einige wohlhabende Chinesen anwesend waren, sowie eine Handvoll Japaner. Und sie alle waren gebannt von ihr und folgten ihr mit Blicken.

Sie kehrte an unseren Tisch zurück, in der Hand zwei riesige, üppige Kaffeecocktails und ein Schälchen Knabberzeug. Selbst die Knabberei schmeckte himmlisch.

»Und, hast du meinen Auftritt genossen?«, fragte sie.

Sie sagte nicht »unseren« Auftritt; die anderen, die ihren Teil dazu beigetragen hatten, das Stück zum Leben zu erwecken, blieben unerwähnt.

Ich nippte an meinem Cocktail. Es war, als würde ich die Süße in mich aufsaugen wie einen Nektar. Ein kurzer Schauder durchfuhr mich.

»Ja. Es war ... es war sehr gut.«

»Ist das alles, was du zu sagen hast, Schatziputzi?«

Ich war ein wenig benommen. Leise sagte ich: »Ich fand es eines der herrlichsten Dinge, die ich je gesehen habe. Außer Bücher!«

Ihre Augen glühten vor Zufriedenheit, doch dann trat ein

Hauch Ironie in ihren Blick. »Aber kann man Bücher denn sehen?«

»Oh ja. Die kann ich mehr sehen als alles andere. In letzter Zeit bin ich nicht viel zum Lesen gekommen. Aber ich habe mal einen Typen gekannt, der einen Buchladen besaß, und der hat mir all diese Bücher geliehen und kannte immer die besten ... oder wenigstens die, die für mich am besten waren, wenn das für dich einen Sinn ergibt.«

»Dieser Typ, dieser Buchhändler, hast du mit dem gevögelt?«

Mir blieb der Atem weg. »Nein! Warum sagst du so was? Der muss etwa um die achtzig oder so gewesen sein.«

»Gewesen sein? Ist er gestorben?«

»Nein, nein, er ist nicht tot. Zumindest nicht, dass ich wüsste.«

»Warum siehst du ihn dann nicht mehr?«

Ich dachte eine Weile über die Frage nach. »Nun, ein Freund von mir, genauer gesagt mein Freund ... er hatte kein gutes Gefühl, was den Typen angeht. Er fand, ich würde viel zu viel Zeit in seinem Laden verbringen, und ...«

»Und was?«, hakte Macaw nach.

Ich kicherte nervös. »Ich weiß nicht. Schätze, er wollte dafür sorgen, dass ich mehr Zeit mit Leuten meines Alters verbringe. Ich meine, dieser Typ war richtig alt und er war nett, aber Gen wollte, dass ich ein bisschen mehr rauskomme, erst recht, weil wir dann ja an die Uni gingen ...«

»Und dieser Gen? Ist er auch an der Uni?«

»Ja, klar. Er ist großartig, er macht bei der ›Kein Licht aus‹-Kampagne mit, und er ist beliebt und cool und ...«

»Dann ist er jetzt also dein Freund?«

»Na ja ... nicht so ganz. Ich meine, wir kennen uns schon seit Ewigkeiten, wir haben diese besondere Verbindung. Wir haben uns kennengelernt, als wir sechs oder sieben waren ...«

Meine Stimme erstarb.

»Dann ... dann ist er nicht dein Freund?«

»Nein, momentan nicht. Ich meine, Gen hat so viel mit der Kampagne zu tun ... und ich will ihn dabei unterstützen ... und möchte nicht, dass er sich irgendwie gefangen fühlt. Er muss atmen können, ich finde, er macht erstaunliche Sachen, und ...«

Sie hob ganz leicht die Hand. »Dieser Gen, Lai. Er klingt ein bisschen nach einem Hurensohn.«

Das schockierende Wort, das Wort, das niemand sagen durfte, kam ihr fast beiläufig über die Lippen.

Auf einmal war ich wütend, begann zu protestieren. »Was für ein Recht hast du, das über ihn zu sagen?«, stammelte ich. »Gen ist unglaublich talentiert. Ich bin mir sicher, er wird die erstaunlichsten Dinge vollbringen, politisch gesprochen. Er könnte es in China weit bringen, er könnte so viel verändern ...«

Sie betrachtete mich; diesmal war ihre Miene milder. »Für mich klingt er immer noch nach einem Arsch!«

Ich blinzelte sie an. Am liebsten hätte ich dagegengehalten, doch sie hatte so ruhig gesprochen. Offenbar war sie nicht auf einen Konflikt aus, und mir wurde klar, dass sie mich nicht herunterputzen wollte.

Und in diesem Moment wurde mir noch etwas bewusst: Vielleicht war Gen ja wirklich das, was sie gerade über ihn behauptet hatte. Vielleicht war er nicht das, was ich in ihm sah.

Zwei Männer näherten sich unserem Tisch. Sie waren beide glatt rasiert und sahen gut aus. Der eine lächelte selbstbewusst, seine dunklen Augen schimmerten in dem weichen Licht. Der andere stand ein Stück hinter ihm und schaute uns mit einem Hauch Bedauern an, als wollte er vorsorglich für seinen Freund Abbitte leisten.

»Entschuldigt, Mädels«, sagte der erste, »aber kann es

sein, dass im Himmel ein paar Engel abhandengekommen sind? Mir scheint, dass ihr beide geradewegs von dort kommt!«

Ich spürte, wie ich rot wurde. Ich wusste nicht, wo ich hinschauen sollte.

Macaw wiederum zuckte nicht einmal mit der Wimper. »Ist das alles, was euch einfällt? Ich bin Chinesin, genau wie ihr. Die meisten von uns sind Buddhisten, wenn es um Religion geht. Für uns gibt es keinen Himmel. Nur ein großes Rad, von dem wir alle, wenn unsere Zeit gekommen ist, springen müssen. Darf ich den Vorschlag machen, dass ihr jetzt springt?«

Macaw war scharf in ihrer Ironie, aber ihre Augen funkelten spitzbübisch.

Der erste Typ grinste noch breiter. »Gut gebrüllt, Löwe. Aber was die meisten Leute über Buddha nicht wissen, ist, dass er zwar mit einem Reiskorn am Tag überlebt hat, sein anderes Prinzip jedoch war, niemals einen Drink abzulehnen!«

Ohne es zu wollen, musste Macaw lachen.

»Also, was möchtet ihr haben?«

Wir bestellten noch mal das Gleiche.

Sie schlenderten in Richtung Bar.

Ich schaute Madame Macaw an. »Was geht hier vor? Ich meine, wir kennen die doch gar nicht!«

»Lass dich einfach treiben, Schatziputzi. Lass dich treiben.«

Als die beiden zurückkehrten, sah ich bereits ein wenig verschwommen; die Drinks waren stark. Der erste Typ stellte sich als Wei Bao vor und zog dabei eine Augenbraue hoch. Der andere murmelte seinen Namen: Li Jie.

Wei Bao stellte unsere Cocktails hin.

»Auf den betrunkenen Buddhismus!« Er wollte anstoßen.

»Du findest dich besonders witzig, kann das sein?«, erwiderte Macaw amüsiert.

Li Jie schaute mich sanft an. Während Wei Bao scharfe Wangenknochen und elegant geschwungene Augenbrauen hatte, waren Li Jies Gesichtszüge weicher, was ihn etwas verletzlicher wirken ließ. Als er sprach, lag eine ruhige Selbstsicherheit in seiner Stimme. »Ich möchte mich für meinen Freund entschuldigen.«

Er nickte in Richtung Wei Bao, der in ein Gespräch mit Madam Macaw vertieft war. »Er ist ein netter Typ. Aber manchmal ... schlägt er ein bisschen über die Stränge!«

Ich warf einen Blick zu Macaw. Und brach in Gelächter aus. »Da sagst du was!«

Wir lächelten uns an, etwas verlegen und zurückhaltend. Offenbar hatten wir etwas gemeinsam, denn wir wussten beide, was es hieß, Freunde zu haben, die unberechenbar waren, und während ebendiese Freunde ausgelassen miteinander plauderten, blieben wir sanft und ruhig. Ich fand, dass dieser Typ, dieser Mann, sehr gut aussah. Er trug keine Brille, doch ich konnte den schwachen Abdruck erkennen, den seine Sehhilfe auf dem Gesicht hinterlassen hatte. Er hatte dicke, schöne Haare, eine perfekt geformte Nase und volle, ausgeprägte Wangen.

»Wie alt bist du?«, stieß ich hervor.

»Ich?«, fragte er, offenbar überrascht von der Frage. »Ich bin vierundzwanzig.«

»Du siehst nicht aus wie vierundzwanzig. Du siehst jünger aus!«

Ich flirtete nicht; es war einfach eine Beobachtung.

»Aber ich fühle mich wie vierundzwanzig«, erwiderte er. »Wie auch immer man sich mit vierundzwanzig eben fühlt.«

Ich nickte.

Einen Moment lang herrschte Schweigen zwischen uns. Ich verspürte einen verbotenen Kitzel. Ich saß in einer edlen

Bar, trank Cocktails mit einem Vierundzwanzigjährigen, und er schien sich für mich zu interessieren.

»Hast du eine Freundin?«, fragte ich.

Wieder eine Frage, die mir einfach so herausrutschte.

»Nein, im Moment nicht. Eine Weile war ich verlobt. Drei Jahre, genauer gesagt. Aber es hat nicht funktioniert. Und was ist mit dir?«

Ich schüttelte den Kopf. Irgendwie fühlte ich mich in einer ähnlichen Situation wie er. Ich war zwar mit Gen nicht verlobt gewesen, aber ich hatte gedacht, wir hätten etwas Ähnliches gehabt.

»Ich war eine Weile mit jemandem zusammen«, sagte ich.

»Und jetzt?«

»Es hat nicht funktioniert.«

Er nickte wieder, während Macaw und Wei Bao neben uns in Gelächter ausbrachen. Ich musste die ganze Zeit denken, wie gut Li Jie aussah. Trotz seiner Ruhe strahlte er auch Stärke aus.

Wir tranken unsere Cocktails. Die Jungs standen auf, um noch eine Runde zu holen.

Madam Macaw kniff mich in den Arm.

»Diese Bar ist so lächerlich teuer. Sie haben uns auf ihr Zimmer eingeladen, damit wir dort noch was trinken.«

»Sollen wir?«, hauchte ich. »Ich meine, wir kennen sie doch kaum.«

»Ich finde, sie sind okay«, sagte Macaw.

Ich trank meinen Cocktail aus. Und ich dachte: Warum eigentlich nicht?

Wir stiegen zusammen in den Fahrstuhl. Mir war etwas schwindelig – ich brauchte nicht viel, um betrunken zu werden. Wir betraten ihre Hotelsuite. Drinnen stand eine Jukebox, die mich an einen amerikanischen Film erinnerte, den ich zusammen mit Gen gesehen hatte.

Wei Bao schaltete sie ein, und es ertönte ein Song aus den Sechzigern: »Blue Velvet« von Bobby Vinton.

Wei Bao stand auf und begann die Hüften zu schwingen, sang den Text in gebrochenem Englisch mit. Seine Stimme klang rau und furchtbar falsch. Wir lachten und lachten.

Macaw legte eine Hand auf meine. »Hast du Spaß, Schatziputzi?«

»Ja«, sagte ich überschwänglich. »Den hab ich mit dir immer.«

Da lächelte sie. Ich sah nur noch unscharf, fühlte mich aber gut. Ich erinnere mich noch, dass ich sah, wie sie Wei Bao an der Hand nahm und mit ihm in eines der Schlafzimmer ging, und ich wollte ihr noch etwas zurufen, denn sie war meine Freundin, und ich hatte ihr noch so viel zu sagen. Aber ich konnte meine Gefühle nicht in Worten ausdrücken.

Dann beugte sich Li Jie zu mir, und ich spürte seine Lippen auf meinen, und ich weiß noch, dass ich dachte, wie heiß er war. Kurz blitzte die Erinnerung an Gen in mir auf, und ich schob Li Jie sanft von mir weg.

Wir setzten uns auf das Sofa in der Hauptsuite. Li Jie keuchte schwer, aber sobald ich mich zurückzog, hörte er auf, obwohl ich merkte, wie sehr er mich begehrte. Ich erregte ihn. Dieser vierundzwanzigjährige Typ, der bereits eine ernsthafte Beziehung hinter sich hatte, der in der Welt herumgekommen war – ich spürte, wie sehr er mich wollte. Und alles, was mit Gen passiert war, rückte in den Hintergrund. Ich streckte die Hand aus und strich ihm über den Schritt.

Zuerst blickte er erstaunt, doch meine Berührung schien ihn anzumachen.

»Bist du sicher?«, flüsterte er.

»Ja«, hauchte ich.

Im Hintergrund konnten wir Macaw und Wei Bao stöhnen hören, es drang durch die Wände ihres Zimmers, ein Geräusch, das seltsam und anregend zugleich war. Jetzt hatte Li Jie mein Kleid hochgeschoben und machte sich an meiner Unterwäsche zu schaffen. Ich wusste, dass ich gleich keine Jungfrau mehr sein würde. Das hatte ich mir vorgenommen. Doch womit ich nicht gerechnet hatte, war sein Mund zwischen meinen Beinen. Ich zitterte.

»Bitte ...«

Es war eine Bitte, die in beide Richtungen funktionierte, als wüsste ich selbst nicht, ob er weitermachen oder aufhören sollte. Ich hatte mich noch nie mit ... mit da unten befasst. Und dass mich jemand so sah ... Das Gefühl, so offen, so exponiert zu sein, war mir peinlich. Doch er küsste mich dort unten, blickte dabei zu mir hoch, als gäbe es für ihn niemanden sonst auf der Welt.

»Kann ich?«, murmelte er.

Sein Penis war so hart, so perfekt, und mich durchfuhr ein Schauder; ich war es, die ihn dazu aufgefordert hatte, denn er fand mich schön, und ich ihn auch.

Ich nickte kurz.

Er drang in mich ein. Ich spürte ihn in mir. Ich zuckte zusammen; es war mehr ein kurzes Unbehagen als wirklicher Schmerz; ich schaute in sein Gesicht, das sich über mir bewegte, und auch er schaute mich an. Dann plötzlich war das Unbehagen vorbei, und Lust durchströmte mich in Wellen. Ich sah nur noch Schemen, konnte sein Gesicht in dem weichen Licht nicht mehr erkennen, nur seinen Umriss, und da war das Gefühl seines Körpers, so warm, so nah, das mich einhüllte. Ich stieß ein Seufzen aus. Dann sah ich wieder klar, sah, wie sein Gesicht sich vor Lust verzerrte, eine Lust, die an Schmerz grenzte. Er zog seinen Penis heraus, und ich spürte, wie er auf meinem Bauch ejakulierte.

»Oh«, stöhnte er. »Tut mir leid.«

Ich wusste nicht, wofür er sich entschuldigte. Ich spürte

die Wärme, die durch meinen ganzen Körper ging wie eine Welle, und drückte ihn instinktiv an mich. Er legte die Arme um mich, und eine Weile lagen wir nur da, zu träge, um uns zu bewegen.

»Wow!«, sagte er.

»Wow!«

Wir brachen in ersticktes Gelächter aus und lagen uns noch eine Weile in den Armen.

Kurze Zeit darauf ging ich in die Dusche, die, wie alles andere an der Suite, luxuriös war. Der Boden war schwarz gefliest, glatt, aber nicht rutschig. Auf Knopfdruck kam das Wasser in warmen, liebkosenden Strömen, und als ich mich einseifte, war mir mein Körper so präsent wie nie zuvor. Zurück im Zimmer, kleidete ich mich an, verließ die Suite und zog leise die Tür hinter mir zu. Draußen war es immer noch Nacht, doch der erste Lichtschimmer dämmerte am Horizont, tiefblau wie Saphir. Als ich endlich zu Hause war, war es bereits morgendlich hell, die Vögel zwitscherten. Ich schlich mich auf mein Zimmer und legte mich aufs Bett, vollkommen erschöpft, aber der Schlaf wollte nicht kommen, so aufgewühlt war ich.

Schließlich stand ich wieder auf, spritzte mir Wasser ins Gesicht und machte mich auf den Weg nach draußen. Es war immer noch früh am Morgen, kurz nach sieben, und die Menschen begannen ihren Tag, standen Schlange an der Bushaltestelle, ihre Stimmen vermischten sich mit den Verkehrsgeräuschen. Ich überquerte die breite Straße und ging einen Hang hinab; die Geräusche des Verkehrs und die Stimmen wurden schwächer, als ich den Friedhof betrat. Das leise, süße Singen einer Nachtigall ertönte, weich und melancholisch, und im Hintergrund das aufgeregte Gezeter von Spatzen. Während ich meinen Weg über das weiche Gras fortsetzte, waren die Reihen der Gräber in einen leichten Morgendunst gehüllt, der langsam von der Sonne durchdrungen wurde.

Ich stand vor dem Grab meiner Großmutter.

Es nahm mir wie immer den Atem. Denn selbst damals hatte ich noch Momente, in denen ich ihren Tod vergessen hatte, in denen ich gedankenverloren in der Wohnung unterwegs war und damit rechnete, das Klacken ihrer Stricknadeln zu hören oder ihre leise, starke Stimme, die sich über etwas mokierte, das im Radio gesagt worden war. Selbst wenn sie in ihrem Stuhl eingenickt gewesen war, schien mir an der Präsenz, mit der sie den Raum erfüllte, etwas Solides, Beständiges gewesen zu sein; damals, als ich sie mit meinen Kinderaugen betrachtet hatte, wäre mir nicht im Traum eingefallen, dass sie nicht für immer bei mir sein würde. Ich glaube, ein Teil von mir war immer noch ein Kind, denn ich konnte den kleinen, ordentlichen Grabstein an diesem ruhigen, traurigen Platz nicht mit der Erinnerung an ihre schiere Präsenz in Einklang bringen, mit der Wucht ihrer Persönlichkeit, ihrer streitbaren, einnehmenden Art und der weichen Gewissheit ihrer Freundlichkeit. Kurz übermannte mich meine Trauer, nahm mir den Atem, dann war meine Orientierung zurück. Ich rückte die Blumen auf dem Grab zurecht und fing an zu sprechen.

»Tut mir leid, dass ich in letzter Zeit nicht hier war, Po Po. Aber es ist so viel passiert. Ich musste viel für die Uni tun ...«

Ich wollte noch mehr sagen, doch es war schwierig. Leiser setzte ich meine Rede fort.

»Mit Gen ist es schrecklich gelaufen. Ich glaube nicht, dass wir noch einmal zusammenkommen, aber dir wäre das nur recht gewesen. Letzte Nacht war ich mit einem anderen Jungen zusammen, und ich weiß, das wäre dir nicht recht gewesen. Bitte fälle kein zu hartes Urteil über mich. Er war ... wirklich nett. Und er war ... lieb. Alles verändert sich so unglaublich schnell. Manchmal wünschte ich, ich könnte das alles aufhalten und die Dinge so belassen, wie sie mal waren,

Das würde ich mir wirklich wünschen. Und ich wünschte, du wärst hier. Sag Großvater einen Gruß von mir.«

Ich berührte den kühlen Stein ihres Grabs mit dem Finger. Tauben gurrten, und in der Ferne rauschte der Verkehr. Ich denke nicht, dass ich wirklich glaubte, meine Großmutter könne mich hören, und doch wurde mir leichter ums Herz, wenn ich mit ihr redete. Ich spürte, wie sich die Anspannung in mir – meine Traurigkeit – legte, als mir Tränen in die Augen stiegen; Tränen des Glücks über das, was gewesen war, und Tränen der Furcht vor der gewaltigen Zukunft, auf die ich blickte. Ich stand auf und machte mich auf den Heimweg über den ruhigen, feierlichen Friedhof, und ich dachte an die vergangene Nacht zurück, an Li Jie und seine Sanftheit. Gestern war ich noch Jungfrau gewesen, doch das war ich jetzt nicht mehr. Ich dachte an die Veränderungen, die das Leben mit sich bringt, unmöglich, aber auch unvermeidlich. An einem Tag war meine Großmutter noch da gewesen und am nächsten nicht mehr.

Ich legte die Hand an meinen Bauch, und mir kam der Gedanke, dass dieser Körper, mein Körper, selbst Kinder gebären und neues Leben schaffen konnte. An dem Gedanken war etwas Wundersames und Verlockendes, und einen Moment lang empfand ich eine große Wärme – und Stolz. Denn es fühlte sich an, als wäre ich gerade auf eine sehr reale Weise erwachsen geworden.

VIERTER TEIL

DREISSIG

Es war der Neujahrstag des Jahres 1989. Man schrieb das Jahr der Schlange. Und es war das erste Jahr ohne meine Großmutter. Am Abend waren die Festlichkeiten auf unserem Flur in vollem Gange, so lustig, unkonventionell und bunt wie immer – die Kinder sausten herum, berauscht von Geschenken und Süßigkeiten, die Erwachsenen plauderten angeregt oder beobachteten amüsiert das Geschehen und nippten an ihrem Wein. Meine Großmutter erwähnte niemand von uns, aber ich glaube, sie war in unseren Gedanken.

Ich erhaschte einen Blick auf meine Mutter in der Küche, die einen Topf Reis kochte. Sie war in Gedanken verloren und trug eine Miene sanfter Zerstreutheit zur Schau, die nicht so recht zu ihren traurigen, abgespannten Augen zu passen schien. Einen kurzen Moment lang sah sie aus wie ein kleines Mädchen, doch der Dampf aus dem Topf hatte ihr Haar strähnig gemacht, und ich sah deutlich die ersten grauen Stellen, die Falten rund um ihre Augen und die papierne Beschaffenheit ihrer alternden Haut. Plötzlich kam sie mir so viel älter vor und irgendwie einsam. Ich mischte mich wieder unter die Leute; es herrschte ein großes Kommen und Gehen in unserer Wohnung.

Ich entdeckte meinen Bruder und seine Freunde, die mit ihren neuen Garbage-Pail-Kids-Karten spielten; die Spielfiguren auf den farbenfrohen Karten zeigten groteske Missbildungen. Ich fand diese Karten schrecklich, aber mein Bruder und seine Freunde waren wie besessen davon.

Am Ende des Flurs erblickte ich eine Gestalt, die ich nicht kannte. Sie war etwa in meinem Alter, jedoch ganz in Schwarz und Grau gekleidet und trug dazu Stiefel mit hohen Absätzen. Ich wusste auf der Stelle, dass sie nicht in unserem Haus wohnte. Sie sah so aus, als fühlte sie sich nicht recht wohl in ihrer Haut; da war eine Anspannung an ihr, als hätte sie noch einen Termin. Irgendwie wirkte sie trotz ihrer Jugend wie eine Geschäftsfrau, und ich war neugierig, wie sie ausgerechnet in unserem alten und abgewohnten Häuserblock gelandet war. Ich ging auf sie zu. Sie hatte dunkle Augen und eine hübsche kleine Nase, die sie immer wieder leicht kräuselte, was ihr das Aussehen eines Rehs gab, das Gefahr in der Luft wittert. Dann wurde mir klar, dass ich sie kannte. Sie schaute auf und erblickte mich.

Ich ging auf sie zu. »Al Lam?«, fragte ich zögernd. »Bist das wirklich du?«

Offenkundig erleichtert deutete sie ein Lächeln an. »Lai! Ich wusste nicht, ob du noch da bist! Es ist so lange her.«

Ich schaute sie verblüfft an. Eine Gruppe Kinder rannte kreischend an uns vorbei.

»Es ist so laut hier, möchtest du, dass wir irgendwohin gehen, wo es ruhiger ist?«, fragte ich.

Sie nickte.

Wir gingen zu einer Bar in der Nähe und drängten uns durch die Gästeschar. Erwartungsgemäß war alles voll, und es gab keine Sitzplätze, deshalb holten wir uns etwas zu trinken und gingen nach draußen. Statt der warmen, schwülen Atmosphäre in der Bar wehte hier ein frisches Lüftchen, über uns wölbte sich die triste Düsternis der Nacht. Al Lam erschauderte, stellte ihr Weinglas ab und öffnete ein elegantes Zigarettenetui. Sie nahm eine Zigarette heraus, zündete sie an und stieß genüsslich den Rauch aus. Sie wirkte so zart und vornehm. Ich war beeindruckt.

»Ich kann es nicht glauben, dass du das bist. Die Jahre sind wirklich im Fluge vergangen. Wie lange ist das her?«

»Ich bin mir nicht sicher. Mir kommt es wie eine Ewigkeit vor.«

»Mir auch«, sagte ich.

Sie griff nach ihrem Weinglas und nippte vorsichtig daran. »Seltsam, wie die Zeit vergeht.«

Ich runzelte die Stirn, dachte nach. »Das letzte Mal, als wir uns gesehen haben … ich erinnere mich, damals wurdest du weggeschickt. Nach Hongkong. Du warst nicht sehr glücklich darüber. Keiner von uns. Aber wie war es denn?«

Sie lächelte. »Zuerst fand ich es furchtbar. Ich wollte nie wieder mit meiner Mutter oder meinem Vater reden. Doch mein Ärger dauerte nur eine Woche an. Wenn du ein Kind bist, stellt deine vertraute Umgebung deine ganze Welt dar, und du klammerst dich mit allen Kräften daran – da tut es weh, wenn man alldem entrissen wird. Doch zugleich ändern sich die Dinge so schnell. Die Schule, auf die ich ging, war gut. Es gab Chinesen, aber auch englische und französische Kinder, und die Atmosphäre war liberal und offen. Wir haben Theaterstücke aufgeführt, auf unseren Walkmans Musik gehört und manchmal haben wir uns Zeichentrickfilme angesehen. Besonders *Transformers*!«

Sie kicherte, als wäre das der Gipfel des Verruchten, und auf einmal erkannte ich sie wieder – wie sie als Kind gewesen war, ernst und liebevoll zugleich. Mir wurde warm ums Herz.

Leise und mit einem Hauch Bedauern sagte ich: »Wir hatten geplant, nach Hongkong zu fahren und dich zu retten. Wir haben sogar einen Eid abgelegt, erinnerst du dich? Aber wir haben es nicht einmal geschafft, in Kontakt zu bleiben!«

Jetzt lachte sie, offen und spontan. »Wir waren Kinder! Kinder sagen solche Sachen.«

Das Lachen erstarb. Sie wurde nachdenklich. »Und dann ... in jenem letzten Sommer. Das war doch seltsam, findest du nicht? Nicht nur, dass ich abreiste. Irgendwie fand damals alles ein Ende. Erinnerst du dich noch an die Ausgangssperre? Wegen Brzezinski und seiner Entourage? Und wie wir uns der Sperre widersetzt haben und von der Polizei gejagt wurden?«

Mich überlief ein Schauder. »Ja.«

Dann hellte sich ihre Miene wieder auf. »Ich reiße ja das Gespräch komplett an mich, Lai. Was ist mit dir? Was machst du dieser Tage?«

»Nun«, sagte ich gleichmütig, »ich studiere Literatur an der Universität von Peking.«

Sie nickte, als hätte sie das schon längst vermutet. »Du warst immer so schlau und voller Fantasie.«

»Ich weiß nicht. Aber ich finde das Studium auf jeden Fall interessant«, erwiderte ich zögernd. Ich war an Komplimente nicht gewöhnt. Und obwohl ich tatsächlich Bücher liebte, hatte ich mich nie für besonders fantasievoll gehalten.

»Und was ist mit dir?«, fragte ich.

»Nun, wie ich schon sagte, die Schule, auf die ich ging, war liberal. Jede Menge Musik und Theater. Eine Weile wollte ich Musikerin werden und lernte Querflöte. Doch dann merkte ich, dass mir das Talent dazu fehlte.«

Das sagte sie ganz beiläufig und ohne enttäuschten Unterton.

»Auch wenn ich eher ein pragmatischer Mensch bin, hänge ich sehr an der Musik. Das ist einer der Gründe, warum ich wieder hier in Peking bin. Ich studiere Eventmanagement und Musikkultur an der Nationalen Akademie für Darstellende Künste.«

»Wow!«, sagte ich, aufrichtig beeindruckt. »Das klingt sehr cool.«

Sie lächelte. »Und was ist aus den anderen geworden? Hast du mit denen noch Kontakt?«

Ich nahm einen großen Schluck Wein. Dort in der kalten Luft war mir einen Augenblick lang schwindelig.

»Nicht wirklich. Nach jenem Sommer warst nicht nur du von der Bildfläche verschwunden. Wir haben uns alle aus den Augen verloren. Wurden Teenager. Gingen auf verschiedene Schulen. Bis auf Gen. Wir sind auf der gleichen höheren Schule gelandet. Standen uns nahe. Er ist jetzt auch an der Uni. Ich sehe ihn immer noch von Zeit zu Zeit.«

Ich wandte den Blick ab.

»Gen«, sagte sie nachdenklich. »Ich erinnere mich an ihn ... aber nicht so klar wie an die anderen. Mir kam er immer distanziert vor und ... ein bisschen unfreundlich.«

Sie musste eine Veränderung in meinem Gesicht gesehen haben, denn auf einmal hob sie beschwichtigend die Hände. »Hey, ich bin mir sicher, so ist er eigentlich gar nicht. Wie ich sagte, kann ich mich nicht so gut an ihn erinnern.«

Ich lächelte matt. Auch wenn meine Beziehung zu Gen schmerzvoll war, zuckte ich immer noch zusammen, wenn ich hörte, wie ihn jemand kritisierte, als bezöge sich die Kritik auf mich selbst.

Ganz behutsam und diplomatisch wechselte Al Lam das Thema.

Wir blieben noch eine Weile draußen stehen, nippten in der Kälte an unserem Wein. Wir lachten über die Zeiten, die wir zusammen verbracht hatten, über die Klingelstreiche und andere Scherze, die wir uns ausgedacht hatten. Eine ganze Kindheit fand auf einmal Platz in wenigen Sätzen, denn die Erinnerungen wurden spärlicher, so verschwommen wie die Umrisse der Wolken über unseren Köpfen. Bald waren unsere

Weingläser leer. Wir standen voreinander, lächelten uns verlegen an, denn wir waren an einen Punkt gekommen, an dem es nichts mehr zu sagen gab. Irgendwann trat Al Lam den Rückzug an. Wir gaben uns mit aufrichtiger Zuneigung die Hand, tauschten Nummern aus und versprachen, uns in allernächster Zeit zu melden – wobei wir beide, denke ich, wussten, dass es kein Treffen mehr geben würde. Ihre Wange fühlte sich kindlich schmal an, als wir uns in der Kälte der Nacht umarmten, und auf einmal wurde mir klar, wie sehr ich sie vermisst hatte, ohne mir dessen bewusst zu sein. Ich sah ihr hinterher, wie sie wegging, eine kleine, elegante Gestalt, die sich langsam entfernte und mit der Finsternis verschmolz.

Es folgten poetische Tage. Jeder in Peking nannte diese Zeit »Tage des Winternebels«. Doch diese etwas blumige Umschreibung hatte einen prosaischen und deprimierenden Hintergrund, denn in Wirklichkeit handelte es sich bei dem »Nebel« um eine Dunstglocke, die tagelang über der Stadt hing. Dieser Nebel war keineswegs auf die Feuchtigkeit zurückzuführen, die vom Ozean im Osten aufstieg und zu uns herüberzog, sondern vielmehr das Ergebnis der vielen Autoabgase Pekings, die wie eine giftige Wolke über der Stadt hingen, und der Luft aus den Wärmekraftwerken, die den Abzug des Rauchs verhinderte, wodurch es sich anfühlte, als wäre man in einer dicken Erbsensuppe unterwegs. Manchmal war es sogar schön. Die Nachmittagssonne stand wie eine verschwommene goldene Scheibe am Himmel, ein von Nebel umhüllter heller Fleck, während weiter unten die Gebäude wie aus dem Nichts auftauchten, riesige, elegant geformte Schatten, die sich inmitten des bleichen Nebels abzeichneten. Eine solche Schönheit war jedoch trügerisch; wenn man zu lange im Freien war und den Nebel einatmete, hatte man bis zum späten Abend einen rauen Hals, und es lief einem die Nase. Deshalb trugen viele auf der Straße eine Gesichtsmaske oder zogen einfach das Shirt oder den Pullover über Mund und Nase, was zu der apokalyptischen Stimmung ein Übriges tat – eine Landschaft, in der nur Schatten unterwegs waren, ein Volk ohne Gesichter.

Als ich den Campus erreichte und die Mensa betrat, wo ich mit Madam Macaw verabredet war, verströmte der Ort erwartungsvolle Energie. Teller klapperten, Studenten lachten und schrien, Menschen saßen dicht gedrängt an den Tischen – warme Körper im Kontrast zu dem kalten Nebel, der außen an den Fenstern klebte. Es fühlte sich ein bisschen so an wie früher in der Schule, wenn ein großer Sturm aufzog und man in der Mittagspause nicht nach draußen durfte, sondern gemeinsam einen Film anschaute, während der Regen auf das Dach und an die Fenster prasselte – eine willkommene Unterbrechung des Tagesablaufes, die einem das Gefühl gab, es stünden große Ereignisse vor der Tür. Genau das empfand ich an jenem Tag in der Mensa.

Noch bevor ich sie erblickte, spürte ich ihren Blick auf mir. Ich drehte mich um. Macaw hatte ihr Haar zurückgestrichen, es war kurz geschnitten. Sie trug wieder die schwarze Hose und ein weißes Hemd. In den Händen hatte sie mehrere Einkaufstüten, und ich wusste bereits, dass sich darin die Zutaten befanden, mit denen sie ihre Verwandlung in einen Mann bewerkstelligte. Sie enthielten das Make-up, mit dem sie ihrem Gesicht klarere Konturen verlieh und die Kinnpartie härter machte; das Gel, mit dem sie ihr Haar zu einem kurzen, maskulinen Schnitt zurückstrich; den braunen Stift, der ihre Augenbrauen betonte und sie voller und weniger weiblich machte. Doch diese Tricks hätten bei Weitem nicht ausgereicht, wären da nicht ihre veränderte Haltung, ihr Gesichtsausdruck gewesen. Es bestand kein Zweifel daran, dass sie es war – ich konnte sehen, dass sie nach mir Ausschau hielt –, aber sie tat es in der Rolle eines gepflegten jungen Mannes mit kindlichem Gesicht. Sie so zu sehen, hatte eine verstörende Wirkung, so wie wenn man eines dieser Vexierbilder anschaut, die man auf zwei verschiedene Weisen betrachten kann – mal sieht man eine Ente, mal ein Kaninchen.

Natürlich blieb einem bei genauerem Hinschauen nicht verborgen, aus welchen Komponenten Madam Macaw ihre Illusion aufbaute; wenn man über ihr wahres Ich im Bilde war, erkannte man die Mechanik hinter der Täuschung. Doch als sie einen Typen am Nachbartisch bat, ihr den Zucker zu reichen, bedachte er sie kaum mit einem zweiten Blick, sagte nur: »Da hast du ihn, mein Freund!«, und Macaw antwortete mit tieferer, etwas heiserer Stimme: »Danke, Mann!« Sie wandte sich wieder mir zu und schenkte mir ein ausgesprochen männliches Zwinkern – wissend, selbstbewusst, anzüglich.

Ich schaute sie erstaunt an, beugte mich zu ihr und flüsterte ein einziges Wort: »Warum?«

Ich verstand tatsächlich nicht, warum sie an jenem Tag beschlossen hatte, sich zu verkleiden. Soweit ich wusste, standen für Madam Macaws Murrende Marodeure heute keine Auftritte an. Überhaupt wunderte es mich, wie sie sich so verhalten konnte, in einer Alltagssituation, die nichts mit Theater zu tun hatte. Was, wenn es jemand merkte? Wäre ihr das nicht peinlich?

Sie schaute mich an, und ihre Augen wurden weicher, auf einmal verletzlich.

»Ich habe einen Vorstellungstermin. Es hat mit einer Aufführung zu tun. Ich bin ein bisschen nervös. Ich hatte gehofft, du könntest mitkommen.«

Ihre Bitte ehrte und rührte mich gleichermaßen. Diese Frau war so selbstbewusst und charismatisch, und doch gab es da auch noch eine andere Seite an ihr, zweifelnd, zögernd, und ich betrachtete ihre Bitte als ein Zeichen dafür, dass wir uns nahestanden. Ich berührte ihre Hand. »Natürlich.«

Wieder »verwandelte« sie sich in den jungen Mann, ihre Stimme wurde ruppig, ihre Bewegungen gröber, bewusster. Wir verließen die Cafeteria, gingen zu einem der Hauptgebäude der Uni und fuhren mit dem Fahrstuhl in ein höheres Stockwerk. Wir stiegen aus und gingen zu einer Tür, an der ein Schild mit der Aufschrift »Vizerektor« hing.

Ich schaute Macaw an, kurz bevor sie klopfte.

»Warum«, flüsterte ich, »sollte ein Vizerektor sich für eine Theateraufführung interessieren? Warum will er ausgerechnet dich in dieser Angelegenheit sprechen?«

Macaw schaute mich ernst an. »Vizerektoren sind seltsame Wesen. Man weiß nie, was sie denken oder fühlen!«

Ich wollte noch etwas sagen, doch sie drückte bereits die Tür auf, und ich folgte ihr hinein. Hinter einem Schreibtisch saß ein kahlköpfiger, älterer Mann, der uns bedeutete, Platz zu nehmen.

Wir setzten uns.

Er schaute uns an. Ich weiß noch, mit welcher Ehrfurcht mich der Computer erfüllte, der vor ihm auf dem Schreibtisch stand, denn damals hatten nur wenige Leute ein solches Gerät.

»Sie haben den Termin um siebzehn Uhr fünfzehn.«

Macaw schaute ihm direkt ins Gesicht. »Korrekt. Ihre Information ist korrekt.«

Ich schaute sie erstaunt an. Verwirrt.

Sie ließ ihn nicht aus den Augen. »Mein Name ist Yu Yulong. Und das hier ...« Sie wies auf mich. » ... ist meine Verlobte. Wir wollen im April heiraten.«

Mir blieb der Mund offen stehen. Ich war sprachlos.

»Meine Glückwünsche, Mr Yu, aber das erklärt nicht, warum Sie um diesen Termin gebeten haben.«

Macaws Gesichtsausdruck war unergründlich. Mit der gleichen rauen Männerstimme sagte sie: »Im letzten Jahr habe ich die Seminare und Vorlesungen von Professor Yu Zhanwei besucht. Er war sehr inspirierend für mich. Unglücklicherweise begann er dann, mich zu bitten, nach der Vorlesung noch dazubleiben. Und ich bin zu dem Schluss gekommen, dass das, was dann passiert ist, vollkommen unpassend war.«

»Was wollen Sie damit sagen?«

»Er hat ein sexuelles Verhalten an den Tag gelegt, zu dem er kein Recht hatte.«

»Soll das heißen, er hat Sie berührt?«

Macaw schaute den Vizerektor an, blickte dann zu ihren Füßen. Als sie sprach, klang es rau, voller Emotion. »Nein, nicht ganz.«

Die Stimme des Vizerektors war weich, doch es lag auch ein Hauch von Ungeduld darin. »Was soll das heißen?«

»Das soll heißen, er hat mich Ballons aufblasen lassen!«

»Luftballons?«

»Ja, genau.«

»Was ... ich meine, es tut mir leid, aber das ergibt für mich keinen Sinn.«

Macaw schaute den Vizerektor an. Sie blickte ihm direkt ins Gesicht. »Für Männer wie Sie und mich macht das in der Tat überhaupt keinen Sinn. Damals kam es mir auch lächerlich vor. Doch nachdem alle anderen gegangen waren, zwang er mich dazu, Luftballons aufzublasen und sie dann platzen zu lassen.«

»Aber das ist absurd!«

»Da bin ich ganz Ihrer Meinung. Aber genau das tut er schon eine ganze Weile. Ich habe eine Liste mit Namen von Studenten, die er auf die gleiche Art und Weise missbraucht hat ...«

»Mit dem Aufblasen von Luftballons?«

»Genau. Das ist ein Fetisch. Ich habe darüber mit Fachleuten gesprochen. Der Fachausdruck für diese Art von Verhalten lautet *loonerism*, und der Mensch, der diesen Luftballonfetischismus betreibt, ist ein *looner*. Manchmal wenn er mich einen Ballon aufblasen ließ, sah ich, wie er ...«

Macaws Stimme erstarb fast, nahm einen bangen Ton an, als könnte sie nicht weitersprechen.

»Was haben Sie ihn tun sehen?«, fragte der Vizerektor atemlos.

»Ich sah, wie er ... wie er an sich herumgefummelt hat. Da unten. Und wenn der Ballon dann platzte – ich meine, Sie als Mann von Welt können sich sicher vorstellen, was dann passierte.«

Der Vizerektor zeigte einen Ausdruck blanken Entsetzens, und ich merkte, dass er sich in meinem Gesicht spiegelte.

Macaw betrachtete den älteren Mann mit ernster Miene. »Ich selbst konnte mich Yu Zhanweis Verderbtheit entziehen. Aber es gibt eine ganze Reihe von Studenten, die das vielleicht nicht können. Sie müssen jetzt in Aktion treten und handeln. Denn dieser Typ ist ein verzweifelter, kranker Ballon-Perversling!«

Macaw sprang von ihrem Stuhl auf und verließ mit großen Schritten den Raum. Ein paar Momente lang saß ich dem Vizerektor gegenüber, einem der mächtigsten Männer an unserer Universität.

Ich blinzelte ihn ein paarmal an. Und stammelte dann: »Es tut mir so leid ...«

Ich versuchte, in Worte zu fassen, was genau mir leidtat, doch es gelang mir nicht. »Es tut mir einfach schrecklich, schrecklich leid!«

Ich stürzte aus seinem Büro.

Ich schaffte es gerade noch, zu Macaw in den Fahrstuhl zu schlüpfen, bevor sich die Türen schlossen.

Sie stand da und schaute mich an, ihre Lippen zuckten, als würde sie gleich lächeln.

»Wieder er, Anna? Derselbe Dozent? Ich gehe davon aus, dass dieser Yu Zhanwei dich wirklich verletzt hat, aber ist es das wert, deinen Platz an der Uni dafür aufs Spiel zu setzen? Und meinen auch?«

Sie wurde schlagartig ernst, ihr Gesicht wurde schmal, und da war wieder diese katzenhafte Schärfe, kalt und grausam. »Lass dir eins gesagt sein: Er hat mich nie wirklich verletzt. Diese Macht hatte er nicht.«

Ich wollte noch mehr dazu sagen, doch etwas an ihrem Ton hielt mich davon ab. Genervt war ich trotzdem. Schmollend stand ich da, während der Fahrstuhl nach unten fuhr.

Schließlich war sie es, die das Schweigen brach. »Hey, es wird schon nichts Schlimmes passieren. Du hast deinen Namen nicht angegeben, ich habe ihm einen falschen genannt. Und der Schmierlappen wird nicht mal seinen Job verlieren!«

»Aber warum hast du das dann überhaupt getan?«, fragte ich und hob die Hände in einem Anflug von Hilflosigkeit.

Sie lächelte spitzbübisch. »Natürlich, damit die Murrenden Marodeure mal wieder aktiv werden!«

Ich blinzelte sie fragend an.

»Kannst du dir das vorstellen? Der gute Professor wird nicht entlassen, weil ich einen Fantasienamen benutzt habe, also wird auch unterm Strich nichts aus den Vorwürfen werden. Aber der Vizerektor wird trotzdem mit ihm reden müssen. Wird ihn trotzdem nach dem Studenten fragen, der ich behauptet habe zu sein. Das bedeutet, dass er auch die Vorwürfe benennen muss, die ich vorgebracht habe. Und ich würde gern Mäuschen spielen, wenn das geschieht. Diesem Dreckskerl Yu Zhanwei wird das oberpeinlich sein. Wenn sein Chef ihn fragt, ob er auf das Gefühl von Gummi und auf platzende Ballons steht – kannst du dir vorstellen, was er für ein Gesicht macht?«

Ich versuchte, ernst zu bleiben, aber tatsächlich war das Ganze ziemlich witzig.

Macaw fragte mit leiserer Stimme: »Bleibt es bei Freitag?«

»Klar«, sagte ich.

Mittlerweile hatten wir das Gebäude verlassen.

Sie schenkte mir ein strahlendes Lächeln und drehte ab. Ich sah ihr hinterher, und ohne es zu wollen, musste ich lächeln. Ich kannte diesen Professor Yu Zhanwei nicht, aber er klang nach einem Wichtigtuer, und auch wenn sie das Gegenteil behauptete, ging ich davon aus, dass er meine Freundin nicht gut behandelt hatte. Als sie sich entfernte, sah ich, dass etwas aus ihrer Tasche fiel. Ich lief hinter ihr her und bückte mich, um es aufzuheben. Eine Brieftasche. Als ich mich wieder aufrichtete, war sie bereits in der dichten Nebelbank verschwunden.

Ich steckte in der Zwickmühle. Heutzutage wäre das natürlich kein Problem gewesen. Man würde einfach eine Nachricht schicken und die Person bitten, ihre Geldbörse abzuholen. Damals kannte ich nicht einen einzigen Menschen, der ein Handy hatte, und auch wenn es diese kleinen Telefone bereits gab, konnte man darauf noch keine Textnachrichten verschicken. Und was Macaw und mich anging – ich glaube nicht, dass ich überhaupt eine Festnetznummer von ihr hatte. Wir verabredeten uns immer fürs nächste Treffen, wenn wir uns sahen, so lief das in unserer Freundschaft. Erst später fiel mir auf, dass sie immer ein großes Geheimnis um ihr Privatleben gemacht hatte, doch damals schien mir nichts daran ungewöhnlich.

Ich kehrte in das Hauptgebäude zurück. Ich öffnete die Brieftasche. Ohne es eigentlich zu wollen, war ich neugierig. Darin waren etwas Bargeld, ein paar Visitenkarten mit der Aufschrift »Madam Macaws Murrende Marodeure« sowie einen Zeitungsausschnitt mit einem Zitat, das wie folgt lautete:

Eine Frau zog ihr langes, schwarzes Haar glatt / und geigte Flüstermusik auf diesen Strähnen, / und Fledermäuse mit Kindergesichtern pfiffen im violetten Licht / und schlugen die Flügel.

Und zu guter Letzt fand ich einen Studentenausweis. Vorne war ihr Name aufgedruckt (Tang Anna) und ihr Studienfach (Bildende und Darstellende Künste) und dahinter, in kleineren Buchstaben, ihre Adresse: No. 4 Jiamenwai Avenue, Binhe Unterdistrikt, Pinggu-Distrikt 700 003. Ich schaute auf die Uhr. Der Pinggu-Distrikt lag in einiger Entfernung im Süden Pekings, aber es war immer noch früher Nachmittag. Ich empfand es als meine Pflicht, Macaw ihre Geldbörse zurückzubringen, doch in Wirklichkeit war meine Absicht nicht nur selbstlos. Diese Frau faszinierte mich, und ich wollte sehen, wo sie lebte.

EINUNDDREISSIG

Ich nahm einen Bus, der durch den Dunst tuckerte und immer wieder scharf bremste, wenn die verschwommenen Rücklichter der Autos wie Tieraugen im Nebel auftauchten. Ab und zu gab es ein wildes Gehupe, bevor das Fahrzeug wieder an Tempo aufnahm, und irgendwann wichen die hoch aufragenden Gebäude der Innenstadt etwas bescheideneren Häusern. Die spätnachmittägliche Sonne warf ein sonderbar fahles Licht auf die wabernden Schlieren des Dunstes. Ich stieg aus und fragte ein paar Budenbesitzer nach der Straße, bis ich sie fand. Es war weniger eine Straße als eine kiesbestreute Gasse, schmal und uneben, mit kleinen Behausungen rechts und links. Bei den Gebäuden handelte es sich um einstöckige Hütten mit dünnen, unverputzten Betonwänden. Einige hatten Gitter an den Fenstern. Die Dächer waren mit Wellblechstreifen gedeckt, und überall auf dem schmalen Gehweg lehnten alte Mopeds und Fahrräder wie Betrunkene an den Regenrinnen.

Zuerst dachte ich, ich hätte mich vertan. Macaw konnte unmöglich in einer solchen Gegend wohnen. Es war nicht nur die trostlose Schäbigkeit der Gegend, sondern auch die Tristheit der Gebäude, der schlammverschmierte Kies, die schmuddeligen Wände und das müde Grau der Dächer. Es fiel schwer, sich in dieser Umgebung Anna vorzustellen, deren Persönlichkeit so anregend bunt war. Am liebsten hätte ich mich umgedreht und den nächstbesten Bus zurück genommen, denn auf einmal hatte ich das Gefühl, etwas zu sehen, das ich nicht sehen sollte. Doch irgendwas hielt mich davon ab, umzukehren, und so kam es, dass ich trotzdem die Hand hob und an die harte Holztür klopfte.

Sie machte auf. Selbst ohne Make-up sah sie wunderschön aus, nur müde, die Haut ein wenig matter, das Haar beiläufig zurückgesteckt, und sie trug einen zerschlissenen Kimono mit dem ausgeblichenen Bild eines Drachen darauf.

Sie schaute mich unterkühlt an. »Was machst du hier?«

»Ich ... ich ... Das hier hast du fallen lassen. Und ich dachte, es könnte dir wichtig sein.«

Ich reichte ihr die Geldbörse.

Sie nahm sie wortlos entgegen.

»Ich mag deinen Kimono. Sehr schick!«

Ein amüsiertes Lächeln huschte über ihr Gesicht.

»Schätze, jetzt muss ich dich hereinbitten«, sagte sie, und zum ersten Mal lag eine gewisse Dumpfheit in den lichtdurchfluteten Tiefen ihrer Augen.

Ich folgte ihr hinein.

Es gab nicht viel Platz in ihrem Zuhause. Ein kleiner Flur. Eine winzige Küche, an die sich hinten ein Wohnraum anschloss. Es war unaufgeräumt, aber nicht schmutzig, und die Küchengeräte sahen altmodisch, aber gut instand gehalten aus, auch wenn im schwindenden Nachmittagslicht eine Staubschicht darauf zu sehen war. Es roch nach Rauch.

»Und, wie findest du es?«, fragte Macaw und schaute mich mit kalter Amüsiertheit an.

»Es ist ... sehr nett. Malerisch.«

Diese Plattitüden bereute ich sofort.

»Ja, klar, es ist das perfekte Traumhaus«, sagte sie sarkastisch.

»Du weißt ja, Anna, dass ich auch aus keiner reichen Familie stamme.«

Sie nickte, kaum wahrnehmbar. »Ich sollte dir meinen Vater vorstellen. Es ist sein Haus. Dann gehört es sich wohl so.«

Im Wohnzimmer stand ein mottenzerfressener großer Stuhl, in dem ein winziger Mann saß, so klein, dass ich ihn zuerst gar nicht bemerkt hatte. Er schaute fern, auf einem Minigerät in Schwarz-Weiß mit unscharfem Bild, das knarzte und knisterte. Um den Stuhl verteilt war eine ganze Sammlung leerer Bierdosen. Auf einer der Armlehnen stand wackelig ein Aschenbecher, darauf ein Zigarrenstummel, der sich von einer Ascheschicht abhob. Als ich mich näherte, konnte ich sein Gesicht erkennen. Er hatte große Augen und dünnes, grau meliertes Haar, das ihm strähnig über die Ohren hing. Ein wenig ähnelte ihm Macaw – die gleiche gerade, wohlgeformte Nase, das feine Kinn –, doch sein Gesichtsausdruck war weicher, und er schien nicht recht zu verstehen, was vorging. Er blinzelte und lächelte spontan, so wie ein Baby es getan hätte.

»Vater, das ist meine Freundin Lai. Lai, das ist mein Vater, Tang Daiwei.«

Hinter ihm befand sich ein großes Fenster. Der Nebel schien sich etwas gelichtet zu haben. Auf der kleinen Veranda draußen stand ein Grill, der so aussah, als wäre er schon lange nicht mehr benutzt worden.

Er streckte die Hände aus und umfing meine Hand.

»Es freut mich sehr, dich kennenzulernen. Viel sehe ich nicht von Annas Freunden.«

Ich lächelte Annas Vater zu. »Es ist mir eine Ehre, Sie kennenzulernen, Herr!«

Seine Hand fühlte sich wie ein Vögelchen an.

»Ich würde ja gerne einen Tee machen und dir ein paar Kekse anbieten, aber unglücklicherweise habe ich Migräne.«

»Das ist schon in Ordnung, Herr. Ich verstehe das vollkommen.«

Wir zogen uns in Annas Zimmer zurück.

Hier sah es wieder anders aus. Während der kleine Raum draußen noch etwas Licht hereingelassen hatte, war es in ihrem Zimmer schattig, die Wände waren mit dunklen Seidenbahnen verhängt. Sie betätigte einen Schalter, und zahlreiche blaue und smaragdgrüne Lichter durchbrachen die Dunkelheit, woben sich in blinkenden, glitzernden Strahlen durch die dunklen Seidenbahnen. An den Stoff waren Fotos geheftet, und ich konnte nicht verbergen, wie fasziniert ich war. Da gab es Bilder von Macaw als Kind, inmitten eines Pulks von Mädchen, die sich alle lächelnd in einer Fotobox drängten. Doch die meisten Fotos zeigten Macaw als Heranwachsende, in einen überdimensionalen, zerschlissenen schwarzen Umhang gehüllt, auf dem goldene Monde und Sterne prangten. Fast immer stand sie auf einer notdürftig gezimmerten Bühne oder einem kleinen Podium; ihr Kopf überragte das Publikum nur um wenige Zentimeter. Manchmal stand sie auch vor einem Tisch, bei anderen Gelegenheiten schwang sie einen federbesetzten Zauberstab, und auf allen Abbildungen lächelte sie ungekünstelt und ohne Mühe in die Kamera.

Ich schaute sie an. »Ich wusste gar nicht, dass du zauberst.«

Sie lächelte betrübt. »Das ist lange her.«

»Zeig mir einen Trick.«

Sie sah mich mit ihrem Pokerface an.

»Ach komm schon, ich bin mir sicher, du warst großartig«, lockte ich sie sanft.

»Na ja, wenn du so schön bittest …«

Sie griff in einen Korb unter ihrem Bett und zog eine gedrungene Flasche Pfirsichlikör hervor.

»Ich werde dir zeigen … *wie ich das hier verschwinden lasse!*«, erklärte sie und verbeugte sich schwungvoll.

Sie machte die Flasche auf, nahm einen Schluck und reichte sie mir. Ich war immer schon heikel gewesen, wenn es darum ging, mit anderen Leuten aus einem Behältnis zu trinken; meine Großmutter hatte mich manchmal damit aufgezogen. An jenem Tag aber, in der samtigen Düsterkeit ihres Zimmers, während vor dem Fenster die Nebelschwaden vorbeizogen, nahm ich einen Schluck, und es fühlte sich an, als wären wir wieder Jugendliche und schlössen mit dem Trinken eine Art Pakt. Wir fingen an zu kichern. Das Gesöff war süß und warm, verursachte ein warmes Brennen in meinem Bauch, doch als ich aufblickte, sah ich, dass das Lächeln von Macaws Gesicht dahinschwand. Fast wirkte sie zögerlich.

»Du hast mich nicht nach meinem Vater gefragt. Warum er so ist, wie er ist.«

»Ich wollte nicht ... ich meine, ich fand, dass es mir nicht zusteht zu fragen ...«, stammelte ich.

»Ist schon okay«, sagte sie leise. »Ein Teil von mir möchte gern über ihn reden. Wie du gesehen hast, ist er vorzeitig gealtert. Aber er war nicht immer so. Vorher ... war es anders. Dann hat sich alles verändert.«

»Was ist passiert?«

»Es ist jetzt Jahre her. Als mein Vater noch Tierarzt war. Er liebte Tiere, liebte es, sich um sie zu kümmern. Als kleines Mädchen hatte ich manchmal die Angst, er liebte die Tiere mehr als mich! Oft arbeitete er bis spät in die Nacht, weißt du. Und da ist es passiert.«

»Ist was passiert?«

Macaw spannte sich sichtlich an. Sie wies auf die Flasche. Ich reichte sie ihr. Diesmal nahm sie einen noch größeren Schluck. Hustete kurz. Suchte mühsam nach Worten.

»Manchmal mussten sie auch ... exotischere Tiere versorgen. Zootiere. Nichts, was zu gefährlich oder zu groß war, wie Tiger oder Bären. Aber kleinere Exemplare, Eidechsen, Schlangen, so was. Damals hatten sie sich um einen Komodowaran gekümmert. Hast du schon mal einen gesehen?«

Ich nickte stumm.

»Mein Vater war hin und weg. Beruflich war es für ihn ein großer Gewinn, dass man ihn bat, eine solch rare Spezies wieder gesund zu machen. Die Echse hatte etwas am Bein oder so, ich weiß es nicht mehr genau. Was ich noch weiß, ist, dass einer von den Mitarbeitern sein Gehege offen ließ ...«

Ich rückte näher an das Bett heran. Sie holte tief und angespannt Luft.

»Jedenfalls, du kannst dir vorstellen, was passiert ist. Mein Vater arbeitete wie immer bis spätabends. Er bemerkte die riesige Echse erst, als sie sich auf ihn stürzte. Komodos sind für Echsen groß und stark, und ihr Biss ist giftig. Es gelang ihm, das Tier abzuschütteln, er rannte aus seinem Büro, schloss die Tür hinter sich und sperrte den Waran ein. Doch es ging ihm schlecht. Wenn die Echse ihn richtig erwischt hätte, dann ...«

Sie erschauderte. Sie reichte mir die Flasche. Ich trank – diesmal sogar, ohne nachzudenken, so fokussiert war ich auf den Schrecken ihres Berichts.

»Der Waran hatte ihm ein Stück des Arms abgerissen. Er blutete. Er versuchte, auf einer Schotterstraße in ein nahes Krankenhaus zu kommen. Aber unglücklicherweise ... schaffte er es nicht bis dorthin!«

»Warum nicht?«, flüsterte ich.

Sie schaute mir tief in die Augen. Ihre Miene war kalt.

»Die Tierklinik lag am Stadtrand, dort, wo schon bald das Land beginnt. Da hatten sie oft Probleme mit wilden Hunden. Normalerweise griffen solche Streuner keine Menschen an. Aber es war spät am Abend. Und mein Vater war verletzt. Vielleicht rochen sie das Blut. Jedenfalls blieb ihm ein Rudel auf den Fersen.«

Ich war sprachlos.

»Sie kamen immer näher, und dann stürzten sie sich auf ihn. Mit seinem intakten Arm hob er einen Stein auf, warf ihn nach ihnen, und irgendwie schaffte er es bis zu einem Haus in der Nähe. Die Hunde wurden verjagt. Und die Besitzer riefen einen Krankenwagen.«

»Gott sei Dank«, murmelte ich. »Der arme Mann.«

Macaw schaute mich wieder an. Sie griff nach der Flasche, ihre Bewegungen waren langsam und müde. Sie nahm noch einen Schluck.

»Falsch gedacht! Ich glaube manchmal, dass das Schicksal es mit den Guten nicht gut meint.«

Ich sah sie erstaunt an. »Was meinst du damit?«

»Das ältere Paar, das in dem Haus wohnte, das waren gute Leute. Sie verjagten die Hunde mit einem Stock, und als sie meinen Vater im Wohnzimmer in Sicherheit gebracht hatten, gingen sie los, um den Krankenwagen zu rufen. Doch unglücklicherweise ...«

»Unglücklicherweise?«

»Unglücklicherweise sammelten sie Katzen.«

»Katzen?«

»Genau. Vielleicht, weil die Hunde meinen Vater besabbert hatten, witterten die Katzen im Haus sofort ihren natürlichen und ewigen Feind. Während er dalag, stürzten sich alle sieben auf ihn ... Sie bissen und kratzten ihn ...«

An diesem Punkt brach ihr die Stimme, so aufgewühlt war sie, und sie presste sich die Hand auf den Mund und wandte den Kopf ab. Sie zitterte heftig. Ich war schockiert und entsetzt und streckte die Hand nach ihr aus.

Und dann merkte ich, dass sie lachte.

»Du blöde Kuh!«, rief ich.

»Ich kann es nicht glauben, dass du mir schon wieder auf den Leim gegangen bist, Schatziputzi! Du bist wirklich die Unschuld vom Lande!«

Ich riss ihr die Flasche aus der Hand.

»Ich hatte schon so ein Gefühl, dass es nicht stimmt. Als

dann auch noch die Katzen über ihn herfielen, wusste ich, dass du mich auf den Arm nimmst!«

Sie lachte genüsslich.

Ein Lächeln stahl sich in mein Gesicht. Sie war eben so. Ein Mensch, der gemein sein konnte, aber trotzdem immer dafür gut war, dir ein Lächeln abzuringen.

Wir tranken noch weiter. Die Lämpchen glänzten und schimmerten im Halbdunkel. Sie sprach jetzt leiser, mit einer Art nachdenklicher Resignation.

»Nein, Schatziputzi. Die Wahrheit ist viel langweiliger. Mein Vater war nie Tierarzt. Und die letzten paar Jahre hat er einfach damit verplempert, vor der Glotze zu hocken, weil meine Mutter ihn verlassen hat. Vor einiger Zeit hatte er einen leichten Schlaganfall, der ihm etwas von der Beweglichkeit des linken Beines raubte. Allzu schlimm war es nicht – und man ermunterte ihn, Übungen zu machen, damit es ihm wieder besser ging. Doch er hat einfach aufgegeben. Manchmal beschließen die Leute, so etwas zu tun ... den Rest der Welt aufzugeben für ein einzelnes Zimmer mit einem Fernseher!«

Ihre Augen wurden schmal. »Besonders wenn sie jemanden kennen, der noch da ist und sich um sie kümmern kann«, fügte sie mit spürbarer Bitterkeit in der Stimme hinzu.

Ich reichte ihr noch einmal die Flasche. »Siehst du deine Mutter manchmal, Anna?«

»Nein, sie ging weg, als ich elf war. Seither habe ich sie nicht mehr gesehen.«

»Würdest du denn gerne?«

»Wahrscheinlich sollte ich das. Aber mittlerweile ist mir das alles nicht mehr so wichtig.«

Sie nahm noch einen Schluck. Und dann verzog sich ihr Gesicht zu einem Lächeln.

»Sie waren aber witzig, die beiden. Meine Mutter war mehr wie ich, mit einem Hang zum Drama. In ihrer Freizeit schrieb sie Gedichte. Und sie hat auch bei einigen Aufführungen mitgemacht. Vielleicht habe ich das von ihr. Mein Vater war selbst damals schon ein Langweiler. Wie du siehst, sind die Wände in diesem Haus sehr dünn. Nachts hörte ich die beiden manchmal streiten, nachdem ich bereits im Bett war. Na ja, es war eher so, dass sie schrie und er verzweifelt versuchte, sie zu beruhigen. Danach hörte ich manchmal, wie sie sich liebten. Das hat mich damals abgestoßen, jedes Kind hasst es, wenn es das bei seinen Eltern mitbekommt. Aber es war auch schön.«

»Wie meinst du das?«

»Na ja, sie waren beide da. Anwesend. In dem Alter bedeuten deine Eltern dir die ganze Welt. Und selbst wenn du sauer auf sie bist – wenn du abends ins Bett gehst und ihre Stimmen hörst, ob erhoben oder leise, dann fühlst du dich irgendwie in Sicherheit. Dann kommt dir das Leben so vor, wie es sein soll.«

Sie trank einen Schluck. Mittlerweile spürte ich den Alkohol.

»Aber ich mache es ihr nicht zum Vorwurf«, fuhr Anna philosophisch fort. »Weißt du, was du verstehen musst, ist dieser Mann da draußen: Manchmal hat man das Gefühl, er entzieht dem Raum allein durch seine Anwesenheit jegliche Hoffnung. Da sitzt er und starrt auf den Fernseher, und wenn man bei ihm sitzt, fühlen sich diese langen Schweigepausen an, als würde man ertrinken. Er saugt deine Energie auf. Alles davon. Er weiß, da ist immer jemand. Um zu kochen. Um zu putzen. Und er ... er akzeptiert es einfach. Er nimmt es als selbstverständlich hin. Als wäre die Welt verpflichtet, ihm jemanden zu schicken, der seine Bedürfnisse erfüllt. Das ist das Unglaublichste daran. Deshalb verstehe ich auch, warum meine Mutter mir das alles hinterlassen hat. Manchmal denke ich, ich *hasse* ihn richtig.«

Diesen letzten Satz hatte sie fast nur an sich selbst gerichtet, als würde diese Erkenntnis sie überraschen.

»Wie schaffst du das alles, wenn er nicht arbeitet?«, fragte ich leise.

Sie lächelte etwas gequält und nahm noch einen Schluck aus der Flasche. Eines der Dinge, die an ihr auffielen, war ihr starker männlicher Zug. Damit meine ich nicht das Äußere. Äußerlich war sie sehr weiblich. Aber da war etwas an ihrem Verhalten, an der Art, wie sie mit der Welt kommunizierte – ein gewisses hungriges Selbstvertrauen, fast eine Gier. Sie trank aus einer Flasche, ohne groß darüber nachzudenken, und sie konnte jede Menge trinken; selten ließ sie sich vom Alkohol überwältigen oder auch nur beeinträchtigen. Wenn ihr ein Typ gefiel, dann näherte sie sich ihm, so wie eine Katze auf der Lauer liegt. Es geschah nur selten, dass ihr eine Beute entwischte. Und sie war ehrgeizig – sie liebte es, zu spielen und zu gewinnen; die Welt war für sie etwas, dessen Lebenskraft man bis zur Neige aussaugen und genießen musste, wie ein köstliches Stück Obst. Etwas, dem sie sich aufdrängen konnte.

Vielleicht war das ja der Grund, warum es ihr so gut gelang, einen Mann darzustellen, einfach in seine Kleider zu schlüpfen und ihn zu verkörpern – weil ein maskulines Selbstbewusstsein in allem war, was sie tat, in der Art, wie sie sich durch die Welt bewegte, in der Art, wie sie war. Vielleicht war das auch der Grund, warum die Situation mit ihrem Vater für sie so unerträglich war: Es war der einzige Aspekt ihres Lebens, den sie nicht qua ihrer reinen Willenskraft ändern konnte.

»Kennst du diese Quilts, die alte Frauen herstellen? Diese Patchworkarbeiten, bei denen man viele Quadrate zu einer einzigen Decke zusammensetzt?«

Ich blinzelte. »Natürlich.«

»Nun, ein bisschen ist das so. Damit komme ich durch. Indem ich viele kleine Quadrate zusammensetze. Seit mein Vater seinen Schlaganfall hatte, bezahlt ihm die Regierung ein kleines Gehalt. Das ist eines der Quadrate. Ich mache ein paar Schichten hier im Lebensmittelladen. Noch ein Quadrat. Und dann sind da noch die Murrenden Marodeure. Manchmal treten wir in Bars auf und kriegen ein bisschen Trinkgeld. Wieder ein Quadrat. Und so weiter. So komme ich über die Runden. Ich denke, so kommen die meisten Leute über die Runden. Und ... und ich schaffe es, mein Studium fortzusetzen. Darin liegt auch ein kleiner Sieg, finde ich.«

Sie lächelte, und ein Hauch Unsicherheit war in ihren Zügen zu erkennen.

»Ganz bestimmt«, stimmte ich ihr aufrichtig zu.

Der Pfirsichschnaps stieg mir in den Kopf und hinterließ einen verschwommenen Dunst.

»Ich glaube, ich sollte besser gehen. Bevor ich hier einschlafe.«

»Ich bring dich raus. Und ... danke, dass du gekommen bist.«

Ich wartete an der Tür, während sie ein paar Dinge zusammenräumte. Ich blickte in die kleine, beengte Behausung. Sie stand vor ihrem Vater, und er blickte zu ihr auf, hörte ihr zu. Annas Gesicht lag im Halbdunkel, war kaum zu erkennen, doch ich sah, dass sie die Stirn runzelte. Der Mann in dem Stuhl wirkte winzig und verschrumpelt, während er zu ihr hochblickte.

Und dann, einfach so, fuhr sie ihm mit der Hand über die Wange, streichelte sie, eine zärtliche Geste, unglaublich kurz.

Als ich nach draußen trat, traf die strahlende Helligkeit des Nachmittags auf meinen vom Alkohol umwölkten Verstand. Der Dunst hatte sich verflüchtigt, nur einige Streifen hingen noch in der kühlen Luft. Ich spürte die Wärme der

Sonne auf meinem Gesicht; langsam wich der Winter den ersten Boten des Frühlings. Ich ging durch das Viertel, fand den Weg zurück auf die Hauptstraße. Ich dachte an Macaw und ihre Ballons und musste unwillkürlich grinsen, und dann dachte ich an Anna und ihren Vater und an meinen eigenen Vater und an eine ganze Generation von Männern, die sich in die Stille ihrer Arbeitszimmer oder Wohnräume zurückgezogen hatten. Ich dachte an den letzten Ausbruch von Studentenprotesten an der Uni, an die neue Generation – meine Generation –, und während das Sonnenlicht auf meiner Wange spielte, erblühte in mir so etwas wie Hoffnung.

ZWEIUNDDREISSIG

Seit Monaten arbeitete ich an etwas, doch es war keine Seminararbeit, und ich hatte mit niemandem darüber gesprochen, nicht einmal mit Macaw. Ich behielt es ganz und gar für mich. Zunächst war alles sehr vage, ich glaube nicht, dass ich wirklich vorhatte, es durchzuziehen.

Eines Tages war ich im Studentenbüro auf einen Prospekt für ein Austauschprogramm gestoßen, das ein Studienjahr an verschiedenen Universitäten in der ganzen Welt anbot. Nachts, wenn ich nicht schlafen konnte, blätterte ich in dem Werbeheft und blickte durch die Seiten auf Welten, die ich mir kaum vorstellen konnte. Besonders ein Programm hatte es mir angetan. Es war von der Universität Toronto in Kanada. Diese Lehranstalt war nicht ganz so anspruchsvoll wie die größeren Universitäten in den USA, Großbritannien oder Frankreich. Das Bild in dem Heft zeigte ein silbrig graues Gebäude mit alten Torwegen, hohen Gewölben, Türmchen und einem hoch aufragenden Turm aus grauem Stein am Haupteingang. Es sah aus wie eine große Kirche aus dem Mittelalter. Während Letztere mich vielleicht eingeschüchtert hätte, war dieses Gebäude mit dem üppigen Grün von saftigen Bäumen und wohlgetrimmten Büschen geschmückt. Davor lag eine weite Rasenfläche, vom klaren, sauberen Sonnenlicht wie mit Gold übergossen. Die Sonne stand hoch am Himmel, an dem keine einzige Wolke zu sehen war. Grüppchen von Studenten lagen faul auf dem Gras und picknickten. Dort in der Dunkelheit meines Zimmers, bei Kerzenlicht, linderte das Schimmern, das von dem Bild ausging, meine Einsamkeit.

Denn es schenkte mir das Gefühl, dass jenseits der sargtuchartigen Dunkelheit vor meinem Fenster und der verschatteten Umrisse der Stadt eine sanfte, unbeschriebene Welt lag, in der ich vielleicht eines Tages leben könnte. Es war eine schlichte, fast kindliche Fantasie – und doch füllte ich in den darauffolgenden Monaten Stück für Stück den umfangreichen Bewerbungsbogen aus, wann immer ich ein wenig Zeit hatte. Und dann, eines Tages, war ich fertig. Ich schrieb die Adresse auf den Umschlag und nahm ihn mit in die Uni. Ich setzte mich in die Cafeteria, nippte dort stundenlang an einer Tasse Kaffee, den Umschlag immer noch in der Tasche. Nach dem Mittagessen zogen alle ihrer Wege, bis schließlich nur noch ich und ein paar Verstreute übrig waren, während das Nachmittagslicht schwächer wurde und sich die Schatten des hereinbrechenden Abends über die Möbel der Cafeteria legten. Schließlich schlüpfte ich hinaus, ging ins Studentenbüro, holte tief Luft und gab das Bewerbungsschreiben ab.

Es war Anfang April, einige Wochen nach meinem Besuch bei Anna zu Hause, und die Abendluft war ungewöhnlich mild und warm. Es duftete nach Frühling. Es waren viele Studenten unterwegs, bereit für die Nacht, und es lag ein Hauch von Erwartung in der Luft. Mir war noch nicht danach heimzugehen, deshalb betrat ich eine der Bars auf dem Campus und bestellte mir ein großes Glas Weißwein.

Ich beobachtete die Leute um mich herum, während es in der Bar voller wurde, und langsam wurde mir die Dimension dessen klar, was ich gerade getan hatte. Ich fühlte mich nervös, zugleich euphorisch und auch ein wenig stolz. Vor wenigen Monaten hatte ich meine Jungfräulichkeit verloren, und über den Genuss jener Erfahrung hinaus gab es da auch ein Gefühl, das bleiben würde: Ich hatte einen unsichtbaren Meilenstein zurückgelegt, und mein Weg zum Erwachsensein und zur Unabhängigkeit zeichnete sich deutlicher ab denn je. Etwas Ähnliches empfand ich auch jetzt. Ich hatte mich dafür beworben, in ein Land am anderen Ende der Welt zu gehen, nicht nur um es zu besuchen, sondern um dort zu leben! Ich hielt es für unwahrscheinlich, dass man mich nehmen würde, doch allein von der Bewerbung wurde mir ob der Fülle von Möglichkeiten, die sich mir auf einmal boten, schwindelig. Sie gab mir das Gefühl, mein Schicksal auf eine Weise selbst in die Hand nehmen zu können wie nie zuvor.

Sollte man mich tatsächlich nehmen, konnte ich mir nicht einmal vorstellen, wie ich meinen Eltern und meinem Bruder von meiner Entscheidung erzählen sollte. Ich hatte mich aus einer Laune heraus beworben, einem Impuls folgend, der nicht ganz ernst gemeint war, aber je mehr ich von dem Bewerbungsbogen ausgefüllt hatte, umso deutlicher war mir bewusst geworden, dass ich Peking irgendwann verlassen wollte. Ich wollte das, was meine Großmutter sich für mich gewünscht hatte. Ich wollte etwas tun, das noch keiner in unserer Familie getan hatte: die Welt bereisen, neue Horizonte kennenlernen.

Als ich in die Wohnung zurückkam, spürte ich sofort, dass etwas anders war. Aus dem Wohnzimmer drang ein weiches Licht, meine Mutter saß dort am Tisch und redete mit jemandem, aber ihre Stimme klang etwas schrill, überzogen, fast künstlich. Ich vermutete, dass eine unserer wohlhabenderen Nachbarinnen zu Besuch war, in ihrer Gegenwart schlug sie oft diesen Ton an. Als ich den Raum betrat, sah ich, dass Gen bei ihr am Tisch saß.

Gen blickte zu mir hoch und lächelte, dieses kleine, ironische, leicht von Melancholie gefärbte Lächeln.

»Hallo, Lai, wie geht's? Ist eine Weile her«, sagte er leise.

Mir fehlten die Worte. Auch wenn nur wenige Monate

vergangen waren, sah er dünner aus, irgendwie erwachsener. Mein Puls begann zu rasen, zugleich stieg in mir ein gewisses Unbehagen auf.

»Hallo. Ich habe ... äh ... ich habe gar nicht gewusst, dass du kommst. Wir waren nicht verabredet!«

»Ach, meine Tochter! Als müsste sich ein lieber Freund aus der Kindheit vorher anmelden. Gen weiß, dass er hier immer willkommen ist. Und er hat mir von seinen Aktivitäten auf dem Campus erzählt. Von seiner Kampagne, um die Universität zu einem besseren Ort zu machen. Du«, sagte sie mit einem vorwurfsvollen Blick, »könntest dir von seinem Ehrgeiz eine Scheibe abschneiden!« Ihre Miene wurde sanfter, als sie sich an Gen wandte und mit einem amüsierten Lächeln hinzufügte: »Dieser Faulpelz hier liegt nämlich am Sonntagmorgen manchmal bis zehn im Bett!«

Etwas in mir verkrampfte sich. Dass Gen bei mir zu Hause mit meiner Mutter zusammensaß, kam mir falsch vor, und irgendwie fühlte ich mich hilflos.

Ich warf meiner Mutter einen kalten Blick zu. »Du hast doch immer gesagt, politisches Engagement unter Studenten sei nur was für verwöhnte Kinder, die mehr Geld als Verstand haben, Mutter. Du sagtest, die verstünden nichts von der wahren Welt, alles Dummköpfe, die denken, jeder komme mit dem Silberlöffel im Mund zur Welt. Erinnerst du dich noch?«

»Natürlich«, erwiderte sie barsch.

Dann hellte sich ihr Ton wieder auf. »Aber Gen ist nicht so. Er geht nicht bloß auf Demos und schreit auf die Leute ein. Er arbeitet sich in der Hierarchie hoch, geduldig und fleißig, um vernünftige und maßvolle Veränderungen zu bewirken, von denen jeder profitieren kann. Politik sollte ein Zwiegespräch sein, kein Kampf!«

Für den Bruchteil einer Sekunde wanderte ein Ausdruck des Unbehagens über Gens Gesicht, dann erlangte er seinen

Gleichmut wieder. Als er nun das Wort ergriff, hörte ich dennoch seine Anspannung. »Nun, es ist weitaus komplizierter als das. Manchmal muss man den Behörden seine Entschlossenheit zeigen, seine Überzeugung, seine Stärke, damit sie wissen, dass man es ernst meint.«

Er hatte seine Stimme nicht erhoben, doch ich merkte, dass meine Mutter – obwohl sie eigentlich versuchte, ihm ein Kompliment zu machen – ihn verärgert hatte. Er warf einen kurzen Blick durch den Raum, und eine Sekunde lang sah er so aus, als hätte er etwas Saures geschmeckt. Wieder war es nur ein Moment, aber ich sah es deutlich.

Meine Mutter lachte etwas unsicher, freudlos. »Nun, davon verstehe ich nichts, da bin ich mir sicher. Ich lass euch jetzt allein. Es war so schön, Sie nach all der Zeit wiederzusehen, Gen.«

Sie rauschte aus dem Zimmer, und Stille senkte sich über uns herab. »Möchtest du eine Runde spazieren gehen?«, fragte ich.

Er nickte. Wir verließen die Wohnung. Die Abendluft war mild. Als wir nach draußen traten, berührte Gen mich am Arm.

»Ich weiß, wo wir hingehen«, sagte er.

Er sagte es leise, vorsichtig, und während sein Selbstbewusstsein und seine Unnahbarkeit dahinschwanden, blieb von ihm nur noch ein unsicherer kleiner Junge übrig. Ich fühlte mich an die Zeiten erinnert, als wir in seinem großen leeren Haus zusammengesessen hatten, um zu lernen, daran, wie er mir von der Untreue seines Vaters erzählt hatte, an seine Wut darüber und seinen Schmerz, den Schmerz eines Kindes. Ich spürte, wie mir das Herz aufging. Ich nickte.

Wir gingen schweigend weiter. Ich hatte keine Ahnung, wohin er mich mitnahm, obwohl wir doch in meinem Viertel waren. Doch vielleicht hätte ich es mir denken können. Wir stiegen einen Hügel hinauf. Es war nicht allzu weit. Während die Sonne unterging, kamen wir zu einer kiesbedeckten freien Fläche, einem Stück Brachland, auf dem nur einzelne Grasbüschel und stacheliges Unkraut wuchsen. In einer Ecke stand ein knorriger Baum, ein Schatten, der sich vor dem leuchtenden Sonnenuntergang abhob. Dahinter waren am Horizont die Umrisse der Gebäude des Geschäftsviertels zu erkennen, dann die Verbotene Stadt und das große Tor, das auf den Platz des Himmlischen Friedens führte.

»Erinnerst du dich noch an diesen Ort?«, fragte Gen leise.

»Hier haben wir früher gespielt!«, sagte ich. »Das könnte ich niemals vergessen«, fügte ich leise hinzu.

Gen lächelte vage und griff in seine Tasche. Er zog ein zerknülltes Blatt Papier hervor, strich es glatt und begann es zu falten, bis es zum Papierflieger wurde. Er machte einen Schritt vorwärts und schickte den Flieger in Richtung Himmel. Ein paar Augenblicke flog er, dann geriet er ins Trudeln und fiel mit der Spitze nach unten zu Boden.

Ich lachte.

Er schaute mich an, ein kleines Lächeln auf den Lippen, aber auch mit einem Hauch Bedauern.

»Weißt du noch, wie gut Zhen die immer gemacht hat? Die Flugzeuge flogen so hoch, dass man den Kopf in den Nacken legen musste, um ihnen hinterherzuschauen. Ich war damals so neidisch auf ihn. Natürlich habe ich nie etwas gesagt. Aber damals wünschte ich mir nichts so sehr, wie ebenso gute Papierflugzeuge bauen zu können.«

»Die Zeiten ändern sich, schätze ich. Du hast jetzt einen neuen Freundeskreis«, sagte ich leise.

Ich dachte an das hübsche Mädchen, das in Gens Zimmer geplatzt war, als ich gerade bei ihm war. Bitterkeit stieg in mir auf, und ich wandte mich ab. Mir traten Tränen in die Augen, und ich fühlte mich lächerlich und bloßgestellt zugleich.

Er legte eine Hand auf meine Schulter. Drehte sein Gesicht zu mir.

»Ich habe mich nicht richtig verhalten, das weiß ich jetzt. Fast hätte ich dich verloren ...« Seine Stimme erstarb. Er richtete den Blick auf den Horizont.

»Aber mir gefällt auch der Gedanke, dass wir beide uns niemals verlieren können. Nicht wirklich. In guten wie in schlechten Zeiten sind wir unseren Weg gemeinsam gegangen, Seite an Seite, solange ich mich erinnern kann. Nichts kann daran etwas ändern.«

Seine Stimme war leise und rau.

»Die Situation auf dem Campus spitzt sich zu. Die Radikalen und die Konservativen gehen sich ständig an die Gurgel, und für mich hat es mittlerweile den Anschein, als wollten sie sich lieber untereinander streiten, als echten Wandel zu bewirken. Aber ob es mir gefällt oder nicht ... ich habe das Gefühl, meine Aufgabe ist es, genau diesen Wandel herbeizuführen!«

Auf einmal sah er sehr erschöpft aus und unerträglich traurig. Meine Verbitterung schwand auf der Stelle dahin.

»Lai, ich habe nicht die Kraft, das ganz allein zu tun. Ich brauche dich an meiner Seite. Ich brauche deine Weisheit und vor allem dein Mitgefühl, das mich stark macht. Ich habe das Gefühl, nicht tun zu können, was ich tun muss, wenn du nicht bei mir bist. Mir fehlt die Kraft dazu.«

Seine Augen blickten wehmütig und nachdenklich, und dann küsste er mich fast bittend auf die Wange. Unsere Lippen trafen sich, und einen Moment lang küssten wir uns – ein genüsslicher, leidenschaftlicher Kuss an dieser Stelle, an der wir als kleine Kinder gespielt hatten. Ich hatte immer gern geküsst; für mich war ein Kuss in gewisser Weise befriedigender als Sex selbst, die Intimität, wenn ein Mund dem anderen so nahe war, erkundend und doch sanft.

Gen aber war ein gehemmter Küsser. Er ließ sich niemals ganz auf die Erfahrung ein, oft währte die Berührung nur kurz und oberflächlich, als wollte er etwas von sich zurückhalten. Ich glaube, dies war das einzige Mal, an das ich mich erinnere, bei dem er sich – wenn auch nur für ein paar Augenblicke – einem Kuss ganz und gar hingegeben hat.

Er entzog sich mir, hielt mich aber immer noch sanft in den Armen und schaute mir in die Augen.

»Dann kommst du also? Du kehrst zum Triangle zurück? Und wir können wieder zusammenarbeiten.«

»Ja, Gen. Natürlich«, sagte ich sanft, und mein Herz bebte immer noch, so sehr hatte mich der Kuss überrascht.

Noch vor wenigen Minuten hätte ich alles dafür gegeben, so in seinen Armen liegen zu dürfen, ihn solche Worte sprechen zu hören. Und ein Teil von mir *war* glücklich. Doch dieses Glück ging mir nicht mehr durch und durch. Es machte mich glücklich, in jenem Moment mit ihm zusammen zu sein, aber das Gefühl nahm mich nicht mehr so in Beschlag wie früher, denn jetzt war da etwas in mir, das losgelöst, distanziert, ja vielleicht sogar kalt war.

Ein schottischer Dichter hat einmal geschrieben: »Der beste Plan von Maus und Mann gelingt oft nicht.« Gen und ich fanden nicht wieder so zusammen, wie er sich das vorgestellt hatte, denn die Ereignisse ließen es nicht zu. Eines Tages Ende April kam ich auf den Campus und wusste auf der Stelle, dass sich etwas verändert hatte. Es war am frühen Abend. Ich war zu einer Vorlesung gekommen, doch als ich die Aula betrat, war sie fast leer. Vorlesungen ließ ich mir normalerweise nicht entgehen, diesmal aber schlüpfte ich aus dem Gebäude und machte mich auf den Weg in die Mitte des Campus. Überall standen Studenten in Grüppchen beisammen und murmelten aufgeregt. Während ich an ihnen vorbeiging, trafen mich schnelle, verstohlene Blicke. Ich nahm meinen ganzen Mut zusammen und fragte ein vorbeilaufendes Mädchen, was passiert sei.

»Hast du es nicht gehört?« Ihr Flüstern war eine Mischung aus Ehrfurcht und Schock. »Hu Yaobang ist tot.«

Ich blieb mitten auf dem Weg stehen, während sie weitereilte. Das waren in der Tat schwerwiegende Nachrichten. Als Politiker war Hu Yaobang sehr verehrt und respektiert worden, weil er nicht den ausgetretenen Pfaden folgte. Ein paar Jahre zuvor war er Generalsekretär der Kommunistischen Partei Chinas gewesen, eine Position von unglaublicher Macht und Ansehen. Weil er aber mit seiner Meinung nie hinter dem Berg hielt und vorgeschlagen hatte, die chinesische Politbürokratie solle reformiert werden und einem demokratischen Modell Platz machen, hatte Parteiführer Deng ihn abgesetzt.

In den Augen der Studenten war er jemand gewesen, der moralische Werte über Selbstinteresse stellte, und damals – vor dem Hintergrund der ehrgeizigen und skrupellosen Apparatschiks, mit denen das Politbüro bevölkert war – wurde er als eine fast romantische Figur gesehen. Sowohl die Liberalen als auch die Radikalen unter den Studenten bewunderten ihn. Als ich mich nun umschaute, erkannte ich, dass hinter dem, was geschah, noch viel mehr steckte. Das hier ging deutlich über die etwas begrenzte und selbstbezogene Welt der Studentenvereinigung und ihre interne Politik hinaus. Mittlerweile waren viele Menschen hier zusammengekommen, bildeten Gruppen, zu einer Zeit am Abend, während der es auf dem Campus normalerweise eher ruhig war. Die Emotionen, die ich in den Gesichtern las, waren ein Kaleidoskop aus Trauer, Sorge, Ungläubigkeit und Wut. Ein paar Studenten hatten bereits ein Plakat aufgehängt mit dem provokativen Slogan:

Die, die sterben sollten, bleiben am Leben, und die,
die leben, sind nicht mehr da – für immer Yaobang.

Ich erschauderte. Nicht, weil ich mit dem Statement nicht einverstanden gewesen wäre, sondern weil die Formulierung so radikal war und weil ich wusste, dass diese Studenten dafür jederzeit angezeigt werden konnten. Ich glaube, damals wurde mir zum ersten Mal klar, wie groß der Mut der Studenten war.

Ich machte mich auf den Weg zum Triangle, Seite an Seite mit so vielen anderen, ein ganzer Strom von Menschen schob sich auf den Pfaden des Campus entlang. Als ich dort ankam, konnte ich Gen nirgendwo entdecken, so voll war es. Ein junger Mann hielt eine Rede.

»Warum können wir nicht selbst entscheiden, was für einen Beruf wir haben wollen?«

»Warum müssen wir uns von der Partei einen Arbeitsplatz anweisen lassen?«

»Warum führt die Partei eine persönliche Akte über jeden von uns, und warum haben wir nicht das Recht, sie einzusehen?«

Das waren einfache Fragen, die wir uns im Laufe unseres Lebens alle gestellt hatten; sie jetzt jedoch in einem so schlichten und zugleich beklommenen Ton zu hören, war bewegend. Es war so, als wären im Lauf der Jahre bestimmte Fragen in das stille Schattenreich unserer eigenen Gedanken verbannt worden, und man konnte sich nie sicher sein, ob andere das Gleiche dachten, weil man nicht das Gefühl hatte, man dürfe sie danach fragen. Eine seltsame Art von Einsamkeit, deren man sich gar nicht bewusst war, die einen jedoch die ganze Zeit begleitete.

Als ich in die glühenden, wütenden Gesichter all der Menschen blickte, die sich im Triangle versammelt hatten, spürte ich eine große Solidarität. An den Namen des Sprechers erinnere ich mich nicht, doch seine einfachen, anklagenden Fragen schweißten uns zusammen, als würden die unsichtbaren Mauern, die uns voneinander trennten – Mauern der Einsamkeit, der Unsicherheit, der Angst – nur dadurch, dass wir hier zusammenstanden, eingerissen. Es war ein Gefühl, das einem zu Kopfe stieg, das in seiner Intensität fast beängstigend war, denn es trug uns voran wie das Kielwasser einer großen Welle. Es war wunderbar.

Und dann wurde dieses kollektive Gefühl, diese Emotion, zu groß, und die Menge ergoss sich wie eine Woge auf den gesamten Campus, wir wurden immer mehr. Ich hatte mich nach der Vorlesung mit Macaw verabredet, und jetzt war es fast schon Zeit. Ich traf sie vor der Cafeteria, die übers Wochenende geschlossen hatte. Macaw sah in großer Faszination den Menschenmassen zu, die an ihr vorbeiströmten; es sprach ihren Sinn für das Spektakuläre, das Dramatische, an, da war ich mir sicher.

»Hey, Lai! Na los, setz deinen Arsch in Bewegung! Schauen wir, wo die alle hingehen!«, rief sie.

Wir schlossen uns der Menge an, die das Unigelände verließ und sich auf die Chang'an-Straße ergoss, singend und rufend und klatschend, und schon bald standen wir vor dem Tor des Himmlischen Friedens, dem Eingang zum Tian'anmen-Platz. Zu dieser nächtlichen Uhrzeit war der Zugang zum Platz untersagt, doch als wir hindurchschritten, sah ich die Mienen einiger Sicherheitskräfte: Sie schauten erstaunt, ja sogar erschrocken, angesichts der Menschenfluten, die entfesselt worden waren.

Das war nur der Anfang. Als wir auf den Platz einbogen, war noch etwas anderes im Gange, etwas ziemlich Bemerkenswertes. Vom südlichen Eingang her, dem Xinhua-Tor, kam uns eine weitere Menschenmenge entgegen. Damals wussten wir das nicht, doch an jenem Tag strömten Studenten aus allen größeren Universitäten Pekings auf dem Platz zusammen, aus der Pädagogischen Universität Peking, der Tsinghua, der Volksuniversität und vielen anderen. Es waren mehrere Tausend Menschen.

Ich erinnerte mich an all die Gelegenheiten, bei denen meine Mutter herablassend über Studenten geredet und sie als wohlhabende Taugenichtse verunglimpft hatte, die zu viel Zeit hätten. Auch wenn ich das, was sie sagte, nicht guthieß, hatte ich die Studenten oft mit den Augen meiner Mutter gesehen. Nun aber hatte sich etwas verändert, vielleicht in den Protestierenden, aber mit Sicherheit in mir selbst. Es war gefährlich, hier zu sein, und trotzdem waren an diesem Tag fast alle auf der Straße. Die Angst, die ich buchstäblich jeden Tag verspürte, wurde von einem überwältigenden Gefühl der Solidarität und des Miteinanders überlagert, denn das hier waren zwar junge Leute mit wenig Macht, aber sie waren bereit, alles für ihre Interessen zu riskieren.

Die Menge wogte in Richtung des Xinhua-Tores, wo noch mehr Studenten warteten. Dieses Tor bewachte einen Gebäudekomplex, in dem das Hauptquartier der Kommunistischen Partei Chinas lag. Soldaten marschierten auf, mit Gewehren in der Hand, und sahen den Studenten mit ausdruckslosen, aber entschlossenen Blicken entgegen. Doch die Studenten ließen sich nicht aufhalten.

Ich versuchte, nicht zu weinen; nie in meinem ganzen Leben hatte ich etwas Erhabeneres und Schöneres gesehen.

Neben mir begann Macaw zu kichern. »Das ist vollkommen verrückt! Ich kann es kaum erwarten, was als Nächstes passiert!«

Ich schaute sie schockiert an. Mir wurde bewusst, dass, während in mir all diese Gefühle aufwallten, für sie das Ganze einfach nur eine weitere Darbietung war, eine Art Theater, aufregend und surreal, aber ohne größere Bedeutung. Das war es, was sie darin sah.

In dem Moment spürte ich, wie sehr ich meine Freundin liebte. Trotzdem war es auch eine der wenigen Gelegenheiten, bei denen nicht viel fehlte, um sie zugleich zu hassen.

Vielleicht merkte sie, was in mir vorging, vielleicht sagte sie etwas. Hier bin ich mir nicht sicher. Alles, woran ich mich erinnere, ist die Tatsache, dass sich die Stimmung der Menschenmenge gewandelt hatte und zu wachsender Wut wurde. Viele stimmten entschlossene Kampfgesänge an.

»Komm raus, Li Peng! Li Peng, komm raus!«

Li Peng war Ministerpräsident; in der Tat war er auf Kosten des verstorbenen Hu Yaobang an diesen Posten gekommen, als man Hu gezwungen hatte zurückzutreten. Es war wohlbekannt, dass Li Peng ein Macher mit null politischer Qualifikation war. Doch er hatte Beziehungen zu den höchsten Tieren der Kommunistischen Partei und verfügte über stramm konservative Ansichten, und genau deshalb hatte man ihn ausgewählt. Monatelang hatte er die höflichen Briefe ignoriert, in denen die Studentenvertretung ihren Protest gegen die »Licht aus«-Anweisung aus dem Jahr zuvor kundtat. Jetzt schien es, als könnten wir nicht mehr ignoriert werden. Wir hatten den großen Platz besetzt, hatten die Kontrolle übernommen. Immer waren wir nur die Kinder derer gewesen, die die Welt nach ihren Wünschen geformt und gestaltet hatten; jetzt prägten wir sie zum ersten Mal selbst.

Auf einmal ein lauter und schriller Schrei.

»Die Bullen kommen!«

Ich schaute zurück in Richtung der Chang'an-Straße. Eine große Anzahl Leute strömte in diese Richtung; etwas hatte sich geändert. Da war nichts mehr vom Auf-und-ab-Wallen der großen Gefühle zu spüren, die uns durchdrungen hatten. Stattdessen rannten jetzt alle um ihr Leben, stolperten, stürzten. Hinter ihnen Uniformierte, Polizisten, die mit Schlagstöcken auf sie eindroschen. Ich erinnere mich an den Ausdruck im Gesicht dieser Ordnungshüter. Da war nichts Professionelles oder Abgeklärtes mehr: Stattdessen sah ich Wut und Lust an der Gewalt, einen obszönen Hunger, während sie wieder und wieder auf die Köpfe der Studenten einschlugen.

Ich blieb stehen. Um mich herum hatten sich die Solidaritätsgesänge der Studenten in eine Kakofonie aus schrillen Schreien der Wut und der Angst verwandelt. Ich versuchte, mich umzuschauen, mich zu orientieren, doch plötzlich konnte ich fast nicht mehr atmen.

Ich sank auf die Knie. Es war mehr als nur Panik. Erinnerungen blitzten auf an jenen Tag vor so vielen Jahren, das Gefühl der Weichheit meines Körpers und dann die Schärfe des Schmerzes, als man mir den Arm auskugelte.

Inmitten der Menschenmenge auf dem Platz des Himmlischen Friedens wurde ich wieder zum Kind.

Die Menge drängte weiter, Leute rannten an mir vorbei, schubsten mich hierhin und dorthin. Dann bekam ich einen Ellbogen in die Seite, spürte Macaws Hände auf mir, merkte, wie sie mich hochzog. Ich schnappte nach Luft.

Sie nahm mein Gesicht in die Hände. »Schau mich an!«

Das tat ich. All die Bewegung um uns herum, die Gewalt, schien sich zu verringern, langsamer zu werden, bis ich schließlich nur noch ihre leise Stimme hörte.

»Alles ist gut. Du glaubst es nicht, aber alles wird gut.«

Sie hielt mich fest, umschloss mein Gesicht mit beiden Händen. Um uns herum verrichtete die Polizei ihre brutale Arbeit; Macaw musste selbst in Panik sein. Doch sie war so ruhig. Und sie beruhigte mich. Sanft führte sie mich von dem Platz weg, weg vom Platz des Himmlischen Friedens, während um uns herum Studenten zusammengeschlagen wurden. Ich hätte mir nie vorstellen können, dass die Behörden so hart mit uns umgehen würden. Doch sie taten es.

DREIUNDDREISSIG

Nach einer Busfahrt, die gefühlt Stunden dauerte, kam ich endlich in der Wohnung an, erschüttert und erschöpft. Mein Bruder saß mit dem Rücken zu mir im Schneidersitz vor dem Fernseher, sein Gesicht lag im Schatten des flackernden Bildschirms. Er lümmelte immer noch gern vor der Glotze, wie ein Kind, war aber im letzten Jahr deutlich gewachsen und mittlerweile fast so groß wie ich. Während wir uns früher immer wieder gekabbelt oder zum Spaß aufgezogen hatten, hatte mittlerweile eine gewisse Distanz Einzug in unser Verhältnis gehalten; wenn er vor mir stand, die Augen auf gleicher Höhe wie meine, schaute er oft wie peinlich berührt weg, und seine Stimme war ruhiger geworden, als schleppte er ernsthafte Überlegungen mit sich herum. Hätte ich ihm früher durchs Haar gewuschelt, ohne darüber nachzudenken, hatte sich nun eine unsichtbare Barriere zwischen uns gebildet, und ihn zu berühren, beiläufig und liebevoll, war auf einmal nicht mehr möglich. Fast hätte es sich ungehörig angefühlt, so wie wenn man einen Fremden berührt. Unwillkürlich kam mir ein Satz in den Sinn. Ich hatte ihn auf ein Plakat gekritzelt gesehen, kurz bevor die Polizei ihren mörderischen Angriff gestartet hatte.

Der Warme ist gestorben, der Kalte hat ihn begraben.

Ich stand fast schüchtern vor meinem Bruder. »Du schaust dir Zeichentrickfilme an?«

Seine Augen blieben auf den Bildschirm gerichtet.

»Nicht mehr so oft. Gerade sehe ich mir eine Miniserie an.«

Ich nahm neben ihm Platz. Ich spürte, wie sich seine Haltung veränderte. Kaum wahrnehmbar, doch auf einmal war da Anspannung in seinem Körper, als wäre er auf der Hut. Ich blickte auf den Bildschirm. Man sah ein junges Mädchen, das zerbrechlich wirkte, melancholisch.

»Warum ist sie traurig?«, wollte ich wissen.

»Ihre Mutter ist gestorben. Und jetzt lebt sie bei ihrer Großmutter, aber niemand von der Familie mag sie.«

Das kam mir bekannt vor. »Wie lautet der Titel?«

»*Der Traum der roten Kammer.*«

»Ach ja, verstehe. Wusstest du, dass das auf einem klassischen Roman basiert? Und dieser Roman wurde vor mehr als zweihundert Jahren verfasst!«

»Nein, wusste ich nicht.«

»Natürlich«, fügte ich schüchtern hinzu, »ist der Roman viel besser als die Miniserie. Das ist immer so.«

Mein Bruder wandte sich mir zu, auf den Lippen ein empörtes Grinsen. Einen Moment lang war es zwischen uns wieder so wie immer.

»Quatsch. Romane sind doch nicht besser als Fernsehen.«

Ich hob eine Augenbraue. »Bei Weitem. Romane sind viel besser.«

Mein Bruder wollte noch etwas darauf sagen, zweifelsohne trotzig, aber er wurde auf einmal nachdenklich.

»Ich weiß gar nicht, wie du auf so was kommst«, sagte er schließlich. »Wenn du liest, dann sind das nur Buchstaben, Schwarz auf Weiß. Aber wenn du Sachen im Fernsehen siehst, dann siehst du die Leute richtig. Es ist so viel wirklicher und bunter, du kannst das Geräusch der Stimmen hören und so weiter.«

»Das stimmt, ja. Aber weißt du, was ein alter Freund mir mal gesagt hat? Filme und Serien sind Monologe, Romane sind Dialoge.«

»Was meinst du damit?«

»Na ja, in einem Film oder einer Serie zeigen sie dir alles, und das macht dich passiv. Du musst nichts mehr machen. Wenn du hingegen ein Buch liest, musst du dir die Charaktere selbst vorstellen, weil du sie nicht direkt sehen kannst. Du entscheidest selbst mit, wie sie in deinem eigenen Kopf aussehen und klingen. Du hilfst sozusagen dabei, die Charaktere zu erschaffen. Deshalb ist ein Buch auch interaktiv – ein Dialog zwischen dem Autor und dem Leser. Ziemlich erstaunlich, findest du nicht?«

Darüber dachte er eine Weile nach, dann dämmerte ein Grinsen auf seinem glatten, makellosen Gesicht. Er schaute mich boshaft an. »Ich finde Bücher immer noch langweilig!«

Ich grinste zurück. Er wandte seine Aufmerksamkeit wieder der Glotze zu, war auf der Stelle gefangen von ihren fiktiven und exotischen Landschaften. Sein Körper wurde schlaff, und an diesem Punkt wusste ich, dass meine Anwesenheit nicht mehr erwünscht war. Trotzdem berührte ich ihn beim Gehen an der Schulter, ganz kurz. Das Lächeln stand immer noch auf meinem Gesicht.

Ich ging in mein Zimmer, legte mich auf mein Bett und schaute an die Decke, allein mit meinen Gedanken. Der Abend wurde allmählich zur Nacht, und Finsternis hatte sich über alles gesenkt wie trübes Wasser. Ich konnte immer noch die Geräusche des Fernsehers hören, doch sie waren weit weg, als gehörten sie einer anderen Zeit an. Ich fühlte mich, als wäre ich nur noch ein Umriss, vage, schwach, als wäre das einzig Substanzielle an meinem Sein das Klopfen meines Herzens, das von Schuldbewusstsein und Machtlosigkeit angetrieben wurde. Ich bekam einfach die Bilder nicht aus dem Kopf: die Polizisten, manche nicht älter als ich – ihre jugendlichen, männlichen Gesichter hassverzerrt, die Augen blitzend vor Wut, wie sie mit ihren Schlagstöcken auf schreiende, verzweifelte Menschen eindroschen. Wer gab ihnen dazu das Recht? Mein Herz klopfte noch stärker. Ich war so wütend. Ganz gewiss mussten sie verstehen, dass Menschen so nicht miteinander umgingen. Hinter dieser Wut lauerten die Angst und die Hilflosigkeit, die mich begleiteten, seit ich mich erinnern konnte. Die Beklemmung in meiner Brust, die aufsteigende Panik, das Gefühl, bald nicht mehr atmen zu können.

Aus dem Augenwinkel nahm ich eine Bewegung wahr. Als ich mich umdrehte, sah ich, dass jemand an der Tür stand. Zuerst dachte ich, es sei mein Bruder, doch sobald die Gestalt vorsichtig die Schwelle zu meinem Zimmer überschritten hatte, zeichnete sich die sanfte, nachdenkliche Gestalt meines Vaters in den Schatten ab. Mein Vater kam nur selten in mein Zimmer. Ich dachte, vielleicht sei etwas nicht in Ordnung – dass meine Mutter einen Migräneanfall hatte oder krank war.

»Ist alles in Ordnung?«, fragte ich.

»Oh ja, alles okay, natürlich.«

Wir standen da und blinzelten uns an. Mein Vater reckte sich auf seine unbeholfene Art, dann lockerte sich seine Miene, und er lächelte scheu.

»Mir ist nur gerade was eingefallen. Erinnerst du dich noch daran, wie sich deine Großmutter und dieser Junge vom Flur Streiche gespielt haben? Wie hieß der noch gleich? Das war ein frecher kleiner Kerl. Jeder andere hier hatte ein bisschen ... ein bisschen Angst vor ihr. Nur er nicht. Irgendwann stritten sie sich über etwas. Und dann besorgte er sich Eier, malte sie lila oder orange an, legte sie ihren Hennen ins Nest und behauptete, sein Vater habe gesagt, die seien wegen des Unglücks in Tschernobyl radioaktiv. Sie war vollkommen geschockt. Sie kam zu mir und erzählte es mir, und ich habe ihr gesagt, da sei keine Gefahr, dass das Kind sie auf den Arm nehme, und sie schimpfte mit ziemlich drastischen Worten auf ihn, das kann ich dir sagen. Und dann später ...«

In diesem Moment musste mein Vater kichern; offenbar war ihr Verhalten für ihn der Inbegriff an Boshaftigkeit.

»Deine Großmutter war sehr gerissen. Sie buk ihm ein paar Kekse mit Schokostückchen als Friedensangebot. Aber statt Schokostückchen tat sie rohe schwarze Bohnen in den Teig. Wir konnten ihn auf dem ganzen Flur würgen hören!«

Ich nickte und lächelte.

»Aber die Sache ist«, sagte er, »auch wenn das ein lächerlicher Zwist war – wenn ich mich daran zurückerinnere, glaube ich, dass sie den Jungen gemocht hat. Sie war schon ein ziemliches Kaliber, nicht wahr?«

»Ja, das war sie«, sagte ich leise.

Da lächelte mein Vater, als hätte er diese Bestätigung von mir gebraucht, damit die Erinnerung einen Sinn ergab. Er beugte leicht den Kopf, ein kleines Lächeln spielte immer noch um seine Lippen, und dann machte er Anstalten zu gehen, doch in letzter Minute zögerte er. Das Lächeln verschwand.

»Und du. Mit dir ist alles in Ordnung, oder?«

Wieder stürmten die Bilder des Tages auf mich ein, die Gewalt und die Hilflosigkeit und diese nagende, quälende Angst, die immer ein Teil von mir war.

Ich setzte ein freundliches Lächeln auf.

»Es geht mir gut, Vater. Danke.«

• • •

Ich erwachte aus wirren Träumen. In Träumen entstehen oft Paradoxe. Bevor das morgendliche Sonnenlicht mich weckte, war ich an einem Ort gewesen, der zugleich vertraut und fremd war. Ein Ort, den ich wiedererkannte und zugleich noch nie erblickt hatte. Es war früher Nachmittag, und die Sonne stand hoch am Himmel. Da war ein großes Gebäude, dessen Eingang mit hohen dorischen Säulen geschmückt war. Kurz erhaschte ich einen Blick darauf, doch das Licht war zu hell. Mir war bewusst, dass ich vollkommen allein war, ausgeliefert, wie ein Insekt an der Sonne. Ich stand auf einer großen Betonfläche, die Sonne brannte auf mich herab. Und etwas bewegte sich auf mich zu; ein dunkles, lauerndes Etwas, etwas Schreckliches, vielleicht ein Ungeheuer, das vollkommen leblos war und sich dennoch bewegte. Ich konnte das leise, maschinenartige Rumpeln hören, das es von sich gab. In meinem Traum war ich voller Angst, zugleich erfasste mich ein Drang, der mich immer näher zu diesem Ding zog, das die Macht hatte, mich auszulöschen. Meine Furcht mochte groß sein; die Anziehungskraft war noch größer. Ich kam näher und näher heran, der Maschinenlärm wurde lauter, und in meinem Inneren erhob sich ein unterdrückter Schrei.

Ich wachte auf. Mein Atem ging schwer, mein Herz klopfte, die Angst saß wie weißglühende Hitze hinter meinen Augen. Hungrig nahm ich die Umgebung in mich auf: den Schreibtisch, an dem ich arbeitete, den weichen, bauschigen Quilt, den mir vor Jahren meine Großmutter genäht hatte, den Bogen der niedrigen Decke, das blinzelnde Licht des Morgens. Mich durchströmte Dankbarkeit, denn ich wusste, dass das alles nur ein Traum gewesen war, dass ich in diesem Raum, in dem ich mein ganzes Leben geschlafen hatte, in Sicherheit war, und ich hörte die Stimme meiner Mutter, die am anderen Ende des Flurs meinem Bruder die Leviten las. Diese Art des Wiedererkennens war wie eine warme, beschützende Grenze, die ich nie wieder überschreiten wollte. Ich klammerte mich an meine Decke, genoss das Gefühl der Sicherheit, der Wärme, das mich durchströmte, und das Bewusstsein meines sich langsam entspannenden Körpers. Es war schon eine Weile her, dass ich einen Albtraum von solcher Intensität gehabt hatte. Dieses Ausmaß von Todesangst.

Bis ich mich einige Stunden später auf den Campus begab, fühlte ich mich wieder sicherer, trotz allem, was am vergangenen Tag während der Proteste geschehen war. Zweifellos waren die uniformierten jungen Männer, die sich so unverantwortlich und unkontrolliert verhalten hatten, von ihren Vorgesetzten an die Kandare genommen worden. Es war ein Akt der Gewalt gewesen, der uns alle in Angst und Schrecken versetzt hatte, doch nun war er vorüber.

In diesem Moment sah ich die Zeitung.

Ich war an der Chang'an-Straße aus dem Bus gestiegen. Ein kleiner Stand mit Stapeln von Zeitungen. Eine Schlagzeile stach mir ins Auge.

SUBVERSIVE KRÄFTE MACHEN SICH TRAUER DER STUDENTEN ZUNUTZE!

Ich kaufte mir eines der Blätter. Und stand mitten unter den vielen Leuten auf dem Gehweg, las. Mit stockte der Atem.

STAATSFEINDE

In Folge eines Treffens zur Erinnerung an den verstorbenen Hu Yaobang hat sich eine kleine Gruppe mit unbekannten Zielen die Trauer der jungen Studenten um den Genossen Hu Yaobang zunutze gemacht, um Gerüchte in die Welt zu setzen, das Denken der Menschen zu vergiften und Verwirrung zu stiften ...

Das ist eine geplante Verschwörung. Glücklicherweise konnte das schnelle und professionelle Eingreifen der Polizeikräfte diese kriminellen Elemente, die die Führerschaft der KPCh und das sozialistische System ablehnen, von ih-

rem Tun abbringen. Doch wir müssen daraus lernen und in Zukunft wachsam sein. Wenn unsere Bürger solch subversive Kräfte dulden und ihnen Tür und Tor öffnen ... wird unser China ein chaotisches und instabiles China ohne jegliche Zukunft werden.

Es war nicht Wut, was ich in jenem Moment empfand. Vielmehr war es das schleichende Gefühl von absoluter Kälte. Das Gefühl, wenn alles in einem warmen menschlichen Körper langsam zu Eis wird. Ich musste es noch einmal lesen, um sicherzugehen. Ich war nicht naiv. Die meisten Menschen begriffen, dass der Presse vorgegeben war, was sie sagen konnte und was nicht. Dennoch erschreckten mich diese paar Dutzend Wörter, Schwarz auf Weiß gedruckt, bis ins Mark. Das Bild der Studenten, die von perversen Subversiven dazu angestiftet wurden, den Staat umzustürzen, verzweifelt darum bemüht, Gewalt und Anarchie zu säen, stand in vollkommenem Gegensatz zu dem, was wirklich geschehen war. Ja, wir wollten Reformen, doch die meisten von uns waren auch Patrioten – wir wollten China nicht zerstören, sondern es zu einem Land machen, in dem die jüngere Generation eine Stimme hatte. Ich zitterte vor Wut und Unglauben darüber, so unverhohlen belogen zu werden. Während ich auf dem Campus unterwegs war, die Zeitung in der Hand, spürte ich, dass meine Kommilitonen Ähnliches dachten. Nur wenige Stunden zuvor hatte die Polizei die Versammlung auf dem Platz des Himmlischen Friedens brutal niedergeschlagen, und es waren nicht viele Studenten unterwegs, trotzdem lag eine spürbare Veränderung in der Luft. In den Gesichtern meiner Mitstudenten war kein Fünkchen Lebhaftigkeit zu erkennen, nur tiefer Ernst und Entschlossenheit. Meine Mutter hatte in Studentenprotesten nur das trotzige Aufbegehren von verwöhnten Kindern gesehen, die immer noch am Rockzipfel ihrer Eltern hingen. Und obwohl ich ihr schon oft widersprochen hatte, hatte auch ich zum Teil der Ansicht nachgehangen, dass wir alle immer noch Kinder waren, die so taten, als wären sie erwachsen. Das glaubte ich jetzt nicht mehr. Stattdessen war ich der Überzeugung, dass auf unseren Schultern eine große Last lag.

All diese Gedanken schwirrten mir noch im Kopf herum, als ich später an jenem Tag mit Anna in der Cafeteria verabredet war.

»Kannst du glauben, was die gemacht haben, diese Schweine? Wie die über uns hergefallen sind!«

Macaw zuckte eher beiläufig mit den Achseln. »Pah!«

Ich schaute sie an. Wartete darauf, dass sie noch mehr sagte. Doch sie wandte sich nur ihrem Teller zu und aß weiter.

»Die dürfen nicht das letzte Wort haben«, sagte ich aufgebracht. »Wir können es nicht hinnehmen, dass man uns so behandelt. Es muss sich etwas ändern!«

Sie blickte wieder zu mir hoch. »Pff!«

Wieder ein kaum zu entzifferndes Geräusch, als könnte man nicht von ihr verlangen, einen ganzen Satz zu dem Thema zu formulieren. Sie hatte mich während der Proteste gerettet, aber jetzt spürte ich, wie mich ihr Gleichmut verärgerte, der mir wie ein erschütternder Ausdruck von Apathie vorkam.

»Was ist denn los mit dir? Warum bist du so? Hu Yaobang hat etwas bedeutet. Er stand für Fortschritt, für Hoffnung, ich weiß nicht. Er war wichtig. Deswegen wollten sie ein Zeichen setzen. *Wir* wollten ein Zeichen setzen. Findest du denn, wir hatten es verdient, dass sie uns die Köpfe einschlagen?«

Macaw hörte auf zu kauen. Sie fixierte mich mit ihrem Blick, neugierig, abschätzend, auch einen Hauch trotzig.

»Lass mich dich etwas fragen«, sagte sie. »Nenne mir einen seiner politischen Schachzüge.«

»Wessen Schachzüge?«

»Hu Yaobang. Nenn mir eine Sache, die er in die Wege geleitet hat. Eine politische Maßnahme, die er während seiner Zeit im Politbüro durchgesetzt hat.«

Ich blinzelte. Da hatte sie mich voll erwischt. Wie viele Studenten hielt ich Hu Yaobang für eine bewundernswerte Gestalt, doch ich musste zugeben, dass ich nicht viel Ahnung von seinen politischen Errungenschaften hatte.

»Siehst du«, sagte sie höhnisch. »Die Mehrheit der Leute, die protestiert haben, sind genau wie du. Die laufen einfach mit. Und wissen gar nichts darüber, wofür oder wogegen sie eigentlich auf die Straße gehen.«

Sie wirkte so selbstgefällig. Das machte mich wütend. »Und selbst wenn ich nicht jeden politischen Schachzug von Hu Yaobang kenne? Und einige andere auch nicht? Der Punkt ist ... dass er für etwas stand.«

»Vielleicht. Oder vielleicht wurde er ja zum Fokus für etwas Vages, Nebulöses. Dem Aufruf zum Protest, dem Hunger nach einer Art abstraktem Gefühl für Gerechtigkeit. Aber die meisten dieser Studenten protestieren, weil sie es sich leisten können. Sie sind nicht wie wir. Es spielt keine Rolle, ob sie recht haben oder nicht. Sie verfügen über den Luxus, ihren Launen nachzugehen. Ich nicht.«

Ich schaute sie ungläubig an. »Merkst du das denn nicht? Merkst du denn nicht, dass hier was nicht stimmt?«

Sie kicherte. Tatsächlich, sie kicherte. Ich musste schwer an mich halten.

»Und was genau ist so falsch, dass du nicht damit leben kannst?«, fragte sie. »Die können ihre spontanen Ausbrüche von Selbstgerechtigkeit und ihr Aufbegehren haben! Aber Leute wie wir, wir müssen einfach versuchen, über die Runden zu kommen!«

Ich war aufgesprungen, beugte mich über sie. »Schau dir

das hier an!« Ich warf die Zeitung vor ihr auf den Tisch. »Lies das!«

Ich schaute dabei zu, wie sie den Artikel überflog: diese schreckliche Propaganda, die Rechtfertigung für die Gewalt, die Herabwürdigung der Studenten als Handlanger irgendeiner antichinesischen Verschwörung. Ich sah, wie ihre Lippen schmal wurden.

Sie blickte zu mir hoch; sie wollte noch etwas sagen, aber ich kam ihr zuvor. Und ich flüsterte es nur.

»Du fragst mich, was so schlimm ist, dass ich nicht damit leben kann? Nun, das kann ich dir sagen.«

Ich spürte, wie ein heiseres, raues Schluchzen in meiner Kehle aufstieg, und kämpfte dagegen an. Ich hatte nicht vor, unter dieser Sache zusammenzubrechen. Bis zu jenem Moment hatte ich gedacht, ich würde niemals darüber sprechen. Doch jetzt hatte ich beschlossen, ich würde die Worte herausbringen.

»Als ich noch viel jünger war, hat mir ein Polizist ... sehr wehgetan. Und ich habe damit gelebt ... so wie du gesagt hast, dass ich es soll. Ich habe nie protestiert. Ich habe nie darüber gesprochen. Aber mir ist nie ganz bewusst gewesen, bis vor Kurzem nicht, wie verängstigt ich die ganze Zeit über war. Seit jenem Moment. Seit damals ... habe ich ... so verdammte Angst.«

Meine Gefühle waren wie ein großer Kloß in meinem Hals.

»Und wenn du immer Angst hast, dann hast du das Gefühl, dass dir jederzeit etwas zustoßen kann. Du fühlst dich wie ein Opfer. Ich hatte furchtbare Angst, als die Polizei auf uns losging. So viel Angst, dass ich nicht mehr atmen konnte. Kannst du dir vorstellen, wie das ist?«

Sie schaute mich an. Ihr Blick hatte sich verändert.

Ich spürte, wie ich mich fing. Ich konnte wieder klar sehen.

»Aber bevor die Polizei angriff … Als wir alle zusammen waren, da fühlte ich mich … ich fühlte mich sicher. Ich kannte niemanden dort außer dir. Und trotzdem fühlte ich mich geliebt. Und stark. Nur ein paar Momente lang, so blöd das auch klingt. Das hat doch etwas zu bedeuten, oder nicht?«

Sie hatte sich von mir abgewandt. Wenn ich aus der Distanz all der Jahre an die Szene zurückdenke, dann glaube ich, es war, weil sie Tränen in den Augen hatte. Vielleicht war es das einzige Mal, dass ich sie gerührt hatte. Das würde ich mir wünschen. Doch als sie sich mir wieder zuwandte, war ihr Blick rätselhaft wie der einer Sphinx, undurchdringlich.

»Vielleicht hast du recht mit dem, was du sagst«, sagte sie leise. »Aber Tatsache ist … die Studenten können nicht gewinnen.«

VIERUNDDREISSIG

Macaw überwand ihre Skepsis und sagte zu, mich am Tag der Trauerfeier für Hu Yaobang zu begleiten. Die Feier fand in der Großen Halle des Volkes statt, doch nur Würdenträger und Offizielle durften daran teilnehmen. Als Reaktion darauf zogen die Studenten wieder in Scharen zum Platz des Himmlischen Friedens. Trotz der Brutalität, mit der die Polizei vor nur wenigen Tagen die Kundgebung aufgelöst hatte, kamen etwa fünfzigtausend aus allen Teilen Pekings. Und dieses Mal ließen wir uns nicht vom Platz vertreiben. Es war der 22. April. Die Studenten schmückten den Sockel des Monuments für die Helden des Volkes mit Bildern, Blumen und Kränzen, sodass der strenge weiße Block leuchtend bunt wurde. Heute waren die Studenten besser organisiert, konnten ihre Forderungen klarer vorbringen. Es wurde skandiert: »Dialog, Dialog!«, oder: »Brutalität ist eine Schande. Wir wollen Meinungsfreiheit!«

Ich spürte, wie sich mir die Nackenhärchen aufstellten. Selbst Macaw war beeindruckt. Da ich direkt neben ihr stand, konnte ich trotz der Lautstärke der Massen hören, wie sie bewundernd sagte: »Das ist ein Ding!«

Noch vor wenigen Tagen wäre eine solche Szene undenkbar gewesen. Einige uniformierte Polizisten beobachteten uns vom Rand des Platzes aus, drängten nach innen, während die Menge wogte und sich ausbreitete. Eine Gruppe von Studenten hatte einen Kondolenzbrief an Premier Li Peng verfasst und konnte ihn sogar tatsächlich übergeben, als sie die Ketten der Polizei durchbrachen, auch wenn ich bezweifeln möchte, dass der freudlose kleine Mann sich überhaupt die Mühe machte, das Schreiben zu lesen. Doch das war egal. Heute hatten wir uns bewiesen, und die Teilnehmerzahlen hatten gezeigt, dass wir nicht nur einer Attacke widerstehen konnten, sondern unsere Positionen stark genug waren, um den Staat dazu zu zwingen, einen Schritt zurück zu machen. Ich hatte unbedingt dort sein wollen. Zuerst hatte ich Angst gehabt, aber als wir den Platz verließen, jubelnd und skandierend, fühlte ich mich so kühn und mutig wie nie zuvor in meinem ganzen Leben.

Wir kehrten zum Triangle zurück. Mittlerweile war es Nacht geworden, und die Stimmung unter den Studenten war begeistert. Die Menschen tranken und tanzten, Reden wurden geschwungen, verschiedene Gruppen hielten improvisierte Debatten ab. Auch Macaw ließ sich von der Stimmung mitreißen, schaute mit sichtbarer Faszination dem Treiben zu. In der Mitte wandte sich jemand mit einer Rede an die Menge, und ein paar Momente lang wurde es ruhig. Eine Studentin aus einem höheren Semester begann zu sprechen. Wahrscheinlich war sie höchstens Mitte zwanzig, doch damals kam sie mir älter vor.

»Genossen. Brüder und Schwestern. Freunde. Heute ist ein wundervoller Tag gewesen. Heute sind wir marschiert und haben unser Engagement für das China gezeigt, das wir bald zu sehen hoffen.«

Die Menge jubelte.

Sie lächelte ironisch. »Aber ... und es gibt immer ein ›Aber‹! *Aber* ... als Studentin der Ingenieurswissenschaften habe ich etwas sehr Einfaches verstanden. Energie, Dampf, Bewegung ... sie müssen gelenkt werden, sonst verpuffen sie. Das Gleiche gilt auch für uns, für jetzt. Wir haben den Platz in Beschlag genommen, doch am Ende können sie einfach warten, warten, bis wir müde sind, warten, bis wir ... uns wieder auflösen. Deshalb müssen wir mehr tun. Wir müssen proaktiv sein.

Einige der anderen Genossen haben für eine Strategie plädiert, die auch ich unterstütze. Sie schlagen vor, dass wir die Lehrveranstaltungen so lange boykottieren, bis die Regierung unsere Forderungen erfüllt und unseren Stimmen Gehör schenkt. Ich glaube, das ist eine gute, wichtige Idee, sogar eine essenzielle. Die Leute sagen über uns Studenten, dass wir es nicht ernst meinen. Nachdem ich hier mit euch gewesen bin und diese unglaubliche Zeit mit euch verbracht habe, weiß ich, dass das nicht stimmt. Wir meinen es sehr ernst. Wir kamen an die Uni, um zu studieren. Niemand will Vorlesungen verpassen. Aber wenn wir den Unibetrieb aufhalten, wenn wir die Gehälter der Universitätsverwaltung mit unserem kollektiven Auftreten bedrohen, können wir sie dort treffen, wo es wehtut. Und sie werden keine andere Wahl haben, als uns anzuhören!«

Wieder lauter Jubel.

Der nächste Sprecher stieg auf das Podium. Diese Stimme – leise, gemessen, mit ein wenig Ironie, eloquent und doch präzise. Es war eine Stimme, die ich überall erkannt hätte.

»Ich spende den Überzeugungen, die die letzte Sprecherin geäußert hat, Beifall. Ich denke, wir sind alle dieser Meinung«, sagte Gen. »Allerdings würde ich meinen Job als Studentenvertreter nicht richtig machen, wenn ich euch nicht darauf hinweisen würde, was für einen desaströsen Vorschlag sie da gerade gemacht hat.«

Murren kam auf, fast Unwillen vonseiten der Menge.

»Ich möchte die Genossen bitten, sich zu erinnern. Erinnert euch, was während der Kulturrevolution geschehen ist.

Sie hat Wissen zerstört. Sie hat Akademiker zu Verdächtigen gemacht. Sind wir sicher, dass wir diesen Weg wieder gehen wollen? Den Weg des radikalen Extremismus? Wollen wir tatsächlich zu jener Zeit zurückkehren?«

Nun kamen die ersten Buhs aus der Menge. Und obwohl ich weit entfernt stand, konnte ich den Ausdruck auf seinem Gesicht erkennen. Es war ein Ausdruck der Überraschung. Ich glaube, aufgrund seiner Wortgewandtheit und seines gesunden Menschenverstands war Gen sich sicher gewesen, die Leute auf seine Seite ziehen zu können. Doch ich sah auch, dass er die Gefühle der Studenten falsch interpretiert hatte. Vielleicht, weil er nicht begriffen hatte, was es für uns alle bedeutete: das Gefühl, missachtet und ignoriert, ja sogar brutal behandelt zu werden. Und jetzt das Gefühl, daraus neue Kraft zu ziehen.

»Ist es nicht besser zu verhandeln, als zu drohen?«, fragte er, mit schrillerem Ton, während sich ein Hauch Panik in seine ansonsten ruhige und gesetzte Haltung stahl.

»Ist schwierig, zu verhandeln, wenn einem die Polizei mit Knobelbechern ins Gesicht tritt!«, rief jemand.

Gen sah betroffen aus. »Nicht alle bei der Polizei sind brutal. Und nicht alle Leute aus der Universitätsverwaltung und der Regierung sind schlecht. Das sind nicht alles rechtslastige Konservative. Manche hegen Sympathien für unsere Anliegen. Das sind die Menschen, auf die wir abzielen müssen. Wenn wir vorschnell handeln, wenn wir nicht Vernunft walten lassen ... dann laufen wir Gefahr, all diejenigen zu vergrätzen, die uns zu Hilfe kommen könnten. Vor allem müssen wir vernünftig und rational sein, wir sollten ausgeglichen reagieren ...«

Die Buhs und Pfiffe waren ohrenbetäubend. Neben mir schüttelte Madam Macaw den Kopf. »Was für ein Depp«, sagte sie.

Sie wusste nicht, dass der Sprecher Gen war – »mein« Gen. Hätte sie den gleichen Kommentar noch wenige Monate zuvor abgegeben, dann hätte ich vor Irritation, ja vor Ärger, nur schwer an mich halten können. Ich hätte ihr sagen wollen, wie wenig sie von ihm wusste, wie brillant und überzeugend er war, dass sein Stern im Aufstieg und er für Größeres geboren sei. Doch als ich ihn jetzt sah, wie er verblüfft auf der Bühne stand und ratlos in die Menge blinzelte, wusste ich, dass sich etwas verändert hatte.

Während unserer Beziehung war Gen derjenige gewesen, der die Antworten hatte. Wenn wir in Restaurants oder Bars gingen, wusste er immer, wie man mit einem lässigen Fingerschnippen, das selbstverständlich und so erwachsen wirkte, den Kellner auf sich aufmerksam machte. Immer fischte er ein passendes Zitat aus seinem gut sortierten Gehirn, von einem Philosophen oder einer historischen Figur, um mir aus einer Zwickmühle oder bei einem ungelösten Problem zu helfen. Nun aber wusste ich ohne jeden Zweifel, dass die Tragweite der Ereignisse ihn überholt hatte. Ich sah ihn dort auf dem Podium stehen und um Worte ringen, und auf einmal wirkte er einfach nur verloren. Ich empfand keinen Ärger auf ihn, aber auch keine Bewunderung mehr. Nur Mitgefühl.

Später waren Anna und ich zusammen in einer Studentenbar. Wir trafen uns mit Lan, Min, Jin Feng und Li Xin, mit Pan Mei und Ai Xiu. Lan legte, wie immer, mit der Wärme eines Kindes die Arme um mich. Pan Mei lächelte mir schüchtern, aber herzlich zu. Sie alle hatte die gleiche Begeisterung, die gleiche erwartungsvolle Haltung erfasst. Selbst Min, der Sarkastischste von uns, schien aufgeregt und blinzelte mir wissend zu. Als Lan Platz nahm, bemerkte ich, wie er seinen kleineren, leichteren Freund fragend ansah; und Min wiederum nahm die große Hand seines Liebsten und drückte sie kurz. Als ich sie alle so anschaute, wurde mir bewusst, dass ich zu ihnen gehörte, auch wenn ich nie mit ihnen Theater gespielt hatte. Zuneigung durchströmte mich.

Min blickte Madam Macaw schlitzohrig an.

»Also, Anna«, sagte er. »Wir alle haben nachgedacht.«

»Oh, oh!«, machte sie.

»Jetzt sei nicht so. Zynismus passt weder zu deinem strahlenden Gesicht noch zu deinem wundervollen Charakter. Hör mich an. Wir haben nachgedacht. Nach allem, was passiert ist, sollten wir Marodeure ein kleines Spektakel aufführen. Wenn große Ereignisse ihre Schatten vorauswerfen ...«

»Ach herrje, jetzt geht's aber los!« Sie warf in gespielter Verzweiflung die Hände in die Luft. »Wir sind eine Theatertruppe; wir sind Schauspieler, keine Politiker.«

»Das stimmt«, sagte Min und streckte die Hände aus, wie um sie zu beschwichtigen. »Du hast vollkommen recht. Aber manchmal kann die künstlerische Geste politisch sein. Sie weckt die Leute auf. Zwingt sie zum Nachdenken. Schafft Chaos und Aufruhr in der Gefühlswelt. Markiert einen Bruch mit dem Traditionellen, dem Gewöhnlichen, dem Langweiligen.«

Macaw schaute ihn zweifelnd an. »Was hattest du genau im Sinn?«

»Nun«, sagte Min, »es ist nicht so sehr, was *ich* im Sinn hatte. Eigentlich war es Pan Mei, die die Idee aufgebracht hat.«

Pan Mei blinzelte, ihre kleinen, freundlichen Augen blickten scheu aus dem großen, schlaffen Gesicht – als würde ein Anflug von Angst ihren massiven Körper streifen, weil sich alle Blicke auf sie richteten. Pan Mei war eine freundliche Person, klug und nachdenklich. Sie verehrte Madam Macaw, die sie ebenso unter ihre Fittiche genommen hatte wie mich. Doch Pan Mei hatte vermutlich auch ein wenig Angst vor ihr.

»Nun«, fragte Macaw und schaute Pan Mai nicht unfreundlich an.

»Na ja, es gibt da dieses Stück namens *Mutter Courage und ihre Kinder.* Es wurde von Bertolt Brecht geschrieben, ein Europäer. Es spielt vor Jahrhunderten, spricht uns aber auch heute noch an, weil es eine Allegorie auf den Faschismus und den extremen Nationalismus darstellt.«

»Ich habe es gelesen«, sagte ich und schaute Pan Mei an. »Es ist großartig.«

Sie sah mich an und lächelte, nein, sie strahlte.

»Und es passt auch sehr gut«, fuhr ich fort. »Die Regierung kultiviert eine Stimmung des Ultranationalismus. So rechtfertigen sie ihre Repressalien gegenüber der Presse. Sie sagen, wir seien dem Land gegenüber *nicht loyal.*«

»Brecht!«, stöhnte Macaw. »Wirklich? Im Ernst? Da können wir doch gleich drei Stunden die Internationale singen. Alle werden einschlafen vor Langeweile.«

»Tatsächlich ist es ein sehr faszinierendes Stück«, beharrte Min mit funkelnden Augen. »Es dreht sich um eine dickköpfige, mutige und vollkommen verrückte Frau, die eine zerlumpte Truppe von Unangepassten anführt, die im Land herumziehen und singen und spielen. Ach, und habe ich erwähnt, dass sie mit Vornamen Anna heißt?«

Macaw musste grinsen, ob sie es wollte oder nicht.

Einen Moment lang wurde Min ernst. »Es gibt bereits Gerüchte um eine neue große Demonstration. Sie ist für den 4. Mai angesetzt. Man geht davon aus, dass sie größer wird als alles bisher Dagewesene. Wir könnten eine Aufführung vorbereiten. Denk doch nur: ein Publikum, das in die Tausende geht. Es gibt schlechtere Methoden, um auf sich aufmerksam zu machen.«

Macaw nickte, runzelte dann die Stirn. »Aber das ist schon in einer Woche. Ich möchte bezweifeln, dass wir bis dahin auftreten können.«

»Es ist eine Herausforderung«, gab Min zu. »Aber es ist zu

schaffen. Es ist, relativ gesehen, ein kurzes Stück. Außerdem kann man es straffen.«

Er wandte sich mir zu. »Zuverlässige Zeugen berichten mir, dass du die beste Schriftstellerin in unseren Reihen bist, Lai! Und du kennst offenbar das Stück. Glaubst du denn, du könntest es auf eine Vorlage herunterkürzen, die in aller Eile von sieben Schauspielern auf die Bühne gebracht werden kann?«

Alle schauten mich an. Ich wusste nicht genau, wie ich die Frage beantworten sollte. Doch die Tatsache, dass er »in unseren Reihen« gesagt hatte, schenkte mir ein Gefühl der Zugehörigkeit, das ich kaum zurückweisen konnte. Ich hatte Angst, sie vielleicht zu enttäuschen; ich hatte vor so vielen Dingen Angst. Trotzdem war mir bewusst, dass diese Angst zu vernachlässigen war, wenn man sie mit dem verglich, was so viele Studenten gerade durchgemacht hatten.

Ein Lächeln stahl sich auf mein Gesicht. »Ich kann es versuchen!«

Die Marodeure brachen in Jubel aus.

Die Arbeit ging zügig voran. Min hatte mir seine eigene abgegriffene, eselsohrige Ausgabe des Stücks überlassen. Rasch nahmen die Charaktere des Stücks Gestalt in mir an. Natürlich musste Macaw die Mutter Courage spielen, das lag auf der Hand. Und die anderen Figuren ergaben sich von selbst. Ich schnitt hier ein wenig, straffte dort. Ich lernte schnell – das musste ich auch –, obwohl es eine Art zu schreiben war, die ich nie zuvor geübt hatte. Und es brachte mich mit dem Stück selbst in Kontakt, das zutiefst bewegend war. Die Stimmung auf dem Campus war angespannt, doch es gab auch eine Unterströmung der Aufregung und Freude, den drohenden Gefahren zum Trotz. Das Stück, das Jahrhunderte früher spielte, während eines jahrzehntelangen Krieges, schien weit weg von

Tempo und Rhythmus der jetzigen Ereignisse zu sein. Und dennoch passte es dazu, auf unheimliche Weise.

Eine Weile hatte ich gedacht, dass die Studentenbewegung bei der Rebellin in Macaw langsam Anklang fand. Sie glaubten jedoch nach wie vor, dass die Studenten nicht gewinnen konnten. Sie hielt die Situation für hoffnungslos. Courages Pilgerfahrt durch die dunkelsten Ecken eines kriegsgeplagten Europas, bei der sie ihre Habseligkeiten mitsamt ihrer Familie auf einem Karren hinter sich herzog, war eine Reise, die ihr letztendlich den schrecklichsten Verlust und eine Niederlage bescheren würde. Und zugleich sprachen aus dem, was sie tat, Lebenslust und Menschlichkeit. Die Bewegung, die gerade entstand, erfüllte mich mit Angst und Sorge, weil ich erwartete, dass die Formen und Strukturen der Welt – die wie in Fels gemeißelt und unverbrüchlich schienen – jeden Moment über uns zusammenbrechen könnten. Doch die Kreativität, die entfesselt worden war, die Debatten, die wir führten, das Gefühl von Solidarität, das uns erfüllte – all das fühlte sich an, als wären wir gemeinsam auf eine große Pilgerfahrt gegangen, selbst wenn diese zum Scheitern verurteilt war. Und als wäre das, was wir taten, die Mühe wert, ganz gleich, was passierte. Das war es, was ich aus dem Stück zog. Das war der Grund, warum es mich ansprach und mir trotz seiner historischen Ferne so zeitgemäß erschien.

Ich habe Jahre gebraucht, um alles zu verstehen, was damals geschah, es intellektuell zu begreifen, und es wird aus der Distanz heraus leichter. Ich will nicht behaupten, dass ich das Stück damals schon voll und ganz in den Zusammenhängen gesehen habe, die ich gerade aufgezeigt habe, aber das macht nichts; wichtig ist, dass ich seine Wahrheit spürte. Je mehr ich an *Mutter Courage* arbeitete, desto deutlicher empfand ich seinen Einfluss auf meine eigene Wirklichkeit, ob ich nun mehr und mehr verzweifelte oder mehr und mehr hoffte – alles im selben Moment. Ich arbeitete fieberhaft und bekam es irgendwie hin, es fertigzustellen. Es war die Nacht zum 1. Mai. Ich hatte den Entwurf mehrfach überarbeitet, und jetzt hatte er eine Form erlangt, die mir zusagte. Der Nachteil war, dass die Schauspieler nur zwei intensive Tage hatten, um ihren Text zu lernen. Daran war nichts zu ändern.

An jenem Abend gelangte ich, mit brennenden Augen von der stundenlangen Konzentration, ans Ende. Ich hatte die letzte Ansprache von Mutter Courage kopiert, die zugleich auch ein Lied ist. Es erklingt, nachdem ihre Tochter sich selbst opfert und auf eine Trommel schlägt, um die Stadtbewohner zu wecken und vor einem drohenden Angriff zu warnen. Kattrin, die Tochter, wird erschossen. Die letzte Szene spielt früh am Morgen, wenn die Courage ein Wiegenlied singt und den Verlust ihres Kindes beklagt.

Als ich die allerletzte Zeile geschrieben hatte, legte ich meinen Stift beiseite, rieb mir die schmerzenden Augen, doch trotz meiner Erschöpfung pulsierte die Macht dieses Schauspiels in meinen Adern wie Blut. Ich hatte geschafft, was nötig war. Ich hatte gedacht, dass ich diese wenigen Tage nicht durchhalten würde, und wenn, dann würde ich mich nur noch nach Schlaf sehnen. Jetzt, wo ich fertig war, wollte sich der Schlaf nicht einstellen. Leise schlich ich mich aus meinem Zimmer und aus der Wohnung.

Es herrschte zwar keine Ausgangssperre, doch die Nachrichten von den Studentenprotesten und der polizeilichen Gewalt hatten ein Klima der Beklemmung geschaffen, das über den stillen Straßen hing. Ich verließ das Gebäude gegen elf Uhr abends, vielleicht sogar später, und die Straßen waren leer, wie in einer Geisterstadt. Ich machte mich zu Fuß auf den kurzen Weg zum Friedhof. In der Dunkelheit brannten ein paar Kerzen und beleuchteten die Umrisse der Denkmäler und Gräber. Das meiner Großmutter hatte ich schnell gefunden. Ich war schon oft dort gewesen. Zuerst aus einem Pflichtgefühl heraus – damals wollte ich mich meiner Trauer noch nicht stellen, hatte aber das Gefühl, ich sei es ihr schuldig –, irgendwann aber war der Besuch ihres Grabes zu einer Art Reinigung geworden.

Zu dieser Nachtzeit lag eine Kühle in der Luft, obwohl es bereits Spätfrühling war. Hier zu sein gab mir das Gefühl, endlich wieder atmen zu können. Es war so still, dass ich nur flüstern konnte.

»Ich wünschte, du wärst hier, Po Po. Ich weiß nicht, wie du zu alldem stehen würdest. Wahrscheinlich würdest du kein gutes Haar an den Protesten lassen. Aber ich glaube, sie hätten auch deine Stimmung gehoben.«

Früh am Morgen des 4. Mai wachte ich mit einer kribbeligen Mischung aus Angst und Vorfreude im Bauch auf, einem Gefühl, das so trügerisch war wie Zwielicht.

Die Demonstration hatte ursprünglich auf Mundpropaganda basiert, die man sich in den Studentenbars und bei Zusammenkünften zuflüsterte, mehr eine Legende als eine Tatsache. Doch die Studenten waren auf der Straße gewesen, sie hatten der Polizeigewalt getrotzt, hatten der Obrigkeit Widerstand geleistet, und sie wurden immer besser darin. Damals war mir noch nicht bekannt, dass Anfang Mai ein neues Organ ins Leben gerufen worden war: die Autonome Föderation der Studierenden Pekings. Sie umfasste die offiziellen Studentenbünde und führte die Studentenanführer von etwa achtzehn Schulen und Hochschulen zusammen. Die Führung durch die traditionelle Studentengewerkschaft hatte ausgedient, und der neue Zusammenschluss war dazu in der Lage, Proteste zu koordinieren, sie in einem nie da gewesenen Maße zu organisieren und zusammenzuführen. Das Allererste, was die Föderation tat, war, den Boykott der Lehrveranstaltungen zu legitimieren. Ich war selbst an der Uni, als die Vorlesungssäle geisterhaft und menschenleer waren. Kaum jemand widersetzte sich dem Boykott, so populär war er. Etwa sechzigtausend Studenten aus achtundvierzig Colleges und Universitäten in Peking weigerten sich, den Unterricht zu besuchen.

Das Zweite, was die Autonome Föderation tat, war, den Protest vom 4. Mai zu koordinieren. An jenem Tag betraten wir, die Marodeure, den Campus und trafen auf fast ferienhafte Ausgelassenheit. Vor genau siebzig Jahren hatten die Studenten mit ihrem Protest gegen die Friedensverhandlungen in Versailles nach dem Ersten Weltkrieg eine Revolution in Gang gebracht, und man hatte ihren Protesten den Namen Vierte-Mai-Bewegung gegeben. Ich glaube, wir waren etwas bescheidener. Wir wollten nur die Aufmerksamkeit der Regierung wecken, wollten eine milde Reform in einem System, das bis dato totale Unterwerfung gefordert hatte. Doch jenes Vermächtnis war eine wirksame Erinnerung daran, dass fundamentale Neuerungen nicht immer utopisch oder naiv sein müssen. Und so konzentrierten sich die Proteste auf meinem Campus auf einem großen Sportplatz auf der östlichen Seite der Universität, der schon bald den Namen »Feld des Vierten Mai« erhielt.

Es war unglaublich. Es war ernst und lustig zugleich, ein Festival mit Protestcharakter. Studenten hatten Buden aufgestellt, grillten Fleisch auf Rosten, direkt auf dem Gras; es gab Stände, wo man kalte Getränke und Bier kaufen konnte, es gab Gaukler, sogar Clowns. Währenddessen fanden Debatten statt, politische Reden wurden gehalten, und die Leute konnten an Tischen ihre Stimme für Studentenvertreter abgeben. Es war ganz anders, als ich es mir vorgestellt hatte. Selbst Macaw, die aus historischen Erwägungen Misstrauen gegen die Studentenmobilisierung hegte, war offenbar beeindruckt.

Wir packten unsere wenigen Utensilien aus; so sehr die Marodeure auch an Auftritte gewöhnt waren, waren sie doch nervöser als sonst. Jeder spürte, dass dieser Tag von großer Bedeutung war. Neben immer wieder aufbrandendem Jubel gab es auch ernstere Momente. Einer der Sprecher wurde von einem jungen Mann im Publikum unterbrochen, der ihn beschuldigte, ein Spion zu sein, Unruhe machte sich breit. Zu Beginn unserer Performance waren wir alle aufgeregt; auch wenn mein Job als Autorin erledigt war. Mir stand nun der Genuss bevor, dem Spiel als Zuschauerin beizuwohnen.

Wir hätten uns keine Sorgen machen müssen. Schon bald hatte sich eine ansehnliche Menschenmenge versammelt, und das Publikum quittierte das Schauspiel mit Begeisterung. Die Kulissen waren handgemacht und minimalistisch, besondere Effekte gab es nicht. Macaw spielte die Courage mit dem ihr eigenen wilden, einschüchternden Charisma, und die anderen Spieler versammelten sich um sie, wie angezogen von ihrem Magnetismus.

Finanziell kam nichts bei dem Auftritt heraus, es war keine solche Vorstellung. Doch danach wurden wir mit Grillhuhn und so viel Bier entlohnt, wie wir trinken wollten. Und obwohl es ein billiges Gesöff war, hat mir Bier niemals so gut geschmeckt – weder vorher noch nachher. Die Anzahl der Leute auf dem Sportplatz wuchs und wuchs, und wenn wir aneinander vorbeigingen, machten wir das V-Zeichen für Victory, Sieg. Während der Nachmittag in den Abend überging, verließen wir den Sportplatz – große Massen von Studenten, die nach und nach die Uni hinter sich ließen und auf den Platz des Himmlischen Friedens strömten, während über unseren Köpfen ein Sonnenuntergang den Himmel mit seinem leuchtend kupferfarbenen Glanz übergoss.

Tausende Menschen strebten über die Zugangsstraßen auf den Hauptplatz zu, und es war sofort klar, dass die Behörden über unser Vorhaben informiert waren. Einheiten der Militärpolizei blockierten die Ränder des Platzes, entschlossen, uns davon fernzuhalten. Es wurden immer mehr Menschen. Die Soldaten wirkten angespannt – mit diesen Massen hatten sie nicht gerechnet. Ich spürte, wie mein Atem schneller ging, aber ich war entschlossen, diesmal nicht wegzulaufen, ganz gleich, was passierte. Diesmal nicht. Ich blickte zur Seite. Macaw runzelte die Stirn – ihr Zeichen von Entschlossenheit, ihrem unverbrüchlichen Willen. Die Anwesenheit der Soldaten war für sie eine Beleidigung.

Sie schaute uns an, die grünen Augen leuchteten, und ein verschlagenes Lächeln huschte über ihr Gesicht.

»Wir machen es noch mal. Lasst uns noch mal auftreten. Jetzt!«

Und so kam es, dass wir eine zweite Aufführung von *Mutter Courage und ihre Kinder* auf die Bühne brachten, am Rande des Platzes des Himmlischen Friedens, vor riesigen Einheiten von Polizei und Soldaten, die uns in Grund und Boden starrten, inmitten des größten Protests gegen die Regierung, den es jemals gegeben hatte. Bis zum heutigen Tag weiß ich nicht, wie wir es schafften, den Platz zum Spielen frei zu halten, wieso der Lärm der Massen es nicht schaffte, die Schauspieler zu übertönen, oder wie es den Murrenden Marodeuren überhaupt gelang, solch eine unglaubliche Vorstellung hinzulegen. Was mir jedoch bis zu meinem letzten Atemzug nicht mehr aus dem Kopf gehen wird, ist der letzte Monolog, den Macaw spielte. Als Courage bettet sie den Leichnam ihrer toten Tochter auf ihren Schoß wie in einer Wiege, die unschuldige junge Frau, die die Trommel gerührt hatte, um die Leute in der Stadt zu warnen, womit sie ihr Schicksal besiegelt hatte. Courage hielt ihre tote Tochter in den Armen und sagte die Worte, die mir die Tränen in die Augen trieben: »Vielleicht schlaft sie.«

Macaw sang ein Wiegenlied, und ihre Stimme brach vor Zärtlichkeit, der Zärtlichkeit eines Menschen, der so viel älter war, der etwas – oder jemanden – unerträglich Kostbares verloren hatte und dessen Welt nie wieder eine Farbe sehen würde. Und doch – weil da Liebe war, war da auch Hoffnung. Bewegende, unerträgliche, menschliche Hoffnung. Ich sah Tränen auf den Gesichtern der zuschauenden Demonstranten, ich spürte, wie mir selbst die Tränen heiß übers Gesicht liefen. Dann trat Anna nach vorne und sagte die letzten Worte des Stückes:

Das Frühjahr kommt. Wach auf, du Christ!
Der Schnee schmilzt weg! Die Toten ruhn!
Und was noch nicht gestorben ist
Das macht sich auf die Socken nun.

So viele Jahre sind seither vergangen, doch ich sehe immer noch Annas Gesicht, schimmernd in seiner Schönheit und seinem Trotz, während hinter ihr die Polizei und das Militär beginnen, wie eine fließende schwarze Masse auf uns zuzumarschieren. Ich höre auch die Schreie der Studenten um uns herum, während uns allmählich klar wird, was gleich passieren wird.

Und dann geschieht etwas ganz anderes. Etwas, mit dem niemand gerechnet hat. Die Tausenden von Pekinger Bürgern, die sich am Rande des Platzes versammelt hatten – Straßenarbeiter, Kellner, Paare, Müllmänner, Passanten jedweder Art –, traten nach vorne und stellten sich vor die Studenten. Polizei und Militär wurden an ihrem Angriff gehindert und schauten verblüfft zu, wie die Menge wuchs. Die Anzahl der Pekinger Bürger, die uns schützten, wurde immer größer. Sie brachten uns Brot, Wasserflaschen, Eiscreme. Als wir wieder die Chang'an-Straße erreichten, war vor mir ein Meer aus

Menschen, Jung und Alt, Männer und Frauen, die auf den acht Spuren des großen Boulevards aus jeder Richtung und aus jedem Teil der Stadt herbeiströmten.

Und zum zweiten Mal an jenem Tag weinte ich.

FÜNFUNDDREISSIG

Als ich spät an jenem Abend nach Hause kam, war ich erschöpft, aber beseelt. Während ich in der nächtlichen Stille auf unser Wohnhaus zuging und mich noch einmal umdrehte, blickte ich über die Stadtlandschaft, die sich vor mir in der Dunkelheit erstreckte, ein Meer aus Lichtern, glitzernd vor dem Schwarz des Himmels, und mir schien, dass in jedem dieser Lichter etwas brannte, das mir Hoffnung machte. Jedes einzelne von ihnen stellte eine Existenz dar, die entschlossen war, in der Dunkelheit Gestalt anzunehmen. Ich empfand einen Moment großer Hoffnung, und auch ein Gefühl der Macht. Wir alle gestalteten die Horizonte der Zukunft und erschufen Möglichkeiten, die sich die Generation unserer Eltern wohl kaum hätte vorstellen können.

Ich war nur eine von vielen, spürte an jedem einzelnen Tag meines Lebens, wie klein ich war – und doch waren auch in mir ganze Welten, die sich entfalteten, denn ich war Teil dieses wundervollen und zugleich beängstigenden Aufschwungs, der über die Universität und meine Familie und die schmalen Schranken meines Lebens weit hinausging und mich mitten in die große und unendliche Bewegung von Tausenden und Abertausenden von Menschen hineinzog, die bis in die Tiefe ihrer Seele berührt wurden. Macaw begegnete den Studenten mit Skepsis, doch das Bild, das sich von diesem Tag in mir festgebrannt hatte, war sie – mit glänzenden Augen, das Gesicht nach oben gerichtet, schimmernd in der Dunkelheit, wie sie jene letzten Worte an die Menschenmenge richtete, während sich hinter ihr die unzähligen Reihen der Polizei in Bewegung setzten.

Viele Jahre später sah ich im Louvre Delacroix' Gemälde *Die Freiheit führt das Volk*. Ich war keine Kennerin der bildenden Kunst, und obwohl es ein vollkommen anderer Kontext war, führte mich der Anblick dieser Allegorie der Freiheit, die inmitten von Menschen auf Barrikaden ihre Fahne schwenkt, auf der Stelle zurück zu dem Bild von Anna an jenem Tag, laut und auf so wilde Art wunderschön, wie sie jene Worte in die rauchige Dunkelheit hinausschmetterte. Ich war damals mit meinem Ehemann und meinen zwei kleinen Kindern unterwegs und musste mich rasch von ihnen abwenden – so gewaltig hatte sich die Vergangenheit in mir zurückgemeldet und Gefühle in mir ins Rollen gebracht. Ich hüstelte, entschuldigte mich und floh in Richtung Toilette, versuchte irgendwie das Weinen zu unterdrücken, das in mir aufstieg. Es war unerwartet und vielleicht auch unvermeidlich gewesen.

Wenn ich heute auf den Abend nach jener Aufführung zurückblicke, schien mir damals alles möglich zu sein. Jene Nacht war durchtränkt mit einem besonderen Zauber. Ich kehrte in die Wohnung zurück, mir schwirrte der Kopf. Ja, ich war erschöpft, doch das Momentum der Geschehnisse hatte mich mitgerissen, und ich wollte alles aufschreiben. Als ich doch die Wohnung betrat, flimmerte im Wohnzimmer der Fernseher. Zuerst dachte ich, das sei mein Bruder, der sich seine Zeichentrickfilme anschaute, aber es war elf Uhr nachts, viel zu spät für ihn, um noch wach zu sein. Und auch mein Vater, der trotz seines rationalen wissenschaftlichen Denkens dem Fernsehen misstraute, konnte es nicht sein. Deshalb ging ich ins Wohnzimmer, um nachzuschauen, während in mir noch immer die Euphorie brannte, die diesen Tag geprägt hatte.

Da saß meine Mutter. Sie hatte ein Glas Wein vor sich stehen. Mir fiel auf, dass ich sie in letzter Zeit öfter mit einem Gläschen Wein sah. Keineswegs immer. Aber immer öfter. Es beunruhigte mich nicht besonders. Meine Mutter war zu spröde und zu kontrolliert, um in den Alkoholismus abzurutschen. Trotzdem war es ein wenig verwunderlich, sie um diese späte Stunde anzutreffen. Spürte ich damals, wie einsam sie war? Vielleicht. Doch an einem Tag, an dem man so Großes erlebt hat, kann man kleinere Dinge sehr leicht übersehen.

»Was schaust du denn?«, erkundigte ich mich, weil ich irgendetwas sagen wollte.

Sie wandte sich mir zu. Sie lächelte, aber ihre Augenlider flatterten ein wenig.

»Hast du den nie gesehen?«, murmelte sie. »Das ist *Der letzte Kaiser.*« Sie wandte sich ab. »Was nützt eigentlich deine ganze Universitätsausbildung, wenn sie dir so was nicht nahebringen? Etwas, das so wichtig für unsere Vaterlandsliebe ist? Das so viel darüber aussagt, wer wir sind?«

Ich spürte die Anspannung in mir, wie einen harten, kleinen Ball. Ich kannte den Film. Ich fand ihn eher schwülstig und klischeebehaftet. Darum ging es ihr gar nicht. Ich glaube, meine Mutter mochte den Film selbst nicht besonders, aber er galt als Bildungsfernsehen. Offenbar wurmte es meine Mutter nach wie vor, dass sie nicht auf der Uni gewesen war, anders als mein Vater und ich.

Sie schaute mich durchtrieben an. »Aber so ist das. Da geben wir so viel Geld für deine Ausbildung aus, doch statt dass ihr erst mal die Klassiker lernt, verbringt ihr eure Zeit auf der Straße, schreit herum und trinkt!«

»Ich habe ein Stipendium. Du zahlst also nicht für mein Studium. Und mir scheint, dass du dem Trinken auch nicht ganz abgeneigt bist!«

Das war mir herausgerutscht, ohne dass ich es wollte. Meine Mutter sprang auf, zitternd, wutentbrannt. Und ich hätte mich selbst ohrfeigen können, denn erst jetzt wurde mir bewusst, dass sie genau das gewollt hatte. Irgendwie hatte sie diese Konfrontation gesucht.

»Es tut mir leid, Mutter. Das hätte ich nicht sagen dürfen. Ich weiß es sehr zu schätzen, was du und Vater für mich tut. Es ist spät, und ich bin müde.«

Sie schaute mich hart an.

»Das überrascht mich nicht. Es war im Fernsehen, weißt du das? Was *du* getan hast!«

Ich wusste, dass sie sich auf die Proteste bezog, doch mit dem *Du* tat sie so, als wäre ich für die Bewegung und die Handlungen von Hunderttausenden Menschen verantwortlich. Das war so lächerlich, dass ich mir ein kleines Lächeln nicht verkneifen konnte.

Und das machte sie nur noch wütender.

»*Du* und deine *Studentenfreunde*« – das Wort sagte sie hämisch und abfällig –, »*du* und deine *Studentenfreunde* seid ja so damit beschäftigt, zu marschieren und herumzuschreien, einfach weil ihr es könnt! Weil ihr nie in eurem Leben kämpfen musstet, weil man euch alles in den Hintern geschoben hat. Was glaubst du denn, was der Mann auf der Straße von euren Petitessen hält? Glaubst du wirklich, den kümmert es, wie laut du und deine Freunde schreien?«

Ich spürte, wie Wut in mir aufkam, doch ich hatte durch das Zusammenleben mit meiner Mutter Übung darin, mich unter Kontrolle zu bringen. Ich sah sie – das Weinglas in der Hand, ihre rot geränderten Augen, Speicheltropfen auf den Lippen – und verspürte große Distanz, sogar einen Hauch Mitgefühl. Ich wollte, dass sie wusste, worum wir kämpften; in dem Moment hatte ich das Gefühl, wenn sie damit klarkam, könnte sie irgendwie auch mit mir besser klarkommen.

»Mutter. Es sind nicht mehr nur die Studenten …«

Ich merkte, wie meine Stimme heiser wurde vor Erregung.

»Mutter, wenn du dabei gewesen wärst, hättest du es auch empfunden. Ja, zuerst waren da die Studenten. Aber dann kamen andere dazu. So viele Menschen. Die Arbeiter Pekings jubelten uns von ihren Balkonen zu. Sie brachten uns zu essen und zu trinken. Fast jeder in der Stadt steht jetzt hinter uns.«

Ich unterbrach mich. So offen hatte ich noch nie mit ihr gesprochen, doch ich wollte unbedingt, dass sie mich verstand. Ich hoffte es.

Sie lächelte verhalten, und eine Sekunde lang dachte ich, sie zeige Mitgefühl. Verständnis. Nur eine Sekunde lang. Und dann ergriff sie wieder das Wort, mit einer seidigen, herablassenden Stimme, dick wie Melasse, eine Parodie der Freundlichkeit.

»Ich verstehe ja, dass du nicht gerade eine Schönheit bist. Und da Gen dir offenbar den Laufpass gegeben hat, versuchst du jetzt deinem Leben einen anderen Sinn zu geben. Vielleicht liefern diese Proteste dir den ja tatsächlich …«

Sie verstummte, lächelte aber immer noch ihr schmales, feines Lächeln.

Ich spürte, wie die Anspannung in meinem Bauch steinhart wurde.

»Ja, diese Proteste geben mir tatsächlich etwas«, sagte ich leise. »Sie helfen mir dabei, meine Zukunft zu gestalten. Damit ich nicht wie eine Hausfrau ende, die wütend und verbittert in der Falle sitzt. Die noch nie in ihrem Leben aus Peking herausgekommen ist!«

Meine Mutter blinzelte. Und dann schlug sie mir ins Gesicht.

Sie legte alles in diesen Schlag. Und er kam so plötzlich, dass mir der Kopf dröhnte. Einen Moment lang schauten wir uns nur blinzelnd an. Ich spürte, wie mir die Zornesröte ins Gesicht stieg.

Sie sah mich an. Ihre Augen waren feucht. Und dann verließ sie das Zimmer.

Ich stand unter Schock. Obwohl sie mich früher manchmal geschlagen hatte, war es seit einigen Jahren nicht mehr vorgekommen. Die Geräusche des Films plätscherten im Hintergrund vor sich hin, die Bilder flackerten. Ich ging zum Fernseher hinüber und schaltete ihn aus. Plötzlich war es stockfinster. Mein Herz klopfte. Ich machte mich auf den Weg in mein Zimmer, zog mich aus, schlüpfte ins Bett.

Ich war voller Zorn. Wütend. Indem ich zuließ, dass meine Mutter mich provozierte und mich so aus der Fassung brachte, hatte ich ihr den Sieg überlassen. Als ich nach Hause gekommen war, hatte mich ein Gefühl der Hoffnung getragen, das die Zukunft und meine eigenen Möglichkeiten als Erwachsene in einem guten Licht erscheinen ließ, doch sie hatte es geschafft, mich wieder zu einem miesepetrigen, verzweifelten Kind werden zu lassen. Ich lag da und hasste sie von ganzem Herzen, zugleich hasste ich mich selbst. Ich lag im Bett, ballte die Fäuste vor Wut und war wieder ein siebenjähriges kleines Mädchen.

• • •

In den Tagen darauf passierte einiges. Die Studenten und ihre neuen Vertreter versuchten, ihre Forderungen zu stellen. Ich nenne es Forderungen, aber zum größten Teil handelte es sich um schlichte, patriotische Appelle für Meinungsfreiheit und demokratischere Strukturen im Bildungswesen. Immerhin war »Dialog« das Schlagwort der Proteste. In der Mehrheit waren wir damals Reformisten – Menschen also, die versuchen wollten, den Ton der Regierung zu gestalten und zu verändern. Nicht, sie zu stürzen. Doch der Staat zeigte sich taub, was unsere Petitionen und Proteste anging. Immerhin veranlassten unsere steigende Zahl und die zunehmende Unterstützung der Bevölkerung die Regierung dazu, eine direkte Erklärung herauszugeben. Vertreter von Premierminister Li Peng, einem Hardliner, traten im Fernsehen auf, verkündeten, die Autonome Studentenvereinigung Pekings nicht anzuerkennen, und weigerten sich, mit einer Gruppe von »Dissidenten« zu verhandeln, die die Proteste dazu nutzten, die »demokratische« Macht der »legitimen« Studentenorganisation für sich in Anspruch zu nehmen.

In anderen Worten, sie waren nicht dazu bereit, auch nur einen Zoll von ihrer Linie abzuweichen.

Natürlich wusste jeder, dass die Studentenvertretung seit Langem von den Interessen der Regierung vereinnahmt worden und moralisch korrupt war; die Proteste selbst hatten diese Ohnmacht ans Licht gebracht. Während Tag für Tag Hunderttausende durch die Straßen zogen, beharrten die Regierung und die Medien auf der Behauptung, dabei handle es sich nur um eine Handvoll subversiver Kräfte, die die Absicht hätten, dem Willen des Volkes zuwiderzuhandeln.

Es wäre komisch gewesen, wäre es nicht um Leben oder Tod gegangen.

Die Proteste wurden fortgesetzt. Einige Tage später kehrte ich zum Triangle zurück. Mittlerweile kannte ich mehr Leute, nicht dem Namen nach, aber viele Gesichter waren mir vertraut, und wir nickten uns zu, lächelten. Ich kann gar nicht beschreiben, wie wundervoll das war, dieses Gefühl der Solidarität und Freundschaft, selbst unter Menschen, die einander gar nicht kannten. Auch an jenem Abend wurden wieder Reden gehalten, und während die Stimmung zuvor vernunftbetont und verhalten gewesen war, wurde sie nun, nachdem die Regierung all unsere Forderungen abgelehnt hatte, zunehmend militanter. Die Ansprachen waren immer noch patriotisch ausgerichtet, zunehmend aber machte sich das Gefühl breit, betrogen worden zu sein, und langsam zeichnete sich eine wesentlich lebhaftere Opposition ab.

Die Behörden der Universität spürten das. Um halb zehn Uhr abends wurde dem Triangle der Strom abgedreht, genauer gesagt dem ganzen Campus. Ohne Elektrizität funktionierten die Lautsprecher nicht mehr, die Lichter gingen aus, und das ganze Gelände war in Dunkelheit getaucht. Doch das konnte uns nicht aufhalten. Mit Taschenlampen und Feuerzeugen bewaffnet strömten wir vom Campus und machten uns wieder einmal auf den Weg zum Platz, skandierten und sangen in der Finsternis. Ich war mitten in der Menge, die sich in Richtung Platz des Himmlischen Friedens bewegte, als mich jemand am Arm packte. Erschrocken fuhr ich herum und merkte, als ich mich wieder gefasst hatte, dass Gen vor mir stand. Sein Gesicht war verzerrt, panisch; so hatte ich ihn noch nie gesehen. Er wirkte kraftlos, blass, als hätte ihn ein Fieber gepackt. Er begrüßte mich nicht. Er schien durch mich hindurchzuschauen.

»Du weißt, dass das hier Wahnsinn ist, oder?«

Erstaunt stammelte ich: »Was denn? Was ist Wahnsinn?«

»Das Ganze hier. Dieser Massenauflauf. Die Mentalität eines Mobs. Diese ganzen Leute hier. Die stehen alle am Rande des Abgrunds.«

Er hielt mich immer noch fest, zog mich zur Seite. Ich war geschockt.

Schließlich gelang es mir, etwas zu antworten. »Vielleicht haben sie das Gefühl, keine andere Wahl zu haben. Wenn du dich verzweifelt danach sehnst, gehört zu werden, wenn jeder um dich herum dich behandelt, als wärst du unsichtbar und hättest nichts zu sagen, dann bleibt dir ja nichts anderes, als die Stimme zu erheben!«

In diesem Moment wurde seine Miene entspannter, und das ironische Lächeln, das ich so gut kannte, spielte um seine Lippen. Nur wirkte es heute irgendwie unheimlich, mehr wie ein steifes Grinsen.

»Ich hätte gedacht, du müsstest das besser wissen. Und dass du schlauer wärst. Dass du dich nicht von diesen ganzen Gefühlen, von dieser Propaganda mitreißen lässt. Mein Vater hat mal gesagt, wer zu schnell klettert, stürzt auch schnell ab. Das begreifst du nicht, oder? Wie das alles hier noch enden wird.«

Mich überkam schiere Wut. Es war nicht nur die Tatsache, dass er mich schlecht behandelt hatte. Oder der Hochmut, mit dem er mir in all den Jahren begegnet war, wie er erwartet hatte, dass ich ihm immer zur Verfügung stand. Es ging um etwas Größeres, um die Proteste – und um jene Männer im Politbüro, die das Gefühl hatten, es stünde ihnen zu, über die Empfindungen und Entbehrungen von Hunderttausenden Menschen hinwegzugehen, als wären sie null und nichtig.

»Dein Vater?«, sagte ich mit kaum verhohlenem Zorn. »Jetzt zitierst du deinen Vater? Ausgerechnet ihn? Dann wundert mich nichts mehr.«

Er blinzelte mich an, sichtlich erschüttert von der Heftigkeit meiner Reaktion.

»Was wundert dich nicht mehr?«

Jetzt wurde ich ganz ruhig. »Du ähnelst ihm mehr, als mir je bewusst war. Ich kann es nicht glauben, dass ich das nie gemerkt habe. Aber jetzt sehe ich es. Klar und deutlich.«

Er zuckte zurück. Sein Arm machte eine hektische Bewegung, und ich war sicher, dass er in jenem Moment alles daransetzen musste, um mich nicht zu schlagen.

Dann gewann er etwas von seiner Fassung zurück. »Ich kann es nicht glauben. Ich hätte nicht gedacht, dass es so weit kommen würde. Ich dachte, wenn ich mit einem Mädchen wie dir zusammen bin ... müsste ich mich nicht mit so einem Scheiß herumschlagen.«

Ich schaute ihn an. »Einem Mädchen wie mir?«, fragte ich leise.

»Ist auch egal«, murmelte er.

Aber es war nicht egal.

Ich wusste genau, was er meinte. Ich spürte es instinktiv. Es war das, was meine Mutter erst kürzlich gesagt hatte. Ich war nicht schön wie das Mädchen, das ich vor einiger Zeit in Gens Wohnheimzimmer gesehen hatte. Ich war nicht charismatisch wie Anna. Ich war durchschnittlich. Und das war es, was er gemeint hatte. Das wusste ich mit absoluter Gewissheit. Dass ein Mädchen wie ich sich ihm immer hätte unterordnen sollen. Es war auf einmal so klar, und dennoch fühlte es sich an, als hätte er mich zu Boden geschlagen. Tränen traten mir in die Augen, und ich war so wütend, dass ich nichts dagegen tun konnte.

Ich wandte mich von ihm ab. Ging auf ein nahe gelegenes Restaurant zu. Und ich hörte die letzten Worte, die er jemals zu mir sagen würde.

»Hey, das habe ich nicht so gemeint«, sagte er. »Warum bist du denn so emotional?«

Doch er kam nicht hinter mir her. Ich spürte wieder diesen beklemmenden Druck auf meiner Brust. Ich schaffte es auf die Toilette des Restaurants. Ich würgte, aber es kam nichts raus. Ich wusch mir das Gesicht. Und schaute mich im Spiegel an. Ich sah eine junge Frau mit dunklen Augen, einer Nase, die zu klein war, um hübsch zu sein, Lippen, zu dünn, um als sinnlich durchzugehen. Da war etwas an meinem Äußeren, das unansehnlich war, unscheinbar, wie irgendein Insekt. Ich schaute dort auf der Toilette in den Spiegel und empfand einen tiefen Hass auf mich selbst. Die Narben an meinen

Armen juckten. Hätte ich ein Messer zur Verfügung gehabt, hätte ich wieder angefangen, mich zu ritzen.

Und das war der Moment, als ich sie sah.

Sie stand hinter mir. Sie bewegte sich nicht, stand mucksmäuschenstill da. Ein Lächeln von großer Herzlichkeit stand auf ihrem uralten Schildkrötengesicht. Da war sie, meine Großmutter, und sah mich an, voller Freundlichkeit und Mitgefühl und mit einem Ausdruck unendlicher Liebe. Dort im Spiegel sah ich ihr Abbild, schwach, doch unauslöschlich, und obwohl ich wusste, dass sie dort gar nicht war, fühlte es sich einen Augenblick lang so an. Jetzt strömten mir die Tränen über die Wangen. Und ich musste mir noch einmal das Gesicht waschen.

Ich trat aus dem Restaurant, sah die Menschenmassen, die zum Platz des Himmlischen Friedens unterwegs waren, ihre Kerzen, die in der Dunkelheit flackerten; lauter funkelnde, glitzernde Flammen vor dem dunklen Hintergrund. Ich war nicht mehr wütend auf Gen. Und vielleicht war ich auch nicht mehr wütend auf mich selbst.

SECHSUNDDREISSIG

Die Lage spitzte sich zu. Trotz all dem, was die Studenten durchgemacht hatten, all dem, was sie in die Waagschale geworfen hatten, blieb die Regierung unnachgiebig. Tatsächlich nahmen die Repressalien noch zu. Der *World Economic Herald,* eine Zeitung mit Sitz in Shanghai, hatte in einem Artikel Hu Yaobang gewürdigt, was dazu führte, dass der Chefredakteur seinen Platz räumen musste und die Zeitung durch den Parteichef der Stadt verboten wurde. Ihre Journalisten schlossen sich uns bei den Demonstrationen an und hielten Plakate hoch, auf denen stand: »Zwingt uns nicht mehr, zu lügen!«

Es ist schwierig zu erklären, wie beispiellos dies war. Unter der kommunistischen Führung in China hatten Zeitungen schon immer einer strengen Zensur unterlegen; die Tatsache, dass es jetzt abweichende Meinungen in den Medien gab, zeigte, wie weitreichend der Einfluss der Bewegung mittlerweile war. Es war viel mehr als nur ein Studentenprotest. Es stand eine Revolution vor der Tür.

Und dieser Revolution wurde vonseiten des Staates mit Unerbittlichkeit begegnet. Der Boykott des Vorlesungsbetriebes hatte, wie es schien, nur sehr wenig ausrichten können. Jetzt drängte die Autonome Studentenvereinigung Pekings auf drastischere Maßnahmen. Sie rief einen Hungerstreik aus.

Wir saßen in einer Bar. Anwesend war die gesamte Truppe

der Marodeure: Lan und Min, Jin Feng und Li Xin, Pan Mei und Ai Xiu sowie Anna und ich selbst.

Anna schwang eine Rede zum Thema Hungerstreik. »Ihr wisst aber schon, wie dumm das ist, oder? Ihr wisst, dass das der Wahnsinn ist!«

»Extreme Zeiten erfordern extreme Maßnahmen!«, sagte Jin Feng und lachte auf seine selbstbewusste Art.

Macaw richtete ihre spöttischen grünen Augen auf ihn. »Wie bitte? Extreme Zeiten erfordern extreme Maßnahmen?«

Er grinste schief. »Ja, genau.«

»Und sich selbst auszuhungern, das ist es, was wir brauchen? Weil das natürlich die Machthaber an ihrer empfindlichsten Stelle treffen wird?«

Jetzt meldete Pan Mei sich zu Wort. Sie tastete sich vorsichtig an das Thema heran, man sah ihr an, wie viel Überwindung es sie in ihrem riesigen Körper kostete, die Stimme zu erheben und anderer Meinung zu sein als Anna, die sie liebte, daran bestand kein Zweifel. Doch sie wollte offenbar nicht schweigen.

»Schau mich an, Anna.« Das sagte sie mit großer Ruhe. »Mit dem Übergewicht ist es so ... Wenn du eine sehr dicke Frau bist, dann weiß das jeder in deiner Umgebung. Und jeder hat das Gefühl, dass es in Ordnung ist, wenn er blöde Kommentare über dein Aussehen macht, selbst Leute, die dich überhaupt nicht kennen. Aber obwohl alle dein Äußeres sehen, wissen sie rein gar nichts darüber, wie du bist. Was für ein Mensch du bist. Ergibt das einen Sinn für dich?«

»Ja«, antwortete Macaw, »aber ich verstehe nicht, was das damit zu tun hat.«

Pan Mei fiel ihr ins Wort. »Du verstehst es nicht, und das ist auch in Ordnung. Aber genau darum geht es bei diesen Protesten. Sie sind unsere Chance, auf uns aufmerksam zu machen, wirklich verstanden zu werden. Wusstest du, dass

Michail Gorbatschow in den nächsten Tagen zu Besuch kommt? Das Staatsoberhaupt der Sowjetunion wird hier in Peking erwartet. Deshalb hat der Hungerstreik einen Sinn. Wir werden dadurch sichtbar. Wir können sie in Verlegenheit bringen. Und dann wird niemand mehr den Blick von uns abwenden!«

»Ganz genau!«, murmelte Jin Feng.

Ich glaube, es war das erste Mal, dass ich sah, wie Anna in die Ecke getrieben wurde. »Ihr seid alles verdammte Idioten. Und ihr seid verrückt. Erwartet nicht von mir, dass ich bei dem Blödsinn mitmache!«

Sie stand auf und ging hinaus. Wir waren schockiert. Macaw war unser Dreh- und Angelpunkt. Und doch wurde in den Augenblicken, nachdem sie gegangen war, unsere Entschlossenheit noch größer. Wie es schien, blieb uns auch nicht viel anderes übrig. Vor Jahren, als Brzezinski zu einem diplomatischen Besuch gekommen war, war meine Kindheit beendet worden. Ich war damals verletzt worden. Und ich hatte den Verdacht, dass auch mein scheuer und sanfter Vater viele Jahre zuvor malträtiert worden war.

Auf der Seite der Mächtigen machte sich Angst breit. Ganz gleich, wie stark die Regierung war, fürchtete sie den Protest. Damals, vor Jahren, waren wir nur eine Gruppe Kinder gewesen, die ein Abenteuer erlebten, ein Abenteuer, das zu einem Albtraum wurde. Das war jetzt anders. Wir waren Tausende, Hunderttausende, und nicht nur Studenten. Auch Menschen, die einem Beruf nachgingen. Journalisten, Rentner, Ladenbesitzer, Menschen jeglicher Herkunft. Michail Gorbatschows Besuch stand vor der Tür. Die Regierung mochte gleichgültig sein, was unsere Proteste betraf, aber um sich als Nation nicht zu blamieren, würde sie uns anhören müssen. Der Besuch kam zu einem günstigen Zeitpunkt. Das war es, was den Hungerstreik effektiv machen würde.

Macaw sah ich einige Tage nicht. Vielleicht hatte sie das Gefühl, die Marodeure seien dabei, einen eigenen Willen und eine eigene Zielrichtung unabhängig von ihr zu entwickeln. Sie hatte immer im Mittelpunkt der Truppe gestanden, und für sie muss es so gewirkt haben, als gerieten die Dinge langsam außer Kontrolle. Doch als ich sie beim nächsten Mal sah, wirkte sie nicht allzu beunruhigt. Ich hatte unser Wohnhaus gerade verlassen und wollte an die Uni, da stand sie vor der Tür. Ich hatte ihr nie meine Adresse gegeben. Sie trug eine Lederjacke und eine dunkle Sonnenbrille und saß auf einem Motorrad. Ich erinnere mich, gedacht zu haben, wie cool sie aussah, als käme sie direkt aus einem Hollywoodschinken. Und mit genau diesem trägen Charisma gab sie eine einzige Anweisung: »Steig auf!«

Mir blieb gar nichts anderes übrig.

Ich hatte noch nie auf einem Motorrad gesessen. Ich ließ mir den Wind durch die Haare wehen und war begeistert. Das Motorrad sauste durch die Stadt und weiter hinaus auf die einsamen, windigen Straßen in Richtung Norden.

»Ich hatte keine Ahnung, dass du so ein Ding fahren kannst. Ich wusste nicht einmal, dass du überhaupt ein Motorrad besitzt«, rief ich etwas atemlos.

Ihre Stimme kam von vorne, während mir der Wind das Haar zerzauste. »Na ja«, sagte sie, »das kommt drauf an, was du unter *besitzen* verstehst.«

Ich fühlte die vertraute Angst. Trotz meines Engagements bei den Protesten war für mich der Gedanke an einen Gesetzesbruch immer noch abschreckend.

»Du meinst, du hast es gestohlen?«

»Na ja«, sagte sie verlegen, »ich schätze, das kommt auch drauf an, was du unter *stehlen* verstehst. *Leihen* wäre angebrachter.«

Sie gab Gas, und das Motorrad sauste weiter, das Geräusch

meines Lachens verlor sich im Fahrtwind. Wir fuhren an Feldern und Weideflächen vorbei, auf einer glatt asphaltierten, offenen Straße, und das Motorrad summte, während sich die Wolken über uns lichteten. Wir fuhren lange – so weit war ich noch nie von der Stadt entfernt gewesen –, und doch schien die Fahrt wie im Flug zu vergehen.

Irgendwann endete der Asphalt, wir kamen auf eine Schotterpiste, und Anna musste die Geschwindigkeit drosseln, als das Motorrad über den unebenen Boden rumpelte. Über uns war dichter Wald, mit dünnen, hohen Baumstämmen, die ganz oben hellgelb und leuchtend grün belaubt waren, weich und zart, wie das Federkleid von Vögeln. Während wir unter dem grünen Baldachin entlangsausten, fiel sanfter Schatten auf uns. Die Sonne stand hoch am Himmel, nur wenig Licht durchdrang den Blätterwald. Ich zog den Kopf ein, denn wir waren trotz des holprigen Untergrunds immer noch schnell unterwegs, und die Bäume auf beiden Seiten kamen immer näher, Äste und Zweige peitschten uns ins Gesicht. Anscheinend kannte Anna den Weg genau. Wenige Momente später schoss das Motorrad auf harten grauen Sand hinaus, der abschüssig das Ufer eines großen Sees bildete.

Das Wasser war an diesem frühen Nachmittag spiegelglatt, ein sattes Türkis, das sich erstreckte, soweit das Auge reichte; dahinter sah man die gelbbraunen Gipfel einer Bergkette, Hügelland mit dunklen Streifen wildem Gras und Moos. Mir war schwindelig, als ich vom Motorrad abstieg, nicht nur, weil ich so plötzlich aufstand, sondern weil die Landschaft so betörend war: die riesige tiefblaue Himmelskuppel, die Weite des Raumes, die frische, klare Schönheit des Sees, die Konturen der Berge. All die Jahre hatte ich in Büchern von wunderschönen Landschaften gelesen, doch das war immer in den engen Grenzen meines Zimmers gewesen. Allein die Luft hier – süß, nach Blumen und Blättern duftend, kühl durch die Brise, die die Wasseroberfläche streifte – war belebend und köstlich zugleich. Freude durchströmte mich.

Ich schaute Anna begeistert an. »Was ist das hier?«

Sie zuckte ungezwungen mit den Achseln. »Der ursprüngliche Name stammt aus der mongolischen Sprache, doch aus einer viel älteren Variante, die man zur Zeit von Dschingis Khan gesprochen hat. Niemand weiß, was er wirklich bedeutet. Deshalb nennt jeder diesen Platz hier einfach den *See ohne Namen.*«

»Er ist wundervoll«, sprudelte es aus mir heraus.

»Ja, schon«, sagte sie nur, auch wenn ich glaube, dass sie sich über meine Begeisterung freute.

»Was machen wir hier?«

»Ich dachte, wir könnten essen, trinken und ein bisschen herumhängen.«

Sie schnallte die Satteltasche vom Motorrad, nahm ein Sixpack Bier heraus. Und warf mir ein in Folie gewickeltes Päckchen zu.

Ich fing es automatisch auf. Öffnete es. Es war ein Thunfischsandwich darin.

Ich schaute sie erstaunt an.

Sie blinzelte im Sonnenlicht. »Was denn? Kann ich denn nicht vorbereitet kommen?«

»Das Bier ist keine so große Überraschung. Aber ich sehe dich wirklich nicht, wie du in der Küche stehst und Brote schmierst«, sagte ich grinsend.

Ich dachte, sie würde darüber lachen. Stattdessen lächelte sie weich, als wäre es ihr peinlich. »Na ja, weißt du ... Ich mache viel für meinen Vater. Der faule Sack rührt sich ja kaum noch!«

Ich hatte das Gefühl, ihr unrecht getan zu haben. Ich hob schon zu einer Entschuldigung an, aber sie schnitt mir das Wort mit einem Lachen ab. »Probier mal!«

Ich biss ab. Vielleicht war es die Umgebung, diese süße, frische Luft, doch das Sandwich schmeckte köstlich, die weiche Fischpaste war lecker und frisch.

»Es ist köstlich. Wirklich!«

»Es ist nur ein Sandwich.«

Sie lächelte wieder, weich, geheimnisvoll.

Auf einmal wirkte sie anders als sonst; und ich fühlte mich auch anders in ihrer Anwesenheit. Irgendwie schüchtern, als wären wir zwei Fremde, die eine Mahlzeit miteinander teilten.

Sie bockte das Motorrad auf und zeigte auf einen Platz im Sand. Wir lehnten uns zurück, ließen die Kronkorken knallen und aßen unsere Brote.

Ich lag eine Weile da, lauschte dem Rauschen ihres Atems, dem Klang und Rhythmus meines eigenen Körpers unter dieser gewaltigen blauen Himmelsfläche und dem sanften Gluckern der Wellen, die sich nicht weit von unseren Füßen entfernt brachen. Sie gab ein Kichern von sich.

Ich schaute sie an. »Was denn?«

Sie schüttelte den Kopf. Doch sie gluckste immer noch. Jetzt lachte sie.

Und ich lachte unweigerlich mit.

»Aber im Ernst, was ist denn?«

»Du erinnerst dich an die beiden Typen aus dem Hotel?«

»Klar.«

»Meiner ... als der ... kurz davor war. Da machte er dieses ...«

Jetzt weinte sie Tränen. Ich hatte sie noch nie so heftig lachen gesehen. Ich schüttelte mich mittlerweile selbst vor Lachen.

»Na, sag schon, sag!«

»Er machte dieses ... dieses ... *schuhuuu*. Wie eine Eule. Genau, als er ... na, du weißt schon. *Schuhuuu ... schuhuuu*!«

Ich kringelte mich vor Lachen. »Aber ich hab in jener

Nacht … auch einige sehr seltsame Sachen gehört … muss ich zugeben«, stieß ich unter Tränen hervor.

»Haha. Hahahahahaha«, lachte sie.

Irgendwann schafften wir es, uns zusammenzureißen.

»Aber es ist doch auch gut!«

Ich schaute sie an. Merkte, wie ich rot wurde.

»Du meinst den Sex?«

»Stimmt, das war eine perfekte Sache. Und dann waren ja alle beide – deiner auch – nette Kerle. Und das sind wirklich nicht alle. Aber das habe ich gar nicht gemeint.«

»Was hast du dann gemeint?«

Sie nahm einen großen Schluck Bier, stellte die Flasche ab. Drehte sich zu mir. Ihr Lachen schwand dahin, wurde zu einem schlichten Lächeln.

»Ich meine, manchmal geht alles so schnell. Mir kommt es so vor, als wäre ich gerade gestern noch ein Kind gewesen. Mein Vater arbeitete damals noch, meine Mutter war noch da. Und dann blinzle ich einmal, und zack, alles hat sich geändert. Ich bin mit dir an der Uni. Mein Vater ist … so wie er jetzt ist. Und wenn ich wieder blinzle, werde ich schon dreißig sein oder sogar vierzig. Ich glaube, so ist das Leben, besonders wenn man darauf zurückblickt. Aber …«

»Aber?«, fragte ich.

»Aber wenn du bestimmte Erinnerungen hast – selbst solche wie die mit dem Typen, der wie eine Eule *schuhuuu* macht, wenn er … du weißt schon. Selbst seltsame und sonderbare Erinnerungen wie die. *Besonders* seltsame und sonderbare … denn die erinnern dich daran …«

»Erinnern dich an was?« Ich lächelte.

»Sie erinnern dich daran …«

Sie wandte ihre schönen grünen Augen in Richtung Berge.

»Sie erinnern dich daran, dass du dabei warst, weißt du? Dass du gelebt hast.«

Wir öffneten zwei weitere Biere. Wir nippten in freundschaftlichem Schweigen daran.

Auf der anderen Seite des Sees tauchte ein Boot mit Fischern an Bord auf. Obwohl sie ein ganzes Stück weit weg waren, konnte ich das alte Holz ihrer Barke erkennen, die verkrusteten Netze, die über eine Seite hingen. Einer der Männer entdeckte uns. Er begann zu winken. Und wir beide – Anna und ich – winkten zurück, zuerst nur vorsichtig, dann immer begeisterter. Wir sprangen auf, winkten, riefen. Bald gesellten sich mehr Männer zu ihm, und sie winkten auch. Wir winkten einander zu, bis das Boot fast verschwunden und unsere Arme müde geworden waren.

Und ich erinnerte mich an die Zeit zurück, als ich noch sehr jung gewesen war und meine Großmutter mich in den Park mitgenommen hatte. Nebenan gab es eine Bahnlinie mit einer Brücke darüber, und oft winkten wir den Zügen zu, wenn sie unter uns vorbeifuhren. Dem Boot zuzuwinken, weckte in mir die gleiche Begeisterung wie damals, als ich ein Kind gewesen war. Es ging einfach darum, Freude an zwischenmenschlichem Kontakt zu zeigen.

Während das Boot außer Sicht verschwand, änderte sich etwas in Annas Miene, ein Schatten zog darüber. Zuerst sagte sie nichts. Und dann: »Glaubst du wirklich, dass dieser Hungerstreik eine gute Idee ist?«

Ich dachte über die Frage nach. Ich nahm noch einen Schluck Bier.

»Ich weiß nicht. Aber ich sehe nicht, was wir sonst tun können.«

Darüber dachte sie eine Weile nach und nickte mehrfach kurz. Sie sagte nichts mehr.

Sie machte noch ein Bier auf, trank es in einer schnellen, eleganten Bewegung fast aus.

Das Blau des Himmels hatte sich vertieft.

Die Luft wurde kälter, legte sich über die Berge und den großen See, und sie brachte einen Hauch Eis aus dem mongolischen Norden mit sich, der auf meiner Haut kitzelte.

Macaw nahm noch einen Schluck Bier.

»Meinst du, du kannst uns noch zurückfahren, Anna?«, fragte ich.

Sie schaute mich an, die Augen jeglicher Emotion beraubt. Ihre Stimme klang flach.

»Ich weiß nicht. Aber ich sehe nicht, was ich sonst tun kann.«

SIEBENUNDDREISSIG

Der Hungerstreik begann am 13. Mai. Ich war mir bis zum letzten Augenblick nicht sicher, ob ich mich ihm anschließen sollte. Die Chang'an-Straße war bereits voller Studenten. Während ich zum Platz des Himmlischen Friedens ging, begrüßten mich Fremde mit dem Victory-Zeichen. Obwohl sie kurz davorstanden, mit einer ziemlich drastischen Maßnahme zu beginnen, war die Stimmung unter den Studenten begeistert und trotzig zugleich. Während der Abend langsam in die Nacht überging, sahen wir einen glitzernden Silberstreifen, der über den dunkelnden Himmel zog – einen Kometen auf dem Weg durchs Weltall. Bei seinem Anblick ging lauter Jubel durch die Menge. Es ist schwer, den Optimismus und die Hoffnung zu beschreiben, die wir empfanden – während zugleich unser Vorgehen immer gefährlicher wurde.

Wir setzten uns auf den Platz, um gemeinsam zu essen und zu trinken; einige Studenten hatten eine Mahlzeit auf improvisierten Grillstationen zubereitet, den Rest lieferten Leute aus der Stadt. Es sollte unsere letzte Mahlzeit vor dem Hungerstreik werden.

Schnell hatte ich die Marodeure entdeckt, die alle dem Aufruf gefolgt waren und die weißen Stirnbänder trugen, welche in den kommenden Tagen zum Zeichen des Hungerstreiks werden sollten. In jener riesigen Versammlung trugen viele Menschen diese Stirnbänder. Die Symbolik unseres Protests war klar und deutlich, und sie zielte direkt ins Herz unserer Kultur. Schließlich war es hier in Peking üblich, zu fragen: »Hast du gegessen?«, wenn man wissen wollte, wie es jemandem ging. Gab es eine bessere Möglichkeit, unsere Bereitschaft und Entschlossenheit zu zeigen, als einen Hungerstreik ins Leben zu rufen?

Als ich zu den Marodeuren kam, schien sie noch etwas anderes zu beschäftigen. Jin Feng, vielleicht der Selbstbewussteste unserer Truppe, trat schüchtern auf mich zu.

»Ich bin wirklich froh, dass du es geschafft hast, Lai. Gerade noch rechtzeitig!«

Ich schaute ihn fragend an. »Rechtzeitig wofür?«

Er nahm mich zögernd am Arm, und die Gruppe trat zusammen. Pan Mei trug einen altmodischen orange-weißen Morgenmantel, der über ihrem wuchtigen Körper spannte. In jedem anderen Kontext hätte das lächerlich ausgesehen. Doch ihr Gesicht war friedlich, fast verzückt. Ich sah, wie Lan und Min langsam nach vorne traten, Händchen haltend, und vor ihr stehen blieben. Ich war verwirrt, bis ich begriff, was da vorging. Sowohl Lan als auch Min waren ganz in Weiß, mit golddurchwirkten Hemden – die Kleidung von zwei Menschen, die nach buddhistischer Tradition in den Ehestand treten wollten. Eine religiöse Tradition, die zugleich auch weltlich war. Keine Hoffnung auf ein Leben nach dem Tode, nur die Hoffnung auf Zukunft in diesem Leben.

Pan Mei war normalerweise, wenn sie nicht gerade schauspielerte, sehr schüchtern; zu reden fiel ihr nicht leicht. Nun jedoch sprach sie leise, aber mit großer Selbstsicherheit. Lan und Min schauten einander kurz an. Lan, dieser große und stattliche Mann, schaffte es kaum, Min in die Augen zu blicken, so überwältigt war er von seinen Gefühlen. Min streckte seinen wesentlich schmächtigeren Arm aus und zog das Gesicht seines Partners zu sich, sodass ihnen nichts anderes übrig blieb, als einander überglücklich anzusehen, sich zu betrachten, an einem Ort, wo sie – trotz des Durcheinanders, der Ungewissheit und der lauernden Gefahr – wenigstens für ein paar Augenblicke ganz und gar sie selbst sein konnten.

Ich dachte an meine allererste Begegnung mit ihnen zurück. Damals hatte ich das Gefühl gehabt, ihre Beziehung sei in gewisser Weise unnatürlich. Seitdem schien unendlich viel Zeit vergangen zu sein. Und ich spürte die Tränen, die mir warm über die Wangen liefen. Die Trauung würde vor dem Gesetz keinen Bestand haben, dafür gab es keine juristische oder staatliche Berechtigung. Doch diese beiden jungen Männer gehörten zusammen, und ihre Liebe war etwas, an dem sich jeder erfreuen konnte.

Ich kämpfte gegen das Schluchzen an, das in mir aufstieg. Ich wandte mich Jin Feng zu und brachte ein paar Worte hervor.

»Und Anna?«

Sein Lächeln wurde dünn. »Du weißt ja, dass sie von Anfang an gegen die Demonstrationen war. Und wie sie zur Politik steht.«

Ich nickte und empfand einen Moment lang Traurigkeit, die von dem Jubel verdrängt wurde, der dem Ehegelöbnis von Lan und Min folgte, besiegelt von einem leidenschaftlichen Kuss. Alle, die in der Nähe standen und gar keine Ahnung hatten, bei wem es sich um das Pärchen handelte, wünschten lautstark Glück und klatschten Beifall. Manchmal kehre ich in Gedanken zu jenem Moment zurück. Ich denke, in jenem Moment erlebten unsere Macht, die Kraft, mit der wir uns gegenseitig stützten, und unsere Liebe zueinander ihren Höhepunkt. Die Leute reden oft in klinischen und prosaischen Worten über Revolution – dass es notwendig sei, ein gegebenes gesellschaftliches System zu verändern, gegen Unterdrückung zu kämpfen. Sie vergessen oft, wie das revolutionäre Erwachen Menschen zusammenwachsen lässt.

Ich bedauerte, dass Macaw nicht bei uns war; der Gedanke machte mich traurig, dass sie etwas so Kostbares verpasste. Doch obwohl ich ihr noch in die Hölle gefolgt wäre, wusste ich, dass sie die Situation der Studenten falsch eingeschätzt hatte.

Nach der würdevollen Trauungszeremonie tranken und aßen wir zusammen, bis die Feierlichkeiten sich ihrem Ende näherten und es Zeit für den Beginn des Hungerstreiks war. Unsere Bäuche waren voll, sobald aber erklärt wurde, dass die Zeit lief, lagen ein Ernst, eine Anspannung in der Luft, eine Feierlichkeit, obwohl wir noch weit entfernt von den Krämpfen waren, die der Hunger verursacht. Die würden später kommen.

Die erste Nacht verbrachte ich mit den anderen auf dem Platz des Himmlischen Friedens. Wir redeten in jener Nacht über viele Dinge, wir lachten. Viele Jahre später trieb sich meine Tochter einen Spreißel in den Finger, und ein Junge aus ihrer Klasse sagte zu ihr, jetzt würde sie eine Blutvergiftung bekommen und sterben. Tagelang trug sie dieses Wissen mit sich herum, bis sie schließlich nicht mehr konnte und weinend zu mir lief. Ich nahm sie in die Arme, lachte, um sie von der Albernheit ihrer Befürchtungen zu überzeugen, doch die Augen wurden mir trotzdem feucht. Ich sagte ihr, sie sei keineswegs in Gefahr, ihr Leben habe gerade erst begonnen. Ich habe mich nie wieder einem menschlichen Wesen so nah gefühlt. Die Nacht auf dem Platz des Himmlischen Friedens stand jenem Moment kaum nach.

Während die Nacht hereinbrach, schliefen einige von uns, manche redeten, wieder andere spielten Theater, hielten Ansprachen. Mein Adrenalinspiegel war so hoch, dass ich nicht schlafen konnte, zumindest noch nicht. Ich erinnere mich an eine etwas verwahrloste Frau, die eine Rede hielt, während die Zeit ins Land ging und die frühen Morgenstunden kamen. Sie sah fast aus wie ein Kind, eine kleine Gestalt, die sich, silbrig umrahmt, vor dem dunklen Himmel abzeichnete.

Die folgenden Worte sprach sie mit einer Stimme, die weich und traurig war, unerbittlich und zeitlos: »So jung wir auch sind, haben wir keine andere Wahl, als nun der Schönheit des Lebens abzuschwören. Und doch, ganz gleich, wie sehr wir auch zögern und zaudern ... Wer soll aufbegehren, wenn nicht wir? Wer soll handeln, wenn nicht wir ... Auch wenn unsere Schultern schmal und zerbrechlich sind, auch wenn wir zu jung sind, um zu sterben, müssen wir die Dinge in die Hand nehmen, wir haben keine Wahl. Das verlangt die Geschichte von uns ... Demokratie geht uns alle an.«

Ich schaute zu den Marodeuren; sie lagen aneinandergeschmiegt auf dem Boden und schliefen. Dahinter waren noch viele Studenten wach, hörten zu, und ihre Gesichter waren ebenso mit Tränen überströmt wie meins. Ich begriff, dass auch ich keine andere Wahl hatte. Langsam und bedächtig holte ich den Streifen weißen Stoffes aus meiner Tasche und band ihn mir sorgfältig um die Stirn. Ich war nicht mutig, das wusste ich. Aber ich würde mich dieser Sache anschließen. Denn das Leben hätte schlicht und ergreifend keine Bedeutung, wenn ich es nicht täte. Das war die Kraft jener Tage.

Mein Schlaf war unruhig. Irgendwann wachte ich auf; es muss etwa vier Uhr morgens gewesen sein. Die Sterne funkelten immer noch am dunklen Firmament. Ich spürte, wie sich ein Fuß in meine Seite bohrte. Jemand trat mich!

Ich schaute auf und erblickte Anna, ihre Miene wirkte beinahe wütend. Sie verpasste jedem der Marodeure einen kurzen Tritt. Wir wachten auf, sahen ihr blinzelnd entgegen.

»Dann macht ihr also alle bei diesem Wahnsinn mit!«, fauchte sie.

Wir waren so erschrocken, dass keinem von uns eine Antwort einfiel.

Sie schaute mich finster an. »Du giltst doch als helles Köpfchen und hältst das für gut?« Dann wanderte ihr Blick zu

Jin Feng. »Und du, du hast immer was zu sagen. Und jetzt hängst du dich den anderen an den Rockzipfel?«

Während sie ihn herunterputzte, griff er nach einem Zettel, den er nervös befingerte. Das trieb sie erst recht auf die Palme. »Was für ein Scheiß ist das?«, bellte sie.

Jin Feng sah sie an. »Eigentlich nichts«, sagte er milde.

»Na komm schon, verarsch mich nicht. Du hast eine große Klappe. Warum hältst du dann jetzt den Mund? Sag einfach ... sag mir einfach, was das ist.«

Er wandte sich ab, fast peinlich berührt. Dennoch sprach er: »Das ist nur für den Fall. Für den Fall, dass das hier nicht so läuft, wie wir hoffen ... Dafür haben wir alle etwas hinterlassen ...«

»Was hinterlassen?«

»Eine Reihe von Anweisungen. Für unsere Familien.«

Ich sah es. Ich sah den Moment, in dem sich Macaws Miene veränderte, als ihr bewusst wurde, was er da gesagt hatte. Ich schaute mich um, sah, was mir vorher gar nicht aufgefallen war. Alle Marodeure und viele andere Studenten hatten einen solchen weißen Umschlag bei sich. Was darin war? Sie alle hatten einen Letzten Willen aufgesetzt, ein Testament, das sich an die Familie richtete, denn sie alle hatten begriffen, dass sie vielleicht sterben könnten.

Anna war erschüttert. Ihr ganzer Körper bebte.

»Ihr Idioten!«, schimpfte sie. »Ihr blöden, bescheuerten Idioten.«

Sie drehte sich auf dem Absatz um und ging weg. Eine Sekunde lang kamen Zweifel in mir auf, ob sie überhaupt da gewesen war. Als die Sonne aufging, erschien uns der ganze Zwischenfall wie ein Traum.

Erst am nächsten Tag machte sich der Hunger bemerkbar. Ich kehrte an jenem Nachmittag nach Hause zurück.

Auch wenn seit Beginn des Hungerstreiks weniger als vierundzwanzig Stunden vergangen waren, wurde mir allein der Gedanke an Essen zur Qual. Die Bilder der jungen Männer und Frauen mit ihren weißen Stirnbändern, wie sie sich an das Papier klammerten, auf dem stand, was sie sich für den Fall ihres Todes wünschten, gingen mir nicht mehr aus dem Kopf. Ich war Zeugin gewesen, wie der Tod zu meiner Großmutter gekommen war, doch obwohl das der größte Verlust meines Lebens war, war sie schon alt und leidend gewesen, und als ihr Leben schließlich zu Ende ging, hatte darin eine gewisse Notwendigkeit gelegen. Durch meinen Schmerz und meine Trauer hindurch hatte ich gespürt, dass ihre Zeit gekommen war. Meine eigene Sterblichkeit hatte ich nie wirklich in Betracht gezogen – höchstens so, wie wir das alle tun, auf einem äußerst abstrakten Niveau. Nun jedoch war meine Existenz auf der Welt ein winziges bisschen undeutlicher geworden und mein Zugriff auf die Wirklichkeit ein wenig prekärer. Wie weit würde das alles gehen? In mir war ein kaum unterdrücktes Gefühl der Panik. Bis zu diesem Punkt hatten sich die Proteste für mich einen Hauch unwirklich angefühlt. Jetzt war die Angst da.

Auf dem Flur begegnete ich meiner Mutter. Ihr Gesicht werde ich nie vergessen. Sie war ebenso wütend wie gequält. Sie sah mich an, als versuchte ich bewusst, ihr wehzutun. Ich wollte etwas sagen, aber ich war erschöpft. Sie rauschte an mir vorbei. Ihr Körper wirkte dünn, zerbrechlich. Dennoch war ihr Zorn mehr als deutlich spürbar.

Ich ging ins Wohnzimmer. Mein Vater saß am Tisch und las Zeitung.

Ich schlug bewusst einen unbeschwerten Ton an. »Ich glaube, Mutter ist wütend auf mich. Ich weiß nicht, warum. Ich versuche nur, das zu tun, was richtig ist.«

Er hob den Blick zu mir. Auch er wirkte erschöpft und klein. Als er das Wort ergriff, sprach er mit mehr Emotion, als ich jemals bei ihm erlebt hatte.

»Du kannst es nicht wissen. Du ...«

Ihm brach die Stimme. Ich hatte meinen Vater noch nie weinen sehen. An diesem Tag aber war er den Tränen nahe. Er gab ein kurzes, leises Hüsteln von sich, ein raues Geräusch. Und dann fuhr er fort: »Du kannst es nicht wissen, solange du keine eigenen Kinder hast. Dann wirst du es wissen.«

Ich sah ihn an. »Ich dachte, wenigstens du würdest verstehen, warum wir das machen. Warum es wichtig ist zu kämpfen.«

So offen hatten wir noch nie über seine Vergangenheit gesprochen. Es dauerte Jahre, bis mir bewusst wurde, wie groß der Schatten war, den das, was ihm während der Kulturrevolution widerfahren war, auf unser Familienleben geworfen hatte.

Auf einmal wirkte er verloren, sein Gesicht ausgezehrt, und er sah schrecklich alt aus. Dann stand er auf. Er nahm die Zeitung, faltete sie sorgfältig zusammen und verließ den Raum.

Ich schlief ein wenig. Langsam machte sich der Hunger bemerkbar, der Schlaf war nicht von Dauer. Obwohl ich erschöpft war, ging ich am nächsten Tag wieder auf den Platz, und trotz des Hungers und der Müdigkeit fand ich die Stimmung, die unter den Studenten herrschte, aufbauend. Intellektuelle aus allen Teilen der Stadt hatten sich den Protesten angeschlossen. Ein großes Plakat mit den Worten »Wir können nicht mehr schweigen« wurde hochgehalten. Auf dem Platz des Himmlischen Friedens wurde vom Lehrpersonal ein Brief vorgelesen, in dem die Dozenten ihre Solidarität mit der Studentenbewegung verkündeten. An jenem Tag kamen zwölf der berühmtesten Gelehrten Chinas – darunter der große Schriftsteller Su Xiaokang – auf den Platz, um mit den Studenten zu sprechen. Es stimmt, dass sie die Hoffnung hatten, uns zur Umkehr zu bewegen, uns davon zu überzeugen, von unseren Forderungen Abstand zu nehmen. Trotzdem waren ihre Worte herzlich und freundlich, und ich fand es großartig, dass Su Xiaokang auf dem Platz war, denn es trug viel dazu bei, die Wichtigkeit unseres Anliegens zu untermauern.

Am selben Tag gab es die ersten Ausfälle zu beklagen. Studenten wurden ohnmächtig. Auch wenn dies zunächst ein schockierender Anblick war, gewöhnten wir uns an das tonlose Jaulen der Krankenwägen. Einige Studenten hatten sogar Wasser abgelehnt, sie waren die Allerersten, die zusammenbrachen. Es kam das unheilvolle Gefühl auf, dass es nicht mehr lange dauern würde, bis es das erste Todesopfer zu beklagen gab. Doch es kündigte sich auch in anderer Hinsicht eine große Wende an. Mittlerweile war immer eine Gruppe ausländischer Journalisten auf dem Platz, und es gelang der Bewegung, ihr Anliegen über die Grenzen Chinas hinauszutragen. Die Bürger von Peking kamen zuhauf, um ihre Unterstützung zu zeigen. In ihren Augen zeigten wir, dass wir gewillt waren, uns für das Volk zu opfern. Wir waren »die Kinder des Volkes«. Sogar einige der nationalen Medien riskierten es, über den Hungerstreik zu berichten, und betonten die Tapferkeit der Studenten.

Das Allerwichtigste jedoch war, dass der Hungerstreik am Ende seine Ziele erreichte. Gorbatschow, der Präsident der Sowjetunion, sollte Parteiführer Deng in einem pompösen Staatsakt treffen, der in einer großen Parade auf dem Platz des Himmlischen Friedens seinen Höhepunkt finden sollte. So weit kam es nicht. Tatsache war, dass die Zufahrten und Straßen ins Pekinger Zentrum mit Studenten und den Massen von Pekinger Bürgern, die zu unserer Unterstützung gekommen waren, verstopft waren. Die Studenten hatten die Kontrolle über den Platz behalten und gezeigt, dass sie sich nicht von dort vertreiben lassen würden.

Eigentlich hätte Gorbatschows Besuch ihn tief in die chinesische Hauptstadt führen sollen, wo man ihn mit großen Ehren empfangen hätte. Stattdessen hießen ihn Deng und andere Würdenträger am Pekinger Flughafen willkommen. Er verließ niemals die Rollbahn; Deng war blamiert. Die Regierung bot den Studenten an zu verhandeln – und erkannte endlich unsere Anwesenheit an. Überall auf dem Platz des Himmlischen Friedens brach Jubel aus. Wir dachten, wir hätten gesiegt, und der Hungerstreik wurde beendet. Wir hatten keine Ahnung, wie verderbt diese verknöcherten Bürokraten – an die Ausübung von absoluter Macht gewöhnt – sein konnten, wenn ebendiese Macht bedroht wurde.

Hinter den Kulissen bekam Zhao Ziyang, einer der »radikalsten« Minister, die Schuld an all dem, was geschehen war. Vordergründig erklärte sich Premierminister Li Peng dazu bereit, sich an einem der darauffolgenden Tage mit unseren Vertretern zu treffen. Doch Deng hatte keineswegs die Absicht, seine Demütigung kampflos hinzunehmen.

Stattdessen verlegte sich die Regierung auf eine Hinhaltetaktik, in der Hoffnung, wir würden müde. Und ihre Taktik ging bis zu einem gewissen Grad auf. Während die Besetzung weitergeführt wurde, schmolzen die vom Staat gemachten Versprechungen unter dem grellen Tageslicht dahin, und ganz allmählich schwand die Schlagkraft, die durch den Hungerstreik erreicht worden war. Die Führer der Studentenbewegung begannen, ihren Zusammenhalt zu verlieren. Auf dem Platz roch es nach Müll, dazu kam der Gestank aus den überquellenden mobilen Toiletten. Und jeder war so unfassbar müde. Der Staat hatte Milliarden zur Verfügung. Und wir hatten nur unsere Überzeugungen.

Dann beschloss eine kleine Gruppe von Kunststudenten, eine ebenso schockierende wie inspirierende Aktion durchzuführen. Die Zahl der Menschen auf dem Platz war gesunken, genau wie die Regierung es im Sinn gehabt hatte. Dann begann ein Gerücht umzugehen. Das war typisch für die Studentenbewegung: Trotz der Brutalität der staatlichen Zensur machten Mutmaßungen schneller die Runde als jeder Schlagstock der Polizei. Und zeigten sich manchmal auch wesentlich effektiver. Es wurde gemunkelt, dass etwas Großes bevorstehe.

Am 30. Mai wurde tief in der Nacht und mitten unter die dahinschwindende Anzahl von Demonstranten eine noch verhüllte Figur auf den Platz des Himmlischen Friedens gerollt. Sie war mehr als zehn Meter hoch und mit einem großen Laken bedeckt. Am folgenden Tag verdichteten sich die Gerüchte und Mutmaßungen. Scharenweise kehrten die Menschen auf den Platz zurück. Die Sicherheitskräfte, die am Rande des Platzes immer präsent gewesen waren, wichen zurück. Mehr und mehr Menschen kamen. Und dann, an jenem wunderschönen, strahlenden Tag, wurde die eingeschmuggelte Figur enthüllt.

Ich war bei der Enthüllung dabei. Der Himmel war gleißend hell, sodass alles ein wenig dunstig, fast weiß, erschien, so wie es in der Sommerhitze eben manchmal ist, und als die Figur enthüllt wurde, erstrahlte auch sie im feinsten, leuchtenden Weiß. Sie war ebenso kraftvoll wie einschüchternd in ihren Proportionen: eine voranschreitende, riesige Frauengestalt – die »Göttin der Demokratie« –, die mit beiden Händen eine Fackel trug und zum Tor des Himmlischen Friedens blickte, auf ein riesiges Wandgemälde des verstorbenen Diktators Mao Tse-tung. Und während sie in der bleichen Hitze des Spätmorgens erstrahlte, wirkte er runzlig und verhärmt und ausdruckslos, genau so, wie er an dem Tag vor all den Jahren ausgesehen hatte, als ich im Mausoleum einen Blick auf seinen einbalsamierten Leichnam hatte werfen können.

Natürlich war die Enthüllung der Statue eine klare Provokation der Behörden, aber dabei ging es nicht nur um Aufbegehren. Es war ein Bruch mit der Geschichte: Die Figur verlieh der neuen Zeit ein Antlitz und löste die alte ab. Ich sah die Gesichter der Menschen um mich herum, von denen viele hemmungslos weinten. Hätten die Sicherheitskräfte schnell reagiert, hätten sie anrücken und die Figur zerstören können, aber dafür war es jetzt zu spät, denn mehr und mehr Studenten strömten auf den Platz.

Und vielleicht war es genau das, was die Regierung zum Handeln zwang. Schließlich kamen sie doch noch ihrem Angebot nach, mit unseren Vertretern zu sprechen. Natürlich war das Treffen eine Farce. Die Studentenvertreter sprachen leidenschaftlich, wütend; die Regierungsleute schauten sie mit kaum verhohlenem Hass an, unfähig, ihre Empörung darüber zu verbergen, dass sie sich im selben Raum mit diesen Leuten befanden – ein Gefühl der Absurdität, das alle elitären Bürokraten erfüllt, wenn sie dazu gezwungen sind, von Angesicht zu Angesicht den Leuten gegenüberzutreten, die sie eigentlich vertreten. Es war ein Schwindel, ein großer Betrug. Etwa dreißig Jahre später zeigten durchgesickerte Dokumente, dass die Regierung damals schon beschlossen hatte, das Kriegsrecht auszurufen. Ich stelle mir vor, wie in Deng und seinen Kumpanen, so sehr an Macht gewöhnt, verheerende Wut ausbrach, hinter der sich vielleicht auch ein Gefühl der Angst verbarg.

Die Studenten waren allerdings nicht komplett naiv. Gerüchte über Vergeltungsmaßnahmen kursierten. Und die waren nicht länger eine Sache der lokalen Polizei. Wir hörten, dass im Süden der Stadt Soldaten aus anderen Regierungsbezirken zusammengezogen wurden. Am 2. Juni machte die Regierung es offiziell. Sie rief das Kriegsrecht aus. Um zehn Uhr morgens sollte es in Kraft treten. Und das war der Zeitpunkt, an dem die Studenten begannen, Barrikaden zu errichten.

Ich wollte zum Platz des Himmlischen Friedens zurück.

Doch das Kriegsrecht ging auch mit einer Ausgangssperre einher. Auf unserem Flur waren überall die Radios zu hören, die knisternd die Bürger dazu aufriefen, zu Hause zu bleiben. Zum ersten Mal sah ich meine Mutter und meinen Vater gemeinsam vor dem Fernseher sitzen. Nachbarn kamen zum Schauen. Natürlich war das alles Propaganda, die üblichen Lügen – Dissidenten seien dabei, China zu untergraben und zu zerstören, konterrevolutionäre Kräfte planten, das kommunistische System abzusetzen. Vielleicht lag es daran, dass ich vor all den Jahren Orwell gelesen hatte. Für mich hatten diese Behauptungen von »Dissidenten«, »Antikommunisten« und »Konterrevolutionären« gänzlich ihre Schlagkraft verloren, trotz des hitzigen Tons, in dem sie geäußert wurden. Mein Vater schaute die Bilder aus dem Fernsehen mit ruhigem Bedauern und einem Hauch Traurigkeit in seiner Miene an. Meine Mutter bedachte mich jedes Mal, wenn ich ihr auf dem Flur begegnete, mit einem finsteren, vorwurfsvollen Blick, sagte aber nichts. Wir hörten Schüsse. Ein Fenster ging in die Brüche. Ruhig, aber entschlossen zog meine Mutter die dunkelsten Bettlaken aus dem Schrank und verhängte damit unsere Fenster. Sie war nicht allein damit; viele unserer Nachbarn taten das Gleiche. Von unten hörten wir, wie die Polizei an eine Tür hämmerte und jemand abgeführt wurde.

Ich lag auf meinem Bett und starrte in der Dunkelheit an die Decke. Ich wusste, ich hätte zum Platz gehen sollen. Doch die Angst saß tief, mir war schlecht. Ich war feige. Ich bin es immer noch. Ich wünschte mir verzweifelt, in Aktion zu treten, denn ich empfand eine große Verpflichtung den Studenten und meinen Freunden gegenüber. Sie waren da draußen, setzten sich für etwas ein, das auch ich von ganzem Herzen befürwortete – auch wenn ich nicht ganz sicher war, wie ich dieses Etwas beschreiben sollte. »Freiheit« vielleicht. Die Freiheit von etwas. Die Freiheit, etwas zu tun. Ein überstrapaziertes Wort. In Kanada ist es heute ein Begriff, der beiläufig und fast automatisch verwendet wird, in Gesprächen, in der Werbung. Die Sehnsucht nach Freiheit, die wir im Jahre 1989 in China empfanden, kam aus unserem tiefsten Inneren. Sie führte uns zusammen. Nichts war damals wichtiger als das.

Trotzdem blieb ich dort in meinem Bett liegen und starrte an die Decke. Ich hatte solche Angst. Ich wollte mich nicht in Gefahr bringen. Mein Vater frustrierte mich, manchmal hasste ich meine Mutter, und ich spürte deutlich, wie die Distanz zwischen mir und meinem Bruder mit jedem Jahr größer wurde. Doch die Vorstellung, sie alle nie wiederzusehen, war ähnlich dem Gefühl, das man hat, wenn man vor einem großen Abgrund steht: wie ein betäubender Schwindel, eine Ohnmacht. Die Proteste würden auch ohne mich weiterlaufen. Nichts von dem, was ich beitragen konnte, war von fundamentaler Bedeutung. Schließlich gehörte ich nicht zu den Anführern. Ich war nicht einmal eine der aktiveren Personen. Was immer geschehen sollte ... es würde geschehen. Ich ließ mich noch tiefer ins Bett sinken. Es wäre einfach nicht klug, während der Ausgangssperre das Haus zu verlassen.

Trotzdem war da immer noch dieses seltsame Drängen, das in mir rumorte. Es war nicht nur Angst. Es war das Gefühl, dass ich ein Teil von etwas war, dass ich mich einer Sache angeschlossen hatte. Wie konnte ich hier im Warmen, in der gemütlichen Wohnung, bleiben? Ich dachte an die Marodeure. Jeder von ihnen bis auf Anna hatte sich den Protesten angeschlossen. Das hatten wir gemeinsam getan.

Zur Hölle damit! Ich schlich mich aus der Wohnung.

Und verspürte auf der Stelle, wie Panik mich ergriff. Das Gefühl, dass meine Brust sich zusammenzog. Dass meine Lunge eingedrückt wurde. Und ich keine Luft mehr bekam. Ohne darüber nachzudenken, stieg ich die Treppe zum Dach unseres Gebäudes hoch, schob die marode alte Tür auf und trat hinaus in die kühle Nacht, um Luft zu schnappen.

Hier war ich schon eine Weile nicht mehr gewesen. Meine Großmutter hatte mich manchmal mitgenommen, damit wir zusammen Wäsche wuschen; hier gab es große Steinplatten, auf denen man die Kleidungsstücke ausbreiten und dann mit Wasser und Seife bearbeiten konnte, um die Teile schließlich auf den Wäscheleinen aufzuhängen, die sich im Zickzack über das Dach spannten.

Hier oben war es ruhig. Ich schaute über die Stadt hinweg und sah eine Rauchwolke, die sich über einem der Nachbarhäuser erhob. Eine Sirene heulte auf, verstummte wieder. Alles wurde still.

»Hey!«

Ich fuhr zusammen, mein Herz klopfte heftig.

Ich drehte mich schnaufend um, erblickte meinen kleinen Bruder. »Du kleiner Idiot!«, rief ich. »Mir wäre fast das Herz stehen geblieben.«

Er lächelte. »Na ja, so klein bin ich nicht. Tatsächlich bin ich fast so groß wie du ... Außerdem sagst du *so was* nie! Dieses Wort benutzt du gar nicht.«

»Ich kriege ja auch normalerweise keinen Herzinfarkt. Du hast mich erschreckt. Was zum Teufel machst du hier oben?«

Er zuckte mit den Achseln. »Ich wollte dich nicht erschrecken. Ich komme nur ab und zu hier hoch.«

»Wieso?«

Mein Bruder war älter geworden und zurückhaltender, doch ab und zu redete er trotzdem noch, wie ihm der Schnabel gewachsen war, dann wurde mir bewusst, dass er immer noch fast ein Kind war.

»Po Po war gerne hier. Deshalb bin ich auch gerne hier.«

Ich war gerührt. Ich vermisste meine Großmutter, weil sie mich geerdet hatte. Sie war wie ein Fels in der Brandung gewesen, der mich durch alle Gezeiten meines Lebens getragen hatte. Manchmal vergaß ich, dass sie auch im Leben meines Bruders eine wichtige Rolle gespielt hatte.

»Ja, das stimmt«, sagte ich.

Wir schwiegen.

»Wirst du sterben?«, fragte er nun wesentlich kleinlauter.

»Ich glaube nicht. Ich hoffe nicht.«

»Mutter sagt, wenn du so weitermachst, wenn du weiterhin an diesen ... an diesen Protesten teilnimmst, dann könnte es gefährlich werden, du könntest sterben!«

»Das hat sie dir gesagt?«

Er drehte den Kopf weg von mir. Offenbar wollte er nicht, dass ich sah, wie erschüttert er war.

»Nein, das hat sie zu Vater gesagt. Aber ich habe es gehört. Ich höre mehr, als die Leute denken.«

Wieder kam er mir sehr kindlich vor.

Ich streckte die Hand nach ihm aus, hielt dann jedoch inne. Ich dachte darüber nach, was genau es war, das ich sagen wollte. Und machte meinen Ton so weich und doch entschlossen, wie ich konnte. »Hör mir zu. Ich glaube nicht, dass Mutter recht hat. Aber ...«

»Aber?« Er schaute mich mit seinen großen Augen an.

»Ich hoffe, ich werde noch sehr lange hier sein. Aber alle Menschen müssen irgendwann sterben. Wie Po Po. Sie hat sehr lange gelebt. Ich werde das auch. Und ich glaube, du wirst sogar noch länger leben!«

»Aber warum sollte ich länger leben als du?«

»Nun, das musst du. Weil du jünger bist als ich. Das bedeutet, dass du das längste Leben von allen haben wirst.«

Darüber dachte er kurz nach.

Und dann setzte er ein schelmisches Grinsen auf. »Weißt du, was ich glaube?«

»Was denn?«

»Ich glaube, dass ich überhaupt nie sterben werde.«

Ich blinzelte, um Worte verlegen. »Nun ... nun, das ist ...«

Er bedachte mich mit einem bohrenden Blick, verschwörerisch und wissend.

»Ich und mein Freund in der Schule, Fenhua ... er und ich, wir werden jede Menge Geld verdienen. Wir werden reich!«

In meiner Verblüffung blieb mir nichts anderes übrig, als zu fragen: »Aber wie soll das ...?«

Mein Bruder unterbrach mich mit seiner ungebremsten Begeisterung. »Wenn wir erst mal reich sind, dann lassen wir, bevor wir sterben, unsere Körper einfrieren. Und dann, in ein paar Jahrhunderten, wird man über die Technologie verfügen, uns wiederzubeleben. Und so können wir für immer leben.«

Ich stammelte: »Aha ... Na, das ist mal ... das ist ein Plan.«

Er interpretierte mein Zögern nicht als eine Form von Skepsis.

»Mach dir keine Sorgen«, sagte er eifrig. »Ich werde dafür sorgen, dass wir dich auch einfrieren.«

»Das ist ... das ist sehr anständig von dir.«

Er nickte ernst. Er hatte gesagt, was er zu sagen hatte. Er bewegte sich auf die Tür zu. Dann drehte er sich noch einmal um und schenkte mir ein schlaues Grinsen.

»Du musst aber nett sein zu mir. Von jetzt an.«

Ich schaute ihn an, und unwillkürlich huschte ein Lächeln über mein Gesicht.

»Ich werd's versuchen!«

Er nickte und verschwand im Treppenhaus. Ein paar Augenblicke stand ich noch da. Es war kalt geworden. Gerade wollte ich in die Wohnung zurück, als ich ein lautes Brummen hörte. Zuerst dachte ich, die Polizei sei zurück, um noch jemanden aus dem Gebäude zu zerren. Ich ging an die Brüstung des Daches und schaute hinunter. Da unten saß Macaw auf ihrem Motorrad und ließ den Motor aufheulen.

• • •

Ich trat in die Nacht hinaus. Wir schauten uns an. Sie schwieg trotzig, aber es spielte ein Lächeln um ihre Lippen. Gerade wollte ich sie fragen, was sie hier mache, doch sobald ich den Mund öffnete, ließ sie den Motor noch einmal aufheulen, und meine Worte wurden vom Lärm verschluckt. Ich blinzelte erstaunt, wollte etwas sagen, da heulte der Motor wieder auf, sodass nichts zu verstehen war. Sie grinste mich fies an.

Ich musste unweigerlich lachen.

»Du bist manchmal wirklich ein Kindskopf, weißt du das? Da könnte sich sogar mein kleiner Bruder noch eine Scheibe abschneiden!«

Sie zuckte mit den Achseln.

»Aber im Ernst«, sagte ich. »Du solltest auf dem Ding nicht rumfahren. Es ist geklaut. Die Polizei. Die waren gerade hier.«

Sie schaute mich mit kaum verhohlener Fassungslosigkeit an.

»Du hältst nicht viel von deiner Freundin, oder? Glaubst du denn wirklich, ich bin so blöd, mit dem Motorrad von *damals* hierher zu fahren?«, fragte sie empört.

Ich schaute sie verwirrt an und zeigte auf das Motorrad, auf dem sie saß. »Und was ist dann das?«

Sie sah mich an, als wäre ich ein Kind, dem man etwas erklären muss. »Das ist ein vollkommen *anderes* geklautes Motorrad. Das hier habe ich vor etwa einer Stunde mitgehen lassen!«

Mir blieb der Mund offen stehen. Jetzt fehlten mir die Worte.

Sie lächelte wie eine Sphinx.

Dann schwand ihr Lächeln. »Ich hab sie gesehen, weißt du?«

»Wen?«, fragte ich.

»Die Polizei. Bevor du rauskamst. Ich habe mich bedeckt gehalten. Sie haben in ein Fenster geschossen. Jemanden rausgezerrt. Einen deiner Nachbarn. Armer Teufel. Vielleicht ist es besser, wenn du heute Abend nicht zum Platz gehst.«

Trotz meiner früheren Ängste regte sich Widerstand in mir. »Und wie ich gehe! Außerdem bist du ja selbst unterwegs!«

Sie schaute mich an, ihre grünen Augen glitzerten amüsiert.

»Aber ich bin anders!«

Ich lachte. »Vielleicht bist du das«, sagte ich. Ich dachte kurz nach. »Aber vielleicht bin ich auch anders.«

Sie hob eine Augenbraue, sagte aber nichts. Sie saß nur da und schaute mich an. Wenn Anna dich anschaute, hattest du das Gefühl, du seist der einzige Mensch auf der ganzen Welt. Du wolltest reden, wolltest sie in deinen Kopf lassen, wolltest ihr Dinge sagen, die du sonst niemandem sagtest. Da war immer etwas Gefährliches an ihr, und doch konntest du nicht anders, als ihr zu vertrauen.

»Ich habe mich schon mein ganzes Leben anders gefühlt«, hörte ich mich sagen. »Meine Familie ... mit denen habe ich nicht viel gemeinsam. Mein Vater denkt wissenschaftlich. Ich hingegen kann nicht mal eine Glühbirne auswechseln. Und meine Mutter ... Wo soll ich da anfangen? Sie ist immer auffallend hübsch gewesen, steht gerne im Mittelpunkt des Geschehens. Manchmal schaut sie mich an, als könnte sie nicht glauben, dass ich ihre Tochter bin. Mein Bruder spricht dieser Tage nicht viel mit mir, er kommt langsam in die Pubertät. Und dann war da noch meine Großmutter. Ich habe sie sehr geliebt. Weil sie stark war. Aber darin ähnele ich ihr wohl kaum.«

Ich kicherte wehmütig. »Vermutlich möchte ich einfach

sagen, dass ich mich auch anders fühle. Aber ... seit ich bei diesen Protesten mitmache, fühle ich dieses Anderssein nicht mehr so sehr. Tatsächlich habe ich mich ...« Ich rang nach Worten. »Ich habe mich *zugehörig* gefühlt. Und das war ziemlich toll.«

Ich lächelte scheu.

Sie schaute mich an, ihr Gesichtsausdruck eine seltsame Mischung aus Herablassung und Freundlichkeit.

»Ach, Schatziputzi«, murmelte sie. »Du bist wirklich eines der letzten Unschuldslämmer. Wie willst du jemals ohne mich durch die Welt kommen?«

Wie sie das sagte ... Sie sprach so leise, als wollte sie nur ihren inneren Gedanken Ausdruck verleihen und spräche gar nicht mit mir. Wie sonderbar sie das gesagt hatte, blieb bei mir hängen, doch nur Sekunden später veränderte sich ihre Miene, und ihr Ton wurde entschlossen.

»Ich sehe, du wolltest wieder los. Ich werde nicht versuchen, dich davon abzuhalten. Aber vielleicht gehst du besser am frühen Morgen, wenn die Ausgangssperre endet. Dann sind die Chancen größer, dass du den Platz heil erreichst!«

»Vielleicht hast du recht«, sagte ich zögernd, spürte aber auch Freude darüber, dass ich eine Gnadenfrist erhalten hatte. Es hatte mir Angst gemacht hinauszugehen. Wenigstens konnte es jetzt bis zum Morgen warten.

»Und was ist mit dir? Kommst du denn zu den Protesten?«

Sie zuckte mit den Achseln. Ließ den Motor aufheulen. Und fuhr in die Dunkelheit davon.

ACHTUNDDREISSIG

In jener Nacht schlief ich nicht gut. Immer wieder wachte ich auf und hatte das Gefühl, noch zu träumen. So wechselte ich von Träumen zu Wachen hin und her, bis die ersten Sonnenstrahlen dünn und schmal durch das Fenster fielen. Ich war immer noch nervös, immer noch ängstlich, doch meine Angst hatte eine andere Gestalt angenommen – schärfer, trauriger.

Ich rieb mir die Augen, wusch mich. Hunger und Erschöpfung benebelten mein Gehirn, dennoch stolperte ich in den frühen Morgen hinein. Als einsame Gestalt mit gesenktem Kopf war ich auf der Straße unterwegs; die einzigen anderen Menschen, die ich sah, waren die Taxifahrer der Nachtschicht, die auf eine allerletzte Fahrt hofften, bevor es Morgen wurde. Ich nahm mir ein Taxi in Richtung Platz des Himmlischen Friedens, doch der Fahrer war nervös und wollte mich nicht bis zur Chang'an-Straße mitnehmen. Er sagte, er sei alt genug, um mein Vater zu sein. Und dass ich lieber nach Hause gehen sollte. Dass es für ein »Fräulein« wie mich gefährlich sei. Seine Augen waren müde und freundlich. Als ich Anstalten machte, ihn zu bezahlen, wollte er kein Geld nehmen. Und vielleicht weil ich selbst so müde war, spürte ich, wie mir Tränen in die Augen traten.

»Ich kann Sie immer noch zurückfahren, junges Fräulein.«

»Ist schon okay«, sagte ich. »Das passt schon so.«

Während ich dem Taxi hinterherschaute, wie es wegfuhr, sehnte ich mich sehr danach, wieder in das warme Auto zu steigen und nach Hause zu fahren, um mich in mein Bett zu kuscheln, das Bett, in dem ich mein ganzes Leben geschlafen hatte. Ich beneidete den Fahrer darum, dass er sich der Sache entziehen konnte, doch jetzt war ich fast da, und es war wichtig, meinen Weg fortzusetzen. Ich ging eine der Seitenstraßen entlang, die zur Chang'an-Straße führten, als hinter mir ein lautes Brummen ertönte. Auf einmal hatte ich riesige Angst. Ich war wieder ein Kind, und ich war mir sicher, dass die Polizei hinter mir her war.

Stattdessen war es ein junger Mann auf einem Motorrad. Ich wusste sofort, dass es sich um einen Studenten handelte. Erleichterung und Dankbarkeit durchströmten mich. Er hob eine behandschuhte Hand und machte das Siegeszeichen. Ich erwiderte es.

»Die Chang'an kannst du nicht runter. Da sind jede Menge Bullen. Im Süden zieht sich Militär zusammen. Nimm die Seitenstraßen. Nähere dich dem Platz von Osten«, sagte er.

Ich musste verwirrt gewirkt haben; es war noch so früh am Morgen.

»Steig auf«, sagte er mit einem Zwinkern und einem Lächeln.

Ich stieg auf das Motorrad, legte die Arme um ihn, und wir brausten davon. Der Staat mochte über Polizei und Armee verfügen, doch wir Studenten hatten unsere eigenen Kräfte entwickelt. Dieser junge Mann gehörte offenbar zu der Gruppe, die man unter den Namen »Fliegende Tiger« kannte, Studenten auf Motorrädern, die in der Stadt unterwegs waren, Nachrichten über Polizei- und Militäreinsätze überbrachten und dabei halfen, die Proteste zu koordinieren. Wir erreichten den Platz über eine kleinere Allee und wurden trotz der massiven Polizeipräsenz nicht angehalten. Als ich abstieg, zwinkerte er mir wieder zu. Er war ein komischer Typ und hatte tatsächlich eine Fahne der »Fliegenden Tiger« um sein Bike gewickelt, was mir angesichts der Umstände viel zu auffällig und nicht besonders vernünftig erschien. Wie ein Held sah er nicht aus.

Aber er war definitiv einer.

Die Atmosphäre auf dem Platz hatte sich verändert. Das spürte ich, sobald ich ihn betrat. Die vergangenen Wochen hatten wir alle unter Kriegsrecht gelebt. Doch das Kriegsrecht hatte nicht das erreicht, was die Regierung wollte: Es hatte nicht zu einer Räumung des Platzes geführt. Zweihunderttausend Soldaten waren aufgeboten worden, um die Kontrolle über die sieben zentralen Stadtbezirke Pekings, die den Platz des Himmlischen Friedens umgaben, wiederzuerlangen, die Studentenbewegung einzukesseln und dann zu zerstören. Doch es war nicht so gelaufen wie geplant.

Als Schulkinder hatten wir Lieder mit Zeilen wie »die Armee liebt das Volk« gesungen. Die Armee selbst nannte sich Volksbefreiungsarmee, weil sie im Kampf gegen den Faschismus und gegen die Diktatur entstanden war. Unter den Studenten und den Bürgern der Stadt herrschte Skepsis gegenüber der Polizei wegen ihrer herablassenden und brutalen Art. Für die Armee jedoch hatten wir eine gewisse Sympathie, wegen der historischen Verbindung zwischen dem Militär und der Bevölkerung.

So kam es, dass die Studenten und die Anwohner die zweihunderttausend Angehörigen der Armee bei ihrem Marsch hauptsächlich mit Blumen begrüßten, ihnen Fragen stellten, mit ihnen redeten und sich mit ihnen verbrüderten. Zahlreiche Soldaten ließen sich von der Atmosphäre der Proteste mitreißen, und aus diesem Grund hielten alle das Risiko für eine gewaltsame Auseinandersetzung für gering. Ich erinnere mich, auf dem Platz gewesen zu sein, als die Nachricht kam, die Armee sei von der »großartigen Bevölkerung Pekings« auf ihrem Vormarsch auf die Stadt aufgehalten worden. Alle brachen in Jubel aus. Jahre später fanden wir heraus, dass es in allen Einheiten des Heeres Abspaltungen und Meutereien gegeben hatte. Der Kommandant der 38. Armee – der Peking-Division – hatte sich schlichtweg geweigert, Befehle auszuführen.

Zur gleichen Zeit wurden die Proteste intensiver. Jeden Tag trafen voll besetzte Züge aus den Provinzen an, die Zahl der Demonstranten auf dem Platz des Himmlischen Friedens wuchs. In Hongkong brachte ein Protestmarsch zur Unterstützung unserer Bewegung sechshunderttausend Menschen auf die Straßen. Ähnliche Demonstrationen fanden in Shanghai, Wuhan, Chongqing und vielen anderen Regionen und Städten statt. In Peking selbst waren mehr als eine Million Arbeiter zur Unterstützung der Studenten in einen Streik getreten. Am 23. Mai kamen Abgeordnete der Werktätigen auf den Platz, um uns zu unterstützen. Als Zeichen für ihre Bereitschaft, ihr Leben zu lassen, hatten sie sich den Namen »Brigaden der Bürger, die bereit sind zu sterben« gegeben. Es war auf fast unerträgliche Weise berührend. Unsere Entschlossenheit wurde stärker. Und inmitten dieser dramatischen Entwicklungen gab es sogar noch komische Momente. Zum Beispiel tauchten überall in der Stadt Plakate auf, die Mitglieder der kriminellen Unterwelt aufhängten. Darauf hieß es, dass die Diebe von Peking ihre Diebeszüge vorerst aufgegeben hätten, um ihre Solidarität mit uns Studenten zu zeigen!

Doch während die Unterstützung aus dem Volk immer größer wurde, spielten sich hinter den Kulissen düstere und verstörende Momente ab. Die Meutereien in der Armee, zusammen mit der Protestwelle, die das ganze Land erfasste, bedeuteten, dass sich die Regierung langsam dem Punkt näherte, an dem es nicht mehr weiterging. In Dengs Worten, die er bei einem geheimen Treffen mit den acht Ältesten der Verbotenen Stadt äußerte, standen Partei und Staat »vor einer Krise, in der es um Leben und Tod geht«. Die Regierung selbst war gespalten, da immer mehr Minister es für klüger hielten, ein Programm der Liberalisierung auf den Weg zu bringen, um wenigstens einige der studentischen Forderungen zu erfüllen.

Der alte Diktator hatte jedoch nicht die Absicht, wie auch immer geartete Kompromisse zuzulassen. Verschrumpelt, arrogant und von Jahren der Macht und der Privilegien aufgedunsen, schürzte Deng seine runzligen, verfaulten Lippen zu einer Grimasse der Verachtung und fasste den Beschluss, sich den Millionen von Menschen, die auf der Straße protestierten, zu widersetzen. In aller Stille rief er die mächtigsten Hardliner der Partei auf den Plan und holte entgegen jeglicher verfassungsrechtlicher Bedenken zum Gegenschlag aus; er isolierte die Reformisten in der Regierung, ließ diejenigen, die er im Verdacht hatte, polizeilich überwachen und stellte sie unter Hausarrest. Auf diese Weise gelang ihm ein Staatsstreich, und er schuf eine Diktatur innerhalb der Diktatur.

Kaum hatte er so die absolute Macht erlangt, begann er, Pläne für eine noch skrupellosere und tödliche Form der Unterdrückung der Massen zu schmieden. In der Tat befand sich das ganze Land in Aufruhr, doch das Epizentrum unserer Revolution war immer Peking gewesen, insbesondere der Platz des Himmlischen Friedens. Dengs letzter Schachzug war es, all seine Kräfte dort zu konzentrieren. Die Armee war gespalten, die Pekinger Einheiten weigerten sich, die Studenten brutal niederzuschlagen. Deshalb rekrutierte Deng Truppen aus den entlegensten Landesteilen. Diese Truppen wurden in großen Lagern außerhalb der Stadtgrenzen Pekings untergebracht, wo sie vollkommen isoliert von der einheimischen Bevölkerung waren. Währenddessen bereitete man sie systematisch und ideologisch darauf vor, die Aufstände endgültig niederzuschlagen. Ihnen allen sagte man, die Studenten seien Aufrührer, sie hätten Soldaten getötet, und es gebe Pläne, wichtige Parteimitglieder zu entführen. Solch vergiftete Lügen sprachen Bände über den Grundton von Dengs »Patriotismus« und seine »Sorge« um die Bevölkerung, die er wie so oft seiner Loyalität versicherte.

Als ich am 3. Juni den Platz des Himmlischen Friedens betrat, war dies weder mir noch irgendjemandem von uns bekannt. Diese Fakten würden erst in den kommenden Jahrzehnten aus verschlossenen Akten sickern. Doch obwohl wir keine Ahnung hatten, was hinter den Kulissen in der Regierung vorging, spürten wir sehr schnell, dass eine neue und furchterregende Welle der Gewalt auf uns zukam. Uns hatten Gerüchte erreicht, dass sich am Stadtrand Truppen zusammenzogen. Die Stimmung auf dem Platz hatte sich verändert. Sie war ernst und voller Angst; wo wir einander früher mit dem Victory-Zeichen begrüßt hatten, ebenso tollkühn wie spielerisch, wurde diese Geste nun durch eine harte, geballte Faust ersetzt. Niemals zuvor hatte sich so deutlich die Spaltung zwischen dem Staat und dem Volk, zwischen ihnen und uns, gezeigt, und niemals hatte sie so unüberwindlich gewirkt. Wir alle trugen diese Angst in uns, dieses Gefühl, dass uns schicksalhafte Tage bevorstanden und die Dinge langsam Fahrt aufnahmen.

Ich war müde. In der Nacht zuvor hatte ich nicht gut geschlafen – wie auch? Ich verspürte einen Moment des Hochgefühls, als ich den Platz betrat, doch es ebbte schnell wieder ab. Es waren viele Studenten da, alle blickten ernst drein. Im Morgenlicht wurde vor dem Tor des Himmlischen Friedens, an der Vorderseite des Platzes, die chinesische Flagge gehisst. Aus den Lautsprechern, die überall hingen, ertönte die chinesische Nationalhymne. Der ganze Platz hielt den Atem an. Die

Polizei, die Bürger am Rand des Platzes ebenso wie die Studenten auf dem Platz – diejenigen, die als Verräter des Landes bezeichnet worden waren – salutierten, und wir taten es aufrichtig, auch wenn in der Geste keine Freude mehr lag, nur noch ein Gefühl finsteren Respekts. Es war ein kurzer und kostbarer Moment der Einheit. Er würde schon bald ein Ende finden.

Ein leichter Nebel erfüllte die sommerliche Morgenluft. Es waren so viele Menschen da. Ich ging in Richtung Denkmal für die Helden des Volkes, sah aber niemanden, den ich kannte. Vor ein paar Wochen wäre es egal gewesen, ob man allein war oder nicht. Studentengruppen von anderen Unis hätten einen willkommen geheißen, hätten einen eingeladen, Essen und Trinken mit ihnen zu teilen. Doch von jenem Kameradschaftsgeist war nicht mehr viel übrig. Ich wanderte eine Weile hin und her, bis der dünne Dunstschleier sich gehoben hatte. Einen Moment lang dachte ich an Gen. Würde ich ihm über den Weg laufen? Ich war mir fast sicher, dass das nicht der Fall sein würde. Er hatte der Bewegung schon lange den Rücken gekehrt, wenn er überhaupt jemals ein Teil davon gewesen war. Damals hatte er mir leidgetan, weil er niemals die Solidarität und die wundervolle Stimmung der Proteste kennengelernt hatte. Doch in jenem Moment, während sich ein düsteres Gefühl der Vorahnung in meinem Bauch breitmachte, beneidete ich ihn. Ich beneidete alle, die zu Hause geblieben waren, in Wärme und Sicherheit.

Als ich irgendwann über die Marodeure stolperte, durchfuhr mich ein Gefühl der Erleichterung. Es währte nicht lange. Auf jedem Gesicht sah ich die gleiche Nervosität, die sich auch meiner bemächtigt hatte. Obwohl es ein milder Sommertag war, hatte sich ein Gefühl der Kälte auf dem Platz breitgemacht. Pan Mei hatte dunkle Ringe unter den Augen, während Jin Feng, der sonst so frisch und keck war, auf mich wirkte, als schaute hinter seinen noch jungen Gesichtszügen bereits ein alter Mann hervor. Sie alle wirkten deutlich älter. Vielleicht waren es ihre Anspannung und der Schlafmangel, aber ich kann nicht anders, als darin eine Vorahnung dessen zu sehen, was uns bevorstand. Der Gefahr, die wir alle spürten, deren Ausmaß jedoch keiner von uns sich vorstellen konnte.

Nur Lan lächelte, so wie er es immer tat, seine riesige Gestalt schien unbeeindruckt, und sein Gesicht strahlte Unbekümmertheit und Entspanntheit aus. Irgendwann begann er zu kichern, ich kann mich nicht mehr erinnern, worüber, und sein frisch angetrauter Ehemann beschimpfte ihn als »albernes Huhn« – doch das sagte Min mit leuchtenden und lachenden Augen.

Am Vortag war der Popsänger Hou Dejian auf den Platz gekommen und hatte seinen Song »Erben des Drachen« zum Besten gegeben, einen Song, der sich auf den Boxeraufstand bezog, der im Jahre 1900 in Peking seinen Anfang genommen hatte. Die Studenten hatten ihm zugejubelt und mitgesungen. Heute trat eine weniger bekannte Band auf, das Publikum war deutlich zurückhaltender. An diesem 3. Juni war etwas anders.

Es begann mit dem Bus. Eine Gruppe Studenten hatte einen verlassenen Bus am Rande des Platzes gefunden, der voller Munition, Kalaschnikows und anderen Maschinengewehren war. Die Leute gerieten sofort in Panik. War das ein Zeichen dafür, dass das Militär näher rückte? Hatten sie ihren Bestand hier versteckt, um vom Epizentrum der Proteste aus scharfe Munition abzufeuern? Einige der Studentenführer rieten dringend zur Vorsicht. Forderten Ruhe. Dies sei mit ziemlicher Sicherheit eine Provokation, argumentierten sie. Der Staat habe die Proteste seit Wochen, ja Monaten ins Visier genommen und an seiner Taktik gefeilt. Er würde folglich nicht so nachlässig sein, einen unbeaufsichtigten Bus voller Munition im Kernland unserer Truppen zurückzulassen. Die Waffen seien absichtlich dort platziert worden, um Angst zu säen und Panik zu erzeugen. Die Regierung hoffe, uns zu einem überstürzten und impulsiven Handeln zu provozieren.

Doch wenn das stimmte, konnte es nur eines bedeuten. Zweifelsohne hatte sich der Staat zur Repression entschlossen, aus der es keinen Ausweg gab.

Die Stimmung auf dem Platz verhärtete sich. Die Leute begannen wie wild zu diskutieren. Paranoia machte sich breit, legte sich über uns wie eine zweite Haut. Einem aufmerksamen Beobachter war es gelungen, Armeespitzel in unserer Mitte zu entdecken, Undercover-Soldaten, die sich gegenseitig an ihrem Outfit erkennen konnten: Sie trugen alle weiße Hemden und Kakihosen. Die Studenten reagierten auf der Stelle, trieben sie zusammen und isolierten sie. Man verhöhnte und bedrohte sie.

Der Tag wurde zum Abend, rasch wurde es Nacht. Dunkelheit breitete sich am Himmel aus wie schwarz geronnenes Blut. Die Arterien, die in den Platz des Himmlischen Friedens hineinführten, hatten bereits begonnen, durchlässig zu werden, große Rauchwolken stiegen von den Barrikaden auf, die in nur einer halben Meile Entfernung errichtet worden waren. In der Ferne hörten wir ein Rumpeln, Rauch stieg in den Himmel empor. Niemand wusste, was passieren würde, doch wir ahnten, dass sich das Militär in Bewegung gesetzt hatte. Heute wissen wir, dass die Nachricht des bevorstehenden Angriffs sich in der Stadt schon verbreitet hatte. Während der vielen Wochen der Proteste hatten sich die Bewohner in den nahe liegenden Gegenden mit den Studenten verbündet. Sie hatten an unseren Mühen teilgehabt. Und da sie nun wussten, was bevorstand, waren genau diese Leute – Arbeiter, Krankenschwestern, Ladenbesitzer, Straßenkehrer, Putzfrauen, Taxifahrer und viele mehr – wieder auf die Straße gegangen, hatten die Zugangspunkte zum Platz besetzt und versuchten, die Legionen von Soldaten und die Panzer abzuhalten, die auf das Lager der Studenten zurollten.

Es waren diese Männer und Frauen, die als Erste herausfanden, dass die Munition, die das Militär benutzte, scharf war. Dutzende von ihnen wurden erschossen. Natürlich wehrten sie sich. Sie warfen Flaschen und Steine. Mittlerweile glaubten sie fest an uns. Ich kann mir nicht vorstellen, dass sie ihre Familien zurücklassen wollten, ihre Kinder, um sich auf den Straßen dem Kampf anzuschließen. Aber sie konnten einfach den Gedanken daran nicht ertragen, was nun geschehen würde. Deshalb traten sie in Aktion.

Auf dem Platz des Himmlischen Friedens sahen wir den Rauch von den Barrikaden aufsteigen, doch es war uns nicht bewusst, dass der Angriff bereits begonnen hatte. Wir waren voller Angst und voller Trotz. Um elf Uhr abends in der Nacht des 3. Juni hoben alle Studenten auf dem Platz wieder die Hände zum Victory-Zeichen, dem Zeichen, in dem sich das Beste unserer Bewegung vereinte, denn es stand für die erhabenen Hoffnungen, die wir hatten.

Einige Minuten später sendete die Radiostation der Studenten an der Ecke des Platzes die Nachrichten. Die Armee rückte an. Es gab bereits Opfer zu beklagen. In der Ferne hörten wir die Sirene eines Krankenwagens heulen. Eine alles verschlingende Angst überkam mich, sodass ich ein paar Momente lang wie gelähmt war. Wir schauten uns an. Die Marodeure waren wie vom Donner gerührt, keiner von uns konnte etwas sagen. Dann sprach einer der Anführer der Studenten in ein Mikrofon, und seine Stimme klang brüchig und verzweifelt. »Es ist immer noch Zeit, bis die Truppen hier sind. Ich bitte euch inständig, auf dem Platz zu bleiben, doch wenn die Armee kommt, leistet keinen Widerstand.«

Vom Platz mit seinen flackernden Lichtern aus gesehen, war die Stadt ein Meer aus Dunkelheit.

Dann traf der erste Panzer ein, mit einem lauten Rumpeln, das aus der Schwärze auf uns zurollte. Wie ein riesiges Omen kam er in unserer Mitte zum Stehen. Seine Präsenz schien die Spannung zu brechen, sein Erscheinen bereitete den angstvollen Vorahnungen ein Ende und brachte eine blinde Wut zum Ausbruch. Während unsere Anführer versuchten, alle zur Mäßigung anzuhalten, schleuderten mehrere Studenten Molotowcocktails auf den Panzer, bis er in Flammen aufging, die sich vor dem finsteren Hintergrund der Nacht abhoben.

Damit erreichte die Entwicklung einen schrecklichen Höhepunkt. Nachdem die Soldaten es geschafft hatten, die Barrikaden und die Reihen von Zivilisten zu durchbrechen, marschierten sie auf den Platz. Es gab keine Ankündigung, kein Zögern; sie begannen in der Dunkelheit zu schießen, aus jedem Winkel. Das Knallen der Schüsse klang irreal, doch es dauerte nicht lang, und die warme Luft war vom Geruch harten, heißen Metalls durchdrungen. Ich sah Leute taumeln und fallen. Und auch wenn ich wusste, dass das Militär uns angriff, war dennoch mein erster Gedanke, dass diese Leute einfach zufällig gestolpert waren. Ich war ein gutes Stück weiter hinten. Die Studenten, die ihr eigenes Bataillon bildeten – den studentischen Sicherheitsdienst –, hatten zwischen uns und den angreifenden Soldaten Aufstellung genommen. Sie waren die Mutigsten und körperlich Stärksten von uns, konnten aber nur wenig gegen eine solche Militärmaschinerie ausrichten. Sie wurden überrollt und fielen einfach in sich zusammen wie Lumpenpuppen. Wieder kam es mir unwirklich vor. Denn trotz ihrer Tollkühnheit und ihres Mutes waren sie nur Studenten wie ich. Und wir waren alle so jung.

Zum Glück hielt das Militär nach jenem ersten Vormarsch, nachdem die erste Reihe von Studenten zu Boden gegangen war, inne. Unsere Sprechchöre und Protestsongs waren verstummt, jeder von uns war bis ins Mark entsetzt, doch wir glaubten, dass das, was wir eben erlebt hatten, das Schlimmste war, was passieren konnte, und sich die Situation nun beruhigen würde.

Eine Gruppe von zehn Soldaten der Volksbefreiungsarmee bildete eine Linie und begann im Gleichschritt vorzurücken. Ich erinnere mich, dass ihren Bewegungen keine Wut anzumerken war, keine Regung. Alles schien genauso gut koordiniert zu sein, wie das bei militärischen Einsätzen sein sollte. Mit einer einzigen präzisen Bewegung blieben sie abrupt stehen. Die Gewehre hoch über ihren Schultern wurden gesenkt. Und dann richteten sie sie direkt auf uns.

Selbst da rechnete ich noch damit, dass sie irgendeine Forderung aufstellen, eine Art Kompromiss anbieten oder eine Drohung aussprechen würden. »Wenn ihr das nicht macht ... dann werden wir ...«

Doch es knallte einfach noch einmal. Wieder brachen Menschen zusammen. Und um uns herum Angstschreie, Schreie der Wut.

Plötzlich ging auf dem Platz das Licht aus. Dunkelheit hüllte uns ein. Jetzt rückte eine große Anzahl von Soldaten vor und begann skrupellos mit dem Töten. Ich war wie festgefroren und beobachtete nur. Es kam mir trotz allem nicht real vor. Ich wusste, dass es das war, aber gedanklich konnte ich nicht mehr folgen. Als wäre da eine riesige Verzögerung zwischen den Geräuschen und den Lichtblitzen und dem Schmerz in den Gesichtern ringsum – als wäre mein Gehirn in Watte gepackt und könnte zwischen Einbildung und Wirklichkeit nicht mehr unterscheiden. Nichts davon konnte wahr sein.

Die Soldaten stürzten auf uns zu. Es waren bereits viele Studenten erschossen worden. Jetzt waren sie ganz nah. Ich hörte Min schreien, als ein Soldat seinen kleinen, schmalen Körper attackierte, und im selben Moment Lans schrilles, wütendes Schreien, ein unnatürliches Geräusch von diesem sonst so liebenswürdigen und unauffälligen jungen Mann. Er lief zu seinem Ehemann hinüber. Ich glaube nicht, dass Lan jemals in Kontakt mit Gewalt gekommen war, noch wusste er, wie er ihr begegnen sollte; seine Fäuste waren geballt, da war ich mir sicher, doch er hatte sie niemals benutzt, um zu kämpfen. Er wusste einfach nicht, wie er einem anderen Menschen Schmerzen zufügen sollte, und trotzdem brachten die reine Kraft und die wuchtige Präsenz seines großen Körpers, der getrieben von Angst und Liebe auf den Soldaten zustürzte, diesen zu Fall. Wieder hallte ein Schuss, Lan geriet einen Moment lang ins Wanken, wie ein Kind, das gerade erst laufen lernt, und fiel dann auf ein Knie.

Ich wandte mich ab. Ich weiß, ich hätte zu ihnen laufen, ihnen beistehen sollen, aber ich wandte mich ab. Es war keine bewusste Entscheidung. Nackte Angst durchströmte meinen Körper und ließ mich in der Dunkelheit davonlaufen, wie ein Tier auf der Flucht. Leute schrien, wieder und wieder. Ich rannte, so schnell ich konnte. Ich lief auf die Große Halle des Volkes zu. Immer noch in Licht gebadet, schien sie die einzige Zuflucht aus dem Dunkel heraus zu sein, weg von den Schüssen und den Schreien. Ich hatte das Gefühl, Licht könnte mir irgendwie Sicherheit bringen.

Ich täuschte mich. Eine Gruppe Soldaten strömte unten aus dem Gebäude. Sie schossen. Ich hörte die Kugeln, die wie Insekten vorbeisurrten. Ich sah eine Frau neben mir, von einer anderen Universität in Peking – ganz kurz nahm ich ihre Gesichtszüge wahr, dann ein Geräusch, und ihr Gesicht war nur noch eine rote Fläche. Auf einmal wurde es mir zu anstrengend weiterzulaufen, ich fiel auf die Knie. Die Marodeure waren schon lange nicht mehr da, oder vielleicht waren es nur

Minuten gewesen, aber das spielte keine Rolle mehr. Ich war allein. Mitten in dieser Gewalt war ich allein.

Ich kauerte auf dem Boden, die Angst übermannte mich. Irgendwann versuchte ich wieder aufzustehen, doch Leute rannten so schnell an mir vorbei, ich bekam einen Schlag in den Magen, ob von einem Soldaten oder von einem Studenten in Panik, weiß ich nicht. Ich lag zappelnd am Boden, rang nach Luft, aber der Schock des Schlages hatte mich auch wiederbelebt, denn jetzt drangen die Geräusche und Schreie aus der Nacht wieder in mein Bewusstsein vor, und ich spürte die Wärme der Tränen auf meinem Gesicht. Mehr als alles andere wünschte ich mir verzweifelt, zu leben. Eine Stunde, einen Tag, eine Woche noch. Ich wollte einfach nur leben. Ich musste leben.

Ich rappelte mich wieder auf, taumelte durch die Dunkelheit, nur schien sich jetzt, während ich mich bewegte, die Erde aufzutun – ein einzelnes Dröhnen raste über den Boden hinweg, fuhr bebend durch meinen Körper, knallte in meinen Ohren. Im Dunkeln hörte ich eine Stimme, verzweifelt und wütend und einsam: »Die fahren mit den Panzern über Menschen hinweg, die fahren einfach drüber!«

Es war ein Schrei gewesen, wie eine Offenbarung, als müsste irgendjemand, der diese Worte hörte, begreifen, was vorging, und dem Schrecken ein Ende bereiten. Gesehen habe ich den Menschen nie. Ich hörte seine Stimme, als sich das donnernde Röhren des Panzers hinter mir öffnete, ein Geräusch, so laut wie kein anderes. Es ging wie ein Riss durch die Welt. Ich konnte nicht anders, als zurückzuschauen. Der Panzer bewegte sich einige Meter von mir entfernt und bog in eine andere Richtung ab, und während er in der Dunkelheit verschwand und das Echo seines Rumpelns in der Nacht widerhallte, sah ich ganz kurz einen Streifen eines blauen Kleids, das in der Panzerkette hing.

Ich taumelte weiter, meine Lungen schrien nach Luft. Ich hatte Angst wie noch nie zuvor in meinem Leben; zugleich war da auch das Bedürfnis, mich hinzulegen, mich in die Dunkelheit gleiten zu lassen. Ich spürte, wie schwer es mir fiel zu atmen, doch irgendwie gelang es mir, mich weiterzubewegen. Dann sah ich wieder Licht vor mir aufblitzen und stolperte darauf zu. Ich weinte.

•••

Irgendwie war ich im nördlichen Teil des Platzes angekommen. Hier war ein kleines Zelt aufgebaut. Es war ein Versorgungszelt, das von Studenten der medizinischen Fakultät der Universität Peking geleitet wurde. Ich weiß nicht, auf was für eine Rettung ich hoffte. Vielleicht war es der Glaube, dass es Leute geben muss, die in Zeiten der Krise genau wissen, was zu tun ist. Leute, die ruhig und methodisch an die Situation herangehen, die es gewöhnt sind, in einer verzweifelten Lage zu arbeiten, und die dir dabei helfen können, daran zu glauben, dass du das Chaos überleben wirst, dass alles wieder in Ordnung kommt.

Der junge Mann, der zusammen mit anderen das Zelt betrieb, war aus genau diesem Holz geschnitzt. Ich zitterte wie Espenlaub.

»Wie geht es dir?«, fragte er leise.

»Geht schon.«

Er untersuchte mich. Kurz berührten seine Finger meine Stirn.

»Ja, alles in Ordnung mit dir. Möchtest du ein bisschen hierbleiben?«

»Oh ja.« Ich keuchte vor Erleichterung.

»Würdest du dich zu meinem Freund hier setzen?«

Einen Moment lang wusste ich nicht, was er meinte. Ich nickte benommen.

Er führte mich zu einer Liege hinten im Zelt, auf der ein junger Mann lag. Er war weiß bandagiert, aus den Wunden, die er erlitten hatte, sickerte das Blut durch die Verbände. Offenbar war er seitlich am Kopf getroffen worden.

Ich schaute den jungen Medizinstudenten an, der mich dorthin geführt hatte. Ich wollte etwas sagen, aber mir fehlten die Worte.

Er sah meinen Blick. Seine Stimme war leise.

»Wir können nichts machen, wir haben keine Blutreserven, keine Medikamente«, sagte er, fast entschuldigend. »Würdest du einfach eine Weile bei ihm sitzen?«

Ich nickte wieder.

Ich war kein Mensch, der sich oft um andere kümmerte. Natürlich hatte ich meine Großmutter gepflegt, als sie krank geworden war. Und viele Jahre davor, als ich noch viel jünger war, hatte meine Mutter mich gelegentlich meinem Bruder die Windeln wechseln lassen. Ich wusste nicht, was ich da tat. Es lag irgendwie nicht in meiner Natur. Doch ich wollte nicht gehen, wollte nicht wieder hinaus und mich dem stellen, was auf dem Platz vorging. Deshalb blieb ich. Ich schaute den jungen Mann an, wie er ausgestreckt auf dem Bett lag. Die Hälfte seines Gesichts war bandagiert, ein Auge flackerte, wenn er wieder kurz das Bewusstsein verlor. Fast wirkte er nicht mehr vollkommen menschlich.

»Bitte«, flüsterte er heiser. Offenbar hatte er Blut im Mund.

Ich wollte Mitgefühl mit ihm haben, doch alles, was ich empfinden konnte, war Panik. Ich bedauerte alles – dass ich hierhergekommen war, bei den Protesten mitgemacht hatte. Ich wäre besser zu Hause geblieben. Ich war so müde.

»Bitte!«

»Bitte was?«, flüsterte ich.

»Holst du meine Mutter her?« Wieder das gurgelnde Flüstern.

Mein Instinkt sagte mir, dass das nicht ging, dass sie nicht hier war, aber etwas hielt mich davon ab.

»Ja«, sagte ich.

Sein bebender Körper entspannte sich ein wenig.

Und im nächsten Moment kam eine einzige Frage.

»Mutter, bist du hier?«

Er blutete so heftig. Kurz wich ich zurück. Und dann passierte es fast automatisch, es war etwas, das ich niemals wollte.

Meine Stimme war leise, fast nur ein Flüstern. »Ja, ich bin hier.«

»Es tut mir leid, Mama. Es tut mir so leid. Ich hab dich lieb.«

Ich musste alles daransetzen, meine Stimme ruhig und unter Kontrolle zu halten, meine Schluchzer zu unterdrücken.

»Es ist in Ordnung. Du hast es sehr gut gemacht, mein Sohn. Und ich liebe dich sehr.«

Ich legte meine Hand auf seine. Sie fühlte sich so schrecklich kalt an. Ich glaube nicht, dass er meine Berührung noch spürte. Er war fast bewusstlos. Dann schienen sich seine geschlossenen Augen etwas zu entspannen, und ein feines Lächeln trat auf sein Gesicht, als er starb. In jenen letzten Momenten kam mir seine Miene fast warm vor, friedlich. Und ich glaube wirklich, dass das, was ich zu ihm sagte, ihm dieses Gefühl geschenkt hatte.

Ich muss es glauben.

Es war früher Morgen. Etwa um vier Uhr dreißig ging das Licht wieder an. Ich war nicht dabei, als es geschah, aber zwei Studenten gingen – unter höchster Gefahr für ihr eigenes Leben – auf die feindlichen Truppen zu. Ihr Mut, all das, was sie riskierten, führte dazu, dass die Waffen schwiegen und sie um einen Waffenstillstand bitten konnten. In den Akten steht, dass der befehlshabende Offizier die folgenden Worte sprach:

»Ihr habt nicht viel Zeit, aber wenn ihr es schafft, dann verdient ihr es.«

Auf diese Weise wurde ein fragiles Gleichgewicht geschaffen. Das Militär stellte folgende Forderung: »Zieht schnell ab. Wenn ihr das nicht tut, werden wir den Befehl zur Säuberung ausführen, und es könnte Blut vergossen werden.«

Ein Hohn, diese letzte Wendung, »es könnte Blut vergossen werden«, wo der Platz mit Leichen von Studenten übersät war.

Wir trafen, nach all dem, was wir durchgemacht hatten, eine letzte Entscheidung. Wir ließen darüber abstimmen. Es war das letzte demokratische Mittel, was wir jemals nutzen würden. Aufgrund der großen Anzahl von Verwundeten und Toten beschlossen wir, den Platz zu räumen.

Die Regierung hatte gewonnen.

Als sich langsam das Licht des frühen Morgens über den Platz ergoss, war ich erleichtert, noch am Leben zu sein. Ich dachte kaum an etwas anderes. Im bläulich weißen Licht waren die Spuren der Zerstörung allgegenwärtig, Menschen humpelten davon, stützten sich gegenseitig.

Während man uns vom Platz abziehen ließ, wurde mein Gesicht plötzlich in grellem Licht gebadet, ich zuckte zusammen. Eine ausländische Filmtruppe wartete dort. Eine amerikanische Reporterin fragte mich: »Wie fühlen Sie sich jetzt?«

»Ich ... ich kann kaum atmen.«

»Glauben Sie, dass jemand getötet wurde?«

Ich schaute sie ungläubig an. So erschüttert ich auch war, wusste ich, dass es gefährlich für meine Zukunft sein würde, wenn ich diese Frage beantwortete. Doch in diesem Moment war mir das egal. Eine Welle der Emotion stieg in mir auf. Ich war immer noch am Leben, und ich war so wütend.

»Natürlich. Viele Studenten wurden getötet. Ich habe es mit meinen eigenen Augen gesehen.«

Ich wandte mich von ihr ab. Und humpelte davon.

NEUNUNDDREISSIG

Irgendwie schaffte ich es nach Hause. Mein Gesicht war mit Staub und Schmutz verklebt. An meiner linken Hand klebte verkrustetes Blut von dem Studenten auf der Liege im Krankenzelt. Ich ging ins Bad und schrubbte die Stelle, bis mein Fleisch rosa und wund war, doch das war nicht genug. Ich duschte mit geschlossenen Augen; das Gefühl des Wassers auf meinem Körper war undeutlich und fern, als hätte meine Haut eine harte, äußere Schutzschicht gebildet, wie eine Muschel, durch die nichts drang. Aus der Dunkelheit in meinem eigenen Kopf kam ein Pochen – ein rhythmischer Schmerz. Das Wasser lief mir übers Gesicht, sammelte sich in meinen Augen. Irgendwann verließ ich die Dusche. Es war kalt draußen. Das war die allererste wirkliche Empfindung, die zu mir durchdrang. Ich schlang die Arme um mich. Zog mir etwas an.

Meine Mutter und mein Vater waren bereits auf, mein Bruder schlief noch. Meinem Vater begegnete ich auf dem Flur. Er sah vollkommen verhärmt aus. Er machte mir keine Vorwürfe. Stattdessen kam er auf mich zu und legte ganz sanft den Arm um mich, fast ohne mich zu berühren. Ich versuchte zu lächeln, ihm zu versichern, dass alles in Ordnung sei. Doch es war, als wären die Knochen meines Gesichts verhärtet und unbeweglich, als wäre ich versteinert. Er hielt mich so sanft fest wie damals, als ich noch ein Kind gewesen war. Ich empfand nichts. Nur Taubheit.

Meine Mutter traf ich in der Küche an. Sie schaute mich auf eine Weise an wie nie zuvor. Ihr verkniffenes, hübsches Gesicht, die Falten um ihre Mundwinkel, ihre Augen, erfüllt mit einem seltsamen, dumpfen Licht, irgendwo zwischen Wut und Delirium. So wie mein Vater bewegte auch sie sich auf mich zu, und ich war mir sicher, dass sie mich gleich schlagen würde. Stattdessen streckte sie die Hand nach meinem Gesicht aus, berührte mich aber nicht. Sie schaute mich an, als hätte ich etwas Überraschendes gesagt, mit einer Mischung aus Verwunderung und Schmerz. Doch ich war stumm. Ihr Blick wurde vage, und sie richtete ihn wieder auf den Boden. Sie zögerte, rang nach Worten; als sie sprach, war es kaum mehr als ein Flüstern.

»Ich habe ... da ist noch ein bisschen Huhn für dich im Ofen übrig.«

Sie wandte sich ab. Und das war der Moment, in dem mir endlich die Tränen in die Augen stiegen.

Ich kehrte in mein Zimmer zurück und zog mich aus. Die Vorhänge waren fast geschlossen, nur ein dünner Lichtstreifen fiel hindurch, genug, um im weichen Halbdunkel die Blutergüsse zu erkennen. Auf Armen und Schultern hatte ich blaue Flecken. An den Knien und Beinen Schnitte. Und ein lila und schwarzer Striemen zog sich über meinen Bauch. Meine kleinen, baumelnden Brüste. Die harten Beckenknochen zeichneten sich deutlich unter der Haut ab. Dünn gewesen war ich schon immer; mittlerweile war ich nur noch Haut und Knochen. Als wäre mir alles, was ich war, entrissen worden, und das, was noch da war, sah verwelkt und vernachlässigbar aus und schwand im Halbdunkel dahin. Ich ging ins Bett.

Als ich die Augen wieder aufschlug, hatte sich das Licht im Raum verändert, war dünn geworden. Es war später Nachmittag. Beim Aufstehen zuckte ich zusammen, so weh taten mir die Prellungen und meine Gelenke. Ich biss mir auf die

Lippe, um nicht aufzuschreien. Ich zog mich an und schlüpfte aus dem Haus.

Die Marodeure hatten sich für jenen Nachmittag verabredet. Nach alldem, was geschehen war, war ich mir nicht sicher, ob sie da sein würden. Doch ich musste trotzdem hin. Dazu fühlte ich mich verpflichtet. Wir wollten uns auf dem Campus treffen, und zum Glück bedeutete das, dass ich sowohl den Platz als auch die Militärpräsenz umgehen konnte. Ich mied auch das Triangle. Wir wollten uns in dem alten Seminarraum treffen, wo ich Anna zum ersten Mal gesehen hatte.

Sie waren schon da. Die, die es geschafft hatten. Min, Jin Feng und Pan Mei. Auch Anna war da. Als ich ankam, waren sie in ein Gespräch vertieft. Sie begrüßten mich, und Pan Mei berührte mich an der Schulter. Das war der Moment, in dem ich fürchtete zusammenzubrechen. Denn mir fiel wieder ein, was mit Lan geschehen war. Wie er einfach zusammengeklappt und zu Boden gegangen war. Wie unnatürlich das alles gewesen war: Nur der Bruchteil einer Sekunde, und ein Mensch wurde ausgelöscht wie ein Licht. In meinem eigenen Überlebenskampf hatte ich das Bild aus meinem Denken verbannt.

Ich schaute zu Min. Sein Gesicht war voller blauer Flecken und schwer gezeichnet, ein tiefer dunkler Schatten lag über einem Auge und ließ es viel größer wirken als das andere. Und obwohl seine Züge geschwollen und kaum wiederzuerkennen waren, klang seine Stimme ganz nach ihm. Er sprach leise mit Anna. Da war etwas an seinem Ton, das fast wehleidig klang, wie ein Kind.

Er sagte wieder und wieder dasselbe. »Dann brachten wir ihn also zu einem Krankenwagen. Doch das war egal. Weil das Militär den Wagen anhielt. Sie hielten alle Krankenwagen an, die den Platz verließen, und sie durften nicht weiterfahren. Ich verstehe nicht, warum sie das taten. Sie hielten die Krankenwagen an, die den Platz verließen. Und so war es egal. Bis sie ihn endlich rauskriegten, ins Krankenhaus, war es egal.«

Seine Worte wehten mir entgegen, fast wie ein sanfter Wind, und er sagte sie immer wieder, als könnte er das alles selbst nicht verstehen, und dann blinzelte ich, mir stockte der Atem, denn langsam wurde mir klar, was er da gerade gesagt hatte. Mir wurde bewusst, was er sagte, und trotzdem war es zur gleichen Zeit unbegreiflich.

»Lan hat es nicht geschafft?«, fragte Anna ihn leise.

Min wollte noch etwas sagen, doch dieses eine Wort war so ungeheuerlich, dass er es nicht schaffte. Stattdessen schüttelte er den Kopf.

Und dann begann er zu weinen.

Sie legte die Arme um ihn.

Von dem, was noch gesagt wurde, ist mir nicht mehr viel in Erinnerung. Jin Feng sprach über die kommenden Wochen, machte den Vorschlag, dass wir uns alle im Hintergrund halten sollten, weil die Regierung sehr wahrscheinlich mit den Repressionen weitermachen und es gewiss zu Massenfestnahmen kommen würde. Der Hinweis würde sich als durchaus berechtigt erweisen, auch wenn wir zu erschüttert waren, um ihn wirklich zu verstehen.

Schließlich gingen alle ihrer Wege, bis nur noch Anna und ich zurückblieben. Wir schauten einander an, und eine eisige Kälte beschlich mich. Es fühlte sich an, als hätte sie nicht das Recht, unseren Kummer zu teilen, denn sie war nicht bei dem Massaker dabei gewesen. Es fühlte sich so an, als wäre sie schon eine ganze Weile nicht mehr bei uns. Vielleicht merkte sie mir meine Kälte an, denn sie schien sich unwohl zu fühlen, und so hatte ich sie nur selten erlebt. Sie ging zu dem Klavier hinüber, ließ die Finger über die Tasten wandern, und die Töne, die sie klimperte, verhallten im Dunkeln.

»Hier haben wir uns kennengelernt.«

»Ja.«

Ich brachte kaum ein Wort heraus, so viel Wut war auf einmal in mir.

»Kommt mir vor, als wäre es lange her«, murmelte sie.

»Spielt das eine Rolle?«

Sie gab mir keine Antwort und wandte sich ab.

»Na ja, schätze, du hattest recht«, fuhr ich fort und ließ meiner Verbitterung freien Lauf. »Es war vorauszusehen, dass die Studenten auf der Strecke bleiben würden. Du hast es exakt vorhergesagt. Bestimmt bist du jetzt sehr ... sehr zufrieden!«

Sie zuckte zusammen. Es war eines der wenigen Male, dass ich sie verletzt sah. Und obwohl etwas in mir sich dagegen sträubte, konnte ich das Gefühl, das mich überrollte, nicht aufhalten. »Das alles hatte keinen Sinn. So freundlich von dir, uns das mitzuteilen.«

Sie schaute mich an, und ihr Gesicht war wie nackt. Ich sah, wie müde sie war, sah die Ringe unter ihren Augen, das fehlende Make-up, und diese Verletzlichkeit – die an ihr so ungewöhnlich war – berührte etwas in mir. Doch ich war zu wütend, um das anzuerkennen. Wütend auf sie. Wütend auf die Welt.

Sie lächelte müde. »Vielleicht hatte ich recht und unrecht zur gleichen Zeit«, sagte sie ruhig.

Ich bedachte sie mit einem kalten Blick.

»Vielleicht hat sich der Kampf ja gelohnt. Vielleicht ist es manchmal wichtiger zurückzuschlagen, ganz gleich, was es kostet, denn wenn du es nicht tust ...«

»Wenn du es nicht tust?«

»Dann wirst du immer Angst haben«, murmelte sie.

Sie lächelte, diesmal ein wenig strahlender, ihre Augen leuchteten, ihre Traurigkeit schimmerte trotzdem hindurch.

Sie schaute mich an, und ihre Miene war freundlich. »Vielleicht ist es ja noch nicht vorbei. Wer weiß! Vielleicht gibt es ja noch einmal einen Auftritt der Murrenden Marodeure!«

Ich presste die Lippen aufeinander.

»Wenn du meinst«, murmelte ich.

Ich drehte mich um und machte mich auf den Weg nach draußen. Ich war nur ein paar Schritte gegangen, als sie noch etwas sagte. »Lai«, rief sie hinter mir her.

Ich wandte mich ein letztes Mal um.

Sie machte einen Schritt vorwärts und hob die Hand. Ein winziges Lächeln stand auf ihrem Gesicht, als sie das Victory-Zeichen machte.

Ich schaute sie an. In jenem Moment sah sie anders aus, angreifbar, verletzlich. Ein Teil von mir wollte die Geste erwidern. Doch die Wut und Hilflosigkeit in mir hatten sich zu einem Knoten verfestigt, und zum ersten und einzigen Mal empfand ich Verachtung für sie.

Ich drehte mich um und ging. Ich blickte nicht zurück.

• • •

Es war der 4. Juni, früher Abend. So hatte ich Peking noch nie gesehen. Ausgebrannte Barrikaden standen quer über den Straßen wie prähistorische Ungeheuer. Die Skelette von Fahrzeugen, die in Brand gesetzt worden waren, waren in den Asphalt geschmolzen. Die zerborstenen Fenster der Gebäude, die Haufen Unrat sahen im frühen Abendlicht aus wie finstere Scheiterhaufen. Nur ein paar vereinzelte Gestalten waren in den Seitenstraßen unterwegs, und die einst so lebendige Stadt wirkte, als wäre sie seit Jahrhunderten verlassen. Ab und zu sausten ein Polizeiwagen oder ein Jeep vorbei, die Scheinwerfer zerfurchten die schmuddelige graue Luft mit ihrem trüben Schein, während das Brummen des Motors in der Ferne verhallte, als handelte es sich um ein Urzeitwesen auf dem Weg durchs Unterholz. Das Gefühl, dass die Stadt nur noch aus Ruinen bestand und kaum mehr am Leben war, entsprach meiner Niedergeschlagenheit, so schwer und anhaltend hatten mir die Ereignisse zugesetzt.

Ich schaffte es nach Hause und verkroch mich im Bett. Ich lag da und dachte an Lan. Ich konnte nicht aufhören, an ihn zu denken. Ich fragte mich, ob vielleicht im Krankenhaus ein Fehler passiert war, ob man ihn verwechselt hatte und er in Wirklichkeit noch lebte. Ich brauchte ihn lebend, diesen so liebenswerten, sanften Riesen, dessen großer Körper immer nur Wärme und Herzlichkeit ausgestrahlt hatte. Ich konnte ihn mir einfach nicht tot vorstellen, als einen leblosen Körper in irgendeinem Raum, fremd, weit weg und so anders als die Person, die ich gekannt hatte.

Ich konnte nicht verstehen, dass ich seine Stimme nie wieder hören würde. Dass er sich nie wieder mit uns treffen würde. Und doch begriff ich, dass er nicht mehr da war. Ich dachte an seine letzten Momente. Hatte jemand seine Hand gehalten? War er in Frieden gestorben? Oder hatte er sich einsam und verängstigt gefühlt, voller Furcht, weil er nicht wusste, warum das alles geschah?

Ich lag da, die Tränen vertrockneten, und alles wich von mir bis auf einen einzigen schlüssigen Gedanken. Ganz gleich, was passiert, ganz gleich, wie lange ich leben werde, alldem werde ich nicht mehr entfliehen können.

Am Morgen, kurz bevor ich die Augen öffnete, fiel mir wieder Anna ein; wie sie am vorigen Tag gewesen war, wie zerbrechlich sie schien. Noch mehr traf mich das, was sie gesagt hatte – »Vielleicht gibt es ja noch einmal einen Auftritt der Murrenden Marodeure!« –, und was sie dabei für ein Gesicht gemacht hatte: sonderbar, fast fremd, ein Ausdruck zwischen Hoffnung und Wahnsinn. Ich spürte, wie ich innerlich dahinwelkte; ich wusste, ich war unfair zu ihr gewesen, aber manchmal muss man an seiner Wut festhalten, denn wenn man sie loslässt, dann bleibt am Ende nur Schmerz übrig. Ich wusste, dass auch sie durch die Hölle gegangen war, dass sie um Lan ebenso trauerte wie ich oder sogar mehr, denn sie kannte ihn besser.

Da war dieser allerletzte Blick, den sie mir geschenkt hatte. Die Worte, die sie gesprochen hatte – von dem »letzten Auftritt der Murrenden Marodeure« –, mit diesem sanften Trotz. Je mehr ich darüber nachdachte, desto mehr schien mir das nicht zu ihrem sonstigen Verhalten zu passen. Irgendwie war das weder verständlich noch klar; ich behielt es im Hinterkopf, wie einen kleinen Gegenstand, den man im Augenwinkel wahrnimmt, aber nicht wirklich sieht.

Ich legte mich wieder ins Bett. Ich konnte den Gedanken einfach nicht ertragen, den Raum zu verlassen und mich meiner Familie zu stellen. Doch genau wie der Schrecken angesichts all dessen, was passiert war, ließ mich auch der Gedanke an Anna – an ihr sonderbares Verhalten – nicht mehr los. Sie hatte mit mir gesprochen, auch wenn es so geklungen hatte, als redete sie nur mit sich selbst. »Vielleicht gibt es ja noch einmal einen Auftritt der Murrenden Marodeure!« War sie verwirrt gewesen? Hatte der Schock sie aus der Bahn geworfen? Oder ließ sie sich einfach nicht in die Karten schauen, und alles war ganz anders?

All diese Gedanken schob ich von mir weg. Ich hatte mich von ihr abgewandt, das stimmte, doch umgekehrt hatte sie uns schon lange den Rücken gekehrt. Es gab nichts, das ich mir zum Vorwurf machen musste. Was auch immer mit ihr vorging, würde wieder in Ordnung kommen; wir würden darüber reden, wenn wir uns das nächste Mal sahen. Wunden würden durch Worte geheilt werden, und irgendwie – auch wenn ich noch nicht recht wusste, wie – würde das Leben wieder zur Normalität zurückkehren.

Es war kurz nach Mittag, als ich endlich aus meinem Zimmer kam. In der Wohnung war es merkwürdig ruhig. Ich lief ins Wohnzimmer, wo meine Mutter, mein Vater und mein Bruder vor dem Fernseher saßen. Sie schauten sich das staatliche Fernsehen an, man sah Panzer, die in körnigen, flackernden Bildern die Chang'an-Straße entlangfuhren. Auch wenn meine Mutter immer gegen die Studenten gewettert hatte, saß sie nun in tristem Schweigen vor dem Bildschirm. Niemand konnte gutheißen, was geschehen war, außer dem Reporter, der in aufgeregtem Ton darüber schwadronierte, wie die Kommunistische Partei Chinas es geschafft habe, das Land vor subversiven Terroristen zu schützen.

Mein Mund war wie ausgehöhlt und trocken. Ich ging in die Küche und goss mir ein Glas Wasser ein, als ich die Stimme meines Vaters hörte.

»Oh Gott«, sagte er. »Oh Gott!«

Nur das.

Mir wurde eiskalt.

Ich kehrte ins Wohnzimmer zurück, während sich langsam ein Gefühl der Angst in mir breitmachte – doch ich blieb ruhig, es ging mir gut. Ich war zu Hause, in Sicherheit. Dennoch – so sprach mein Vater nicht. Er sprach nie so.

Einen Moment lang durchflutete mich Erleichterung. Immerhin waren wir noch alle da, meine Familie. Wir waren in Sicherheit, so wie das immer gewesen war. Trotzdem hatte der Ausruf meines Vaters das außer Kraft gesetzt, was wir vorher als Sicherheit empfunden hatten.

Ich wandte mich wieder dem Fernseher zu.

Und da sah ich ihn.

Ein junger Mann, es musste ein Student sein, dachte ich. Während die Panzer die Chang'an-Straße entlangrollten, war eine winzige Gestalt auf die Allee getreten. Die Kameras des staatlichen Propagandasenders zoomten ihn heran, sie konnten ebenso wenig den Blick abwenden wie wir. Eine schreckliche Faszination hatte sich meiner bemächtigt, und ich trat näher. Die einzelne, einsame Gestalt dort vor den hoch aufragenden, bulligen Panzern; das alles passte nicht zusammen. Einen Moment lang konnte ich die Szene nicht so sortieren, dass sie für mich einen Sinn ergeben hätte. Vor dem Konvoi von Panzern stehend, sah er so lächerlich winzig aus. Und doch machte er sich jetzt bemerkbar. Der erste Panzer, der ihn erreichte, versuchte um ihn herumzufahren; er machte ein paar tänzelnde Schritte und stellte sich ihm in den Weg.

Während ich wie hypnotisiert zuschaute, kam etwas in mir ins Rollen. Es war ein noch stummes Gefühl, als würde ich etwas erkennen, das noch keine Gestalt angenommen hatte, eine Ahnung von etwas Schrecklichem, das gleich geschehen würde. Meine Angst war da, bevor ich verstand. Wie sich dieser junge Mann bewegte, war mir vertraut. Ich kannte diesen jungen Mann. Die beiden Tüten, die er rechts und links in den Händen hielt, die Art und Weise, wie er mit einer Hand eine wegwerfende Bewegung in Richtung der Panzer machte, als wollte er sagen: »Haut ab!« Das Theatralische an seinen Bewegungen.

Auf einmal war es mir klar.

Ich schaute überhaupt nicht auf »ihn«. Ich schaute auf ... *sie*.

Sie trug das gleiche bauschige weiße Hemd und die schlichte schwarze Hose, die sie immer anhatte, wenn sie sich als Mann ausgab.

Der Panzer fuhr wieder an. Und sie tänzelte ihm erneut in den Weg. Das sah ich, obwohl das Fernsehbild unscharf war. Ich blinzelte, denn so ganz hatte ich es noch nicht begriffen; vielmehr war es ein Gefühl von etwas, das sich noch nicht im Herzen meines Seins verankert hatte; in jenen paar Sekunden konnte ich noch so tun, als wäre das, was ich sah, nur Einbildung, eine optische Täuschung.

Doch *sie* war dort. Anna ... war dort.

Sie brachte eine ganze Reihe von Panzern zum Stehen. Ich

weiß noch, dass ich dachte: Komm, du kannst immer noch abhauen. Bitte, lauf jetzt weg. Bitte, mach das für mich, ich flehe dich an.

Doch sie hatte gar nicht die Absicht zu laufen. Das wusste ich. Schnell wie der Wind kletterte sie auf den vordersten Panzer, immer noch mit den Tüten in der Hand, in denen sich zuvor ihre Verkleidung als Mann befunden hatte. Sie hockte ein paar Augenblicke auf dem Panzer, als wollte sie scheißen. Anna war das brillanteste, wundervollste menschliche Wesen, dem ich jemals begegnet war. Aber sie konnte auch ordinär sein, und sie hatte Freude daran. Vielleicht reizte es sie, dass die letzten Aufnahmen, die in ihrem Leben von ihr gemacht wurden, genau das zeigten.

Sie stieg wieder ab. Es heißt, dann hätte man Schüsse vernommen, doch das war in unserem Fernseher nicht zu hören. Vielleicht waren die Schüsse der allerletzte Versuch, sie einzuschüchtern. Sie dazu zu bringen wegzulaufen.

Es funktionierte nicht. Der Panzer rollte wieder vorwärts, und sie blockierte ihn erneut.

Sie hatte den ganzen Konvoi zum Stillstand gebracht. Madam Macaw hatte sich vorgenommen, die gewaltige Macht der Volksbefreiungsarmee zu stoppen. Es gab keinen Menschen auf der Welt, der etwas Derartiges schaffen konnte.

Außer Anna.

Schließlich wurden Sicherheitskräfte gerufen, wie es nicht anders zu erwarten war. Sie traten auf die Chang'an-Straße und nahmen sie fest.

Sie wurde nie wieder gesehen.

Als das geschah, lag ich auf den Knien, hatte die Hände aufs Gesicht gepresst und schrie, sie solle laufen. Ich weinte so sehr, dass die Heftigkeit meiner Schluchzer mich zu zerreißen drohte, und doch sehnte ich mich genau danach – nach nichts sehnte ich mich so sehr wie nach diesem Schluchzen.

Meine Familie dachte sicherlich, dass ich den Verstand verloren hatte. Keiner von ihnen hatte auch nur die geringste Ahnung, was die Bilder auf unserem Fernseher mir bedeuteten, keiner von ihnen. Trotzdem stand meine Familie an meiner Seite. Sie berührten mich, strichen mir vorsichtig über den Arm, so wie man es mit einem verzweifelten Menschen eben tut – offenbar waren sie erschüttert von der Heftigkeit meiner Reaktion. Es heißt, kurz bevor ich zusammenbrach, sei ich mit ausgestreckten Armen auf den Fernseher zugetaumelt.

Das hat mir meine Mutter erzählt. Und sie war zur Abwechslung freundlich, als sie das sagte.

Die Tage, die folgten, sind verschwommen. Auch wenn ich meine Arme mit Messern geritzt hatte, um mit dem Druck umzugehen, den ich in der Pubertät empfand, glaube ich nicht, dass ich jemals wirklich mit dem Gedanken spielte, mir das Leben zu nehmen. In jenen Wochen nach Annas »Verschwinden« fehlte nicht viel, und ich hätte es getan. Eine kurze Weile schwebte ich am Abgrund.

Dann geschah etwas anderes.

Ich bekam einen Brief, in dem stand, dass man mir das Stipendium für das Programm in Kanada gewähren würde, für das ich mich beworben hatte. Meine Mutter war – vielleicht von meinem Vater überredet – dazu bereit, mir die Kosten für den Flug vorzustrecken. Natürlich machte sie aus ihrer Skepsis keinen Hehl, doch ich glaube, alles, was mir geschehen war, erfüllte sie mit Angst, und so war sie auf ihre Art erleichtert, mir dieses Geschenk machen zu können.

Am Flughafen nahm sie mich fest in die Arme.

Es war eine unwirkliche Erfahrung, ein Flugzeug zu besteigen. Besonders für jemanden wie mich, die ich Peking niemals verlassen hatte – bis auf das eine Mal, als Anna mich auf dem Motorrad an jenen namenlosen See gefahren hatte.

Und manchmal fragte ich mich, ob jene Erinnerung überhaupt real war.

Als das Flugzeug seine Flughöhe erreicht hatte, die Helligkeit des Nachmittags hinter sich ließ und die hereinbrechende Nacht uns einhüllte, spiegelte ich mich in dem kleinen Guckfenster und erblickte inmitten der wie Perlen schimmernden Schwärze Anna, die mich anschaute. Ich sah Macaw, die mich mit einer angehobenen Augenbraue und diesem amüsierten Blick zu den Murrenden Marodeuren einlud, und ich spürte, wie mir die Tränen warm über die Wangen flossen, denn ich war noch am Leben, und sie war fort, und ich hatte sie im Stich gelassen. Und ich hatte sie geliebt, so sehr geliebt.

EPILOG

Die Jahre, die folgten, die Jahre, die mich dazu brachten, dieses Buch zu schreiben, sind wenig ereignisreich gewesen, zumindest was meine eigene Existenz angeht. Ich schreibe dies über dreißig Jahre später. Ich habe ein ruhiges Leben geführt. Ich unterrichte Literatur. Ich bin Mutter von zwei wunderbaren Kindern, die Jüngere fast dreizehn, die Ältere mittlerweile zwanzig.

Oft denke ich darüber nach, dass meine Älteste – die Anna heißt – genau in dem Alter ist, in dem Madam Macaw war, als ich sie kennenlernte, in jenem Seminarraum mit dem Klavier. Doch mein eigenes Kind wirkt so viel jünger, als Anna es jemals gewesen ist. Vielleicht ist das auch der Grund, warum Anna sich mir so eingeprägt hat: als ewiges Sinnbild eines Menschen, der jugendlich und furchtlos ist, blitzgescheit und voller Charisma, so vollkommen, dass sie für mich zu einer Art unmöglichem Idol wurde. Ist es denn nicht immer so, dass gefallene Heilige in unseren Köpfen eine Vollkommenheit erlangen, die sie in Wirklichkeit nie erreicht haben?

Es vergeht kein einziger Tag, an dem ich nicht an sie denke. Manchmal wandere ich durch Toronto und sehe eine chinesische Frau, und dann stelle ich mir eine Sekunde lang vor, es sei Anna, ebenso alt und schlaff geworden wie ich, mit einer ganzen Schar Kinder im Schlepptau. Einerseits war Anna kein mütterlicher Typ: Der Gedanke, für das Leben von verletzlichen, bedürftigen kleinen menschlichen Wesen verantwortlich zu sein, hätte sie abgestoßen; doch andererseits wäre sie die beste Mutter auf der ganzen Welt gewesen. Stellt euch die Geschichten vor, die sie erzählt hätte, und wie leicht, nur mit einem Fingerschnippen, hätte sie die gesamte Kinderschar in ihren Bann gezogen!

Manchmal gestatte ich mir die Fantasie, dass sie es geschafft hat, denn oft ist der Schmerz über das, was damals geschehen ist, einfach zu groß. Eigentlich weiß ich aber, dass sie nicht mehr da ist. Sie war für weniger als ein Jahr Teil meines Lebens, und obwohl mir das damals nicht bewusst war, weiß ich, dass sie mich gerettet hat. Manchmal kommt mir unser allerletztes Gespräch in den Sinn. Ich will es nicht, kann aber nichts dagegen tun. Ich denke an das matte Lächeln, das sie mir schenkte, und wie sie das Victory-Zeichen machte. An jenem Punkt hatte sie mit ihrem Schicksal bereits abgeschlossen. Sie weigerte sich, nach Bedingungen zu leben, die ein anderer aufstellte, ob das nun ein gemeiner Liebhaber war, ein enger Freund oder auch der chinesische Staat. In dem Moment, als sie jene letzte Handbewegung machte, bin ich mir sicher, dass sie wusste, sie würde sterben. Vielleicht wünschte sie sich von mir eine Geste der Freundschaft. Und was ich in meinem Leben am allermeisten bedauere, ist, dass ich mich abgewandt habe. Manchmal sehe ich sie wieder in meinen Träumen, und sie ist glücklich. Wir sind es beide.

Und den größten Teil der Zeit bin ich tatsächlich glücklich. Mein Job erfüllt mich, meine Kinder sind eine Inspiration. Ursprünglich sollte mein Aufenthalt in Kanada nur temporär sein. Dann habe ich mich verliebt, auf eine sanfte, unscheinbare Art, in einen sanften, unscheinbaren Partner. Doch unter alldem war und ist immer die Angst. Ich habe nie wirklich aufgehört, Angst zu haben.

Ich kehre immer wieder nach Peking zurück. Zur Bestattung meines Vaters, der so gestorben ist, wie er gelebt hat, ruhig und ohne viel Aufhebens zu machen. Für die Hochzeit meines Bruders, die an einem wundervollen, strahlenden Wintertag stattfand.

Wenn ich nach Peking fahre, tue ich es allein. Ohne Kinder und ohne Ehemann, denn jenen Aspekt meines Lebens musste ich abtrennen, teils wegen des Schmerzes, teils weil ich mich dafür schäme. Als ich damals mit neunzehn Jahren den Flieger bestieg und Peking verließ, war ich auf der Flucht. Und ich bin es bis heute.

Aber ich fühle mich jener Welt verbunden. Meine Mutter lebt noch. Mein Bruder hat meine drei wundervollen Neffen in die Welt gesetzt. Auf dem chinesischen Äquivalent von Facebook stehe ich noch in Kontakt mit einigen der Leute, die ich damals gekannt habe. Dort habe ich sogar eine »gemeinsame Freundin« mit Gen. Sie erzählt mir, er habe eine »respektable« Position in der staatlichen Bürokratie erlangt. Er sei verheiratet und habe zwei Kinder. Und es sei allgemein bekannt, dass er seine Frau regelmäßig betrüge.

Während ich älter werde, schaue ich mir die Welt genauer an. Die Proteste auf dem Platz des Himmlischen Friedens geraten allmählich in Vergessenheit, doch neue Revolten entstehen. Während ich dies schreibe, ist in Hongkong eine neue Generation von Protestierenden herangewachsen, die gegen den autoritär auftretenden Staat aufbegehren. Deng ist zum Glück nicht mehr am Leben, aber hinter den Kulissen warten immer noch seine grausamen, unerbittlichen und verknöcherten Nachfolger. Dennoch gibt es auch für die Tapferkeit der aufständischen Studenten Nachfolger – eine neue Generation ist herangewachsen, und ich bin mir sicher, dass in ihren Reihen mehr als eine Madam Macaw zu finden ist. Überall auf der Welt sind Protestbewegungen entstanden: etwa Black Lives Matter oder #MeToo. Die jungen Leute, die sich diesen Kämpfen mit Leib und Seele verschreiben, inspirieren mich, und meine Älteste wirft sich mit einem Mut und einer Entschlossenheit in diese Auseinandersetzungen, deren ihre Mutter niemals fähig gewesen wäre. Ich habe Angst um sie. Und ich bin voller Bewunderung für sie.

Sie heißt Anna, und ich habe ihr niemals die Geschichte der Frau erzählt, nach der sie benannt ist. Aber ich werde es. Denn meine Tochter hat es verdient, es zu wissen. Und die Geschichte von Macaw verdient es, erzählt zu werden. So viele Jahre hatte ich große Angst, doch schließlich habe ich beschlossen, sie zu Papier zu bringen – was für mich allen Mutes bedarf, den ich in der Lage bin aufzubringen. In der großen Sicht der Dinge ist es nur eine kleine und vernachlässigbare Aufgabe, aber wenigstens ist es etwas. Obwohl ich mein Leben in Angst verbracht habe, weiß ich, was Mut ist. Denn ich bin bei Anna, wenn sie auf diese große, breite Chang'an-Straße hinaustritt, wie damals, als die Sonne gleißend vom Himmel schien. Ich bin bei ihr, wenn sie dem ersten Panzer in den Weg tritt, und ich sehe ihre schönen grünen Augen, mokant und spöttisch, während sie die Panzer zum Stehen bringt, mit der ganzen Beiläufigkeit eines Menschen, der nur ein Spiel spielt, auch wenn es alles andere ist als ein Spiel – ein allerletzter Auftritt, die schicksalhafte Kreativität und das Charisma eines einzelnen Menschen, der eine der mächtigsten Armeen auf Erden zum Stillstand bringt, während die ganze Welt dabei zuschaut.

Ob sie das wohl gewusst hat? Ob sie wusste, dass sie an jenem Tag mit diesem Schritt hinaus auf die Chang'an-Straße auch einen Schritt in die Geschichte machte? Dass dieses Bild von ihr, wie sie sich jenen Panzern entgegenstellte, irgendwann Millionen von Menschen überall auf der Welt, die für Freiheit kämpfen, repräsentieren würde? Dass ihre Gestalt zu einem Symbol des Widerstands und der Hoffnung würde, dass man sie noch Generationen später als Symbol für menschlichen Mut und menschliche Opferbereitschaft sehen würde? Etwas, das die Zeit überdauert. Nur Anna hätte so etwas tun können, denn ihr Licht brannte heller als das jedes anderen Menschen, der mir begegnet ist. Und ich spüre an jedem Tag meines Lebens, dass die Welt so viel ärmer ist ohne es.

Ich wünschte, ich hätte tapferer und stärker sein können. Ich wünschte, ich hätte während jener letzten Tage für Anna da sein können. Doch auch wenn ich keine Hauptfigur großer historischer Ereignisse war, bin ich immerhin Zeugin gewesen. Und deshalb schreibe ich heute für euch, nachdem ich das alles so lange für mich behalten habe. Es ist das Einzige, was ich euch geben kann, das Einzige, was Bestand haben wird. Während sich Frauen überall auf der Welt erheben, in der #MeToo-Bewegung, im Kampf für das Recht auf Abtreibung, im Widerstand gegen Vergewaltigung und Mord, möchte ich euch allen sagen, dass ich Anna gekannt habe und dass ich sie so sehr geliebt habe.

Ich wusste, wer sie war und was sie getan hat.

Ich wusste, was der *Tank Man* in Wirklichkeit war: eine *Tank Woman*.

Und ihr wisst das jetzt auch.

BRIEF DER AUTORIN

Liebe Leserinnen und Leser,

ich schreibe Ihnen zu meinem ersten und bislang einzigen Roman *Himmlischer Frieden*. Er ist ein fiktives Werk, basiert aber auf meiner Kindheit und Jugend in China. Im Jahre 1970 wurde ich in Peking geboren und wuchs in einem quirligen Arbeiterviertel auf – arm, unkonventionell und farbenfroh –, mit einer wundervoll verrückten Familie und einer charismatischen Großmutter.

Als junge Erwachsene erhielt ich ein Stipendium an der Universität Peking. Ich wurde Teil der Studentenbewegung, die später verantwortlich für die Proteste am Platz des Himmlischen Friedens war, spielte darin aber nie eine wichtige Rolle. Ich war keiner der studentischen Anführer, sondern immer nur ein kleines Zahnrad im großen Getriebe der Ereignisse. Dennoch fühle ich mich nach all den Jahren dazu in der Lage, eine Art Chronik der Proteste zu verfassen – und Zeugnis abzulegen von ihrer Macht und ihrer Tragik. Die Tapferkeit der Studenten ebenso wie der Bürger Pekings, die uns unterstützten, haben mich inspiriert, und die Erinnerung an die Freunde, die ich damals verloren habe, verfolgt mich bis heute.

Diesen Roman zu schreiben war für mich bislang das einzige Projekt dieser Art. Jahrzehnte lang habe ich mir gewünscht, ihn zu Papier zu bringen, doch der Schmerz der Vergangenheit machte dies sehr schwer. Dann jedoch las ich die faszinierenden Romane von Elena Ferrante aus Neapel, die ich liebte, und in mir kam die Frage auf, ob auch ich in der Lage sei, etwas Ähnliches zu schreiben. Natürlich sind Ferrantes kühner Stil und die Schönheit ihrer Prosa unerreicht. Doch ich ließ die Geschehnisse rund um die Erzählerin lose auf meinen eigenen Erlebnissen und dem, was mir widerfahren ist, basieren und konnte mich zugleich als Autorin von den geschilderten Ereignissen lösen, um ihnen das Funkeln und die Farbigkeit eines fiktiven Werkes zu schenken.

Himmlischer Frieden ist ein Roman über ein ruhiges, scheues Mädchen, das Bücher ebenso liebt wie die Eigenarten seiner leicht überspannten Familie. Es geht um die allerersten, zögerlichen Schritte beim Erwachsenwerden, um Liebe und Einsamkeit, die die junge Frau kennenlernt; um jene Zeit, die wir alle erleben, wenn wir noch jung sind und uns alles möglich erscheint, wenn die Personen, denen wir begegnen, sich für immer in unser Gedächtnis einbrennen wie Feuer. Meine liebste Freundin weilt schon lange nicht mehr unter den Lebenden, doch vor meinem inneren Auge ist sie auf ewig jung, denn ich sehe sie, wie sie war – schön und streitbar, mit Trotz im Gesicht, selbst in dem Moment, als Soldaten auf sie zumarschierten und die Panzer rollten. In meinem Roman wird sie in ihrer ganzen schillernden Kraft und ihrer Würde noch einmal zum Leben erweckt. Er soll ihr ein Denkmal setzen.

Himmlischer Frieden soll eine poetische Geschichte sein, schmerzlich und köstlich zugleich, aber auch ein Stück wahre Historie – wenngleich eine, die nur von einer eher unbedeutenden Randfigur verfasst wurde. Ich hoffe, der Roman gefällt Ihnen, und wenn Sie das Gefühl haben, er sei gut geschrieben oder enthalte die eine oder andere Wahrheit – wer weiß? –, dann bekommen Sie ja vielleicht irgendwann mehr von mir zu lesen.

Mit herzlichen Grüßen
Lai Wen

DANKSAGUNG

Mein Dank geht an Mark Richards für die feinfühligen Verbesserungen, die er an diesem Buch vorgenommen hat, für seinen Glauben daran, für die Beachtung und Freundlichkeit, die er mir als unbekannter Autorin geschenkt hat. Danke auch an Robina Pelham Burn für ihr gründliches und sorgfältiges Lektorat, das der Geschichte mehr als gutgetan hat.

Bibliografie

Sándor Petőfi: *Poetische Werke in sechs Bänden.* Aus dem Ungarischen von Ignaz Schnitzer. © 1910 Halm & Goldmann, Wien.

T. S. Eliot: *Das öde Land.* Aus dem Amerikanischen von Norbert Hummelt. © 2008 Suhrkamp Verlag, Frankfurt am Main.

Robert Burns: *Robert Burns' Gedichte.* Aus dem Englischen von Wilhelm Gerhard. © 1840 Johann Ambrosius Barth Verlag, Leipzig.

Bertolt Brecht: *Die Stücke von Bertolt Brecht in einem Band.* © 1978 Suhrkamp Verlag, Frankfurt am Main.